Dieses Buch ist für Naomi. Immer noch.

W0394910

sara

Mark Geyer

STEPHEN

KING

sara

ROMAN

Aus dem Amerikanischen
von Joachim Körber

WILHELM HEYNE VERLAG
MÜNCHEN

Die Originalausgabe erschien unter dem Titel »Bag of Bones«
bei Scribner, New York

Umwelthinweis:
Dieses Buch wurde auf chlor- und säurefreiem Papier gedruckt.

Copyright © 1998 by Stephen King
Copyright © 1998 der deutschen Ausgabe
by Wilhelm Heyne Verlag GmbH & Co. KG, München
Frontispiz: Mark Geyer
Satz: Leingärtner, Nabburg
Druck und Bindung: Wiener Verlag, Himberg
Printed in Austria

ISBN 3-453-14297-7

Ja, Bartleby, sagte ich mir, bleibe du hinter deinem Wandschirm. Ich werde dich nicht länger verfolgen. Du bist harmlos und still wie einer dieser alten Stühle hier. Kurz, ich fühle mich nie so zu Hause, wie wenn ich weiß, daß du hier bist.

»Bartleby«
HERMAN MELVILLE

Gestern nacht träumte ich, ich sei wieder in Manderley. (…) Wie ich da still, mit verhaltenem Atem stand, hätte ich schwören können, das Haus sei nicht bloß eine leere Schale, sondern belebt und beseelt, wie es früher gelebt hatte.

Rebecca
DAPHNE DU MAURIER

Der Mars ist der Himmel.

RAY BRADBURY

Kapitel 1

An einem sehr heißen Tag im August 1994 sagte mir meine Frau, daß sie zur Rite-Aid-Drogerie von Derry runtergehen und sich das Mittel gegen ihre Nebenhöhlenentzündung auf ihr Wiederholungsrezept holen würde – ich glaube, mittlerweile kann man das Zeug im freien Verkauf bekommen. Ich hatte mein Schreibpensum für diesen Tag erfüllt und bot ihr an, es für sie zu besorgen. Sie sagte danke, aber sie wolle sowieso noch Fisch im Supermarkt nebenan kaufen; zwei Fliegen mit einer Klappe und so weiter. Sie blies mir einen Kuß von der Handfläche zu und ging hinaus. Das nächste Mal sah ich sie im Fernsehen. So identifiziert man die Toten hier in Derry – keine Spaziergänge durch einen unterirdischen Flur mit grünen Fliesen an den Wänden und langen Neonröhren an der Decke, kein nackter Leichnam, der auf einer kalten Rollbahre herausgezogen wird; man betritt einfach ein Büro mit der Aufschrift PRIVAT, betrachtet einen Bildschirm und sagt jawoll oder nee.

Rite Aid und Shopwell sind keine Meile von unserem Haus entfernt in einem kleinen Einkaufszentrum, wo sich auch eine Videothek, ein Antiquariat mit Namen Spread It Around (wo sie mit meinen alten Taschenbüchern gute Umsätze machen), ein Radio Shack und ein Fast Foto befinden. Sie liegt auf dem Up-Mile Hill an der Kreuzung Witcham und Jackson.

Sie parkte vor dem Blockbuster Video, ging in den Drugstore und verhandelte mit Mr. Joe Wyzer, der zu jener Zeit den Laden führte; inzwischen hat er das Rite Aid in Bangor übernommen. Am Tresen nahm sie eine dieser kleinen, mit Marshmallow gefüllten Schokopralinen mit, diese in Form einer Maus. Ich fand sie später in ihrer Handtasche. Ich wickelte sie aus und aß sie vor dem auf dem Küchentisch ausgebreiteten Inhalt ihrer roten Handtasche, und es war, als empfinge man die Kommunion. Als die Maus verschwunden war, vom Schokoladengeschmack auf meiner Zunge und im Hals abgesehen, brach ich in Tränen aus.

Ich saß im Durcheinander ihrer Kleenex und Schminkutensilien und Schlüssel und halbleeren Cert-Röllchen und weinte mit den Händen vor den Augen, wie Kinder weinen.

Der Inhalator war in einer Tüte von Rite Aid. Er hatte zwölf Dollar und achtzehn Cent gekostet. Es war noch etwas in der Tüte, etwas, das zweiundzwanzig fünfzig gekostet hatte. Diesen anderen Gegenstand betrachtete ich lange Zeit, sah ihn, aber verstand ihn nicht. Ich war überrascht, vielleicht sogar fassungslos, aber der Gedanke, daß Johanna Arlen Noonan ein anderes Leben geführt haben könnte, von dem ich nichts wußte, kam mir nicht in den Sinn. Noch nicht.

Jo wandte sich von der Registrierkasse ab, ging wieder in die grelle, knallige Sonne hinaus und tauschte unterwegs wie gewöhnlich die normale Brille gegen die vom Arzt verschriebene Sonnenbrille aus, und in dem Augenblick, als sie unter dem schmalen Vordach des Drugstore hervortrat (ich nehme an, hier lasse ich ein bißchen meine Phantasie spielen, betrete ein bißchen das Land des Romanciers, aber nicht weit; nur Zentimeter, das können Sie mir glauben), ertönte das zänkische Heulen blockierender Reifen auf Asphalt, das bedeutet, daß es entweder gleich einen Unfall gibt oder um Haaresbreite keinen.

Diesmal gab es einen – die Art von Unfall, wie sie anscheinend mindestens einmal wöchentlich an dieser dämlichen X-förmigen Kreuzung passierte. Ein 1989er Toyota fuhr vom Parkplatz des Einkaufszentrums und bog nach links in die Jackson Street ab. Am Steuer saß Mrs. Esther Easterling aus Barrett's Orchards. Sie wurde von ihrer Freundin Mrs. Irene Deorsey begleitet, ebenfalls aus Barrett's Orchards, die sich in der Videothek umgesehen hatte, ohne etwas zu finden, das sie ausleihen wollte. Zuviel Gewalt, sagte Irene. Beide Frauen waren Zigarettenwitwen.

Esther konnte den orangeroten Kipplader der Stadtwerke, der den Hügel herunterkam, kaum übersehen haben; obwohl sie es der Polizei, der Zeitung und mir selbst gegenüber abstritt, als ich rund zwei Monate später mit ihr redete, erscheint es mir wahrscheinlich, daß sie einfach vergessen hat nachzusehen, ob die Straße frei war. Wie meine Mutter (ebenfalls eine Zigarettenwitwe) zu sagen pflegte: »Die beiden häufigsten Gebrechen der

Alten sind Arthritis und Vergeßlichkeit. Man kann sie für keins von beiden verantwortlich machen.«

Den Lastwagen der Stadtwerke fuhr William Fraker aus Old Cape. Mr. Fraker war am Todestag meiner Frau achtunddreißig Jahre alt, fuhr ohne Hemd und dachte nur daran, wie sehr er sich nach einer erfrischenden Dusche und einem kalten Bier sehnte, nicht notwendig in dieser Reihenfolge. Er und drei weitere Männer hatten acht Stunden damit verbracht, die Harris Avenue Extension in der Nähe des Flughafens zu asphaltieren, ein heißer Job an einem heißen Tag, und Bill Fraker sagte ja, vielleicht sei er ein wenig zu schnell gefahren – vielleicht vierzig Meilen in einer Tempo-dreißig-Zone. Er hatte es eilig, ins Depot zu kommen, den Lastwagen abzuliefern und sich ans Steuer seines F-150 mit Klimaanlage zu setzen. Und die Bremsen des Lastwagens waren zwar noch gut genug für eine Inspektion, aber längst nicht tipptopp. Fraker trat darauf, sobald er sah, wie der Toyota vor ihm von dem Parkplatz herunterfuhr (er drückte auch auf die Hupe), aber es war zu spät. Er hörte quietschende Reifen – seine eigenen und die von Esther, als sie die Gefahr, zu spät, erkannte – und sah einen Augenblick lang ihr Gesicht.

»Das war irgendwie das Schlimmste daran«, sagte er zu mir, als wir auf seiner Veranda saßen und Bier tranken – da war es Oktober, und obwohl uns die Sonne warm ins Gesicht schien, trugen wir beide Pullover. »Wissen Sie, wie hoch man in diesen Kippladern sitzt?«

Ich nickte.

»Nun, sie schaute hoch, um mich zu sehen – reckte regelrecht den Hals, könnte man sagen –, und die Sonne schien ihr ins Gesicht. Ich konnte sehen, wie alt sie war. Ich entsinne mich, daß ich dachte: ›Heilige Scheiße, sie wird zerbrechen wie Glas, wenn ich nicht anhalten kann.‹ Aber alte Leute sind oft ganz schön zäh. Sie können einen überraschen. Ich meine, sehen Sie, wie es gekommen ist, die beiden alten Tanten leben noch, und Ihre Frau ...«

Da brach er ab, und ein grelles Rot schoß ihm in die Wangen, wodurch er aussah wie ein Junge, der auf dem Schulhof von Mädchen ausgelacht wird, die festgestellt haben, daß sein Hosenschlitz offensteht. Es war komisch, aber wenn ich gelächelt hätte, hätte ihn das nur verwirrt.

»Mr. Noonan, es tut mir leid. Mein Mundwerk ist einfach mit mir durchgegangen.«

»Schon gut«, sagte ich. »Ich habe das Schlimmste sowieso überstanden.« Das war gelogen, brachte uns aber wieder zum Thema.

»Jedenfalls«, sagte er, »sind wir zusammengestoßen. Es gab einen lauten Knall und ein Knirschen, als die Fahrerseite des Autos eingedrückt wurde. Und das Klirren von Glas. Ich wurde so fest gegen das Lenkrad geschleudert, daß ich noch mindestens eine Woche später Schmerzen beim Einatmen hatte, und ich hatte einen großen Bluterguß genau hier.« Er zeichnete unterhalb der Schlüsselbeine einen Bogen auf seine Brust. »Ich bin mit dem Kopf so hart gegen die Windschutzscheibe geprallt, daß das Glas zersprungen ist, aber ich hatte nur eine winzige purpurne Prellung da oben ... kein Blut, nicht mal Kopfschmerzen. Meine Frau sagt, ich habe von Natur aus einen Dickschädel. Ich hab' gesehen, wie Mrs. Easterling, die Frau, die den Toyota fuhr, über die Konsole zwischen den Vordersitzen geschleudert wurde. Dann kamen wir endlich, ineinander verkeilt, mitten auf der Straße zum Stillstand, und ich stieg aus, um zu sehen, wie schlimm sie dran waren. Ich sage Ihnen, ich habe erwartet, daß sie beide tot sind.«

Keine von beiden war tot, nicht einmal bewußtlos, obwohl Mrs. Easterling drei gebrochene Rippen und eine ausgerenkte Hüfte hatte. Mrs. Deorsey, die einen Sitz von der Stelle des Aufpralls entfernt gesessen hatte, erlitt eine Gehirnerschütterung, nachdem ihr Kopf gegen das Fenster der Beifahrertür gestoßen war. Das war alles; sie wurde »im Home Hospital behandelt und entlassen«, wie es in solchen Fällen in den *Derry News* immer heißt.

Meine Frau, die frühere Johanna Arlen aus Malden, stand mit der Tasche über der Schulter und dem Rezept in der anderen Hand vor dem Drugstore und sah alles. Genau wie Bill Fraker muß sie gedacht haben, daß die Insassen des Toyota tot oder schwer verletzt waren. Das Geräusch der Kollision war ein hohler, machtvoller Knall gewesen, der durch den heißen Nachmittag rollte wie eine Bowlingkugel auf der Bahn. Das Geräusch von berstendem Glas umgab ihn wie zerrissene Spitze. Die beiden Fahrzeuge standen ineinander verkeilt auf der Jackson Street, der schmutzige orangerote Lkw ragte über dem hellblauen Importwagen auf wie ein bedrohlicher Vater über einem kauernden Kind.

Johanna sprintete über den Parkplatz zur Straße. Um sie herum folgten andere ihrem Beispiel. Eine, Miss Jill Dunbarry, hatte einen Schaufensterbummel bei Radio Shack gemacht, als der Unfall passierte. Sie glaubt sich zu erinnern, daß sie an Johanna vorbeilief – wenigstens war sie ziemlich sicher, daß sie sich an jemanden mit gelben Hosen erinnerte –, aber ganz sicher war sie nicht. Mittlerweile schrie Mrs. Easterling, daß sie verletzt wäre, daß sie beide verletzt wären, ob nicht bitte jemand kommen und ihr und ihrer Freundin Irene helfen könnte.

Auf halbem Weg über den Parkplatz stürzte meine Frau in der Nähe einer kleinen Gruppe von Zeitungsboxen. Die Tasche blieb über ihrer Schulter, aber die Tüte der Apotheke fiel ihr aus der Hand, der Inhalator rutschte halb heraus. Der andere Gegenstand blieb drinnen.

Niemand bemerkte, daß sie bei den Zeitungsboxen lag; alle konzentrierten sich auf die verkeilten Fahrzeuge, die schreienden Frauen, die wachsende Lache Wasser und Frostschutz aus dem eingedrückten Kühler des Lastwagens der Stadtwerke. (»Das ist Benzin!« rief der Verkäufer des Fast Foto jedem zu, der es hören wollte. »Das ist Benzin, paßt auf, daß es nicht hochgeht, Leute!«) Ich halte es nicht für ausgeschlossen, daß der eine oder andere der Möchtegernretter über sie gesprungen ist und möglicherweise dachte, daß sie ohnmächtig geworden war. Es wäre nicht außergewöhnlich gewesen, so etwas an einem Tag zu denken, an dem die Temperatur bei fünfunddreißig Grad lag.

Etwa zwei Dutzend Menschen aus dem Einkaufszentrum drängten sich um die Unfallstelle; rund weitere vier Dutzend kamen vom Strawford Park herübergelaufen, wo ein Baseballspiel stattgefunden hatte. Ich könnte mir vorstellen, daß alles gesagt wurde, was in so einer Situation zu erwarten ist, manches mehr als einmal. Bill Fraker versuchte, zu dem eingedrückten Toyota vorzudringen; er könnte gesagt haben: *Sind sie verletzt? Sind sie verletzt?* Jemand (möglicherweise mehrere Jemande) hat wahrscheinlich versucht, ihn begütigend festzuhalten und wegzuführen. *Sie setzen sich besser, Mister,* hätte in den Drehbüchern dieser Leute gestanden, natürlich zusammen mit: *Sie sehen aber gar nicht gut aus.* Jemand hätte zu Esther Easterling und/oder

Irene Deorsey gesagt: *Sie bewegen sich besser nicht*; ein anderer hätte den Rat gegeben: *Atmen Sie tief durch*. Der Bursche (oder das Mädchen) mit dem unerschütterlichsten Glauben an die Kraft positiven Denkens könnte in einem bärbeißig beruhigenden Tonfall gesagt haben: *Alles wird gut, alles wird gut*, und mehrere andere Jemande könnten gerufen haben: *Jemand muß einen Krankenwagen rufen!*

Allgemeines Gedränge. Jemand greift durch das unregelmäßige Loch, das einmal das Fahrerfenster gewesen war, und tätschelt die zitternde alte Hand von Esther. Die Leute machen augenblicklich Platz für Joe Wyzer, weil Leute im weißen Kittel in so einer Situation immer zur Ballkönigin werden. In der Ferne ertönt das wabernde Heulen einer Krankenwagensirene wie flimmernde Luft über einer Feuerstelle, und der griechische Chor sagt erneut, was der griechische Chor stets in solchen Situationen zu sagen pflegt: *Gott sei Dank* und *Da kommen sie* und *Ich kann sie hören* und *Endlich*.

Derweil lag meine Frau die ganze Zeit unbemerkt auf dem Parkplatz, die Tasche noch über der Schulter (in der sich noch die in Stanniolpapier eingewickelte Schokolade-Marshmallow-Maus befand), die weiße Apothekentüte neben der ausgestreckten Hand. Joe Wyzer, der zur Apotheke zurücklief, um eine Kompresse für Irene Deorseys Kopf zu holen, entdeckte sie. Er erkannte sie, obwohl sie auf dem Bauch lag. Er erkannte sie am roten Haar, der weißen Bluse und der gelben Hose. Er erkannte sie, weil er sie keine fünfzehn Minuten vorher bedient hatte.

»Mrs. Noonan?« fragte er und vergaß die Kompresse für die benommene, aber offensichtlich nicht ernsthaft verletzte Irene Deorsey. »Mrs. Noonan, alles in Ordnung?« Obwohl er bereits wußte (vermute ich jedenfalls; vielleicht irre ich mich), daß nicht alles in Ordnung war.

Er drehte sie um. Er brauchte beide Hände dazu, und selbst da mußte er sich anstrengen, kniete sich auf dem Parkplatz hin und drückte und mühte sich in der brütenden Hitze ab, die herunterstrahlte und vom Asphalt zurückgeworfen wurde. Tote Menschen nehmen zu, scheint mir; leibhaftig und in unserem Denken nehmen sie zu.

Sie hatte rote Flecken im Gesicht. Als ich sie identifizierte, konnte ich sie deutlich via Bildschirm erkennen. Ich wollte den

Gerichtsmediziner fragen, worum es sich dabei handelte, aber dann fiel es mir ein. Ende Juli, heißer Asphalt, elementar, mein guter Watson. Meine Frau starb mit einem Sonnenbrand.

Wyzer richtete sich auf, sah den Krankenwagen, der eingetroffen war, und rannte hin. Er drängte sich durch die Menge und schnappte sich einen der Sanitäter, als er aus dem Wagen ausstieg. »Da drüben ist eine Frau«, sagte Wyzer und zeigte auf den Parkplatz.

»Mann, wir haben hier zwei Frauen und außerdem noch einen Mann«, sagte der Sanitäter. Er versuchte, sich loszureißen, aber Wyzer hielt ihn fest.

»Vergessen Sie die vorerst«, sagte er. »Die sind im Grunde genommen okay. Die Frau da drüben nicht.«

Die Frau da drüben war tot, und ich bin ziemlich sicher, daß Joe Wyzer es wußte ... aber er kannte seine Prioritäten. Das muß man ihm lassen. Und er war überzeugend genug, daß die beiden Sanitäter trotz Esther Easterlings Schmerzensschreien und dem empörten Murmeln des griechischen Chors sich von dem aus Lastwagen und Toyota gebildeten Blechhaufen entfernten.

Als sie bei meiner Frau angekommen waren, bestätigte einer der Sanitäter rasch, was Joe Wyzer schon vermutet hatte. »Ach du Scheiße«, sagte der andere. »Was ist mit ihr passiert?«

»Wahrscheinlich das Herz«, sagte der erste. »Sie hat sich aufgeregt, und es ist ihr einfach explodiert.«

Aber es war nicht das Herz. Die Autopsie ergab ein Aneurysma im Gehirn, mit dem sie, ohne es zu wissen, vielleicht schon fünf Jahre gelebt hatte. Als sie über den Parkplatz zu der Unfallstelle sprintete, war das schwache Gefäß in ihrer Gehirnrinde geplatzt wie ein defekter Reifen, hatte ihr Kontrollzentrum in Blut ertränkt und sie getötet. Sie war wahrscheinlich nicht direkt gestorben, sagte mir der Gerichtsmediziner, aber schnell genug ... und gelitten hatte sie nicht. Nur eine große schwarze Nova, Empfindungen und Denken dahin, noch ehe sie auf dem Asphalt aufschlug.

»Kann ich Ihnen irgendwie helfen, Mr. Noonan?« fragte der Gerichtsmediziner und drehte mich behutsam von dem reglosen Gesicht und den geschlossenen Augen auf dem Videomonitor weg. »Haben Sie Fragen? Ich beantworte sie, wenn ich kann.«

»Nur eine«, sagte ich. Ich sagte ihm, was sie unmittelbar vor ihrem Tod in der Apotheke gekauft hatte. Dann stellte ich meine Frage.

Die Tage bis zur Beerdigung und die Beerdigung selbst sind in meiner Erinnerung wie ein Traum – am deutlichsten entsinne ich mich, wie ich Jos Schokoladenmaus gegessen und geweint habe ... hauptsächlich geweint, glaube ich, weil ich wußte, wie schnell der Geschmack vergangen sein würde. Ein paar Tage nach ihrem Begräbnis hatte ich einen zweiten Weinkrampf, von dem ich Ihnen bald erzählen werde.

Ich war froh, als Jos Familie eintraf, besonders Jos älterer Bruder Frank. Es war Frank Arlen – fünfzig, rote Wangen, untersetzt und mit einem erstaunlich dichten, fast theatralisch weißen Haarschopf –, der die Trauerfeier organisierte ... der zuletzt buchstäblich mit dem Bestattungsunternehmer *feilschte*.

»Ich kann nicht glauben, daß du das gemacht hast«, sagte ich später, als wir beide in Jack's Pub saßen und Bier tranken.

»Er hat versucht, dich über den Tisch zu ziehen, Mikey«, sagte er. »Ich hasse solche Typen.« Er zog ein Taschentuch aus der Gesäßtasche und wischte sich geistesabwesend die Wangen damit ab. Er war nicht zusammengebrochen – niemand von den Arlens brach zusammen, jedenfalls nicht in meiner Gegenwart –, hatte aber den ganzen Tag mit den Tränen zu kämpfen; er sah aus wie ein Mann, der an einer schlimmen Bindehautentzündung leidet.

Alles in allem waren die Arlens sechs Geschwister gewesen, Jo die jüngste und das einzige Mädchen. Sie war der absolute Liebling ihrer älteren Brüder gewesen. Ich habe den Verdacht, wenn ich etwas mit ihrem Tod zu tun gehabt hätte, hätten die fünf mich mit bloßen Händen in Stücke gerissen. So aber bildeten sie statt dessen einen Schutzschirm um mich, und das war gut. Ich nehme an, ich wäre auch ohne sie zurechtgekommen, aber ich weiß nicht, wie. Ich war sechsunddreißig, vergessen Sie das nicht. Man geht nicht davon aus, daß man seine Frau beerdigen muß, wenn man sechsunddreißig ist und sie selbst zwei Jahre jünger. Der Tod war das letzte, woran wir dachten.

»Wenn ein Kerl dabei erwischt wird, wie er die Stereoanlage

aus deinem Auto nimmt, nennen sie es Diebstahl und stecken ihn ins Gefängnis«, sagte Frank. Die Arlens stammten aus Massachusetts, und ich konnte immer noch die gedehnten Vokale in Franks Stimme hören. »Wenn derselbe Kerl versucht, einem trauernden Ehemann einen Dreitausend-Dollar-Sarg für viereinhalbtausend zu verkaufen, nennen sie es Geschäft und bitten ihn, beim Galadiner der Rotarier zu sprechen. Habgieriges Arschloch, aber ich hab's ihm gezeigt, was?«

»Ja. Das hast du.«

»Alles klar, Mikey?«

»Klar.«

»Wirklich?«

»Woher zum Teufel soll ich das wissen?« fragte ich ihn so laut, daß ein paar Köpfe in einer benachbarten Nische gedreht wurden. Und dann: »Sie war schwanger.«

Sein Gesicht wurde vollkommen ausdruckslos. »*Was?*«

Ich bemühte mich, mit gedämpfter Stimme zu sprechen. »Schwanger. Sechste oder siebte Woche, laut der ... du weißt schon, der Autopsie. Wußtest du es? Hat sie es dir gesagt?«

»Nein! Herrgott, nein!« Aber er hatte einen merkwürdigen Gesichtsausdruck, als hätte sie ihm *etwas* gesagt. »Ich wußte natürlich, daß ihr es versucht habt ... sie hat gesagt, deine Spermienzahl sei niedrig, daher könnte es eine Weile dauern, aber der Arzt hat gesagt, wahrscheinlich würdet ihr ... früher oder später würdet ihr wahrscheinlich ...« Er verstummte und betrachtete seine Hände. »Sie können das feststellen, hm? Sie überprüfen es?«

»Sie können es feststellen. Was das Überprüfen angeht, ich weiß nicht, ob sie es automatisch machen oder nicht. Ich habe darum gebeten.«

»Warum?«

»Sie hat nicht nur ihr Nebenhöhlenmittel gekauft, bevor sie gestorben ist. Auch einen dieser Schwangerschaftstests.«

»Du hattest keine Ahnung? Keinen Schimmer?«

Ich schüttelte den Kopf.

Er streckte die Hand über den Tisch und drückte mir die Schulter. »Sie wollte sicher sein, das ist alles. Das weißt du, oder?«

Meine Nebenhöhlenmedizin und einen Fisch, hatte sie gesagt. Und wie immer ausgesehen. Eine Frau, die ein paar Besorgungen macht. Wir hatten acht Jahre versucht, ein Kind zu bekommen, aber sie hatte wie immer ausgesehen.

»Klar«, sagte ich und tätschelte Franks Hand. »Klar, Großer. Ich weiß.«

Es waren die Arlens – unter Führung von Frank – die Johannas letztes Geleit organisierten. Als Schriftsteller der Familie fiel mir der Nachruf zu. Mein Bruder kam mit meiner Mom und meiner Tante von Virginia und durfte während der Aufbahrung die Kondolenzliste betreuen. Meine Mutter – mit sechsundsechzig fast vollkommen gaga, obwohl die Ärzte sich weigerten, von Alzheimer zu sprechen – lebte mit ihrer Schwester, die zwei Jahre jünger und nur unwesentlich weniger plemplem war, in Memphis. Sie hatten die Aufgabe, Kuchen und Torten beim Leichenschmaus zu schneiden.

Alles andere arrangierten die Arlens, von der Aufbahrung bis zu den Einzelheiten der Trauerfeier. Frank und Victor, der zweitjüngste Bruder, hielten kurze Ansprachen. Jos Dad sprach ein Gebet für die Seele seiner Tochter. Und am Ende rührte Pete Breedlove, der Junge, der im Sommer unseren Rasen mähte und im Herbst den Garten rechte, uns alle zu Tränen, als er »Blessed Assurance« sang, das in ihrer Kinderzeit Frank zufolge Jos liebstes Kirchenlied gewesen war. Wie Frank Pete gefunden und überredet hat, bei der Beerdigung zu singen, habe ich nie herausgefunden.

Wir haben es überstanden – am Dienstag die Aufbahrung nachmittags und abends, am Mittwoch morgen die Totenfeier, danach die Beisetzung im Familienkreis auf dem Fairlawn Cemetery. Ich erinnere mich vor allem daran, daß ich dachte, wie heiß es war, wie verloren ich mich fühlte ohne Jo, mit der ich reden konnte, und daß ich wünschte, ich hätte mir ein neues Paar Schuhe gekauft. Wäre Jo dagewesen, hätte sie mir die Hölle heiß gemacht wegen derjenigen, die ich trug.

Später unterhielt ich mich mit meinem Bruder Sid und sagte ihm, wir *müßten* etwas wegen unserer Mutter und Tante Francine unternehmen, bevor die beiden endgültig in der Twilight Zone verschwänden. Sie wären zu jung für ein Pflegeheim; was habe er für einen Vorschlag?

Er hatte einen Vorschlag, aber der Teufel soll mich holen, wenn ich noch weiß, was es war. Ich war einverstanden, daran erinnere ich mich, aber nicht mehr, worum es ging. Später stiegen Siddy, unsere Mom und unsere Tante in Siddys Mietwagen, um nach Boston zu fahren, wo sie die Nacht verbringen und am folgenden Tag den Southern Crescent nehmen würden. Meinem Bruder macht es Spaß, sich um die alten Damen zu kümmern, aber er fliegt nicht, selbst wenn ich die Tickets bezahle. Er sagt immer, daß es keine Standspur am Himmel gibt, wenn der Motor den Geist aufgibt.

Der Großteil der Arlens reiste am nächsten Tag ab. Wieder war es brütend heiß, die Sonne gleißte von einem dunstigen weißen Himmel und ergoß sich über alles wie geschmolzenes Messing. Sie standen vor unserem Haus – das mittlerweile allein mein Haus geworden war –, während drei Taxis am Bordstein warteten, machten einen Riesenaufstand, umarmten einander in dem Durcheinander von Reisetaschen und verabschiedeten sich mit diesem nuscheligen Massachusettsakzent.

Frank blieb noch einen Tag. Wir pflückten einen großen Blumenstrauß hinter dem Haus – nicht diese gräßlich riechenden Treibhausblumen, deren Duft ich stets mit Tod und Orgelmusik in Verbindung bringe, sondern richtige Blumen, wie Jo sie am liebsten mochte – und steckten sie in Kaffeedosen, die ich in der Vorratskammer fand. Wir fuhren zum Friedhof und stellten sie auf das frische Grab. Dann saßen wir eine Zeitlang unter der sengenden Sonne.

»Sie war immer das Allersüßeste in meinem Leben«, sagte Frank schließlich mit erstickter Stimme. »Als Kinder haben wir uns um Jo gekümmert. Wir Jungs. Niemand hat Jo verarscht, das kann ich dir sagen. Wenn es jemand versucht hat, haben wir ihm die Meinung gegeigt.«

»Sie hat mir eine Menge Geschichten erzählt.«

»Gute?«

»Ja, echt gute.«

»Ich werde sie schrecklich vermissen.«

»Ich auch«, sagte ich. »Frank ... hör mal ... ich weiß, du warst ihr Lieblingsbruder. Sie hat dich nicht angerufen, um dir vielleicht zu sagen, daß ihre Periode ausgeblieben ist oder sie sich morgens elend fühlt? Du kannst es mir sagen. Ich bin nicht sauer.«

»Aber das hat sie nicht. Großes Ehrenwort. *War* ihr denn morgens elend?«

»Falls ja, hab' ich nichts davon gemerkt.« Und so war es. Ich hatte absolut nichts bemerkt. Natürlich hatte ich geschrieben, und wenn ich schreibe, bin ich wie in Trance. Aber sie wußte, wohin ich in diesem Zustand ging. Sie hätte mich finden und wachrütteln können. Warum hatte sie das nicht getan? Warum sollte sie mir die gute Nachricht vorenthalten? Daß sie es mir erst sagen wollte, wenn sie ganz sicher war, klang plausibel ... aber irgendwie paßte es nicht zu Jo.

»War es ein Junge oder ein Mädchen?« fragte er.

»Ein Mädchen.«

Wir hatten während unserer gesamten Ehe Namen ausgesucht und parat. Ein Junge hätte Andrew geheißen. Unsere Tochter wäre Kia gewesen. Kia Jane Noonan.

Frank, seit sechs Jahren geschieden und alleinstehend, war bei mir geblieben. Auf dem Rückweg zum Haus sagte er: »Ich mache mir Sorgen zum dich, Mikey. Du hast nicht viel Familie, auf die du in einer Zeit wie dieser zurückgreifen kannst, und was du hast, ist weit weg.«

»Ich komme zurecht«, sagte ich.

Er nickte. »Sagen wir jedenfalls, wenn wir gefragt werden, richtig?«

»Wir?«

»Wir Männer. ›Ich komme zurecht.‹ Und wenn nicht, achten wir darauf, daß es niemand merkt.« Er sah mich mit nach wie vor tränenden Augen an und hielt sein Taschentuch in einer großen, sonnenverbrannten Hand. »Wenn du nicht zurechtkommst, Mikey, und du deinen Bruder nicht anrufen willst – mir ist nicht entgangen, wie du ihn angesehen hast –, laß mich dein Bruder sein. Jos wegen, wenn schon nicht deinetwegen.«

»Okay«, sagte ich, respektierte das Angebot und wußte es zu schätzen, obwohl ich genau wußte, daß ich nichts dergleichen tun würde. Ich rufe nicht andere Leute zu Hilfe. Das liegt nicht daran, wie ich erzogen wurde, wenigstens glaube ich es nicht; ich bin einfach nicht dazu geschaffen. Johanna hat mal gesagt, wenn ich dabei wäre, im Dark Score Lake, wo wir unser Sommerhaus haben, zu ertrinken, würde ich lieber fünfzehn Meter vom öffentlichen Strand entfernt lautlos sterben, als um Hilfe zu rufen. Das ist keine Frage von Liebe oder Zuneigung. Die kann ich geben und empfangen. Ich empfinde Schmerz wie jeder andere auch. Ich habe das Bedürfnis, andere zu berühren und von ihnen berührt zu werden. Aber wenn mich jemand fragt: »Geht es dir gut?«, kann ich nicht mit nein antworten. Ich kann nicht sagen: Hilf mir.

Zwei Stunden später brach Frank in den Süden des Staats auf. Als er die Fahrertür öffnete, sah ich gerührt, daß die Audiokassette, die er hörte, von einem meiner Bücher war. Er umarmte mich, dann überraschte er mich mit einem Kuß auf den Mund, einem festen Schmatz. »Wenn du reden mußt, ruf an«, sagte er. »Und wenn du Gesellschaft brauchst, komm einfach.«

Ich nickte.

»Und sei vorsichtig.«

Das überraschte mich. Die Kombination von Hitze und Trauer hatte mir in den vergangenen Tagen den Eindruck vermittelt, als lebte ich in einem Traum, aber das drang durch.

»Wieso vorsichtig?«

»Ich weiß nicht«, sagte er. »Ich weiß nicht, Mikey.« Dann stieg er in sein Auto ein – er war so groß und das Auto so klein, daß es wie ein Kleidungsstück an ihm wirkte – und fuhr weg. Mittlerweile ging die Sonne unter. Wissen Sie, wie die Sonne am Ende eines heißen Tages im August aussieht? Rötlich gelb und irgendwie *gequetscht*, als würde sie von einer unsichtbaren Hand niedergedrückt und könnte jeden Moment platzen wie ein übersatter Moskito und den gesamten Horizont vollspritzen. Genauso war es. Im Osten, wo es bereits dunkel war, grollte Donner. Aber es gab keinen Regen in dieser Nacht, nur eine Dunkelheit, die sich dicht und erstickend wie eine Decke herabsenkte. Trotzdem setzte ich mich vor den Computer und schrieb etwa eine Stunde lang. Soweit ich mich erinnern kann, lief es ziemlich gut. Und wissen Sie, selbst wenn es nicht gut läuft, vertreibt es einem die Zeit.

Den zweiten Weinkrampf hatte ich vier Tage nach der Beerdigung. Das Gefühl, in einem Traum zu leben, blieb bestehen – ich lief, redete, ging ans Telefon, arbeitete an meinem Buch, das zu achtzig Prozent fertig gewesen war, als Jo starb –, aber die ganze Zeit hatte ich dieses eindeutige Gefühl von Distanz, ein Gefühl, als würde alles in einer gewissen Entfernung von meinem wahren Ich stattfinden, als würde ich alles mehr oder weniger fernmündlich in Erfahrung bringen.

Denise Breedlove, Petes Mutter, rief an und fragte, ob sie nicht an einem Tag in der kommenden Woche mit zwei Freundinnen vorbeikommen und in dem riesigen alten Edwardianischen Kasten, in dem ich jetzt allein wohnte – in dem ich herumrollte wie die letzte Erbse in einer Dose von der Größe eines Restaurants –, vom Bug bis zum Heck eine gründliche Reinigung veranstalten sollte. Sie würden es, sagte sie, für hundert Dollar tun, die sie unter sich aufteilen würden, und vor allem, weil es nicht gut für mich wäre, ohne Hausputz weiterzumachen. Nach einem Todesfall müßte alles gründlich abgeschrubbt werden, sagte sie, auch wenn der Tod nicht im Haus selbst stattgefunden hatte.

Ich sagte ihr, das wäre eine prima Idee, aber ich würde ihr und den Frauen, die sie mitbrachte, jeweils einhundert Dollar für sechs Stunden Arbeit bezahlen. Nach sechs Stunden mußte der Job erledigt sein. Und wenn nicht, sagte ich, wäre er trotzdem erledigt.

»Mr. Noonan, das ist viel zuviel«, sagte sie.

»Vielleicht, vielleicht auch nicht, aber das bezahle ich«, sagte ich. »Machen Sie es?«

Sie sagte, sie würde es machen, natürlich würde sie es machen.

Es ist vielleicht nicht überraschend, daß ich mich am Abend, bevor sie kamen, dabei ertappte, wie ich durch das Haus ging und eine Inspektion durchführte. Ich glaube, ich wollte nicht, daß die Frauen (von denen mir zwei vollkommen fremd wären) etwas fanden, das sie oder mich in Verlegenheit brachte: vielleicht ein Paar von Johannas Seidenschlüpfern hinter einem Sofakissen (»Es überkommt uns oft auf dem Sofa, Michael«, hatte sie einmal zu mir gesagt, »ist dir das auch aufgefallen?«) oder Bierdosen unter der Zweiercouch auf der Sonnenveranda, womöglich sogar eine nicht gespülte Toilette. In Wahrheit kann ich Ihnen überhaupt nicht sagen, wonach ich suchte; dieses Gefühl, in einem Traum zu agieren, beherrschte meinen Verstand nach wie vor. In jenen Tagen dachte ich am klarsten an das Ende des Romans, den ich schrieb (der psychopathische Killer hatte meine Heldin in ein Hochhaus gelockt und wollte sie vom Dach stoßen), oder an den Schwangerschaftstest Marke Norco, den Jo am Tag, als sie starb, gekauft hatte, Nebenhöhlenmedizin, hatte sie gesagt. Fisch zum Abendessen, hatte sie gesagt. Und ihre Augen hatten mir nichts gezeigt, das eines zweiten Blicks bedurft hätte.

Gegen Ende meiner »Vor-Hausputz«-Inspektion sah ich unter das Bett und fand ein aufgeschlagenes Taschenbuch auf Jos Seite. Sie war noch nicht lange tot, aber wenige Länder eines Haushalts sind so staubig wie das Königreich unter dem Bett, und der hellgraue Überzug, den ich auf dem Buch sah, als ich es hervorzog, ließ mich an Johannas Gesicht und Hände in ihrem Sarg denken – Jo im Königreich unter der Erde. Wurde es in einem Sarg staubig? Sicher nicht, aber –

Ich verdrängte den Gedanken. Der Gedanke tat so, als ginge er, kam aber den ganzen Tag über zurückgekrochen wie Tolstois weißer Bär.

Johanna und ich hatten beide Englisch als Hauptfach an der University of Maine studiert und uns wie viele andere, schätze ich, zu dem Klang von Shakespeare und dem Tilbury-Town-Zynismus von Edward Arlington Robinson ineinander verliebt. Aber der Schriftsteller, der uns am engsten miteinander verbunden hatte, war kein collegekompatibler Dichter oder Essayist, sondern W. Somerset Maugham, jener ältliche, weltreisende Romancier und Dramatiker mit dem Reptiliengesicht (auf Fotos stets von Zigarettenrauch verhüllt, scheint es) und dem Herzen eines Romantikers. Daher überraschte mich kaum, daß es sich bei dem Buch unter dem Bett um *Silbermond und Kupfermünze* handelte. Ich hatte es als Teenager nicht einmal, sondern zweimal gelesen und mich leidenschaftlich mit der Figur des Charles Strickland identifiziert. (Natürlich wollte ich schreiben in der Südsee, nicht malen.)

Sie hatte eine Spielkarte aus einem unvollständigen Blatt als Lesezeichen benutzt, und als ich das Buch aufschlug, fiel mir etwas ein, das sie gesagt hatte, als ich sie kennenlernte. In »Britische Literatur des zwanzigsten Jahrhunderts« war das gewesen, wahrscheinlich 1980. Johanna Arlen war eine begeisterte kleine Studentin im zweiten Studienjahr gewesen. Ich war ein alter Hase und hatte mich nur für die Briten des zwanzigsten Jahrhunderts entschieden, weil ich im letzten Semester Zeit übrig hatte. »In einhundert Jahren«, hatte sie gesagt, »wird es den Literaturkritikern Mitte des zwanzigsten Jahrhunderts zur Schande gereichen, daß sie Lawrence bejubelt und Maugham ignoriert haben.« Das wurde mit verächtlich gutmütigem Gelächter quittiert (alle wußten, daß *Liebende Frauen* eines der verdammt besten Bücher war, die je geschrieben wurden), aber ich lachte nicht. Ich verliebte mich.

Die Spielkarte steckte zwischen den Seiten 102 und 103 – Dirk Stroeve hat gerade herausgefunden, daß seine Frau ihn wegen Strickland verlassen hat, Maughams Version von Paul Gauguin. Der Erzähler versucht, Stroeve aufzumuntern. *Mein Bester, seien Sie doch nicht unglücklich. Sie wird zurückkommen …*

»Du hast gut reden«, murmelte ich in dem Zimmer, das nun mir allein gehörte.

Ich blätterte die Seite um und las folgendes: *Stricklands beleidigende Ruhe beraubte Stroeve seiner Selbstbeherrschung. Von blinder Raserei erfaßt, stürzte er sich, ohne zu wissen, was er tat, auf Strickland. Dieser, keines Angriffs gewärtig, taumelte, aber trotz der überstandenen Krankheit war er noch ein sehr kräftiger Mann, und einen Augenblick später lag Stroeve, ohne daß er recht wußte, wie ihm geschah, der Länge nach auf dem Fußboden.*

»Sie komischer kleiner Mann«, sagte Strickland.

Da wurde mir klar, daß Jo nie wieder diese Seite umblättern und hören würde, wie Strickland den bemitleidenswerten Stroeve einen komischen kleinen Mann nannte. In einem Augenblick strahlender Epiphanie, den ich nie wieder vergessen habe – wie könnte ich? Es war einer der schlimmsten Augenblicke meines Lebens –, begriff ich, daß es kein Fehler war, der korrigiert werden, oder ein Traum, aus dem ich erwachen würde. Johanna war tot.

Die Trauer raubte mir jede Kraft. Wäre das Bett nicht gewesen, ich wäre auf den Boden gefallen. Wir weinen mit den Augen, mehr können wir nicht tun, aber an jenem Abend war mir zumute, als würde jede Pore meines Körpers weinen, jede Runzel und Falte. Ich saß auf ihrer Seite des Betts, hielt die staubige Ausgabe von *Silbermond und Kupfermünze* in der Hand und heulte. Ich glaube, so sehr aus Überraschung wie aus Schmerz; trotz der Leiche, die ich über einen hochauflösenden Videomonitor gesehen und identifiziert hatte, trotz der Beerdigung und der Tatsache, daß Pete Breedlove mit seiner hohen, klaren Tenorstimme »Blessed

Assurance« gesungen hatte, trotz der Bestattungszeremonie mit ihrem Asche zu Asche, Staub zu Staub, hatte ich es nicht wirklich geglaubt. Das Penguin-Taschenbuch schaffte, was der große graue Sarg nicht geschafft hatte: Es bestand darauf, daß sie tot war.

»Sie komischer kleiner Mann«, sagte Strickland.

Ich legte mich auf unser Bett zurück, verschränkte die Unterarme über dem Gesicht und weinte mich in den Schlaf wie ein Kind, das unglücklich ist. Ich hatte einen schrecklichen Traum. Darin erwachte ich, sah die Taschenbuchausgabe von *Silbermond und Kupfermünze* noch auf der Decke neben mir liegen und beschloß, es wieder unter das Bett zu legen, wo ich es gefunden hatte. Sie wissen ja, wie wirr Träume sind – Logik wie Uhren von Dalí, die so weich geworden sind, daß sie wie Teppiche über den Ästen von Bäumen hängen.

Ich steckte die Spielkarte zwischen Seite 102 und 103 – eine Drehung des Zeigefingers weg von *»Sie komischer kleiner Mann«, sagte Strickland,* jetzt und immerdar –, rollte mich auf meine Seite, ließ den Kopf über die Bettkante hängen, um das Buch exakt dorthin zu legen, wo ich es gefunden hatte.

Jo lag da unten zwischen den Staubflusen. Eine Spinnwebe hing von den Sprungfedern herab und liebkoste ihr Gesicht wie eine Feder. Ihr rotes Haar sah stumpf aus, aber die Augen in dem weißen Gesicht waren dunkel und wach und haßerfüllt. Als sie den Mund aufmachte, wußte ich, daß der Tod sie in den Wahnsinn getrieben hatte.

»Gib das her«, zischte sie. »Es ist mein Staubfänger.« Sie riß mir das Buch aus der Hand, bevor ich es ihr geben konnte. Einen Augenblick berührten sich unsere Finger, und ihre waren so kalt wie Zweige nach einem Frost. Sie schlug das Buch an ihrer Stelle auf, so daß die Spielkarte herausflatterte, und legte sich Somerset Maugham über das Gesicht – ein Leichentuch aus Worten. Als sie die Hände auf dem Busen übereinanderlegte und reglos liegenblieb, fiel mir auf, daß sie das blaue Kleid trug, in dem ich sie bestattet hatte. Sie war aus dem Grab zurückgekommen, um sich unter dem Bett zu verstecken.

Ich erwachte mit einem gedämpften Schrei und einem schmerzhaften Zusammenzucken, durch das ich beinahe vom Bett gefallen wäre. Ich hatte nicht lange geschlafen – die Tränen auf meinen Wangen waren noch feucht, und meine Lider fühlten sich so merkwürdig straff an, wie es nach anhaltendem Weinen nicht unüblich ist. Der Traum war so lebhaft gewesen, daß ich mich auf die Seite drehen und unter dem Bett nachsehen mußte, weil ich sicher war, sie würde mit dem Buch auf dem Gesicht da sein und mit ihren kalten Fingern nach mir greifen.

Natürlich war nichts da – Träume sind nur Träume. Dennoch verbrachte ich den Rest der Nacht auf der Couch in meinem Arbeitszimmer. Ich schätze, es war die richtige Entscheidung, denn in dieser Nacht kamen keine Träume mehr. Nur das Nichts guten Schlafes.

Kapitel 2

Ich litt in den zehn Jahren meiner Ehe nie an einer Schreibblockade und litt auch unmittelbar nach Johannas Tod nicht daran. Tatsächlich war mir der Zustand so wenig vertraut, daß er es sich längst ziemlich bequem gemacht hatte, bis mir klar wurde, daß irgend etwas faul war. Ich glaube, das lag daran, daß ich im Grunde meines Herzens glaubte, ein derartiger Zustand befiele nur »literarische« Typen der Art, wie sie in der *New York Review of Books* diskutiert, demontiert und manchmal verworfen wurden.

Meine schriftstellerische Laufbahn und meine Ehe erstreckten sich über fast genau dieselbe Zeitspanne. Die erste Fassung meines ersten Romans, *Zweisamkeit*, beendete ich nicht lange nachdem Jo und ich uns offiziell verlobt hatten (ich steckte ihr einen Opalring an den dritten Finger der linken Hand, hundertzehn Dollar bei Day's Jewellers und eine ganze Ecke mehr, als ich mir damals leisten konnte ... aber Johanna schien völlig von ihm begeistert zu sein), und ich beendete meinen letzten Roman, *Von ganz oben*, etwa einen Monat nachdem ihr Totenschein ausgestellt worden war. Das war der über den psychopathischen Killer, der Hochhäuser liebt. Er wurde im Herbst 1995 veröffentlicht. Ich habe seitdem andere Romane veröffentlicht – ein Paradoxon, das ich erklären kann –, aber ich glaube nicht, daß in irgendeiner Verlagsvorschau der absehbaren Zukunft ein Roman von Michael Noonan auftauchen wird. Jetzt weiß ich durchaus, was eine Schreibblockade ist. Ich weiß mehr darüber, als ich je wissen wollte.

Als ich Jo zögernd die erste Fassung von *Zweisamkeit* zeigte, las sie es an einem Abend, in ihrem Lieblingssessel zusammengerollt; sie trug nichts als ein Höschen und ein T-Shirt mit dem Schwarzbären von Maine auf der Vorderseite und trank ein Glas Eistee nach dem anderen. Ich ging in die Garage (wir hatten zusammen mit einem anderen Paar, das finanziell auf ebenso unsicherem Boden stand wie wir, ein Haus in Bangor gemietet … und, nein, da waren Jo und ich noch nicht verheiratet, obwohl der Opalring, soweit ich weiß, nie von ihrem Finger verschwand) werkelte ziellos herum und kam mir vor wie eine Figur in einem Cartoon des *New Yorker* – einer von diesen komischen Typen im Vorzimmer der Entbindungsstation. Soweit ich mich erinnere, habe ich einen Vogelhausbausatz Marke »So einfach, daß es ein Kind zusammenbauen kann« versaut und mir fast den Zeigefinger der linken Hand abgeschnitten. Alle zwanzig Minuten ging ich rein und warf einen Blick auf Jo. Sie ließ nicht erkennen, ob sie es bemerkte. Das wertete ich als hoffnungsvolles Zeichen.

Ich saß auf der hinteren Außentreppe, sah zu den Sternen hinauf und rauchte, als sie herauskam, sich zu mir setzte und mir die Hand auf den Nacken legte.

»Und?« sagte ich.

»Es ist gut«, sagte sie. »Warum kommst du nicht mit rein und besorgst es mir?« Und bevor ich antworten konnte, flatterte mir das Höschen, das sie getragen hatte, mit einem leisen Flüstern von Nylon in den Schoß.

Als wir hinterher im Bett lagen und Orangen aßen (ein Laster, aus dem wir später rausgewachsen sind), fragte ich sie: »Gut genug für einen Verleger?«

»Nun«, sagte sie, »ich weiß nichts über die Glamour-Welt der Verlagsbranche, aber ich lese mein ganzes Leben lang zum Vergnügen – *Curious George* war meine erste Liebe, falls es dich interessiert –«

»Das tut es nicht.«

Sie beugte sich zu mir und steckte mir einen Orangenschnitz in den Mund, wobei ihre Brust warm und aufreizend meinen Arm berührte, »– und ich habe das hier mit großem Vergnügen gelesen. Ich wage die Vorhersage, daß deine Laufbahn als Reporter der *Daily News* nicht über das Anfangsstadium hinauskommen wird. Ich glaube, ich werde die Frau eines Schriftstellers.«

Bei ihren Worten durchrieselte es mich heiß und kalt – ich bekam sogar eine Gänsehaut auf den Armen. Nein, sie wußte nichts über die Glamour-Welt der Verlagsbranche, aber wenn sie daran glaubte, glaubte ich auch daran … und dieser Glaube erwies sich als der richtige Kurs. Über meinen alten Dozenten für kreatives Schreiben (der meinen Roman las und mit zurückhaltendem Lob verdammte, weil er seine kommerziellen Qualitäten, glaube ich, als eine Art Häresie betrachtete) bekam ich einen Agenten, und der Agent verkaufte *Zweisamkeit* an Random House, den ersten Verlag, der ihn zu sehen bekam.

Auch was meine Laufbahn als Reporter betraf, hatte Jo recht. Ich verbrachte vier Monate damit, für rund hundert Dollar die Woche über Blumenausstellungen, Dragsterrennen und Bohnenwettessen zu berichten, bevor ich meinen ersten Scheck von Random House bekam – 27000 Dollar nach Abzug der Provision des Agenten. Ich war nicht lange genug in der Redaktion, um auch nur die erste bescheidene Gehaltserhöhung zu bekommen, aber sie gaben trotzdem eine Abschiedsparty für mich. In Jack's Pub war das – jetzt, wo ich drüber nachdenke. Über den Tischen im Hinterzimmer hing ein Transparent mit der Aufschrift VIEL GLÜCK, MIKE – SCHREIB WEITER! Später, als wir zu Hause waren, sagte Johanna, wenn Neid Säure wäre, wäre nichts außer einer Gürtelschnalle und drei Zähnen von mir übriggeblieben.

Später, im Bett, als die Lichter gelöscht waren – die letzte Orange gegessen, die letzte gemeinsame Zigarette geraucht –, sagte ich: »Niemand wird es je mit *Schau heimwärts, Engel* verwechseln, oder?« Ich meinte mein Buch. Sie wußte es, wie sie auch wußte, daß die Reaktion meines alten Professors auf *Zweisamkeit* mich ziemlich deprimiert hatte.

»Du wirst mir doch jetzt nicht mit einer Menge Mist von wegen frustrierter Künstler kommen, oder?« fragte sie und stützte sich auf einen Ellbogen. »Falls doch, solltest du es mir gleich sagen, damit ich morgen früh als erstes eine dieser Do-It-Yourself-Scheidungsanleitungen kaufen kann.«

Ich war amüsiert, aber auch ein wenig gekränkt. »Hast du die erste Pressemitteilung von Random House gesehen?« Ich wußte, sie hatte. »Sie schrecken knapp davor zurück, mich eine V. C. Andrews mit Pimmel zu nennen, Herrgott noch mal.«

»Nun«, sagte sie und nahm den fraglichen Gegenstand behutsam in die Hand. »Du *hast* einen Pimmel. Und was das angeht, wie sie dich nennen ... Mike, in der dritten Klasse hat mich Patty Banning immer eine Rotzschnalle genannt. Aber ich war keine.«

»Alles eine Frage der Wahrnehmung.«

»Quatsch.« Sie hielt immer noch meinen Schwanz und drückte ihn nun kräftig, was ein bißchen weh tat und sich gleichzeitig absolut wunderbar anfühlte. Damals kümmerte den alten Lustbolzen nicht, was er bekam, Hauptsache, es war jede Menge davon. »*Glück* ist alles. Bist du glücklich, wenn du schreibst, Mike?«

»Klar.« Das wußte sie ohnehin.

»Und plagt dich dein Gewissen beim Schreiben?«

»Wenn ich schreibe, gibt es nichts, das ich lieber mache, außer dem hier«, sagte ich und rollte mich auf sie.

»Ach du meine Güte«, sagte sie mit dieser zimperlichen dünnen Stimme, die mich stets zu Heiterkeitsstürmen hinriß. »Da ist ein Penis zwischen uns.«

Und als wir uns liebten, wurde mir das eine oder andere Wunderbare klar: daß sie es ernst gemeint hatte, als sie sagte, daß ihr mein Buch gefiele (verdammt, ich hatte gewußt, daß es ihr gefiel, als ich sie beim Lesen im Sessel gesehen hatte, ihr eine Locke in die Stirn fiel und sie die nackten Beine untergeschlagen hatte), und daß ich mich nicht für das schämen mußte, was ich geschrieben hatte ... jedenfalls nicht in ihren Augen. Und noch etwas Wunderbares: Ihre Wahrnehmung, die sich mit meiner zu der wahren binokularen Sehweise vereinigte, die nur die Ehe ermöglicht, war die einzige, die zählte.

Gott sei Dank war sie ein Fan von Maugham.

Ich war zehn Jahre V. C. Andrews mit einem Pimmel ... vierzehn, wenn man die Jahre nach Johanna dazurechnet. Die ersten fünf bei Random, dann bekam mein Agent ein Superangebot von Putnam, und ich wechselte.

Sie haben meinen Namen auf einer Menge Bestsellerlisten gesehen ... das heißt, wenn Ihre Sonntagszeitung eine Liste druckt, die bis fünfzehn geht und nicht nur die Top Ten auflistet. Ich war nie ein Clancy, Ludlum oder Grisham, aber ich verkaufte eine beträchtliche Menge Hardcover (was V. C. Andrews nie geschafft hat, wie mir Harold Oblowski, mein Agent, einmal erzählte: Die Dame war weitgehend ein Taschenbuch-Phänomen) und schaffte es einmal auf Platz fünf der Liste in der *Times* ... das war mit meinem zweiten Buch, *Der Mann im roten Hemd*. Ironischerweise war eines der Bücher, das mich daran hinderte, noch höher zu steigen, *Steel Machine* von Thad Beaumont (der als George Stark schrieb). Die Beaumonts besaßen damals ein Sommerhaus in Castle Rock, keine fünfzehn Meilen von unserem am Dark Score Lake entfernt. Thad ist tot. Selbstmord. Ich weiß nicht, ob es etwas mit einer Schreibblockade zu tun hatte oder nicht.

Ich stand knapp außerhalb des magischen Zirkels der Mega-Bestseller, aber das war mir egal. Als ich einunddreißig war, besaßen wir zwei Häuser: die reizende alte Edwardianische Villa in Derry und im Westen von Maine eine Blockhütte am See, die fast groß genug war, um als Ferienhaus bezeichnet zu werden – das war Sara Lacht, wie es die Einheimischen seit fast einem Jahrhundert nannten. Und beide Häuser gehörten uns schuldenfrei zu einer Zeit im Leben, da andere Paare sich schon glücklich schätzen, wenn sie sich eine Hypothek auf ihr erstes Eigenheim erkämpft haben. Wir waren gesund, einander treu, und unsere Amüsierknochen saßen noch an Ort und Stelle. Ich war nicht Thomas Wolfe (nicht einmal Tom Wolfe oder Tobias Wolff), aber ich wurde dafür bezahlt, was ich am liebsten tat, und etwas Besseres gibt es auf der ganzen Welt nicht; es ist wie ein Freibrief zum Stehlen.

Ich war das, was in den vierziger Jahren die Midlist-Literatur war: von der Kritik ignoriert, Genre-orientiert (in meinem Fall das Genre »Alleinstehende liebenswerte junge Frau begegnet faszinierendem Fremden«), aber stattlich entlohnt und von der Form schäbigen Wohlwollens begleitet, wie man es staatlich sanktionierten Hurenhäusern in Nevada entgegenbringt, wobei die einhellige Meinung zu sein scheint, daß ein Ventil für die niederen Instinkte bereitgestellt werden sollte und schließlich irgend jemand »diese Art Job« erledigen mußte. Ich erledigte »diese Art Job« enthusiastisch (und manchmal mit Jos enthusiastischem Beistand, wenn ich an einen besonders problematischen Kreuzweg der Romanhandlung kam), und etwa zu der Zeit, als George Bush gewählt wurde, sagte uns unser Steuerberater, daß wir Millionäre seien.

Wir waren nicht so reich, daß wir einen Privatjet besaßen (Grisham), oder ein Profi-Footballteam (Clancy), aber nach den Maßstäben von Derry, Maine, schwammen wir im Geld. Wir schliefen tausendmal miteinander, sahen uns Tausende Filme an, lasen Tausende Bücher (Jo verstaute ihre abends nicht selten unter dem Bett). Und der größte Segen war wahrscheinlich, daß wir nie wußten, wie knapp die Zeit war.

Mehr als einmal habe ich mich gefragt, ob die Unterbrechung des Rituals zu der Schreibblockade geführt hat. Tagsüber konnte ich das als übersinnliches Geschwätz abtun, aber nachts fiel mir das schon schwerer. Nachts haben die Gedanken die unangenehme Eigenschaft, ihre Halsbänder abzustreifen und frei herumzulaufen. Und wenn man als Erwachsener fast sein ganzes Leben damit verbracht hat, sich Geschichten auszudenken, sind diese Halsbänder, glaube ich, noch lockerer und die Hunde nicht so erpicht darauf, sie zu tragen. War es Shaw oder Wilde, der gesagt hat, daß ein Schriftsteller jemand ist, der seinem Verstand beibringt, sich schlecht zu benehmen?

Und ist der Gedanke wirklich so weit hergeholt, daß die Unterbrechung des Rituals eine Rolle dabei gespielt haben könnte, mein plötzliches und unerwartetes (zumindest von mir unerwartetes) Schweigen herbeizuführen? Wenn man sich sein täglich Brot im Land des Phantasierens verdient, ist die Linie zwischen dem, was ist, und dem, was zu sein scheint, viel dünner. Maler weigern sich manchmal zu malen, wenn sie nicht eine bestimmte Mütze tragen, und Baseballspieler mit einer guten Trefferquote weigern sich, die Socken zu wechseln.

Das Ritual fing mit dem zweiten Buch an, das einzige, bei dem ich nervös war, soweit ich mich erinnern kann – ich nehme an, ich hatte zuviel von diesem Studienanfängeraberglauben verinnerlicht: die Vorstellung, daß ein Treffer lediglich ein Glücksfall sein könnte. Ich entsinne mich, wie ein Literaturdozent einmal sagte, von den modernen amerikanischen Schriftstellern habe lediglich Harper Lee einen narrensicheren Weg gefunden, die mit dem zweiten Buch verbundene Depression zu vermeiden.

Als ich zum Ende von *Der Mann im roten Hemd* kam, hörte ich unmittelbar vor dem letzten Satz auf. Die Edwardianische Villa in der Benton Street in Derry lag zu dem Zeitpunkt noch zwei Jahre in der Zukunft, aber wir hatten Sara Lacht gekauft, das Haus am Dark Score (längst nicht so ausgestattet wie später, und Jos Atelier noch nicht gebaut, aber hübsch), und da hielten wir uns auf.

Ich rückte von der Schreibmaschine ab – damals klammerte ich mich noch an meine alte IBM Selectric – und ging in die Küche. Es war Mitte September, die meisten Sommergäste waren abgereist, und der Ruf der Eistaucher auf dem See hörte sich unbeschreiblich schön an. Die Sonne ging unter, der See selbst war zu einer stillen und kalten Platte aus Feuer geworden. Das ist eine meiner deutlichsten Erinnerungen, so klar, daß ich manchmal glaube, ich könnte einfach hineintreten und alles noch einmal erleben. Was, wenn überhaupt etwas, würde ich anders machen? Das frage ich mich manchmal.

Am frühen Abend hatte ich eine Flasche Taittinger und zwei Champagnergläser in den Kühlschrank gestellt. Nun holte ich sie heraus und stellte sie auf ein kleines Tablett, das für gewöhnlich dazu diente, Krüge mit Eistee oder Fruchtsaft von der Küche auf die Veranda zu befördern, und trug es vor mir her ins Wohnzimmer.

Johanna saß tief in ihrem fadenscheinigen alten Sessel und las ein Buch (in jener Nacht nicht Maugham, sondern William Denbrough, einer ihrer damaligen Lieblingsschriftsteller). »Oooh«, sagte sie, schaute auf und markierte die Stelle, wo sie war. »Champagner, aus welchem Anlaß?« Als ob sie es nicht wüßte, verstehen Sie?

»Ich bin fertig«, sagte ich. »*Mon livre est tout finis.*«

»Nun«, sagte sie lächelnd und nahm eins der schlanken Gläser, als ich mich mit dem Tablett hinunterbeugte, »dann geht *das* ja in Ordnung, richtig?«

Inzwischen ist mir klar, daß die Essenz des Rituals – der Teil, der wahrhaft beseelt und mächtig war, wie das eine wahre Zauberwort in einem Schwall Geschwafel – dieser Ausdruck war. Wir tranken fast immer Champagner, und danach kam sie fast immer zu dieser anderen Sache mit in mein Arbeitszimmer, aber nicht immer.

Einmal, rund fünf Jahre vor ihrem Tod, war sie in Irland, wo sie Ferien mit einer Freundin machte, als ich ein Buch beendete. Damals trank ich den Champagner allein und gab auch den letzten Satz allein ein (inzwischen benutzte ich einen Macintosh, der eine Milliarde verschiedener Funktionen hatte, von denen ich nur eine einzige nutzte), und ich hatte deswegen keine schlaflose Minute. Aber ich rief sie in dem Gasthaus an, wo sie und ihre Freundin Bryn wohnten; ich sagte ihr, daß ich fertig war, und hörte, wie sie die Worte sagte, um derentwillen ich angerufen hatte – Worte, die in ein irisches Telefon gesprochen wurden, durch einen Mikrowellensender reisten, wie ein Gebet zu einem Satelliten aufstiegen und dann zu meinem Ohr herunterkamen: »Nun, dann geht *das* ja in Ordnung, richtig?«

Wie schon gesagt, dieser Brauch begann mit dem zweiten Buch. Wenn wir beide ein Glas Champagner getrunken und nachgefüllt hatten, nahm ich sie mit ins Arbeitszimmer, wo noch ein einziges Blatt Papier in meiner waldgrünen Selectric steckte. Auf dem See rief ein letzter Eistaucher dunkel herab, ein Ruf, der sich für mich stets wie etwas Rostiges anhört, das sich langsam im Wind dreht.

»Ich dachte, du bist fertig«, sagte sie.

»Bis auf die letzte Zeile«, sagte ich. »Das Buch als solches ist dir gewidmet, und ich möchte, daß du diesen letzten Satz schreibst.«

Sie lachte nicht und erhob keine Einwände oder wurde rührselig, sondern sah mich nur an, ob es wirklich mein Ernst war. Ich nickte zustimmend, worauf sie sich auf meinen Stuhl setzte. Sie war vorher schwimmen gewesen, und ihr Haar war nach hinten gekämmt und durch ein weißes elastisches Ding gezogen. Es war naß und zwei Schattierungen dunkler rot als gewöhnlich. Ich legte meine Hand darauf. Es war, als würde ich feuchte Seide berühren.

»Neuer Absatz?« fragte sie so ernst wie eine Stenosekretärin, die ein Diktat vom Big Boss aufnimmt.

»Nein«, sagte ich, »im Anschluß weiter.« Und dann diktierte ich ihr den Satz, den ich im Kopf hatte, seit ich aufgestanden war, um den Champagner einzuschenken: »›Er streifte ihr die Kette über den Kopf, dann gingen die beiden die Treppe hinunter zu dem wartenden Auto.‹«

Sie tippte es, dann sah sie erwartungsvoll zu mir auf. »Das war's«, sagte ich. »Ich schätze, du kannst ENDE schreiben.«

Jo drückte zweimal die Rückschalttaste, zentrierte den Wagen und tippte »Ende« unter die letzte Textzeile, und der Kugelkopf der IBM – Courier, meine Lieblingstype – druckte die Buchstaben in ihrem gehorsamen Tanz.

»Was ist das für eine Kette, die er ihr über den Kopf streift?« fragte sie mich.

»Du mußt das Buch lesen, um das herauszufinden.«

Da sie an meinem Schreibtisch saß und ich neben ihr stand, war sie in der perfekten Position, das Gesicht dorthin zu bringen, wohin sie es brachte. Als sie sprach, bewegte sie die Lippen an meinem empfindlichsten Teil. Ein Paar Baumwollshorts war zwischen uns, sonst nichts.

»Vir haben Mittel und Vege, dich fum Sprechen fu bringen«, sagte sie.

»Jede Wette«, sagte ich.

Am Tag, als ich *Von ganz oben* beendete, versuchte ich wenigstens, das Ritual durchzuführen. Es fühlte sich hohl an, eine Form, aus der die magische Substanz verschwunden war, aber damit hatte ich gerechnet. Ich tat es nicht aus Aberglauben, sondern aus Respekt und Liebe. Eine Art Gedächtnisgottesdienst, wenn Sie so wollen. Oder, wenn Sie so wollen, Johannas wahres Begräbnis, das endlich stattfand, einen Monat nachdem sie unter der Erde war.

Es war im letzten Septemberdrittel und immer noch heiß – der heißeste Spätsommer, an den ich mich erinnern kann. Während der ganzen traurigen Abschlußarbeiten an dem Buch dachte ich daran, wie sehr ich sie vermißte ... aber das bremste mich kein bißchen. Und da ist noch etwas: So heiß es in Derry war, so heiß, daß ich für gewöhnlich in nichts als Boxershorts arbeitete, ich dachte nicht einmal daran, zu unserer Hütte am See zu fahren. Es war, als wäre die Erinnerung an Sara Lacht gänzlich aus meinem Gedächtnis getilgt worden. Vielleicht lag es daran, daß mir die ganze Wahrheit allmählich bewußt wurde, als ich *Von ganz oben* beendete. Diesmal war sie nicht nur in Irland.

Mein Arbeitszimmer am See ist winzig, aber mit Aussicht. Das Arbeitszimmer in Derry ist lang, voll mit Büchern und ohne Fenster. An diesem besonderen Abend waren die Deckenventilatoren – es sind drei – eingeschaltet und paddelten durch die stickige Luft. Ich betrat es in Shorts, T-Shirt und Gummisandalen und trug ein Cola-Tablett aus Blech mit der Flasche Champagner und den beiden gekühlten Gläsern darauf. Am anderen Ende des schlauchförmigen Raums leuchteten Worte auf dem Monitor meines Macintosh.

Ich dachte mir, daß ich wahrscheinlich einen neuen Anfall von Trauer heraufbeschwor – möglicherweise den schlimmsten –, aber ich machte trotzdem weiter … und unsere Emotionen überraschen uns immer wieder, nicht wahr? In dieser Nacht weinte und heulte ich nicht; ich schätze, das war alles schon aus meinem Körper draußen. Statt dessen empfand ich ein tiefes und scheußliches Gefühl des Verlusts – der leere Stuhl, wo sie so gern gesessen und gelesen, der leere Tisch, wo sie ihre Gläser immer zu nah an den Rand gestellt hatte.

Ich schenkte ein Glas Champagner ein, ließ den Schaum absitzen und hob es hoch. »Ich bin fertig, Jo«, sagte ich, während ich unter den paddelnden Ventilatoren saß. »Dann geht *das* ja in Ordnung, richtig?«

Keine Antwort. Im Lichte all dessen, was später kam, finde ich das erwähnenswert – ich bekam keine Antwort. Ich spürte nicht, wie später, daß ich nicht allein in einem Zimmer war, das leer zu sein schien.

Ich trank den Champagner, stellte das Glas auf das Cola-Tablett zurück und füllte das andere. Ich nahm es mit zu dem Mac und setzte mich hin, wo Johanna gesessen hätte, wenn es den allseits beliebten Gott nicht gegeben hätte. Kein Weinen und Heulen, aber Tränen brannten in meinen Augen. Auf dem Monitor leuchteten folgende Worte auf:

`heute war nicht so schlecht, nahm sie an. Sie lief durch das Gras zum Auto und lachte, als sie das weiße Blatt Papier unter der Windschutzscheibe sah. Cam Delancey, der sich weder entmutigen ließ, noch ein Nein als Antwort akzeptierte, hatte sie wieder zu einer seiner donnerstagabendlichen Weinproben eingeladen. Sie nahm das Papier und wollte es gerade zerreißen, überlegte es sich aber anders und steckte es statt dessen in die Gesäßtasche ihrer Jeans.`

»Kein neuer Absatz«, sagte ich, »im Anschluß weiter.« Dann tippte ich die Zeile ein, die ich im Kopf hatte, seit ich aufgestanden war, um den Champagner zu holen. `Da draußen war-`

`tete eine ganze Welt; Cam Delanceys Weinprobe war als Startplatz so gut wie jeder andere.`

Ich hielt inne und betrachtete den kleinen blinkenden Cursor. Die Tränen brannten noch in meinen Augenwinkeln, aber ich wiederhole, daß ich keinen kalten Luftzug um die Knöchel spürte, keine geisterhaften Finger im Nacken. Ich drückte zweimal RETURN. Ich klickte auf ZENTRIEREN. Ich tippte »Ende« unter die letzte Textzeile, dann prostete ich mit dem Glas Champagner, das Jo gehört hätte, dem Bildschirm zu.

»Auf dich, Baby«, sagte ich. »Ich wünsch' mir, du wärst hier. Du fehlst mir schrecklich.« Beim letzten Wort bebte meine Stimme ein wenig, brach aber nicht. Ich trank den Taittinger, speicherte meine letzte Zeile, kopierte den ganzen Kram auf Disketten und machte ein Backup davon. Und abgesehen von Notizen, Einkaufslisten und Schecks habe ich danach vier Jahre lang nichts mehr geschrieben.

Kapitel 3

Mein Verleger wußte es nicht, meine Lektorin Debra Weinstock wußte es nicht, mein Agent Harold Oblowski wußte es nicht. Frank Arlen wußte es auch nicht, obwohl ich mehr als einmal versucht war, es ihm zu sagen. *Laß mich dein Bruder sein. Jos wegen, wenn schon nicht deinetwegen,* hatte er an dem Tag zu mir gesagt, als er zu seiner Druckerei und seinem überwiegend einsamen Leben in der Stadt Sanford im südlichen Maine zurückgekehrt war. Ich hatte nie damit gerechnet, daß ich darauf zurückkommen würde, und ich tat es auch nicht – nicht in der elementaren Form eines Hilferufs, die er wahrscheinlich gemeint hatte –, aber ich rief ihn etwa alle zwei Wochen an. Männergespräche, Sie wissen schon – *Wie geht's, Ganz gut, arschkalt draußen, Ja, hier auch, Willst du mit nach Boston, wenn ich Karten für die Bruins kriege, Vielleicht nächstes Jahr, ziemlich viel zu tun momentan, Ja, ich weiß, wie das ist, bis dann, Mikey, Okay, Frank, sieh zu, daß dir die Eier nicht abfrieren*. Männergespräche.

Ich bin ziemlich sicher, daß er mich ein- oder zweimal gefragt hat, ob ich an einem neuen Buch arbeite, und ich glaube, ich habe gesagt –

Ach, Scheiß drauf – das ist eine Lüge, okay? Die mir so in Fleisch und Blut übergegangen ist, daß ich sie mir inzwischen sogar selbst erzähle. Er hat tatsächlich gefragt, und ich habe immer gesagt, klar, ich arbeite an einem neuen Buch, und es läuft gut, echt gut. Mehr als einmal war ich versucht, ihm zu sagen: *Ich kann keine zwei Absätze schreiben, ohne in eine völlige geistige und körperliche Totenstarre zu verfallen – mein Herzschlag verdoppelt und verdreifacht sich, ich werde kurzatmig und fange an zu keuchen, meine Augen fühlen sich an, als würden sie aus den Höhlen quellen und auf meinen Wangen baumeln. Ich komme mir vor wie ein Klaustrophober in einem sinkenden Unterseeboot. So läuft es, nett, daß du fragst,* aber ich habe es nie getan. Ich bitte nicht um Hilfe. Ich *kann* nicht um Hilfe bitten. Ich glaube, das sagte ich Ihnen bereits.

Von meinem zugegebenermaßen voreingenommenen Standpunkt haben erfolgreiche Romanciers – selbst mäßig erfolgreiche Romanciers – das große Los gezogen in den kreativen Künsten. Es stimmt, die Leute kaufen mehr CDs als Bücher, gehen öfter ins Kino und sehen *viel mehr* fern. Aber die Zeitspanne der Produktivität ist bei Romanciers länger, was vielleicht daran liegt, daß Leser ein bißchen heller sind als Fans der nichtschriftlichen Künste und demzufolge über ein marginal längeres Gedächtnis verfügen. David Soul aus *Starsky und Hutch* ist weiß Gott wo, dasselbe gilt für Vanilla Ice, diesen seltsamen weißen Rapper, aber 1994 waren Herman Wouk, James Michener und Norman Mailer immer noch alle präsent; da rede einer davon, als Dinosaurier die Erde beherrschten.

Arthur Hailey schrieb ein neues Buch (lautete jedenfalls das Gerücht, und es erwies sich als zutreffend), Thomas Harris konnte sich sieben Jahre Zeit lassen zwischen seinen Lecter-Romanen und dennoch Bestseller produzieren, und obwohl man seit fast vierzig Jahren nichts mehr von ihm gehört hat, ist J. D. Salinger immer noch im Englischunterricht und bei zwanglosen literarischen Zirkeln in Kaffeehäusern angesagt. Leser besitzen eine Loyalität, wie es sie nirgendwo sonst in den kreativen Künsten gibt, was erklärt, warum so viele Schriftsteller, denen das Benzin ausgegangen ist, trotzdem weiterfahren können und durch die magischen Worte AUTOR VON auf den Umschlägen ihrer Bücher in die Bestsellerlisten katapultiert werden.

Was der Verleger im Gegenzug möchte, besonders von einem Autor, bei dem man sich darauf verlassen kann, daß er von jedem Roman fünfhunderttausend Exemplare im Hardcover und eine Million mehr im Taschenbuch verkauft, ist ganz einfach: ein Buch pro Jahr. Das, haben die Obermacker in New York entschieden, ist das Optimum. Alle zwölf Monate dreihundertachtzig Seiten fadengeheftet oder gelumbeckt, einen Anfang, eine Mitte und einen Schluß, Serienhelden wie Kinsey Millhone oder Kay Scarpetta nicht zwingend, aber höchst gern gesehen. Leser lieben Serienhelden; das ist, als würde man in die Arme einer Familie zurückkehren.

Weniger als ein Buch pro Jahr, und du vermasselst dem Verleger die Investition in dich, beeinträchtigst die Fähigkeit deines Geschäftsführers, mit deinen sämtlichen Kreditkarten zu jonglieren, und riskierst, daß dein Agent seinen Seelenklempner nicht pünktlich bezahlen kann. Außerdem gibt es immer eine gewisse Zermürbung unter den Fans, wenn du dir zu lange Zeit läßt. Kann man nichts machen. Genauso, wie es andrerseits, wenn du zuviel veröffentlichst, Leser gibt, die sagen: »Puh, ich hab' eine Zeitlang genug von dem Kerl, schmeckt allmählich alles wie Bohneneintopf.«

Ich erzähle Ihnen das alles, damit Sie verstehen, wie ich meinen Computer vier Jahre lang als das teuerste Scrabble-Brett der Welt benutzen konnte, ohne daß jemals jemand dahinterkam. Schreibblockade? Was für eine Schreibblockade? Wir ham keine stinkende Schreibblockade nich. Wie konnte jemand auf so einen Gedanken kommen, wo doch jeden September ein neuer spannender Roman von Michael Noonan erschien, pünktlich wie ein Uhrwerk, genau richtig als Spätsommer-Freizeitlektüre, Leute, und übrigens, vergeßt nicht, daß die Ferien vor der Tür stehen und eure sämtlichen Verwandten den neuen Noonan wahrscheinlich auch gern lesen würden, den man bei Borders mit dreißig Prozent Rabatt bekommen kann, o ja, prima Geschäft.

Das Geheimnis ist einfach, und ich bin nicht der einzige Unterhaltungsschriftsteller in Amerika, der es kennt – wenn die Gerüchte stimmen, benutzt Danielle Steele (um nur eine zu nennen) schon seit Jahrzehnten die Noonan-Formel. Sehen Sie, obwohl ich, angefangen mit *Zweisamkeit* im Jahr 1984, ein Buch pro Jahr veröffentlicht habe, habe ich in vier von diesen zehn Jahren *zwei* Bücher geschrieben, eins veröffentlicht und das andere gebunkert.

Ich kann mich nicht erinnern, daß ich je mit Jo darüber geredet hätte, und da sie nie fragte, ging ich stets davon aus, daß sie wußte, was ich machte: einen Vorrat an Nüssen anlegen. Allerdings dachte ich nicht an eine Schreibblockade. Scheiße, ich hatte nur meinen Spaß.

Im Februar 1995, als ich mit mindestens zwei guten Ideen eine Bruchlandung hingelegt hatte (diese spezielle kreative Funktion – dieses *Heureka!*-Ding – hat nie aufgehört, was eine ganz eigene Version der Hölle schafft), konnte ich das Offensichtliche nicht länger leugnen: Ich steckte in der schlimmsten Klemme, in die ein Schriftsteller kommen kann, abgesehen von Alzheimer oder einem katastrophalen Hirnschlag. Doch ich hatte noch vier Kartons mit fertigen Manuskripten in dem großen Schließfach bei Fidelity Union. Sie trugen die Aufschriften *Versprechen*, *Gefahr*, *Darcy* und *Oben*. Um den Valentinstag herum rief mein Agent mäßig nervös an – für gewöhnlich lieferte ich ihm mein neuestes Meisterwerk im Januar, und nun war der Februar schon halb vorbei. Sie würden die Herstellung im Schnellverfahren durchziehen müssen, wenn sie den diesjährigen Mike Noonan noch rechtzeitig zum alljährlichen weihnachtlichen Kaufrausch auf dem Markt haben wollten. War alles in Ordnung?

Das war meine erste Chance zu sagen, daß alles eine Landmeile davon entfernt war, in Ordnung zu sein, aber Mr. Harold Oblowski, 225 Park Avenue, war nicht der Typ Mann, zu dem man so etwas sagte. Er war ein ausgezeichneter Agent, in der Verlagsbranche geliebt und verabscheut zugleich (manchmal von denselben Leuten zur selben Zeit), aber er reagierte nicht gut auf Neuigkeiten aus den dunklen und ölverschmierten Etagen, wo die Ware tatsächlich produziert wird. Er wäre ausgeflippt und ins nächste Flugzeug nach Derry gestiegen, um mir eine kreative Mund-zu-Mund-Beatmung zuteil werden zu lassen, und eisern in seiner Entschlossenheit gewesen, erst wieder zurückzufliegen, wenn er mich aus meiner Lähmung gerissen hatte. Nein, ich wollte Harold genau da haben, wo er war, in seinem Büro im achtunddreißigsten Stock mit der affenscharfen Aussicht auf die East Side.

Ich sagte, was für ein Zufall, Harold, du rufst just an dem Tag an, wo ich das neue fertig hab', herrjemine, ist das nicht toll, ich schick's dir per Federal Express, du hast es morgen. Harold versicherte mir feierlich, daß das kein Zufall sei, daß er über telepathische Kräfte verfüge, wenn es um seine Autoren ging. Dann gratulierte er mir und legte auf. Zwei Stunden später bekam ich sein Bukett – in jeder Hinsicht so übertrieben und seidig wie seine Jimmy-Hollywood-Halstücher.

Als ich die Blumen ins Eßzimmer gestellt hatte, das ich seit Jos Tod selten betrat, ging ich zur Fidelity Union. Ich benutzte meinen Schlüssel, der Geschäftsführer der Bank seinen, und wenig später war ich mit dem Manuskript von *Von ganz oben* auf dem Weg zu Fed Ex. Ich nahm das jüngste Buch, weil es ganz vorne in dem Schließfach lag, das ist alles. Es wurde im November veröffentlicht, gerade noch rechtzeitig für das Weihnachtsgeschäft. Ich widmete es dem Andenken an meine verstorbene, geliebte Frau Johanna. Es erreichte Platz elf der *Times*-Bestsellerliste, und alle gingen glücklich nach Hause. Sogar ich. Weil es schließlich besser werden würde, oder nicht? Niemand hatte eine *ewige* Schreibblockade, nicht wahr (nun ja, mit der möglichen Ausnahme von Harper Lee)? Ich mußte nur tun, was die Tänzerin dem Erzbischof riet, nämlich mich entspannen. Und Gott sei Dank war ich ein kluges Eichhörnchen gewesen und hatte meinen Vorrat an Nüssen angelegt.

Im folgenden Jahr, als ich mit *Gefährliche Neigung* zum Büro von Federal Express fuhr, war ich immer noch optimistisch. Das hatte ich im Herbst 1991 geschrieben, und es war eins von Jos Lieblingsbüchern gewesen. Im März 1997, als ich mit *Darcys Bewunderer* durch einen nassen Schneesturm fuhr, hatte der Optimismus schon sichtlich nachgelassen, aber wenn die Leute mich fragten, wie es ging (»In letzter Zeit gute Bücher geschrieben?« sind die existentiellen Worte, in die die meisten diese Frage kleiden), antwortete ich immer noch, klar, in letzter Zeit eine Menge gute Bücher geschrieben, sie sprudeln aus mir heraus wie Scheiße aus einem Kuharsch.

Als Harold *Darcy* gelesen und verkündet hatte, daß es bis dato mein bestes Buch sei, ein Bestseller, aber auch *ernst*, kam ich zögernd auf den Gedanken zu sprechen, ein Jahr freizunehmen. Er reagierte sofort mit der Frage, die ich mehr als alle anderen haßte: Ging es mir gut? Klar, sagte ich ihm, bestens, munter wie ein Fisch im Wasser, ich dächte nur daran, ein bißchen kürzer zu treten.

Es folgte eines dieser patentierten Harold-Oblowski-Schweigen, die vermitteln sollten, daß du ein Riesenarschloch warst, aber weil Harold dich so sehr mochte, versuchte er es dir auf die nettestmögliche Weise zu sagen. Das ist ein wunderbarer Trick, aber ich habe ihn schon vor sechs Jahren durchschaut. Eigentlich war es Jo, die ihn durchschaut hatte. »Er heuchelt nur Mitgefühl«, sagte sie. »Eigentlich ist er wie ein Cop in einem dieser alten Filme aus der Schwarzen Serie, der den Mund hält, damit man selbst weiterplappert und am Ende alles gesteht.«

Diesmal hielt ich den Mund – nahm den Hörer nur vom rechten ans linke Ohr und neigte meinen Bürostuhl etwas weiter nach hinten. Dabei fiel mein Blick auf das gerahmte Foto über dem Computer – Sara Lacht, unser Haus am Dark Score Lake. Ich war seit Äonen nicht mehr dort gewesen und fragte mich einen Moment lang schuldbewußt nach dem Grund.

Dann ertönte Harolds Stimme wieder in meinem Ohr – vorsichtig, tröstlich, die Stimme eines vernünftigen Mannes, der versucht, einem Irren eine hoffentlich nur vorübergehende Halluzination auszureden. »Das dürfte keine so gute Idee sein, Mike – nicht in diesem Stadium deiner Karriere.«

»Das ist kein Stadium«, sagte ich. »Ich hatte meinen Höhepunkt 1991 – seither sind meine Verkaufszahlen nicht rauf oder runter gegangen. Das ist ein *Plateau,* Harold.«

»Ja«, sagte er, »und Schriftsteller, die dieses kontinuierliche Stadium erreicht haben, haben eigentlich nur zwei Möglichkeiten, was Verkaufszahlen anbelangt – sie können weitermachen wie gehabt, oder es geht abwärts mit ihnen.«

Dann geht es eben abwärts mit mir, wollte ich sagen ... sagte es aber nicht. Harold sollte nicht wissen, wie tief das alles ging, wie unsicher der Boden unter meinen Füßen war. Er sollte nicht erfahren, daß ich inzwischen jedesmal, wenn ich das Word-sechs-Programm meines Computers aufrief und den leeren Bildschirm und blinkenden Cursor sah, Herzflimmern hatte – ja, ich meine das im wahrsten Sinne des Wortes.

»Ja«, sagte ich. »Okay. Nachricht empfangen.«

»Sicher, daß alles in Ordnung ist?«

»Liest sich das Buch, als würde etwas nicht mit mir stimmen, Harold?«

»Nein, verdammt – eine tolle Geschichte. Deine persönliche Bestleistung, das sagte ich schon. Großartige Lektüre, aber gleichzeitig verdammt *anspruchsvoll.* Wenn Saul Bellow romantische Thriller schreiben würde, würde er so schreiben. Aber ... du hast doch keine Probleme mit dem nächsten, oder? Ich weiß, du vermißt Jo noch, zum Teufel, wir alle tun das –«

»Nein«, sagte ich. »Überhaupt keine Probleme.«

Wieder folgte ein langes Schweigen. Ich stand es durch. Schließlich sagte Harold: »Grisham könnte es sich leisten, ein Jahr Pause zu machen. Clancy könnte es. Für Thomas Harris gehört das lange Schweigen mit zu seinem Geheimnis. Aber da, wo du bist, ist das Leben noch härter als an der Spitze, Mike. Es gibt fünf Schriftsteller für jeden dieser Plätze auf der Liste, und du weißt, wer sie sind – verdammt, sie sind drei Monate im Jahr deine Nachbarn. Manche steigen auf, wie Patricia Cornwell mit ihren beiden letzten Büchern, manche steigen ab, und manche halten sich konstant, so wie du. Wenn Tom Clancy fünf Jahre Pause machen und dann Jack Ryan zurückbringen würde, wäre es eine triumphale Rückkehr. Wenn *du* fünf Jahre Pause machst, gibt es vielleicht gar kein Comeback für dich. Mein Rat ist –«

»Schmiede das Eisen, solange es heiß ist.«

»Du nimmst mir die Worte aus dem Mund.«

Wir unterhielten uns noch eine Weile und verabschiedeten uns. Ich lehnte den Bürostuhl noch weiter zurück – nicht ganz bis zu dem Punkt, wo er kippte, aber fast – und betrachtete das Foto unserer Klause im westlichen Maine. Sara Lacht, fast wie der Titel dieser rührseligen alten Ballade von Hall und Oates. Jo hatte das Haus mehr geliebt, richtig, aber nur ein wenig, also warum hatte ich es gemieden? Bill Dean, der Hausmeister, nahm jedes Frühjahr die Sturmläden ab und setzte sie jeden Herbst wieder ein, ließ im Herbst die Leitungen ab und vergewisserte sich im Frühling, daß die Pumpe funktionierte, überprüfte den Generator, kümmerte sich darum, daß sämtliche Wartungszettel auf dem neuesten Stand waren, und verankerte am Memorial Day das kleine schwimmende Floß etwa fünfzig Meter von unserem winzigen Strandabschnitt entfernt.

Bill hatte im Sommer '96 den Schornstein gereinigt, obwohl zwei Jahre oder länger kein Feuer im Kamin gebrannt hatte. Ich bezahlte ihn vierteljährlich, wie es bei Hausmeistern in diesem Teil der Welt üblich ist; Bill Dean, ein alter Yankee aus einer altehrwürdigen Familie von Yankees, löste die Schecks ein und fragte nicht, warum ich keinen Gebrauch von dem Haus mehr machte. Seit Jos Tod war ich nur zwei- oder dreimal dort gewesen, nicht einmal über Nacht. Ein Glück, daß Bill nie gefragt hat, denn ich hätte nicht gewußt, was ich ihm antworten sollte. Bis zu meiner Unterhaltung mit Harold hatte ich gar nicht über Sara Lacht nachgedacht.

Als ich an Harold dachte, wandte ich den Blick von dem Foto ab und dem Telefon zu. Stellte mir vor, wie ich zu ihm sagte: *Dann geht es eben abwärts mit mir, na und? Ist das das Ende der Welt? Also bitte. Es ist ja nicht so, daß ich Frau und Kinder ernähren müßte*

– meine Frau starb auf dem Parkplatz einer Drogerie, wenn's recht ist (und auch, wenn's nicht recht ist), und das Kind, das wir uns so sehr gewünscht haben und so lange zeugen wollten, mit ihr. Ich giere auch nicht nach Ruhm – falls man von Schriftstellern auf den unteren Plätzen der Times*-Bestsellerliste sagen kann, daß sie berühmt sind –, und ich schlafe nicht ein und träume von Buchclub-Verkaufsziffern. Warum also? Warum kümmert es mich überhaupt?*

Aber die letzte Frage *konnte* ich beantworten. Weil es so war, als würde ich aufgeben. Weil ich ohne meine Frau und meine Arbeit ein überflüssiger Mann war, der allein in einem großen Haus lebte, das abbezahlt war, und nichts anderes tat, als beim Mittagessen das Kreuzworträtsel in der Zeitung zu lösen.

Ich machte weiter mit dem, was als mein Leben gelten mochte. Ich vergaß Sara Lacht (oder ein Teil von mir, der nicht dorthin wollte, begrub den Gedanken) und verbrachte einen weiteren drückend heißen, elenden Sommer in Derry. Ich spielte ein Kruziverbalprogramm auf mein PowerBook und fing an, meine eigenen Kreuzworträtsel zu machen. Ich nahm eine zeitlich befristete Stelle im Vorstand des hiesigen CVJM an und wurde Preisrichter des sommerlichen Kunstwettbewerbs in Waterville. Ich machte eine Reihe von Fernsehwerbespots für das örtliche Obdachlosenasyl, das kurz vor dem Bankrott stand, und saß eine Zeitlang *dort* im Vorstand. (Bei einer öffentlichen Versammlung dieses letzteren Gremiums bezeichnete mich eine Frau als Freund von Untermenschen, worauf ich erwiderte: »Danke! Das habe ich gebraucht.« Daraufhin erhielt ich lauten Applaus, den ich immer noch nicht verstehe.) Ich versuchte es mit einer Therapie, gab aber nach fünf Sitzungen wieder auf, weil ich zu dem Ergebnis kam, daß die Probleme des Therapeuten weitaus schlimmer waren als meine. Ich unterstützte ein Kind in Asien und trat einem Bowlingclub bei.

Manchmal versuchte ich zu schreiben und verfiel jedesmal in eine Starre. Als ich einmal einen oder zwei Sätze aus mir herauszwingen wollte (irgendwelche Sätze, solange sie nur frischgebacken aus meinem eigenen Kopf kamen), mußte ich mir den Papierkorb schnappen und mich hinein übergeben. Ich übergab mich, bis ich glaubte, es würde mich umbringen ... und mußte buchstäblich vom Schreibtisch und dem Computer wegkriechen und mich auf Händen und Knien über den dicken Teppich schleppen. Als ich die andere Seite des Zimmers erreicht hatte, war es besser. Ich konnte nicht einmal über die Schulter zum Monitor sehen. Ich konnte nicht in seine Nähe. Im Lauf des Tages ging ich noch einmal mit geschlossenen Augen hin und schaltete ihn ab.

In jenen Spätsommertagen dachte ich immer öfter an Dennison Carville, meinen Professor für kreatives Schreiben, der mich mit Harold bekannt gemacht und *Zweisamkeit* mit seinem verhaltenen Lob verdammt hatte. Carville hatte einmal etwas gesagt, das ich nie vergessen habe, und es Thomas Hardy zugeschrieben, dem viktorianischen Romancier und Dichter. Vielleicht *hat* Hardy es gesagt, aber ich fand es nie bestätigt, weder im *Bartlett's* noch in der Biographie Hardys, die ich zwischen der Veröffentlichung der Romane *Von ganz oben* und *Gefährliche Neigung* gelesen hatte. Ich hege den Verdacht, daß Carville es selbst erfunden und Hardy in den Mund gelegt haben könnte, um ihm mehr Gewicht zu geben. Ein Schachzug, zu dem ich selbst schon das eine oder andere Mal gegriffen habe, wie ich zu meiner Schande gestehen muß.

Wie dem auch sei, ich dachte mehr und mehr an dieses Zitat, während ich mit der Panik in meinem Körper und dem Gefühl des Eingefrorenseins in meinem Kopf kämpfte, diesem schrecklichen Gefühl der *Starre*. Es schien meine Verzweiflung und die wachsende Gewißheit auszudrücken, nie wieder schreiben zu können (welch eine Tragödie, V. C. Andrews mit Pimmel von einer Schreibblockade zu Fall gebracht). Dieses Zitat deutete an, daß alle Anstrengungen, meine Situation zu verbessern, vergeblich sein könnten, selbst wenn ich Erfolg hatte.

Dem mürrischen alten Dennison Carville zufolge sollte der angehende Schriftsteller von Anfang an verstehen, daß die Ziele der Dichtung auf ewig außerhalb seiner Reichweite lagen, sein Job mithin eine Übung in Vergeblichkeit sei. »Verglichen mit dem dümmsten menschlichen Wesen, welches tatsächlich auf Erden wandelt und seinen Schatten wirft«, hat Hardy angeblich gesagt, »ist jede noch so brillant charakterisierte Figur in einem Buch nichts weiter als ein Sack voll Knochen.« Das verstand ich, weil ich mich in diesen endlosen, heuchlerischen Tagen genau so fühlte: wie ein Sack voll Knochen.

Gestern nacht träumte ich, ich sei wieder nach Manderley gegangen.

Wenn es eine schönere und packendere erste Zeile in der englischen Literatur gibt, habe ich sie nie gelesen. Und im Herbst 1997 und Winter 1998 hatte ich hinreichend Gelegenheit, an diese Zeile zu denken. Natürlich träumte ich nicht von Manderley, sondern von Sara Lacht, das Jo manchmal »das Versteck« nannte. Ich schätze, das ist eine angemessene Beschreibung für ein Haus so weit oben in den Wäldern des westlichen Maine, daß es nicht einmal in einer Stadt liegt, sondern in einem nicht eingemeindeten Gebiet, das auf Karten des Staates mit TR-90 bezeichnet wird.

Der letzte dieser Träume war ein Alptraum, aber bis dahin waren sie von einer gewissen surrealistischen Schlichtheit. Es waren Träume, aus denen ich mit dem Wunsch erwachte, das Licht im Schlafzimmer einzuschalten, um meinen Platz in der Realität zu bestätigen, ehe ich wieder einschlief. Sie wissen, wie die Atmosphäre unmittelbar vor einem Gewitter ist, wie alles still wird, und Farben scheinen mit der Brillanz von Dingen hervorzutreten, die man bei hohem Fieber sieht? So waren meine Winterträume von Sara Lacht, denn jeder ließ mich mit einem Gefühl zurück, das nicht ganz das von Krankheit war. *Ich habe wieder von Manderley geträumt*, dachte ich manchmal, und manchmal lag ich bei eingeschaltetem Licht im Bett, lauschte dem Wind draußen, sah in die schattigen Ecken des Schlafzimmers und dachte, daß Rebecca de Winter nicht im Meer, sondern im Dark Score Lake ertrunken war. Daß sie gurgelnd und um sich schlagend untergegangen war, mit Wasser in ihren seltsamen dunklen Augen, während die Eistaucher gleichgültig ihre Rufe in der Dämmerung erschallen ließen. Manchmal stand ich auf und trank ein Glas Wasser. Manchmal machte ich nur das Licht wieder aus, wenn ich mich vergewissert hatte, wo ich war, drehte mich auf die Seite und schlief wieder ein.

Tagsüber dachte ich kaum einmal an Sara Lacht, und erst später wurde mir klar, daß etwas ernstlich aus den Fugen ist, wenn eine derartige Diskrepanz zwischen dem Wach- und Traumleben eines Menschen besteht.

Ich glaube, Harold Oblowskis Anruf im Oktober 1997 löste die Träume aus. Harolds vorgeblicher Grund für seinen Anruf war, mir zur bevorstehenden Veröffentlichung von *Darcy's Bewunderer* zu gratulieren, das verdammt spannend war, aber auch einige *extrem tiefschürfende Scheiße* enthielt. Ich vermutete, daß er zumindest einen weiteren Punkt auf seiner Liste hatte – das ist bei Harold meistens so –, und ich hatte recht. Er war tags zuvor mit Debra Weinstock essen gewesen, meiner Lektorin, und sie hatten sich über den Herbst 1998 unterhalten.

»Prallvoll«, sagte er und meinte die Herbstvorschauen, besonders die *Belletristik*hälfte der Herbstvorschauen. »Und es gibt einige überraschende Ergänzungen. Dean Koontz –«

»Ich dachte, er erscheint immer im Januar«, sagte ich.

»So ist es, aber Debra hat gehört, sein neues Buch könnte sich verzögern. Er möchte noch einen Teil einfügen, oder so. Außerdem erscheint ein neuer Harold Robbins, *Raubtiere* –«

»Tolle Geschichte.«

»Robbins hat noch seine Fans, Mike, hat noch seine Fans. Du selbst hast mehr als einmal betont, daß Schriftsteller einen langen Atem haben.«

»Hm-hmm.« Ich nahm den Hörer an das andere Ohr und lehnte mich im Stuhl zurück. Dabei fiel mein Blick auf das gerahmte Foto von Sara Lacht. Ich sollte in den Träumen der kommenden Nacht länger und in größerer Nähe bei dem Haus verweilen, aber das wußte ich da noch nicht; ich wußte nur, daß ich mir mehr als alles andere wünschte, Harold Oblowski würde sich beeilen und zur Sache kommen.

»Ich spüre Ungeduld, Michael, mein Junge«, sagte Harold. »Hab' ich dich am Schreibtisch erwischt? Bist du am Arbeiten?«

»Bin gerade für heute fertig«, sagte ich. »Aber ich denke ans Mittagessen.«

»Ich werde mich beeilen«, versprach er, »aber bleib dran, es ist wichtig. Möglicherweise veröffentlichen fünf andere Autoren, bei denen wir nicht damit gerechnet haben, im nächsten Herbst: Ken Follett ... soll sein bestes seit *Die Nadel* sein ... Belva Plain ... John Jakes ...«

»Keiner von denen spielt auf meinem Platz Tennis«, sagte ich, obwohl ich wußte, daß Harold nicht unbedingt darauf hinaus wollte; Harold wollte darauf hinaus, daß es nur fünfzehn Plätze auf der Liste der *Times* gab.

»Wie wäre es, wenn Jean Auel endlich den nächsten Band ihres Sex-unter-den-Höhlenmenschen-Epos veröffentlichen würde?«

Ich richtete mich auf. »Jean Auel? Wirklich?«

»Nun ... nicht hundertprozentig, aber es sieht gut aus. Und last not least gibt's was Neues von Mary Higgins Clark. Ich weiß, auf welchem Tennisplatz sie spielt, und du auch.«

Wenn ich diese Art von Neuigkeiten vor sechs oder sieben Jahren bekommen hätte, als sehr viel mehr auf dem Spiel stand, hätte ich geschäumt; Mary Higgins Clark spielte tatsächlich auf demselben Tennisplatz wie ich, wir hatten exakt dasselbe Publikum, und bisher waren unsere Publikationspläne so aufeinander abgestimmt worden, daß wir uns nicht ins Gehege kamen ... was eher mir als ihr zugute kam, das können Sie mir glauben. Kopf an Kopf würde sie mich vernichten. Wie der verstorbene Jim Croce so weise bemerkt hat, man zupft nicht an Supermans Mantel, man spuckt nicht in den Wind, man reißt dem alten Lone Ranger nicht die Maske herunter, und man pinkelt Mary Higgins Clark nicht ans Bein. Jedenfalls nicht, wenn man Michael Noonan ist.

»Wie konnte das passieren?« fragte ich.

Ich glaube nicht, daß meine Stimme besonders bedrohlich klang, aber Harold antwortete auf die nervöse, über seine eigenen Worte stolpernde Weise eines Mannes, der annimmt, daß er gefeuert, wenn nicht gar geköpft werden könnte, weil er der Überbringer schlechter Nachrichten ist.

»Keine Ahnung. Ich schätze, sie hat dieses Jahr einfach noch eine Idee gehabt. Das kommt vor, wurde mir gesagt.«

Als jemand, der seine Quote an Doppelnummern gehabt hat, wußte ich das, daher fragte ich Harold nur, was er wollte. Das schien die schnellste und einfachste Methode zu sein, ihn vom Telefon zu bekommen. Die Antwort überraschte mich nicht; sowohl er als auch Debra – ganz zu schweigen von meinen anderen Kumpels bei Putnam – wollten ein Buch, das sie im Spätsommer 1998 veröffentlichen konnten, um damit Ms. Clark und den anderen Konkurrenten zwei Monate zuvorzukommen. Im November würden die Vertriebsleute von Putnam dem Roman dann im Hinblick auf das Weihnachtsgeschäft einen zweiten kräftigen Schubs geben.

»*Behaupten* sie«, antwortete ich. Wie die meisten Schriftsteller (und in dieser Hinsicht unterscheiden sich die erfolgreichen nicht von den erfolglosen, was darauf hindeutet, daß wirklich etwas dran sein könnte, abgesehen von der üblichen Paranoia) traute ich den Versprechen von Verlegern nicht.

»Ich denke, du kannst ihnen diesmal glauben, Mike – *Darcy's Bewunderer* war das letzte Buch deines alten Vertrags, vergiß das nicht.« Harold hörte sich angesichts bevorstehender Vertragsverhandlungen mit Debra Weinstock und Phyllis Grann bei Putnam fast ausgelassen an. »Das Tolle ist, sie mögen dich immer noch. Ich denke, sie würden dich noch mehr mögen, wenn sie vor Thanksgiving Seiten mit deinem Namen darauf zu sehen bekämen.«

»Sie wollen das nächste Buch im November von mir? Nächsten *Monat?*« Ich ließ, wie ich hoffte, das richtige Maß an Fassungslosigkeit in meiner Stimme mitschwingen, als hätte ich nicht seit fast elf Jahren *Helens Versprechen* in einem Schließfach. Es war die erste Nuß, die ich eingelagert hatte; jetzt war es die letzte, die mir geblieben war.

»Nein, nein, du könntest dir mindestens bis zum fünfzehnten Januar Zeit lassen«, sagte er und versuchte, großzügig zu klingen. Ich fragte mich, wo er und Debra zu Mittag gegessen hatten. Todschick, darauf hätte ich mein Leben verwettet. Vielleicht im Four Seasons. Johanna nannte es immer Frankie Valli and the Four Seasons. »Es bedeutet, sie müßten die Herstellung durchpeitschen, *ernsthaft* durchpeitschen, aber dazu wären sie bereit. Die entscheidende Frage ist, ob *du* die Herstellung durchpeitschen kannst?«

»Ich denke, das könnte ich, aber es wird sie etwas kosten«, sagte ich. »Sag ihnen, sie sollen es sich vorstellen wie den Acht-Stunden-Service in der chemischen Reinigung.«

»Oh, was für ein verfluchtes Pech für sie!« Harold hörte sich an, als würde er sich einen runterholen und hätte den Punkt erreicht, an dem der Old-Faithful-Geysir ausbricht und alle nach ihren Kameras greifen.

»Wieviel meinst du –«

»Eine Prämie auf den Vorschuß ist wahrscheinlich die beste Vorgehensweise«, sagte er. »Natürlich werden sie schmollen und sagen, daß der Schachzug auch in deinem Interesse ist. Sogar *vorwiegend* in deinem Interesse. Aber aufgrund des Arguments der zusätzlichen Arbeit ... der Nachtschichten, die du einlegen mußt ...«

»Die geistige Qual der Schöpfung ... die Schmerzen der verfrühten Geburt ...«

»Genau ... genau ... Ich finde, eine Prämie von zehn Prozent hört sich genau richtig an.« Er sagte es wohlüberlegt, wie ein Mann, der sich bemüht, so verdammt fair zu sein, wie er nur kann. Ich persönlich fragte mich, wie viele Mütter die Geburt einen Monat oder so früher einleiten würden, wenn sie dafür zwei- oder dreihundert Riesen bezahlt bekommen würden. Manche Fragen bleiben wahrscheinlich besser unbeantwortet.

Und was spielte es in meinem Fall schon für eine Rolle? Das gottverdammte Ding war schon geschrieben, richtig?

»Sieh zu, ob du das Geschäft abschließen kannst«, sagte ich.

»Ja, aber ich denke, wir sollten hier nicht über ein einziges Buch sprechen, okay? Ich finde –«

»Harold, im Augenblick möchte ich nur etwas essen.«

»Du hörst dich ein bißchen nervös an, Michael. Ist alles –«

»Alles ist bestens. Rede mit ihnen nur über ein Buch, mit einem Bonus dafür, daß ich die Produktion auf meiner Seite beschleunige. Okay?«

»Okay«, sagte er nach einer seiner vielsagenden Pausen. »Aber ich hoffe, das bedeutet nicht, daß du nicht später über einen Vertrag über drei oder vier Bücher nachdenken solltest. Schmiede das Eisen, solange es heiß ist, vergiß das nicht. Das ist das Motto der Sieger.«

»Eins nach dem anderen ist das Motto der Sieger«, sagte ich, und in dieser Nacht träumte ich, ich sei wieder nach Sara Lacht gegangen.

In diesem Traum – in allen Träumen, die ich in jenem Herbst und Winter hatte – gehe ich den Weg zur Hütte hinauf. Der Weg ist eine Schleife von zwei Meilen durch den Wald, deren Ende an der Route 68 liegt. Er hat eine Nummer an beiden Enden (Lane zweiundvierzig, wenn es eine Rolle spielt), falls man die Feuerwehr rufen muß, aber keinen Namen. Und Jo und ich haben ihm nie einen gegeben, nicht einmal unter uns. Er ist schmal, kaum mehr als zwei Reifenspuren, zwischen denen Timotheusgras und Quecke wächst. Wenn man zur Hütte fährt, kann man dieses Gras wie leise Stimmen am Unterboden des Wagens flüstern hören.

Aber in dem Traum fahre ich nicht. Ich fahre niemals. In diesen Träumen gehe ich zu Fuß.

Die Bäume drängen auf beiden Seiten dicht an den Weg. Der dunkle Himmel darüber ist wenig mehr als ein schmaler Streifen. Bald werde ich die ersten Sterne funkeln sehen können. Es ist nach Sonnenuntergang. Grillen zirpen. Eistaucher rufen über den See. Kleine Tiere – Backenhörnchen oder vereinzelte Eichhörnchen – rascheln im Wald.

Nun komme ich zu einer ungepflasterten Einfahrt, die rechts von mir bergab führt. Es ist unsere Einfahrt mit dem kleinen Holzschild, auf dem SARA LACHT steht. Ich stehe oben, gehe aber nicht hinunter. Unten liegt das Haus. Eine Blockhütte mit Anbauten, hinten eine Veranda über dem See. Alles in allem vierzehn Zimmer, eine lächerliche Anzahl von Zimmern. Sollte häßlich und klobig aussehen, tut es aber irgendwie nicht. Sara hat etwas von einer wackeren Königinmutter an sich, das Aussehen einer Lady, die resolut ihrem hundertsten Geburtstag entgegengeht und trotz der arthritischen Hüften und der ausgeleierten alten Knie noch kräftige Schritte macht.

Der Mittelteil ist der älteste und entstand um 1900. In den dreißiger, vierziger und sechziger Jahren wurden Anbauten hinzugefügt. Einmal war es eine Jagdhütte; Anfang der siebziger Jahre diente es vorübergehend einer kleinen Kommune transzendentaler Hippies als Unterkunft. Immer auf Mietbasis; von Ende der vierziger Jahre bis 1984 waren die Hingermans die Besitzer, Darren und Marie ... dann Marie allein, als Darren 1971 starb. Der einzig sichtbare Anbau aus unserer Zeit ist die winzige DSS-Schüssel auf dem mittleren Dachfirst. Das war Johannas Idee, und sie kam nie wirklich in den Genuß.

Hinter dem Haus schimmert der See im Nachglühen des Sonnenuntergangs. Ein Teppich brauner Kiefernnadeln bedeckt die Einfahrt, sehe ich, übersät mit herabgefallenen Zweigen. Die Büsche auf beiden Seiten wuchern und strecken über die schmale Kluft hinweg die Zweige nacheinander aus wie Liebende. Würde man mit dem Auto hinunterfahren, würden die Äste unangenehm an den Seiten kratzen und schleifen. Unten sehe ich Moos auf den Stämmen des Hauptgebäudes wachsen, drei große Sonnenblumen mit Blüten wie Suchscheinwerfer sind zwischen den Dielen der kleinen Veranda auf der zur Einfahrt gelegenen Seite emporgewachsen. Der Gesamteindruck ist nicht der, als wäre das Haus verwahrlost, sondern *vergessen* worden.

Der Hauch einer Brise weht, und die Kälte auf meiner Haut macht mir bewußt, daß ich geschwitzt habe. Ich kann Kiefernnadeln riechen – ein Geruch, der sauer und rein zugleich ist – sowie den schwachen, aber irgendwie gewaltigen Geruch des Sees. Dark Score ist einer der saubersten, tiefsten Seen in Maine. Bis Ende der dreißiger Jahre war er größer, hat Marie Hingerman uns gesagt; dann hatte Western Maine Electric, die Hand in Hand mit den Sägewerken und Papiermühlen rund um Rumford arbeiteten, die Zustimmung des Staates bekommen, einen Damm am Gessa zu bauen. Marie hat uns auch einige reizende Fotos von Damen in weißen Röcken und Herren in Kanus gezeigt – diese Schnappschüsse stammten aus der Zeit des Ersten Weltkriegs, sagte sie und zeigte auf eine der jungen Frauen, die für alle Ewigkeit mit einem hocherhobenen tropfenden Paddel am Rand des Jazz-Zeitalters erstarrt war. »Das ist meine Mutter«, sagte sie, »und der Mann, den sie mit dem Paddel bedroht, ist mein Vater.«

Eistaucher schreien, als beklagten sie einen Verlust. Nun kann ich die Venus am Himmel sehen. Sternenlicht, Sternenpracht, erfüll mir meinen Wunsch heut nacht ... In diesen Träumen wünsche ich mir immer Johanna.

Als ich meinen Wunsch gewünscht habe, gehe ich die Einfahrt hinunter. Natürlich. Es ist mein Haus, nicht? Wohin sollte ich gehen, wenn nicht zu meinem Haus, jetzt, wo es dunkler wird, und jetzt, wo das verstohlene Rascheln im Wald zugleich näher und irgendwie zielstrebiger zu sein scheint? Wohin *kann* ich sonst gehen? Es ist dunkel und wird furchterregend sein, allein an jenen Ort zu gehen (angenommen, es mißfällt Sara, daß sie so lange allein gelassen wurde? Angenommen, sie ist wütend?), aber ich muß. Wenn der Strom abgeschaltet ist, zünde ich eine der Sturmlampen an, die wir in einem Küchenschrank aufbewahren.

Aber ich kann nicht runtergehen. Meine Beine bewegen sich nicht. Es ist, als wüßte mein Körper etwas über das Haus da unten, das mein Geist nicht weiß. Der Wind kommt wieder auf und zaubert Gänsehaut auf meine Arme, und ich frage mich, was ich gemacht habe, daß ich am ganzen Körper schwitze. Bin ich gelaufen? Und wenn ja, wo bin ich hingelaufen? Oder wovor weg?

Auch mein Haar ist verschwitzt; es klebt mir als unschöner Wulst an der Stirn. Ich hebe die Hand, um es wegzustreichen, und sehe eine flache Schnittwunde, ziemlich frisch, oberhalb des Knöchels über den Handrücken laufen. Manchmal ist dieser Schnitt an meiner rechten Hand, manchmal an meiner linken. Ich denke: *Wenn das ein Traum ist, sind die Details gut getroffen.* Immer derselbe Gedanke: *Wenn das ein Traum ist, sind die Details gut getroffen.* Das ist die reine Wahrheit. Es sind die Details eines Schriftstellers ... aber vielleicht ist in Träumen jeder ein Schriftsteller. Woher soll man das wissen?

Nun ist Sara Lacht nur ein dunkler Rumpf unten, und mir wird klar, daß ich eigentlich gar nicht dorthin will. Ich bin ein Mann, der seinem Verstand beigebracht hat, sich schlecht zu benehmen, und ich kann mir zu vieles ausmalen, was mich im Inneren erwartet. Ein tollwütiger Waschbär in einer Ecke der Küche. Fledermäuse im Bad – wenn ich sie aufschrecke, flattern sie mir ums Gesicht, fiepen und streichen mir mit den staubigen Schwingen über die Wangen. Vielleicht sogar eine von William Denbroughs berühmten Kreaturen von jenseits des Universums, die sich jetzt unter der Veranda versteckt hat und mich mit funkelnden, vereiterten Augen näher kommen sieht.

»Nun, ich kann nicht hier oben bleiben«, sage ich, aber meine Beine bewegen sich nicht, und es sieht so aus, als *würde* ich hier oben bleiben, wo die Einfahrt in den Waldweg mündet; als würde ich hier oben bleiben, ob es mir gefällt oder nicht.

Nun hört sich das Rascheln im Wald hinter mir nicht mehr wie kleine Tiere an (die meisten hätten sich inzwischen ohnehin für die Nacht in ihre Nester oder Löcher verkrochen), sondern wie Schritte, die näher kommen. Ich versuche, mich umzudrehen und nachzusehen, aber nicht einmal das kann ich ...

... und dann wachte ich für gewöhnlich auf. Als erstes drehte ich mich immer um und bestätigte meine Rückkehr in die Wirklichkeit, indem ich mir selbst bewies, daß mein Körper dem Verstand wieder gehorchte. Manchmal – eigentlich meistens – dachte ich: *Manderley, ich habe wieder von Manderley geträumt.*

Das hatte etwas Unheimliches (ich glaube, jeder wiederkehrende Traum hat etwas Unheimliches, weil man weiß, daß das Unterbewußtsein hartnäckig nach einem vergrabenen Gegenstand wühlt, der sich nicht bloßlegen lassen will), aber ich würde lügen, wenn ich nicht hinzufügen würde, daß ein Teil von mir diese atemlose sommerliche Ruhe genoß, in die der Traum mich stets hüllte, und dieser Teil genoß auch die Traurigkeit und das böse Omen, die ich verspürte, wenn ich erwachte. Der Traum hatte etwas seltsam Exotisches, das mir im Wachsein fehlte, nachdem die Straße aus meiner Phantasie so unüberwindlich versperrt war.

Ich erinnere mich, daß ich nur einmal richtig Angst hatte (und ich muß Ihnen sagen, daß ich diesen Erinnerungen nicht rückhaltlos traue, weil sie so lange gar nicht zu existieren schienen), als ich eines Nachts erwachte und in der Dunkelheit meines Schlafzimmers laut und deutlich sagte: »Etwas ist hinter mir, laß nicht zu, daß es mich erwischt, etwas im Wald, bitte laß nicht zu, daß es mich erwischt.« Nicht die Worte selbst ängstigten mich, sondern der Tonfall, in dem sie gesprochen wurden. Es war die Stimme eines Mannes am Rand nackter Panik und hatte kaum Ähnlichkeit mit meiner eigenen Stimme.

Zwei Tage vor Weihnachten 1997 fuhr ich wieder zur Fidelity Union, wo mich der Geschäftsführer der Bank erneut zum Schließfach in den neonbeleuchteten Katakomben führte. Als wir die Treppe hinuntergingen, versicherte er mir (mindestens zum dutzendsten Mal), daß seine Frau ein *riesiger* Fan meiner Romane sei, sie alle meine Bücher gelesen habe und gar nicht genug bekommen könne. Zum dutzendsten Mal (mindestens) antwortete ich, daß ich jetzt *ihn* in meine Fänge bekommen mußte. Er antwortete mit seinem üblichen Kichern. Diesen häufig wiederholten Wortwechsel bezeichnete ich immer als Bankiers-Kommunion.

Mr. Quinlan steckte seinen Schlüssel in Schlitz A und drehte ihn herum. Dann zog er sich so diskret wie ein Zuhälter zurück, der einen Freier zur Kammer einer Hure geführt hat. Ich steckte meinen eigenen Schlüssel in Schlitz B, drehte ihn um und machte die Schublade auf. Inzwischen sah sie ungeheuer groß aus. Die letzte verbliebene Manuskriptschachtel schien sich fast in die hintere Ecke zu drängen wie ein ausgesetzter Welpe, der irgendwie weiß, daß seine Geschwister fortgebracht und ertränkt worden sind. *Versprechen* war in fetten schwarzen Buchstaben auf die Oberseite gekritzelt. Ich konnte mich kaum noch erinnern, worum es in der gottverdammten Geschichte ging.

Ich schnappte mir den Zeitreisenden aus den achtziger Jahren und knallte das Schließfach zu. Nun war nichts mehr drin als Staub. *Gib das her,* hatte Jo in meinem Traum gezischt – es war seit Jahren zum erstenmal, daß ich daran dachte. *Gib das her, es ist mein Staubfänger.*

»Mr. Quinlan, ich bin fertig«, rief ich. Meine Stimme hörte sich selbst für meine Ohren rauh und unfertig an, aber Quinlan schien nicht zu spüren, daß etwas nicht stimmte ... vielleicht war er auch nur diskret. Schließlich kann ich nicht der einzige Besucher gewesen sein, der die Besuche in dieser Finanzversion von Forest Lawn als emotionale Belastung empfand.

»Ich werde wirklich eines Ihrer Bücher lesen«, sagte er und warf unwillkürlich einen verstohlenen Seitenblick auf die Schachtel, die ich in der Hand hielt (ich nehme an, ich hätte einen Aktenkoffer mitbringen können, um sie darin zu verstauen, was ich bei diesen Expeditionen aber nie tat). »Ich glaube, das setze ich auf meine Liste der guten Vorsätze für das neue Jahr.«

»Tun Sie das«, sagte ich. »Ja, tun Sie das, Mr. Quinlan.«

»Mark«, sagte er. »Bitte.« Auch das hatte er schon früher gesagt.

Ich hatte zwei Briefe geschrieben, die ich in die Manuskriptschachtel steckte, bevor ich sie zu Federal Express brachte. Beide hatte ich am Computer geschrieben, den mich mein Körper benutzen ließ, solange ich die Notizzettel-Funktion wählte. Nur wenn ich Word sechs öffnete, fing der Sturm an. Ich hatte nie versucht, einen Roman mit der Notizzettel-Funktion zu schreiben, weil ich wußte, ich würde diese Möglichkeit wahrscheinlich ebenfalls einbüßen ... ganz zu schweigen von meiner Fähigkeit, auf dem Computer Scrabble zu spielen und Kreuzworträtsel zu machen. Ich hatte mehrmals versucht, mit der Hand zu schreiben, war aber kläglich gescheitert. Das Problem bestand nicht in dem, was mir einmal als »Bildschirmangst« beschrieben worden war; davon hatte ich mich selbst überzeugt.

Ein Brief war an Harold, der andere an Debra Weinstock, und in beiden stand weitgehend dasselbe: Hier ist das neue Buch, *Helens Versprechen*, ich hoffe, es gefällt euch so gut wie mir, wenn es etwas uneben ist, liegt das daran, daß ich so viele Überstunden machen mußte, um es fertigzubekommen, fröhliche Weihnachten, glückliches Hanukkah, Erin go bragh, Süßigkeiten oder Streich, hoffe, jemand schenkt euch ein Scheißpony.

Ich stand fast eine Stunde in einer Schlange schlurfender Nachzügler mit verbitterten Augen (Weihnachten ist so eine sorglose, entspannte Zeit, das gefällt mir daran), hielt *Helens Versprechen* unter dem linken Arm und eine Taschenbuchausgabe von Nelson DeMilles *Charm School* in der rechten Hand. Ich hatte fast fünfzig Seiten gelesen, als ich meinen letzten unveröffentlichten Roman einer hektisch dreinschauenden Schalterbeamtin anvertraute. Als ich ihr fröhliche Weihnachten wünschte, erschauerte sie und sagte nichts.

Kapitel 4

Das Telefon läutete, als ich zur Haustür hereinkam. Es war Frank Arlen, der mich fragte, ob ich Weihnachten bei ihm verbringen wollte. Bei *ihnen*, genauer gesagt; all seine Brüder kamen mit ihren Familien.

Ich machte den Mund auf, um nein zu sagen – als allerletztes auf der Welt konnte ich ein turbulentes irisches Weihnachtsfest gebrauchen, bei dem alle Whiskey tranken und rührselig von Jo schwadronierten, während schätzungsweise zwei Dutzend rotznäsige Hosenmätze auf dem Boden herumkrabbelten –, und hörte mich sagen, ich würde kommen.

Frank hörte sich so überrascht an, wie ich mich fühlte, aber aufrichtig erfreut. »Phantastisch!« rief er. »Wann kannst du hier sein?«

Ich stand in der Diele, meine Galoschen tropften auf die Fliesen, und von da, wo ich stand, konnte ich durch den Türbogen ins Wohnzimmer sehen. Kein Weihnachtsbaum; seit Jos Tod hatte ich mir die Mühe nicht mehr gemacht. Das Zimmer kam mir gräßlich und viel zu groß vor ... eine im frühen amerikanischen Stil möblierte Eislaufbahn.

»Ich war auf Besorgungen unterwegs«, sagte ich. »Wie wäre es, wenn ich etwas Unterwäsche in eine Tasche werfe, wieder ins Auto steige und nach Süden fahre, solange noch Warmluft aus der Heizung kommt?«

»Riesig«, sagte Frank, ohne einen Augenblick zu zögern. »Wir können uns einen zünftigen Junggesellenabend machen, bevor die Söhne und Töchter von East Malden eintrudeln. Ich schenk dir einen Drink ein, sobald ich den Hörer aufgelegt habe.«

»Dann sollte ich mich besser auf den Weg machen«, sagte ich.

Das waren ungelogen die schönsten Feiertage seit Johannas Tod. Die einzigen schönen Feiertage, schätze ich. Vier Tage lang war ich ein Arlen ehrenhalber. Ich trank zuviel, stieß zu oft auf

Johannas Andenken an ... und wußte irgendwie, daß sie sich darüber freuen würde. Zwei Babys spuckten mich voll, ein Hund kam mitten in der Nacht zu mir ins Bett gekrochen, und Nicky Arlens Schwägerin machte sich in der Nacht nach dem ersten Weihnachtstag dreist an mich ran, als sie mich allein in der Küche erwischte, wo ich mir ein Truthahnsandwich zubereitete. Ich küßte sie, weil sie eindeutig geküßt werden wollte, und einen Moment faßte mich eine abenteuerlustige (oder vielleicht ist »mutwillig« das Wort, das ich suche) Hand an einer Stelle, wo mich seit fast dreieinhalb Jahren niemand mehr angefaßt hatte, von mir selbst abgesehen. Es war ein Schock, aber kein durch und durch unangenehmer.

Weiter ging es nicht – in einem Haus voller Arlens, und da Susy Donahue noch nicht offiziell geschieden war (sie war, wie ich, eine Arlen ehrenhalber über Weihnachten), hätte es schwerlich weiter gehen können –, aber ich beschloß, daß es Zeit wurde, wieder abzureisen ... es sei denn, ich wollte mit Höchstgeschwindigkeit eine schmale Straße hinunterrasen, die höchstwahrscheinlich an einer Backsteinmauer endete. Ich brach am siebenundzwanzigsten auf, sehr froh, daß ich gekommen war, und umarmte Frank heftig zum Abschied, als wir an meinem Auto standen. Vier Tage lang hatte ich überhaupt nicht daran gedacht, daß sich mittlerweile nur Staub in meinem Schließfach bei der Fidelity Union befand, und vier Nächte hatte ich ungestört durchgeschlafen bis acht Uhr morgens und war manchmal mit einem sauren Magen und den Kopfschmerzen eines Katers aufgewacht, aber nicht einmal mitten in der Nacht mit dem Gedanken: *Manderley, ich habe wieder von Manderley geträumt,* der mir durch den Kopf ging. Ich fuhr erfrischt und wie ein neuer Mensch nach Derry zurück.

Der erste Tag des Jahres 1998 dämmerte klar und kalt und still und wunderschön. Ich stand auf, duschte und stand Kaffee trinkend am Schlafzimmerfenster. Plötzlich dachte ich – mit der einfachen, übermächtigen Gewißheit, mit der man weiß, daß oben über dem Kopf und unten unter den Füßen ist –, daß ich jetzt schreiben konnte. Es war ein neues Jahr, etwas hatte sich verändert, und jetzt konnte ich schreiben, wenn ich wollte. Der Fels war fortgerollt.

Ich ging in mein Arbeitszimmer, setzte mich an den Computer und schaltete ihn ein. Mein Herz schlug normal, ich hatte keinen Schweiß auf Stirn und Nacken, meine Hände waren warm. Ich zog das Hauptmenü herunter, das man bekommt, wenn man auf den Apfel klickt, und da war mein alter Freund Word sechs. Ich klickte darauf. Das Federhalter-und-Pergament-Logo leuchtete auf, und plötzlich bekam ich keine Luft mehr. Es war, als wären mir Eisenbänder um die Brust gelegt worden.

Ich stieß mich vom Schreibtisch weg, würgte und zog am runden Kragen des Sweatshirts, das ich trug. Die Rollen des Bürostuhls verfingen sich in einem kleinen Läufer – einer von Jos Funden in ihrem letzten Lebensjahr –, und ich kippte rückwärts um. Ich schlug mit dem Hinterkopf auf dem Boden auf und sah einen grellen Sternenregen über mein Gesichtsfeld sausen. Ich schätze, ich kann von Glück sagen, daß ich nicht ohnmächtig wurde, aber ich glaube, mein wahres Glück am Neujahrsmorgen 1998 war, daß ich auf diese Weise umkippte. Wenn ich nur vor dem Monitor zurückgerollt wäre und weiter das Logo vor Augen gehabt hätte – und den gräßlichen leeren Bildschirm darunter –, dann wäre ich wahrscheinlich erstickt.

Als ich mich aufgerappelt hatte, konnte ich wenigstens wieder atmen. Meine Kehle schien den Durchmesser eines Strohhalms zu haben, jedes Einatmen erzeugte ein unheimlich pfeifendes Geräusch, aber immerhin atmete ich. Ich schleppte mich ins Bad und übergab mich derart heftig ins Waschbecken, daß das Erbrochene bis zum Spiegel spritzte. Mir wurde schwarz vor Augen, die Knie gaben unter mir nach. Diesmal stieß ich mir die Stirn an, prallte damit gegen die Kante des Waschbeckens, und während mein Hinterkopf nicht blutete (allerdings hatte sich bis zum Nachmittag eine ansehnliche Beule gebildet), blutete die Stirn ein wenig. Außerdem blieb ein blauroter Bluterguß zurück, über dessen Ursache ich natürlich log, indem ich den Leuten, die danach fragten, erzählte, daß ich mitten in der Nacht gegen die Badezimmertür gelaufen wäre, ich Blödmann, das sollte mir eine Lehre sein, nachts um zwei aufzustehen, ohne das Licht anzumachen.

Als ich das Bewußtsein vollständig wiedererlangt hatte (sofern es ein derartiges Stadium gibt), lag ich zusammengerollt auf dem Boden. Ich stand auf, desinfizierte die Platzwunde an der Stirn und setzte mich mit zwischen den Knien hängendem

Kopf auf den Rand der Wanne, bis ich mich kräftig genug fühlte, aufzustehen. Ich schätze, ich saß fünfzehn Minuten da, und in diesem Zeitraum überlegte ich mir, daß meine Karriere, sofern nicht ein Wunder geschah, zu Ende war. Harold würde vor Schmerz aufschreien und Debra ungläubig stöhnen, aber was konnten sie tun? Die Publikationspolizei schicken? Mir mit der Book-of-the-Month-Club-Gestapo drohen? Selbst wenn sie es könnten, was würde es ändern? Man bekam kein Harz aus einem Ziegel oder Blut aus einem Stein. Wenn keine wundersame Genesung stattfand, war mein Leben als Schriftsteller vorbei.

Und wenn es so ist? fragte ich mich. *Was ist mit den restlichen vierzig Jahren, Mike? In vierzig Jahren kann man eine Menge Scrabble spielen, eine Menge Kreuzworträtsel lösen, eine Menge Whiskey trinken. Aber ist das genug? Was willst du mit deinen restlichen vierzig noch anfangen?*

Darüber wollte ich nicht nachdenken, noch nicht. Die nächsten vierzig Jahre konnten sich um sich selbst kümmern; ich war froh, wenn ich nur den Neujahrstag 1998 hinter mich brachte.

Als ich das Gefühl hatte, mich wieder unter Kontrolle zu haben, ging ich ins Arbeitszimmer zurück, schlurfte zum Computer, den Blick fest auf meine Füße gerichtet, tastete nach dem richtigen Knopf und schaltete die Maschine aus. Man kann das Programm beschädigen, wenn man einfach so abschaltet, ohne es zu schließen, aber ich dachte mir, daß das unter den gegebenen Umständen kaum eine Rolle spielte.

In dieser Nacht träumte ich wieder, daß ich in der Dämmerung den Weg zweiundvierzig entlangschritt, der zu Sara Lacht führt; wieder wünschte ich mir etwas vom Abendstern, während die Eistaucher auf dem See schrien, und wieder spürte ich etwas im Wald hinter mir, das sich unerbittlich näher schlich. Es schien, als wären meine Weihnachtsferien zu Ende.

Es war ein harter, kalter Winter, jede Menge Schnee und im Februar eine Grippeepidemie, die die Alten von Derry schrecklich dezimierte. Die Krankheit fällte sie wie starker Wind alte Bäume nach einem Eissturm. An mir ging sie spurlos vorüber. Ich hatte in jenem Winter nicht mal einen Schnupfen.

Im März flog ich nach Providence und nahm an Will Wengs Kreuzworträtselwettbewerb von Neuengland teil. Ich belegte den vierten Platz und gewann fünfzig Dollar. Den Scheck löste ich nicht ein, sondern hängte ihn gerahmt im Wohnzimmer auf. Früher einmal waren meine sämtlichen Zertifikate des Triumphs (Jos Formulierung; mir scheint, als wären alle guten Formulierungen von Jo) an den Wänden meines Arbeitszimmers gelandet, aber seit März 1998 ging ich nicht mehr sehr oft dort rein. Wenn ich Scrabble gegen den Computer spielen oder ein Kreuzworträtsel auf Turnierformat lösen wollte, nahm ich das PowerBook und setzte mich an den Küchentisch.

Ich erinnere mich, wie ich eines Tages dort saß, das Hauptmenü des PowerBook öffnete und zu den Kreuzworträtseln durchklickte ... um dann mit dem Cursor zwei oder drei Stellen tiefer zu gehen, bis er meinen alten Freund Word sechs aufhellte.

In diesem Augenblick überkam mich keine Frustration, keine hilflose, unterdrückte Wut (beides hatte ich seit der Fertigstellung von *Von ganz oben* reichlich erlebt), sondern Traurigkeit und schieres Verlangen. Als ich das Symbol von Word sechs ansah, kam ich mir plötzlich vor, als würde ich eines der Bilder von Jo ansehen, die ich in der Brieftasche hatte. Wenn ich die betrachtete, dachte ich manchmal bei mir, ich würde meine unsterbliche Seele verkaufen, um Jo zurückzubekommen ... und an jenem Tag im März dachte ich, ich würde meine Seele verkaufen, nur um wieder eine Geschichte schreiben zu können.

Dann versuch es doch, flüsterte eine Stimme. *Vielleicht hat sich etwas geändert.*

Aber nichts hatte sich geändert, und das wußte ich. Also öffnete ich Word sechs nicht, sondern zog es zum Papierkorb an der rechten unteren Ecke des Bildschirms und warf es hinein. Leb wohl, alter Freund.

Debra Weinstock rief in jenem Winter häufig an, meistens mit guten Nachrichten. *Helens Versprechen* war als eine Hälfte des Schwerpunkts der Literary Guild im August gewählt worden, die andere Hälfte war ein Anwalts-Thriller von Steve Martini, wie ich ein Veteran der Plätze acht bis fünfzehn der Bestsellerliste der *Times*. Und mein britischer Verleger, sagte Debra, liebte *Helen* und war sicher, es würde mein »Durchbruch« werden. (Meine Verkaufszahlen in Großbritannien hatten immer zu wünschen übriggelassen.)

»*Helens Versprechen* ist eine Art neue Richtung für Sie«, sagte Debra. »Finden Sie nicht auch?«

»Das dachte ich irgendwie auch«, gab ich zu und fragte mich, wie Debra reagieren würde, wenn ich ihr sagte, daß das Buch meiner neuen Richtung vor fast zwölf Jahren geschrieben worden war.

»Es hat ... ich weiß nicht ... eine Art *Reife*.«

»Danke.«

»Mike? Ich glaube, die Verbindung ist schlecht. Sie klingen so gedämpft.«

Klar tat ich das. Ich biß mir in die Handkante, um nicht vor Lachen loszubrüllen. Nun nahm ich die Hand vorsichtig aus dem Mund und betrachtete die Bißspuren. »Besser?«

»Ja, viel besser. Also, worum geht es in dem neuen Buch? Geben Sie mir einen Hinweis!«

»Sie kennen die Antwort darauf, Mädchen.«

Debra lachte. »›Sie müssen schon das Buch lesen, um das herauszufinden, Josephine‹«, sagte sie. »Richtig?«

»Jawoll.«

»Nun, dann lassen Sie's kommen. Ihre Freunde bei Putnam sind schwer beeindruckt davon, wie Sie die nächste Stufe erklimmen.«

Ich verabschiedete mich, legte auf und lachte etwa zehn Minuten unbeherrscht. Lachte, bis mir die Tränen kamen. So bin ich eben. Immer dabei, die nächste Stufe zu erklimmen.

Während dieser Zeit willigte ich auch in ein Telefoninterview mit einem Journalisten von *Newsweek* ein, der einen Artikel über den neuen amerikanischen Schauerroman schrieb (was immer das sein mochte, abgesehen von einer Phrase, die die Auflage steigern sollte), und in ein Interview für *Publisher's Weekly*, das unmittelbar vor Veröffentlichung von *Helens Versprechen* erscheinen sollte. Ich ließ mich darauf ein, weil sich beides wie ein Kinderspiel anhörte, die Art von Interview, die man am Telefon machen konnte, während man gleichzeitig die Post durchging. Und Debra war entzückt, weil ich normalerweise nein zu jeder Form von öffentlichen Auftritten sage. Diesen Aspekt des Jobs hasse ich und habe ich immer gehaßt, besonders die Hölle einer Live-Plaudershow im Fernsehen, wo niemand dein gottverdammtes Buch gelesen hat und die erste Frage immer lautet: »Woher, um alles in der Welt, haben Sie nur diese abgefahrenen Ideen?« Öffentlichkeitsarbeit ist, als würde man in eine Sushi-Bar gehen, wo man selbst das Sushi ist, und es war großartig, daß ich es diesmal hinter mich brachte und das Gefühl haben konnte, ich hätte Debra eine gute Nachricht gegeben, die sie ihren Bossen auf dem Tablett servieren konnte. »Ja«, konnte sie sagen, »er ist immer noch eine Nervensäge, was Öffentlichkeitsarbeit angeht, aber ich habe ihn dazu bewogen, zwei Auftritte zu absolvieren.«

Derweil dauerten meine Träume von Sara Lacht an – nicht in jeder Nacht, aber in jeder zweiten oder dritten Nacht, ohne daß ich tagsüber je an sie dachte. Ich machte meine Kreuzworträtsel, ich kaufte mir eine akustische *Steel Guitar* und lernte spielen (mich würde allerdings nie jemand bitten, mit Patty Loveless oder Alan Jackson auf Tour zu gehen), ich suchte jeden Tag in den überbordenden Todesanzeigen der *Derry News* nach Namen, die ich kannte. Mit anderen Worten, ich schlief weitgehend im Stehen.

Dies alles kam durch einen Anruf von Harold Oblowski nicht mehr als drei Tage nach Debras Buchklub-Anruf zu einem Ende. Draußen stürmte es – ein scheußlicher Schnee- und Graupelsturm, der sich als letztes und heftigstes Aufbäumen des Winters erweisen sollte. Am Abend sollte der gesamte Strom in Derry ausfallen, aber als Harry um siebzehn Uhr anrief, ging es gerade erst richtig los.

»Ich hatte gerade ein sehr angenehmes Gespräch mit deiner Lektorin«, sagte Harold. »Ein sehr erhellendes, sehr *anregendes* Gespräch. Tatsächlich habe ich gerade erst den Hörer aufgelegt.«

»Ach?«

»Ach ja. Bei Putnam hat man das Gefühl, Michael, daß dein letztes Buch eine positive Auswirkung auf deine Verkaufsposition am Markt haben könnte. Es ist sehr stark.«

»Ja«, sagte ich, »ich erklimme gerade die nächste Stufe.«

»Bitte?«

»Ich plappere nur, Harold. Mach weiter.«

»Nun ... Helen Nearing ist eine grandiose Hauptfigur, und Skate ist dein bester Bösewicht bis jetzt.«

Ich sagte nichts.

»Debra hat die Möglichkeit angedeutet, *Helens Versprechen* zum Auftakt eines Kontrakts über drei Bücher zu machen. Eines sehr *lukrativen* Kontrakts. Und das alles ohne Druck meinerseits. Zu mehr als zwei Büchern wollte sich bis jetzt kein Verlag verpflichten. Ich habe neun Millionen Dollar erwähnt, mit anderen Worten drei Millionen pro Buch, und dachte, sie würde mich auslachen ... aber ein Agent muß *irgendwo* anfangen, und ich habe immer so hoch gegriffen, wie es nur geht. Ich glaube, ich muß irgendwo in meinem Stammbaum römische Offiziere haben.«

Eher äthiopische Teppichhändler, dachte ich, sagte es aber nicht. Ich fühlte mich wie bei einem Zahnarzt, der etwas zuviel Novocain gespritzt hat, so daß nicht nur der schlimme Zahn und das umliegende Zahnfleisch taub geworden sind, sondern auch Lippen und Zunge. Wenn ich versuchen würde, zu reden, würde ich wahrscheinlich nur brabbeln und spucken. Harold schnurrte fast. Ein Vertrag über drei Bücher für den neuen, reifen Michael Noonan. Große Sache, Baby.

Diesmal war mir nicht zum Lachen zumute. Diesmal wollte ich schreien. Harold fuhr glücklich und ahnungslos fort. Harold wußte nicht, daß der Buchbeerenbaum verdorrt war. Harold wußte nicht, daß der neue Mike Noonan jedesmal katastrophale Kurzatmigkeit und raketenwerfermäßige Kotzanfälle bekam, wenn er zu schreiben versuchte.

»Möchtest du hören, was sie mir geantwortet hat, Michael?«

»Raus damit.«

»Sie sagte: ›Nun, neun ist eindeutig hoch, aber für den Anfang nicht schlecht. Wir meinen, dieses neue Buch ist ein großer Schritt vorwärts für ihn.‹ Das ist außergewöhnlich. *Außergewöhnlich*. Nun habe ich natürlich nichts zugesagt, wollte erst mit dir reden, aber ich denke, wir können mit siebeneinhalb Minimum rechnen. Tatsächlich –«

»Nein.«

Er machte eine kurze Pause. Für mich war sie lang genug, um zu bemerken, daß meine Hand weh tat, weil ich das Telefon so fest umklammert hielt. Ich mußte mich regelrecht anstrengen, meinen Griff zu lockern. »Mike, du solltest mich zu Ende anhören –«

»Ich muß dich nicht zu Ende anhören. Ich möchte nicht über einen neuen Vertrag sprechen.«

»Entschuldige, wenn ich anderer Meinung bin, aber einen besseren Zeitpunkt wird es nicht geben. Denk darüber nach, um Himmels willen. Wir reden hier vom großen Geld. Wenn du wartest, bis *Helens Versprechen* veröffentlicht ist, kann ich nicht für dasselbe Angebot garantieren –«

»Das weiß ich«, sagte ich. »Ich will keine Garantien, ich will keine Angebote, *ich will nicht über Verträge reden.*«

»Du mußt nicht brüllen, Mike, ich höre dich gut.«

Hatte ich gebrüllt? Ja, vermutlich schon.

»Bist du unzufrieden mit Putnam? Ich glaube, Debra wäre sehr betrübt, das zu hören. Ich glaube auch, Phyllis Grann würde so gut wie alles tun, um die Bedenken auszuräumen, die du haben könntest.«

Schläfst du mit Debra, Harold? dachte ich, und plötzlich schien es mir das Logischste auf der Welt zu sein – der pummelige, fünfzigjährige, fast kahle Harold Oblowski trieb es mit meiner blonden, aristokratischen Lektorin, die das Smith-College besucht hatte. *Schläfst du mit ihr, sprecht ihr über meine Zukunft, wenn ihr in einem Zimmer im Plaza nebeneinander im Bett liegt? Malt ihr beiden auch aus, wieviel goldene Eier ihr aus dieser müden alten Gans herausholen könnt, bevor ihr ihr endgültig den Hals umdreht und Pastete aus ihr macht? Habt ihr das vor?*

»Harold, ich kann jetzt nicht darüber reden, und ich *werde* jetzt nicht darüber reden.«

»Was ist los? Warum bist du so außer dir? Ich dachte, du würdest dich freuen. Verdammt, ich dachte, du würdest überglücklich sein.«

»Nichts ist los. Es ist nur kein günstiger Zeitpunkt, über langfristige Verträge zu sprechen. Du mußt mich entschuldigen, Harold, ich muß etwas aus dem Backofen holen.«

»Können wir wenigstens nächste Woche darüber re-«

»*Nein*«, sagte ich und legte auf. Ich glaube, das war das erste Mal in meinem Leben, daß ich bei jemandem aufgelegt habe, der kein Telefonvertreter war.

Natürlich hatte ich nichts im Backofen und war zu erregt, auch nur daran zu denken, etwas reinzustellen. Statt dessen ging ich ins Wohnzimmer, schenkte mir einen Whiskey ein und setzte mich vor den Fernseher. Ich saß fast vier Stunden dort, sah mir alles mögliche an und bekam nichts mit. Draußen nahm der Sturm weiter zu. Morgen würden in ganz Derry umgestürzte Bäume liegen, und die Welt würde aussehen wie eine Eisskulptur.

Um Viertel nach neun fiel der Strom aus, ging etwa dreißig Sekunden wieder an, fiel erneut aus und blieb aus. Ich nahm das als Hinweis, mir keine Gedanken mehr über Harolds nutzlosen Vertrag zu machen und darüber, wie Jo angesichts von neun Millionen Dollar gekräht hätte. Ich stand auf, zog den Stecker des Fernsehers heraus, damit er nicht um zwei Uhr morgens plärrend wieder ansprang (die Sorge hätte ich mir sparen können; Derry blieb fast zwei Tage ohne Strom), und ging nach oben. Ich warf meine Kleidungsstücke ans Fußende des Betts, kroch hinein, ohne auch nur ans Zähneputzen zu denken, und war in nicht einmal fünf Minuten eingeschlafen. Ich weiß nicht, wie lange es dauerte, bis der Alptraum anfing.

Es war der letzte Traum in meiner »Manderley-Serie«, wie ich sie heute nenne, der Höhepunkt. Ich glaube, die undurchdringliche Schwärze, in der ich erwachte, machte ihn noch schlimmer.

Er fing an wie die anderen auch. Ich gehe den Weg entlang, lausche den Grillen und Eistauchern und betrachte vorwiegend den Streifen schwarzen Himmels über mir. Ich komme zur Einfahrt, und da *hat* sich etwas verändert; jemand hat einen kleinen Aufkleber auf das Schild SARA LACHT geklebt. Ich beuge mich hinunter und sehe, daß es der Aufkleber eines Rundfunksenders ist. WBLM steht darauf. 102,9, PORTLANDS ROCK AND ROLL STATION.

Von dem Aufkleber schaue ich wieder zum Himmel, und da ist die Venus. Ich wünsche mir etwas, wie immer, und wünsche mir Johanna, während mir der feuchte und überwältigende Geruch des Sees in die Nase steigt.

Etwas schlurft durch den Wald, raschelt in dem alten Laub und zerbricht einen Zweig. Es hört sich groß an.

Geh besser da runter, rät mir eine Stimme in meinem Kopf. *Etwas hat einen Kontrakt für dich abgeschlossen, Michael. Einen Kontrakt über drei Bücher, und das sind die schlimmsten.*

Ich kann mich nicht bewegen, ich kann mich nie wieder bewegen, ich kann nur hier stehen. Ich habe eine Laufblockade.

Aber das ist Geschwätz. Ich *kann* laufen. Ich bin erfreut. Ich habe einen gewaltigen Durchbruch erzielt. Im Traum denke ich: *Das ändert alles! Das ändert alles!*

Ich gehe die Einfahrt hinunter, immer tiefer in den reinen, aber sauren Geruch von Kiefern, steige über herabgefallene Äste und trete andere aus dem Weg. Ich hebe die Hand, um mir das feuchte Haar aus der Stirn zu streichen, und sehe den kleinen Kratzer auf dem Handrücken. Ich bleibe stehen und betrachte ihn neugierig.

Dafür ist keine Zeit, sagt die Traumstimme. *Geh da runter. Du hast ein Buch zu schreiben.*

Ich kann nicht schreiben, antworte ich. *Der Teil ist vorbei. Ich habe vierzig Jahre Ruhestand vor mir.*

Nein, sagt die Stimme. Sie hat etwas Unbarmherziges, das mir angst macht. *Du hattest eine* Lauf*blockade, keine* Schreib*blockade, und wie du sehen kannst, ist sie jetzt vorbei. Also beeil dich und geh da runter.*

Ich habe Angst, sage ich zu der Stimme.

Angst wovor?

Nun … was ist, wenn Mrs. Danvers da unten ist?

Die Stimme antwortet nicht. Sie weiß, ich fürchte mich nicht vor Rebecca de Winters Haushälterin, sie ist nur eine Figur in einem alten Buch, nichts weiter als ein Sack voll Knochen. Also setze ich mich wieder in Bewegung. Es scheint, als hätte ich keine andere Wahl, aber mein Entsetzen nimmt mit jedem Schritt zu, und als ich den halben Weg zu der schattenhaften, wuchernden Blockhütte zurückgelegt habe, ist mir die Angst wie ein Fieber in die Knochen gefahren. Etwas stimmt hier nicht, etwas ist völlig verzerrt.

Ich laufe weg, denke ich. *Ich laufe den Weg zurück, den ich gekommen bin, wie der Pfefferkuchenmann laufe ich, den ganzen Weg zurück nach Derry, wenn es sein muß, und komme nie mehr hierher zurück.*

Aber ich kann geifernden Atem hinter mir in der zunehmenden Dunkelheit hören, und tapsende Schritte. Das Ding im Wald ist jetzt das Ding auf der Einfahrt. Es ist direkt hinter mir. Wenn ich mich umdrehe, wird sein Anblick mir mit einem einzigen Schwinger den Verstand rauben. Etwas mit roten Augen, etwas Verwachsenes und Hungriges.

Das Haus bietet die einzige Sicherheit für mich.

Ich gehe weiter. Die dichten Büsche greifen wie mit Händen nach mir. Im Licht des aufgehenden Mondes (in diesem Traum ist der Mond noch nie aufgegangen, aber ich bin auch noch nie so lange darin gewesen) sehen die raschelnden Blätter wie sardonische Gesichter aus. Ich sehe blinzelnde Augen und lächelnde Münder. Unter mir liegen die kahlen Fenster des Hauses, und ich weiß, wenn ich ins Innere gelange, wird kein Strom dasein, der Sturm hat die Masten gefällt, ich werde den Lichtschalter auf und ab knipsen, bis etwas mich am Handgelenk packt und wie ein Liebhaber tiefer in das Dunkel zieht.

Inzwischen habe ich drei Viertel der Einfahrt hinter mich gebracht. Ich kann die Stufen aus Eisenbahnschwellen sehen, die zum See führen, und das Floß auf dem See, ein schwarzes Rechteck in einer Spur Mondlicht. Bill Dean hat es hinausgeschleppt. Außerdem kann ich ein rechteckiges Etwas an der Stelle liegen sehen, wo die Einfahrt vor der Veranda aufhört. So ein Gegenstand ist noch nie da gewesen. Was mag es sein?

Nach zwei oder drei Schritten weiß ich es. Ein Sarg, derjenige, um den Frank Arlen gefeilscht hat … weil, sagte er, der Bestattungsunternehmer versucht hat, mich über den Tisch zu ziehen. Es ist Jos Sarg, der auf der Seite liegt, und der Deckel ist ein Stück offen, so weit, daß ich sehen kann, der Sarg ist leer.

Ich glaube, ich will schreien. Ich glaube, ich will mich umdrehen und die Einfahrt hochlaufen – das Risiko mit dem Ding hinter mir gehe ich ein. Aber bevor ich es kann, wird die Hintertür von Sara Lacht geöffnet, und eine gräßliche Gestalt kommt in die zunehmende Dunkelheit gelaufen. Sie ist menschlich, diese Gestalt, und doch wieder nicht. Sie ist ein zerknautschtes weißes Ding mit hocherhobenen schlaffen Armen. Wo das Gesicht sein sollte, ist kein Gesicht, und dennoch schreit es mit einer gutturalen Stimme, die der eines Eistauchers nicht unähnlich ist. Mir wird klar, das muß Johanna sein. Es ist ihr gelungen, aus ihrem Sarg zu entkommen, aber nicht der Umhüllung des Leichentuchs. Sie ist vollkommen darin verstrickt.

Wie schrecklich *schnell* diese Kreatur ist! Sie schwebt nicht, wie man es von Gespenstern erwartet, sondern *rast* über die Veranda zur Einfahrt. Sie hat da unten gewartet, in all den Träumen, in denen ich erstarrt war, und jetzt, wo es mir endlich gelungen ist, nach unten zu gehen, will es mich haben. Ich werde schreien, wenn es mich in seine seidigen Arme nimmt, und ich werde schreien, wenn ich sein verwesendes, verwurmtes Fleisch rieche und die dunklen Glotzaugen durch das feine Gespinst des Stoffes sehe. Ich werde schreien, wenn meine geistige Gesundheit unwiderruflich den Bach runtergeht. Ich werde schreien … aber niemand ist hier draußen, der mich hören könnte. Nur die Eistaucher werden mich hören. Ich bin wieder nach Manderley gekommen, und diesmal gehe ich nicht mehr weg.

Das kreischende weiße Ding streckte die Arme nach mir aus, und ich erwachte auf dem Boden meines Schlafzimmers, schrie mit einer brüchigen, panisch erschrockenen Stimme und schlug immer wieder mit dem Kopf gegen irgend etwas Hartes. Wie lange mochte es gedauert haben, bis mir endlich klar wurde, daß ich nicht mehr schlief, daß ich nicht in Sara Lacht war? Wie lange, bis mir aufging, daß ich aus dem Bett gefallen und im Schlaf durch das Zimmer gekrochen war, daß ich auf Händen und Knien in der Ecke kauerte und den Kopf gegen die Stelle rammte, wo zwei Wände zusammenliefen, immer und immer wieder, wie ein Irrer im Asyl?

Ich wußte es nicht, konnte es nicht wissen, weil der Strom, ausgefallen war und die Uhr auf dem Nachttisch nicht funktionierte. Ich weiß, ich konnte die Ecke anfangs nicht verlassen, weil sie sicherer zu sein schien, als es das große Zimmer sein konnte, und ich weiß, der Traum hielt mich noch lange nach dem Aufwachen in seiner Macht (hauptsächlich, dachte ich, weil ich kein Licht machen und seinen Bann brechen konnte). Ich hatte Angst, wenn ich aus der Ecke kroch, würde das weiße Ding aus dem Bad gestürmt kommen, sein totes Kreischen erschallen lassen und darauf brennen, zu Ende zu bringen, was es angefangen hatte. Ich weiß, daß ich am ganzen Körper zitterte und von der Taille abwärts kalt und naß war, weil ich das Wasser nicht hatte halten können.

Ich blieb nach Luft schnappend und naß in der Ecke, starrte in die Dunkelheit und fragte mich, ob man einen derart übermächtigen Alptraum haben konnte, daß er einen in den Wahnsinn trieb. Ich dachte damals (und bin heute noch davon überzeugt), daß ich es in jener Nacht im März um ein Haar herausgefunden hätte.

Schließlich fühlte ich mich imstande, die Ecke zu verlassen. Auf halbem Weg zog ich die nasse Schlafanzughose aus und verlor die Orientierung dabei. Es folgten klägliche und unwirkliche fünf Minuten (vielleicht auch nur zwei), in denen ich ziellos in meinem vertrauten Schlafzimmer herumkroch, mit Gegenständen zusammenstieß und jedesmal stöhnte, wenn ich mit der tastenden Hand blind etwas anfaßte. Was ich auch zu fassen bekam, im ersten Moment schien es immer das schreckliche weiße Ding zu sein. Ich berührte rein gar nichts, das mir bekannt vorkam. Da die tröstenden grünen Ziffern der Uhr auf dem Nachttisch erloschen waren und ich vorübergehend den Orientierungssinn verloren hatte, hätte ich in einer Moschee in Addis Abeba herumkriechen können.

Dann rammte ich mit der Schulter das Bett. Ich stand auf, riß den Bezug vom zusätzlichen Kissen und wischte mir Unterleib und Oberschenkel damit ab. Dann hievte ich mich ins Bett zurück, zog die Decke hoch, lag schlotternd darunter und lauschte dem konstanten Prasseln des Eisregens gegen die Fenster.

In dieser Nacht fand ich keinen Schlaf mehr, und der Traum verblaßte nicht wie Träume sonst nach dem Erwachen. Ich lag auf der Seite, während das Schlottern allmählich nachließ, dachte an den Sarg, der dort in der Einfahrt lag, und überlegte mir, daß alles auf eine verrückte Weise einen Sinn ergab – Jo hatte Sara geliebt, und wenn sie irgendwo spuken würde, dann dort. Aber warum sollte sie mir weh tun wollen? Warum sollte meine Jo mir jemals weh tun wollen? Mir fiel kein Grund ein.

Irgendwie verging die Zeit, und es kam der Augenblick, als mir klar wurde, daß ein dunkler Grauton die Atmosphäre erfüllte; die Umrisse der Möbel ragten darin auf wie Wachtposten im Nebel. Das war etwas besser. Das kam schon eher hin. Ich würde Feuer in dem alten Küchenherd machen, beschloß ich, und starken Kaffee kochen. Mich an die Arbeit begeben, dies hier hinter mich zu bringen.

Ich schwang die Beine aus dem Bett und hob die Hand, um mir das schweißnasse Haar aus der Stirn zu streichen. Ich erstarrte mit der Hand vor Augen. Ich mußte mich gekratzt haben, als ich desorientiert in der Dunkelheit herumkroch und versuchte, das Bett wiederzufinden. Ich hatte einen flachen, verkrusteten Kratzer auf dem Handrücken, direkt oberhalb des Knöchels.

Kapitel 5

Als ich sechzehn war, durchbrach einmal ein Flugzeug direkt über meinem Kopf die Schallmauer. Ich ging im Wald spazieren, als es geschah, und dachte vielleicht an eine Geschichte, die ich schreiben wollte, oder wie toll es wäre, wenn Doreen Fournier an einem Freitagabend schwach werden und sich von mir das Höschen ausziehen lassen würde, wenn wir am Ende der Cushman Road parkten.

Auf jeden Fall war ich ganz in Gedanken und völlig überrascht, als der Knall ertönte. Ich warf mich flach auf den Boden, hielt die Hände über den Kopf, während mein Herz wie verrückt hämmerte, und war überzeugt, das Ende meines Lebens wäre gekommen (während ich noch Jungfrau war). In meinen vierzig Jahren war das das einzige, was es an schierem Grauen mit dem letzten Traum der »Manderley-Serie« aufnehmen konnte.

Ich lag auf dem Boden und wartete, daß der Hammer fiele, und als etwa dreißig Sekunden verstrichen waren und *kein* Hammer fiel, wurde mir klar, daß es nur ein Düsenjägerpilot des Luftwaffenstützpunkts Brunswick gewesen war, der nicht abwarten konnte, bis er über dem Atlantik war, um auf Mach 1 zu gehen. Aber, heilige Scheiße, wer hätte auch schon gedacht, daß es so *laut* sein würde?

Ich stand langsam auf, und während sich mein Herzschlag allmählich wieder normalisierte, wurde mir klar, daß ich nicht das einzige Lebewesen war, das dieser Donnerschlag aus heiterem Himmel zu Tode geängstigt hatte. Zum erstenmal, soweit ich mich erinnern konnte, war das kleine Wäldchen hinter unserem Haus in Prout's Neck völlig still. Ich stand in einem staubigen Strahl Sonnenlichts, zerdrückte Blätter auf Jeans und T-Shirt, hielt den Atem an und lauschte. Ich hatte noch nie so eine Stille gehört. Selbst an einem kalten Tag im Januar ist der Wald normalerweise voll von Geräuschen.

Schließlich sang ein Fink. Nach zwei oder drei Sekunden Schweigen antwortete ein Blauhäher. Noch zwei oder drei Sekunden vergingen, dann trug eine Krähe ihr Scherflein bei. Ein Specht hämmerte nach Maden. Links von mir wuselte ein Erdhörnchen durch das Unterholz. Eine Minute nachdem ich aufgestanden war, herrschten wieder Leben und leise Geräusche im Wald; alles war wieder beim alten, und ich setzte meinen Weg fort. Ich vergaß jedenfalls diesen unerwarteten Donnerschlag nie, ebensowenig wie die tödliche Stille, die ihm folgte.

Im Kielwasser des Alptraums dachte ich oft an jenen Tag im Juni, was an sich nicht weiter erwähnenswert ist. Die Situation hatte sich irgendwie verändert oder *konnte* sich verändern ... aber zuerst kommt die Stille, während deren wir uns vergewissern, daß wir unverletzt sind und die Gefahr – wenn sie denn je bestanden hat – vorüber ist.

Derry blieb sowieso den größten Teil der folgenden Woche eingeschlossen. Eis und heftige Windböen verursachten große Schäden während des Sturms, und ein plötzlicher Temperaturabfall um zwanzig Grad hinterher machte das Ausgraben schwer und behinderte die Aufräumarbeiten. Hinzu kommt, daß die Stimmung nach einem Märzsturm stets mürrisch und pessimistisch ist; er ereilt uns jedes Jahr (und wenn wir Pech haben, folgen noch zwei oder drei im April, um das Maß vollzumachen), wir scheinen aber nie darauf vorbereitet zu sein. Jedesmal, wenn wir eins übergezogen bekommen, nehmen wir es persönlich.

Eines Tages gegen Ende der Woche kündigte sich endlich ein Wetterumschwung an. Ich nutzte es aus und ging auf eine Tasse Kaffee und Gebäck als zweites Frühstück in das kleine Restaurant drei Türen vom Rite Aid entfernt, wo Johanna ihre letzte Besorgung gemacht hatte. Ich trank und kaute und löste das Kreuzworträtsel in der Zeitung, als jemand fragte: »Könnte ich mich zu Ihnen setzen, Mr. Noonan? Es ist heute ziemlich voll hier.«

Ich schaute auf und sah einen alten Mann, den ich kannte, aber nicht richtig einordnen konnte.

»Ralph Roberts«, sagte er. »Ich arbeite freiwillig beim Roten Kreuz unten. Ich und meine Frau Lois.«

»Oh, okay, klar«, sagte ich. Ich spende etwa alle sechs Wochen Blut beim Roten Kreuz. Ralph Roberts gehörte zu den Altvorderen, die hinterher Saft und Plätzchen verteilten und einem sagten, daß man nicht aufstehen oder schnelle Bewegungen machen sollte, wenn man sich schwindlig fühlte. »Bitte, setzen Sie sich.«

Er betrachtete meine Zeitung, die, beim Kreuzworträtsel aufgeschlagen, in der Sonne lag, als er in meine Nische schlüpfte. »Finden Sie nicht auch, daß das Lösen des Kreuzworträtsels in den *Derry News* so ähnlich ist, als würde man beim Baseball den Werfer ausschalten?« fragte er.

Ich lachte und nickte. »Ich mache es aus demselben Grund, warum die Leute den Mount Everest besteigen, Mr. Roberts ... weil es da ist. Nur stürzt beim Kreuzworträtsel der *News* keiner ab.«

»Nennen Sie mich Ralph. Bitte.«

»Okay. Und ich bin Mike.«

»Gut.« Er grinste und entblößte Zähne, die schief und ein wenig gelb, aber noch seine eigenen waren. »Ich spreche Leute gern beim Vornamen an. Das ist, als könnte man die Krawatte abnehmen. War eine ordentliche Mütze Wind, die wir da hatten, nicht?«

»Ja«, sagte ich, »aber jetzt wird es allmählich wärmer.« Das Thermometer hatte einen seiner schwachen März-Schübe hinter sich und war von minus vier Grad in der Nacht auf plus zehn heute morgen gestiegen. Aber noch besser als der Temperaturanstieg war, daß uns die Sonne wieder warm ins Gesicht schien. Diese Wärme hatte mich aus dem Haus gelockt.

»Ich schätze, der Frühling kommt. In manchen Jahren verirrt er sich ein wenig, scheint aber doch jedesmal den Heimweg zu finden.« Er trank von seinem Kaffee, dann stellte er die Tasse hin. »Ich hab' Sie in letzter Zeit nicht beim Roten Kreuz gesehen.«

»Ich recycle noch«, sagte ich, aber das war geschwindelt; turnusmäßig hätte ich vor zwei Wochen schon wieder einen halben Liter spenden können. Die Gedächtnisstütze klebte am Kühlschrank. Ich hatte nur nicht mehr daran gedacht. »Nächste Woche bestimmt.«

»Ich erwähne es nur, weil ich weiß, daß Sie Blutgruppe A haben, und die können wir immer brauchen.«

»Reservieren Sie eine Liege für mich.«

»Verlassen Sie sich darauf. Ist sonst alles in Ordnung? Ich

frage nur, weil Sie müde aussehen. Wenn es Schlaflosigkeit ist, haben Sie mein vollstes Mitgefühl, glauben Sie mir.«

Ich fand, er hatte tatsächlich das Aussehen von jemand, der an Schlaflosigkeit litt – irgendwie zu groß um die Augen herum. Aber er war ein Mann von Mitte bis Ende Siebzig, und ich glaube, niemand kommt so weit, ohne daß man es ihm ansieht. Ist man eine Weile dabei, landet das Leben vielleicht nur leichte Schläge auf Wangen und Augen. Ist man längere Zeit dabei, sieht man am Ende aus wie Jake La Motta nach harten fünfzehn Runden.

Ich machte den Mund auf, um zu sagen, was ich immer sage, wenn mich jemand fragt, ob alles in Ordnung ist, aber dann fragte ich mich, warum ich mich immer verpflichtet fühlte, diese ermüdende Marlboromann-Scheiße abzuziehen, wen wollte ich damit hinters Licht führen? Was würde passieren, wenn ich dem Mann, der mir beim Roten Kreuz einen Schokokeks gab, wenn mir die Schwester die Nadel aus dem Arm gezogen hatte, erzählen würde, daß ich mich nicht hundertprozentig fühlte? Erdbeben? Feuer und Sintflut? Scheiße.

»Nein«, sagte ich, »mir geht es wirklich nicht so gut, Ralph.«

»Grippe? Die geht um.«

»Nee. Diesmal hat mich die Grippe verschont. Und ich schlafe auch gut.« Das stimmte – der Traum von Sara Lacht war weder in seiner Normal- noch in der Super-Version wiedergekommen. »Ich glaube, ich bin einfach niedergeschlagen.«

»Nun, Sie sollten Urlaub machen«, sagte er und trank von seinem Kaffee. Als er wieder aufsah, runzelte er die Stirn und stellte die Tasse weg. »Was? Stimmt was nicht?«

Nein, wollte ich sagen. *Sie waren einfach nur der erste Vogel, der in der Stille gesungen hat, Ralph, das ist alles.*

»Nein, alles in Ordnung«, sagte ich, und dann wiederholte ich das Wort, weil ich einfach nur kosten wollte, wie es aus meinem eigenen Mund schmeckte. »Urlaub.«

»Jawohl«, sagte er lächelnd. »Das machen die Leute andauernd.«

Das machen die Leute andauernd. Damit hatte er recht; selbst Leute, die es sich strenggenommen nicht leisten konnten, gingen in Urlaub. Wenn sie müde waren. Wenn sie tief in ihrer eigenen Scheiße steckten. Wenn ihnen alles über den Kopf wuchs.

Ich konnte mir sicher einen Urlaub leisten, und ich konnte es mir sicher leisten, freizunehmen – von *welcher* Arbeit, ha-ha? –, und doch brauchte ich den Keksmann vom Roten Kreuz, der mich auf etwas aufmerksam machte, das einem Mann, der auf dem College gewesen war, hätte glasklar sein müssen: Ich hatte keinen richtigen Urlaub mehr gemacht, seit Jo und ich im Winter vor ihrem Tod auf den Bermudas gewesen waren. Mein spezieller Mühlstein mahlte nicht mehr, aber ich war trotzdem nicht von seiner Seite gewichen.

Erst im Sommer, als ich Ralph Roberts' Nachruf in den *News* las (er war von einem Auto überfahren worden), wurde mir bewußt, wieviel ich ihm verdankte. Sein Rat war besser gewesen als jedes Glas Orangensaft, das ich je nach dem Blutspenden bekommen habe, das kann ich Ihnen sagen.

Als ich das Restaurant verließ, ging ich nicht gleich nach Hause, sondern stapfte, den Teil der Zeitung mit dem halb gelösten Kreuzworträtsel unter dem Arm, durch die halbe verdammte Stadt. Ich ging spazieren, bis ich fror, obwohl es doch wärmer geworden war. Ich dachte über nichts nach, und doch gleichzeitig über alles. Es war eine spezielle Art von Denken, wie ich es immer getan habe, wenn ich kurz davor war, ein Buch zu schreiben, und obwohl ich seit Jahren nicht mehr auf diese Weise gedacht hatte, fand ich leicht und natürlich wieder hinein, als wäre ich nie weggewesen.

Es ist, als wären einige Männer mit einem großen Laster in Ihre Einfahrt gefahren und trügen Dinge in den Keller. Besser kann ich es nicht erklären. Sie können nicht sehen, um was für Dinge es sich handelt, weil sie alle in Decken gehüllt sind, aber Sie müssen sie auch nicht sehen. Es sind Einrichtungsgegenstände – alles, was Sie brauchen, um aus Ihrem Haus ein Heim zu machen, es genau richtig zu machen, genauso, wie Sie es haben wollten.

Wenn die Männer wieder in ihren Laster gesprungen und weggefahren sind, gehen Sie in den Keller, laufen herum (wie ich an diesem Vormittag durch Derry gelaufen bin, bergauf und bergab in meinen alten Galoschen) und streichen hier über eine verhüllte Krümmung, da über eine verhüllte Kante. Ist das ein Sofa? Ist das eine Kommode? Es spielt keine Rolle. Alles ist da, die Umzugsleute haben kein Stück vergessen, und auch wenn

Sie alles selbst nach oben tragen müssen (und dabei vermutlich Ihren armen alten Rücken überanstrengen), geht das in Ordnung. Wichtig ist nur, daß die Lieferung vollständig war.

Diesmal dachte ich – hoffte ich –, der Umzugswagen hätte alles gebracht, was ich für die zweiten vierzig brauchte: die Jahre, die ich möglicherweise in einer Schreibfreien Zone verbringen mußte. Sie waren zur Kellertür gekommen und hatten höflich angeklopft, und als nach mehreren Monaten immer noch keine Antwort gekommen war, hatten sie schließlich den Rammbock geholt. *HE, KUMPEL, WIR HOFFEN, DER LÄRM HAT SIE NICHT ZU SEHR ERSCHRECKT, DAS MIT DER TÜR TUT UNS LEID!*

Die Tür war mir egal, die Möbel nicht. Waren irgendwelche Teile zerbrochen oder gar nicht dabei? Ich glaubte nicht. Ich mußte es nur nach oben schaffen, die Verpackung abziehen und alles hinstellen, wohin es gehörte.

Auf dem Rückweg nach Hause kam ich an The Shade vorbei, dem entzückenden kleinen Programmkino von Derry, das trotz der Videorevolution (oder vielleicht gerade deswegen) sein Auskommen hatte. Diesen Monat zeigten sie SF-Klassiker aus den fünfziger Jahren, aber der April war Humphrey Bogart vorbehalten, Jos ewigem Favoriten. Ich blieb einen Moment unter dem Vordach stehen und betrachtete die Plakate kommender Attraktionen. Dann ging ich nach Hause, suchte im Telefonbuch wahllos ein Reisebüro und sagte dem Typen, daß ich nach Key Largo wollte. Sie meinen Key *West*, sagte der Typ. Nein, sagte ich, ich meine Key Largo, genau wie in dem Film mit Bogart und Bacall. Drei Wochen. Dann überlegte ich es mir. Ich war wohlhabend, ich war alleinstehend und im Ruhestand. Was sollte diese Scheiße mit den drei Wochen? Machen Sie sechs daraus, sagte ich. Suchen Sie mir ein Ferienhaus oder so. Wird aber teuer, sagte er. Ich sagte ihm, das wäre mir gleich. Wenn ich nach Derry zurückkäme, wäre Frühling.

Bis dahin hatte ich Möbel auszupacken.

Den ersten Monat war ich bezaubert von Key Largo, die beiden restlichen Wochen langweilte ich mich zu Tode. Aber ich blieb, weil Langeweile gut ist. Leute mit einer hohen Toleranz für Langeweile können viel nachdenken. Ich aß etwa eine Milliarde Shrimps, trank rund tausend Margaritas und las dreiundzwanzig Romane von John D. MacDonald. Ich bekam Sonnenbrand, meine Haut schälte sich, und schließlich wurde sie braun. Ich kaufte mir eine Mütze mit langem Schirm und der hellgrün gestickten Aufschrift PARROTHEAD. Ich ging so oft denselben Strandabschnitt entlang, bis ich alle beim Vornamen kannte. Und ich packte Möbel aus. Vieles davon gefiel mir nicht, aber es bestand kein Zweifel, daß alles in das Haus paßte.

Ich dachte an Jo und unser Zusammenleben. Ich dachte daran, wie ich ihr gesagt hatte, daß niemand *Zweisamkeit* je mit *Schau heimwärts, Engel* verwechseln würde. *»Du wirst mir doch jetzt nicht mit einer Menge Mist von wegen frustrierter Künstler kommen, oder?«* hatte sie geantwortet ... und während meines Aufenthalts auf Key Largo gingen mir diese Worte immer wieder durch den Kopf, und immer wieder mit Jos Stimme: Mist, frustrierter Künstler, Mist, dieser verdammte Schulkindermist von wegen frustrierter Künstler.

Ich dachte an Jo in ihrer langen roten Gartenschürze, wie sie mit einem Hut voller *Black-trumpet*-Pilze zu mir kam und triumphierend lachte. *»Heute abend ißt niemand im TR besser als die Noonans!«* hatte sie gerufen. Ich dachte daran, wie sie sich die Zehennägel lackierte, zwischen ihre Oberschenkel gebeugt, wie es nur Frauen bei dieser besonderen Tätigkeit fertigbringen. Ich dachte daran, wie sie ein Buch nach mir warf, weil ich über eine neue Frisur gelacht hatte. Ich dachte daran, wie sie versuchte, einen Volkstanz auf dem Banjo zu lernen, und wie sie ohne BH in einem dünnen Pullover aussah. Ich sah sie weinend und lachend und wütend vor mir. Ich dachte daran, wie sie mir erzählte, daß es Mist war, all dieser Mist von wegen frustrierter Künstler.

Und ich dachte über die Träume nach, besonders über den letzten Traum. Das konnte ich mühelos, weil er nie verblaßte wie gewöhnliche Träume. Der letzte Traum von Sara Lacht und mein erster feuchter Traum (in dem ich ein Mädchen traf, das nackt in einer Hängematte lag und eine Pflaume aß) sind die beiden einzigen, die ich vollkommen klar vor mir sehe, Jahr für Jahr; die übrigen sind entweder vage Bruchstücke oder völlig vergessen.

Die Träume von Sara hatten eine Menge klare Einzelheiten – die Eistaucher, die Grillen, der Abendstern und mein Wunsch an ihn, um nur einige zu nennen –, aber ich glaubte, daß die meisten dieser Dinge sich einfach nur ihrer Wahrscheinlichkeit verdankten. Hintergrundmaterial, wenn Sie so wollen. Als solches konnte ich sie bei meinen Überlegungen außer acht lassen. Damit blieben drei wichtigere Elemente, drei große Möbelstücke, die ausgepackt werden mußten.

Wenn ich am Strand saß und die Sonne zwischen meinen sandigen Zehen untergehen sah, dachte ich mir, daß man kein Seelenklempner sein mußte, um zu sehen, wie diese drei Dinge zusammenpaßten.

In den Träumen von Sara waren die Hauptelemente der Wald hinter mir, das Haus unter mir und Michael Noonan selbst, der in der Mitte erstarrt war. Es wird dunkel, im Wald lauert Gefahr. Es wird grauenhaft sein, zu dem Haus da unten zu gehen, vielleicht weil es so lange leergestanden hat, aber ich zweifle nie daran, daß ich hingehen muß; furchteinflößend oder nicht, es ist meine einzige Zuflucht. Aber ich kann nicht. Ich kann mich nicht bewegen. Ich habe eine Laufblockade.

In dem Alptraum gelingt es mir schließlich, mich der Zuflucht zu nähern, aber die Zuflucht erweist sich als trügerisch. Erweist sich als gefährlicher, als ich es mir … nun, ja, in meinen kühnsten Träumen habe vorstellen können. Meine tote Frau kommt heraus, kreischend und in ihr Leichentuch gehüllt, um mich anzugreifen. Auch fünf Wochen später und fast dreitausend Meilen von Derry entfernt erschauerte ich, als ich an das schnelle weiße Ding mit den schlaffen Armen dachte, und blickte über meine Schulter zurück.

Aber *war* es Johanna? Das wußte ich nicht mit Bestimmtheit, oder? Das Ding war ganz eingehüllt. Sicher, der Sarg sah aus wie der, in dem sie begraben worden war, aber das konnte auch eine Irreführung sein.

*Lauf*blockade, *Schreib*blockade.

Ich kann nicht schreiben, sagte ich zu der Stimme im Traum. Die Stimme sagt, ich kann. Die Stimme sagt, die Schreibblockade ist weg, und ich glaube ihr, weil die *Lauf*blockade weg ist. Endlich gehe ich die Einfahrt hinunter, um Schutz zu suchen. Aber ich habe Angst. Schon bevor das formlose weiße Ding seinen Auftritt hat, habe ich Angst. Ich sage, ich habe Angst vor Mrs. Danvers, aber das ist nur mein träumender Verstand, der Sara Lacht und Manderley durcheinanderbringt. Ich habe Angst vor –

»Ich habe Angst vor dem Schreiben«, hörte ich mich laut sagen. »Ich habe Angst, es auch nur zu versuchen.«

Das war an dem Abend, bevor ich endgültig nach Maine zurückflog, und ich war halbwegs betrunken. Gegen Ende meines Urlaubs trank ich an vielen Abenden. »Nicht die Blockade macht mir angst, sondern die *Beseitigung* der Blockade. Ich bin echt verkorkst, Jungs und Mädels. Im großen Maßstab verkorkst.«

Verkorkst oder nicht, ich hatte das Gefühl, als wäre ich endlich zum Kernpunkt der Sache vorgestoßen. Ich hatte Angst davor, die Blockade zu beseitigen, vielleicht Angst davor, die Fäden meines Lebens in die Hand zu nehmen und ohne Jo weiterzumachen. Aber ein tiefer Teil meines Verstandes glaubte, daß ich es tun mußte; darum ging es bei den bedrohlichen Geräuschen hinter mir im Wald. Und Glaube bedeutet sehr viel. Vielleicht zuviel, besonders wenn man Phantasie hat. Wenn ein phantasievoller Mensch geistige Probleme bekommt, verschwindet die Trennlinie zwischen Schein und Sein.

Wesen im Wald, ja, Sir. Eines davon hatte ich hier in der Hand, während ich das alles dachte. Ich hob den Drink und hielt ihn zum westlichen Himmel, so daß die Sonne im Glas zu brennen schien. Ich trank viel, und das war auf Key Largo vielleicht okay – verdammt, die Leute sollen im Urlaub viel trinken, das war fast ein Gesetz –, aber ich hatte schon vor meiner Abreise zuviel getrunken. Die Art von Trinken, die in Null Komma nichts außer Kontrolle geraten konnte. Die Art, die einen in Schwierigkeiten bringen kann.

Wesen im Wald, der potentielle Zufluchtsort von einem furchteinflößenden Monster bewacht, das nicht meine Frau war, aber vielleicht die Erinnerung an meine Frau. Das ergab einen Sinn, weil Sara Lacht immer Jos liebstes Fleckchen auf Erden gewesen war. Dieser Gedanke führte zu einem anderen, bei dem ich die Beine über den Liegestuhl schwang, auf dem ich gelegen hatte, und mich aufgeregt hinsetzte. Sara Lacht war auch der Ort gewesen, wo das Ritual angefangen hatte … Champagner, letzte Zeile, und der unerläßliche Segensspruch: *Nun, dann geht* das *ja in Ordnung, richtig?*

Wollte ich, daß alles wieder in Ordnung war? Wollte ich es wirklich? Vor einem Monat oder einem Jahr wäre ich nicht sicher gewesen, aber jetzt war ich es. Die Antwort lautete ja. Ich wollte weiterziehen – meine tote Frau loslassen, mein Herz befreien, weiterziehen. Aber um das zu können, mußte ich zurück.

Zurück zur Blockhütte. Zurück zu Sara Lacht.

»Ja«, sagte ich und bekam eine Gänsehaut am ganzen Körper. »Ja, das ist es.«

Also, warum nicht?

Nach dieser Frage kam ich mir so dumm vor wie nach Ralph Roberts' Feststellung, daß ich Urlaub brauchte. Wenn ich jetzt, wo mein Urlaub zu Ende war, zu Sara Lacht zurückkehren mußte, warum eigentlich nicht? In der ersten und zweiten Nacht mochte es ein wenig beklemmend sein, ein Nachhall meines letzten Traums, aber meine Anwesenheit dort trug vielleicht dazu bei, den Traum schneller zu vergessen.

Und (diesen Gedanken gestattete ich mir in einer bescheidenen Ecke meines Bewußtseins) vielleicht passierte wirklich etwas mit meinem Schreibvermögen. Es war nicht wahrscheinlich … aber auch nicht unmöglich. *Wenn nicht ein Wunder geschieht,* war das nicht mein Gedanke am Neujahrstag gewesen, als ich auf dem Rand der Badewanne saß und einen feuchten Waschlappen an den Schnitt auf meiner Stirn hielt. Ja. *Wenn nicht ein Wunder geschieht.* Manchmal fallen Blinde hin, stoßen sich den Kopf und bekommen ihr Augenlicht zurück. Manchmal können Krüppel ihre Krücken wegwerfen, wenn sie oben an der Kirchentreppe angekommen sind.

Mir blieben acht oder neun Monate, bis Harold und Debra mir richtig wegen eines neuen Romans einheizen würden. Ich beschloß, die Zeit in Sara Lacht zu verbringen. Es würde eine Zeitlang dauern, meine Angelegenheiten in Derry zu ordnen, und Bill Dean würde Zeit brauchen, um das Haus am See für einen dauerhaften Bewohner herzurichten, aber ich konnte mühelos bis zum vierten Juli dort sein. Ich entschied, daß das ein guter Termin war, nicht nur der Geburtstag unseres Landes, sondern auch weitgehend das Ende der Insektenzeit im westlichen Maine.

Am Tag, als ich meine Reisetaschen packte (die Taschenbücher von John D. MacDonald ließ ich für den nächsten Bewohner der Hütte zurück), mir die Stoppeln einer Woche von einer Haut rasierte, die so braungebrannt war, daß sie nicht mehr meine zu sein schien, und nach Maine zurückflog, stand für mich fest: Ich würde an den Ort zurückkehren, den mein Unterbewußtsein als Schutz vor der zunehmenden Dunkelheit identifiziert hatte; ich würde zurückkehren, obwohl mein Verstand auch angedeutet hatte, daß es nicht ohne Risiken sein würde. Ich würde nicht zurückkehren und erwarten, daß Sara ein zweites Lourdes für mich sein würde … aber ich würde mir gestatten zu hoffen, und wenn ich den Abendstern zum erstenmal über dem See aufgehen sah, würde ich mir einen Wunsch gestatten.

Nur eines paßte nicht in meine saubere Aufdröselung der Träume von Sara, und da ich es nicht erklären konnte, versuchte ich es zu ignorieren. Viel Glück hatte ich allerdings nicht damit; ein Teil von mir war nach wie vor Schriftsteller, schätze ich, und ein Schriftsteller ist jemand, der seinem Verstand beigebracht hat, sich schlecht zu benehmen.

Es war der Schnitt auf meinem Handrücken. Dieser Schnitt war in allen Träumen vorgekommen, hätte ich schwören können … und dann war er tatsächlich aufgetaucht. So eine Scheiße fand man nicht in den Werken von Dr. Freud; so etwas blieb strikt der Telefon-Hotline für die Freunde übersinnlicher Phänomene vorbehalten.

Es war ein Zufall, mehr nicht, dachte ich, als mein Flugzeug zur Landung ansetzte. Ich hatte den Sitz A-2 (das Schöne beim Fliegen ganz vorne ist, daß man bei einer Bruchlandung als erster am Unfallort ist) und betrachtete die Kiefernwälder, als wir uns in der Einflugschneise dem Bangor International Airport näherten. Der Schnee hatte sich für ein weiteres Jahr verzogen; ich hatte ihn zu Tode geurlaubt. *Ein Zufall. Wie oft in deinem Leben hast du dir in die Hände geschnitten? Ich meine, sie sind immer an vorderster Front, oder nicht, und fuchteln herum? Fordern es geradezu heraus.*

Das alles hätte sich plausibel anhören sollen, aber irgendwie tat es das nicht ganz. Es hätte sein können, aber … nun ja …

Es waren die Jungs im Keller. Sie waren diejenigen, die es mir nicht ganz abkauften. Die Jungs im Keller kauften es mir überhaupt nicht ab.

An dieser Stelle setzte die 727 mit einem Ruck auf, und ich verdrängte alle Gedanken daran.

Eines Nachmittags kurz nach meiner Ankunft zu Hause suchte ich in den Schränken, bis ich die Schuhkartons mit Jos alten Fotos gefunden hatte. Ich sortierte sie und studierte alle vom Dark Score Lake. Das waren erstaunlich viele, aber da Johanna die begeisterte Knipserin war, gab es nicht viele mit ihr drauf. Aber eins fand ich, das ich, wie ich mich erinnerte, 1990 oder 1991 aufgenommen hatte.

Manchmal kann selbst ein unbegabter Fotograf ein gutes Bild machen – wenn siebenhundert Affen siebenhundert Jahre auf siebenhundert Schreibmaschinen herumhämmern würden, und so weiter –, und das hier war ein gutes. Jo stand auf dem Floß, und die Sonne ging rot-golden hinter ihr unter. Sie kam gerade aus dem Wasser, war tropfnaß und trug einen zweiteiligen Badeanzug, grau mit roten Streifen. Ich hatte sie erwischt, wie sie lachte und sich das nasse Haar aus Stirn und Schläfen strich. Ihre Brustwarzen zeichneten sich deutlich unter dem Stoff des Oberteils ab. Sie sah aus wie die Hauptdarstellerin eines jener lustvoll-schuldbewußten B-Filme über Monster bei der Strandparty oder Serienkiller auf dem Campus.

Plötzlich überkam mich eine fast überwältigende Lust auf sie wie ein Tiefschlag. Ich wollte sie oben im ersten Stock haben, wie sie auf diesem Foto aussah, mit nassen Haarsträhnen an den Wangen und dem nassen Badeanzug, der an ihr klebte. Ich wollte durch das Oberteil an ihren Brustwarzen saugen, den Stoff schmecken und ihre Härte spüren. Ich wollte Wasser aus dem Baumwollstoff saugen wie Milch, ihr das Unterteil herunterreißen und sie ficken, bis wir beide explodierten.

Mit leicht zitternden Händen legte ich das Foto weg, zusammen mit ein paar anderen, die mir gefielen (obwohl es keine anderen gab, die mir auf dieselbe Weise gefielen). Ich hatte einen enormen Ständer, einen von denen, die sich anfühlen wie mit Haut bespannter Stein. Wenn man einen davon hat, ist man zu nichts zu gebrauchen, bis er wieder weggeht.

Der schnellste Weg, ein derartiges Problem zu lösen, wenn keine Frau anwesend ist, um einem dabei zu helfen, ist masturbieren, aber dieser Gedanke ging mir nicht mal durch den Kopf. Statt dessen lief ich rastlos durch die oberen Zimmer des Hauses, ballte die Fäuste und öffnete sie wieder und sah aus, als hätte ich vorne eine Kühlerhaubenfigur in den Jeans stecken.

Wut mag ein normales Stadium der Trauer sein – ich habe gelesen, daß es so ist –, aber ich war nach Johannas Tod nie wütend auf sie, bis zu dem Tag, als ich dieses Bild von ihr fand. Dann aber, oh Mann. Da war ich, lief mit einer Latte herum, die einfach nicht weggehen wollte, und war *stinksauer* auf sie. Dämliches Weib, warum hatte sie an einem der heißesten Tage des Jahres einen Sprint hinlegen müssen? Dämliches, gedankenloses Weib, mich einfach so allein zu lassen, nicht einmal imstande, zu arbeiten.

Ich setzte mich auf die Treppe und fragte mich, was ich tun sollte. Ich beschloß, daß ich einen Drink zu mir nehmen sollte, und danach einen zweiten, weil man auf einem Bein nicht stehen kann. Ich war tatsächlich schon aufgestanden, als ich entschied, daß es überhaupt keine gute Idee war.

Statt dessen ging ich in mein Arbeitszimmer, schaltete den Computer an und entwarf ein Kreuzworträtsel. Als ich an diesem Abend ins Bett ging, überlegte ich, ob ich wieder das Bild von Jo im Bikini ansehen sollte. Ich entschied, daß das eine fast so dumme Idee war wie ein paar Drinks, wenn ich wütend und deprimiert war. *Aber ich werde heute nacht den Traum haben,* dachte ich, als ich das Licht ausschaltete. *Ich werde ganz bestimmt den Traum haben.*

Aber ich hatte ihn nicht. Meine Träume von Sara Lacht schienen vorbei zu sein.

Nach einer Woche Nachdenken schien mir die Idee, zumindest den Sommer am See zu verbringen, besser denn je zu sein. An einem Samstagnachmittag im Mai, als ich mir ausmalte, daß jeder anständige Hausmeister aus Maine zu Hause sein und das Spiel der Red Sox ansehen würde, rief ich Bill Dean an und sagte ihm, daß ich etwa vom vierten Juli an den Sommer in meinem Haus am See verbringen wolle … und wenn die Dinge sich so entwickelten, wie ich es mir vorstellte, würde ich auch im Herbst und Winter dort sein.

»Nun, das ist gut«, sagte er. »Das sind wirklich gute Nachrichten. Viele Leute hier unten haben Sie vermißt, Mike. Und eine Menge möchten Ihnen zum Tod Ihrer Frau kondolieren, wissen Sie.«

Lag ein leiser Vorwurf in seiner Stimme, oder bildete ich mir das nur ein? Jo und ich hatten mit Sicherheit unsere Spuren in der Gegend hinterlassen; wir hatten die kleine Bibliothek beträchtlich unterstützt, die das Gebiet Motton-Kashwakamak-Castle View bediente, und Jo hatte den Vorsitz einer erfolgreichen Kampagne geführt, um die Mittel für einen lokalen Bücherbus aufzubringen. Darüber hinaus war sie Mitglied eines Nähkränzchens gewesen (Afghantücher waren ihre Spezialität) und ein angesehenes Mitglied des Kunsthandwerksverbands von Castle County. Krankenbesuche ... Aushilfe bei der jährlichen Blutspendeaktion der Freiwilligen Feuerwehr ... Besetzung eines Standes beim Sommerjahrmarkt in Castle Rock ... und das alles war erst der Anfang. Sie machte es nicht auf eine betont großmütige Weise, sondern unaufdringlich und bescheiden, mit gesenktem Kopf (häufig um ein beißendes Lächeln zu verbergen, sollte ich hinzufügen – meine Jo hatte einen Bierceschen Sinn für Humor). Herrgott, dachte ich, vielleicht hatte der alte Bill das Recht, vorwurfsvoll zu klingen.

»Die Leute vermissen sie?«, sagte ich.

»Jau, das stimmt.«

»Ich vermisse sie selbst immer noch sehr. Ich glaube, darum bin ich dem See ferngeblieben. Da haben wir unsere schönste Zeit miteinander verbracht.«

»Kann ich mir vorstellen. Wird aber verdammt gut sein, Sie wieder hier zu sehen. Ich mach' mich an die Arbeit. Das Haus ist in Ordnung – Sie könnten heute nachmittag einziehen, wenn Sie wollten –, aber wenn ein Haus leergestanden hat, so wie Sara, wird es muffig.«

»Ich weiß.«

»Ich werde Brenda Meserve bitten, den ganzen Kasten von oben bis unten zu putzen. Dieselbe Frau, die Sie immer hatten, wissen Sie.«

»Ist Brenda nicht ein bißchen zu alt für einen gründlichen Frühjahrsputz?« Die fragliche Lady war um die Fünfundsechzig, stämmig, gütig und auf eine herzerfrischende Weise vulgär. Besonders liebte sie Witze über den Handlungsreisenden, der die Nacht wie ein Kaninchen verbrachte und von Loch zu Loch hüpfte. Eine Mrs. Danvers war sie nicht.

»Frauen wie Brenda Meserve werden nie zu alt, um die Festivitäten zu überwachen«, sagte Bill. »Sie wird zwei oder drei

Mädchen mitbringen, die staubsaugen und schwere Sachen heben. Wird Sie rund dreihundert Dollar kosten. Klingt das gut?«

»Abgemacht.«

»Der Brunnen müßte überprüft werden, und der Generator auch, obwohl ich sicher bin, daß beides okay ist. Ich habe ein Hornissennest bei Jos altem Atelier gesehen, das ich ausräuchern möchte, bevor der Wald zu trocken wird. Oh, und das Dach des alten Hauses – der Mittelteil, Sie wissen schon – müßte neu gedeckt werden. Ich hätte schon letztes Jahr mit Ihnen darüber reden müssen, aber da Sie das Haus nicht genutzt haben, hab' ich's schleifen lassen. Kommen Sie dafür auch auf?«

»Ja, bis zehntausend. Wenn's mehr kostet, rufen Sie mich an.«

»Wenn es mehr als zehn kostet, werde ich lächelnd ein Schwein küssen.«

»Versuchen Sie, alles erledigt zu haben, bis ich eintreffe, okay?«

»Klaro. Sie wollen Ihre Ruhe, ich weiß ... aber Ihnen muß klar sein, daß Sie die nicht gleich bekommen werden. Wir waren schockiert, als sie so jung von uns gegangen ist; wir alle. Schockiert und traurig. Sie war ein Schatz.«

»Danke, Bill.« Ich spürte, wie mir Tränen in den Augen brannten. Kummer ist wie ein betrunkener Hausgast, der immer wieder auf eine letzte Umarmung zum Abschied wiederkommt. »Danke, daß Sie das sagen.«

»Sie werden Ihren Anteil Karottenkuchen bekommen, Kumpel.« Er lachte, aber ein wenig zweifelnd, als fürchtete er, eine Ungebührlichkeit zu begehen.

»Ich kann eine Menge Karottenkuchen essen«, sagte ich, »und wenn die Leute es übertreiben, nun – hat Kenny Auster immer noch diesen großen irischen Wolfshund?«

»Ja, der würde Kuchen fressen, bis er platzt!« rief Bill erheitert. Er kicherte, bis er hustete. Ich wartete und mußte selbst ein wenig lächeln. »Blueberry nennt er diesen Hund, weiß der Teufel, warum. Ein regelrechter Schlenz!« Ich nehme an, daß er den Hund meinte, nicht sein Herrchen. Kenny Auster, nicht viel mehr als einen Meter fünfundfünfzig groß und schlank gebaut, war das Gegenteil von einem Schlenz, diesem für Maine typischen Ausdruck, der unbeholfen, linkisch und tölpelhaft bedeutet.

Plötzlich wurde mir klar, daß mir diese Leute fehlten – Bill und Brenda und Buddy Jellison und Kenny Auster und alle anderen, die das ganze Jahr am See lebten. Ich vermißte sogar Blueberry, den irischen Wolfshund, der überall mit erhobenem Kopf hintrottete, als hätte er nur ein halbes Hirn drin, und dauernd lange Speichelfäden aus den Mundwinkeln hängen hatte.

»Außerdem muß ich runter, die Winterschäden beseitigen«, sagte Bill. Er hörte sich verlegen an. »Dieses Jahr ist es nicht so schlimm – der letzte schwere Sturm hat in unserer Gegend Gott sei Dank nur Schnee gebracht –, aber es gibt trotzdem eine ganze Menge Zeug, wozu ich noch nicht gekommen bin. Hätte ich längst erledigen müssen. Ist keine Entschuldigung, daß Sie das Haus nicht nutzen. Schließlich hab' ich Ihre Schecks eingelöst.« Es hatte etwas Amüsantes, diesem bärbeißigen alten Furz zuzuhören, wie er sich Asche aufs Haupt streute; Jo hätte mit den Füßen gestrampelt und gekichert, da bin ich ganz sicher.

»Wenn bis zum vierten Juli alles fertig und funktionstüchtig ist, bin ich zufrieden, Bill.«

»Dann werden Sie so zufrieden wie eine Muschel im Watt sein. Versprochen!« Bill hörte sich selbst glücklich wie eine Muschel im Watt an, und ich war froh. »Woll'n Sie runterkommen und ein Buch am See schreiben, wie in alten Zeiten? Nicht, daß die letzten beiden nicht gut gewesen wären, meine Frau konnte das letzte nicht aus der Hand legen, aber –«

»Ich weiß nicht«, sagte ich, und das war die Wahrheit. Und dann kam mir eine Idee. »Bill, würden Sie mir einen Gefallen tun, bevor Sie die Einfahrt fegen und Brenda Meserve von der Kette lassen?«

»Mit Vergnügen, wenn ich kann«, sagte er, also verriet ich ihm, was ich wollte.

Vier Tage später bekam ich ein kleines Päckchen mit diesem lakonischen Absender: DEAN/GEN DELIV/TR 90 (DARK SCORE). Ich machte es auf und schüttelte zwanzig Fotos heraus, die mit einer dieser kleinen Einwegkameras gemacht worden waren.

Bill hatte den Film mit verschiedenen Ansichten des Hauses verknipst, von denen die meisten diese feine Aura der Verwahrlosung vermittelten, die ein Haus bekommt, wenn es leersteht ... auch ein Haus, das gewartet wird (um Bills Wort zu gebrauchen), bekommt mit der Zeit dieses Aussehen.

Diese würdigte ich kaum eines Blickes. Ich wollte nur die ersten vier, und die legte ich in einer Reihe auf den Küchentisch, wo das Sonnenlicht direkt auf sie fiel. Bill hatte sie oben vom Anfang der Einfahrt gemacht und dabei die Wegwerfkamera auf die verwinkelte Masse von Sara Lacht hinab gerichtet. Ich konnte das Moos sehen, das nicht nur auf den Balken des Hauptgebäudes wuchs, sondern auch auf den Balken des Nord- und Südflügels. Ich konnte das Durcheinander heruntergefallener Zweige und die Häufchen von Kiefernnadeln in der Einfahrt sehen. Bill muß versucht gewesen sein, das alles wegzuräumen, bevor er die Schnappschüsse machte, aber er hatte es gelassen. Ich hatte ihm klipp und klar gesagt, was ich wollte – »mit Warzen und allem« war der Ausdruck, den ich gebraucht hatte –, und Bill hatte es mir gegeben.

Die Büsche auf beiden Seiten der Einfahrt waren dichter geworden, seit Jo und ich die letzte erwähnenswerte Zeitspanne am See verbracht hatten; sie waren nicht gerade verwildert, aber es sah tatsächlich aus, als würden einige der längeren Zweige sehnsüchtig wie voneinander getrennte Liebende über den Asphalt hinweg nacheinander greifen.

Aber mein Blick wanderte immer wieder zu der Veranda am Ende der Einfahrt. Die anderen Übereinstimmungen zwischen den Fotos und meinen Träumen von Sara Lacht mochten Zufall sein (oder ein Produkt der häufig überraschend pragmatischen Phantasie des Schriftstellers), aber ich konnte die Sonnenblumen, die zwischen den Brettern der Veranda hervorwuchsen ebensowenig erklären wie den Schnitt auf meinem Handrücken.

Ich drehte eines der Fotos um. Auf die Rückseite hatte Bill mit seiner spinnwebartigen Handschrift gekritzelt: *Diese Burschen sind reichlich früh dran … und fehl am Platz!*

Ich drehte das Bild wieder um. Drei Sonnenblumen, die zwischen den Brettern der Veranda herauswuchsen. Nicht zwei, nicht vier, sondern drei große Sonnenblumen mit Gesichtern wie Scheinwerfer.

Genau wie die in meinem Traum.

Kapitel 6

Am dritten Juli 1998 warf ich zwei Koffer und mein PowerBook in den Kofferraum meines Mittelklasse-Chevrolets, fuhr die Einfahrt hinunter, bremste und kehrte zum Haus zurück. Es wirkte leer und irgendwie einsam, wie eine treue Geliebte, die verlassen wurde und nicht verstehen kann, warum. Die Möbel waren nicht abgedeckt, und der Strom war noch an (mir war klar, daß das Great-Lake-Experiment möglicherweise zum schnellen und völligen Scheitern verurteilt war), aber Benton Street 14 machte dennoch einen verlassenen Eindruck. In Zimmern, die für ein Echo zu sehr mit Möbeln vollgestopft waren, hallte es dennoch, wenn ich sie durchquerte, und überall schien zuviel staubiges Licht zu sein.

Damit ihm der Staub nichts anhaben konnte, war der Computer in meinem Arbeitszimmer mit einer Kapuze bedeckt wie ein Henker. Ich kniete mich davor und zog eine der Schreibtischschubladen auf. Vier Ries Papier befanden sich darin. Ich nahm eines, klemmte es mir unter den Arm und marschierte los, als mir etwas einfiel und ich kehrtmachte. Ich hatte das aufreizende Foto von Jo im Badeanzug in der breiten mittleren Schublade verstaut. Jetzt holte ich es heraus, riß die Verpackung am Ende des Papierstoßes auf und schob das Foto wie ein Lesezeichen halb hinein. *Falls* ich eventuell wieder zu schreiben anfing, und falls mir das Schreiben gut von der Hand ging, würde ich Johanna etwa auf Seite zweihundertfünfzig wiedersehen.

Ich verließ das Haus, schloß die Hintertür ab, stieg ins Auto ein und fuhr weg. Ich bin nie wieder zurückgekommen.

Ich war mehrmals versucht gewesen, zum See zu fahren und nach den Arbeiten zu sehen, die etwas umfangreicher waren, als Bill Dean ursprünglich erwartet hatte. Was mich davon abhielt, war ein Gefühl, das mein Bewußtsein nie richtig artikulierte, das aber dennoch äußerst stark war: daß ich es nämlich nicht so machen durfte; wenn ich Sara das nächste Mal besuchte, sollte ich auspacken und bleiben.

Bill gab Kenny Auster den Auftrag, das Dach zu decken, und ließ Timmy Larribee, Kennys Cousin, »das alte Mädchen abkratzen«, ein dem Topfschrubben nicht unähnlicher Vorgang, der manchmal bei Blockhäusern angewendet wird. Außerdem ließ Bill einen Klempner nach den Leitungen sehen und holte meine Zustimmung ein, einige der älteren Rohre und die Pumpe des Brunnens zu ersetzen.

Bill machte am Telefon ein Aufhebens wegen all dieser Kosten; ich ließ ihn. Wenn man es mit Yankees der fünften oder sechsten Generation und dem Geldausgeben zu tun hat, lehnt man sich am besten einfach zurück und läßt sie es sich von der Seele reden. Grüne Scheine hinzublättern kommt einem Yankee irgendwie nicht ganz richtig vor, wie Petting in der Öffentlichkeit. Mich dagegen störten die Ausgaben nicht im geringsten. Ich lebe überwiegend einfach, nicht aus moralischen Gründen, sondern weil meine Phantasie, die in fast jeder anderen Hinsicht blühend ist, beim Thema Geld nicht besonders gut funktioniert. Meine Vorstellung von einer ausgedehnten Vergnügungstour sind drei Tage in Boston, ein Spiel der Red Sox, ein Ausflug ins Tower Records & Video und ein Besuch der Buchhandlung Wordsworth in Cambridge. Eine solche Lebensweise reißt kein großes Loch in die Zinsen, geschweige denn ins Kapital; ich hatte einen guten Finanzmanager in Waterville, und am Tag, als ich in Derry die Tür abschloß und in Richtung Westen nach TR 90 aufbrach, war ich etwas über fünf Millionen Dollar schwer. Nicht viel im Vergleich zu Bill Gates, aber für diese Gegend eine Menge, daher konnte ich es mir leisten, unbekümmert auf hohe Kosten für Reparaturen am Haus zu reagieren.

Es war ein seltsamer Frühling und Frühsommer für mich. Die meiste Zeit wartete ich, regelte meine Angelegenheiten in der Stadt, redete mit Bill Dean, wenn er mit den jüngsten Problemen anrief, und versuchte, nicht nachzudenken. Ich machte das Interview mit *Publisher's Weekly*, und als der Interviewer mich fragte, ob ich »im Anschluß an meinen schmerzlichen Verlust« Probleme gehabt hätte, mich wieder an die Arbeit zu machen, sagte ich mit absolut ungerührter Miene nein. Warum auch nicht? Es stimmte ja. Meine Probleme hatten erst angefangen, als ich *Von ganz oben* beendet hatte; bis dahin war alles wie am Schnürchen gelaufen.

Mitte Juni traf ich mich mit Frank Arlen zum Essen im Starlite Café. Das Starlite liegt in Lewiston, der geographischen Mitte zwischen seiner Stadt und meiner. Beim Dessert (dem legendären Erdbeermürbekuchen des Starlite) fragte mich Frank, ob ich eine Freundin hätte. Ich sah ihn überrascht an.

»Was glotzt du so?« fragte er, und sein Gesicht zeigte eine der neunhundert namenlosen Emotionen – in diesem Fall eine zwischen Erheiterung und Ärger. »Ich würde es ganz sicher nicht als einen Betrug an Jo betrachten. Im August ist sie vier Jahre tot.«

»Nein«, sagte ich. »Ich habe keine Freundin.«

Er sah mich schweigend an. Ich erwiderte den Blick ein paar Sekunden, dann rührte ich mit dem Löffel in der Schlagsahne auf meinem Obstkuchen. Die Biskuits waren noch ofenwarm, die Sahne schmolz. Ich mußte an das alberne alte Lied denken, in dem jemand einen Kuchen im Regen hat stehenlassen.

»*Hattest* du eine Freundin, Mike?«

»Ich bin nicht sicher, ob dich das was angeht.«

»Oh, um Himmels willen. Im Urlaub. Hast du –«

Ich zwang mich, von der schmelzenden Schlagsahne aufzusehen. »Nein«, sagte ich. »Ich habe nicht.«

Er schwieg wieder einen oder zwei Augenblicke. Ich dachte, er würde sich einem anderen Thema zuwenden. Mir wäre das recht gewesen. Statt dessen rückte er ohne Umschweife mit der Frage heraus, ob ich seit Johannas Tod überhaupt schon einmal gevögelt hätte. Er hätte eine Lüge zu dem Thema akzeptiert, auch wenn er sie nicht rückhaltlos geglaubt hätte – Männer lügen andauernd über Sex. Aber ich sagte die Wahrheit ... mit einem gewissen perversen Vergnügen.

»Nein.«

»Kein einziges Mal?«

»Kein einziges Mal.«

»Was ist mit einem Massagesalon? Du weißt schon, damit du wenigstens ein –«

»Nein.«

Er saß da und klopfte mit dem Löffel gegen den Rand der Schüssel mit seinem Dessert. Er hatte keinen Bissen zu sich genommen. Er sah mich an, als wäre ich eine neue und unappetitliche Insektenart. Das gefiel mir nicht besonders, aber ich glaube, ich konnte es verstehen.

Zweimal hatte ich fast etwas gehabt, was man heutzutage eine »Beziehung« nennt – aber nicht auf Key Largo, wo ich schätzungsweise zweitausend hübschen Frauen begegnet war, die so gut wie gar nichts angehabt hatten. Einmal war es eine rothaarige Bedienung gewesen, Kelli, in einem Restaurant an der Extension, wo ich häufig zu Mittag aß. Nach einer Weile kamen wir ins Gespräch, alberten herum, und dann kam es ein paarmal zu diesem Blickkontakt, Sie wissen, welchen ich meine, diese Blicke, die ein klein wenig zu lange dauern. Mir fielen ihre Beine auf, und wie ihre Uniform über den Hüften spannte, wenn sie sich drehte, und ihr fiel auf, daß es mir auffiel.

Und es gab eine Frau im Nu You, dem Studio, wo ich Krafttraining gemacht habe. Eine große Frau, die pinkfarbene Jogging-BHs und schwarze Radfahrershorts bevorzugte. Ziemlich lecker. Außerdem gefiel mir, was sie zum Lesen mitbrachte, wenn sie auf dem stationären Fahrrad ihre endlosen Aerobicausflüge nirgendwohin machte – nicht *Mademoiselle* oder *Cosmo*, sondern Romane von Leuten wie John Irving und Ellen Gilchrist. Ich mag Leute, die richtige Bücher lesen, und zwar nicht nur, weil ich einmal selbst welche geschrieben habe. Bücherleser fangen Gespräche meistens mit dem Wetter an, wie alle anderen auch, aber als Faustregel haben sie darüber hinaus noch etwas anderes zu sagen.

Die Blondine mit den pinkfarbenen Oberteilen und den schwarzen Shorts hieß Adria Bundy. Wir unterhielten uns über Bücher, während wir Seite an Seite immer weiter nirgendwohin strampelten, und es kam der Punkt, an dem ich sie an einem oder zwei Vormittagen beim Gewichtheben überwachte. Dieses Überwachen hat etwas seltsam Intimes. Ich nehme an, die liegende Haltung des Gewichthebenden hat etwas damit zu tun (besonders wenn es sich um eine Frau handelt), aber das ist nicht alles. Überwiegend ist es der Abhängigkeitsfaktor. Obwohl es kaum jemals zu dem Punkt kommt, legt der Gewichthebende sein Leben in die Hände des Überwachers. Und irgendwann im Winter 1996 fingen die Blicke an, wenn sie auf der Bank lag und ich über ihr stand und in ihr nach oben gerichtetes Gesicht sah. Diese Blicke, die ein wenig zu lange dauern.

Kelli war um die Dreißig. Adria vielleicht etwas jünger. Kelli war geschieden, Adria unverheiratet. Beide waren nicht mehr minderjährig, und ich glaube, beide wären mit Freuden bereit gewesen, auf einer provisorischen Basis mit mir ins Bett zu gehen. Eine Art Testlauf. Aber in Kellis Fall suchte ich mir ein anderes Restaurant, um zu Mittag zu essen, und als der CVJM mir einen Gutschein für ein kostenloses Probetraining schickte, nahm ich das Angebot an und ging einfach nicht mehr ins Nu You. Ich erinnere mich, daß ich Adria Bundy eines Tages, etwa sechs Monate nach dem Wechsel, auf der Straße begegnete, und obwohl ich hallo sagte, achtete ich darauf, daß ich ihren verwirrten, leicht gekränkten Blick nicht sah.

Auf eine rein körperliche Weise wollte ich sie beide (ich glaube mich sogar an einen Traum zu erinnern, ich dem sie beide *hatte*, zur selben Zeit im selben Bett), und doch wollte ich keine von beiden. Teils lag das an meiner Unfähigkeit zu schreiben – mein Leben war so schon verkorkst genug, schönen Dank, auch ohne zusätzliche Komplikationen. Teils lag es an der Anstrengung, die erforderlich ist, um herauszufinden, ob die Frau, die deine Blicke erwidert, sich für dich interessiert oder nicht für dein prallvolles Bankkonto.

Aber am meisten lag es daran, denke ich, daß ich einfach noch zuviel Jo in meinem Kopf und meinem Herzen hatte. Auch nach vier Jahren war kein Platz für jemand anders. Es war ein Kummer wie Cholesterin, und wenn Sie das komisch oder verschroben finden, seien Sie froh.

»Was ist mit Freunden?« fragte Frank und fing endlich an, seinen Kuchen zu essen. »Du hast Freunde, mit denen du dich triffst, oder?«

»Ja«, sagte ich. »Jede Menge Freunde.« Das war eine Lüge, aber ich *hatte* jede Menge Kreuzworträtsel, jede Menge Bücher zu lesen, und jede Menge Filme, die ich mir nachts auf Video ansah; ich konnte die FBI-Warnung über das gesetzwidrige Überspielen praktisch auswendig aufsagen. Was richtige Menschen anging, rief ich nur zwei Leute an, als ich mich darauf vorbereitete, Derry zu verlassen, meinen Arzt und meinen Zahnarzt, und der Großteil der Post, die ich in jenem Juni verschickte, bestand aus Karten mit meiner neuen Adresse an Zeitschriften wie *Harper's* und den *National Geographic*.

»Frank«, sagte ich, »du hörst dich an wie eine jüdische Mutter.«

»In deiner Gegenwart *fühle* ich mich manchmal wie eine jüdische Mutter«, sagte er. »Eine, die an die heilsame Wirkung von gebackenen Kartoffeln statt *Matze*bällchen glaubt. Du siehst so gut aus wie lange nicht mehr, hast endlich etwas zugenommen, glaube ich –«

»Zuviel.«

»Quatsch, du hast ausgesehen wie Ichabod Crane, als du zu Weihnachten vorbeigekommen bist. Außerdem hast du ein bißchen Sonne getankt.«

»Ich bin viel spazierengegangen.«

»Du siehst jedenfalls besser aus ... nur deine Augen nicht. Manchmal hast du diesen Ausdruck in den Augen, und immer wenn ich ihn sehe, mache ich mir Sorgen um dich. Ich denke, Jo wäre froh, daß sich *jemand* Sorgen um dich macht.«

»Was ist das für ein Ausdruck?« fragte ich.

»Der Tausend-Meter-Blick. Willst du die Wahrheit hören? Du siehst wie jemand aus, der etwas entdeckt hat und nicht mehr davon loskommt.«

Ich verließ Derry um fünfzehn Uhr dreißig, aß in Rumford zu Mittag und fuhr langsam durch die Hügel des westlichen Maine, während die Sonne sich dem Horizont näherte. Ich hatte meine Abfahrts- und Ankunftszeit sorgfältig geplant, wenn auch nicht ganz bewußt, und als ich Motton verließ und das nicht eingemeindete Areal TR 90 erreichte, wurde mir klar, wie laut mein Herz klopfte. Trotz der Klimaanlage des Autos hatte ich Schweiß auf Gesicht und Armen. Nichts im Radio hörte sich richtig an, die Musik ein einziges Kreischen, und daher schaltete ich es ab.

Ich hatte Angst, und ich hatte allen Grund dazu. Auch wenn ich die seltsame Wechselwirkung zwischen den Träumen und Ereignissen im wirklichen Leben außer acht ließ (wozu ich mühelos imstande war, indem ich den Schnitt an der Hand und die Sonnenblumen, die durch die Bretter der rückwärtigen Veranda wuchsen, entweder als Zufall oder übersinnlichen Quatsch abtat), hatte ich gute Gründe, Angst zu haben. Weil es keine gewöhnlichen Träume gewesen waren und meine Entscheidung, nach der langen Zeit zum See zurückzukehren, keine gewöhnliche Entscheidung. Ich fühlte mich nicht wie ein moderner *fin-de-millénaire*-Mann auf einer spirituellen Suche, um sich seinen Ängsten zu stellen (ich bin okay, du bist okay, sitzen wir im Kreis und veranstalten ein emotionales Gruppenwichsen, während im Hintergrund leise William Ackerman spielt); ich kam mir eher wie ein verrückter Prophet des Alten Testaments vor, der in die Wüste geht, um von Heuschrecken und alkalischem Wasser zu leben, weil Gott ihn im Traum gerufen hatte.

Ich steckte in Schwierigkeiten, mein Leben war ein mittelprächtiges Schlamassel, Tendenz steigend, und daß ich nicht schreiben konnte, war nur ein Aspekt. Ich vergewaltigte keine Kinder oder lief auf dem Times Square herum und predigte Verschwörungstheorien über Megaphon, aber trotzdem steckte ich in Schwierigkeiten. Ich hatte meinen Platz im Leben verloren und konnte ihn nicht wiederfinden. Was keine Überraschung ist; schließlich ist das Leben kein Buch. An jenem heißen Juliabend ließ ich mich auf eine selbstverordnete Schocktherapie ein, und halten Sie mir wenigstens das zugute – ich wußte es.

Man gelangt auf folgendem Weg zum Dark Score: I-95 von Derry nach Newport; Route 2 von Newport nach Bethel (mit einem Halt in Rumford, das gestunken hat wie der Vorgarten der Hölle, bis die Papierindustrie während Reagans zweiter Amtszeit knirschend zum Stillstand kam); Route 5 von Bethel nach Waterford. Dann nimmt man die Route 68, die alte County Road, über Castle View, durch Motton (wo der Geschäftsbezirk der Innenstadt aus einer umgebauten Scheune besteht, in der Videos, Bier und Gewehre aus zweiter Hand verkauft werden), und dann an dem Schild mit der Aufschrift TR 90 vorbei, und dem, worauf steht DER WILDHÜTER IST DER BESTE HELFER IN NOTFÄLLEN, RUFEN SIE 1-800-555-GAME ODER * 72 ÜBER MOBILTELEFON. Dem hat jemand mit Sprühfarbe hinzugefügt: SCHEISS AUF DIE EAGLES.

Fünf Meilen nach diesem Schild kommt man zu einem schmalen Weg rechter Hand, der nur durch ein Blechquadrat mit der verblichenen Zahl 42 darauf gekennzeichnet ist. Darüber, wie bei einem Umlaut, zwei Einschußlöcher Kaliber .22.

Ich bog zum erwarteten Zeitpunkt in diesen Weg ein – die Uhr am Armaturenbrett des Chevrolet zeigte 19:16 EDT.

Ich hatte das Gefühl, nach Hause zu kommen.

Laut Tacho fuhr ich zwei Zehntel einer Meile, hörte, wie das Gras in der Mitte des Wegs am Unterboden meines Wagens entlangstrich und wie ab und zu ein Zweig über das Dach kratzte oder gegen die Beifahrertür schlug wie eine Faust.

Schließlich parkte ich und machte den Motor aus. Ich stieg aus, ging zum Heck des Autos, legte mich auf den Bauch und riß das ganze Gras aus, das den heißen Auspuff des Chevy berührte. Es war ein trockener Sommer gewesen, daher konnten Vorsichtsmaßnahmen nicht schaden. Ich war genau zu diesem Zeitpunkt gekommen, um meine Träume nachzustellen, weil ich mir eine tiefergehende Einsicht oder einen Einfall erhoffte, was ich als nächstes tun sollte. Ich war nicht gekommen, um einen Waldbrand auszulösen.

Als ich damit fertig war, stand ich auf und sah mich um. Die Grillen zirpten wie in meinem Traum, die Bäume drängten sich auf beiden Seiten des Wegs, wie sie es in meinen Träumen immer getan hatten. Der Himmel über mir war ein verblassender blauer Streifen.

Ich machte mich auf den Weg und lief in der rechten Fahrspur. Jo und ich hatten einen Nachbarn an diesem Ende der Straße gehabt, den alten Lars Washburn, aber nun wuchsen Wacholdersträucher in seiner Einfahrt, die von einer rostigen Kette versperrt wurde. An einen Baum links von der Kette war ein Schild mit der Aufschrift BETRETEN VERBOTEN genagelt. An einem rechts davon hing ein Schild NEXT CENTURA IMMOBILIEN und eine hiesige Telefonnummer. Die Worte waren verblaßt und in der zunehmenden Dunkelheit schwer zu lesen.

Ich ging weiter und merkte wieder überdeutlich, wie heftig mein Herz schlug und die Moskitos um meinen Kopf und meine Arme summten. Ihre Hauptsaison war vorbei, aber ich schwitzte stark, und das ist ein Geruch, den sie mögen. Er muß sie an Blut erinnern.

Wie ängstlich ich war, als ich mich Sara Lacht näherte? Ich kann mich nicht erinnern. Ich vermute, Furcht gehört wie Schmerz zu den Dingen, die unser Verstand verdrängt, wenn sie vorüber sind. Woran ich mich erinnern *kann*, ist ein Gefühl, das ich schon früher gehabt hatte, wenn ich hier war, besonders wenn ich diesen Weg allein ging. Es war ein Gefühl, als wäre die Realität dünn. Ich glaube, sie *ist* dünn, wissen Sie, dünn wie die Eisschicht auf einem See bei Tauwetter, und wir erfüllen unser Leben mit Lärm und Licht und Bewegung, um dieses Dünnsein vor uns zu verbergen. Aber an Orten wie dem Weg 42 stellt man fest, daß sämtliche Abschirmungen und Spiegel entfernt wurden. Zurück bleibt das Geräusch von Grillen und der Anblick grüner Blätter, die in Schwarz übergehen; Zweige, die Formen wie Gesichter bilden; das Geräusch des Herzschlags in der Brust, das Pulsieren des Bluts im Innern der Augen und das Aussehen des Himmels, wenn das blaue Blut des Tages aus seinen Wangen weicht.

Wenn das Tageslicht sich verabschiedet, kommt eine Art Gewißheit: daß unter der Haut ein Geheimnis wartet, ein schwarzes und zugleich leuchtendes Mysterium. Man spürt dieses Mysterium mit jedem Atemzug, sieht es in jedem Schatten, rechnet bei jedem neuen Schritt damit, daß man hineinstürzt. Es ist da; man gleitet in einer Art atemlosen Kurve darüber hinweg wie ein Schlittschuhläufer, der sich auf den Heimweg macht.

Eine halbe Meile südlich der Stelle, wo ich das Auto abgestellt hatte, blieb ich einen Moment stehen, immer noch eine halbe Meile nördlich der Einfahrt. Hier macht der Weg eine scharfe Kurve, und rechts liegt ein offenes Feld, das steil zum See hin abfällt. Tidwell's Meadow nennen es die Einheimischen, manchmal auch Old Camp. Hier hatten Sara Tidwell und ihr seltsamer Stamm ihre Hütten gebaut, zumindest Marie Hingerman zufolge (und als ich Bill Dean einmal fragte, stimmte er zu, das wäre die Stelle … aber er schien nicht daran interessiert, das Gespräch fortzusetzen, was mir damals ein wenig seltsam vorkam).

Ich blieb einen Moment stehen und sah zum nördlichen Ende des Dark Score. Das Wasser war glasklar und ruhig, im Nachglühen des Sonnenuntergangs bonbonfarben, ohne daß eine einzige Welle oder ein einziges Boot zu sehen gewesen wären. Die Bootsbesitzer waren inzwischen alle unten im Jachthafen oder in Warrington's Sunset Bar, vermutete ich, wo sie Hummerbrötchen aßen und große Cocktails tranken. Später würden einige von ihnen, mit Speed und Martinis zugedröhnt, im Mondschein auf dem See hin und her rasen. Ich fragte mich, ob ich dasein und sie hören würde. Ich dachte mir, die Chancen stünden nicht schlecht, daß ich dann schon wieder auf dem Rückweg nach Derry wäre und entweder Todesangst vor dem, was ich gefunden hatte, oder Enttäuschung empfände, weil ich überhaupt nichts gefunden hatte.

»Sie komischer kleiner Mann, sagte Strickland.«

Ich wußte nicht, daß ich etwas sagen wollte, bis mir die Worte über die Lippen kamen, und warum speziell diese Worte, wußte ich nicht zu sagen. Ich erinnerte mich an meinen Traum von Jo unter dem Bett und erschauerte. Ein Moskito summte in meinem Ohr. Ich zerquetschte ihn und ging weiter.

Am Ende war der Zeitpunkt meiner Ankunft oben an der Einfahrt fast zu perfekt gewählt, das Gefühl, als hätte ich meinen Traum wieder betreten, fast zu vollkommen. Sogar die an dem SARA-LACHT-Schild festgebundenen Ballons (einer weiß, einer blau, beide mit dem sorgfältig in schwarzer Tusche aufgemalten Schriftzug HERZLICH WILLKOMMEN MIKE!), die vor dem zunehmend dunkleren Hintergrund der Bäume schwebten, verstärkten das Déjà-vu-Erlebnis, das ich absichtlich herbeigeführt hatte, denn keine zwei Träume sind exakt identisch, nicht wahr? Was von Händen oder dem Geist fabriziert wird, kann niemals identisch sein, selbst wenn es sich größte Mühe gibt, identisch auszusehen, weil wir selbst niemals von Tag zu Tag dieselben sind, nicht einmal von Augenblick zu Augenblick.

Ich ging zu dem Schild und spürte das Geheimnisvolle dieses Orts im Zwielicht. Ich drückte das Schild, spürte seine rauhe Beschaffenheit, dann strich ich mit dem Daumenballen über die Buchstaben, riskierte Splitter und las mit der Haut wie ein Blinder, der Braille liest: S und A und R und A; L und A und C und H und T.

Herabgefallene Zweige und Nadeln waren von der Einfahrt geräumt worden, aber Dark Score leuchtete blaßrosa, genau wie in meinen Träumen, und auch der verwinkelte Umriß des Hauses war derselbe. Bill hatte umsichtig das Licht über der hinteren Veranda brennen lassen, und die Sonnenblumen, die durch die Bretter gewachsen waren, waren längst abgeschnitten worden, aber sonst war alles unverändert.

Ich sah nach oben und betrachtete den Streifen Himmel über dem Weg. Nichts ... ich wartete ... nichts ... wartete weiter ... und da war sie genau an der Stelle, wohin ich den Blick gerichtet hatte. Eben noch war da nur der Dämmerungshimmel (Indigoblau stieg von den Rändern empor wie eine Tinteninfusion), und im nächsten Augenblick leuchtete die Venus hell und stetig. Die Leute reden davon, wie sie die Sterne herauskommen sehen, und ich denke, bei manchen trifft das zu, aber ich glaube, das war das einzige Mal in meinem Leben, daß ich selbst tatsächlich einen herauskommen sah. Ich wünschte mir auch etwas, aber diesmal befand ich mich in der Wirklichkeit und wünschte mir nicht Jo.

»Hilf mir«, sagte ich und sah den Stern an. Ich hätte mehr gesagt, wußte aber nicht, was ich sagen sollte. Ich wußte nicht, welche Art von Hilfe ich brauchte.

Das genügt, sagte eine Stimme in meinem Kopf nervös. *Das genügt jetzt. Kehr um und hol dein Auto her.*

Aber das war nicht der Plan. Der Plan war, die Einfahrt hinunterzugehen, genau wie in meinem letzten Traum, dem Alptraum. Der Plan war, mir zu beweisen, daß es kein in ein Leichentuch gehülltes Monster gab, das in den Schatten des großen alten Blockhauses da unten lauerte. Der Plan beruhte weitgehend auf der New-Age-Weisheit, wonach das Wort »Angst« für »Allem Neuen Gegenübertreten, Sich Trauen« steht. Aber als ich da stand und das Fünkchen des Verandalichts betrachtete (es sah in der zunehmenden Dunkelheit sehr winzig aus), wurde mir klar, daß es eine andere Weisheit gibt, nicht ganz so Friede-Freude-Eierkuchen, die besagt, daß Angst in Wahrheit das Akronym für »Abhauen, Nicht Gutgläubig Sein, Türmen« ist. Als ich da im Wald stand und das Licht immer mehr vom Himmel verschwand, schien mir das die klügere Interpretation zu sein, gar keine Frage.

Ich sah nach unten und stellte amüsiert fest, daß ich einen der Ballons genommen hatte – ich hatte ihn, ohne es zu merken, losgebunden, während ich mir meine Gedanken machte. Er schwebte am Ende seiner Schnur friedlich in meiner Hand, und die Worte darauf waren in der Dunkelheit nicht mehr zu erkennen.

Vielleicht ist doch alles umsonst; vielleicht werde ich mich nicht bewegen können. Vielleicht hat mich der alte Teufel Laufblockade wieder im Griff, und ich stehe einfach wie eine Statue hier, bis jemand kommt und mich wegträgt.

Aber diesmal befand ich mich in der Wirklichkeit, und in der Wirklichkeit gibt es so etwas wie eine Laufblockade nicht. Ich öffnete die Hand. Die Schnur, die ich gehalten hatte, schwebte frei, und ich ging unter dem aufsteigenden Ballon hindurch die Einfahrt hinunter. Einen Fuß nach dem anderen, so ziemlich wie immer, seit ich diesen Trick damals 1959 gelernt hatte. Ich ging tiefer und tiefer in den reinen, aber sauren Geruch der Kiefern hinein, und einmal ertappte ich mich dabei, wie ich einen großen Schritt machte, um über einen heruntergefallenen Ast zu steigen, der im Traum da gelegen hatte, aber jetzt in der Wirklichkeit nicht da war.

Mein Herz schlug immer noch heftig, der Schweiß drang immer noch aus meinen Poren, machte meine Haut ölig und lockte Moskitos an. Ich hob eine Hand, um mir das Haar aus der Stirn zu wischen, dann blieb ich stehen und hielt sie mir mit gespreizten Fingern vor das Gesicht. Ich hielt die andere daneben. Keine trug ein Mal; nicht einmal die Spur der Narbe des Schnitts, den ich mir zugezogen hatte, als ich während des Schneesturms in meinem Schlafzimmer herumgekrochen war.

»Mir geht es gut«, sagte ich. »Mir geht es gut.«

Sie komischer kleiner Mann, sagte Strickland, antwortete eine Stimme. Es war nicht meine, war nicht die von Jo; es war die UFO-Stimme des Erzählers aus meinem Traum, die mich vorangetrieben hatte, obwohl ich stehenbleiben wollte. Die Stimme eines Außenseiters.

Ich setzte mich wieder in Bewegung. Inzwischen hatte ich mehr als die halbe Einfahrt hinter mich gebracht. Ich kam zu der Stelle, wo ich der Stimme im Traum gesagt hatte, daß ich Angst vor Mrs. Danvers hätte.

»Ich habe Angst vor Mrs. D«, sagte ich und ließ die Worte laut in der zunehmenden Dunkelheit erklingen. »Was soll werden, wenn die böse alte Haushälterin da unten ist?«

Ein Eistaucher schrie über dem See, aber die Stimme antwortete nicht. Ich nehme an, das mußte sie auch nicht. Es *gab* keine Mrs. Danvers, sie war nur ein Sack voll Knochen in einem alten Buch, und die Stimme wußte das.

Ich ging wieder weiter. Ich passierte die große Kiefer, die Jo einmal gerammt hatte, als sie den Jeep in der Einfahrt zurücksetzen wollte. Wie sie geflucht hatte! Wie ein Matrose! Es war mir gelungen, eine stoische Miene zu wahren, bis sie bei »Scheiß die Wand an« angelangt war, und da konnte ich nicht mehr, lehnte mich an den Jeep, preßte die Handballen an die Schläfen und wieherte, bis mir Tränen die Wangen hinunterliefen, während Jo mir die ganze Zeit weißglühende, funkenschlagende Blicke zuwarf.

Ich konnte die Spur in etwa neunzig Zentimeter Höhe am Baumstamm sehen; das Weiß schien in der Finsternis über der Rinde zu schweben. Genau hier war das Unbehagen, das die anderen Träume durchdrang, zu etwas weitaus Schlimmerem geworden. Noch bevor das verhüllte Ding aus dem Haus gestürmt war, hatte ich gespürt, daß etwas nicht stimmte, etwas verzerrt war; ich hatte gespürt, daß irgendwie das Haus selbst den Verstand verloren hatte. An dem Punkt, als ich die vernarbte alte Kiefer erreichte, hatte ich weglaufen wollen wie der Pfefferkuchenmann.

Jetzt empfand ich das nicht. Ich war ängstlich, ja, aber nicht panisch erschrocken. Zum einen, weil nichts hinter mir war, kein Geräusch geifernden Atems. Das Schlimmste, dem man in diesen Wäldern begegnen konnte, war ein aufgebrachter Elch. Oder, dachte ich, wenn man richtiges Pech hatte, einem stinksauren Bären.

Im Traum war der Mond mindestens zu drei Vierteln voll gewesen, aber in dieser Nacht stand kein Mond über mir am Himmel. Und es würde auch keiner mehr herauskommen; als ich in der heutigen Ausgabe der *Derry News* die Wettervorhersage überflogen hatte, war mir aufgefallen, daß wir Neumond hatten.

Selbst das stärkste Déjà-vu-Erlebnis ist empfindlich, und beim Gedanken an den Himmel ohne Mond zerplatzte meines. Der Eindruck, meinen Alptraum zu erleben, verflog so unvermittelt, daß ich mich sogar fragte, warum ich das alles gemacht hatte, was ich damit beweisen oder erreichen wollte. Jetzt mußte ich den ganzen dunklen Weg zurückgehen, um mein Auto zu holen.

Na gut, aber ich würde es mit einer Taschenlampe aus dem

Haus machen. Ganz bestimmt war eine von ihnen noch gleich innerhalb der –

Eine Reihe abgehackter Explosionen ertönte auf der anderen Seite des Sees, die letzte laut genug, daß ihr Echo von den Hügeln widerhallte. Ich blieb stehen und holte hastig Luft. Vor wenigen Augenblicken wäre ich nach diesem unerwarteten Geknalle wahrscheinlich schreiend und panisch vor Schrecken die Einfahrt zurückgelaufen, aber nun erschrak ich nur kurz. Es waren natürlich Feuerwerkskörper, der letzte – und lauteste – vermutlich ein Kanonenschlag. Morgen war der vierte Juli, und auf der anderen Seite feierten ungeduldige Kinder verfrüht, wie Kinder es gerne tun.

Ich ging weiter. Die Büsche griffen immer noch wie Hände nach mir, aber sie waren gestutzt, ihre Berührung nicht sehr bedrohlich. Und ich mußte mir auch keine Gedanken machen, daß der Strom ausgefallen sein könnte; ich war nahe genug an der hinteren Veranda, daß ich Falter im Licht flattern sehen konnte, das Bill Dean für mich angelassen hatte. Und selbst *wenn* der Strom ausgefallen wäre (im westlichen Teil des Staates verlaufen immer noch viele Leitungen oberirdisch, daher fällt er oft aus), wäre automatisch der Generator angesprungen.

Dennoch registrierte ich ehrfürchtig, wieviel von meinem Traum tatsächlich da war, auch wenn das übermächtige Gefühl der Wiederholung – des *erneuten Durchlebens* – verschwunden war. Jos Blumenkübel standen da, wo sie immer gestanden hatten, und säumten den Weg, der zu Saras winzigem Strandabschnitt führt; ich nehme an, Brenda Meserve hatte sie im Keller verstaut gefunden und sie von einem Mitglied ihres Teams aufstellen lassen. Nichts wuchs darin, aber ich vermutete, daß sich das bald ändern würde. Und auch ohne den Mond aus meinem Traum konnte ich das schwarze Quadrat im Wasser sehen, wo es sich etwa fünfzig Meter vom Ufer entfernt abzeichnete. Das schwimmende Floß.

Kein rechteckiger Kasten lag umgekippt vor der Treppe; kein Sarg. Trotzdem schlug mein Herz wieder heftig, und ich dachte, wenn jetzt Kracher auf der Kashwakamak-Seite des Sees losgegangen wären, hätte ich geschrien.

Sie komischer kleiner Mann, sagte Strickland.

Gib das her, es ist mein Staubfänger.

Was ist, wenn der Tod uns in den Wahnsinn treibt? Wenn wir weiter existieren, er uns aber in den Wahnsinn treibt? Was dann?

Ich hatte den Punkt erreicht, an dem in meinem Traum die Tür aufgestoßen wurde und die weiße Gestalt mit erhobenen verhüllten Armen herausgerannt kam. Ich machte noch einen Schritt, dann blieb ich stehen und hörte die schroffen Laute meines Atmens, als ich die Luft den Hals hinabsog und über den trockenen Boden meiner Zunge wieder ausstieß. Das Déjà-vu-Gefühl stellte sich nicht mehr ein, aber einen Augenblick dachte ich, die Gestalt würde trotzdem erscheinen – hier, in der wirklichen Welt, der wirklichen Zeit. Ich wartete mit zu Fäusten geballten, schwitzenden Händen. Ich holte noch einmal Atem, und diesmal hielt ich ihn an.

Das leise Plätschern des Wassers am Ufer.

Eine Brise, die mir über das Gesicht strich und in den Büschen raschelte.

Ein Eistaucher schrie über dem See; Falter klatschten gegen das Verandalicht.

Kein Leichentuch-Monster riß die Tür auf, und hinter den großen Fenstern rechts und links der Tür konnte ich nichts sehen, das sich bewegte, weder weiß noch sonstwie. Über dem Knauf steckte eine Nachricht, wahrscheinlich von Bill, und das war alles. Ich ließ den Inhalt meiner Lunge in einem Schwall entweichen und ging den Rest der Einfahrt hinab zu Sara Lacht.

Die Nachricht war tatsächlich von Bill Dean. Darauf stand, daß Brenda ein wenig für mich eingekauft hatte; die Quittung aus dem Supermarkt lag auf dem Küchentisch, und ich würde feststellen, daß die Vorratskammer ausreichend mit Dosen bestückt war. Bei verderblichen Lebensmitteln hatte sie sich zurückgehalten, aber es gab Milch, Butter, Halbfettmargarine und Hamburger, der typische Vorrat einer Single-Küche.

Wir sehen uns nächsten Mon., hatte Bill geschrieben. *Wenn ich zu sagen hätte, wäre ich da, um persönlich hallo zu sagen, aber die gute Frau sagt, wir sind mit dem Besuchen dran, und deshalb fahren wir nach Virginia (heiß!!) und verbringen den 4. bei ihrer Schwester. Wenn Sie etwas brauchen oder Probleme bekommen …*

Er hatte die Telefonnummer seiner Schwägerin in Virginia aufgeschrieben, ebenso die von Butch Wiggins in der Stadt, die

die Einheimischen schlicht TR nennen, wie in »Mutter und ich hatten Bethel satt und sind mit unserm Wohnmobil rüber zum TR gefahren«. Daneben befanden sich weitere Nummern – Klempner, Elektriker, Brenda Meserve, sogar der Fernsehtechniker aus Harrison, der die Satellitenschüssel für optimalen Empfang neu justiert hatte. Bill überließ nichts dem Zufall. Ich drehte den Zettel um und stellte mir ein abschließendes PS vor: *Hören Sie, Mike, sollte ein Atomkrieg ausbrechen, bevor Yvette und ich aus Virginia zurück sind –*

Etwas bewegte sich hinter mir.

Ich wirbelte auf den Absätzen herum, der Zettel fiel mir aus der Hand. Er flatterte auf die Bretter der hinteren Veranda wie eine größere, weißere Version der Falter, die oben gegen die Glühbirne prallten. In diesem Augenblick war ich überzeugt, es würde das Leichentuch-Ding sein, ein wahnsinniger Wiedergänger im verwesenden Körper meiner Frau: *Gib mir den Staubfänger, gib ihn mir, wie kannst du es wagen, hierherzukommen und meine Ruhe zu stören, wie kannst du es wagen, wieder nach Manderley zu kommen, und jetzt, wo du hier bist, wie willst du jemals wieder gehen? In das Mysterium mit dir, du dummer kleiner Mann. In das Mysterium mit dir.*

Es war nichts da. Es war nur wieder der Wind gewesen, der die Büsche ein wenig durchschüttelte … aber ich hatte keine Brise auf der verschwitzten Haut gespürt, diesmal nicht.

»Nun, es muß eine gewesen sein, es ist nichts da«, sagte ich.

Der Klang der eigenen Stimme kann entweder beängstigend oder beruhigend sein, wenn man allein ist. Diesmal war er letzteres. Ich bückte mich, hob Bills Nachricht auf und steckte sie in meine Gesäßtasche. Dann kramte ich mein Schlüsselbund heraus. Ich stand in den großen, kreisenden Schatten der lichtsüchtigen Falter unter der Verandaleuchte und ging meine Schlüssel durch, bis ich den gefunden hatte, den ich suchte. Er sah seltsam unbenutzt aus, und als ich mit dem Daumen über die gezackte Kante strich, fragte ich mich wieder, warum ich seit Jos Tod nie hierhergekommen war – außer für einige rasche Besorgungen bei Tage. Wäre sie am Leben gewesen, hätte sie mit Sicherheit darauf bestanden –

Aber dann kam mir eine seltsame Erkenntnis: Es war nicht nur eine Frage von *seit Jos Tod*. Es war naheliegend, das zu denken – in den sechs Wochen auf Key Largo hatte ich kein einziges Mal anders daran gedacht –, aber nun, als ich wahrhaftig im Schatten der tanzenden Insekten stand (als stünde ich unter einer unheimlichen organischen Discokugel) und die Eistaucher über dem See hörte, fiel mir ein, daß Johanna zwar im August 1994 gestorben war, aber in Derry. In der Stadt war es unerträglich heiß gewesen ... Warum waren wir also dort geblieben? Warum hatten wir nicht auf der schattigen Veranda dieses Hauses am See gesessen, in unseren Badesachen Eistee getrunken, den Booten zugesehen, die hin und her fuhren, und Bemerkungen über die Leistungen der verschiedenen Wasserskifahrer gemacht? Was hatte sie überhaupt auf diesem verfluchten Parkplatz von Rite Aid zu suchen gehabt, wenn wir in jedem anderen August Meilen von dort entfernt gewesen wären?

Und das war nicht alles. Für gewöhnlich wohnten wir bis Ende September in Sara – es war eine friedliche, angenehme Zeit, so warm wie im Hochsommer. Aber 1993 waren wir zurückgefahren, als der August erst eine Woche alt war. Das weiß ich, weil ich mich erinnern kann, wie Johanna mich später im Monat nach New York begleitete, irgendein Verlagsabschluß und der übliche dazugehörige Medienrummel. Es war knallheiß in Manhattan gewesen, im East Village sprühten die Hydranten, die Straßen der Stadt zischten. An einem Abend dieses Ausflugs hatten wir *Das Phantom der Oper* gesehen. Gegen Ende hatte sich Jo zu mir gebeugt und geflüstert: »O Scheiße! Das Phantom schnieft schon wieder!« Ich hatte mich den Rest der Vorstellung zusammenreißen müssen, um nicht unbeherrscht loszulachen. So gemein konnte Jo sein.

Warum war sie in jenem August mit mir gekommen? Jo konnte New York schon im April oder Oktober nicht leiden, wenn es noch ganz hübsch ist. Ich wußte es nicht. Ich konnte mich nicht erinnern. Ich war nur sicher, daß sie nach Anfang August 1993 nicht mehr in Sara Lacht gewesen war ... und es dauerte nicht lange, da war ich nicht einmal mehr dessen sicher.

Ich steckte den Schlüssel ins Schloß und drehte ihn herum. Ich würde hineingehen, das Küchenlicht einschalten, mir eine Taschenlampe schnappen und zum Auto zurückgehen. Wenn nicht, würde ein betrunkener Kerl mit einer Hütte am südlichen

Ende des Sees zu schnell angebraust kommen, hinten in meinen Chevy reinfahren und mich auf eine Milliarde Dollar verklagen.

Das Haus war gelüftet worden und roch kein bißchen muffig; statt stickiger, abgestandener Luft roch ich das schwache, angenehme Aroma von Kiefernnadeln. Ich griff nach dem Lichtschalter neben der Tür, und dann fing irgendwo in der Schwärze des Hauses ein Kind an zu schluchzen. Meine Hand erstarrte in der Bewegung, mir wurde am ganzen Körper kalt. Ich geriet nicht gerade in Panik, aber jeder vernünftige Gedanke wich aus meinem Kopf. Es war Weinen, das Weinen eines Kindes, aber ich hatte keine Ahnung, woher es kam.

Dann klang es ab. Es wurde nicht leiser, sondern *klang ab*, als hätte jemand das Kind genommen und trüge es jetzt auf einem langen Flur davon ... nicht, daß so ein Flur in Sara Lacht existierte. Nicht einmal der in der Mitte des Hauses, der das Hauptgebäude mit den beiden Flügeln verbindet, ist besonders lang.

Klang ab ... klang ab ... war fast verstummt.

Ich stand mit kalter, kribbelnder Haut und der Hand am Lichtschalter in der Dunkelheit. Ein Teil von mir wollte abdüsen, wollte verschwinden, so schnell mich meine kurzen Beine trugen, wollte laufen wie der Pfefferkuchenmann. Aber ein anderer Teil – der vernünftige Teil – beruhigte sich bereits wieder.

Ich legte den Schalter um, und der Teil, der weglaufen wollte, sagte: Vergiß es, wird nicht funktionieren, es ist der Traum, Dummkopf, dein Traum geht in Erfüllung. Aber es funktionierte doch. Das Licht in der Diele ging mit einem Schlag an, der die Schatten vertrieb und Jos plumpe kleine Töpfersammlung linker und das Bücherregal rechter Hand preisgab, Sachen, die ich seit vier Jahren oder mehr nicht mehr zu Gesicht bekommen hatte, und doch waren sie immer noch da, immer noch dieselben. Auf dem mittleren Brett des Regals konnte ich drei frühe Romane von Elmore Leonard sehen – *Swag, The Big Bounce* und *Mr. Majestyk* –, die ich mir für Regenwetter aufgehoben hatte; man muß auf Regen vorbereitet sein, wenn man draußen kampiert. Ohne ein gutes Buch können schon zwei Tage Regen im Wald einen total meschugge machen.

Ein letztes flüsterndes Weinen, dann Stille. Ich konnte ein Ticken aus der Küche hören. Die Uhr am Herd, eine von Jos seltenen Geschmacksverirrungen, ist Felix der Kater mit großen

Augen, die sich hin und her bewegen, während das Pendel seines Schwanzes von einer Seite zur anderen ausschlägt. Ich glaube, sie kommt in jedem billigen Horror-Film vor, der je gedreht wurde.

»Wer ist da?« rief ich. Ich machte einen Schritt auf die Küche zu, einen dunklen Raum, der jenseits der Diele schwebte, dann blieb ich stehen. In der Dunkelheit war das Haus eine Höhle. Das Geräusch des Weinens hätte von überallher kommen können. Auch aus meiner eigenen Phantasie. »Ist jemand da?«

Keine Antwort ... aber ich glaubte nicht, daß das Geräusch nur in meinem Kopf gewesen war. In dem Fall wäre die Schreibblockade meine geringste Sorge gewesen.

Links von den Elmore-Leonard-Romanen stand eine Taschenlampe mit langem Griff im Regal, die Sorte, die acht Batterien faßt und Sie vorübergehend blind macht, wenn jemand Ihnen damit direkt in die Augen leuchtet. Ich griff sie mir, und erst als sie mir fast aus der Hand rutschte, wurde mir klar, wie stark ich schwitzte oder wie ängstlich ich war. Ich jonglierte damit, während mein Herz laut klopfte und ich halb damit rechnete, daß das gräßliche Schluchzen wieder ertönen, das Leichentuch-Ding mit seinen hocherhobenen unförmigen Armen aus dem Wohnzimmer geschwebt kommen würde; ein altes Schlachtroß von Politiker, frisch aus dem Grab und bereit, es noch einmal zu versuchen. Wählt die Auferstehungs-Partei, Brüder und Schwestern, und eure Rettung ist eine sichere Sache.

Ich bekam die Lampe zu fassen und schaltete sie ein. Ein greller Lichtstrahl schoß ins Wohnzimmer und traf den Elchkopf über dem offenen Kamin aus Bruchsteinen; sie leuchtete in den Glasaugen des Kopfs wie zwei Lichter, die unter Wasser brennen. Ich sah die alten Rohr-und-Bambus-Stühle; die alte Couch; den zerkratzten Eßzimmertisch, den man stabilisieren mußte, indem man eine zusammengefaltete Spielkarte oder zwei Bierdeckel unter ein Bein schob; ich sah keine Gespenster; ich kam zu dem Ergebnis, daß es trotzdem ein verdammtes Gruselkabinett war. Mit den Worten des unsterblichen Cole Porter: Blasen wir die ganze Sache ab. Wenn ich nach Osten fuhr, sobald ich mein Auto erreichte, konnte ich um Mitternacht in Derry sein. In meinem eigenen Bett schlafen.

Ich machte das Licht in der Diele aus und ließ die Taschenlampe ihre Linie durch die Dunkelheit ziehen. Ich lauschte dem

Ticken der albernen Katzenuhr, die Bill aufgezogen haben mußte, und dem vertrauten Tuckern des Kühlschranks. Dabei wurde mir klar, daß ich nie damit gerechnet hätte, eines der Geräusche noch einmal zu hören. Was das Weinen anging …

War da ein Weinen gewesen? Wirklich?

Ja. Weinen oder *etwas*. Was genau, schien jetzt einerlei zu sein. Entscheidend schien, daß es eine gefährliche Idee gewesen war, hierherzukommen, und eine dumme Vorgehensweise für einen Mann, der seinem Verstand beigebracht hat, sich schlecht zu benehmen. Als ich in der Diele stand, nur im Licht der Taschenlampe und dem Schimmer, der von der Glühbirne über der hinteren Veranda hereinfiel, wurde mir klar, daß die Linie zwischen dem, was real war, und dem, was ich mir nur einbildete, weitgehend verschwunden war.

Ich ging aus dem Haus, vergewisserte mich, daß die Tür abgeschlossen war, ging die Einfahrt hinauf und schwenkte den Lichtstrahl der Taschenlampe wie ein Pendel von einer Seite zur anderen – wie der Schwanz des alten Felix, der *Krazy Kat* in der Küche. Während ich auf dem Weg nach Norden ging, überlegte ich mir, daß ich mir eine Geschichte für Bill Dean ausdenken mußte. Ich konnte wohl kaum sagen: »Nun, Bill, ich bin hierhergekommen, habe ein Kind in meinem abgeschlossenen Haus plärren hören, und das hat mir solche Angst gemacht, daß ich mich in den Pfefferkuchenmann verwandelt habe und zurück nach Derry gelaufen bin. Ich schicke Ihnen die Taschenlampe, die ich mitgenommen habe; stellen Sie sie zu den Taschenbüchern auf das Regal zurück, ja?« Das war nicht gut, denn die Geschichte würde die Runde machen, und die Leute würden sagen: »Bin nicht wirklich überrascht. Hat wahrscheinlich zu viele Bücher geschrieben. Bei so 'ner Arbeit muß man ja 'ne weiche Birne bekommen. Jetzt hat er Angst vor seinem eigenen Schatten. Berufsrisiko.«

Selbst wenn ich in meinem ganzen Leben nicht noch einmal hierherkam, wollte ich nicht, daß die Leute im TR diese Meinung von mir hatten, diese halbwegs verächtliche »Da sieht man was einem zuviel Denken einbringt«-Einstellung. Eine Menge Menschen scheinen sie Leuten gegenüber zu haben, die von ihrer Phantasie leben.

Ich würde Bill sagen, daß ich krank geworden war. In gewisser Weise stimmte das auch sogar. Oder nein … besser ich sagte ihm, daß *jemand anders* krank geworden war … ein Bekannter … jemand in Derry, mit dem ich häufiger zusammen war … vielleicht eine Freundin. »Bill, diese Freundin von mir ist krank geworden, verstehen Sie, und deshalb …«

Plötzlich blieb ich stehen, als das Licht auf die Motorhaube meines Autos schien. Ich war eine Meile im Dunkeln durch den Wald gegangen, ohne viele Geräusche im Wald zu hören, und selbst die lauteren hatte ich als Wild abgetan, das sich zum Schlafen niederlegte. Ich hatte mich nicht umgedreht, ob mir das Leichentuch-Ding folgte (oder vielleicht ein weinendes Geisterkind). Ich hatte mich darauf eingelassen, eine Geschichte zu erfinden und auszuschmücken, was ich diesmal im Kopf getan hatte, statt auf Papier, aber dennoch war ich denselben ausgetretenen Pfaden gefolgt. Ich hatte mich so davon fesseln lassen, daß ich meine Angst völlig vergessen hatte. Mein Herz schlug wieder normal, der Schweiß auf meiner Haut trocknete, die Moskitos summten nicht mehr in meinen Ohren. Und als ich da stand, kam mir ein Gedanke. Als hätte mein Verstand geduldig gewartet, bis ich mich soweit beruhigt hatte, daß er mich an eine entscheidende Tatsache erinnern konnte.

Die Leitungen. Bill hatte meine Erlaubnis eingeholt, den größten Teil der alten Leitungen auszuwechseln, und das hatte der Klempner getan. Erst vor kurzem hatte er es getan.

»Luft in den Leitungen«, sagte ich und ließ den Lichtstrahl der Taschenlampe über den Kühlergrill meines Chevrolet gleiten. »Das habe ich gehört.«

Ich wartete, ob der tiefere Teil meines Verstandes das eine dumme, aufgesetzte Lüge nennen würde. Was er bleiben ließ … weil ihm klar war, vermute ich, daß es stimmen konnte. Luft in Rohrleitungen kann sich anhören wie sprechende Menschen, bellende Hunde oder weinende Kinder. Vielleicht hatte der Klempner sie entlüftet, und das Geräusch war etwas anderes gewesen … vielleicht auch nicht. Die Frage war, ob ich in mein Auto springen, zwei Zehntel einer Meile bis zum Highway zurücksetzen und dann nach Derry zurückfahren sollte, und das alles auf der Grundlage eines Geräuschs, das ich zehn Sekunden lang gehört hatte (vielleicht nur fünf), während ich obendrein ziemlich erregt und angespannt gewesen war.

Ich entschied, die Antwort lautete nein. Vielleicht genügte eine weitere Eigentümlichkeit, daß ich es mir wieder anders überlegte – und wahrscheinlich stammelte wie eine der Figuren aus *Geschichten aus der Gruft* –, aber das Geräusch, das ich gehört hatte, reichte nicht aus. Nicht wenn es mir soviel bedeutete, in Sara Lacht einen Neuanfang zu versuchen.

Ich höre Stimmen in meinem Kopf, und das schon, so lange ich zurückdenken kann. Ich weiß nicht, ob das zum notwendigen Rüstzeug eines Schriftstellers gehört; ich habe nie einen anderen gefragt. Ich habe nie eine Veranlassung dazu gesehen, denn ich weiß, alle Stimmen, die ich höre, sind Versionen von mir. Dennoch kommen sie mir manchmal wie höchst reale Versionen anderer Menschen vor, und keine ist realer für mich – oder vertrauter – als die Stimme von Jo. Diese Stimme ertönte nun und hörte sich interessiert und auf eine ironische, aber sanfte Weise amüsiert an … und anerkennend.

Wirst du kämpfen, Mike?

»Ja«, sagte ich, stand in der Dunkelheit und sah Chrom im Licht der Taschenlampe funkeln. »Ich denke schon, Babe.«

Nun, dann geht das *ja in Ordnung, richtig?*

Ja. So war es. Ich stieg in das Auto ein, ließ es an und fuhr langsam den Weg hinunter. Und als ich zur Einfahrt kam, bog ich ab.

Als ich das Haus zum zweitenmal betrat, ertönte kein Weinen. Ich ging langsam durch das Erdgeschoß und behielt die Taschenlampe in der Hand, bis ich jedes Licht eingeschaltet hatte, das ich finden konnte; falls am Nordende des Sees noch Leute mit Booten unterwegs waren, sah die alte Sara wahrscheinlich wie eine unheimliche Spielbergsche fliegende Untertasse aus, die über ihnen schwebte.

Ich glaube, Häuser führen ein eigenes Leben in einem Zeitstrom, der sich von dem ihrer Besitzer unterscheidet, insofern er langsamer ist. In einem Haus, besonders einem alten, ist die Vergangenheit näher. In meinem Leben war Johanna fast vier Jahre tot, aber für Sara war sie viel näher. Erst als ich mich tatsächlich im Inneren befand, alle Lichter eingeschaltet und die Taschenlampe wieder auf das Bücherregal gestellt hatte, wurde mir klar, wie sehr mir vor meiner Ankunft gegraut hatte. Davor, daß die

Spuren von Johannas unterbrochenem Leben meine Trauer erneut weckten. Ein Buch mit einer umgeknickten Ecke auf dem Tisch am Ende des Sofas, wohin Jo sich gerne im Nachthemd verkrochen hatte, um zu lesen und Pflaumen zu essen; die Pappkartonschachtel Quaker Oats, aus denen immer ihr Frühstück bestand, auf einem Fach in der Küche; ihr alter grüner Morgenmantel, der an der Badezimmertür im Südflügel hing, den Bill Dean immer noch den »neuen Flügel« nannte, obwohl er angebaut worden war, bevor wir Sara Lacht auch nur gesehen hatten.

Brenda Meserve hatte ganze Arbeit geleistet – eine humanitäre Arbeit –, diese Erinnerungen und Signale zu entfernen, aber alle hatte sie nicht entfernen können. Jos gebundene Ausgaben von Sayers' Peter-Wimsey-Romanen hatten immer noch ihren Ehrenplatz mitten im Bücherregal im Wohnzimmer. Jo hatte den Elchkopf über dem Kamin stets Bunter genannt, und einmal hatte sie dem Elch, soweit ich mich erinnern kann ohne ersichtlichen Grund (es schien für einen Bunter ein ganz und gar unpassender Zierat zu sein), ein Glöckchen um den haarigen Hals gehängt. Es hing immer noch an seinem roten Samtband dort. Mrs. Meserve hatte sich vielleicht Gedanken über dieses Glöckchen gemacht und sich gefragt, ob sie es abnehmen oder dort lassen sollte, ohne zu wissen, daß Jo und ich, wenn wir uns auf der Couch im Wohnzimmer liebten (ja, dort hat es uns oft überkommen), den Akt »Bunters Glöckchen läuten« genannt hatten. Brenda Meserve hatte ihr Bestes getan, aber jede gute Ehe ist ein geheimes Territorium, ein notwendigerweise weißer Fleck auf der Karte der Gesellschaft. Was andere nicht darüber wissen, macht sie zu etwas ganz Persönlichem.

Ich lief herum, berührte Gegenstände, betrachtete Gegenstände, sah sie mit neuen Augen. Jo schien mir allgegenwärtig zu sein, und nach einer Weile ließ ich mich auf einen der alten Rohrstühle vor dem Fernseher fallen. Das Kissen gab unter mir einen Ton von sich, und ich konnte Jo sagen hören: »*Entschuldige* dich gefälligst, Michael!«

Ich verbarg das Gesicht in den Händen und weinte. Ich nehme an, es war das letzte Aufbäumen meiner Trauer, aber das machte es nicht leichter zu ertragen. Ich weinte, bis ich glaubte, etwas in mir würde zerbrechen, wenn ich nicht aufhörte. Als ich endlich aufhören konnte, war mein Gesicht tränenüberströmt, ich hatte einen Schluckauf und dachte, daß ich mich in meinem ganzen Leben noch nie so müde gefühlt hatte. Mein ganzer Körper fühlte sich zerschlagen an – zum Teil von dem Fußmarsch, nehme ich an, aber hauptsächlich von der Anspannung, hierherzukommen … und dem Entschluß, hierzubleiben. Zu kämpfen. Das unheimliche Phantomweinen, das ich gehört hatte, als ich das Haus betrat, obschon es mir nun sehr fern vorkam, hatte nichts genützt.

Ich wusch mir das Gesicht an der Spüle in der Küche, rieb die Tränen mit den Handballen weg und putzte mir die verstopfte Nase. Dann trug ich meine Koffer zum Gästezimmer im Nordflügel. Ich hatte nicht die Absicht, im Südflügel zu schlafen, in dem Zimmer, wo ich zuletzt mit Jo geschlafen hatte.

Das war ein Entschluß, den Brenda Meserve vorhergesehen hatte. Ein Strauß frischer Feldblumen stand auf dem Sekretär, dazu eine Karte: WILLKOMMEN, MR. NOONAN. Wäre ich emotional nicht so ausgelaugt gewesen, hätte der Anblick dieser Nachricht in der spitzen gestochenen Handschrift von Mrs. Meserve wahrscheinlich einen neuen Weinkrampf ausgelöst. Ich vergrub das Gesicht in den Blumen und atmete tief ein. Sie rochen gut, wie Sonnenschein. Dann zog ich mich aus, ließ die Kleidungsstücke liegen, wo sie hinfielen, und schlug die Bettdecke zurück. Frische Laken, frische Kissenbezüge; derselbe alte Noonan, der zwischen erstere schlüpfte und sein Haupt auf letztere bettete.

Ich lag bei eingeschalteter Nachttischlampe da, sah zu den Schatten an der Decke und konnte fast nicht glauben, daß ich in diesem Haus in diesem Bett lag. Natürlich hatte mich kein Leichentuch-Ding begrüßt … aber ich hatte das Gefühl, als könnte es mich in meinen Träumen finden.

Manchmal gibt es – zumindest für mich – einen ruckartigen Übergang vom Wachsein in den Schlaf. In dieser Nacht nicht. Ich nickte ein, ohne es zu bemerken, und als ich am nächsten Tag erwachte und Sonnenlicht zum Fenster hereinschien, war die Lampe immer noch an. Ich konnte mich nicht an Träume erinnern, nur an das undeutliche Gefühl, als wäre ich mitten in der Nacht kurz aufgewacht und hätte ein Glöckchen läuten gehört, sehr leise und weit entfernt.

Kapitel 7

Das kleine Mädchen – im Grunde genommen war sie kaum mehr als ein Kleinkind – trug einen roten Badeanzug, gelbe Plastikschwimmflügel, hatte eine Baseballmütze der Boston Red Sox verkehrtherum auf und kam mir mitten auf der Route 68 entgegengelaufen. Ich war gerade am Lakeview General Store und Dickie Brooks' All-Purpose Werkstatt vorbeigefahren, und dort sinkt die Geschwindigkeitsbegrenzung von fünfundfünfzig auf fünfunddreißig Meilen. Gott sei Dank hielt ich mich an diesem Tag daran, andernfalls hätte ich sie vielleicht getötet.

Es war mein erster Tag. Ich war spät aufgestanden und hatte den größten Teil des Vormittags mit Spaziergängen in den Wäldern am Ufer entlang verbracht, um festzustellen, was sich verändert hatte und was nicht. Der Wasserstand schien etwas niedriger zu sein, und es waren weniger Boote da, als ich erwartet hatte, zumal am wichtigsten Feiertag des Sommers, aber sonst war alles, als wäre ich nie weggewesen. Ich schien sogar nach denselben Insekten zu schlagen.

Gegen elf machte mein Magen mich darauf aufmerksam, daß ich das Frühstück hatte ausfallen lassen. Ich beschloß, daß nichts gegen einen Ausflug zum Village Café einzuwenden wäre. Das Restaurant bei Warrington's war weitaus schicker, aber dort würde ich angestarrt werden. Das Village Café wäre besser – wenn es noch existierte. Buddy Jellison war ein übellauniger Scheißer, aber immer der beste Imbißkoch im westlichen Maine gewesen, und was mein Magen jetzt wollte, war ein großer fettiger Villageburger.

Und nun dieses kleine Mädchen, das mitten auf der weißen Linie spazierte und wie eine Tambourmajorin aussah, die eine unsichtbare Parade anführte.

Mit fünfunddreißig Meilen pro Stunde sah ich sie rechtzeitig, aber im Sommer war diese Straße viel befahren und die wenigsten Leute machten sich die Mühe, im Schneckentempo durch die Zone des Tempolimits zu kriechen. Immerhin gab es nur ein Dutzend Streifenwagen in Castle County, und nur die wenigsten besuchten je das TR, es sei denn, sie wurden eigens dorthin gerufen.

Ich fuhr an den Straßenrand, schob den Schalthebel des Chevy in die Park-Stellung und war ausgestiegen, noch ehe die Staubwolke sich gelegt hatte. Der Tag war schwül und drückend und still, die Wolken schienen zum Greifen nahe zu sein. Das Mädchen – ein kleiner Blondschopf mit Stupsnase und verschorften Knien – stand auf der weißen Linie wie auf einem Hochseil und sah mir mit nicht mehr Angst als ein Rehkitz entgegen.

»Hi«, sagte sie. »Ich geh am Strand. Mommy will mich nicht bringen, und ich bin wütend wie der Teufel.« Sie stampfte mit dem Fuß, um zu zeigen, daß sie so gut wie jeder andere auch wußte, was wütend wie der Teufel bedeutete. Drei oder vier, schätzte ich. Auf ihre Weise redegewandt und verdammt niedlich, aber trotzdem nicht älter als drei oder vier.

»Nun, der Strand ist ein nettes Fleckchen am vierten, das stimmt«, sagte ich, »aber –«

»Vierter Juli und Feuerwerk da-*zu*«, stimmte sie zu, und das »zu« hörte sich exotisch und süß an, wie ein vietnamesisches Wort.

»– aber wenn du versuchst, mitten auf dem Highway dorthin zu gehen, landest du wohl eher im Krankenhaus von Castle Rock.«

Ich entschied, daß ich nicht hier stehen und mitten auf der Route 68 Mister Rogers mit ihr spielen würde, nicht mit einer Kurve nur fünfzig Meter in südlicher Richtung, um die jeden Moment ein Auto mit sechzig Meilen geschossen kommen konnte. Tatsächlich konnte ich schon einen Motor hören, der ziemlich hoch drehte.

Ich hob das Mädchen auf und trug sie zu meinem Auto, und obwohl sie sich gern tragen zu lassen schien und kein bißchen Angst hatte, fühlte ich mich in dem Moment, als ich den Arm um ihre Kehrseite legte, wie Willi der Pädophili. Mir war klar, daß jeder, der im kombinierten Büro und Aufenthaltsraum von Dickie's Werkstatt saß, mich sehen konnte. Das ist eine der seltsamen Gegebenheiten für Männer mittleren Alters in meiner

Generation: Wir können kein Kind berühren, das nicht unser eigenes ist, ohne zu fürchten, andere könnten etwas Lüsternes in unserer Berührung sehen … oder ohne ganz tief in den Sickergruben unserer Psyche zu denken, daß wahrscheinlich etwas Lüsternes daran *ist*. Trotzdem brachte ich sie von der Straße runter. Das mußte sein. Sollten die Marschierenden Mütter von West-Maine kommen und es mir geben.

»Bringst mich am Strand?« fragte das kleine Mädchen. Sie lächelte mit leuchtenden Augen. Ich stellte mir vor, daß sie wahrscheinlich mit zwölf schwanger sein würde, besonders wenn ich sah, wie cool sie ihre Baseballmütze trug. »Hast du dein Badehösi mit?«

»Ich glaube, ich hab' mein Badehösi zu Hause vergessen. Ist das nicht zu dumm? Liebes, wo ist deine Mom?«

Wie als unmittelbare Antwort auf meine Frage kam das Auto, das ich gehört hatte, aus einer Nebenstraße an der Innenseite der Kurve geschossen. Es war ein Jeep Scout, auf beiden Seiten hoch mit Schlamm bespritzt. Der Motor knurrte wie etwas, das auf einem Baum saß und deswegen eine Mordswut im Bauch hatte. Der Kopf einer Frau lugte zum Seitenfenster heraus. Die Mom der kleinen Schönheit war offenbar vor Angst so von Sinnen, daß sie sich nicht hinsetzen konnte; sie fuhr in einer verrückten Kauerhaltung, und wenn wirklich ein Auto um diese spezielle Kurve der Route 68 gekommen wäre, wäre meine Freundin im roten Badeanzug wahrscheinlich auf der Stelle ein Waisenkind geworden.

Der Scout schlingerte, der Kopf verschwand in der Kabine, ein Knirschen ertönte, als die Fahrerin hochschaltete und versuchte, ihre alte Mühle in etwa neun Sekunden von null auf sechzig zu bringen. Wenn schieres Entsetzen es hätte vollbringen können, hätte sie es geschafft, da bin ich ganz sicher.

»Das ist Mattie«, sagte das Mädchen im Badeanzug. »Ich bin wütend auf sie. Ich laufe weg, um einen vierten am Strand zu haben. Wenn sie wütend ist, geh ich zu meiner weißen Nana.«

Ich hatte keine Ahnung, wovon sie da redete, aber mir *kam* der Gedanke, daß Miss Bosox 1998 ihren vierten am Strand haben konnte; ich würde mich zu Hause mit einem Fünftel von etwas Hochprozentigem begnügen. Derweil winkte ich mit dem Arm, den ich nicht unter dem Po des Mädchens hatte, über dem Kopf hin und her, und zwar so heftig, daß Locken ihres feinen blonden Haars zerzaust wurden.

»He!« rief ich. »He, Lady! Ich hab' sie!«

Der Scout raste vorbei, beschleunigte immer noch und schien immer noch mordswütend darüber zu sein. Blaue Rauchwolken quollen aus dem Auspuff. Das alte Getriebe des Scout knirschte noch einmal böse. Es war wie eine verstörte Version von *Geh aufs Ganze!*: »Mattie, Sie haben es geschafft, in den zweiten zu schalten – möchten Sie aufhören und die Bauknecht-Waschmaschine nehmen, oder möchten Sie den dritten probieren?«

Ich tat das einzige, was mir einfiel, nämlich mich mitten auf die Straße zu stellen, mich zu dem Jeep umzudrehen, der sich mittlerweile von mir entfernte, das Kind hoch über den Kopf zu halten und zu hoffen, daß Mattie uns im Rückspiegel sehen würde. Ich fühlte mich nicht mehr wie Willi der Pädophili; jetzt kam ich mir vor wie ein grausamer Auktionator in einem Disney-Zeichentrickfilm, der das niedlichste Ferkelchen des Wurfs dem Meistbietenden entgegenstreckt. Aber es funktionierte. Die schlammverklebten Bremslichter des Scout gingen an, ein dämonisches Heulen ertönte, als die mißhandelten Bremsen blockierten. Das war direkt vor Brooksie's. *Falls* ein paar Oldtimer auf einen guten Vierten-Juli-Kaffeeklatsch da drin waren, würden sie jetzt eine Menge zu klatschen haben. Ich dachte, besonders gut würde ihnen der Teil gefallen, wenn Mom mich anschrie, daß ich ihr Baby rausrücken sollte. Wenn man nach langer Abwesenheit in sein Sommerhaus zurückkehrt, ist es immer nett, wenn man gleich den richtigen Start hat.

Das Licht des Rückwärtsgangs leuchtete auf, und der Jeep kam mit gut zwanzig Meilen pro Stunde die Straße hoch auf uns zu. Nun hörte sich das Getriebe nicht mehr mordswütend an, sondern panisch vor Angst – bitte, sagte es, bitte hör auf, du bringst mich um. Das Heck des Scout schwankte von einer Seite zur anderen wie der Schwanz eines glücklichen Hundes. Ich beobachtete fast hypnotisiert, wie er auf mich zufuhr – auf der Fahrspur nach Norden, dann über den weißen Streifen auf die Fahrspur nach Süden, dann ein heftiges Gegenlenken, so daß die linken Reifen Staub am Straßenrand aufwirbelten.

»Mattie schnell macht«, sagte meine neue Freundin in einem

Ist-das-nicht-interessant-Plauderton. Einen Arm hatte sie mir um den Hals gelegt; wir waren Kameraden, bei Gott.

Aber was das Kind sagte, rüttelte mich auf. Mattie schnell machte, durchaus, *zu* schnell. Mattie würde höchstwahrscheinlich das Heck meines Chevrolet wegputzen. Und wenn ich einfach hier stehenblieb, würden Schnuckelchen und ich zwischen den beiden Fahrzeugen zu Brei zerquetscht werden.

Ich wich die ganze Länge meines Autos zurück, ließ den Jeep nicht aus den Augen und rief: »Langsamer, Mattie! Langsamer!«

Das gefiel meiner Süßen. »'angsama!« rief sie und fing an zu lachen. »'angsama, olle Mattie, 'angsama!«

Die Bremsen schrien erneut gequält auf. Der Jeep machte einen letzten unglücklichen Satz rückwärts, als Mattie ohne Zuhilfenahme der Kupplung anhielt. Dieser letzte Satz brachte die hintere Stoßstange des Scout so nahe an die hintere Stoßstange meines Chevy, daß man die Entfernung mit einer Zigarette hätte überbrücken können. Der Ölgeruch in der Luft war gewaltig und beißend. Das Mädchen winkte mit einer Hand vor ihrem Gesicht und hustete bühnenreif.

Die Fahrertür wurde aufgestoßen; Mattie Devore kam herausgeschnellt wie ein Zirkusakrobat, der aus einer Kanone geschossen worden war, wenn Sie sich einen Zirkusakrobaten vorstellen können, der alte Paisleyshorts und ein Top aus grober Baumwolle trägt. Mein erster Gedanke war, daß die große Schwester des Mädchens Babysitter gespielt hatte, daß Mattie und Mommy zwei verschiedene Personen waren. Ich weiß, daß Kleinkinder häufig eine Phase durchmachen, in der sie ihre Eltern mit Vornamen ansprechen, aber dieses Mädchen mit den blassen Wangen sah wie zwölf aus, höchstens vierzehn. Ich entschied, daß ihr linkischer Umgang mit dem Scout nicht auf Angst um ihr Kind zurückzuführen war (oder nicht *nur* auf Angst), sondern auf völlige Unerfahrenheit im Umgang mit Autos.

Und da war noch etwas, okay? Noch eine Mutmaßung, die ich anstellte. Der schlammverspritzte Geländewagen, die ausgebeulten Paisleyshorts, das Top, das förmlich Woolworth schrie, das lange blonde Haar, das von kleinen roten Plastikspangen gehalten wurde, am meisten aber die Nachlässigkeit, die es der Dreijährigen, auf die man achtgeben sollte, erst gestattet, so einfach davonzuspazieren ... das alles deutete für mich auf Wohnwagen-Abschaum hin. Ich weiß, wie sich das anhört, aber ganz unbegründet war es nicht. Außerdem bin ich irischer Abstammung, gottverdammt. Meine Vorfahren waren Wohnwagen-Abschaum, als die Wohnwagen noch von Pferden gezogene Planwagen waren.

»*Stinke-pfui!*« sagte das Mädchen, das immer noch mit der pummeligen Hand vor dem Gesicht wedelte. »Scoutie *stink!*«

Wo Scouties Badehösi? dachte ich, dann wurde mir meine neue Freundin aus den Armen gerissen. Jetzt, aus der Nähe, bekam meine Vermutung, daß Mattie die Schwester meiner Badenixe war, erste Risse. Mattie würde die Lebensmitte zwar erst deutlich im nächsten Jahrhundert erreichen, aber sie war auch nicht zwölf oder vierzehn. Als sie mir das Baby entriß, sah ich den Ehering an ihrer linken Hand. Außerdem sah ich die dunklen Ringe unter ihren Augen, die graue Haut mit einem Stich ins Purpurne. Sie war jung, aber ich nahm doch an, daß ich hier Erschöpfung und Angst einer Mutter vor mir sah.

Ich ging davon aus, daß sie das Balg windelweich prügeln würde, weil Wohnwagen-Abschaum immer so auf Erschöpfung und Angst reagiert. In dem Fall wollte ich sie auf die eine oder andere Weise aufhalten – sie ablenken, damit sie ihre Wut auf mich richtete, wenn das erforderlich war. Ich sollte hinzufügen, daß das keineswegs aus edlen Motiven geschah; ich wollte das Hinternversohlen, Schütteln und Ins-Gesicht-Schreien lediglich auf einen Zeitpunkt und Ort verschieben, wo ich nicht zusehen mußte. Es war mein erster Tag in der Stadt; ich wollte keine Minute davon damit verbringen, einer fahrlässigen Schlampe zuzusehen, wie sie ihr Kind mißhandelte.

Aber statt sie zu schütteln und anzubrüllen: »Wohin wolltest du dich verdrücken, du kleines Aas?« umarmte Mattie das Mädchen zuerst (das die Umarmung begeistert erwiderte und keine Spur von Angst erkennen ließ) und bedeckte ihr Gesicht anschließend mit Küssen.

»Warum hast du das getan?« rief sie. »Was hast du dir dabei gedacht? Ich bin fast gestorben, als ich dich nicht finden konnte.«

Mattie brach in Tränen aus. Das Kind im Badeanzug sah sie mit einer derart durch und durch überraschten Miene an, daß es unter anderen Umständen komisch gewesen wäre. Dann verzog auch sie das Gesicht. Ich trat zurück, sah die beiden weinen und einander umarmen und schämte mich meiner Vorurteile.

Ein Auto fuhr vorbei und wurde langsamer. Ein älteres Paar – Ma und Pa Kettle auf dem Weg zum Laden, um ihre Ferienration Grape Nuts zu holen – gaffte heraus. Ich winkte ihnen mit beiden Händen ungeduldig zu, ein Winken, das sagen sollte, was habt *ihr* denn zu glotzen, hört auf, Maulaffen feilzuhalten, und seht zu, daß ihr Land gewinnt. Sie fuhren weiter, aber ich sah kein Nummernschild eines anderen Bundesstaats, wie ich gehofft hatte. Bei dieser Version von Ma und Pa handelte es sich um Einheimische, und es würde nicht mehr lange dauern, bis die Geschichte die Runde machte: Mattie, die Teenagerbraut, und ihr kleiner Wonneproppen (besagter Proppen zweifellos Monate vor der diesen Akt legitimierenden Zeremonie auf dem Rücksitz eines Autos oder der Pritsche eines Pickup gezeugt), die sich am Straßenrand die Augen rot heulten. Mit einem Fremden. Nein, strenggenommen kein Fremder. Mike Noonan, der Schriftstellertyp aus dem anderen Teil des Staates.

»Ich wollte am Strand und *schwuhi-schwuhi-schwuhimmen!*« schluchzte das kleine Mädchen, und nun hörte sich das »Schwimmen« exotisch an – vielleicht wie das vietnamesische Wort für »Ekstase«.

»Ich hab' gesagt, ich geh' heute nachmittag mit dir.« Mattie schniefte immer noch, beherrschte sich aber allmählich. »Mach das nie wieder, kleine Maus, bitte mach das nie wieder, Mommy hat solche Angst gehabt.«

»Nein«, sagte das Kind. »Bestimmt nicht.« Sie nahm das ältere Mädchen, immer noch weinend, fest in die Arme und legte den Kopf an Matties Hals. Ihre Baseballmütze fiel herunter. Ich hob sie auf und kam mir allmählich wie ein Störenfried vor. Ich drückte Mattie die blau-rote Mütze in die Hand, bis sie die Finger darum schloß.

Außerdem entschied ich, daß mir die Wendung gefiel, die die Ereignisse genommen hatten, und vielleicht hatte ich allen Grund dazu. Ich habe den Vorfall geschildert, als wäre er heiter gewesen, und das war er, aber es war die Art von Heiterkeit, die man erst später sieht. Als es passierte, war es erschreckend. Angenommen, ein Lastwagen wäre aus der Gegenrichtung gekommen? Mit überhöhter Geschwindigkeit um diese Kurve?

Nun *kam* ein Fahrzeug um die Kurve, ein Pickup der Art, wie ihn kein Tourist jemals fährt. Zwei weitere Einheimische fuhren gaffend vorbei.

»Ma'am?« sagte ich. »Mattie? Ich glaube, ich gehe besser. Freut mich, daß Ihrem kleinen Mädchen nichts passiert ist.« Kaum hatte ich es gesagt, verspürte ich den fast übermächtigen Drang zu lachen. Ich sah mich selbst, wie ich Mattie (ein Name, der wie kein zweiter in einen Film wie *Erbarmungslos* oder *Der Marshal* gehörte) mit in den Gürtel der Überhose gehakten Daumen diese Ansprache hielt und dabei den Stetson nach hinten geschoben hatte, um meine edle Stirn zu zeigen. Ich verspürte den irren Drang hinzuzufügen: »Sie sind eine richtige Schönheit, Ma'am, sind Sie nicht die neue Lehrerin?«

Sie drehte sich zu mir um, und ich sah, daß sie wirklich eine Schönheit war. Selbst mit Ringen unter den Augen und blonden Strähnen, die ihr seitlich vom Kopf abstanden. Und ich dachte, daß sie sich wacker hielt für ein Mädchen, das wahrscheinlich noch nicht alt genug war, einen Drink in einer Bar zu bestellen. Wenigstens hatte sie das Baby nicht gehauen.

»Ich bin Ihnen so dankbar«, sagte sie. »War sie *mitten* auf der Straße?« Sag nein, flehte ihr Blick. Sag wenigstens, daß sie am Straßenrand gegangen ist.

»Nun –«

»Ich bin auf der Linie gegangen«, sagte das Mädchen und zeigte darauf. »Das ist wie der Zebrasteifen.« Ihre Stimme nahm einen leicht rechtschaffenen Tonfall an. »Zebrasteifen ist sicher.«

Matties Wangen, die blaß waren, wurden noch blasser. Es gefiel mir nicht, sie so zu sehen, und es gefiel mir nicht, daß sie in diesem Zustand nach Hause fahren wollte, besonders mit einem Kind.

»Wo wohnen Sie, Mrs. -?«

»Devore«, sagte sie. »Ich bin Mattie Devore.« Sie verlagerte das Kind und streckte die Hand aus. Ich schüttelte sie. Der Morgen war warm, am Vormittag würde es heiß sein – mit Sicherheit Strandwetter –, aber die Finger, die ich berührte, waren eiskalt. »Wir wohnen gleich dort.«

Sie zeigte zu der Kreuzung, aus der der Scout herausgeschossen war, und ich konnte – was für eine Überraschung! – einen extragroßen Wohnwagen sehen, der in einem Kiefernhain etwa sechzig Meter die kleine Zufahrtsstraße hoch abgestellt war. Wasp Hill Road, soweit ich mich erinnerte. Sie verlief etwa eine halbe Meile von der Route 68 zum Wasser – dem Teil des Sees, der als Middle Bay bekannt war. Ah, ja, Doc, jetzt fällt es mir wieder ein. Ich reite wieder über die Dark-Score-Weide. Kleine Kinder retten ist meine Spezialität.

Trotzdem registrierte ich erleichtert, daß sie in der Nähe wohnte – keine Viertelmeile von der Stelle entfernt, wo unsere beiden Fahrzeuge standen und sich fast an den Hecks berührten –, und wenn ich es mir recht überlegte, verstand sich das eigentlich von selbst. Ein so kleines Kind wie die Badenixe konnte nicht weit zu Fuß gegangen sein ... obwohl dieses Mädchen bereits ein hinreichendes Maß an Entschlossenheit unter Beweis gestellt hatte. Ich dachte mir, daß das erschöpfte Aussehen der Mutter zum großen Teil auch auf den Dickkopf der Tochter zurückzuführen war. Ich war froh, daß ich zu alt war, einer ihrer zukünftigen Freunde zu sein; sie würde sie an High School und College durch Reifen springen lassen. Wahrscheinlich durch brennende Reifen.

Nun, zumindest an der High School. Mädchen aus dem Wohnwagenviertel der Stadt besuchten nicht zwangsläufig das College, es sei denn, es gab ein Junior College oder eine Technische Hochschule in der Nähe. Und sie würde sie nur springen lassen, bis der richtige Junge (wahrscheinlicher jedoch der falsche) um die große Kurve des Lebens gerast kam und sie auf dem Highway überfuhr, da sie nicht wußte, daß die weiße Linie und der Zebrastreifen etwas Grundverschiedenes waren. Und dann würde sich der ganze Zyklus wiederholen.

Allmächtiger Gott, Noonan, hör auf, sagte ich zu mir. *Sie ist drei Jahre alt, und bei dir hat sie schon drei eigene Kinder, zwei mit Scherpilzflechte und eins zurückgeblieben.*

»Ich bin Ihnen *so* dankbar«, wiederholte Mattie.

»Schon gut«, sagte ich und stupste die Nase des kleinen Mädchens an. Obwohl ihre Wangen noch tränenfeucht waren, grinste sie mich zur Antwort strahlend an. »Ein sehr wortmächtiges Mädchen.«

»Sehr wortmächtig und sehr eigensinnig.« Nun schüttelte

Mattie ihr Kind doch ein wenig, aber das Mädchen zeigte keine Angst, und nichts deutete darauf hin, daß Schütteln und Prügeln an der Tagesordnung waren. Im Gegenteil, ihr Lächeln wurde breiter. Ihre Mutter lächelte zurück. Und ja – wenn man ihr schlampiges Aussehen außer acht ließ, war sie wirklich außergewöhnlich hübsch. In einem Tenniskleid im Country Club von Castle Rock (den sie wahrscheinlich nie von innen sehen würde, es sei denn als Zimmermädchen oder Kellnerin) würde sie mehr als hübsch aussehen. Vielleicht eine junge Grace Kelly.

Dann sah sie mich mit sehr großen und ernsten Augen an.

»Mr. Noonan, ich bin keine schlechte Mutter«, sagte sie.

Ich erschrak, als ich meinen Namen aus ihrem Mund hörte, aber nur vorübergehend. Schließlich war sie im richtigen Alter, und meine Bücher waren wahrscheinlich besser für sie, als die Nachmittage vor *General Hospital* und *Liebe, Lüge, Leidenschaft* zu verbringen. Jedenfalls ein bißchen.

»Wir hatten Streit darüber, wann wir zum Strand gehen wollten. Ich wollte die Wäsche aufhängen, zu Mittag essen und am Nachmittag gehen. Kyra wollte –« Sie verstummte. »Was ist? Was habe ich gesagt?«

»Ihr Name ist Kia? Hat –« Bevor ich weitersprechen konnte, geschah etwas höchst Außergewöhnliches: Mein Mund war voll Wasser. So voll, daß ich einen Augenblick Panik verspürte, wie jemand, der im Meer schwimmt und dem eine Welle in den Mund schwappt. Aber es schmeckte nicht nach Salz, es war kalt und frisch, mit einem schwachen metallischen Beigeschmack, wie Blut.

Ich wandte den Kopf ab und spuckte aus. Ich erwartete, daß ein Schwall Flüssigkeit aus meinem Mund kommen würde – wie man es manchmal erlebt, wenn man einen beinahe Ertrunkenen künstlich beatmet. Statt dessen kam heraus, was immer herauskommt, wenn man an einem heißen Tag ausspuckt: ein kleines weißes Schaumflöckchen. Und das Gefühl war vorbei, noch ehe die Spucke den Sand am Straßenrand berührte. Binnen eines Augenblicks, als wäre es nie dagewesen.

»Der Mann hat gespucken«, bemerkte das Mädchen sachlich.

»Entschuldigung«, sagte ich. Ich war gleichermaßen bestürzt. Was, in Gottes Namen, war *das* gewesen? »Ich schätze, das war eine leicht verspätete Reaktion.«

Mattie sah besorgt drein, als wäre ich achtzig und nicht vierzig. Ich dachte, daß für ein Mädchen ihres Alters vierzig wahrscheinlich achtzig *ist.* »Möchten Sie mit zum Haus kommen? Ich gebe Ihnen ein Glas Wasser.«

»Nein, es geht mir schon wieder gut.«

»Nun ja, Mr. Noonan ... ich will nur sagen, so etwas ist mir noch nie passiert. Ich habe Wäsche aufgehängt ... sie war im Haus und hat sich einen *Mighty-Mouse*-Trickfilm auf Video angesehen ... als ich reinging, um noch ein paar Wäscheklammern zu holen ...« Sie sah das Mädchen an, das nicht mehr lächelte. Allmählich dämmerte es ihr. Ihre Augen waren groß, und sie war den Tränen nahe. »Sie war fort. Ich dachte einen Augenblick, ich würde vor Angst sterben.«

Nun fingen die Lippen des Kindes an zu zittern, und ihre Augen liefen wie auf Kommando über. Sie fing an zu weinen. Mattie strich ihr über das Haar und streichelte den kleinen Kopf, bis er an ihrem Woolworth-Top ruhte.

»Schon gut, Ki«, sagte sie. »Diesmal ist es ja gutgegangen, aber du darfst nicht auf die Straße. Das ist gefährlich. Kleine Dinger werden auf der Straße überfahren – und du bist ein kleines Ding. Das kostbarste kleine Ding auf der Welt.«

Sie weinte noch lauter. Es war das erschöpfte Weinen eines Kindes, das ein Nickerchen machen mußte, bevor es weitere Abenteuer bestehen konnte, am Strand oder sonstwo.

»Kia böse, Kia böse«, schluchzte sie am Hals ihrer Mutter.

»Nein, Liebes, nur erst drei«, sagte Mattie, und falls ich noch Zweifel gehabt hatte, ob sie eine gute Mutter war, schmolzen sie jetzt dahin. Vielleicht waren sie auch schon vorher weggewesen – immerhin war das Kind gut genährt, adrett, gepflegt und unversehrt.

Auf einer Ebene nahm ich das alles zur Kenntnis. Auf einer anderen versuchte ich, die seltsame Geschichte zu verarbeiten, die mir gerade widerfahren war, und das gleichermaßen seltsame Zusammentreffen, das ich gerade zu hören geglaubt hatte – daß das kleine Mädchen, das ich vom Mittelstreifen getragen hatte, den Namen trug, den wir unserem Kind hatten geben wollen, sofern unser Kind ein Mädchen geworden wäre.

»Kia«, sagte ich. Staunte regelrecht. Ich strich ihr zaghaft über den Hinterkopf, als könnte meine Berührung sie zerbrechen. Ihr Haar war von der Sonne gewärmt und fein.

»Nein«, sagte Mattie. »Besser kann sie es noch nicht aussprechen. *Kyra*, nicht Kia. Kommt aus dem Griechischen. Es bedeutet damenhaft.« Sie schlurfte ein wenig verlegen. »Ich hab' ihn aus der Namensfibel für Babys. Als ich schwanger war, war ich irgendwie auf Oprah. Besser als zum Amokläufer zu werden, schätze ich.«

»Ein schöner Name«, sagte ich. »Und ich halte Sie nicht für eine schlechte Mom.«

Was mir in diesem Augenblick durch den Kopf ging, war eine Geschichte, die Frank Arlen einmal bei einem Essen an Weihnachten erzählt hatte – es ging um Petie, den jüngsten Bruder, und der ganze Tisch hatte Frank zu Füßen gelegen. Sogar Petie, der behauptete, daß er sich überhaupt nicht an den Vorfall erinnern konnte, lachte, bis ihm Tränen über die Wangen liefen.

An Ostern, sagte Frank, als Petie etwa fünf war, hatten die Eltern sie Ostereier suchen lassen. Beide Elternteile hatten am Abend zuvor über hundert bemalte hartgekochte Eier im Haus versteckt, nachdem sie die Kinder bei den Großeltern abgeliefert hatten. Alle hatten einen prima Ostersonntagmorgen, jedenfalls bis Johanna von der Veranda aufschaute, wo sie ihren Anteil der Beute zählte, und schrie. Da war Petie und kletterte fröhlich auf dem Dachüberhang im ersten Stock des Hauses herum, keine zwei Meter vom Rand und der betonierten Veranda darunter entfernt.

Mr. Arlen hatte Petie gerettet, während der Rest der Familie unten stand, sich an den Händen hielt und starr vor Entsetzen und Faszination war. Mrs. Arlen hatte ununterbrochen den Rosenkranz gebetet (»so schnell, daß sie sich anhörte wie eines der Backenhörnchen auf dieser alten *Witch-Doctor*-Schallplatte«, hatte Frank gesagt und lauter denn je gelacht), bis ihr Mann mit Petie auf den Armen wieder durch das offene Schlafzimmerfenster verschwunden war. Dann war sie auf der Veranda zusammengeklappt und hatte sich die Nase gebrochen. Als sie ihn nach einer Erklärung fragten, hatte Petie ihnen gesagt, daß er in der Regenrinne nach Eiern suchen wollte.

Ich nehme an, jede Familie hat mindestens eine solche Geschichte; das Überleben der Peties und Kyras dieser Welt ist –

zumindest für die Eltern – ein überzeugendes Argument für die Existenz Gottes.

»Ich hatte solche Angst«, sagte Mattie und sah wieder wie vierzehn aus. Höchstens fünfzehn.

»Aber es ist vorbei«, sagte ich. »Und Kyra wird nicht mehr auf der Straße spazierengehen. Oder, Kyra?«

Sie schüttelte den Kopf an der Schulter ihrer Mutter, ohne ihn zu heben. Ich hatte eine Ahnung, daß sie wahrscheinlich schlafen würde, bevor Mattie sie zu dem guten alten Wohnwagen bringen konnte.

»Sie haben keine Ahnung, wie bizarr das für mich ist«, sagte Mattie. »Einer meiner Lieblingsschriftsteller taucht wie aus dem Nichts auf und rettet mein Kind. Ich wußte, daß Sie ein Haus im TR haben, diese große alte Blockhütte, die alle Sara Lacht nennen, aber die Leute sagen, seit Ihre Frau gestorben ist, kommen Sie nicht mehr her.«

»Ich war lange nicht mehr hier«, sagte ich. »Wäre Sara kein Haus, sondern eine Ehe, würde man von einer Versöhnung vor dem Scheidungsrichter sprechen.«

Sie lächelte kurz und sah wieder ernst drein. »Ich möchte Sie um etwas bitten. Einen Gefallen.«

»Raus damit.«

»Reden Sie nicht darüber. Es ist keine gute Zeit für Ki und mich.«

»Warum nicht?«

Sie biß sich auf die Lippen und schien zu überlegen, ob sie die Frage beantworten sollte – die ich vielleicht nicht gestellt hätte, hätte ich noch einen Moment nachgedacht –, dann schüttelte sie den Kopf. »Einfach so. Und ich wäre Ihnen sehr dankbar, wenn Sie in der Stadt nicht darüber reden würden, was sich hier abgespielt hat. Dankbarer, als Sie je ahnen können.«

»Kein Problem.«

»Im Ernst?«

»Klar. Ich bin im Grunde genommen ein Sommergast, der eine Weile nicht mehr hier war … was bedeutet, ich kenne sowieso nicht viele, mit denen ich reden könnte.« Da war natürlich Bill Dean, aber in seiner Gegenwart konnte ich schweigen. Nicht, daß er es nicht erfahren würde. Wenn diese junge Dame glaubte, die Einheimischen würden nicht erfahren, daß ihre

Tochter versucht hatte, auf Schusters Rappen zum Strand zu kommen, machte sie sich etwas vor. »Aber ich denke, wir haben bereits Aufmerksamkeit erregt. Sehen Sie zu Brooksie's Werkstatt. Aber unauffällig.«

Sie gehorchte und seufzte. Zwei alte Männer standen auf dem Asphalt, wo einmal Zapfsäulen gewesen waren. Einer war wahrscheinlich Brooksie selbst; ich dachte, ich könnte die Überreste des wallenden roten Haars sehen, mit dem er immer ausgesehen hatte wie eine Ostküstenversion von Bozo dem Clown. Der andere, der alt genug war, daß Brooksie daneben wie ein junger Springinsfeld aussah, lehnte sich in einer Art und Weise auf einen Gehstock mit goldenem Knauf, die etwas seltsam Füchsisches hatte.

»Gegen die kann ich nichts machen«, sagte sie und hörte sich deprimiert an. »*Niemand* kann etwas gegen die machen. Ich nehme an, ich sollte mich glücklich schätzen, daß wir einen Feiertag haben und sie nur zu zweit sind.«

»Außerdem«, fügte ich hinzu, »haben sie wahrscheinlich nicht viel gesehen.« Womit ich zweierlei außer acht ließ: Erstens, daß ein halbes Dutzend Autos und Pickups vorbeigekommen waren, seit wir hier standen, und zweitens, was Brooksie und sein alter Freund nicht gesehen hatten, würden sie mit dem größten Vergnügen dazuerfinden.

Kyra schnarchte damenhaft an Matties Schulter. Mattie sah sie an und schenkte ihr ein trauriges und liebevolles Lächeln. »Tut mir leid, daß wir uns unter Umständen kennenlernen mußten, durch die ich wie ein Trottel aussehe, weil ich wirklich ein großer Fan von Ihnen bin. Im Buchladen in Castle Rock haben sie gesagt, daß diesen Sommer ein neues von Ihnen erscheint.«

Ich nickte. »Es heißt *Helens Versprechen*.«

Sie grinste. »Guter Titel.«

»Danke. Sie sollten Ihre Kleine besser nach Hause bringen, bevor sie Ihnen den Arm bricht.«

»Ja.«

Es gibt Leute auf dieser Welt, die haben ein Talent dafür, peinliche Fragen zu stellen, ohne es zu wollen – wie die Gabe, gegen Türen zu laufen. Ich gehöre zu diesem Stamm, und als ich sie zur Beifahrertür ihres Scout brachte, fiel mir eine ziemlich gute ein. Aber es fiel mir schwer, mir allzu große Vorwürfe zu machen. Immerhin hatte ich den Ehering an ihrer Hand gesehen.

»Werden Sie es Ihrem Mann erzählen?«

Ihr Lächeln blieb, wurde aber irgendwie blasser. Und angespannter. Wenn es möglich gewesen wäre, eine ausgesprochene Frage zu löschen, wie man es mit einer Zeile tun kann, wenn man eine Geschichte schreibt, hätte ich es getan.

»Er ist letzten August gestorben.«

»Mattie, das tut mir leid. Mund aufmachen, Fuß einführen.«

»Das konnten Sie nicht wissen. Ein Mädchen meines Alters sollte noch nicht mal verheiratet sein, oder? Und wenn, sollte ihr Mann in der Army sein, oder so.«

Auf dem Beifahrersitz des Scout befand sich ein rosa Kindersitz – ebenfalls Woolworth, vermutete ich. Mattie versuchte, Kyra hineinzusetzen, aber ich sah, daß sie sich quälte. Ich trat nach vorne, um ihr zu helfen, und als ich die Hand an ihr vorbei streckte, um ein pummeliges Bein festzuhalten, strich mein Handrücken über ihre Brust. Sie konnte nicht zurückweichen, sonst hätte sie riskiert, daß Kyra aus dem Sitz auf den Boden rutschte, aber ich spürte, daß sie die Berührung registrierte. Mein Mann ist tot, keine Gefahr, also denkt der große Schriftsteller, er kann an einem heißen Sommervormittag ungestraft ein bißchen fummeln. Und was kann ich sagen? Mr. Großkotz kam des Wegs und hat meine Tochter von der Straße gezerrt, ihr möglicherweise das Leben gerettet.

Nein, Mattie, ich mag vielleicht vierzig sein und auf hundert zugehen, aber ich habe nicht versucht zu fummeln. Aber das konnte ich natürlich nicht sagen; es hätte alles nur noch schlimmer gemacht. Ich spürte, wie meine Wangen ein wenig heiß wurden.

»Wie alt sind Sie?« fragte ich, als wir das Baby verstaut und wieder einen gewissen Sicherheitsabstand zwischen uns hatten.

Sie warf mir einen Blick zu. Erschöpft oder nicht, sie hatte es wieder im Griff. »Alt genug, um die Situation zu kennen, in der ich mich befinde.« Sie streckte die Hand aus. »Nochmals danke, Mr. Noonan. Gott hat Sie zum rechten Zeitpunkt geschickt.«

»Nee, Gott hat mir nur gesagt, daß ich einen Hamburger im

Village Café brauche«, sagte ich. »Vielleicht war es auch Sein Gegenspieler. Bitte sagen Sie mir, daß Buddy sein Geschäft immer noch an der alten Stelle betreibt.«

Sie lächelte. Ihr Gesicht strahlte wieder, und ich freute mich, es zu sehen. »Er wird noch dasein, wenn Kis Kinder so alt sind, daß sie versuchen, mit gefälschten Ausweisen Bier zu kaufen. Es sei denn, jemand kommt von der Straße herein und verlangt so etwas wie Shrimp tetrazzini. Wenn das passiert, wird er wahrscheinlich mit einem Herzschlag tot umfallen.«

»Ja. Wenn ich Exemplare des neuen Buchs bekomme, bringe ich eins vorbei.«

Das Lächeln verließ ihr Gesicht nicht, bekam aber etwas Vorsichtiges. »Das brauchen Sie nicht zu tun, Mr. Noonan.«

»Nein, aber ich werde es tun. Mein Agent schickt mir fünfzig Exemplare. Ich habe festgestellt, je älter ich werde, desto weniger habe ich zu verteilen.«

Vielleicht hörte sie mehr in meiner Stimme, als ich hineinlegen wollte – ich schätze, das tun Leute manchmal.

»Na gut. Ich freue mich darauf.«

Ich warf noch einen Blick auf ihre Tochter, die in der für kleine Kinder typischen, sonderbar beiläufigen Weise schlief – den Kopf auf eine Schulter gesenkt, die süßen kleinen Lippen geöffnet und mit einem Spuckebläschen davor. Ihre Haut macht mich immer fertig – so zart und perfekt, als wären gar keine Poren da. Die Sox-Mütze war verrutscht. Mattie sah mir zu, wie ich die Hand ausstreckte und die Mütze zurechtrückte, damit der Schatten des Schilds auf ihre geschlossenen Augen fiel.

»Kyra«, sagte ich.

Mattie nickte. »Damenhaft.«

»Kia ist ein afrikanischer Name«, sagte ich. »Er bedeutet ›Beginn der Saison‹.« Damit ließ ich sie stehen und winkte ihr noch einmal kurz zu, während ich zur Fahrerseite des Chevy ging. Ich spürte ihren neugierigen Blick auf mir und hatte das komische Gefühl, als müßte ich weinen.

Dieses Gefühl ließ mich auch nicht los, als die beiden schon längst nicht mehr zu sehen waren; es erfüllte mich noch, als ich das Village Café erreichte. Ich fuhr auf den Schotterparkplatz links von den No-Name-Zapfsäulen, blieb eine Weile sitzen und dachte an Jo und an den Heimschwangerschaftstest, der zweiundzwanzig fünfzig gekostet hatte. Ein kleines Geheimnis, das sie für sich behalten wollte, bis sie ganz sicher war. So mußte es gewesen sein; was sonst kam in Frage?

»Kia«, sagte ich. »Beginn der Saison.« Aber dabei wurde mir wieder nach Weinen zumute, daher stieg ich aus dem Auto aus und schlug die Tür fest hinter mir zu, als könnte ich auf diese Weise die Traurigkeit drinnen einsperren.

Kapitel 8

Buddy Jellison war tatsächlich ganz der alte – dieselbe schmutzige weiße Kochuniform und fleckige weiße Schürze, dasselbe schwarze Haar unter einer Papiermütze mit Flecken von Rinderblut oder Erdbeersaft. Wie es aussah, hatte er sogar noch dieselben Kekskrümel in seinem struppigen Schnurrbart. Er war vielleicht fünfundfünfzig, vielleicht siebzig, was bei einigen in genetischer Hinsicht bevorzugten Männern immer noch innerhalb der weitesten Grenzen mittleren Alters zu liegen scheint. Er war hünenhaft und ungeschlacht – wahrscheinlich einsneunzig groß und hundertvierzig Kilo schwer – und ganz genauso voller Anmut, Witz und *joie de vivre* wie vor vier Jahren.

»Wollen Sie eine Speisekarte, oder erinnern Sie sich noch?« grunzte er, als wäre ich gestern zum letztenmal hier gewesen.

»Machen Sie immer noch den Villageburger Deluxe?«

»Scheißt ein Bär immer noch im Wald?« Blasse Augen sahen mich an. Keine Beileidsbekundung, was mir nur recht war.

»Wahrscheinlich. Ich nehme einen mit allem – einen Villageburger, keinen Bären – und ein Schokoladenfrappé. Schön, Sie wiederzusehen.«

Ich hielt ihm die Hand hin. Er sah überrascht aus, berührte sie aber mit seiner eigenen. Im Gegensatz zu Kochuniform, Schürze und Mütze war die Hand sauber. Sogar die Nägel waren sauber. »Jau«, sagte er und drehte sich zu der blassen Frau um, die neben dem Grill Zwiebeln schnitt. »Villageburger, Audrey«, sagte er. »Zieh ihn durch den Garten.«

Normalerweise gehöre ich zu den Leuten, die am Tresen sitzen, aber an dem Tag belegte ich eine Nische beim Kühlschrank und wartete auf Buddys Ruf, daß das Essen fertig sei – Audrey bearbeitet die Bestellungen, bedient aber nicht. Ich wollte nachdenken, und Buddy's war ein guter Platz dafür. Zwei Einheimische aßen Sandwiches und tranken alkoholfreie Getränke direkt aus der Dose, aber das war auch schon alles; die Leute in den

Sommerhäusern würden lieber verhungern, als im Village Café zu essen, und selbst dann würde man sie wahrscheinlich schreiend und strampelnd zur Tür hereinzerren müssen. Der Boden bestand aus verblichenem grünem Linoleum mit einer gewellten Topographie von Bergen und Tälern. Nicht allzu sauber, wie Buddys weiße Kleidung (die Sommergäste, die sich hierher verirrten, sahen seine Hände wahrscheinlich gar nicht). Die Holzbalken waren fettig und dunkel. Darüber, wo der Verputz anfing, befanden sich eine Reihe von Stoßstangenaufklebern – Buddys Vorstellung von Dekoration.

HUPE KAPUTT – ACHTEN SIE AUF DEN FINGER.

FRAU UND HUND ENTLAUFEN. FINDERLOHN FÜR DEN HUND.

ES GIBT KEINEN STADTBEKANNTEN SÄUFER HIER, WIR WECHSELN UNS AB.

Humor ist fast immer Wut mit Schminke darüber, finde ich, aber in Kleinstädten ist die Schminke mitunter ziemlich dünn. Drei Deckenventilatoren rührten apathisch die heiße Luft um, und links vom Kühlschrank mit den alkoholfreien Getränken hingen zwei Fliegenfänger, beide üppig mit Wildtieren überzogen, von denen einige noch kläglich zappelten. Wenn man sich das ansehen und trotzdem essen konnte, hatte man wahrscheinlich eine prima Verdauung.

Ich dachte an die Ähnlichkeit der Namen, die gewiß Zufall war, Zufall sein *mußte*. Ich dachte an ein junges, hübsches Mädchen, das mit sechzehn oder siebzehn Mutter und mit neunzehn oder zwanzig Witwe geworden war. Ich dachte daran, wie ich aus Versehen ihre Brust berührt hatte und wie die Welt über Männer um die Vierzig urteilte, die plötzlich die faszinierende Welt junger Frauen und ihrer Accessoires entdeckten. Am meisten aber dachte ich über das merkwürdige Erlebnis nach, als Mattie mir den Namen des Mädchens gesagt hatte – dieses Gefühl, als wären mein Mund und Hals plötzlich mit kaltem, mineralhaltigem Wasser überflutet worden. Diesem *Schwall*.

Als mein Burger fertig war, mußte Buddy zweimal rufen. Als ich ihn holen ging, sagte er: »Sind Sie hergekommen, um länger zu bleiben oder um Ihren Haushalt aufzulösen?«

»Warum?« fragte ich. »Haben Sie mich vermißt, Buddy?«

»Nö«, sagte er, »aber Sie stammen wenigstens aus dem Staat.

Wußten Sie, daß ›Massachusetts‹ Piscataqua für ›Arschloch‹ ist?«

»Sie sind so lustig wie immer«, sagte ich.

»Jau. Ich werde beim Scheiß-Letterman auftreten. Ihm erklären, warum Gott den Möwen Flügel gegeben hat.«

»Warum denn, Buddy?«

»Damit sie es vor den Scheiß-Franzosen zur Müllkippe schaffen.«

Ich nahm eine Zeitung vom Halter und einen Strohhalm für mein Frappé. Dann machte ich einen Umweg zum Münztelefon, klemmte die Zeitung unter den Arm und schlug das Telefonbuch auf. Man konnte tatsächlich damit herumlaufen, es war nicht am Apparat festgebunden. Aber wer würde schließlich auch ein Telefonbuch von Castle County stehlen wollen?

Es gab über zwanzig Devores, was mich nicht sehr überraschte – es ist einer dieser Namen wie Pelkey oder Bowie oder Toothaker, über die man immer wieder stolperte, wenn man hier oben lebte. Ich schätze, es ist überall dasselbe – manche Familien vermehren sich stärker und kommen nicht so herum, das ist alles.

Ein Devore war mit dem Vermerk »RD Wsp Hll Rd« eingetragen, aber keine Mattie, Mathilda, Martha oder M. Ein Lance. Ich studierte das Deckblatt des Telefonbuchs und sah, daß es sich um die Ausgabe 1997 handelte, gedruckt und verschickt, als Matties Mann noch unter den Lebenden weilte. Okay ... aber da war noch etwas mit dem Namen. Devore, Devore, laßt uns die berühmten Devores preisen; wofür seid Ihr, Devore? Aber ich kam nicht darauf, was es war.

Ich aß meinen Hamburger, trank meine flüssige Eiscreme und versuchte nicht zu sehen, was am Fliegenfänger kleben geblieben war.

Während ich darauf wartete, daß die blasse, schweigsame Audrey mir mein Wechselgeld gab (im Village Café konnte man für fünfzig Dollar immer noch eine Woche lang essen ... das heißt, wenn es die Blutgefäße aushielten), las ich den Aufkleber an der Registrierkasse. Ein weiteres Buddy Jellison Special: DER CYBERSPACE HAT MIR SOLCHE ANGST GEMACHT, DASS MIR EIN DOWNLOAD IN DIE HOSE GING. Ich krümmte mich nicht gerade vor Heiterkeit, aber es lieferte immerhin den Schlüssel für *ein*

Rätsel des Tages: warum der Name Devore mir nicht nur bekannt, sondern beziehungsvoll vorgekommen war.

Ich war finanziell gut gestellt, nach den Maßstäben vieler sogar reich. Aber es gab mindestens einen Menschen mit Beziehungen zum TR, der nach den Maßstäben aller reich war, nach den Maßstäben der meisten Einheimischen der Region um den See sogar unanständig reich. Das heißt, wenn er noch aß, atmete und auf Erden wandelte.

»Audrey, lebt Max Devore noch?«

Sie lächelte mir verhalten zu. »Oh, ja-ha. Aber wir sehen ihn nicht oft hier bei uns.«

Das brachte mich zum Lachen, was Buddys gesammelte Scherzaufkleber nicht geschafft hatten. Audrey, die immer einen gelblichen Teint gehabt hatte, inzwischen aber wie eine Anwärterin auf eine Lebertransplantation aussah, kicherte ebenfalls. Buddy warf uns vom anderen Ende der Theke, wo er ein Flugblatt über das NASCAR-Rennen in Oxford Plains las, den mißbilligenden Blick einer Bibliothekarin zu.

Ich fuhr in die Richtung zurück, aus der ich gekommen war. Ein großer Hamburger ist keine gute Mahlzeit mitten an einem heißen Tag; man wird schläfrig und geistig träge. Ich wollte nur nach Hause (ich war noch keine vierundzwanzig Stunden da und betrachtete es schon als mein Zuhause), mich im Schlafzimmer im Nordflügel unter dem kreisenden Ventilator auf das Bett werfen und zwei Stunden schlafen.

Als ich an der Wasp Hill Road vorbeikam, fuhr ich langsamer. Die Wäsche hing lustlos an der Leine, im Vorgarten lagen Spielsachen verstreut, aber der Scout war nicht mehr da. Mattie und Kyra hatten ihre Badehösis angezogen, vermutete ich, und waren zum öffentlichen Strändchen aufgebrochen. Ich mochte sie beide, sogar sehr. Matties kurzlebige Ehe hatte sie wahrscheinlich irgendwie mit Max Devore in Verbindung gebracht, aber wenn ich mir den rostigen Wohnwagen, die ungepflasterte Einfahrt und den vertrockneten Rasen im Vorgarten ansah und an Matties ausgebeulte Shorts und das Woolworth-Top dachte, kam ich zu dem Schluß, daß es keine besonders innige Verbindung sein konnte.

Bevor er sich Ende der achtziger Jahre nach Palm Springs in den Ruhestand zurückgezogen hatte, war Maxwell William Devore eine treibende Kraft der Computerrevolution gewesen. Das ist vorwiegend eine Revolution junger Leute, aber Devore hatte sich als Golden Oldie nicht schlecht geschlagen – er kannte das Spielfeld und beherrschte die Regeln. Er hatte angefangen, als Informationen noch auf Magnetband gespeichert wurden statt auf Mikrochips und ein UNIVAC von der Größe einer Lagerhalle als neuester Stand der Technik galt. Er sprach COBOL fließend und FORTRAN wie ein Eingeborener. Als die Branche so sehr expandierte, daß er nicht mehr mithalten konnte, bis zu dem Punkt expandierte, an dem sie die Welt neu definierte, stellte er die fähigen Köpfe ein, die er brauchte, um sich auf einem Wachstumsmarkt zu behaupten.

Visions, seine Firma, hatte Scannerprogramme entwickelt, die im Handumdrehen Kopien von der Festplatte auf Disketten ziehen konnten; sie hatte Bildgestaltungsprogramme entwickelt, die zur Industrienorm wurden; sie entwickelte Pixel Easel, das Laptopanwendern ermöglichte, mit der Maus zu malen … sogar mit dem Finger zu malen, wenn ihre Maschine mit einem Trackpad ausgerüstet war, das Jo immer als »klitoralen Cursor« bezeichnet hatte. Diese Neuerungen hatte Devore nicht selbst entwickelt, aber er hatte begriffen, daß es entwickelt werden *konnte*, und Leute eingestellt, die das für ihn taten. Er war Inhaber von Dutzenden von Patenten und Mitinhaber von Hunderten. Angeblich war er um die sechshundert Millionen Dollar schwer, je nachdem, wie Technologieaktien an dem betreffenden Tag gehandelt wurden.

Im TR hatte er den Ruf, ein rüder und unangenehmer Zeitgenosse zu sein. Das war nicht überraschend; kann für einen Nazarener irgend etwas Gutes aus Nazareth kommen? Und natürlich wurde ihm nachgesagt, daß er exzentrisch sei. Wenn man den Oldtimern zuhört, die sich an die Reichen und Erfolgreichen in ihren Anfangstagen erinnern (und das behaupten alle Oldtimer von sich), wird man zu hören bekommen, daß sie die Tapete gegessen, den Hund gefickt haben und bei kirchlichen Wohltätigkeitsveranstaltungen in nichts als ihrer verpinkelten Unterwäsche aufgetaucht sind. Selbst wenn das alles für Devore gegolten hätte und wenn er außerdem noch Onkel Dagobert höchstpersönlich gewesen wäre, bezweifelte ich, daß er zwei seiner engeren Verwandten in einem Wohnwagen hätte hausen lassen.

Ich fuhr die Straße oberhalb des Sees hoch, hielt vor meiner Einfahrt und betrachtete das Schild: SARA LACHT, in ein lackiertes Brett eingebrannt, das an einem Baum festgenagelt war. So wird das hier gemacht. Als ich es sah, fiel mir der letzte Traum der Manderley-Serie wieder ein. In diesem Traum hatte jemand den Sticker eines Rundfunksenders darauf geklebt, wie man immer Aufkleber an den Münzsammelkörben der Mautstraßen sehen kann.

Ich stieg aus dem Auto aus, ging zu dem Schild und studierte es gründlich. Kein Sticker. Die Sonnenblumen waren dort unten gewesen und zwischen den Brettern der Veranda herausgewachsen – ich hatte ein Foto in meinem Koffer, das den Beweis dafür lieferte –, aber am Schild des Hauses befand sich kein Aufkleber eines Rundfunksenders. Was genau bewies das? Komm schon, Noonan, reiß dich zusammen.

Ich ging zum Auto zurück – die Tür stand offen, die Beach Boys tönten aus den Lautsprechern –, überlegte es mir anders und ging zu dem Schild zurück. In meinem Traum war der Aufkleber genau über dem RA von SARA und dem LAC von LACHT gewesen. Ich strich mit den Fingern über die Stelle, und sie wurden leicht klebrig. Natürlich hätte das auch der Lack an einem heißen Tag sein können. Oder meine Einbildung.

Ich fuhr zum Haus, parkte, trat die Feststellbremse hinunter (an den Hängen rund um den Dark Score und das runde Dutzend anderer Seen im Westen von Maine tut man das immer) und hörte mir den Rest von »Don't Worry, Baby« an, das ich immer für das beste Stück der Beach Boys gehalten habe, nicht trotz des kitschigen Textes großartig, sondern deswegen. *If you knew how much I love you, baby,* singt Brian Wilson, *nothing could go wrong with you.* Oh Leute, wäre das nicht eine klasse Welt.

Ich saß da, hörte zu und betrachtete den kleinen Schrank an der rechten Seite der Veranda. Dort bewahrten wir unseren Müll auf, um die Waschbären aus der Gegend daran zu hindern, in ihm herumzuwühlen. Selbst Tonnen mit Schnappverschlüssen schaffen das nicht immer; wenn die Waschbären hungrig genug sind, kriegen sie die Verschlüsse mit ihren geschickten kleinen Händen irgendwie auf.

Du wirst doch nicht wirklich das tun, woran du gerade denkst? fragte ich mich. *Ich meine … oder etwa doch?*

Es sah so aus, als würde ich es doch tun – oder es zumindest versuchen. Als die Beach Boys für Rare Earth Platz machten, stieg ich aus dem Auto, öffnete den Schrank und holte zwei Mülltonnen aus Plastik heraus. Ein Mann namens Stan Proulx kam zweimal die Woche, um den Müll zu holen (jedenfalls vor vier Jahren, erinnerte ich mich), jemand aus Bill Deans weitgespanntem Netz von Teilzeitkräften, die schwarz arbeiteten, aber ich ging davon aus, daß Stan wegen des Feiertags nicht hiergewesen war, um den aktuellen Abfall zu holen, und ich hatte recht damit. In jedem Eimer steckten zwei Müllsäcke aus Plastik. Ich zog sie heraus (schalt mich, noch während ich dabei war, einen Narren) und knotete die gelben Bänder auf.

Ich glaube nicht, daß ich so besessen gewesen wäre, einen Sack feuchten Müll auf der Veranda auszuleeren, wäre es darauf hinausgelaufen (natürlich werde ich es nie mit Sicherheit wissen, und vielleicht ist das besser so), aber soweit kam es nicht. Bedenken Sie, vier Jahre hatte niemand in dem Haus gewohnt, und es sind die Bewohner, die Müll produzieren – von Kaffeefiltern bis hin zu gebrauchten Damenbinden. Bei dem Abfall in den Säcken handelte es sich um trockenen Müll, den Brenda Meserves Putzkommando zusammengefegt und hinausgeschafft hatte.

Neun Staubsaugerbeutel enthielten Staub, Schmutz und tote Fliegen von achtundvierzig Monaten. Ich fand haufenweise Papiertücher, die teils nach aromatischer Möbelpolitur rochen, teils nach dem schärferen, aber dennoch angenehmen Aroma von Windex. Ich fand einen schimmligen Matratzenschoner und eine Seidenjacke, die unzweifelhafte Spuren von Mottenfraß aufwies. Um die Jacke war es gewiß nicht schade; sie war ein Ausrutscher meiner frühen Mannesjahre und sah aus wie etwas aus der »I am the Walrus«-Phase der Beatles. *Goo-goo-joob,* Baby.

Ein Kästchen mit Glasscherben ... ein anderes mit unkenntlichem (und wahrscheinlich veraltetem) Installationszubehör ... ein zerrissenes und schmutziges Stück Teppich ... völlig abgenutzte Geschirrtücher, verblaßt und zerfetzt ... die alten Handschuhe, die ich angehabt hatte, wenn ich Burger und Huhn grillte ...

Den Aufkleber fand ich in einem Knäuel ganz unten im zweiten Müllsack. Ich hatte gewußt, daß ich ihn finden würde – von dem Moment an, als ich die leicht klebrige Stelle auf dem Schild entdeckte, hatte ich es gewußt –, aber ich mußte ihn mit eigenen Augen sehen. Ich schätze, aus demselben Grund, weshalb der alte ungläubige Thomas das Blut unter seinen Fingernägeln gebraucht hatte.

Ich legte meinen Fund auf ein Brett der sonnenwarmen Treppe und strich ihn glatt. Er war an den Rändern zerrissen. Wahrscheinlich, vermutete ich, hatte Bill ihn mit einem Messer abgekratzt. Er hatte nicht gewollt, daß Mr. Noonan nach vier Jahren an den See zurückkehrte und feststellen mußte, daß ein bierseliger Bengel den Sticker eines Rundfunksender auf das Schild an seiner Einfahrt gepappt hatte. Jesses, nein, das wär nich schön, mein Gutester. Also war es abgemacht worden und in den Müll gewandert, und nun war es wieder hier, ein weiteres Stück meines Alptraums ans Licht gebracht, und so gut wie unbeschadet. Ich strich mit den Fingern darüber. WBLM, 102.9, PORTLANDS ROCK AND ROLL STATION.

Ich sagte mir, daß ich keine Angst haben mußte. Daß es nichts bedeutete, wie alles andere nichts bedeutete. Dann holte ich den Besen aus dem Schrank, fegte den ganzen Müll wieder zusammen und verstaute ihn in den Plastiksäcken. Den Aufkleber zusammen mit dem ganzen Rest.

Ich ging hinein, um Staub und Schmutz abzuduschen, aber dann fiel mein Blick auf mein Badehöschen, das noch auf einem meiner offenen Koffer lag, und ich beschloß, statt dessen schwimmen zu gehen. Die Badehose war ein fröhliches Exemplar mit schnaubenden Walen darauf, das ich mir auf Key Largo gekauft hatte. Ich glaubte, meiner Freundin mit der Bosox-Mütze hätte sie gefallen. Ich sah auf die Uhr und stellte fest, daß ich meinen Villageburger vor fünfundvierzig Minuten gegessen hatte. Ausreichend, um Verwaltungsarbeit zu erledigen, *kemo sabe*, besonders nach einer kräftezehrenden Schatzsuche im Müllsack.

Ich zog die Badehose an und ging die Treppe aus Eisenbahnschwellen hinunter, die von Sara zum Wasser führte. Meine Gummisandalen klatschten und patschten. Ein paar verspätete Moskitos summten. Der See schillerte still und einladend vor mir unter dem verhangenen Himmel. An seinem Ufer entlang verläuft ein öffentlicher Weg an der gesamten Ostseite des Sees von Norden nach Süden, den die Leute im TR einfach »die Straße« nennen. Würde man am Ende meiner Treppe nach links auf die *Straße* biegen, könnte man bis runter zum Dark-Score-Jachthafen laufen und käme unterwegs an Warrington's und Buddy Jellisons fettigem kleinem Imbiß vorbei ... ganz zu schweigen von vier Dutzend Sommerhäusern, die diskret an bewaldeten Hängen mit Fichten und Kiefern versteckt sind. Rechts hinunter kann man bis Halo Bay laufen, obwohl man einen Tag dafür brauchen würde, so zugewachsen wie die *Straße* heute ist.

Ich blieb einen Moment auf der *Straße* stehen, dann rannte ich los und sprang ins Wasser. Noch während ich mit größter Anmut durch die Luft flog, fiel mir ein, daß ich beim letzten derartigen Sprung die Hand meiner Frau gehalten hatte.

Die Landung geriet beinahe zur Katastrophe. Das Wasser war kalt genug, mich daran zu erinnern, daß ich vierzig war, keine vierzehn, und einen Augenblick blieb mir das Herz in der Brust stehen. Als der Dark Score Lake über meinem Kopf zusammenschlug, war ich fest überzeugt, daß ich nicht mehr lebend an die Oberfläche kommen würde. Man würde mich bäuchlings zwischen dem schwimmenden Floß und meinem kleinen Abschnitt der *Straße* treibend finden, ein Opfer des kalten Wassers und eines fettigen Villageburgers. Sie würden mir »Deine Mutter hat immer gesagt, du sollst mindestens eine Stunde warten« auf meinen Grabstein schreiben.

Dann berührten meine Füße die Steine und die schleimigen Algen, die auf dem Grund wuchsen, mein Herzschlag setzte wieder ein, und ich stieß mich in die Höhe wie ein Spieler, der kurz vor Schluß mit einem letzten Dunk ein knappes Basketballspiel entscheiden will. Als ich durch die Oberfläche brach, schnappte ich nach Luft. Wasser lief mir in den Mund, ich hustete es aus und klopfte mir mit einer Hand auf die Brust, um mein Herz anzuspornen – komm schon, Baby, mach weiter, du schaffst es.

Ich kam auf den Boden zurück, stand bis zur Taille im Wasser und hatte diesen kalten Geschmack im Mund – Seewasser mit einem Beigeschmack von Mineralien, die man neutralisieren mußte, wenn man seine Kleider wusch. Genau das hatte ich geschmeckt, als ich am Rand der Route 68 stand. Ich hatte es geschmeckt, als Mattie Devore mir den Namen ihrer Tochter genannt hatte.

Ich habe einen psychologischen Zusammenhang hergestellt, das ist alles. Von der Ähnlichkeit der Namen über meine tote Frau zu diesem See. Dessen –

»Dessen Wasser ich schon ein- oder zweimal zuvor gekostet habe«, sagte ich laut. Um das zu bekräftigen, schöpfte ich Wasser mit der hohlen Hand – mit das sauberste und klarste im ganzen Staat, wie es in den Analyseprotokollen steht, die ich und alle anderen Mitglieder der sogenannten Western Lakes Association jedes Jahr bekommen – und trank es. Ich erlebte keine Offenbarung, sah keine plötzlichen Bilder im Kopf. Nur Wasser vom Dark Score, erst in meinem Mund, dann in meinem Bauch.

Ich schwamm hinaus zum Floß, kletterte die dreisprossige Leiter an der Seite hoch, legte mich auf die heißen Bretter und war mit einem Mal sehr froh, daß ich gekommen war. Trotz allem. Morgen würde ich anfangen, mir eine Art Leben hier zurechtzuzimmern … es jedenfalls versuchen. Im Augenblick genügte es, halb dösend mit dem Kopf in der Armbeuge dazuliegen und zu wissen, daß die Abenteuer dieses Tages überstanden waren.

Wie sich herausstellen sollte, stimmte das nicht ganz.

In unserem ersten Sommer im TR fanden Jo und ich heraus, daß man das Feuerwerk in Castle Rock von der Veranda über dem See aus sehen konnte. Das fiel mir wieder ein, als es zu dämmern anfing, und ich dachte mir, daß ich die Zeit dieses Jahr im Wohnzimmer verbringen und mir einen Videofilm ansehen würde. Die Erinnerung an all die vielen Dämmerstunden des vierten Juli zu wachzurufen, die wir lachend und Bier trinkend da draußen verbracht hatten, während die großen Raketen explodierten, war keine gute Idee. Ich war auch so einsam genug, auf eine Weise einsam, die mir in Derry gar nicht bewußt geworden war. Doch dann fragte ich mich, warum ich hierhergekommen war, wenn nicht, um mich endlich den Erinnerungen an Johanna zu stellen – allen – und sie liebevoll zur Ruhe zu betten. Die Möglichkeit, wieder zu schreiben, schien mir nie ferner gewesen zu sein als in dieser Nacht.

Es gab kein Bier – ich hatte vergessen, mir entweder im General Store oder im Village Café einen Sechserpack mitzunehmen –, aber dank Brenda Meserve hatte ich Cola. Ich nahm eine Dose Pepsi, machte es mir bequem, um die Lightshow zu betrachten, und hoffte, daß es nicht allzu schmerzlich werden würde. Hoffte, nehme ich an, daß ich nicht weinen würde. Nicht, daß ich mir etwas vormachte; es waren noch ein paar Tränen in mir drin, zugegeben. Ich mußte sie nur hinter mich bringen.

Die erste Explosion der Nacht war gerade verklungen – ein blauer Funkenregen, dessen Knall deutlich hinterherhinkte –, als das Telefon läutete. Das brachte fertig, was der schwachen Explosion über Castle Rock nicht gelungen war – ich zuckte zusammen. Ich überlegte mir, daß es wahrscheinlich Bill Dean war, der sich erkundigen wollte, ob ich mich schon wieder eingelebt hatte.

Im Sommer vor Jos Tod hatten wir ein schnurloses Telefon gekauft, damit wir beim Telefonieren herumlaufen konnten, was wir beide gern machten. Ich ging zur Schiebetür hinein ins Wohnzimmer, drückte den Knopf, mit dem ich den Anruf annahm, und sagte »Hallo, hier spricht Mike«, während ich zu meinem Liegestuhl zurückging und mich setzte. Weit jenseits des Sees explodierten grüne und gelbe Sternenregen unter den tiefen Wolken über Castle View, gefolgt von lautlosen Blitzen, deren Lärm mich in Kürze erreichen würde.

Einen Augenblick herrschte Stille im Hörer, dann sagte eine krächzende Stimme – eine ältliche Stimme, aber nicht die von Bill Dean: »Noonan? Mr. Noonan?«

»Ja?« Ein gewaltiger Goldregen erhellte den Westen und tauchte die Wolken vorübergehend in seinen Glanz. Ich mußte an Reportagen von Preisverleihungen im Fernsehen denken, an die vielen schönen Frauen in ihren Glitzerkleidern.

»Devore.«

»Ja?« wiederholte ich vorsichtig.

»Max Devore.«

Wir sehen ihn nicht oft hier bei uns, hatte Audrey gesagt. Das hatte ich für einen Yankee-Witz gehalten, aber offenbar war es ihr ernst gewesen. Die Wunder hörten nicht auf.

Okay, was nun? Mir fielen keinerlei Konversationsfloskeln ein. Ich hätte ihn fragen können, woher er meine Nummer hatte, die nicht im Telefonbuch stand, aber was hätte es genützt? Wenn man mehr als eine halbe Milliarde Dollar schwer war – wenn es sich wirklich um *den* Max Devore handelte, mit dem ich da redete –, konnte man jede Geheimnummer bekommen, die man wollte.

Ich beließ es dabei, wieder ja zu sagen, diesmal ohne den fragenden Unterton.

Wieder folgte Schweigen. Wenn ich es unterbrach und anfing, Fragen zu stellen, hätte er die Oberhand bei dem Gespräch ... wenn man an diesem Punkt überhaupt von einem Gespräch sprechen konnte. Eine gute Eröffnung, aber ich hatte den Vorteil meiner langen Bekanntschaft mit Harold Oblowski – Harold, dem Meister der bedeutungsschwangeren Pause. Ich blieb stumm sitzen, hielt das kleine schnurlose Telefon ans Ohr und betrachtete die Darbietung im Westen. Rot zerplatzte zu Blau, Grün zu Gold; unsichtbare Frauen in glitzernden, für Preisverleihungen maßgeschneiderten Abendkleidern spazierten über die Wolken.

»Soweit ich weiß, haben Sie heute meine Schwiegertochter kennengelernt«, sagte er schließlich. Er hörte sich ärgerlich an.

»Schon möglich«, sagte ich und versuchte, nicht überrascht zu klingen. »Darf ich fragen, warum Sie anrufen, Mr. Devore?«

»Soweit ich informiert bin, kam es zu einem Zwischenfall.«

Grelle weiße Lichter tanzten am Himmel – es hätten explodierende Raumfahrzeuge sein können. Dann, mit leichter Verzögerung, das Knallen. *Ich habe das Geheimnis der Zeitreise entdeckt,* dachte ich. *Es ist ein auditives Phänomen.*

Meine Hand hielt das Telefon viel zu fest, und ich entspannte sie bewußt. Maxwell Devore. Eine halbe Milliarde Dollars. Nicht in Palm Springs, wie ich vermutet hatte, sondern in der Nähe – genau hier im TR, wenn ich mich auf das charakteristische Summen in der Leitung verlassen konnte.

»Ich mache mir Sorgen um meine Enkelin.« Seine Stimme klang krächzender denn je. Er war wütend, und man merkte es ihm an – er war ein Mann, der es seit vielen Jahren nicht mehr nötig gehabt hatte, seine Gefühle zu verbergen. »Wie ich gehört habe, war meine Schwiegertochter wieder abgelenkt. Sie ist oft abgelenkt.«

Nun erhellten ein halbes Dutzend bunte Sternenreigen die

Nacht und erblühten wie Blumen in einem alten Naturfilm von Disney. Ich konnte mir die Menschen vorstellen, die sich scharenweise auf dem Castle View versammelt hatten, mit übereinandergeschlagenen Beinen auf Decken saßen, Eis leckten, Bier tranken und alle gleichzeitig *Oooooh* machten. Ich glaube, das macht ein erfolgreiches Kunstwerk aus – wenn alle gleichzeitig *Oooooh* machen.

Du hast Angst vor diesem Kerl, nicht? fragte Jo. *Okay, vielleicht tust du gut daran, Angst zu haben. Ein Mann, der glaubt, daß er jederzeit wütend werden kann, wenn er will und auf wen er will … so ein Mann kann gefährlich sein.*

Dann Matties Stimme: *Mr. Noonan, ich bin keine schlechte Mutter. So etwas ist mir noch nie passiert.*

Natürlich sagen die meisten schlechten Mütter unter diesen Umständen so etwas, konnte ich mir vorstellen … aber ich hatte ihr geglaubt.

Außerdem hatte ich eine Geheimnummer, gottverdammt. Ich hatte mit meiner Cola hier gesessen, das Feuerwerk bewundert und niemanden behelligt, und dieser Kerl hatte –

»Mr. Devore, ich habe keine Ahnung, was –«

»Kommen Sie mir nicht damit, bei allem Respekt, kommen Sie mir nicht damit, Mr. Noonan, Sie wurden gesehen, wie Sie mit ihnen gesprochen haben.« Er hörte sich an, wie Joe McCarthy sich für die armen Teufel angehört haben mußte, die als dreckige Kommunisten gebrandmarkt wurden, als sie vor seinem Komitee standen.

Sei vorsichtig, Mike, sagte Jo. *Hüte dich vor Maxwells Silberhammer.*

»Ich habe heute morgen eine Frau und ein kleines Mädchen gesehen und mit ihnen gesprochen«, sagte ich. »Ich nehme an, daß Sie von ihnen sprechen.«

»*Nein*, Sie haben ein Kleinkind *allein* auf der Straße spazierengehen sehen«, sagte er. »Und dann haben Sie eine Frau gesehen, die ihr nachjagte. Meine Schwiegertochter in dieser alten Kiste, die sie fährt. Das Kind hätte überfahren werden können. Warum schützen Sie diese junge Frau, Mr. Noonan? Hat Sie Ihnen etwas versprochen? Dem Kind tun Sie ganz gewiß keinen Gefallen, soviel kann ich Ihnen sagen.«

Sie hat versprochen, mich mit zu ihrem Wohnwagen zu nehmen, und dann einmal um die ganze Welt, ging mir als Antwort durch den Kopf. *Sie hat mir versprochen, die ganze Zeit den Mund aufzumachen, wenn ich meinen halte – wollen Sie das hören?*

Ja, sagte Jo. *Sehr wahrscheinlich will er das hören. Sehr wahrscheinlich will er es glauben. Laß dich nicht von ihm zu deinem High-School-Sarkasmus hinreißen, Mike – du könntest es bedauern.*

Wieso machte ich mir überhaupt die Mühe, Mattie Devore zu schützen? Ich wußte es nicht. Hatte nicht die geringste Ahnung, in was ich mich hier hineinziehen ließ, was das betrifft. Ich wußte nur, sie hatte müde ausgesehen, und das Kind nicht ängstlich oder verschlossen, und es hatte keine Verletzungen gehabt.

»Da *war* ein Auto. Ein alter Jeep.«

»Schon besser.« Befriedigung. Und brennendes Interesse. Fast Gier. »Was hat –«

»Ich schätze, ich bin davon ausgegangen, daß sie gemeinsam mit dem Auto gekommen sind«, sagte ich. Es bereitete mir ein gewisses freudiges Kribbeln, als ich entdeckte, daß meine Erfindungsgabe mich nicht verlassen hatte – ich fühlte mich wie ein Pitcher, der es nicht mehr vor einer Zuschauermenge bringt, in dem alten Hinterhof aber immer noch einen ziemlich guten Bogenwurf hinbekommt. »Das kleine Mädchen hatte vielleicht ein paar Gänseblümchen dabei.« All diese Einzelheiten, als würde ich vor Gericht aussagen und nicht in meinem Liegestuhl sitzen. Harold wäre stolz auf mich gewesen. Nein, Harold wäre entsetzt gewesen, daß ich so ein Gespräch überhaupt führte.

»Ich bin wohl davon ausgegangen, daß sie Wiesenblumen gepflückt haben. Leider erinnere ich mich nicht besonders gut an den Vorfall. Ich bin Schriftsteller, Mr. Devore, und wenn ich fahre, bin ich oft ganz in Gedanken –«

»Sie lügen.« Nun war der Zorn ganz unverhohlen, hell und pulsierend wie ein Geschwür. Es war, wie ich vermutet hatte, nicht sehr schwierig gewesen, diesen Kerl an den guten Umgangsformen vorbeizueskortieren.

»Mr. Devore. Der Computer-Devore, vermute ich?«

»Da vermuten Sie richtig.«

Jos Tonfall und Miene wurden immer kälter, je hitziger ihr nicht unbeträchtliches Temperament wurde. Nun hörte ich, wie ich sie auf eine geradezu unheimliche Weise nachahmte. »Mr. Devore, ich bin es nicht gewohnt, daß ich abends von Männern angerufen werde, die ich nicht kenne, und ich habe auch nicht die Absicht, dieses Gespräch fortzusetzen, wenn ein Mann, der das tut, mich einen Lügner nennt. Guten Abend, Sir.«

»Wenn alles in Ordnung war, warum haben Sie angehalten?«

»Ich bin längere Zeit nicht mehr im TR gewesen und wollte wissen, ob das Village Café noch geöffnet hat. Ach, übrigens – ich weiß nicht, woher Sie meine Telefonnummer haben, aber ich weiß, wo Sie sie hinstecken können. Gute Nacht.«

Ich unterbrach die Verbindung mit dem Daumen und sah das Telefon an, als hätte ich in meinem ganzen Leben so ein Gerät noch nicht gesehen. Die Hand, mit der ich es hielt, zitterte. Mein Herz klopfte heftig; ich konnte es nicht nur in der Brust, sondern an Hals und Handgelenken spüren. Ich fragte mich, ob ich Devore hätte sagen können, daß er sich meine Telefonnummer in den Arsch stecken sollte, wenn ich nicht selbst ein paar Millionen auf der Bank gehabt hätte.

Kampf der Titanen, Liebster, sagte Jo mit ihrer beherrschten Stimme. *Und alles wegen einem Teenager in einem Wohnwagen. Sie hatte nicht einmal nennenswerte Brüste.*

Ich lachte laut auf. Kampf der Titanen? Kaum. Ein alter Räuberbaron der Jahrhundertwende hat einmal gesagt: »Heutzutage hält sich ein Mann mit einer Million für reich.« Dieselbe Meinung hätte Devore wahrscheinlich von mir, und von einem höheren Standpunkt betrachtet hatte er recht.

Ein unnatürliches pulsierendes Farbenspiel erfüllte den ganzen westlichen Himmel. Das war das Finale.

»Was sollte das alles?« fragte ich.

Keine Antwort; nur ein Eistaucher rief über den See. Beklagte sich wahrscheinlich über den ungewohnten Lärm am Himmel.

Ich stand auf, ging hinein und legte das Telefon wieder auf seine Ladestation, wobei mir klar wurde, daß ich damit rechnete, es würde wieder läuten und Devore würde anfangen, Klischees aus Filmen von sich zu geben: *Wenn Sie mir in die Quere kommen, werde ich* und *Ich warne Sie, Freund, tun Sie nichts, was Sie später* und *Ich will Ihnen mal einen guten Rat geben, bevor Sie.*

Das Telefon läutete nicht. Ich kippte mir den Rest der Cola in den Hals, der verständlicherweise trocken war, und beschloß, ins Bett zu gehen. Wenigstens hatte ich nicht draußen auf der Veranda geweint und geheult; Devore hatte mich davor bewahrt. Auf eine unheimliche Weise war ich ihm dankbar.

Ich ging ins Schlafzimmer im Nordflügel, zog mich aus und legte mich hin. Ich dachte an Kyra, das kleine Mädchen, und die Mutter, die ihre ältere Schwester sein konnte. Devore war sauer auf Mattie, soviel stand fest, und wenn ich schon eine finanzielle Unperson für ihn war, was mußte sie dann sein? Und über welche Reserven verfügte sie, wenn er gegen sie angetreten war? Das war im Grunde ein ziemlich unangenehmer Gedanke, und darüber schlief ich ein.

Drei Stunden später stand ich auf, um die Dose Cola zu eliminieren, die ich törichterweise vor dem Zubettgehen gekippt hatte, und als ich vor der Schüssel stand und mit einem offenen Auge pißte, hörte ich das Schluchzen wieder. Ein Kind irgendwo in der Dunkelheit, einsam und verängstigt ... Vielleicht *tat es* aber auch nur, als wäre es einsam und verängstigt.

»Nicht«, sagte ich. Ich stand nackt vor der Kloschüssel und hatte Gänsehaut auf dem Rücken. »Bitte, fang nicht mit dieser Scheiße an, es ist grauenhaft.«

Das Weinen klang ab wie zuvor, es schien sich zu entfernen, als würde etwas in einem Tunnel weggetragen. Ich ging wieder ins Bett, drehte mich auf die Seite und machte die Augen zu.

»Es war ein Traum«, sagte ich. »Nur ein weiterer Manderley-Traum.«

Ich wußte es besser, aber ich wußte auch, ich würde wieder einschlafen, und in dem Augenblick schien das am wichtigsten zu sein. Als ich eindöste, dachte ich mit einer Stimme, die ganz meine eigene war: *Sie ist am Leben. Sara ist am Leben.*

Und dann wurde mir noch etwas klar: Sie gehörte mir. Ich hatte sie wieder für mich beansprucht. Zum Guten oder Bösen, ich war nach Hause gekommen.

Kapitel 9

Am nächsten Morgen um neun Uhr füllte ich mir eine Feldflasche mit Grapefruitsaft und brach zu einem langen Spaziergang auf der *Straße* nach Süden auf. Der Tag war strahlend und schon sehr heiß. Darüber hinaus still – die Art von Stille, wie man sie, glaube ich, nur nach einem samstäglichen Feiertag findet, zu gleichen Teilen aus Heiligkeit und Kater zusammengesetzt. Ich konnte zwei oder drei Fischerboote weit draußen auf dem See sehen, aber kein einziges Motorboot brummte, keine Kinder, die kreischten und im Wasser planschten. Ich kam an einem halben Dutzend Ferienhäuser an den Hängen über mir vorbei, und obwohl sie um diese Jahreszeit wahrscheinlich alle bewohnt waren, sah ich als einzige Hinweise auf Leben nur Badeanzüge, die bei den Passendales über dem Verandageländer hingen, und auf dem kurzen Steg der Rimers ein neongrünes Seepferd, aus dem die Luft zur Hälfte entwichen war.

Aber gehörte das kleine graue Haus der Passendales überhaupt noch den Passendales? Gehörte das lustige kreisrunde Sommerhaus der Batchelders mit seinem Cinemascope-Panoramafenster zum See und den Bergen dahinter noch den Batchelders? Natürlich konnte ich das unmöglich sagen. Vier Jahre können eine Menge Veränderungen bringen.

Ich ging spazieren und versuchte nicht nachzudenken – ein alter Trick aus meinen Tagen als Schriftsteller. Laß deinen Körper arbeiten, den Verstand ruhen, sollen die Jungs im Keller ihren Job machen. Ich kam an Rastplätzen vorbei, wo Jo und ich einst getrunken und gegrillt und gelegentlich an Kartenspielen teilgenommen hatten, ich sog die Stille wie ein Schwamm in mich auf, trank meinen Saft, strich mir mit den Armen den Schweiß von der Stirn und wartete ab, welche Gedanken mir in den Sinn kommen würden.

Der erste war eine seltsame Erkenntnis: daß das weinende Kind in der Nacht irgendwie realer zu sein schien als der Anruf von Max Devore. War ich tatsächlich an meinem ersten Abend im TR von einem reichen und offenbar übellaunigen Techno-Mogul angerufen worden? Hatte besagter Mogul mich im Verlauf des Gesprächs wirklich einen Lügner genannt? (Ich war einer, wenn man die Geschichte bedachte, die ich erzählt hatte, aber darum ging es nicht.) Ich weiß, daß es passiert war, aber es fiel mir leichter, an den Geist des Dark Score Lake zu glauben, der an Lagerfeuern nur das Geheimnisvolle Weinende Kind genannt wurde.

Mein nächster Gedanke – kurz bevor ich meinen Saft austrank – war der, daß ich Mattie Devore anrufen und ihr erzählen sollte, was geschehen war. Ich entschied, daß es ein logischer Impuls, aber wahrscheinlich keine gute Idee war. Ich war zu alt, um an so simple Konstruktionen wie Die Bedrängte Dame Gegen Den Bösen Stiefvater zu glauben … oder, in diesem Fall, den Bösen Schwiegervater. Ich hatte in diesem Sommer selbst Probleme genug und wollte meine Situation nicht unnötig komplizieren, indem ich mich in einen möglicherweise häßlichen Disput zwischen Mr. Computer und Ms. Wohnwagen einmischte. Devore hatte mir den Pelz gegen den Strich gebürstet – und zwar kräftig –, aber das war wahrscheinlich nicht persönlich gemeint, sondern nur aus alter Gewohnheit geschehen. He, manche Typen lassen es bei den Frauen krachen. Wollte ich ihm deswegen auf die Füße treten? Nein. Wollte ich nicht. Ich hatte die kleine Miss Red Sox gerettet, ich hatte unfreiwillig Moms kleine, aber angenehm feste Brust gestreift, ich hatte gelernt, daß Kyra griechisch war und damenhaft bedeutete. Noch mehr zu verlangen wäre geradezu gierig gewesen, bei Gott.

An der Stelle hielt ich inne, sowohl mit Gehen als auch mit Denken, und stellte fest, daß ich den ganzen Weg bis zu Warrington's gegangen war, einem geräumigen Bretterbauwerk, das die Einheimischen manchmal den Country Club nannten. In gewisser Weise war es das auch – es hatte einen Golfplatz mit sechs Löchern, einen Stall und eine Reitbahn, ein Restaurant, eine Bar und bot im Hauptgebäude und in den wie Satelliten ringsum verteilten neun Kabinen etwa drei Dutzend Gästen Unterkunft. Es gab sogar zwei Bowlingbahnen, allerdings mußten die beiden Parteien abwechselnd die Kegel von Hand aufstellen. Warrington's war gegen Anfang des Ersten Weltkriegs gebaut worden. Damit war es jünger als Sara Lacht, aber nicht viel.

Ein langer Steg führte zu einem kleineren Gebäude namens Sunset Bar. Dort versammelten sich die Sommergäste Warrington's am Abend auf Drinks (und manche am Morgen auf Bloody Marys). Und als ich dorthin sah, stellte ich fest, daß ich nicht mehr allein war. Auf der Veranda links von der schwimmenden Bar stand eine Frau und beobachtete mich.

Sie jagte mir einen ziemlichen Schrecken ein. Meine Nerven waren nicht in der besten Verfassung, was wahrscheinlich etwas damit zu tun hatte ... aber ich denke, sie hätte mir in jedem Fall einen Schrecken eingejagt. Teils lag es an ihrer Reglosigkeit. Teils daran, daß sie außergewöhnlich dünn war. Am meisten jedoch an ihrem Gesicht. Haben Sie je dieses Bild von Edvard Munch gesehen, »Der Schrei«? Nun, stellen Sie sich dieses schreiende Gesicht in Ruhe vor, Mund geschlossen und Augen wachsam, dann haben Sie eine ziemlich gute Vorstellung von der Frau, die am Steg stand und die langen Finger einer Hand auf dem Geländer liegen hatte. Obwohl ich gestehen muß, daß mein erster Gedanke nicht *Edvard Munch* war, sondern *Mrs. Danvers*.

Sie schien um die Siebzig zu sein und trug schwarze Shorts über einem schwarzen einteiligen Badeanzug. Die Kombination sah sonderbar förmlich aus, eine Variante des stets beliebten kleinen schwarzen Cocktailkleids. Ihre Haut war weiß wie Sahne, nur nicht über der beinahe flachen Brust und auf den knochigen Schultern. Dort wimmelte es von großen braunen Altersflecken. Ihr Gesicht war ein Keil mit den vorstehenden Wangenknochen eines Totenschädels und einer faltenlosen leuchtenden Stirn. Unter dieser Wölbung lagen ihre Augen in Schattenhöhlen. Weißes Haar hing glatt und schmucklos über ihre Ohren und zu dem vorspringenden Sims des Kinns.

Herrgott, ist sie dünn, dachte ich. *Sie ist nichts als ein Sack voll –*

Da durchlief mich ein Schaudern. Ein heftiges, als würde jemand einen Draht in meine Haut bohren. Ich wollte nicht, daß sie es bemerkte – was für eine Art, einen Sommertag zu beginnen, indem man einen Typ so abstößt, daß er zitternd und mit verzerrtem Gesicht vor einem stand –, daher hob ich die Hand und winkte. Ich versuchte auch zu lächeln. Hallo, Lady, Sie da auf der schwimmenden Bar. Hallo, Sie alter Sack voll Knochen, Sie haben mir eine Scheißangst gemacht, aber dazu braucht es derzeit nicht viel, daher verzeihe ich Ihnen. Wie geht's Ihnen denn so, verdammte Scheiße? Ich fragte mich, ob mein Lächeln für sie so sehr wie eine Grimasse aussah, wie es sich für mich anfühlte.

Sie winkte nicht zurück.

Ich kam mir wie ein Idiot vor – ES GIBT KEINEN DORFTROTTEL HIER, WIR WECHSELN UNS ALLE AB –, beendete das Winken mit einem halbherzigen Salut und ging den Weg zurück, den ich gekommen war. Fünf Schritte, und ich mußte über die Schulter sehen; das Gefühl, daß sie mich beobachtete, war so stark, als würde eine Hand zwischen meine Schulterblätter gedrückt.

Der Steg, wo sie gestanden hatte, war vollkommen leer. Ich kniff die Augen zusammen, weil ich zunächst sicher war, daß sie einfach weiter in die Schatten zurückgewichen sein mußte, den die kleine Fuselhütte warf, aber sie war fort. Als wäre sie selbst ein Geist gewesen.

Sie ist in die Bar gegangen, sagte Jo. *Das weißt du, oder nicht? Ich meine … du* weißt *es doch, richtig?*

»Ja, ja«, murmelte ich und ging weiter auf der *Straße* in nödlicher Richtung, nach Hause. »Natürlich weiß ich es. Wohin sonst?« Nur kam es mir nicht so vor, als hätte sie dazu Zeit gehabt; mir kam es nicht so vor, als hätte sie hineingehen können, ohne daß ich es hörte, selbst barfuß nicht. Nicht an so einem stillen Morgen.

Wieder Jo: *Vielleicht ist sie eine Leisetreterin.*

»Ja«, murmelte ich. Ich führte noch eine Menge Selbstgespräche, bevor dieser Sommer zu Ende ging. »Ja, vielleicht ist sie das. Vielleicht ist sie eine Leisetreterin.« Klar. Wie Mrs. Danvers.

Ich blieb wieder stehen und drehte mich um, aber der öffentliche Weg führte um eine leichte Krümmung des Sees herum, daher konnte ich weder Warrington's noch die Sunset Bar sehen. Und das war auch wirklich ganz gut so.

Auf dem Rückweg versuchte ich, eine Liste aller merkwürdigen Umstände vor und während meiner Rückkehr nach Sara Lacht zusammenzustellen: die wiederkehrenden Träume; die Sonnenblumen; der Aufkleber des Rundfunksenders; das Weinen in der Nacht. Ich dachte, daß meine Begegnung mit Mattie und

Kyra und der anschließende Anruf von Mr. Pixel Easel ebenfalls als merkwürdig eingestuft werden konnten ... aber nicht auf dieselbe Weise wie ein Kind, das man in der Nacht schluchzen hört.

Und was war mit der Tatsache, daß wir in Derry gewesen waren und nicht am Dark Score, als Johanna starb? War das merkwürdig genug für die Liste? Ich wußte es nicht. Ich konnte mich nicht einmal mehr erinnern, warum es so gewesen war. Im Herbst und Winter 1993 hatte ich mich mit einem Drehbuch von *Der Mann im roten Hemd* herumgeschlagen. Im Februar 1994 fing ich mit *Von ganz oben* an, und das beanspruchte fast meine ganze Aufmerksamkeit. Außerdem, die Entscheidung, nach Westen zu fahren, nach Westen zu Sara ...

»Das war Jos Aufgabe«, sagte ich in den Tag hinein, und kaum hörte ich die Worte, wurde mir klar, wie richtig sie waren. Wir liebten das alte Mädchen beide, aber zu sagen: »He, Ire, laß uns die Ärsche lüpfen und ein paar Tage rüber zum TR fahren«, war Jos Aufgabe gewesen. Sie konnte es jederzeit sagen ... aber im Jahr vor ihrem Tod hatte sie es nicht einmal gesagt. Und mir wäre nie eingefallen, es an ihrer Stelle zu sagen. Ich hatte Sara Lacht irgendwie vollkommen vergessen, schien es, sogar als der Sommer kam. War es möglich, sich derart in das Schreiben eines Romans zu vertiefen? Es schien unwahrscheinlich ... aber was für eine andere Erklärung gab es?

Etwas stimmte ganz und gar nicht mit diesem Bild, aber ich wußte nicht, was es war. Da konnte ich grübeln, soviel ich wollte – ich drehte mich im Kreis.

Dabei fiel mir Sara Tidwell und der Text eines ihrer Songs ein. Es existierten keine Platten von ihr, aber ich besaß Blind Lemon Jeffersons Version dieses speziellen Stücks. Eine Strophe ging so:

It ain't nuthin but a barn-dance sugar
It ain't nuthin but a round-and-round
Let me kiss you on your sweet lips sugar
You the good thing that I found.

Ich liebte diesen Song und hatte mich stets gefragt, wie er aus dem Mund einer Frau klingen würde statt aus dem dieses alten

Troubadours mit der Whiskeystimme. Aus Sara Tidwells Mund. Ich wette, sie hatte eine tolle Stimme. Und, Mann, ich wette, sie hatte den Swing drauf.

Ich war wieder an meinem Haus angelangt. Ich schaute mich um, sah niemanden in der unmittelbaren Umgebung (obwohl ich inzwischen das erste Wasserskiboot auf dem See brummen hören konnte), zog mich bis auf die Unterhose aus und schwamm zum Floß hinaus. Ich kletterte nicht hinauf, ließ mich nur daneben treiben, hielt mich mit einer Hand an der Leiter fest und strampelte träge mit den Füßen. Das war durchaus angenehm, aber was sollte ich mit dem Rest des Tages anfangen?

Ich beschloß, meinen Arbeitsplatz im ersten Stock aufzuräumen. Wenn das geschafft war, würde ich mich vielleicht in Jos Atelier umsehen. Das heißt, wenn ich nicht den Mut verlor.

Ich schwamm zurück, paddelte entspannt dahin und hielt den Kopf teils in, teils über dem Wasser, das wie kühle Seide an meinem Körper entlangfloß. Ich kam mir vor wie ein Seeotter. Ich hatte das Ufer fast erreicht, als ich eine Frau auf der *Straße* stehen sah, die mich beobachtete. Sie war so dünn wie die, die ich bei Warrintgon's gesehen hatte ... aber sie war grün. Grün und zeigte die *Straße* hoch nach Norden wie eine Dryade in einer alten Legende.

Ich keuchte, schluckte Wasser und hustete es wieder aus. Ich stand im brusthohen Wasser und wischte mir die nassen Augen ab. Dann lachte ich (zugegeben, ein wenig zweifelnd). Die Frau war grün, weil sie eine Birke war, die ein Stück nördlich von der Stelle wuchs, wo die Stufen meiner Eisenbahnschwellen an der *Straße* aufhörten. Und auch ohne Wasser in den Augen hatte es etwas Unheimliches, wie die Blätter um den elfenbeinfarbenen und schwarzgemusterten Stamm herum beinahe ein Gesicht bildeten. Es war vollkommen windstill, daher war auch das Gesicht vollkommen still (so still, wie das Gesicht der Frau in schwarzen Shorts und Badeanzug gewesen war), aber an einem windigen Tag sah es bestimmt aus, als würde es lächeln oder die Stirn runzeln ... oder vielleicht lachen. Dahinter wuchs eine kümmerliche Kiefer. Ein kahler Zweig zeigte nach Norden. Den hatte ich für einen dünnen Arm und eine knochige, deutende Hand gehalten.

Es war nicht das erste Mal, daß ich mir selbst auf solche Weise

Angst einjagte. Ich sehe mehr als andere, das ist alles. Wenn man genügend Geschichten geschrieben hat, sieht jeder Schatten auf dem Boden wie ein Fußabdruck aus, jede Linie im Sand wie eine geheime Nachricht. Was natürlich die Aufgabe nicht erleichterte, mir darüber klarzuwerden, was wirklich seltsam an Sara Lacht war und was nur seltsam wirkte, weil mein *Verstand* seltsam war.

Ich sah mich um, stellte fest, daß ich diesen Abschnitt des Sees immer noch für mich allein hatte (wenn auch nicht mehr lange; das Bienensummen des ersten Motorboots hatte durch ein zweites und drittes Verstärkung bekommen), und zog die tropfnasse Unterhose aus. Ich wrang sie aus, legte sie auf Shorts und T-Shirt, ging nackt zu den Eisenbahnschwellen und hielt die Kleidungsstücke vor der Brust. Ich tat so, als wäre ich Bunter, der Lord Peter Wimsey Frühstück und die Morgenzeitung brachte. Als ich das Haus betrat, grinste ich wie ein Idiot.

Im ersten Stock herrschte trotz der offenen Fenster eine drückende Hitze, und ich sah den Grund dafür, sobald ich die oberste Treppenstufe erreicht hatte. Jo und ich hatten beide hier oben Zimmer gehabt, sie links (nur ein kleiner Raum, eigentlich nur eine Kammer, aber mit dem Atelier im Norden des Hauses brauchte sie nicht mehr), ich rechts. Am anderen Ende des Flurs befand sich die Gitterschnauze der monströsen Klimaanlage, die wir in dem Jahr nach dem Hauskauf angeschafft hatten. Als ich sie sah, fiel mir auf, daß ich ihr charakteristisches Summen vermißt hatte, ohne daß es mir bewußt geworden war. Ein Schild klebte daran, auf dem stand: *Mr. Noonan: Kaputt. Bläst Heißluft herein, wenn man sie einschaltet & klingt voller Glasscherben. Dean sagt, das benötigte Ersatzteil ist von Western Auto in Castle Rock zugesagt. Das glaube ich, wenn ich es sehe. B. Meserve.*

Über den letzten Satz grinste ich – das war durch und durch Mrs. M. –, dann probierte ich den Schalter. Maschinen reagierten häufig wohlwollend, wenn sie einen mit Penis ausgestatteten Menschen in ihrer unmittelbaren Umgebung wahrnahmen, hatte Jo immer behauptet, aber diesmal nicht. Ich hörte mir vier oder fünf Sekunden an, wie die Klimaanlage knirschte, dann schaltete ich ab. »Das verdammte Ding hat ins Bett geschissen«, wie die Leute im TR zu sagen pflegen. Und bis es repariert war, würde ich hier oben nicht mal Kreuzworträtsel machen.

Ich sah trotzdem in mein Arbeitszimmer, weil ich genauso neugierig darauf war, was ich spüren, wie darauf, was ich finden würde. Die Antwort war: so gut wie nichts. Da war der Schreibtisch, wo ich *Der Mann im roten Hemd* beendet und mir damit selbst bewiesen hatte, daß es beim erstenmal kein Glücksfall gewesen war; da war das Foto von Richard Nixon, der mit erhobenen Armen das doppelte V-Zeichen zeigte, mit der Legende WÜRDEN SIE EINEN GEBRAUCHTWAGEN VON DIESEM MANN KAUFEN? darunter; da war der Teppich, den Jo einen oder zwei Winter, bevor sie die wunderbare Welt der Afghantücher entdeckte, für mich gehäkelt hatte, wonach sie das Häkeln weitgehend aufgab.

Es war nicht gerade das Büro eines Fremden, aber jeder Gegenstand (am meisten die unheimlich leere Oberfläche des Schreibtischs) sagte deutlich, daß es sich um den Arbeitsraum eines früheren Mike Noonan handelte. Menschenleben, hatte ich mal gelesen, werden normalerweise von zwei primären Kräften definiert: Beruf und Ehe. In meinem Leben war die Ehe vorbei und der Beruf anscheinend zum völligen Stillstand gekommen. Angesichts dessen schien es mir nicht seltsam zu sein, daß der Raum, wo ich so viele Tage verbracht hatte, für gewöhnlich in einem Zustand wahren Glücks, wenn ich verschiedene imaginäre Lebensläufe erfand, mir nichts mehr sagte. Ich sah das Büro eines Angestellten vor mir, der gefeuert worden ... oder plötzlich gestorben war.

Ich wollte hinausgehen, doch dann kam mir eine Idee. Der Aktenschrank in der Ecke war vollgestopft mit Papieren – Kontoauszüge (die meisten acht oder zehn Jahre alt), Korrespondenz (überwiegend unbeantwortet), ein paar Fragmente von Storys –, aber ich fand nicht, wonach ich gesucht hatte. Ich ging zum Schrank, wo die Temperatur mindestens vierundvierzig Grad betragen mußte, und in einem Pappkarton, auf den Mrs. M. KLEINGERÄTE geschrieben hatte, förderte ich es zutage – einen Sanyo-Memo-Scriber, den mir Debra Weinstock nach Beendigung unserer Arbeit an meinem ersten Buch für Putnam geschenkt hatte. Er konnte so eingestellt werden, daß er sich einschaltete, wenn man zu reden anfing; er schaltete sich aus, wenn man eine Pause zum Nachdenken machte.

Ich habe Debra nie gefragt, ob ihr dieses Ding einfach ins

Auge gefallen sei und sie gedacht habe: »Nun, ich wette, jedem Bestsellerautor, der etwas auf sich hält, würde es gefallen, so ein Baby zu besitzen«, oder ob es etwas Spezifischeres gewesen sei … vielleicht ein Wink mit dem Zaunpfahl? Zeichnen Sie diese kleinen Faxe aus Ihrem Unterbewußtsein auf, solange sie noch frisch sind, Noonan? Ich hatte es damals nicht gewußt und wußte es jetzt nicht. Aber ich besaß es, ein richtiges Qualitätsdiktaphon, und es waren mindestens ein Dutzend Kassetten im Auto, von mir selbst aufgenommen, damit ich sie mir beim Fahren anhören konnte. Heute abend würde ich eine in den Memo-Scriber einführen, die Lautstärke so hoch stellen, wie es ging, und die Maschine in ihren DIKTAT-Modus schalten. Wenn das Geräusch, das ich inzwischen mindestens zweimal gehört hatte, sich wiederholte, würde ich es auf Band haben. Ich konnte es Bill Dean vorspielen und ihn fragen, wofür *er* es hielt.

Und wenn ich heute nacht das schluchzende Kind höre und die Maschine schaltet sich nicht ein?

»Nun, dann werde ich etwas anderes wissen«, sagte ich zu dem leeren, sonnendurchfluteten Büro. Ich stand mit dem Diktaphon unter dem Arm an der Tür, betrachtete den leergeräumten Schreibtisch und schwitzte wie ein Schwein. »Oder zumindest vermuten.«

Im Vergleich zu Jos Nische auf der anderen Seite des Flurs wirkte mein Arbeitszimmer überfüllt und gemütlich. Jos Kammer war nie vollgestellt gewesen, aber nun war sie nichts anderes mehr als ein quadratischer Raum. Der Teppich war fort, ihre Fotos waren fort, sogar der Schreibtisch war fort. Es sah aus wie ein Heimwerkerprojekt, das aufgegeben worden war, als neunzig Prozent der Arbeit getan waren. Jo war weggeschrubbt worden – *abgekratzt* worden –, und ich verspürte einen Augenblick lang irrationalen Zorn auf Brenda Meserve. Ich dachte daran, was meine Mutter normalerweise sagte, wenn ich aus eigenem Antrieb etwas getan hatte, das sie mißbilligte: »Hast ein bißchen zuviel des Guten getan, nicht wahr?« Dieses Gefühl hatte ich auch bei Jos kleinem Arbeitszimmer: Als Mrs. Meserve es komplett ausgeräumt hatte, hatte sie ein bißchen zuviel des Guten getan.

Vielleicht war es nicht Mrs. M., die aufgeräumt hat, sagte die UFO-Stimme. *Vielleicht war es Jo selbst. Schon mal daran gedacht, Sportsfreund?*

»Das ist Quatsch«, sagte ich. »Warum sollte sie? Ich glaube kaum, daß sie ihren Tod vorhergesehen hat. Wenn man bedenkt, was sie gerade gekauft hatte, einen –«

Aber ich wollte es nicht sagen. Nicht laut. Das schien irgendwie keine gute Idee zu sein.

Ich drehte mich um und wollte das Zimmer verlassen, als mir plötzlich ein bei dieser Hitze erstaunlich kalter Luftzug am Gesicht vorbeistrich. Nicht an meinem Körper; nur am Gesicht. Es war ein höchst außergewöhnliches Gefühl, als würden mir Hände flüchtig, aber sanft Wangen und Stirn tätscheln. Gleichzeitig hörte ich ein Seufzen in den Ohren ... aber das ist nicht ganz richtig. Es war ein Raunen, das an meinen Ohren *vorbei* ging, wie eine hastig geflüsterte Botschaft.

Ich drehte mich um und rechnete damit, daß ich die Vorhänge vor dem Fenster des Zimmers in Bewegung sehen würde ... aber sie hingen vollkommen reglos herab.

»Jo?« sagte ich, und als ich ihren Namen hörte, erschauerte ich so heftig, daß ich beinahe das Diktaphon fallen ließ. »Jo, warst du das?«

Nichts. Keine Phantomhände, die meine Haut streiften, keine Bewegung der Vorhänge ... die ich ganz sicher hätte sehen müssen, wenn da tatsächlich ein Luftzug gewesen wäre. Alles war ruhig. Nur ein großer Mann mit verschwitztem Gesicht und einem Tonbandgerät unter dem Arm, der an der Tür eines unmöblierten Zimmers stand ... aber in diesem Augenblick war ich zum erstenmal wirklich davon überzeugt, daß ich nicht allein in Sara Lacht war.

Und wenn schon? fragte ich mich. *Selbst wenn das stimmen sollte, na und? Gespenster können niemandem etwas tun.*

Das dachte ich damals.

Als ich Jos Atelier (ihr *klimatisiertes* Atelier) nach dem Mittagessen besuchte, war mein Zorn auf Brenda Meserve verraucht – sie hatte doch nicht zuviel des Guten getan. Die wenigen Sachen aus Jos kleinem Büro, an die ich mich besonders erinnerte – das gerahmte Quadrat ihres ersten Afghantuchs, der grüne Flickenteppich, ihr gerahmtes Poster der Wiesenblumen von Maine –, waren dort verstaut, zusammen mit fast allem anderen, woran ich mich erinnerte. Es war, als hätte Mrs. M. eine Botschaft geschickt – *Ich kann Ihre Schmerzen nicht lindern oder Ihre Trauer bekämpfen, und ich kann nicht verhindern, daß die Wunden durch Ihre Rückkehr hierher wieder aufbrechen, aber ich kann alles, was schmerzlich für Sie sein könnte, an eine Stelle packen, damit Sie nicht unerwartet oder unvorbereitet darüber stolpern. Soviel wenigstens kann ich tun.*

Hier waren keine kahlen Wände; hier legten die Wände Zeugnis von Charakter und Kreativität meiner Frau ab. Ich sah Gestricktes (manches ernsthaft, manches aus einer Laune heraus), Batiktücher, Flickenpuppen, die aus dem, was sie »Babycollagen« genannt hatte, herausragten, ein abstraktes Wüstengemälde aus Streifen gelber, schwarzer und orangefarbener Seide, ihre Blumenfotografien, auf dem Bücherregal sogar etwas, das wie eine unvollendete Skulptur von Sara Lacht persönlich aussah. Sie bestand aus Zahnstochern und Lutscherstielen.

In einer Ecke standen ihr kleiner Webstuhl und ein Holzschrank mit einem Schild über dem Türknauf, auf dem zu lesen war: JOS STRICKZEUG! FINGER WEG! In einer anderen stand das Banjo, das sie hatte spielen lernen wollen, dann aber doch aufgegeben hatte, weil ihr die Finger zu sehr weh taten. In der dritten standen ein Kajak und ein paar Rollerblades mit aufgestoßenen Kappen und kleinen purpurnen Pompons an den Enden der Schnürsenkel.

Was meine Aufmerksamkeit jedoch am meisten auf sich zog, war das Ding auf dem alten Rollpult in der Mitte des Zimmers. An den vielen schönen Sommer-, Herbst- und Winterwochenenden, die wir hier verbracht hatten, wäre dieses Pult normalerweise mit Zwirnrollen, Garnfäden, Nadelkissen, Skizzen, vielleicht einem Buch über den spanischen Bürgerkrieg oder berühmte amerikanische Hunde übersät gewesen. Johanna konnte ein Ärgernis sein, jedenfalls für mich, weil sie kein echtes System oder eine Ordnung in dem hatte, was sie tat. Sie konnte auch einschüchternd sein, manchmal sogar überwältigend. Sie war ein brillanter Wirrkopf, und das hatte man ihrem Schreibtisch immer angesehen.

Aber jetzt nicht. Es war denkbar, daß Mrs. M. das Durcheinander darauf aufgeräumt und hingestellt hatte, was jetzt darauf stand, aber völlig unwahrscheinlich. Warum sollte sie das tun? Es ergab keinen Sinn.

Der Gegenstand war mit einer grauen Plastikhaube abgedeckt. Ich streckte die Hand aus, um sie zu berühren, hielt aber vier oder fünf Zentimeter davon entfernt inne, als die Erinnerung an einen alten Traum

(gib das her. Es ist mein Staubfänger)

mir durch den Kopf ging, wie der seltsame Luftzug über mein Gesicht gestrichen war. Dann war sie dahin, und ich zog die Plastikhaube weg. Darunter befand sich meine alte grüne IBM Selectric, die ich seit Jahren nicht mehr gesehen, an die ich seit Jahren nicht mehr gedacht hatte. Ich beugte mich näher hin und wußte, der Kugelkopf würde Courier sein – meine alte Lieblingsschrift –, noch bevor ich ihn sah.

Was, in Gottes Namen, machte meine alte Schreibmaschine hier?

Johanna malte (wenn auch nicht besonders gut), sie machte Fotos (sogar ziemlich gute) und verkaufte sie manchmal, sie strickte, sie häkelte, sie webte und batikte, sie konnte acht oder zehn Grundakkorde auf der Gitarre spielen. Natürlich *konnte* sie schreiben; die meisten Literaturstudenten können das, deshalb studieren sie ja Literatur. Zeigte sie ein flammendes Ausmaß literarischer Kreativität? Nein. Nach einigen Experimenten mit Poesie als Studienanfängerin gab sie diesen speziellen Zweig der Künste als schlechten Job auf. *Du schreibst für uns beide, Mike,* hatte sie einmal gesagt. *Das gehört dir allein; ich probiere ein bißchen von allem anderen.* Angesichts der Qualität ihrer Gedichte, im Gegensatz zu der ihrer Tücher, Fotografien und Stricksachen, dachte ich, daß das eine kluge Entscheidung war.

Aber da stand meine alte IBM. Warum?

»Briefe«, sagte ich. »Sie hat sie unten im Keller oder sonstwo gefunden und gerettet, um Briefe damit zu schreiben.«

Aber das paßte nicht zu Jo. Sie zeigte mir die meisten ihrer Briefe und drängte mich häufig, selbst ein kurzes Postskriptum anzuhängen, indem sie mir Schuldgefühle mit dem alten Sprichwort machte, daß die Kinder von Schustern immer barfuß laufen (»und Freunde von Schriftstellern nie von ihnen hören würden, wenn es Alexander Graham Bell nicht gegeben hätte«, fügte sie meistens hinzu). Ich hatte in der ganzen Zeit, seit wir verheiratet waren, nicht einen getippten Privatbrief meiner Frau gesehen – und sei es nur aus dem Grund, weil sie es unter beschissene Umgangsformen subsumiert hätte. Sie *konnte* tippen und schrieb fehlerfreie Geschäftsbriefe langsam und doch methodisch, aber für diese Aufgabe benutzte sie stets meinen Computer oder ihr eigenes PowerBook.

»Was hast du im Schilde geführt, Liebling?« fragte ich und machte mich daran, ihre Schubladen zu durchsuchen.

Brenda Meserve hatte sich damit größte Mühe gegeben, aber vor Jos grundsätzlicher Natur kapitulieren müssen. Oberflächliche Ordnung (zum Beispiel nach Farben sortierte Zwirnrollen) wichen bald Jos gutem altem Durcheinander. Ich fand soviel Typisches von ihr in diesen Schubladen, daß mir hundert unerwartete Erinnerungen das Herz schwer machten, aber ich fand keine Papiere, die mit meiner alten IBM getippt worden waren, mit oder ohne den Courier-Kugelkopf. Nicht eine einzige Seite.

Als ich mit meiner Jagd fertig war, lehnte ich mich auf meinem Stuhl (*ihrem* Stuhl) zurück und betrachtete das kleine gerahmte Foto auf ihrem Schreibtisch; ich konnte mich nicht erinnern, daß ich es jemals zuvor gesehen hatte. Jo hatte den Abzug wahrscheinlich selbst gemacht (das Original stammte vermutlich vom Dachboden eines Einheimischen) und ihn dann mit der Hand ausgemalt. Das Endergebnis sah aus wie ein von Ted Turner kolorierter Steckbrief.

Ich hob das Foto auf und strich nachdenklich mit dem Daumen über die Glasplatte. Sara Tidwell, Bluessängerin der Jahrhundertwende, deren letzter bekannter Aufenthaltsort genau hier im TR-90 gewesen war. Als sie und ihre Leute – manche von ihnen Freunde, die meisten Verwandten – das TR verlassen hatten, waren sie eine Weile nach Castle Rock gezogen ... und waren dann einfach verschwunden wie eine Wolke am Horizont oder Nebel an einem Sommermorgen.

Sie lächelte nur ein wenig auf diesem Bild, aber das Lächeln war schwer zu deuten. Die Augen hatte sie halb geschlossen. Die Kordel ihrer Gitarre – kein Band, sondern eine Kordel – war über einer Schulter zu sehen. Im Hintergrund konnte ich einen Schwarzen erkennen, der eine Melone im absolut tödlichen Winkel auf dem Kopf trug (eines muß man Musikern lassen: Sie wissen wirklich, wie man Hüte trägt) und neben etwas stand, das wie ein Waschzuber-Baß aussah.

Jo hatte Saras Haut in einem Milchkaffee-Ton gefärbt, vielleicht aufgrund von anderen Bildern, die sie gesehen hatte (es sind einige im Umlauf, die meisten zeigen Sara mit nach hinten gelegtem Kopf und Haaren, die fast bis zur Taille hängen, während sie ihr berühmtes sorgloses schallendes Lachen hinausbellt), obwohl keines davon farbig gewesen sein kann. Nicht um die Jahrhundertwende. Und Sara Tidwell hatte nicht nur auf alten Fotos ihre Spuren hinterlassen. Ich erinnerte mich, wie mir Dickie Brooks, der Besitzer der All-Purpose Werkstatt, einmal erzählt hatte, sein Vater behauptete, er hätte eines Tages einen Teddybär am Schießstand des Jahrmarkts von Castle County gewonnen und ihn Sara Tidwell gegeben. Sie hatte es ihm, sagte Dickie, mit einem Kuß vergolten. Laut Dickie hat es der alte Mann nie vergessen und gesagt, es wäre der beste Kuß seines Lebens gewesen ... allerdings bezweifle ich, daß er das je in Hörweite seiner Frau gesagt hat.

Auf diesem Foto lächelte sie nur. Sara Tidwell, bekannt als Sara Lacht. Nie auf Platte festgehalten, aber ihre Songs hatten trotzdem überlebt. Einer davon, »Walk Me Baby«, wies bemerkenswerte Ähnlichkeit mit »Walk This Way« von Aerosmith auf. Heute würde man die Dame als Afroamerikanerin bezeichnen. 1984, als Johanna und ich die Hütte kauften und uns deshalb für sie interessierten, hätte man sie eine Schwarze genannt. Zu ihrer Zeit würde man sie Negerin oder Darkie oder womöglich Farbige genannt haben. Und natürlich Nigger. Eine Menge Leute hätten sich diese Freiheit genommen. Und glaubte ich, daß sie Dickie Brooks' Vater – einen weißen Mann – vor dem halben Castle County geküßt hätte? Nie und nimmer. Aber wer konnte es mit Sicherheit sagen? Niemand. Das war das Hinreißende an der Vergangenheit.

»It ain't nuthin but a barn-dance, sugar«, sang ich und stellte das Bild wieder auf den Schreibtisch. *»It ain't nuthin but a round-and-round.«*

Ich nahm die Abdeckhaube zur Hand, beschloß aber, die Maschine unbedeckt zu lassen. Als ich aufstand, fiel mein Blick wieder auf Sara, die mit geschlossenen Augen dastand und die Kordel, die ihr als Gitarrenband diente, sichtbar über der Schulter trug. Etwas an ihrem Gesicht und ihrem Lächeln war mir stets vertraut vorgekommen, und plötzlich fiel es mir ein. Sie hatte eine seltsame Ähnlichkeit mit Robert Johnson, dessen primitive Griffe hinter den Akkorden von fast jedem Song von Led Zeppelin und den Yardbirds lauerten, der jemals aufgenommen wurde. Robert Johnson, der, so wollte es die Legende, zur Wegkreuzung gegangen war und dem Teufel für sieben Jahre schnelles Leben, hochprozentigen Fusel und Straßenbabys seine Seele verkauft hatte. Und natürlich für die Unsterblichkeit in den Musikschuppen. Die er bekommen hatte. Robert Johnson, angeblich wegen einer Frau vergiftet.

Am Spätnachmittag ging ich zum Laden hinunter und entdeckte eine leckere Flunder in der Eistheke. Sah ganz nach einem Abendessen aus. Ich kaufte eine Flasche Weißwein dazu, und als ich an der Kasse in der Schlange wartete, meldete sich eine zitternde Altmännerstimme hinter mir zu Wort. »Hab' gesehn, wie Sie gestern 'ne neue Freundin gefunden ham.« Der Yankeeakzent war so breit, daß er sich fast wie eine Parodie anhörte ... aber der Akzent ist eigentlich nur ein Aspekt davon; hauptsächlich, zu der Überzeugung bin ich gekommen, ist es dieser singende Tonfall – waschechte Mainer hören sich alle wie Marktschreier an.

Ich drehte mich um und sah den alten Tattergreis, der tags zuvor auf dem Asphalt vor der Werkstatt gestanden hatte und zusammen mit Dickie Brooks Zeuge geworden war, wie ich Kyra, Mattie und Scoutie kennengelernt hatte. Er hatte immer noch den Gehstock mit dem goldenen Griff, und jetzt erkannte ich ihn. Irgendwann in den fünfziger Jahren hatte die *Boston Post* jedem County in den Staaten von Neuengland einen dieser Stöcke gestiftet. Sie wurden den ältesten Einwohnern gegeben und von einem alten Knacker an den nächsten weitergegeben. Und der Witz daran war, daß die *Post* schon vor Jahren den Löffel abgegeben hatte.

»Eigentlich zwei neue Freundinnen«, antwortete ich und versuchte, seinen Namen auf die Reihe zu bekommen. Ich schaffte es nicht, kannte ihn aber aus der Zeit, als Jo noch gelebt hatte und er einen der Plüschsessel in Dickies Aufenthaltsraum plattdrückte und über Wetter und Politik, Politik und Wetter diskutierte, während die Hämmer zuschlugen und der Kompressor tuckerte. Ein Stammgast. Und wenn dort draußen auf dem Highway 68 etwas passierte, war er bei Gott da, es zu sehen.

»Hab' gehört, Mattie Devore kann 'ne richtig Süße sein«, sagte er, und eines seiner verklebten Lider zuckte herab. Ich habe zu meiner Zeit eine Menge anzügliches Blinzeln gesehen, aber keins konnte es auch nur annähernd mit dem aufnehmen, das mir der alte Mann mit dem goldenem Griff an seinem Gehstock zuteil werden ließ. Ich verspürte den heftigen Wunsch, ihm seine blasse Hakennase abzuschlagen. Sie würde sich wahrscheinlich mit dem Geräusch eines trockenen Zweigs, den man über dem angezogenen Knie zerbricht, von seinem Gesicht verabschieden.

»Hörst du viel, Oldtimer?« fragte ich.

»Oh, jau!« sagte er. Seine Lippen – dunkel wie Leberstreifen – teilten sich zu einem Grinsen. Weiße Flecken überzogen sein Zahnfleisch. Im oberen steckten noch zwei gelbe Zähne, im unteren zwei weitere. »Und sie hat die Kleine – ein Schätzchen, das ist sie! Jau!«

»Ein Schätzchen wie ein Miezekätzchen«, stimmte ich zu.

Er blinzelte mich an und schien überrascht, diesen alten Spruch aus einem wahrscheinlich neumodischen Mund zu hören, dann wurde das abstoßende Grinsen breiter. »Paßt aber nich auf sie auf«, sagte er. »Baby bestimmt, wie der Hase läuft, was sagt man dazu.«

Mir fiel auf – besser spät als nie –, daß uns ein halbes Dutzend Leute beobachteten und zuhörten. »Den Eindruck hatte ich nicht«, sagte ich und hob die Stimme ein wenig. »Nein, den Eindruck hatte ich ganz und gar nicht.«

Er grinste nur ... dieses Altmännergrinsen, das sagte: *Oh, jau, mein Lieber; ich kenn' 'nen Spruch, der ist doppelt soviel wert.*

Ich verließ den Laden und machte mir Sorgen um Mattie Devore. Mir schien, als kümmerten sich zu viele Leute um ihre Angelegenheiten.

Als ich nach Hause kam, nahm ich die Flasche Wein in die Küche – zum Kühlen –, während ich den Grill auf der Veranda anwarf. Vor der Kühlschranktür blieb ich stehen. Schätzungsweise vier Dutzend Magneten waren wahllos darauf verteilt worden – Gemüse, Obst, Plastikbuchstaben und Zahlen, sogar eine gute Auswahl kalifornischer Rosinen –, aber ihre Anordnung war nicht mehr wahllos. Jetzt bildeten sie einen Kreis auf der Kühlschranktür. Jemand war hier drinnen gewesen. Jemand war hereingekommen und hatte ...

Die Magneten auf der Kühlschranktür verschoben? Wenn ja, handelte es sich um einen Einbrecher, der noch eine Menge dazulernen mußte. Ich berührte einen davon – zaghaft, nur mit der Fingerspitze. Dann wurde ich plötzlich wütend auf mich und verteilte sie wieder mit solcher Wucht, daß ein paar auf den Boden fielen. Ich hob sie nicht auf.

In dieser Nacht stellte ich, bevor ich ins Bett ging, den Memo-Scriber unter Bunter den Großen Ausgestopften Elch, schaltete ihn ein und stellte ihn auf DIKTAT-Modus. Dann schob ich eine meiner alten selbstbespielten Kassetten hinein, stellte das Zählwerk auf Null und ging ins Bett, wo ich traumlos und ohne Unterbrechung acht Stunden schlief.

Der nächste Tag, Montag, war einer der Tage, um derentwillen Touristen nach Maine kommen – die Luft so sonnenklar, daß die Hügel auf der anderen Seite des Sees leicht vergrößert wirkten. Mount Washington, der höchste Berg von Neuengland, schwebte in größter Ferne.

Ich setzte Kaffee auf und ging pfeifend ins Wohnzimmer. An diesem Vormittag kamen mir die Hirngespinste der vergangenen Tage albern vor. Dann verstummte mein Pfeifen. Das Zählwerk des Memo-Scribers, das ich vor dem Zubettgehen auf 000 gestellt hatte, zeigte jetzt 012.

Ich spulte zurück, zögerte mit dem Finger über der PLAY-Taste, sagte mir (mit Jos Stimme), ich solle kein Narr sein, und drückte sie.

»*Oh, Mike*«, flüsterte eine Stimme – fast wehklagend – auf dem Band, und ich mußte mir einen Handballen auf den Mund pressen, um nicht zu schreien. Das hatte ich in Jos Arbeitszimmer gehört, als mir der Luftzug über das Gesicht gestrichen war … aber jetzt wurden die Worte langsam genug gesprochen, daß ich sie verstehen konnte. »*Oh, Mike*«, sagte die Stimme wieder. Ein leises Klicken. Die Maschine hatte einige Zeit abgeschaltet. Dann noch einmal, im Wohnzimmer gesprochen, während ich im Nordflügel geschlafen hatte: »*Oh, Mike.*«

Danach nichts mehr.

Kapitel 10

Gegen neun Uhr kam ein Pickup die Einfahrt herunter und parkte hinter meinem Chevrolet. Der Lastwagen war neu – ein Dodge Ram, so sauber und chromglänzend, daß es aussah, als wären die roten Nummernschilder erst an diesem Morgen abgeschraubt worden –, aber er hatte denselben gebrochen weißen Farbton wie der alte, und an die Aufschrift an der Fahrertür konnte ich mich auch noch erinnern: WILLIAM »BILL« DEAN – CAMPINGPLATZWARTUNG – HAUSMEISTER – TISCHLERARBEITEN, darunter seine Telefonnummer. Ich ging mit der Kaffeetasse in der Hand auf die hintere Veranda, um ihn zu begrüßen.

»Mike!« rief Bill und kletterte von seinem Platz hinter dem Lenkrad herunter. Yankeemänner umarmen sich nicht – das ist ein Axiom, das man in eine Reihe stellen kann mit harte Kerle tanzen nicht, und richtige Männer essen keine Quiche –, aber Bill schüttelte mir die Hand so heftig, daß Kaffee fast aus der Tasse schwappte, die zu drei Vierteln leer war, und gab mir einen kräftigen Klaps auf den Rücken. Sein Grinsen zeigte ein herrlich auffallendes Gebiß – die Sorte, die man früher Roebucker nannte, weil man es im Versandkatalog bestellen konnte. Mir kam der Gedanke, daß mein steinalter Gesprächspartner im Lakeview General Store auch eines hätte brauchen können. Es hätte die Mahlzeiten sicher einfacher für den neugierigen alten Pisser gemacht. »Mike, Sie sind ein wohltuender Anblick für meine entzündeten Augen!«

»Ich freue mich auch, Sie zu sehen«, sagte ich grinsend. Und es war kein falsches Grinsen; es fühlte sich echt an. Was bei einem Gewitter um Mitternacht in der Lage ist, einem eine Scheißangst einzujagen, wirkt im Licht eines Sommermorgens in den meisten Fällen nur noch interessant. »Sie sehen gut aus, mein Freund.«

Das stimmte. Bill war vier Jahre älter und ein bißchen grauer an den Rändern, aber sonst unverändert. Fünfundsechzig? Siebzig? Unwichtig. Er hatte kein ungesundes wächsernes Aussehen, kein eingefallenes Gesicht, besonders um Augen und Wangen, das ich stets mit fortgeschrittener Gebrechlichkeit in Verbindung bringe.

»Sie aber auch«, sagte er und ließ meine Hand los. »Das mit Jo hat uns allen so leid getan, Mike. Die Leute in der Stadt haben große Stücke auf sie gehalten. Es war ein Schock, wo sie doch so jung war. Meine Frau hat mich gebeten, Ihnen ihr ganz besonderes Beileid auszurichten. Jo hat ihr in dem Jahr, als sie die Lungenentzündung hatte, ein Afghantuch gemacht, und das hat Yvette nie vergessen.«

»Danke«, sagte ich, und einen oder zwei Augenblicke war meine Stimme nicht ganz meine eigene. Es schien, als wäre meine Frau im TR überhaupt nicht tot. »Und danke auch an Yvette.«

»Jau. Alles okay im Haus? Abgesehen von der Klimaanlage, mein' ich. Das verdammte Ding! Die von Western Auto haben mir das Teil für letzte Woche versprochen, und jetzt sagen sie, möglicherweise nicht vor dem ersten August.«

»Macht nichts. Ich hab' mein PowerBook dabei. Wenn ich es benutzen will, genügt der Küchentisch als Schreibtisch.« Und ich *würde* es benutzen wollen – so viele Kreuzworträtsel, so wenig Zeit.

»Heißwasser okay?«

»Alles bestens, aber ich habe ein Problem.«

Ich verstummte. Wie sagte man einem Hausmeister, daß man glaubte, im Haus würde es spuken? Wahrscheinlich gab es keine gute Methode; die beste Methode war möglicherweise, es frei heraus zu sagen. Ich hatte Fragen, wollte aber nicht um den heißen Brei herumreden und zimperlich sein. Unter anderem, weil Bill das spüren würde. Er hatte sein Gebiß vielleicht im Katalog bestellt, aber dumm war er nicht.

»Was bedrückt Sie, Mike? Schießen Sie los.«

»Ich weiß nicht, wie Sie darauf reagieren werden, aber –«

Er lächelte wie ein Mann, dem plötzlich alles klargeworden ist, und hob die Hand. »Ich schätze, ich weiß es schon.«

»Wirklich?« Ich verspürte eine immense Erleichterung und konnte kaum erwarten herauszufinden, was er in Sara erlebt hatte – vielleicht, während er eine kaputte Glühbirne wechselte oder sich vergewisserte, ob das Dach wirklich die Schneelast trug. »Was haben *Sie* gehört?«

»Hauptsächlich das, was Royce Merrill und Dickie Brooks herumerzählt haben«, sagte er. »Darüber hinaus nicht viel. Vergessen Sie nicht, Mutter und ich sind in Virginia gewesen. Sind erst gestern abend gegen acht zurückgekommen. Trotzdem ist es natürlich das große Thema unten im Laden.«

Einen Augenblick blieb ich derart auf Sara Lacht fixiert, daß ich keine Ahnung hatte, wovon er redete. Ich konnte nur daran denken, daß sich die Leute das Maul über die seltsamen Geräusche in meinem Haus zerrissen. Dann klingelte es beim Namen Royce Merrill, und alles andere klingelte mit. Merrill war das alte Opossum mit dem goldgeschmückten Gehstock und dem anzüglichen Blinzeln. Old Vierzahn. Mein Hausmeister sprach nicht von geisterhaften Geräuschen; er sprach von Mattie Devore.

»Holen wir uns eine Tasse Kaffee«, sagte ich. »Sie müssen mir erzählen, in was ich da hineingeraten bin.«

Als wir auf der Terrasse saßen, ich mit frischem Kaffee und Bill mit einer Tasse Tee (»Kaffee brennt bei mir heutzutage an beiden Enden«, sagte er), bat ich ihn, mir zuerst die Royce-Merrill/Dickie-Brooks-Version meiner Begegnung mit Mattie und Kyra zu schildern.

Es war besser, als ich erwartet hatte. Die beiden alten Männer hatten mitbekommen, wie ich mit dem kleinen Mädchen auf dem Arm am Straßenrand stand, und meinen Chevy gesehen, der mit offener Fahrertür halb im Straßengraben parkte, aber offenbar hatten sie nicht gesehen, wie Kyra den weißen Mittelstreifen der Route 68 als Hochseil benutzte. Aber wie um das wettzumachen, behauptete Royce, daß Mattie mir eine innige Umarmung – *mein Held* – gewährt und einen Kuß auf den Mund gegeben hatte.

»Hat er auch mitgekriegt, wie ich sie in den Hintern gekniffen und ihr die Zunge in den Mund gesteckt habe?« fragte ich.

Bill grinste. »So verwegen ist Royces Phantasie nicht mehr gewesen, seit er fünfzig war, und das ist vierzig oder mehr Jahre her.«

»Ich habe sie nicht berührt.« Nun ... da war dieser Augenblick, als mein Handrücken ihre Brust streifte, aber das war unabsichtlich geschehen, was die junge Dame auch immer denken mochte.

»Scheiße, das müssen Sie mir nicht erzählen«, sagte er. »*Aber* …«

Er sagte dieses *Aber* so, wie es meine Mutter immer gesagt hatte, ließ es davonschweben wie den Schwanz eines todgeweihten Drachens.

»Aber was?«

»Sie wären gut beraten, ihr aus dem Weg zu gehen«, sagte er. »Sie ist nett – fast eine Unschuld vom Lande, wissen Sie –, aber sie macht Ärger.« Er machte eine Pause. »Nein, das ist ihr gegenüber nicht fair. Sie *hat* Ärger.«

»Der alte Mann will das Sorgerecht für das Kind, richtig?«

Bill stellte die Teetasse auf dem Geländer ab und sah mich mit hochgezogenen Brauen an. Spiegelungen vom See huschten wie Wellen über sein Gesicht und verliehen ihm ein exotisches Aussehen. »Woher wissen Sie das?«

»Eine Vermutung, aber eine von der begründeten Sorte. Ihr Schwiegervater hat mich Samstag abend während des Feuerwerks angerufen. Er ist zwar nicht offen damit herausgerückt, was er eigentlich wollte, aber ich bezweifle, daß Max den weiten Weg ins TR-90 auf sich genommen hat, um Jeep und Wohnwagen seiner Schwiegertochter reparieren zu lassen. Also, wie lautet die Geschichte, Bill?«

Einige Zeit sah er mich nur an. Es war fast der Blick eines Mannes, der weiß, daß sein Gegenüber sich mit einer schweren Krankheit angesteckt hat, aber nicht sicher ist, wieviel er ihm sagen soll. Es machte mich durch und durch nervös, so angesehen zu werden. Außerdem gab es mir das Gefühl, als würde ich Bill Dean in eine unangenehme Lage bringen. Immerhin hatte Devore hier seine Wurzeln. Und ich nicht, wie gut Bill mich auch leiden konnte. Jo und ich waren von auswärts. Es könnte schlimmer sein – ich hätte aus Massachusetts oder New York stammen können –, aber Derry, wenn auch in Maine, war trotzdem auswärts.

»Bill? Ich könnte ein klein wenig Navigationshilfe brauchen, wenn Sie –«

»Sie sollten ihm aus dem Weg gehen«, sagte er. Das unbekümmerte Lächeln war verschwunden. »Der Mann ist verrückt.«

Einen Augenblick dachte ich, Bill wollte damit nur sagen, daß Devore ein bißchen exzentrisch war, aber dann sah ich ihm noch einmal ins Gesicht. Nein, entschied ich, er meinte nicht exzentrisch; er meinte »verrückt« im wortwörtlichen Sinne.

»Inwiefern verrückt?« fragte ich. »Verrückt wie Charles Manson? Wie Hannibal Lecter? Wie?«

»Sagen wir, wie Howard Hughes«, antwortete er. »Schon mal die Geschichten über ihn gelesen? Was er alles angestellt hat, um zu bekommen, was er wollte? Es spielte keine Rolle, ob es sich um eine spezielle Art von Hot Dog handelte, die es nur in L. A. gab, oder um einen Flugzeugkonstrukteur, den er Lockheed oder McDonnell-Douglas ausspannen wollte, er mußte haben, was er wollte, und gab keine Ruhe, bis er es hatte. Devore ist genauso. Und immer gewesen – schon als Junge war er eigensinnig, wenn man den Geschichten glauben darf, die man im Ort hört.

Mein eigener Dad hatte eine, die er immer erzählte. Er sagte, der kleine Max Devore sei eines Nachts in den Geräteschuppen von Scant Larribee eingebrochen, weil er den Flexible-Flyer-Schlitten haben wollte, den Scant seinem Sohn Scooter zu Weihnachten geschenkt hatte. Das muß um 1923 gewesen sein. Devore hat sich beide Hände an Glasscherben aufgeschnitten, sagte Dad, aber er bekam den Schlitten. Sie fanden ihn gegen Mitternacht, als er den Sugar Maple Hill runterfuhr und sich dabei die Hände an die Brust drückte. Seine Fäustlinge und der Schneeanzug waren vollkommen blutig. Man hört noch andere Geschichten über Maxie Devore als Kind – wenn Sie fragen, wird man Ihnen fünfzig verschiedene erzählen –, und einige könnten sogar wahr sein. Die mit dem Schlitten *ist* wahr. Darauf würde ich die Farm wetten. Weil mein Vater nicht gelogen hat. Das verstieß gegen seine Religion.«

»Baptist?«

»Nein, Sir. Yankee.«

»1923 ist viele Monde her, Bill. Manchmal ändern sich die Leute.«

»Jau, aber meistens nicht. Ich habe Devore nicht gesehen, seit er zurückgekommen und im Warrington's abgestiegen ist, daher kann ich es nicht mit Sicherheit sagen, aber ich habe so einiges gehört, das mich zu der Überzeugung bringt, *wenn* er sich verändert hat, dann zum Schlechteren. Er ist nicht quer durch das halbe Land gereist, weil er Urlaub machen wollte. Er will das *Kind*. Für ihn ist das Mädchen nur eine andere Version von Scooter Larribees Flexible Flyer. Und ich gebe Ihnen den guten Rat, seien Sie nicht die Fensterscheibe zwischen ihm und ihr.«

Ich trank meinen Kaffee und sah über den See. Bill ließ mir Zeit zum Nachdenken und kratzte derweil mit den Stiefeln einen Platscher Vogelscheiße von den Dielen. Krähenscheiße, schätzte ich; nur Krähen scheißen in derart langen und üppigen Spritzern.

Eines schien absolut sicher; Mattie Devore steckte ohne Schwimmweste bis Oberkante Unterlippe in der Scheiße. Ich bin nicht mehr der Zyniker, der ich mit zwanzig war – ist das überhaupt jemand? –, aber auch nicht naiv genug oder idealistisch genug zu glauben, daß das Gesetz Ms. Wohnwagen vor Mr. Computer schützen würde ... nicht, wenn Mr. Computer beschloß, unfair zu spielen. Als Junge hatte er den Schlitten gestohlen, den er wollte, und war um Mitternacht Schlitten gefahren, ohne sich um seine blutenden Hände zu kümmern. Und als Mann? Als alter Mann, der in den letzten vierzig Jahren oder so jeden Schlitten bekommen hatte, den er wollte?

»Was ist das für eine Geschichte mit Mattie, Bill? Erzählen Sie es mir.«

Er brauchte nicht lange. Geschichten vom Land sind im großen und ganzen einfache Geschichten. Was nicht heißen soll, daß sie nicht oft interessant sind.

Mattie Devore hatte ihr Leben als Mattie Stanchfield begonnen, nicht direkt aus dem TR, sondern von Motton, gleich jenseits der Grenze. Ihr Vater war Holzfäller gewesen, ihre Mutter Heimkosmetikerin (was es auf eine gräßliche Weise zur perfekten Land-Ehe machte). Vier Kinder. Als Dave Stanchfield drüben in Lovell eine Kurve nicht bekam und einen vollbeladenen Holzlaster in den Kewadin Pond fuhr, verlor seine Witwe den Lebensmut, wie man so sagt. Sie starb kurze Zeit später. Es gab keine Versicherung, abgesehen von denen, die Stanchfield für seinen Lastwagen und seinen Stammholzschlepper hatte abschließen müssen.

Wie bei den Brüdern Grimm, oder? Ließ man die Spielzeuge von Fisher-Price hinter dem Haus weg, die beiden Trockenhauben im Schönheitssalon im Keller und die alte Rostbeule von einem Toyota in der Einfahrt, war man genau da: *Es waren einmal eine arme Witwe und ihre drei Kinder.*

Mattie ist die Prinzessin der Geschichte – arm, aber wunderschön (daß sie wunderschön war, konnte ich persönlich bezeugen). Auftritt: der Prinz. In diesem Fall ein schlaksiger stotternder Rotschopf namens Lance Devore. Das Kind von Max Devores Lebensabend. Als Lance Mattie begegnete, war er einundzwanzig. Sie war gerade siebzehn geworden. Sie lernten sich im Warrington's kennen, wo Mattie einen Sommerjob als Kellnerin ergattert hatte.

Lance Devore wohnte auf der anderen Seeseite an der Upper Bay, aber dienstags abends fanden Softballturniere bei Warrington's statt, Einheimische gegen Sommergäste, und er ruderte für gewöhnlich mit dem Kanu hin, um daran teilzunehmen. Softball ist eine große Sache für die Lance Devores dieser Welt; wenn man mit einem Schläger in der Hand auf der *Home Plate* steht, spielt es keine Rolle, ob man schlaksig ist. Und schon gar nicht, ob man stottert.

»Er hat sie drüben bei Warrington's ziemlich verwirrt«, sagte Bill. »Sie wußten nicht, in welche Mannschaft sie ihn stecken sollten – Einheimische oder Auswärtige. Lance war es egal; ihm war jede Seite recht. Ein paar Wochen spielte er für die eine Seite, ein paar Wochen für die andere. Und beide waren froh, ihn zu haben, weil er eine Tonne schlagen und wie ein Engel fangen konnte. Normalerweise haben sie ihn oft an der ersten *Base* eingesetzt, weil er groß war, aber das war eine Verschwendung. An der zweiten oder als Shortstop … Mann! Er sprang und wirbelte herum wie dieser Noriega.«

»Sie meinen Nurejew«, sagte ich.

Er zuckte die Achseln. »Wichtig ist, er bot einen tollen Anblick. Und die Leute mochten ihn. Er paßte dazu. Wissen Sie, es spielen überwiegend junge Leute, und bei denen geht es darum, was man kann, nicht wer man ist. Außerdem haben die meisten keinen blassen Schimmer, wer Max Devore ist.«

»Es sei denn, sie lesen das *Wall Street Journal* und die Computerzeitschriften«, sagte ich. »In denen findet man den Namen Devore etwa so oft wie den Namen Gottes in der Bibel.«

»Kein Quatsch?«

»Nun, ich schätze, in den Computerzeitschriften wird Gott häufig Gates geschrieben, aber Sie wissen, was ich meine.«

»Wahrscheinlich. Trotzdem, es ist fünfundsechzig Jahre her, seit Max Devore nennenswert Zeit im TR verbracht hat. Sie wissen, was passierte, als er weggegangen ist, nicht?«

»Nein, warum sollte ich?«

Er sah mich überrascht an. Dann schien sich eine Art Schleier über seine Augen zu senken. Er blinzelte, und sie wurden wieder klar. »Erzähl ich Ihnen ein andermal – es ist kein Geheimnis, aber ich muß um elf bei den Harrimans drüben sein und ihre Senkgrubenpumpe nachsehen. Will mich nicht verzetteln. Wichtig ist folgendes: Lance Devore wurde als netter junger Bursche akzeptiert, der einen Softball hundertfünf Meter in die Bäume schlagen konnte, wenn er ihn richtig traf. Niemand war alt genug, ihm seinen alten Herrn zum Vorwurf zu machen – jedenfalls nicht dienstags abends im Warrington's –, und niemand machte ihm zum Vorwurf, daß seine Familie Knete hatte. Verdammt, den Sommer über sind viele reiche Leute hier. Das wissen Sie. Niemand, der soviel Geld hat wie Max Devore, aber reich sein ist nur eine Frage des Maßstabs.«

Das stimmte nicht, und ich hatte gerade genügend Geld, es zu wissen. Mit dem Reichtum ist es wie mit der Richter-Skala – wenn man eine gewisse Marke überschreitet, verdoppeln oder verdreifachen sich die Sprünge von einer Stufe zur nächsten nicht mehr, sondern werden zu einem erstaunlichen und ruinösen Vielfachen, über das man nicht einmal nachdenken möchte. Fitzgerald hat es gewußt, aber ich glaube, er hat seinen eigenen Einsichten nicht geglaubt: Die sehr Reichen *sind* anders als Sie und ich. Ich überlegte, ob ich Bill das sagen sollte, beschloß aber, den Mund zu halten. Er mußte eine Senkgrubenpumpe reparieren.

Kyras Eltern lernten sich über einem Faß Bier kennen, das in einer Schlammpfütze steckengeblieben war. Mattie schob das übliche Dienstagabendfaß auf einem Handkarren vom Hauptgebäude zum Softballfeld. Sie schaffte den größten Teil des Wegs vom Restaurantflügel problemlos, aber in jener Woche hatte es stark geregnet, und so blieb der Karren schließlich in einer lehmigen Stelle stecken. Lances Mannschaft war dran, Lance saß am Ende der Bank und wartete, daß er mit Schlagen drankommen würde. Er sah das Mädchen in den weißen Shorts und dem blauen Warrington's-Polohemd, das sich mit dem festgefahrenen Karren abmühte, und stand auf, um ihr zu helfen. Drei Wochen später waren sie unzertrennlich und Mattie schwanger; zehn Wochen später waren sie verheiratet; siebenunddreißig Monate später lag Lance Devore in einem Sarg, und es war vorbei mit Softball und kaltem Bier an einem Sommerabend, vorbei mit dem »Rumtreiben im Wald«, wie er sich ausdrückte, vorbei mit der Vaterschaft und vorbei mit der Liebe zu der wunderschönen Prinzessin. Ein jähes Ende von vielen, kein »Und wenn sie nicht gestorben sind«.

Bill Dean beschrieb ihre Begegnung nicht detailliert; er sagte nur: »Sie haben sich am Softballplatz kennengelernt – sie hat das Bier gebracht, und er hat ihr aus einer Schlammpfütze rausgeholfen, in der der Karren festgefahren war.«

Mattie sagte nie etwas über diesen Teil, daher weiß ich auch nicht viel. Nur weiß ich's doch ... manche Einzelheiten sind vielleicht falsch, aber ich mache jede Wette mit Ihnen, daß ich mir die meisten richtig zusammengereimt habe. Das war der Sommer, in dem ich Sachen wußte, die mich eigentlich nichts angingen.

Zunächst einmal ist es heiß – '94 ist der heißeste Sommer des Jahrzehnts und Juli der heißeste Monat des Sommers. Präsident Clinton wird von Newt und den Republikanern vorgeführt. Die Leute sagen, der alte Slick Willie kandidiert vielleicht nicht einmal für eine zweite Amtszeit. Gerüchten zufolge liegt Boris Jelzin entweder mit einer Herzkrankheit im Sterben oder in einer Entziehungsklinik. Die Red Sox stehen besser da, als sie rechtmäßigerweise dürften. In Derry verspürt Johanna Arlen Noonan morgens vielleicht eine kleine Übelkeit. Wenn ja, spricht sie mit ihrem Mann nicht darüber.

Ich sehe Mattie in ihrem blauen Polohemd, das ihren Namen in weißer Schrift über der linken Brust eingestickt trägt. Ihre weißen Shorts bilden einen angenehmen Kontrast zu den braungebrannten Beinen. Ich sehe auch, daß sie eine blaue Mütze mit dem roten W für Warrington's über dem langen Schirm trägt. Ihr hübsches dunkelblondes Haar ist durch die Öffnung hinten an der Mütze gezogen und fällt auf den Hemdkragen. Ich sehe, wie sie versucht, den Handkarren aus dem Schlamm zu ziehen, ohne das Faß Bier umzukippen. Sie hat den Kopf gesenkt; der Schatten der Schirmmütze verhüllt ihr ganzes Gesicht, ausgenommen den Mund und das spitze, entschlossene Kinn.

»L-l-laß m-m-mich d-d-dir helfen«, sagt Lance, und sie schaut auf. Der Schatten der Mütze verschwindet, er sieht ihre großen blauen Augen – die sie ihrer Tochter vererben wird. Ein Blick in diese Augen, und der Krieg ist vorbei, ohne daß ein einziger Schuß abgefeuert worden wäre; er gehört ihr, wie nur je irgendein junger Mann einer jungen Frau gehörte.

Der Rest war, wie sie hier in der Gegend sagen, reine Formsache.

Der alte Mann hatte drei Kinder, aber Lance war das einzige, an dem ihm etwas zu liegen schien (»Die Tochter ist verrückter als 'ne Scheißhausratte«, sagte Bill nüchtern. »Sitzt in einer Klapsmühle in Kalifornien. Soweit ich gehört habe, hat sie auch Krebs.«) Die Tatsache, daß sich Lance nicht für Computer und Software interessierte, schien seinen Vater sogar zu freuen. Er hatte einen anderen Sohn, der imstande war, das Geschäft zu führen. Zu etwas anderem jedoch war Lance Devores älterer Halbbruder nicht imstande: Er würde dem Alten keine Enkel zeugen.

»Warmer Bruder«, sagte Bill. »Soweit ich weiß, gibt es davon eine ganze Menge in Kalifornien.«

Ich nahm an, daß es auch im TR eine nicht unerhebliche Anzahl davon gab, dachte mir aber, es wäre nicht meine Sache, meinen Hausmeister in sexuellen Fragen aufzuklären.

Lance Devore hatte das Reed College in Oregon besucht und seinen Abschluß in Waldwirtschaft gemacht – ein Typ, der sich in grüne Flanellhosen, rote Hosenträger und den Anblick eines Kondors bei Dämmerung verliebt. Ein Holzfäller aus einem Grimmschen Märchen, wenn man das akademische Kauderwelsch wegließ. Im Sommer zwischen seinem Grund- und Hauptstudium hatte sein Vater ihn auf das Anwesen der Familie in Palm Springs beordert und ihm einen prallvollen Aktenkoffer mit Karten, Luftbildern und Dokumenten vorgelegt. Lance konnte keine Ordnung darin erkennen, aber ich bezweifle, daß ihn das gestört hat. Stellen Sie sich einen Sammler von Comic-Heften vor, der eine ganze Kiste voll seltener alter Ausgaben von *Donald Duck* bekommt. Stellen Sie sich einen Filmsammler vor, der den Rohschnitt eines Films mit Humphrey Bogart und Marilyn Monroe bekommt, der nie in die Kinos gelangt ist. Und dann stellen Sie sich diesen begeisterten jungen Waldhüter vor, dem klar wird, daß sein Vater nicht nur Hektar oder Quadratmeilen der riesigen uneingemeindeten Wälder im westlichen Maine besaß, sondern *ganze Landstriche.*

Obwohl Max Devore das TR 1933 verlassen hatte, hatte er auch danach ein lebhaftes Interesse an der Region gezeigt, wo er aufgewachsen war, Lokalzeitungen abonniert und sich Zeitschriften wie *Downeast* und die *Maine Times* schicken lassen. Anfang der achtziger Jahre hatte er damit angefangen, größere Grundstücke direkt östlich der Grenze zwischen Maine und New Hampshire zu kaufen. Weiß Gott, es hatten genug zum Verkauf gestanden; die Papierfabriken, denen das meiste gehörte, kämpften mit einer Rezession, viele waren der Meinung, daß ihre Tochtergesellschaften und Werke in Neuengland am besten für den Beginn der Konsolidierung geeignet wären. Und so kam dieses Land, das den Indianern gestohlen und in den zwanziger und fünfziger Jahren gnadenlos ausgebeutet worden war, in den Besitz von Max Devore. Vielleicht hatte er es nur gekauft, weil es da war, ein gutes Geschäft, aus dem er einmal Nutzen ziehen konnte. Er hätte es als Beweis für sich selbst kaufen können, daß er seine Kindheit wirklich überlebt, daß er sogar über sie triumphiert hatte.

Oder er hätte es als Spielzeug für seinen geliebten jüngeren Sohn gekauft haben können. In den Jahren, als Devore seine größten Landkäufe im westlichen Maine tätigte, war Lance noch ein Kind gewesen ... aber schon so alt, daß ein aufmerksamer Vater sehen konnte, in welche Richtung seine Interessen gingen.

Devore hatte Lance gebeten, den Sommer 1994 damit zu verbringen, eine Bestandsaufnahme seiner Ländereien zu machen, die er größtenteils schon vor zehn Jahren gekauft hatte. Er wollte, daß der Junge den Papierkram in Ordnung brachte, aber er wollte noch mehr – Lance sollte einen Sinn hineinbringen. Er war nicht unbedingt auf einen Nutzungsplan aus, obwohl ich vermute, er hätte zugehört, wenn Lance einen gemacht hätte; er wollte einfach nur wissen, was er gekauft hatte. Würde Lance einen Sommer im westlichen Maine verbringen und herauszufinden versuchen, was *er* davon hielt? Bei einem Gehalt von zwei- oder dreitausend Dollar im Monat?

Ich könnte mir denken, Lances Antwort war eine etwas höflichere Version von Buddy Jellisons »Scheißt ein Bär im Wald?«.

Der Junge traf im Juni 1994 ein und schlug ein Zelt auf der anderen Seite des Dark Score Lake auf. Ende August sollte er wieder in Reed sein. Statt dessen beschloß er, sich ein Jahr beurlauben zu lassen. Sein Vater war nicht angetan. Sein Vater roch »Mädchenärger«, wie er sich ausdrückte.

»Klar, aber man muß verdammt weit schnüffeln von Kalifornien bis Maine«, sagte Bill Dean, lehnte sich an die Fahrertür seines Lasters und verschränkte die sonnenverbrannten Arme. »Er hatte jemanden viel näher als Palm Springs, der das Schnüffeln für ihn erledigte.«

»Wovon reden Sie?« fragte ich.

»Über das *Gerede*. Das machen die Leute umsonst, und die meisten noch mehr, wenn sie dafür bezahlt werden.«

»Leute wie Royce Merrill?«

»Royce könnte einer davon sein«, stimmte er zu, »aber nicht der einzige. Das Leben hier pendelt nicht zwischen gut und schlecht; für einen Einheimischen pendelt es meistens zwischen schlecht und beschissen. Und wenn ein Mann wie Max Devore einen Kerl mit einem Vorrat an Fünfzig- und Hundertdollarscheinen herschickt …«

»War es ein Einheimischer? Ein Anwalt?«

Kein Anwalt, ein Immobilienmakler namens Richard Osgood (»ein schmieriger Typ«, lautete Bill Deans Urteil über ihn), der sein Geschäft und seinen Wohnsitz in Motton hatte. Osgood *hatte* schließlich einen Anwalt aus Castle Rock angeheuert. Ursprünglich war der Job des schmierigen Typen gewesen, herauszufinden, was, zum Teufel, da los war und ihm ein Ende zu machen, als der Sommer 1994 zu Ende ging und Lance Devore im TR blieb.

»Und dann?« fragte ich.

Bill sah auf die Uhr, sah zum Himmel und richtete den Blick auf mich. Er zuckte kurz und seltsam mit den Schultern, als wollte er sagen: »Schließlich sind wir beide Männer von Welt – eine so dumme Frage müssen Sie nicht stellen.«

»Dann haben Lance Devore und Mattie Stanchfield in der Grace Baptist Church hier am Highway 68 geheiratet. Es kursieren Geschichten, was Osgood nicht alles angestellt hat, um es zu verhindern – wie ich hörte, soll er sogar versucht haben, Reverend Gooch zu bestechen, damit er sie nicht traut, aber das halte ich für Quatsch, weil sie einfach anderswo hingegangen wären. Außerdem seh' ich keinen großen Sinn darin, was zu wiederholen, das ich nicht mit Sicherheit weiß.«

Bill hob einen Arm und zählte die Punkte an den ledrigen Fingern seiner rechten Hand ab.

»Sie haben Mitte September 1994 geheiratet, das weiß ich.« Daumen hoch. »Die Leute haben neugierig Ausschau gehalten, ob der Vater des Bräutigams auftauchen würde, aber er kam nicht.« Zeigefinger hoch. Zusammen mit dem Daumen bildete er eine Pistole. »Mattie bekam das Baby im April '95, also kam es ein bißchen zu früh … aber nicht wesentlich. Ich hab' es mit eigenen Augen im Laden gesehen, als es eine Woche alt war, und es hatte genau die richtige Größe.« Mittelfinger hoch. »Ich weiß nicht, ob Lance Devores alter Herr sich strikt weigerte, ihnen finanziell zu helfen, aber ich *weiß*, daß sie in einem Wohnwagen unterhalb von Dickies Werkstatt hausten, was mich zu der Überzeugung bringt, daß sie es verdammt schwer gehabt haben müssen.«

»Devore hat das Würgehalsband zugezogen«, sagte ich. »Das würde ein Mann machen, der gewohnt ist, seinen Kopf durchzusetzen … aber wenn er den Jungen so sehr liebte, wie Sie glauben, hätte er es sich vielleicht anders überlegt.«

»Vielleicht, vielleicht auch nicht.« Er sah wieder auf die Uhr. »Ich muß rasch zum Ende kommen und aus Ihrem Sonnenschein verschwinden … aber eine kleine Geschichte sollten Sie noch hören, weil sie wirklich zeigt, was Sache ist.«

»Im Juli letztes Jahr, keinen Monat, bevor er stirbt, betritt Lance Devore das Postamt im Lakeview General. Er hat ein Kuvert, das er verschicken will, aber vorher muß er Carla DeCinces zeigen, was darin ist. Sie sagte, er sei ganz aufgeplustert gewesen, wie Daddys es manchmal wegen ihren kleinen Kindern sind.«

Ich nickte und war amüsiert von der Vorstellung, wie sich der dünne, stotternde Lance Devore aufplusterte. Aber ich konnte es vor meinem geistigen Auge sehen, und das Bild war auch irgendwie nett.

»Es war ein Bild, das sie bei einem Fotografen in Rock haben machen lassen. Zeigte das Kind ... wie heißt sie? Kayla?«

»Kyra.«

»Jau, heutzutage geben sie ihnen alle möglichen Namen, was? Es zeigte Kyra in einem Ledersessel mit einer großen Scherzartikelbrille auf der kleinen Stupsnase, die eines der Luftbilder vom Wald auf der anderen Seeseite betrachtete, im Abschnitt TR-100 oder TR-110, jedenfalls auf dem Gelände, das der alte Mann gekauft hatte. Carla sagte, das Mädchen hätte einen überraschten Gesichtsausdruck gehabt, als könnte sie sich nicht vorstellen, daß es irgendwo auf der Welt soviel Wald gibt. Sagte, daß sie *schrecklich* niedlich aussah, ein richtiges Schätzchen.«

»Ein Schätzchen wie ein Miezekätzchen«, murmelte ich.

»Und der Umschlag – Einschreiben, Expreß – war an Maxwell Devore in Palm Springs, Kalifornien, adressiert.«

»Was Sie den Schluß ziehen ließ, daß der alte Mann entweder so weich geworden war, daß er um ein Bild seines einzigen Enkelkinds gebeten hatte, oder Lance Devore glaubte, daß es ihn weich machen *könnte*.«

Bill nickte und sah aus wie ein Vater, dessen Kind eine schwierige Rechenaufgabe gelöst hat. »Weiß nicht, ob es funktioniert hat«, sagte er. »War so oder so nicht genug Zeit, es festzustellen. Lance hatte eine der kleinen Satellitenschüsseln gekauft, wie Sie hier eine haben. An dem Tag, als er sie angebracht hat, herrschte ein böser Sturm – Hagel, Windböen, umgestürzte Bäume am Seeufer, jede Menge Blitze. Das war gegen Abend. Lance brachte die Schüssel am Nachmittag an, sicher und wohlbehalten, aber als der Sturm begann, fiel ihm ein, daß er seinen Schraubenschlüssel auf dem Dach des Wohnwagens vergessen hatte. Er kletterte hinauf, um ihn zu holen, damit er nicht naß und rostig wurde –«

»Er wurde vom Blitz getroffen? Himmel, Bill!«

»Der Blitz schlug wirklich ein, aber auf der anderen Seite. Wenn Sie an der Stelle vorbeigehen, wo die Wasp Hill Road in den 68 einmündet, sehen Sie den Stumpf des Baums, den der Blitz gefällt hat. Lance kam mit seinem Schraubenschlüssel die Leiter runter, als es einschlug. Wenn Sie nie erlebt haben, wie ein

Blitz direkt über Ihren Kopf dahinsaust, haben Sie keine Ahnung, wie furchteinflößend das ist – als würde ein betrunkener Autofahrer auf Ihre Fahrbahn schwenken, direkt auf Sie zusteuern und im letzten Augenblick das Lenkrad herumreißen. Bei einem Blitzschlag in der Nähe richten sich Ihre Haare auf – richtet sich Ihr verdammter *Pimmel* auf. Das Radio spielt in Ihren Zahnfüllungen, Ihnen summen die Ohren, und die Luft riecht verbrannt. Lance ist von der Leiter gefallen. Wenn er Zeit hatte, etwas zu denken, bevor er auf dem Boden aufschlug, hat er bestimmt gedacht, er würde durch einen Stromstoß getötet. Armer Junge. Er hat das TR geliebt, aber es hat ihm kein Glück gebracht.«

»Genick gebrochen?«

»Jau. Bei dem lauten Donner hörte Mattie ihn nicht fallen oder schreien oder so. Sie sah eine oder zwei Minuten später hinaus, als es anfing zu hageln und er immer noch nicht reinkam. Und da lag er auf dem Boden und sah mit offenen Augen zu den verfluchten Hagelkörnern hinauf.«

Bill sah ein letztesmal auf die Uhr, dann ließ er die Tür seines Pickup aufschwingen. »Der alte Mann ist nicht zu ihrer Hochzeit gekommen, aber zur Beerdigung seines Sohnes kam er, und seitdem ist er hier. Er will nichts mit der jungen Frau zu tun haben –«

»Aber er will das Kind«, sagte ich. Das war nicht mehr als das, was ich bereits wußte, aber ich verspürte dennoch ein Gefühl der Niedergeschlagenheit. *Reden Sie nicht darüber,* hatte Mattie mich am Morgen des vierten Juli gebeten. *Es ist keine gute Zeit für Ki und mich.* »Wie weit ist er schon damit vorangekommen?«

»An der dritten *Base* und auf dem Weg zur *Home Plate,* würd' ich sagen. Es wird eine Anhörung vor dem Superior Court von Castle County stattfinden, vielleicht noch in diesem Monat, vielleicht im nächsten. Der Richter könnte dann entscheiden, daß das Mädchen ausgehändigt wird, oder bis in den Herbst vertagen. Ich glaube nicht, daß es eine Rolle spielt, denn wenn eines auf Gottes grüner Erde nie geschehen wird, ist es eine Entscheidung zugunsten der Mutter. So oder so, das kleine Mädchen wird in Kalifornien aufwachsen.«

Als ich das hörte, durchfuhr mich ein sehr unangenehmer kalter Schauer.

Bill setzte sich ans Steuer des Lastwagens. »Halten Sie sich da raus, Mike«, sagte er. »Halten Sie sich fern von Mattie Devore und ihrer Tochter. Und wenn Sie als Zeuge geladen werden, weil Sie die beiden am Samstag gesehen haben, lächeln Sie viel und sagen Sie so wenig, Sie können.«

»Max Devore argumentiert, daß sie nicht geeignet ist, ein Kind großzuziehen.«

»Jau.«

»Bill, ich habe das Mädchen *gesehen*, und es geht ihr prächtig.«

Er grinste wieder, aber diesmal humorlos. »Kann schon sein. Aber darum geht es nicht. Mischen Sie sich nicht ein, alter Junge. Es ist meine Aufgabe, Ihnen das zu sagen; ich schätze, da Jo nicht mehr ist, bin ich der einzige Aufpasser, den Sie haben.« Er schlug die Tür seines Ram zu, ließ den Motor an, streckte die Hand nach dem Schaltknüppel aus und ließ die Hand wieder sinken, als ihm etwas einfiel. »Wenn Sie Gelegenheit dazu haben, sollten Sie nach den Eulen suchen.«

»Was für Eulen?«

»Irgendwo müssen hier zwei Plastikeulen sein. Vielleicht im Keller oder in Jos Atelier. Sind im Herbst, bevor sie von uns gegangen ist, per Post gekommen.«

»Im Herbst 1993?«

»Jau.«

»Das kann nicht stimmen.« Wir hatten im Herbst 1993 nicht in Sara gewohnt.

»Stimmt aber. Ich war hier unten und hab' die Sturmläden angebracht, als Jo aufgekreuzt ist. Wir haben ein Schwätzchen gehalten, und dann ist der Wagen von UPS gekommen. Ich hab' das Paket in die Diele getragen und einen Kaffee bekommen – damals hab' ich noch welchen getrunken –, während sie die Eulen aus dem Karton geholt und mir gezeigt hat. Mann, sahen die echt aus! Keine zehn Minuten später ist sie gegangen. Fast so, als wäre sie extra deswegen gekommen, aber ich weiß nicht, wieso jemand den ganzen Weg von Derry hierher fahren sollte, nur um zwei Eulen aus Plastik in Empfang zu nehmen.«

»Wann im Herbst war das, Bill? Können Sie sich erinnern?«

»Zweite Novemberwoche«, sagte er prompt. »Meine Frau und ich sind später am Nachmittag nach Lewiston gefahren, zu 'vettes Schwester. Zu ihrem Geburtstag. Auf dem Rückweg haben wir einen Abstecher zum Castle Rock Agway gemacht, damit 'vette ihren Thanksgiving-Truthahn kaufen konnte.« Er sah mich neugierig an. »Sie haben wirklich nichts von diesen Eulen gewußt?«

»Nein.«

»Ist ein bißchen seltsam, finden Sie nicht auch?«

»Vielleicht hat sie es mir gesagt, und ich habe es vergessen«, sagte ich. »Ich denke, es ist so oder so nicht besonders wichtig.« Aber irgendwie schien es wichtig zu sein. Es war eine Kleinigkeit, schien aber wichtig zu sein. »Warum wollte Jo überhaupt zwei Plastikeulen haben?«

»Damit die Krähen nicht die Holzbalken vollscheißen, wie hier draußen auf der Veranda. Wenn Krähen solche Plastikeulen sehen, kratzen sie die Kurve.«

Ich mußte trotz meiner Verwirrung lachen ... vielleicht auch deshalb. »Ach ja? Das funktioniert wirklich?«

»Jau, wenn man sie ab und zu verschiebt, damit die Krähen nicht mißtrauisch werden. Krähen sind so ziemlich die klügsten Vögel, wissen Sie. Suchen Sie diese Eulen, Sie ersparen sich eine Menge Schweinerei.«

»Mach ich«, sagte ich. Plastikeulen, um die Krähen zu verscheuchen – das war exakt die Art von Wissen, das sich Jo aneignen (was das anging, war sie selbst wie eine Krähe und pickte glitzernde Häppchen Informationen auf, die ihr Interesse erweckten) und in die Tat umsetzen würde, ohne mich ausdrücklich zu informieren. Auf einmal fühlte ich mich wieder einsam – ich vermißte sie schrecklich.

»Gut. Eines Tages, wenn ich mehr Zeit habe, machen wir einen Rundgang durchs Haus. Durch den Wald auch, wenn Sie wollen. Ich denke, Sie werden zufrieden sein.«

»Ganz bestimmt. Wo wohnt Devore?«

Die buschigen Brauen schossen in die Höhe. »Warrington's. Er und Sie sind praktisch Nachbarn. Ich dachte, das wüßten Sie schon.«

Ich erinnerte mich an die Frau, die ich gesehen hatte – schwarzer Badeanzug und schwarze Shorts, ein Ensemble, das ihr irgendwie ein exotisches Cocktailparty-Aussehen verliehen hatte – und nickte. »Ich habe seine Frau kennengelernt.«

Bill lachte so herzhaft, daß er sein Taschentuch brauchte. Er fischte es vom Armaturenbrett (ein blaues Paisleyding, so groß wie eine Footballflagge) und wischte sich die Augen ab.

»Was ist so komisch?« fragte ich.

»Spindeldürre Frau? Weißes Haar? Gesicht so ähnlich wie eine Halloweenmaske für Kinder?«

Nun mußte ich lachen. »Das ist sie.«

»Sie ist nicht seine Frau, sie ist seine, wiesagtmannochgleich, persönliche Assistentin. Rogette Whitmore ist ihr Name.« Er sprach es ro-GET aus, mit einem harten G. »Devores Frau ist seit zwanzig Jahren tot.«

»Was für ein Name ist Rogette? Französisch?«

»Kalifornisch«, sagte er und zuckte die Achseln, als würde dieses eine Wort alles erklären. »Gibt Leute im Ort, die haben Angst vor ihr.«

»Tatsächlich?«

»Jau.« Bill zögerte, dann fügte er mit einem dieser typischen Lächeln hinzu, die wir aufsetzen, wenn wir andere wissen lassen wollen, daß *wir* wissen, wir sagen etwas Dummes: »Brenda Meserve sagt, sie ist eine Hexe.«

»Und die beiden wohnen seit fast einem Jahr im Warrington's?«

»Jau. Diese Whitmore kommt und geht, aber die meiste Zeit ist sie hier gewesen. In der Stadt glaubt man, daß sie bleibt, bis die Sorgerechtsverhandlung vorbei ist, und dann mit Devores Privatjet nach Kalifornien zurückkehrt. Daß sie es Osgood überlassen, Warrington's zu verkaufen und –«

»Verkaufen? Was meinen Sie damit, *verkaufen?*«

»Ich dachte, Sie wüßten es schon«, sagte Bill und legte den ersten Gang ein. »Als der alte Hugh Emerson Devore eröffnete, daß sie das Blockhaus nach Thanksgiving schließen würden, ließ Devore ihn wissen, daß er nicht die Absicht hätte, dort auszuziehen. Er sagte, er fühlte sich dort wohl und würde bleiben.«

»Er hat es gekauft.« Im Lauf der vergangenen zwanzig Minuten war ich abwechselnd überrascht, amüsiert und erbost gewesen, aber niemals regelrecht fassungslos. Jetzt war ich es. »Er hat Warrington's gekauft, damit er nicht ins Lookout Rock Hotel in Castle View umziehen oder sich ein Haus mieten mußte.«

»Jau, so ist es. Neun Häuser, einschließlich Hauptgebäude und Sunset Bar; fünfzig Hektar Wald, ein Golfplatz mit sechs

Löchern und hundertfünfzig Meter Strand an der *Straße*. Plus Bowlingbahn und Softballplatz. Viereinviertel Millionen. Sein Freund Osgood hat das Geschäft abgewickelt, Devore hat mit einem persönlichen Scheck bezahlt. Ich frage mich, wie er für die vielen Nullen Platz gefunden hat. Bis bald, Mike.«

Damit fuhr er die Einfahrt hinauf und ließ mich mit offenem Mund auf der Veranda zurück.

Plastikeulen.

Bill hatte mir zwischen Blicken auf seine Uhr etwa zwei Dutzend interessante Sachen gesagt, aber im Vordergrund blieb die Tatsache (und ich akzeptierte es als Tatsache; er war seiner Sache einfach zu sicher gewesen), daß Jo hierhergekommen war, um die Zustellung von zwei gottverdammten Plastikeulen in Empfang zu nehmen.

Hatte sie es mir gesagt?

Möglich wäre es. Ich konnte mich nicht erinnern, und mir wollte scheinen, als müßte ich mich daran erinnern, aber Jo behauptete immer, wenn ich in der Zone wäre, hätte es keinen Sinn, mir irgend etwas zu sagen, weil alles zum einen Ohr hinein- und zum anderen wieder hinausging. Manchmal steckte sie mir kleine Zettel – Dinge zu erledigen, Anrufe zu machen – ans Hemd, als wäre ich ein Erstkläßler. Aber würde ich mich nicht erinnern, wenn sie gesagt hätte: »Ich fahre runter zu Sara, Liebling, UPS stellt etwas zu, das ich persönlich in Empfang nehmen möchte, hättest du Interesse, eine Dame zu begleiten?« Verdammt, wäre ich nicht *mit ihr* gegangen? Ich akzeptierte jede Ausrede, um zum TR zu gehen. Aber ich hatte an diesem Drehbuch gearbeitet und es vielleicht ein bißchen übertrieben … Zettel, die sie mir an den Hemdsärmel steckte … *Falls du rausgehst, wenn du fertig bist, wir brauchen Milch und Orangensaft …*

Ich betrachtete die Überbleibsel von Jos Gemüsegarten, wobei mir die Julisonne ins Genick brannte, und dachte an Eulen, die gottverdammten Plastikeulen. Angenommen, Jo *hatte* mir gesagt, daß sie hierher nach Sara Lacht fuhr? Angenommen, ich hatte das Angebot, fast ohne es zu hören, abgelehnt, weil ich mich in der Schreib-Zone befand? Selbst wenn man das alles voraussetzte, blieb eine Frage: Warum hatte sie es als erforderlich angesehen, persönlich herzukommen, obwohl sie doch jederzeit jemanden hätte anrufen und bitten können, die Sendung entgegenzunehmen? Kenny Auster hätte es mit Freuden getan, dito Mrs. M., und Bill Dean, unser Hausmeister, war sogar hier gewesen. Das führte zu anderen Fragen – eine war, warum sie UPS die verdammten Dinger nicht einfach nach Derry hatte liefern lassen –, und schließlich war ich überzeugt, daß ich nicht leben konnte, ohne eine dieser Plastikeulen mit eigenen Augen zu sehen. Vielleicht, dachte ich, als ich zum Haus zurückkehrte, würde ich eine auf das Dach meines Chevy stellen, wenn er in der Einfahrt parkte. Als Vorbeugemaßnahme gegen zukünftige Bombenabwürfe.

In der Diele blieb ich stehen, weil mir plötzlich ein Gedanke kam, und rief Ward Hawkins an, den Mann in Waterville, der sich um meine Steuern und die wenigen geschäftlichen Angelegenheiten kümmert, die nichts mit dem Schreiben zu tun haben.

»Mike!« sagte er herzlich. »Wie ist der See?«

»Der See ist kühl, und das Wetter ist warm, genau wie wir es mögen«, sagte ich. »Ward, du hebst alle Unterlagen, die wir dir schicken, fünf Jahre auf, richtig? Falls das IRS beschließt, uns Kummer zu machen?«

»Fünf entspricht der üblichen Praxis«, sagte er, »aber deine Unterlagen hebe ich sieben auf – in den Augen der Jungs von der Steuer bist du eine ziemlich fette Taube.«

Lieber eine fette Taube als eine Plastikeule, dachte ich, sagte es aber nicht. Statt dessen sagte ich: »Dazu gehören auch Terminkalender, richtig? Meine und die von Jo bis zu ihrem Tod?«

»Unbedingt. Da keiner von euch ein Tagebuch geführt hat, war das die beste Möglichkeit, Quittungen und geltend gemachte Ausgaben abzugleichen mit –«

»Könntest du Jos Terminkalender von 1993 suchen und nachsehen, was sie in der zweiten Novemberwoche unternommen hat?«

»Mit Vergnügen. Wonach suchst du speziell?«

Einen Augenblick sah ich mich an meinem ersten Abend als Witwer in Derry am Küchentisch sitzen, wo ich eine Packung mit der Aufschrift Norco Heimschwangerschaftstest auf der Seite in die Höhe hielt. Wonach suchte ich nach so langer Zeit *wirklich?* Bedachte man, daß ich die Frau geliebt hatte und sie seit fast vier Jahren unter der Erde war, wonach suchte ich? Außer nach Schwierigkeiten?

»Ich suche nach zwei Plastikeulen«, sagte ich. Ward glaubte wahrscheinlich, daß ich mit ihm redete, aber ich war nicht so sicher. »Ich weiß, das hört sich komisch an, aber ich suche wirklich danach. Kannst du mich zurückrufen?«

»In einer Stunde.«

»Prima«, sagte ich und legte auf.

Nun zu den Eulen selbst. Wo war die wahrscheinlichste Stelle, um zwei derart interessante Kunstgegenstände aufzubewahren?

Mein Blick fiel auf die Kellertür. Elementar, mein lieber Watson.

Die Kellertreppe war dunkel und leicht klamm. Als ich auf dem Absatz stand und nach dem Lichtschalter tastete, fiel die Tür hinter mir mit solcher Wucht ins Schloß, daß ich überrascht aufschrie. Keine Brise, kein Luftzug, der Tag war vollkommen windstill, aber die Tür schlug trotzdem zu. Oder wurde zugezogen.

Ich stand im Dunkeln auf der obersten Stufe, tastete nach dem Lichtschalter und roch diesen stickigen Geruch, den selbst gute Betonfundamente nach einer Weile bekommen, wenn nicht richtig gelüftet werden kann. Es war kalt, viel kälter als auf der anderen Seite der Tür. Ich war nicht allein, das wußte ich genau. Ich war ängstlich, etwas anderes zu behaupten wäre gelogen ... aber auch fasziniert. Etwas war bei mir. *Etwas war hier drin bei mir.*

Ich ließ die Hand von der Wand sinken, wo der Lichtschalter war, und stand einfach mit den Armen an den Seiten da. Ein wenig Zeit verging. Wieviel, weiß ich nicht. Mein Herz schlug rasend in der Brust; ich konnte das Pochen sogar in den Schläfen spüren. Es war kalt. »Hallo?« fragte ich.

Keine Antwort. Ich konnte das leise, unregelmäßige Tröpfeln hören, mit dem Kondenswasser unten aus den Leitungen sickerte, ich konnte mein eigenes Atmen hören, und leise – weit entfernt, in einer anderen Welt, wo die Sonne schien – das triumphierende Krächzen einer Krähe. Vielleicht hatte sie gerade eine Ladung auf die Haube meines Autos abgedrückt. *Ich brauche wirklich eine Eule,* dachte ich. *Ich weiß gar nicht, wie ich die ganze Zeit ohne eine auskommen konnte.*

»Hallo?« fragte ich wieder. »Kannst du sprechen?«

Nichts.

Ich befeuchtete meine Lippen. Möglicherweise hätte ich mir albern vorkommen müssen, wie ich da in der Dunkelheit stand und nach einem Geist rief. Aber ich kam mir nicht albern vor. Kein bißchen. Die Feuchtigkeit war einer Kälte gewichen, die ich spüren konnte, und ich hatte Gesellschaft. O ja. »Kannst du wenigstens klopfen? Wenn du die Tür zumachen kannst, mußt du klopfen können.«

Ich stand da und hörte das vereinzelte Tropfen des Wassers. Sonst nichts. Ich streckte die Hand wieder nach dem Lichtschalter aus, als nicht weit unter mir ein leises Klopfen ertönte. Der Keller von Sara Lacht ist hoch, die oberen anderthalb Meter Beton – die Kontakt mit dem Frostgürtel des Bodens haben – sind mit dicken, silberfolienbeschichteten InsuGard-Paneelen isoliert. Ich war ganz sicher, daß das Geräusch, das ich hörte, von einer Faust stammte, die darauf schlug.

Nur eine Faust, die auf ein Stück Isolierung schlug, aber sämtliche Eingeweide und Muskeln meines Körpers schienen sich aufzurollen. Meine Haare richteten sich auf. Meine Augenhöhlen schienen sich auszudehnen, die Augäpfel zusammenzuziehen, als würde mein Kopf versuchen, sich in einen Totenschädel zu verwandeln. Ich bekam Gänsehaut auf jedem Quadratzentimeter meines Körpers. Etwas war hier drinnen bei mir. Etwas Totes. Ich hätte das Licht nicht mehr einschalten können, selbst wenn ich gewollt hätte. Ich hatte keine Kraft mehr, den Arm zu heben.

Ich versuchte zu reden und brachte schließlich mit einem heiseren Flüstern, das ich selbst kaum erkannte, heraus: »Bist du da?«

Klopf.

»Wer bist du?« Mehr als dieses heisere Flüstern brachte ich immer noch nicht zustande; es war die Stimme eines Mannes, der seiner Familie auf dem Totenbett letzte Anweisungen gibt. Diesmal hörte ich nichts von unten.

Ich versuchte nachzudenken, und was mir in den verwirrten Sinn kam, war Tony Curtis als Harry Houdini in einem alten Film. Diesem Film zufolge war Houdini der Diogenes des Ouijabrett-Kreises gewesen, ein Mann, der seine Freizeit damit verbrachte, nach einem wahren Medium zu suchen. Er hatte an einer Séance teilgenommen, bei der die Toten sich zu Wort meldeten, und zwar durch –

»Klopf einmal für ja, zweimal für nein«, sagte ich. »Kannst du das?«

Klopf.

Es war auf der Treppe unter mir ... aber nicht *zu* weit unten. Fünf Stufen tiefer, höchstens sechs oder sieben. Nicht nahe genug, es zu berühren, wenn ich die Hand hob und in der finsteren Kellerluft danach tastete ... etwas, das ich mir vorstellen konnte; aber ich konnte mir nicht vorstellen, daß ich es wirklich tat.

»Bist du ...« Meine Stimme brach. Ich hatte einfach keine Kraft in meinem Zwerchfell. Die kalte Luft legte sich mir wie ein Bügeleisen auf die Brust. Ich nahm alle Willenskraft zusammen und versuchte es wieder. »Bist du Jo?«

Klopf. Die sanfte Faust auf der Isolierung. Eine Pause, dann: *Klopf-klopf.*

Ja und nein.

Dann, ohne die geringste Ahnung, warum ich diese alberne Frage stellte: »Sind die Eulen hier unten?«

Klopf-klopf.

»Weißt du, wo sie sind?«

Klopf.

»Sollte ich sie suchen?«

Klopf! Sehr fest.

Warum wollte sie sie haben? hätte ich fragen können, aber das Ding auf der Treppe hatte keine Möglichkeit zu ant-

Heiße Finger berührten meine Augen, und ich hätte fast geschrien, bis mir klar wurde, daß es sich um Schweiß handelte. Ich hob in der Dunkelheit die Hände und wischte mir die Stirn bis zum Haaransatz ab. Meine Hände rutschten wie auf Öl. Kalt oder nicht, ich war förmlich in Schweiß gebadet.

»Bist du Lance Devore?«

Klopf-klopf, sofort.

»Bin ich in Sara sicher? Bin ich sicher?«

Klopf. Eine Pause. Und ich *wußte,* daß es eine Pause war, das Ding auf der Treppe war noch nicht fertig. Dann: *Klopf-klopf.* Ja, ich war sicher. Nein, ich war nicht sicher.

Ich hatte eine marginale Kontrolle über meinen Arm zurückbekommen. Ich streckte ihn aus, tastete an der Wand entlang und fand den Lichtschalter. Ließ die Finger darauf ruhen. Jetzt fühlte sich der Schweiß auf meinem Gesicht an, als würde er zu Eis gefrieren.

»Bist du die Person, die in der Nacht ruft?« fragte ich.

Klopf-klopf von unter mir, und zwischen den beiden Klopfgeräuschen schaltete ich das Licht ein. Die Kellerleuchten gingen an. Ebenso eine grelle Glühbirne – mindestens hundertfünfundzwanzig Watt – über dem Treppenabsatz. Niemand hätte Zeit gehabt, sich zu verstecken, geschweige denn zu fliehen, und es war auch niemand da, der es versucht hätte. Darüber hinaus hatte Mrs. Meserve – sonst in vieler Hinsicht bewundernswürdig – es verabsäumt, die Kellertreppe zu fegen. Als ich nach unten zu der Stelle ging, wo meiner Einschätzung nach das Klopfen erklungen war, hinterließ ich Fußspuren in der dünnen Staubschicht. Aber meine waren die einzigen.

Ich stieß Atemluft aus und konnte sie vor mir sehen. Also war es kalt *gewesen*, war noch kalt ... aber es wurde rasch wärmer. Ich atmete noch einmal aus und konnte nur eine Andeutung von Dunst sehen. Beim dritten Ausatmen nichts mehr.

Ich strich mit der Handfläche über die isolierten Paneele. Glatt. Ich drückte mit dem Finger dagegen, und obwohl ich nicht besonders fest drückte, blieb ein Abdruck in der silbernen Oberfläche zurück. Kinderleicht. Wenn jemand hier unten mit der Faust darauf geschlagen hätte, hätte es Dellen in der silbernen Fläche haben müssen, vielleicht sogar Risse, so daß man die rosa Füllmasse darunter sehen konnte. Aber alle Quadrate waren glatt.

»Bist du noch da?« fragte ich.

Keine Antwort, und doch hatte ich das Gefühl, daß mein Besucher noch da *war*. Irgendwo.

»Ich hoffe, ich habe dich nicht brüskiert, als ich das Licht angemacht habe«, sagte ich, und jetzt kam ich mir ein wenig seltsam vor, hier auf meiner Kellertreppe zu stehen, laut zu sprechen und den Spinnen eine Predigt zu halten. »Ich wollte dich sehen, falls irgend möglich.« Ich hatte keine Ahnung, ob das stimmte oder nicht.

Plötzlich – so plötzlich, daß ich fast das Gleichgewicht verloren hätte und die Treppe hinuntergefallen wäre – wirbelte ich herum und war überzeugt, das Ding im Leichentuch stände hinter mir, daß es dieses Ding gewesen war, das geklopft hatte, *es*, kein höfliches Gespenst von M. R. James, sondern ein Schrecken vom Rande des Universums.

Da war nichts.

Ich drehte mich wieder um, holte zwei- oder dreimal tief Luft und ging den Rest der Kellertreppe hinunter. Unter der Treppe sah ich ein seetaugliches Kajak samt Paddel. In der Ecke stand der Gasherd, den wir ausrangiert hatten, nachdem wir das Haus gekauft hatten; außerdem die Badewanne auf Klauenfüßen, die Jo (gegen meinen Einwand) zur Pflanzschale hatte umfunktionieren wollen. Ich fand eine Truhe mit Tischtüchern, an die ich mich vage erinnern konnte, eine Schachtel mit stockfleckigen Musicassetten (Gruppen wie die Delfonics, Funkadelic und .38 Special), mehrere Kartons mit altem Geschirr. Es war ein Leben hier unten, aber letzten Endes kein besonders interessantes. Im Gegensatz zum Leben, das ich in Jos Atelier gespürt hatte, war dieses nicht unterbrochen, sondern zurückgelassen worden, abgestreift wie eine alte Haut, und das war in Ordnung. War gewissermaßen die natürliche Ordnung der Existenz.

Auf einem Regal mit Krimskrams fand ich ein Fotoalbum und nahm es ebenso neugierig wie argwöhnisch herunter. Aber diesmal fand ich keine Bomben; fast alle Bilder waren Aufnahmen von Sara Lacht, wie das Haus ausgesehen hatte, als wir es gekauft hatten. Aber ich fand ein Bild von Jo in Schlaghosen (das Haar in der Mitte gescheitelt, weißen Lippenstift auf dem Mund) und eins von Michael Noonan im Blumenhemd und mit Koteletten, bei dem ich mich krümmte (der Junggeselle Mike auf dem Bild war eine Art Barry-White-Typ, den ich nicht erkennen wollte und doch erkannte).

Ich fand Jos alte kaputte Tretmühle, einen Rechen, den ich im nächsten Herbst gut gebrauchen konnte, wenn ich noch hier war, ein Schneegebläse, das ich im Winter bestimmt noch besser gebrauchen konnte, wenn ich hier war, und mehrere Dosen Farbe. Nur Plastikeulen fand ich nicht. Mein auf Isolierungen klopfender Freund hatte recht gehabt.

Oben läutete das Telefon.

Ich rannte hoch, um abzunehmen, ging zur Kellertür hinaus

und streckte *dann* den Arm noch einmal zurück, um das Licht auszuschalten. Das amüsierte mich und schien gleichzeitig ein vollkommen normales Verhalten zu sein ... wie es als Kind ein vollkommen normales Verhalten gewesen war, nicht auf die Fugen zwischen den Bürgersteigplatten zu treten. Und selbst wenn es nicht normal war, was spielte es für eine Rolle? Ich war erst vor drei Tagen wieder in Sara eingezogen, hatte aber bereits Noonans Erstes Exzentrisches Gesetz aufgestellt: Wenn man auf sich selbst gestellt ist, kommt einem seltsames Verhalten überhaupt nicht seltsam vor.

Ich schnappte mir den schnurlosen Apparat. »Hallo?«

»Hi, Mike. Ward hier.«

»Das ging aber schnell.«

»Das Archiv ist nur ein Stück weiter unten im Flur«, sagte er. »Ein Kinderspiel. In der zweiten Novemberwoche 1993 habe ich nur einen Eintrag in Jos Notizbuch. Er lautet: ›SK von Maine, Freep, 11 Uhr.‹ Am Dienstag, den sechzehnten. Hilft dir das weiter?«

»Ja«, sagte ich. »Danke, Ward. Es hilft mir sehr.«

Ich unterbrach die Verbindung und legte das Telefon wieder in seine Ladeschale. Ja, es half. SK von Maine bedeutete Suppenküchen von Maine. Jo war von 1992 bis zu ihrem Tod im Vorstand gewesen. Freep war Freeport. Mußte eine Vorstandssitzung gewesen sein. Wahrscheinlich hatten sie Pläne für eine Obdachlosenspeisung an Thanksgiving besprochen ... und danach war Jo noch rund siebzig Meilen ins TR gefahren, um zwei Plastikeulen in Empfang zu nehmen. Es beantwortete nicht alle Fragen, aber bleiben im Anschluß an den Verlust eines geliebten Menschen nicht immer Fragen offen? Und es gibt keine zeitliche Begrenzung, wann sie auftauchen.

Da meldete sich die UFO-Stimme zu Wort: *Wo du schon hier am Telefon bist*, sagte sie, *warum rufst du nicht Bonnie Amudson an? Sagst hallo und fragst, wie es geht?*

In den neunziger Jahren war Jo Mitglied von vier verschiedenen Komitees gewesen, die alle im Wohlfahrtsbereich tätig waren. Ihre Freundin Bonnie hatte sie überredet, dem der Suppenküchen beizutreten, als ein Platz frei geworden war. Gemeinsam hatten sie eine Menge Sitzungen besucht. Vermutlich nicht die im November 1993, und ich konnte kaum erwarten, daß sich Bonnie noch fünf Jahre später an diese spezielle Sitzung erinnerte ... aber wenn sie ihre alten Sitzungsprotokolle aufgehoben hatte ...

Woran, zum Henker, dachte ich eigentlich genau? Bonnie anzurufen, nett zu plaudern und sie dann zu fragen, ob sie ihre Protokolle vom Dezember durchsehen würde? Wollte ich sie fragen, ob meine Frau auf der Anwesenheitsliste der Sitzung im November fehlte? Wollte ich sie fragen, ob Jo in ihrem letzten Lebensjahr einen veränderten Eindruck auf sie gemacht hatte? Und wenn Bonnie mich fragte, warum ich das wissen wollte, was sollte ich sagen?

Gib das her, hatte Jo in meinem Traum gefaucht. In diesem Traum hatte sie gar nicht wie Jo ausgesehen, sie hatte wie eine andere Frau ausgesehen, möglicherweise wie die in den Sprüchen Salomos, die fremde Frau, deren Lippen süß wie Honigseim waren, sie selbst aber bitter wie Wermut und scharf wie ein zweischneidiges Schwert. Eine fremde Frau mit Fingern kalt wie Zweige nach einem Frosteinbruch. *Gib das her, es ist mein Staubfänger.*

Ich ging zur Kellertür und legte die Hand auf den Knauf. Ich drehte ihn ... und ließ ihn los. Ich wollte nicht da runter in die Dunkelheit sehen, wollte nicht das Risiko eingehen, daß wieder etwas zu klopfen anfangen würde. Es war besser, wenn diese Tür geschlossen blieb. Ich wollte etwas Kaltes zu trinken. Ich ging in die Küche, streckte die Hand nach der Kühlschranktür aus und hielt inne. Die Magneten bildeten wieder einen Kreis, aber diesmal waren vier Buchstaben und eine Zahl in die Mitte gezogen und dort aufgereiht worden. Zusammen bildeten sie ein kleingeschriebenes Wort:

hal1o

Es war etwas hier. Nicht einmal im hellen Tageslicht zweifelte ich daran. Ich hatte gefragt, ob es hier für mich sicher war, und eine zweideutige Antwort erhalten ... aber das spielte keine Rolle. Wenn ich Sara jetzt verließ, wußte ich nicht, wohin ich gehen sollte. Ich hatte den Schlüssel für das Haus in Derry, aber einige Dinge mußten hier erledigt werden. Auch das wußte ich.

»Hallo«, sagte ich und machte die Kühlschranktür auf, um eine Cola herauszuholen. »Wer oder was auch immer du bist, hallo.«

Kapitel 11

Ich erwachte in den frühen Morgenstunden des folgenden Tages mit dem Gefühl, als wäre jemand bei mir im Schlafzimmer des Nordflügels. Ich richtete mich im Kissen auf, rieb mir die Augen und sah einen dunklen, breitschultrigen Umriß zwischen mir und dem Fenster stehen.

»Wer bist du?« fragte ich und dachte mir, daß das Ding nicht mit Worten antworten würde; statt dessen würde es an die Wand klopfen. Einmal für ja, zweimal für nein – was geht in deinem Kopf vor, Houdini? Aber die Gestalt, die am Fenster stand, gab überhaupt keine Antwort von sich. Ich tastete um mich, fand die Kordel des Lichts über dem Bett und zog daran. Den Mund hatte ich zu einer Grimasse verzerrt, meine Bauchdecke fühlte sich so verspannt an, als ob Gewehrkugeln daran abgeprallt wären.

»O verdammt«, sagte ich. »Scheiß die Wand an.«

Meine alte Jeansjacke baumelte an einem Kleiderbügel, den ich an die Vorhangstange gehängt hatte. Ich hatte sie beim Auspacken dort geparkt und dann vergessen, sie wegzuräumen. Ich versuchte zu lachen, schaffte es aber nicht. Um drei Uhr morgens war es einfach nicht komisch.

Ich schaltete das Licht ab, legte mich mit offenen Augen zurück und wartete darauf, daß Bunters Glöckchen läuten oder das kindliche Schluchzen wieder anfangen würde. Ich lauschte immer noch, als ich einschlief.

Rund sieben Stunden später bereitete ich mich darauf vor, Jos Atelier einen Besuch abzustatten und nachzusehen, ob die Plastikeulen sich in der Abstellkammer befanden, wo ich am Tag zuvor nicht nachgesehen hatte, als ein Ford – älteres Modell – die Einfahrt heruntergerollt kam und Nase an Nase vor meinem Chevy hielt. Ich war bis zu dem kurzen Pfad zwischen Haus und Atelier gekommen, aber nun drehte ich um. Der Tag war heiß, es wehte kein Lüftchen, und ich trug nichts als ein Paar abgeschnittene Jeans und Plastiksandalen an den Füßen.

Jo hatte immer behauptet, daß der Cleveland-Bekleidungsstil sich ganz von selbst in zwei Unterkategorien einteilte: Cleveland-förmlich und Cleveland-lässig. Mein Besucher am Dienstagmorgen trug Cleveland-lässig – Hawaiihemd mit Ananas und Affen, braune Hosen Marke Bananenrepublik, weiße Halbschuhe. Socken sind ein Kann, kein Muß, aber weiße Fußbekleidung ist ein zwingender Bestandteil des Cleveland-Outfits, ebenso mindestens ein Stück abgeschmackten Goldschmucks. In letzter Beziehung ließ dieser Bursche keinen Wunsch offen: Er trug eine Rolex an einem Handgelenk und ein Goldkettchen um den Hals. Ein Hemdzipfel hing heraus, eine verräterische Wölbung war hinten zu sehen. Es war entweder eine Waffe oder ein Piepser, sah aber zu groß für einen Piepser aus. Ich betrachtete wieder das Auto. Blackwell-Reifen. Und am Armaturenbrett, seht euch das an, eine zugedeckte blaue Leuchte. Damit ich mich unbemerkt an dich anschleichen kann, Großmama.

»Michael Noonan?« Er war auf eine Weise hübsch, die ein bestimmter Typ Frau anziehend finden würde – Frauen, die zusammenzucken, wenn jemand in ihrer unmittelbaren Umgebung die Stimme hebt; die nie die Polizei rufen, wenn zu Hause die Dinge außer Kontrolle geraten, weil sie im Grunde ihres Herzens glauben, sie hätten verdient, daß zu Hause die Dinge außer Kontrolle geraten. Eine Eskalation, die nicht vor blauen Augen, ausgerenkten Ellbogen oder auch der gelegentlichen Brandwunde einer Zigarette auf der Brust haltmacht. Frauen, die ihre Ehemänner oder Liebhaber nicht selten Daddy nennen, beispielsweise: »Kann ich dir ein Bier bringen, Daddy?« oder »Hattest du einen schweren Tag bei der Arbeit, Daddy?«

»Ja, ich bin Michael Noonan. Wie kann ich Ihnen helfen?«

Diese Version von Daddy drehte sich um, bückte sich und hob etwas aus dem Durcheinander von Papieren auf der Beifahrerseite der vorderen Sitzbank auf. Unter dem Armaturenbrett krächzte ein Funkgerät kurz auf und verstummte. Er drehte sich mit einem länglichen, fleischfarbenen Ordner zu mir um. Hielt ihn mir hin. »Das gehört Ihnen.«

Als ich den Ordner nicht nahm, kam er auf mich zu und versuchte, ihn mir in eine Hand zu drücken, was mich veranlassen sollte, die Finger in einer Art Reflex darum zu schließen. Statt dessen hob ich beide Hände in Schulterhöhe, als hätte er gerade gesagt, Hände hoch, Muggsy.

Er sah mich geduldig an; sein Gesicht war so irisch wie das der Gebrüder Arlen, allerdings ohne ihren typischen Ausdruck von Freundlichkeit, Offenheit und Neugier. Anstelle von all dem sah ich eine Art säuerlichen Amüsements, als hätte er alle unangenehmen Verhaltensweisen dieser Welt schon gesehen, die meisten davon zweimal. Eine seiner Brauen war vor langer Zeit einmal aufgeplatzt gewesen, und seine Wangen hatten dieses typische windgerötete Aussehen, das entweder auf gute Gesundheit oder ein inniges Interesse an alkoholischen Erzeugnissen aus Getreide hindeutet. Er sah aus, als könnte er Sie in den Rinnstein prügeln und sich dann auf Sie setzen, damit Sie dort bleiben. Ich bin brav gewesen, Daddy, geh runter von mir, sei nicht böse.

»Machen Sie es mir nicht schwer. Sie werden das annehmen, und wir wissen es beide, also machen Sie es mir nicht schwer.«

»Zeigen Sie mir erst irgendeinen Ausweis.«

Er seufzte, verdrehte die Augen und griff in eine seiner Hemdentaschen. Er holte ein Ledermäppchen heraus und schlug es auf. Ich sah eine Marke und ein Ausweisfoto. Mein neuer Freund war George Footman, Deputy Sheriff von Castle County. Das Foto war ausdruckslos und frei von Schatten, wie Bilder, die ein Opfer eines Überfalls in der Verbrecherkartei zu sehen bekäme.

»Okay?« fragte er.

Ich nahm das fleischfarben umhüllte Dokument, als er es mir wieder anbot. Er stand da und verströmte eine Art von geronnener Heiterkeit, während ich es las. Es war eine Vorladung ins Büro von Elmer Durgin, Rechtsanwalt, am 10. Juli 1998 um zehn Uhr – Freitag, mit anderen Worten. Besagter Elmer Durgin war zum Vormund *ad litem* von Kyra Elizabeth Devore bestellt worden, einem minderjährigen Kind. Er wollte eine Aussage von mir zu Protokoll nehmen hinsichtlich des Wohlergehens von Kyra Elizabeth Devore und all dessen, was ich darüber wußte. Diese Aussage würde im Auftrag des Superior Court von Castle County und Richter Noble Rancourt stattfinden. Ein stenografisches Protokoll würde angefertigt werden. Man versicherte mir, daß es sich um eine Maßnahme des Gerichts handelte und weder etwas mit dem **Kläger** noch der **Beklagten** zu tun hatte.

Footman sagte: »Es ist meine Aufgabe, Sie an die Strafen zu erinnern, sollten Sie es versäumen –«

»Danke, aber gehen wir einfach davon aus, daß Sie mir alles gesagt haben, okay? Ich werde dasein.« Ich machte eine Geste, als wollte ich sein Auto wegscheuchen. Ich fühlte mich zutiefst abgestoßen ... und ich fühlte mich, als hätte man mir einen Knüppel zwischen die Beine geworfen. Ich hatte noch nie eine gerichtliche Zustellung erhalten und war auch nicht sonderlich scharf darauf.

Er ging zu seinem Auto zurück, wollte sich hineinschwingen, verweilte aber mit einem haarigen Arm auf der offenen Tür. Seine Rolex glänzte im dunstigen Sonnenlicht.

»Ich will Ihnen einen Rat geben«, sagte er, und das reichte aus, mir alles andere zu sagen, was ich über den Mann wissen mußte. »Machen Sie Mr. Devore keinen Ärger.«

»Sonst wird er mich zerquetschen wie ein Insekt«, sagte ich.

»Häh?«

»Ihr Text lautet vollständig: ›Ich will Ihnen einen Rat geben – machen Sie Mr. Devore keinen Ärger, sonst wird er Sie zerquetschen wie ein Insekt.‹«

Ich konnte an seinem Gesichtsausdruck – kurz nach verwirrt, auf wütend zugehend – ansehen, daß er etwas Ähnliches hatte hinzufügen wollen. Offenbar hatten wir dieselben Filme gesehen, einschließlich aller, in denen Robert De Niro einen Psychopathen spielt. Dann hellte sich sein Gesicht auf.

»Ach ja, Sie sind der Schriftsteller«, sagte er.

»So sagt man.«

»Sie können so was sagen, weil Sie Schriftsteller sind.«

»Nun, dies ist ein freies Land, oder?«

»Was sind Sie doch für ein Klugscheißer.«

»Wie lange arbeiten Sie schon für Max Devore, Deputy? Und weiß man im Büro des County Sheriffs von Ihrem Nebenjob?«

»Sie wissen es. Das ist kein Problem. *Sie* sind derjenige, der ein Problem haben könnte. Mr. Klugscheißer-Schriftsteller.«

Ich beschloß, daß es Zeit wurde, dieses Gespräch zu beenden, bevor wir in die Kaka-Pipi-Phase des Anschreiens eintraten.

»Bitte, verlassen Sie meine Einfahrt, Deputy.«

Er sah mich noch einen Moment an und suchte offenbar nach der perfekten schlagfertigen Antwort darauf, fand aber keine. Er hätte einen Mr. Klugscheißer-Schriftsteller gebraucht, der ihm half, das war alles. »Wir sehen uns am Freitag«, sagte er.

»Soll das heißen, Sie wollen mich zum Essen einladen? Keine Bange, ich bin nicht besonders anspruchsvoll.«

Seine rötlichen Wangen wurden eine Spur dunkler, und ich konnte erkennen, wie er mit sechzig aussehen würde, wenn er bis dahin nicht das Feuerwasser drangab. Er stieg in seinen Ford ein und setzte so brutal in meiner Einfahrt zurück, daß die Reifen durchdrehten. Ich blieb stehen, wo ich war, und sah ihm nach. Als er auf dem Weg zweiundvierzig in Richtung Highway fuhr, ging ich ins Haus. Ich überlegte mir, daß Deputy Footmans Nebenjob ganz einträglich sein mußte, wenn er sich eine Rolex leisten konnte. Andererseits war sie vielleicht ein Imitat.

Reg dich ab, Mike, riet Jos Stimme. *Das rote Tuch ist nicht mehr da, niemand schwenkt etwas vor deinen Augen, also reg dich bitte –*

Ich blendete ihre Stimme aus. Ich wollte mich nicht abregen; ich wollte mich *auf*regen. Man hatte mir eine *Vorladung zugestellt.*

Ich ging zum Tisch in der Diele, wo Jo und ich immer unsere aktuellen Dokumente aufbewahrt hatten (und unsere Terminkalender, wo ich gerade darüber nachdachte), und steckte die Vorladung an einer Ecke des fleischfarbenen Umschlags an der Pinnwand fest. Als das erledigt war, hob ich die Faust vor die Augen, betrachtete den Ehering einen Moment und schlug damit an die Wand neben dem Bücherregal. So fest, daß eine ganze Reihe Taschenbücher hüpften. Ich dachte an Mattie Devores ausgebeulte Hosen und ihr Woolworth-Oberteil, dann an ihren Schwiegervater, der viereinviertel Millionen Dollar für das Warrington's bezahlte. Einen gottverdammten persönlichen Scheck ausschrieb. Ich dachte an Bill Dean, der sagte, das kleine Mädchen würde so oder so in Kalifornien aufwachsen.

Ich ging im Haus auf und ab, kochte innerlich und stand schließlich vor dem Kühlschrank. Der Kreis der Magneten war unverändert, aber die Buchstaben im Inneren hatten sich verändert. Anstelle von

hal1o

stand da nun

hilf r

»Hilfer?« Kaum hatte ich das Wort laut ausgesprochen, begriff ich. Die Buchstaben auf dem Kühlschrank bestanden aus einem einzigen Alphabet (nein, nicht einmal das; ich sah, daß *g* und *x* irgendwie verlorengegangen waren), und ich würde mehr Buchstaben besorgen müssen. Wenn die Tür meines Kenmore zum Ouijabrett werden sollte, würde ich einen stattlichen Vorrat davon brauchen. Besonders Vokale. Derweil schob ich das *h* und das *i* vor das *r*. Nun lautete die Botschaft

lf ihr

Ich verteilte den Kreis der Obst- und Gemüsemagneten mit der Handfläche, verteilte die Buchstaben und ging wieder auf und ab. Ich hatte den Entschluß gefaßt, mich nicht zwischen Devore und seine Schwiegertochter zu stellen, und nun war ich doch zwischen sie geraten. Ein Deputy in Cleveland-Kleidung war in meiner Einfahrt aufgetaucht und hatte ein Leben komplizierter gemacht, das ohnehin nicht frei von Problemen war ... und mich dabei noch ein wenig eingeschüchtert. Aber wenigstens war es eine Angst vor etwas, das ich sehen und begreifen konnte. Plötzlich entschied ich, daß ich mehr mit dem Sommer anfangen wollte, als mir Sorgen über Gespenster, weinende Kinder, und was meine Frau vor vier oder fünf Jahren im Schilde geführt hatte, zu machen ... falls sie tatsächlich etwas im Schilde geführt hatte. Ich konnte keine Bücher schreiben, aber das bedeutete nicht, daß ich meine Wunden lecken mußte.

Hilf ihr.

Ich beschloß, daß ich es wenigstens versuchen würde.

»Literarische Agentur Harold Oblowski.«

»Komm mit mir nach Belize, Nola«, sagte ich. »Ich brauche dich. Wir werden uns um Mitternacht leidenschaftlich lieben, wenn der Vollmond den Strand in einen Knochen verwandelt.«

»Hallo, Mr. Noonan«, sagte sie. Hatte keinen Sonn für Humor, diese Nola. Und auch keinen Sinn für Romantik. In gewisser

Weise machte sie das perfekt für die Agentur Oblowski. »Möchten Sie mit Harold sprechen?«

»Wenn er da ist.«

»Er ist da. Bitte bleiben Sie dran.«

Einer der Vorzüge, wenn man Bestsellerautor ist – auch einer, dessen Bücher regelmäßig nur auf Listen mit fünfzehn Plätzen auftauchen –, besteht darin, daß der Agent fast immer für einen zu sprechen ist. Ein weiterer Vorzug: Wenn er im Urlaub auf Nantucket ist, ist er dort für einen zu sprechen. Und ein dritter ist, daß die Wartezeit am Telefon meistens recht kurz ist.

»Mike!« rief er. »Wie ist es am See? Ich habe das ganze Wochenende an dich gedacht!«

Klar, dachte ich, *und Schweine können pfeifen.*

»Im allgemeinen ganz gut, aber in einer Besonderheit beschissen, Harold. Ich muß mit einem Anwalt sprechen. Ich habe mir zuerst überlegt, Ward Hankins anzurufen und mir von ihm jemand empfehlen zu lassen, aber dann beschloß ich, daß ich einen Mann mit mehr Erfahrung und Einfluß haben möchte, als Ward wahrscheinlich kennt. Jemand mit zugespitzten Zähnen und Appetit auf Menschenfleisch wäre gut.«

Diesmal ersparte mir Harold die Nummer mit der langen Pause. »Was ist los, Mike? Bist du in Schwierigkeiten?«

Klopf einmal für ja und zweimal für nein, dachte ich und überlegte einen wilden Moment lang, ob ich es tatsächlich machen sollte. Ich erinnerte mich, wie ich Christie Browns Memoiren, *Mein linker Fuß*, zu Ende gelesen und mich gefragt hatte, wie es wohl wäre, ein ganzes Buch mit dem zwischen den Zehen des linken Fußes eingeklemmten Füller zu schreiben. Jetzt fragte ich mich, wie es sein mußte, durch die Ewigkeit zu gehen und keine andere Möglichkeit der Kommunikation zu haben, als an Kellerwände zu klopfen. Und selbst dann können nur bestimmte Leute dich hören und verstehen … und diese bestimmten Leute nur zu bestimmten Zeiten.

Jo, warst du das? Und wenn ja, warum hast du beide Antworten gegeben?

»Mike? Bist du noch da?«

»Ja. Es sind nicht meine Schwierigkeiten, Harold, also laß deine Triebwerke abkühlen. Aber ich *habe* ein Problem. Deine erste Adresse ist Goldacre, richtig?«

»Richtig. Ich werde ihn sofort anruf –«

»Aber er hat überwiegend mit Vertragsrecht zu tun.« Jetzt dachte ich laut, und als ich eine Pause machte, unterbrach Harold mich nicht. Manchmal ist er ganz in Ordnung. Eigentlich meistens. »Ruf ihn trotzdem für mich an, ja? Sag ihm, ich brauche einen Anwalt, der sich ausgezeichnet in Fragen des Sorgerechts auskennt. Er soll mich mit dem besten in Verbindung bringen, der sofort einen Fall übernehmen kann. Der Freitag mit mir vor Gericht sein kann, falls erforderlich.«

»Geht es um Vaterschaft?« fragte er und hörte sich respektvoll und besorgt zugleich an.

»Nein, *Sorgerecht.*« Ich überlegte mir, ihm zu sagen, daß er sich von dem Später Zu Bestimmenden Anwalt die ganze Geschichte erzählen lassen konnte, aber Harold hatte etwas Besseres verdient ... und würde früher oder später sowieso darauf bestehen, sich meine Seite der Geschichte anzuhören, ganz gleich, was ihm der Anwalt erzählte. Ich schilderte ihm meinen Vormittag des vierten Juli und die nachfolgenden Ereignisse. Ich beschränkte mich auf die Devores und sagte nichts von Stimmen, weinenden Kindern oder Klopfzeichen in der Dunkelheit. Harold unterbrach mich nur einmal, als ihm klar wurde, wer der Bösewicht in dem Stück war.

»Du forderst den Ärger regelrecht heraus«, sagte er. »Das ist dir doch klar, oder?«

»Ganz ohne wird es so oder so nicht abgehen«, sagte ich. »Ich habe beschlossen, daß ich auch ein bißchen austeilen will, das ist alles.«

»Du wirst nicht die Ruhe und den Frieden haben, die ein Schriftsteller braucht, um seine besten Arbeiten abzuliefern«, sagte Harold mit einer belustigend spitzen Stimme. Ich fragte mich, wie er reagieren würde, wenn ich ihm sagte, daß das nicht weiter schlimm wäre, weil ich seit Jos Tod nichts Spannenderes als eine Einkaufsliste geschrieben hatte, und die ganze Angelegenheit mich vielleicht ein wenig aufrütteln würde. Aber ich ließ es sein. Laß sie nie sehen, daß du schwitzt, ist das Motto des Noonan-Klans. Jemand sollte KEINE SORGE, ES GEHT MIR GUT in die Tür der Familiengruft schnitzen lassen.

Dann dachte ich: *hilf r.*

»Diese junge Frau braucht einen Freund«, sagte ich, »und Jo

hätte gewollt, daß ich ihr einer bin. Jo konnte es nicht leiden, wenn auf kleinen Leuten herumgetrampelt wurde.«

»Meinst du?«

»Ja.«

»Okay, ich werde sehen, wen ich finden kann. Und Mike ... soll ich am Freitag zu dieser Anhörung dasein?«

»Nein.« Es hörte sich unnötig schroff an und wurde mit einem Schweigen beantwortet, das nicht berechnend, sondern gekränkt zu sein schien. »Hör zu, Harold, mein Hausmeister hat gesagt, daß die eigentliche Anhörung des Sorgerechtsfalls in Kürze anberaumt ist. Wenn es dazu kommt und du immer noch dabeisein möchtest, werde ich dich anrufen. Ich kann deine moralische Unterstützung immer brauchen – das weißt du.«

»In meinem Fall handelt es sich um *un*moralische Unterstützung«, antwortete er, hörte sich aber wieder fröhlich an.

Wir verabschiedeten uns. Ich ging zum Kühlschrank zurück und sah die Magneten an. Sie waren immer noch kunterbunt durcheinander, was mich irgendwie erleichterte. Selbst Geister müssen manchmal ausruhen.

Ich nahm das schnurlose Telefon, ging auf die Veranda und ließ mich auf den Liegestuhl fallen, wo ich am Abend des vierten gesessen hatte, als Devore anrief. Selbst nach meinem Besuch von »Daddy« konnte ich kaum glauben, daß dieses Gespräch stattgefunden hatte. Devore hatte mich einen Lügner genannt; ich ihm geantwortet, daß er sich meine Telefonnummer in den Arsch schieben konnte. Als Nachbarn hatten wir einen großartigen Start erwischt.

Ich zog den Stuhl etwas näher zum Rand der Veranda, die schwindelerregende fünfzehn Meter zum Hang zwischen der Rückseite von Sara und dem Seeufer abfiel. Ich suchte nach der grünen Frau, die ich beim Schwimmen gesehen hatte, und sagte mir gleichzeitig, ich sollte kein Trottel sein – so etwas kann man nur aus einem bestimmten Winkel sehen; ging man nur drei Schritte auf die eine oder andere Seite, gab es nichts mehr zu sehen. Aber dies war offenbar einer der Fälle, wo die Ausnahme die Regel bestätigt. Ich stellte amüsiert und ein wenig nervös fest, daß die Birke unten an der *Straße* von der Landseite wie eine Frau aussah, genau wie vom See. Teils lag das an der Kiefer unmittelbar dahinter – dem kahlen Ast, der wie ein knochiger

Arm nach Norden zeigte –, aber nicht nur. Von hier fügten sich die weißen Glieder und die schmalen Blätter der Birke immer noch zum Umriß einer Frau zusammen, und wenn der Wind die unteren Äste des Baums schüttelte, bauschten sich Grün und Silber wie ein langer Rock.

Ich hatte Harolds wohlmeinendes Angebot, mich zu besuchen, fast abgelehnt, bevor er es richtig artikuliert hatte, und als ich die Baumfrau betrachtete, die selbst etwas Geisterhaftes hatte, wußte ich auch, warum: Harold war laut, Harold war nicht für feine Nuancen empfänglich, Harold hätte abschrecken können, was auch immer hier war. Das wollte ich nicht. Ich hatte Angst, ja – als ich auf der dunklen Kellertreppe gestanden und das Klopfen dicht unter mir gehört hatte, da hatte ich regelrechtes Entsetzen verspürt –, aber ich hatte mich auch zum erstenmal seit Jahren wieder richtig lebendig gefühlt. Ich berührte etwas in Sara, das völlig außerhalb meiner Erfahrung lag, und das faszinierte mich.

Das schnurlose Telefon auf meinem Schoß läutete, und ich zuckte zusammen. Ich nahm ab und erwartete Max Devore oder vielleicht Footman, seinen goldbehangenen Handlanger. Wie sich herausstellte, war es ein Anwalt namens John Storrow, der sich anhörte, als hätte er gerade erst sein Examen gemacht – letzte Woche etwa. Aber er arbeitete für die Kanzlei Avery, McLain und Bernstein in der Park Avenue, und Park Avenue ist eine ziemlich gute Adresse für einen Anwalt, auch wenn er noch ein paar seiner Milchzähne hat. Wenn Henry Goldacre sagte, daß Storrow gut war, dann war er es wahrscheinlich auch. Und sein Spezialgebiet war Sorgerecht.

»Und jetzt erzählen Sie mir, was da oben los ist«, sagte er, als wir uns vorgestellt hatten und er in die Hintergründe eingeweiht war.

Ich gab mir größte Mühe und spürte, wie sich meine Stimmung besserte, während ich den Sachverhalt schilderte. Es hat etwas seltsam Beruhigendes, mit einem Juristen zu sprechen, wenn die Uhr erst einmal tickt, nach der er seine Stundensätze berechnet; Sie haben die magische Linie überschritten, an dem *ein* Anwalt zum *Ihrem* Anwalt wird. Ihr Anwalt ist teilnahmsvoll, Ihr Anwalt hat Verständnis, Ihr Anwalt macht sich Notizen auf einem gelben Block und nickt an den richtigen Stellen. Die meisten Fragen, die Ihr Anwalt stellt, sind Fragen, die Sie beantworten können. Und wenn Sie es nicht können, hilft Ihr Anwalt Ihnen dabei, eine Möglichkeit zu finden, wie Sie es doch können, bei Gott. Ihr Anwalt ist immer auf Ihrer Seite. Ihre Feinde sind seine Feinde. Für ihn sind Sie niemals Scheiße, sondern immer Schuhcreme.

Als ich fertig war, sagte John Storrow: »Mann, ich bin überrascht, daß sich die Zeitungen noch nicht darauf gestürzt haben.«

»Daran hab' ich noch gar nicht gedacht.« Aber ich verstand, was er meinte. Die Familiensaga der Devores war vielleicht nichts für die *New York Times* oder den *Boston Globe*, vielleicht nicht einmal für die *Derry News*, aber in die wöchentlichen Regenbogengazetten wie den *National Enquirer* oder *Inside View* würde sie passen wie angegossen – King Kong beschließt, sich statt des Mädchens das unschuldige Kind des Mädchens zu schnappen und mit ihm auf die Spitze des Empire State Building zu fliehen. Oh, iih, gib das Baby zurück, du Monster. Das war kein Material für die erste Seite, kein Blut und keine Aufnahmen prominenter Toter, aber als Knüller auf Seite neun würde es prima kommen. Ich verfaßte im Geiste eine Schlagzeile, die über nebeneinandergesetzten Fotos von Warrington's Lodge und Matties rostigem Wohnwagen in die Welt hinausschmetterte: COMPUTER-KÖNIG LEBT IN SAUS UND BRAUS UND VERSUCHT JUNGER SCHÖNHEIT DAS EINZIGE KIND WEGZUNEHMEN. Wahrscheinlich zu lang, entschied ich. Ich schrieb nicht mehr und brauchte trotzdem noch einen Lektor. Das war ziemlich traurig, wenn man sich Zeit nahm, darüber nachzudenken.

»Vielleicht werden wir irgendwann dafür sorgen, daß sie die Geschichte bekommen«, sagte Storrow in nachdenklichem Tonfall. Mir wurde klar, das war ein Mann, an den ich mich gewöhnen konnte, zumindest in meiner derzeitigen wütenden Stimmung. Er wurde geschäftsmäßig. »Wen repräsentiere ich hier, Mr. Noonan? Sie oder die junge Dame? Ich plädiere für die junge Dame.«

»Die junge Dame weiß nicht einmal, daß ich Sie angerufen habe. Sie denkt vielleicht, daß ich mir ein wenig zuviel herausgenommen habe. Vielleicht macht sie mich sogar zur Schnecke.«

»Warum sollte sie das tun?«

»Weil sie eine Yankee ist – eine Yankee aus *Maine,* und das sind die schlimmsten. Dagegen wirken die Iren an jedem beliebigen Tag vollkommen logisch.«

»Mag sein, aber sie ist diejenige mit der Zielscheibe auf dem Hemd. Ich schlage vor, Sie rufen sie an und sagen ihr das.«

Das versprach ich ihm. Und es war ein Versprechen, das mir nicht schwerfiel. Ich wußte, daß ich mich bei ihr melden mußte, seit ich die Vorladung von Deputy Footman angenommen hatte. »Und wer ist Freitag morgen für Michael Noonan da?«

Storrow lachte trocken. »Ich finde jemanden aus der Gegend, der das übernimmt. Er wird Sie in Durgins Büro begleiten, wird still mit der Aktentasche auf dem Schoß dasitzen und zuhören. Ich werde dann vielleicht schon in der Stadt sein – genau weiß ich es erst, wenn ich mit Ms. Devore gesprochen habe –, aber nicht in Durgins Büro. Wenn die Anhörung in dem Sorgerechtsfall stattfindet, werden Sie spätestens mein Gesicht vor Ort sehen.«

»In Ordnung, prima. Rufen Sie mich an, und lassen Sie mich den Namen meines neuen Anwalts wissen. Meines anderen neuen Anwalts.«

»Hm-hmm. Reden Sie bis dahin mit der jungen Dame. Besorgen Sie mir einen Job.«

»Ich versuch's.«

»Und versuchen Sie, immer gut sichtbar zu sein, wenn Sie bei ihr sind«, sagte er. »Wenn wir den bösen Jungs die Möglichkeit geben, gemein zu werden, dann werden sie auch gemein. Da läuft doch nichts zwischen Ihnen, oder? Etwas Unanständiges? Entschuldigen Sie, daß ich das frage, aber ich *muß* es fragen.«

»Nein«, sagte ich. »Es ist schon eine ganze Weile her, daß ich mit irgend jemandem etwas Unanständiges laufen hatte.«

»Ich bin versucht, Sie zu bemitleiden, Mr. Noonan, aber unter den gegebenen Umständen –«

»Mike. Nennen Sie mich Mike.«

»Gut. Das gefällt mir. Und ich bin John. Die Leute werden ohnehin über Ihr Interesse an der Sache Mutmaßungen anstellen. Das wissen Sie, nicht wahr?«

»Klar. Die Leute wissen, daß ich mir Sie leisten kann. Sie werden darüber spekulieren, wie *sie* sich *mich* leisten kann. Hübsche junge Witwe, Witwer in den besten Jahren. Sex wäre die wahrscheinlichste Lösung.«

»Sie sind Realist.«

»Das glaube ich eigentlich nicht, aber ich weiß, wie der Hase läuft.«

»Ich hoffe es, denn es könnte ziemlich unangenehm werden. Wir treten hier gegen einen extrem reichen Mann an.« Und doch klang er nicht ängstlich. Er klang fast ... *gierig*. Er klang so, wie sich ein Teil von mir gefühlt hatte, als ich sah, daß die Magneten am Kühlschrank wieder zu einem Kreis angeordnet waren.

»Das weiß ich.«

»Vor Gericht wird das keine übertrieben große Rolle spielen, weil auch die Gegenseite über ein nicht unerhebliches Vermögen verfügt. Außerdem wird der Richter genau wissen, daß dies ein Pulverfaß ist. Das könnte nützlich sein.«

»Was ist unser größter Vorteil?« Das fragte ich, als ich an Kyras rosiges, unberührtes Gesicht und ihre völlige Furchtlosigkeit im Angesicht ihrer Mutter dachte. Ich dachte, John würde antworten, daß die Klage eindeutig unbegründet sei. Ich irrte mich.

»Unser größter Vorteil? Devores Alter. Er muß älter als Gott sein.«

»Er muß etwa fünfundachtzig sein, nach allem, was ich dieses Wochenende gehört habe. Damit wäre Gott älter.«

»Ja, aber als potentieller Dad steht Tony Randall dagegen wie ein Teenager da«, sagte John, und nun hörte er sich definitiv hämisch an. »Überlegen Sie, Michael – das Kind macht seinen High-School-Abschluß in dem Jahr, wenn Opa hundert wird. Außerdem besteht die Chance, daß sich der alte Mann zu weit aus dem Fenster gelehnt hat. Wissen Sie, was ein Vormund *ad litem* ist?«

»Nein.«

»Mit einfachen Worten ein Anwalt, den das Gericht einsetzt, damit er die Interessen des Kindes wahrnimmt. Aus den Gerichtskosten wird ein Honorar für ihn abgezweigt, aber das ist ein Almosen. Die meisten Leute, die einwilligen, als Vormund *ad litem* zu fungieren, haben rein altruistische Motive ... aber nicht alle. Wie auch immer, der *ad litem* hat einigen Einfluß auf den Fall. Richter müssen seinen Rat nicht annehmen, tun es aber fast immer. Ein Richter steht dumm da, wenn er den Rat eines Mannes ausschlägt, den er selbst eingesetzt hat, und wenn ein Richter etwas mehr als alles andere haßt, dann ist es, dumm dazustehen.«

»Devore wird seinen eigenen Anwalt haben?«

John lachte. »Wie wäre es mit einem halben Dutzend bei der eigentlichen Sorgerechtsverhandlung?«

»Ist das Ihr Ernst?«

»Der Mann ist fünfundachtzig. Das ist zu alt für Ferraris, zu alt für Bungeejumping in Tibet und zu alt für Huren, es sei denn, er würde vor Kraft strotzen. Was bleibt ihm also, wofür er sein Geld ausgeben kann?«

»Anwälte«, sagte ich niedergeschlagen.

»Jawoll.«

»Und Mattie Devore? Was bekommt sie?«

»Dank Ihnen bekommt sie mich«, sagte John Storrow. »Wie in einem Roman von John Grisham, richtig? Reines Gold. Bis dahin interessiere ich mich für Durgin, den *ad litem*. Wenn Devore nicht mit echten Problemen gerechnet hat, war er vielleicht unklug genug, Durgin in Versuchung zu führen. Und Durgin vielleicht dumm genug, sich verführen zu lassen. He, wer weiß, was wir finden werden?«

Aber ich lag noch eine Kurve zurück. »Sie bekommt Sie«, sagte ich. »Dank mir. Und wenn ich nicht hier wäre, um Sand ins Getriebe zu streuen? Was würde sie dann bekommen?«

»*Bupkes*. Das ist Jiddisch. Es bedeutet –«

»Ich weiß, was es bedeutet«, sagte ich. »Das ist unglaublich.«

»Nee, nur amerikanische Gerechtigkeit. Kennen Sie die Dame mit den Waagschalen? Die vor fast jedem amerikanischen Gerichtsgebäude steht?«

»Hm-hmm.«

»Legen Sie der Braut Handschellen an, klatschen Sie ihr Klebeband auf den Mund und eine Binde auf die Augen, vergewaltigen Sie sie, und wälzen Sie sie im Schlamm. Gefällt Ihnen die Vorstellung? Mir nicht, aber genau so funktioniert es bei Sorgerechtsklagen, wo die Klägerseite reich und die der Beklagten arm ist. Und die sexuelle Gleichberechtigung hat alles nur noch schlimmer gemacht, weil die Mütter meistens immer noch arm sind, aber nicht mehr automatisch beim Sorgerecht bevorzugt werden.«

»Mattie Devore muß Sie haben, richtig?«

»Ja«, sagte John nur. »Rufen Sie mich morgen an, und sagen Sie mir, daß sie mich haben will.«

»Ich hoffe, daß ich es schaffe.«

»Ich auch. Und hören Sie, da ist noch etwas.«

»Was?«

»Sie haben Devore am Telefon belogen.«

»Quatsch!«

»Nee, nee, ich widerspreche dem Lieblingsautor meiner Schwester nur ungern, aber Sie haben gelogen, und das wissen Sie. Sie haben Devore gesagt, daß Mutter und Kind gemeinsam unterwegs waren, Blumen gepflückt haben, alles in Ordnung war. Sie haben alles hinzugedichtet, außer Bambi und Klopfer.«

Jetzt saß ich kerzengerade auf dem Liegestuhl. Ich fühlte mich wie vor den Kopf geschlagen. Ich fühlte mich auch, als wäre meine Klugheit nicht bemerkt worden. »He, nein, denken Sie nach. Ich habe nie etwas direkt *behauptet*. Ich habe gesagt, ich sei davon ausgegangen. Ich habe das Wort mehr als einmal benutzt. Daran erinnere ich mich ganz deutlich.«

»So, so, und wenn er Ihre Unterhaltung auf Band aufgezeichnet hat, werden Sie Gelegenheit bekommen, zu zählen, wie oft Sie es tatsächlich benutzt haben.«

Zuerst antwortete ich nicht. Ich dachte an die Unterhaltung zurück, die ich mit ihm geführt hatte, erinnerte mich an das Summen in der Telefonleitung, das charakteristische Summen, das ich von allen Sommern in Sara Lacht in Erinnerung hatte. War dieses konstante tiefe *mmmmm* Samstag abend deutlicher als sonst gewesen?

»Ich glaube, da könnte es vielleicht ein Tonband geben«, sagte ich widerwillig.

»Hm-hmm. Und wenn Devores Anwalt es dem *ad litem* bringt, was meinen Sie, wie werden Sie sich anhören?«

»Vorsichtig«, sagte ich. »Vielleicht wie ein Mann, der etwas zu verbergen hat.«

»Oder wie ein Mann, der Geschichten erzählt. Und darin sind Sie gut, oder nicht? Immerhin verdienen Sie damit Ihren Lebensunterhalt. Devores Anwalt wird das bei der Sorgerechtsverhandlung mit Sicherheit erwähnen. Wenn er dann einen der Leute in den Zeugenstand bittet, die vorbeigefahren sind, kurz nachdem Mattie auf der Bildfläche erschienen ist … eine Person, die aussagt, daß die junge Dame ängstlich und hektisch ausgesehen hat … was meinen Sie, wie Sie sich dann anhören werden?«

»Wie ein Lügner«, sagte ich, und dann: »Oh, Scheiße.«

»Keine Bange, Mike. Seien Sie guten Mutes.«

»Was soll ich tun?«

»Ihre Geschütze vernageln, bevor sie sie abfeuern können. Sagen Sie Durgin ganz genau, was passiert ist. Bringen Sie es zu Protokoll. Betonen Sie die Tatsache, daß das kleine Mädchen gedacht hat, sie wäre in Sicherheit. Denken Sie daran, das mit dem ›Zebrasteifen‹ zu erwähnen. Das gefällt mir.«

»Wenn sie ein Band haben, werden sie es vorspielen, und ich werde wie ein Armleuchter dastehen, der zwei verschiedene Versionen erzählt.«

»Das glaube ich nicht. Sie waren kein vereidigter Zeuge, als Sie mit Devore gesprochen haben, oder? Sie saßen auf Ihrer Veranda und haben sich um Ihre eigenen Angelegenheiten gekümmert, das Feuerwerk angesehen. Dann ruft aus heiterem Himmel dieses griesgrämige alte Arschloch an. Fängt an zu toben. Sie haben ihm nicht mal Ihre Nummer gegeben, oder?«

»Nein.«

»Ihre *Geheim*nummer.«

»Nein.«

»Und obwohl er *sagte*, daß er William Devore sei, hätte er irgend jemand sein können, richtig?«

»Richtig.«

»Er hätte der Schah von Persien sein können.«

»Nein, der Schah ist tot.«

»Damit scheidet der Schah aus. Aber er hätte ein neugieriger Nachbar sein können … oder ein Witzbold.«

»Ja.«

»Und Sie haben an all diese Möglichkeiten gedacht, als Sie geantwortet haben. Aber jetzt, wo Sie in einem offiziellen Prozeß aussagen, sagen Sie die volle Wahrheit und nichts als.«

»Worauf Sie sich verlassen können.« Das gute *Mein-Anwalt*-Gefühl hatte mich eine Zeitlang verlassen gehabt, aber jetzt war es wieder voll da.

»Mit der Wahrheit fährt man immer am besten, Mike«, sagte er ernst. »Außer in einigen wenigen Fällen, aber dies ist keiner davon. Sind wir uns darin einig?«

»Ja.«

»Na gut, dann sind wir fertig. Ich möchte bis morgen vormittag gegen elf Uhr von Ihnen oder Mattie Devore hören. Besser von ihr.«

»Ich versuche es.«

»Wenn sie wirklich bockig ist, wissen Sie, was Sie zu tun haben, nicht wahr?«

»Ich denke, ja. Danke, John.«

»So oder so, wir werden bald wieder miteinander sprechen«, sagte er und legte auf.

Ich blieb eine Zeitlang sitzen, wo ich war. Einmal drückte ich auf die Belegungstaste des schnurlosen Telefons, aber als ich das Freizeichen hörte, drückte ich wieder darauf. Ich mußte mit Mattie reden, war aber noch nicht soweit. Ich beschloß, statt dessen einen Spaziergang zu machen.

Wenn sie wirklich bockig ist, wissen Sie, was Sie zu tun haben, nicht wahr?

Natürlich. Sie daran erinnern, daß sie es sich nicht leisten konnte, stolz zu sein. Daß sie es sich nicht leisten konnte, sich wie ein Yankee zu benehmen und sich zu weigern, Almosen von Michael Noonan anzunehmen, dem Verfasser der Romane *Zweisamkeit, Der Mann im roten Hemd* und des in Kürze erscheinenden *Helens Versprechen*. Sie daran erinnern, daß sie ihren Stolz oder ihre Tochter haben konnte, aber wahrscheinlich nicht beides.

He, Mattie, entscheiden Sie sich.

Ich ging fast bis zum Ende des Wegs und machte Rast auf Tidwell's Meadow mit der hübschen Aussicht auf die Krümmung des Sees und die White Mountains dahinter. Das Wasser träumte unter einem dunstigen Himmel und sah grau aus, wenn man den Kopf in eine, und blau, wenn man ihn in die andere Richtung neigte. Das Gefühl eines Geheimnisses hatte mich ziemlich im Griff. Das Gefühl von Manderley.

Mehr als vierzig Schwarze hatten sich um die Jahrhundertwende hier niedergelassen – jedenfalls eine Weile aufgehalten –, wenn man Marie Hingerman glauben wollte (und so stand es auch in *Eine Geschichte von Castle County und Castle Rock*, einem schwergewichtigen Folianten, der 1977 veröffentlicht worden war, zum zweihundertjährigen Jubiläum des County). Und überdies ganz besondere Schwarze: die meisten miteinander verwandt, die meisten begabt, die meisten Angehörige einer Gruppe von Musikern, die zuerst The Red-Top Boys und dann Sara Tidwell and the Red-Top Boys genannt wurden. Sie hatten die Wiese und ein gutes Stück des Seeufers von einem Mann namens Douglas Day gekauft. Das Geld hatten sie über einen Zeitraum von zehn Jahren zusammengespart, wie Sonny Tidwell erklärte, der die Kaufverhandlungen führte (als Red-Top hatte Son Tidwell etwas gespielt, das man als »Chickenscratch-Gitarre« bezeichnete).

In der Stadt hatte es deswegen einen gewaltigen Aufstand gegeben, und sogar eine Versammlung, um gegen »die Ankunft dieser Farbigen, die nicht als Familie, sondern als Horde kommen«, zu protestieren. Die Lage hatte sich wieder beruhigt, die Befürchtungen hatten sich in Wohlgefallen aufgelöst, wie es öfter der Fall ist als das Gegenteil. Die verwahrloste Siedlung, die die meisten Einheimischen auf Day's Hill erwartet hatten (so wurde Tidwell's Meadow 1900 genannt, als Son Tidwell das Land für seinen weitverzweigten Klan kaufte), war nie entstanden. Statt dessen wurden ein paar hübsche weiße Holzhäuser gebaut, die um ein größeres Gebäude herum standen, das als Versammlungsort, Probenraum und vielleicht sogar einmal als Veranstaltungssaal gedacht gewesen war.

Sara and the Red-Top Boys (manchmal gehörte auch ein Red-Top Girl dazu; die Mitgliedschaft in der Band war fließend und änderte sich mit jedem Auftritt) spielten über ein Jahr, vielleicht eher zwei, im ganzen westlichen Maine. In den Städten entlang der Western Line – Farmington, Skowhegan, Bridgton, Gates Falls, Castle Rock, Motton, Fryeburg – kann man auf Flohmärkten und in Trödelläden bis heute ihre alten Konzertplakate finden. Sara and the Red-Tops waren die Lieblinge des Publikums ihrer Konzerte und kamen auch zu Hause im TR ganz gut zurecht, was mich nie überraschte. Letzten Endes hatte Robert Frost – der pragmatische und oft unfreundliche Dichter – doch recht: In den drei nordöstlichen Staaten glauben wir wirklich, daß gute Zäune gute Nachbarn machen. Wir beklagen uns vehement und halten dann einen kläglichen Frieden, einen Frieden mit stechenden Augen und nach unten gezogenen Mundwinkeln. »Sie bezahlen ihre Rechnungen«, sagen wir. »Ich mußte nie einen ihrer Hunde erschießen«, sagen wir. »Sie bleiben unter sich«, sagen wir, als wäre Abgrenzung eine Tugend. Und natürlich die Kardinalstugend: »Sie nehmen keine Almosen.«

Und an irgendeinem Punkt wurde Sara Tidwell zu Sara Lacht.

Am Ende aber kann TR-90 doch nicht gewesen sein, was sie gewollt hatten, denn nachdem sie im Spätsommer 1901 bei einer oder zwei Jahrmarktsfeiern aufgetreten waren, zog der Klan weiter. Ihre hübschen kleinen Häuser lieferten der Familie Day Nebeneinkünfte als Sommerhäuser bis 1933, als sie in dem Feuer niederbrannten, das die Ost- und Nordseite des Sees verwüstete. Ende der Geschichte.

Das hieß, bis auf ihre Musik. Ihre Musik hatte überlebt.

Ich stand von dem Felsen auf, auf dem ich gesessen hatte, streckte Arme und Rücken, ging den Weg zurück und sang dabei eines ihrer Lieder.

Kapitel 12

Auf dem Rückweg zu meinem Haus versuchte ich, an gar nichts zu denken. Mein erster Lektor pflegte zu sagen, daß fünfundachtzig Prozent von dem, was im Kopf eines Romanautors vor sich geht, nicht seine Sache ist, ein Vorbehalt, der meiner Ansicht nach nicht nur auf Schriftsteller beschränkt sein sollte. Das sogenannte höhere Denken ist im Grunde genommen völlig überschätzt. Wenn es Ärger gibt und Schritte unternommen werden müssen, finde ich es generell besser, einfach beiseite zu treten und die Jungs im Keller ihre Arbeit machen zu lassen. Das ist richtig schwere Arbeit da unten, für Männer, die nicht in der Gewerkschaft sind und jede Menge Muskeln und Tätowierungen haben. Instinkt ist ihre Spezialität, und sie geben Probleme nur im äußersten Notfall zum eigentlichen Überdenken nach oben weiter.

Als ich versuchte, Mattie Devore anzurufen, geschah etwas höchst Eigentümliches – etwas, das nichts mit Spuk zu tun hatte, soweit ich sehe. Statt des Summens der freien Leitung bekam ich nur Stille, als ich die Belegungstaste des Mobilteils drückte. Als ich gerade dachte, ich hätte wohl das Telefon im Schlafzimmer nicht wieder aufgelegt, stellte ich fest, daß es keine *vollkommene Stille* war. So fern wie eine Funkübertragung aus der Tiefe des Weltraums, fröhlich und quakend wie eine Zeichentrickente, sang ein Kerl mit einem ganz ordentlichen Brooklyner Akzent in der Stimme: »*He followed her to school one day, school one day, school one day. He followed her to school one day, which was against the rule* …«

Ich machte den Mund auf, um zu fragen, wer da war, aber bevor ich es konnte, sagte eine Frauenstimme: »Hallo?« Sie hörte sich perplex und zweifelnd an.

»Mattie?« In meiner Verwirrung kam mir nicht in den Sinn, sie förmlicher anzusprechen, beispielsweise Ms. oder Mrs. Devore. Auch kam mir nicht seltsam vor, daß ich nach nur einem einzigen Wort wußte, wer sie war, obwohl unsere vorherige Unterhaltung relativ kurz gewesen war. Vielleicht hatten die Jungs im Keller die Hintergrundmusik erkannt und die Verbindung zu Kyra hergestellt.

»Mr. Noonan?« Sie hörte sich bestürzter denn je an. »Das Telefon hat nicht mal geläutet!«

»Ich muß gerade in dem Moment abgenommen haben, als Ihr Anruf durchkam«, sagte ich. »Das passiert von Zeit zu Zeit.« Aber wie oft, fragte ich mich, passierte es, wenn die Person, die einen anrief, dieselbe war, die man selbst gerade anrufen wollte? Vielleicht sogar ziemlich oft. Telepathie oder Zufall? Live oder Memorex? Wie auch immer, es schien fast Magie zu sein. Ich sah durch das lange, niedrige Wohnzimmer in die Glasaugen von Bunter dem Elch und dachte: *Ja, aber vielleicht ist dies jetzt ein magischer Ort.*

»Kann sein«, sagte sie voller Zweifel. »Ich muß mich entschuldigen, daß ich Sie überhaupt angerufen habe – es war eine Anmaßung. Ich weiß, Sie haben eine Geheimnummer.«

Oh, machen Sie sich deswegen keine Gedanken, dachte ich. *Inzwischen hat jeder diese alte Nummer. Ich überlege schon, ob ich sie nicht in die Gelben Seiten setzen lasse.*

»Ich habe sie von Ihrer Karteikarte in der Bibliothek«, fuhr sie mit verlegenem Tonfall fort. »Da arbeite ich.« Im Hintergrund war »Mary Had a Little Lamb« von »The Farmer in the Dell« abgelöst worden.

»Schon gut«, sagte ich. »Zumal ich sowieso den Hörer abgenommen hatte, um Sie anzurufen.«

»Mich? Warum?«

»Ladies first.«

Sie lachte kurz und nervös. »Ich wollte Sie zum Abendessen einladen. Das heißt, Ki und ich wollten Sie zum Abendessen einladen. Ich hätte es schon früher tun sollen. Sie sind an dem Tag schrecklich nett zu uns gewesen. Werden Sie kommen?«

»Ja«, sagte ich ohne zu zögern. »Besten Dank. Wir müssen uns sowieso über verschiedenes unterhalten.«

Es folgte eine Pause. Im Hintergrund nahm die Maus den Käse. Als Kind hatte ich geglaubt, daß sich das alles in einer riesigen grauen Fabrik namens Hi-Ho Dairy-O abspielte.

»Mattie? Sind Sie noch da?«

»Er hat sie da hineingezogen, richtig? Dieser schreckliche alte Mann.« Nun hörte sich ihre Stimme nicht mehr nervös an, sondern irgendwie tot.

»Nun, ja und nein. Man könnte behaupten, daß mich das Schicksal hineingezogen hat, der Zufall oder Gott. Ich war an dem Vormittag nicht wegen Max Devore da; ich war auf der Jagd nach dem scheuen Villageburger.«

Sie lachte nicht, aber ihre Stimme wurde ein wenig fröhlicher, und das freute mich. Leute, die auf diese tote, affektlose Art sprechen, sind meistens verängstigte Leute. Manchmal Leute, die regelrecht terrorisiert worden sind. »Trotzdem tut es mir leid, daß ich Sie in meine Probleme hineingezogen habe.« Ich überlegte mir, daß sie mich fragen würde, wer wen hineinzog, wenn ich ihr von John Storrow erzählte, und war froh, daß ich diese Diskussion nicht am Telefon mit ihr führen mußte.

»Wie auch immer, ich komme gern zum Essen. Wann?«

»Wäre heute abend zu früh?«

»Auf keinen Fall.«

»Wunderbar. Aber wir müssen zeitig essen, damit meine Kleine nicht einschläft und mit dem Kopf in ihr Dessert fällt. Ist sechs Uhr recht?«

»Ja.«

»Ki wird sich freuen. Wir bekommen nicht oft Besuch.«

»Sie ist doch nicht wieder auf Wanderschaft gegangen, oder?«

Ich dachte, sie wäre beleidigt. Statt dessen lachte sie diesmal *wirklich.* »Großer Gott, nein. Die ganze Aufregung am Samstag hat sie richtig erschreckt. Inzwischen kommt sie herein und sagt mir Bescheid, wenn sie von der Schaukel neben dem Haus zum Sandkasten dahinter geht. Aber sie hat viel von Ihnen gesprochen. Sie nennt Sie den ›Mann, der mich tragen hat‹. Ich glaube, sie fürchtet, Sie könnten wütend auf sie sein.«

»Sagen Sie ihr, daß ich das nicht bin«, sagte ich. »Nein, lassen Sie es. Ich werde es ihr selbst sagen. Kann ich etwas mitbringen?«

»Eine Flasche Wein?« fragte sie unsicher. »Vielleicht wäre das auch übertrieben – ich wollte nur Hamburger grillen und Kartoffelsalat machen.«

»Ich bringe keine übertriebene Flasche.«

»Danke«, sagte sie. »Das ist schrecklich aufregend. Wir bekommen nie Besuch.«

Ich stellte zu meinem Entsetzen fest, daß ich im Begriff war, ihr zu sagen, daß ich es ebenfalls aufregend fand, meine erste Verabredung seit vier Jahren, und so weiter. »Danke, daß Sie an mich gedacht haben.«

Als ich auflegte, fiel mir John Storrows Rat ein, sichtbar zu bleiben, wenn ich mit ihr zusammen war, und den Klatschbasen der Stadt keinen unnötigen Stoff zu liefern. Wenn wir grillten, waren wir wahrscheinlich im Freien, wo die Leute sehen konnten, daß wir bekleidet waren ... jedenfalls den größten Teil des Abends. Aber irgendwann würde sie bestimmt einmal dem Gebot der Höflichkeit folgen und mich hinein bitten. Ich würde dem Gebot der Höflichkeit folgen und mitgehen. Ihr Samtbild von Elvis an der Wand bewundern, ihre Wandteller von der Franklin Mint oder womit sie ihren Wohnwagen auch immer geschmückt hatte; ich würde mir von Kyra ihr Zimmer zeigen lassen und erstaunte Ausrufe wegen ihrer exzellenten Plüschtiersammlung und ihrer Lieblingspuppe von mir geben, sollte es erforderlich sein. Es gibt alle möglichen Prioritäten im Leben. Manche kann Ihr Anwalt verstehen, aber ich vermute, es gibt ein paar, die er nicht verstehen kann.

»Mache ich das richtig, Bunter?« fragte ich den ausgestopften Elch. »Brüll einmal für ja, zweimal für nein.«

Ich war halb den Flur entlang, der zum Nordflügel führte, und dachte an nichts anderes als eine kühle Dusche, als ich hinter mir ganz leise und kurz das Glöckchen um Bunters Hals läuten hörte. Ich blieb mit geneigtem Kopf stehen, Hemd in einer Hand, und wartete, daß das Glöckchen noch einmal läuten würde. Es blieb stumm. Nach einer Minute ging ich den Rest des Wegs zum Bad und drehte die Dusche auf.

Der Lakeview General hatte eine ziemlich gute Weinauswahl in einer Ecke versteckt – die Einheimischen kauften wahrscheinlich nicht eben viel, aber die Touristen dafür eine ganze Menge –, und ich entschied mich für eine Flasche roten Mondavi. Der war wahrscheinlich etwas teurer, als Mattie sich vorgestellt hatte, aber ich konnte das Preisschild abkratzen und hoffen, daß sie den Unterschied nicht merken würde. An der Kasse stand eine

Schlange, überwiegend Leute mit feuchten T-Shirts über den Badeanzügen und Sand vom öffentlichen Strand an den Beinen. Während ich wartete, bis ich an die Reihe kam, fiel mein Blick auf die im wesentlichen überflüssigen Artikel, die immer unmittelbar vor der Kasse ausgestellt wurden. Darunter befanden sich mehrere Plastiktüten mit der Aufschrift MAGNABET; jede Tüte zeigte einen gezeichneten Kühlschrank mit der daran befestigten Nachricht BIN GLEICH WIEDER DA. Laut Packungsbeschreibung waren zwei Sätze Konsonanten in jeder Tüte, PLUS EXTRAVOKALEN. Ich schnappte mir zwei Tüten ... dann fügte ich eine dritte hinzu, weil ich mir dachte, daß Mattie Devores Tochter wahrscheinlich genau im richtigen Alter für so etwas war.

Kyra sah mich auf den unkrautüberwucherten Hof fahren, sprang von der wackligen Schaukel neben dem Wohnwagen, rannte zu ihrer Mutter und versteckte sich hinter ihr. Als ich mich dem Holzkohlengrill näherte, der neben den Schlackesteinstufen aufgebaut worden war, war von dem Kind, das am Samstag so unerschrocken mit mir gesprochen hatte, nur ein neugieriges blaues Auge und eine pummelige Hand zu sehen, mit der sie eine Falte des Sommerkleids ihrer Mutter unterhalb der Hüfte gepackt hielt.

Aber zwei Stunden brachten beträchtliche Veränderungen mit sich. Als es dämmerte, saß Kyra im Wohnzimmer des Wohnwagens auf meinem Schoß und hörte mir aufmerksam zu – wenn auch zunehmend schläfrig –, wie ich ihr die stets faszinierende Geschichte von Cinderella vorlas. Die Couch, auf der wir saßen, hatte einen Braunton, wie er – das ist ein Gesetz – nur in Discountgeschäften verkauft wird, und war extrem durchgesessen, aber ich schämte mich immer noch meiner beiläufigen Vorurteile, was ich in dem Wohnwagen finden würde. An der Wand hinter uns hing ein Druck von Edward Hopper – der eines einsamen Restauranttresens mitten in der Nacht –, und auf der anderen Seite des Zimmers, über dem kleinen Resopaltisch in der Kochnische, einer aus Vincent van Goghs »Sonnenblumen«-Serie. Er paßte noch besser als der Hopper in Mattie Devores Doppelwohnwagen. Ich habe keine Ahnung, warum das so war, aber es war so.

»Glaspantoffel wird ihr Füßi aufschneiden«, sagte Ki in einer nuscheligen, bedächtigen Weise.

»Keine Chance«, sagte ich. »Pantoffelglas wurde eigens im Königreich Grimoire hergestellt. Glatt und unzerbrechlich, solange man kein hohes C sang, während man sie trug.«

»Bekomm' ich ein Paar?«

»Tut mir leid, Ki«, sagte ich, »niemand weiß mehr, wie man Pantoffelglas herstellt. Das ist eine verlorengegangene Kunst, wie Toledo-Stahl.« Es war heiß in dem Wohnwagen, und sie war heiß an meinem Hemd, wo ihr Oberkörper an mir ruhte, aber ich hätte es nicht anders gewollt. Es war ein schönes Gefühl, ein Kind auf dem Schoß zu haben. Draußen sang ihre Mutter und sammelte das Geschirr von dem Kartentisch ein, wo wir unser Picknick gemacht hatten. Sie singen zu hören war auch schön.

»Weiter, weiter«, sagte Kyra und zeigte auf das Bild von Cinderella, wie sie den Boden schrubbte. Das kleine Mädchen, das nervös um das Bein ihrer Mutter gelugt hatte, war verschwunden; das wütende »Ich-geh-zum-verdammten-Strand«-Mädchen von Samstag vormittag war verschwunden; hier war nur ein müdes Kind, das hübsch und aufgeweckt und zutraulich war. »Bevor ich es nicht mehr halten kann.«

»Mußt du Pipi?«

»Nein«, sagte sie und sah mich ungnädig an. »Außerdem heißt das Juhurinieren. Pi ist eine Zahl, das sagt Mattie immer. Außerdem war ich schon. Aber wenn du dich nicht schnell machst mit der Geschichte, schlafe ich um.«

»Man kann sich nicht mit Geschichten beeilen, in denen gezaubert wird, Ki.«

»Nun, mach so schnell wie du kannst.«

»Okay.« Ich blätterte um. Da war Cinderella, die versuchte, ein guter Kumpel zu sein und ihren blöden Schwestern zum Abschied winkte, als sie, wie Discoschnepfen aufgetakelt, zum Ball gingen. »Kaum hatte sich Cinderella von Tammy Faye und Vanna verabschiedet –«

»Sind das die Namen der Schwestern?«

»Die, die ich für sie erfunden habe, ja. Ist das okay?«

»Klar.« Sie machte es sich auf meinem Schoß bequemer und ließ den Kopf wieder an meine Brust sinken.

»Kaum hatte sich Cinderella von Tammy Faye und Vanna verabschiedet, als plötzlich ein helles Licht in der Ecke der Küche erstrahlte. Eine wunderschöne Dame in einem silbernen Kleid kam heraus. Die Juwelen in ihrem Haar funkelten wie Sterne.«

»Die gute Fee«, sagte Kyra sachlich.

»Ja.«

Mattie kam mit der verbliebenen halben Flasche Mondavi und dem geschwärzten Grillbesteck herein. Ihr Sommerkleid war hellrot. An den Füßen trug sie flache Turnschuhe, die so weiß waren, daß sie im Halbdunkel zu leuchten schienen. Das Haar hatte sie zurückgebunden, und obwohl sie noch nicht das atemberaubende Country-Club-Baby war, das ich kurz imaginiert hatte, war sie ausnehmend hübsch. Nun sah sie Kyra an, sah mich an, zog die Brauen hoch und machte mit den Armen eine Geste des Hochhebens. Ich schüttelte den Kopf, um ihr klarzumachen, daß keiner von uns beiden schon bereit war.

Ich las weiter, während Mattie sich an die Arbeit machte, das bißchen Besteck zu reinigen. Sie summte immer noch. Als sie mit dem Bratenwender fertig war, hatte sich Kis Körper auf eine Weise entspannt, die ich sofort erkannte – sie war eingedöst, und zwar heftig. Ich klappte den *Goldenen Märchenhausschatz* zu und legte ihn auf den Beistelltisch neben zwei weitere aufeinandergelegte Bücher – was Mattie im Moment so las, vermutete ich. Ich schaute auf, sah sie, wie sie mich von der Kochnische aus beobachtete, und machte das V-Zeichen für Sieg. »Noonan gewinnt durch technischen K. o. in der achten Runde«, sagte ich.

Mattie trocknete die Hände an einem Geschirrtuch ab und kam herüber. »Geben Sie sie mir.«

Statt dessen stand ich mit Kyra auf den Armen auf. »Ich trage sie. Wohin?«

Sie zeigte mit dem Arm in die Richtung. »Nach links.«

Ich trug das Kind den Flur hinab, der so schmal war, daß ich achtgeben mußte, nicht ihre Füße auf der einen oder ihren Kopf auf der anderen Seite anzustoßen. Am Ende des Flurs lag das blitzblank geputzte Bad. Rechts eine geschlossene Tür, vermutlich das Schlafzimmer, das sich Mattie einst mit Lance Devore geteilt hatte und in dem sie jetzt allein schlief. Wenn es einen Freund gab, der nur ab und zu in dem Wohnwagen übernachtete, hatte Mattie seine Spuren fachmännisch beseitigt.

Ich schob mich vorsichtig durch die linke Tür und betrachtete das kleine Bett mit der zerknautschten Rosendecke, den Tisch mit dem Puppenhaus darauf, das Bild der Smaragdstadt an der Wand, das Schild an der anderen (mit leuchtenden Selbstklebebuchstaben geschrieben), auf dem CASA KYRA stand. Devore wollte sie hier wegholen, von einem Platz, an dem es nichts auszusetzen gab, wo, im Gegenteil, alles völlig einwandfrei war. Casa Kyra war das Zimmer eines kleinen Mädchens, das unter angemessenen Umständen aufwuchs.

»Legen Sie sie auf das Bett, und schenken Sie sich noch ein Glas Wein ein«, sagte Mattie. »Ich werde ihr den Pyjama anziehen und dann zu Ihnen kommen. Ich weiß, wir müssen über einiges reden.«

»Okay.« Ich legte sie hin und bückte mich etwas tiefer, um ihr einen Kuß auf die Nase zu geben. Fast hätte ich es mir anders überlegt, aber dann machte ich es doch. Als ich hinausging lächelte Mattie, daher denke ich, es war okay.

Ich schenkte mir noch etwas Wein ein, ging damit in das winzige Wohnzimmer und betrachtete mir die beiden Bücher neben Kis Märchensammlung. Ich bin immer neugierig, was Leute lesen; den einzigen besseren Einblick liefert ihr Arzneischränkchen, aber es wird nicht gern gesehen, wenn jemand in den Medikamenten und Heilmitteln seiner Gastgeber herumschnüffelt.

Die Bücher waren so grundverschieden, daß man es als schizoid einstufen konnte. Eines, bei dem im hinteren Teil eine Spielkarte steckte, war eine Taschenbuchausgabe von Richard North Pattersons *Silent Witness*. Ich bewunderte ihren Geschmack; Patterson und DeMille sind wahrscheinlich die besten zeitgenössischen Unterhaltungsschriftsteller. Das andere, ein dicker gebundener Wälzer, waren die *Gesammelten Erzählungen von Herman Melville*. Etwa so weit von Richard North Patterson entfernt, wie es nur ging. Laut dem verblaßten purpurnen Stempel gehörte dieser Band der öffentlichen Bibliothek von Four Lakes. Das ist ein hübsches gemauertes Haus etwa fünf Meilen südlich vom Dark Score Lake, wo die Route 68 vom TR nach Motton führt. Wo Mattie vermutlich arbeitete. Ich schlug beim Lesezeichen auf, ebenfalls eine Spielkarte, und sah, daß sie »Bartleby« las.

»Das verstehe ich nicht«, sagte sie hinter mir und erschreckte mich so sehr, daß ich beinahe die Bücher fallen ließ. »Sie gefällt mir – es ist eine gute Geschichte –, aber ich habe nicht die geringste Ahnung, was sie bedeutet. Bei der anderen bin ich sogar schon dahintergekommen, wer es war.«

»Ein seltsames Paar für eine parallele Lektüre«, sagte ich und legte beide wieder hin.

»Patterson lese ich zum Vergnügen«, sagte Mattie. Sie ging in die Küche, sah kurz (und sehnsüchtig, fand ich) zu der Flasche Wein, dann machte sie den Kühlschrank auf und holte einen Krug Fruchtsaft heraus. An der Kühlschranktür sah ich die Worte, die ihre Tochter bereits aus dem Magnabet zusammengesetzt hatte; KI und MATTIE und HOHO (der Weihnachtsmann, vermutete ich). »Nun, ich schätze, ich lese sie beide zum Vergnügen, aber in dieser kleinen Gruppe, der ich angehöre, diskutieren wir demnächst über ›Bartleby‹. Wir treffen uns Donnerstag abends in der Bibliothek. Ich habe immer noch rund zehn Seiten vor mir.«

»Ein Lesekreis.«

»Hm-hmm. Mrs. Briggs hat den Vorsitz. Sie hat den Kreis lange vor meiner Geburt gegründet. Sie ist die Chefbibliothekarin von Four Lakes, wissen Sie.«

»Ich weiß. Lindy Briggs ist die Schwester meines Hausmeisters.«

Mattie lächelte. »Die Welt ist klein, nicht wahr?«

»Nein, die Welt ist groß, aber die Stadt ist klein.«

Sie wollte sich mit dem Glas Fruchtsaft an den Tresen lehnen, überlegte es sich aber anders. »Warum setzen wir uns nicht draußen hin? Damit jeder, der vorbeikommt, sehen kann, daß wir noch bekleidet sind und nichts verkehrt herum anhaben.«

Ich sah sie verblüfft an. Sie erwiderte den Blick mit einer zynischen Heiterkeit. Es war kein Ausdruck, mit dem ihr Gesicht besonders vertraut zu sein schien.

»Ich bin vielleicht erst einundzwanzig, aber ich bin nicht dumm«, sagte sie. »Er läßt mich beobachten. Ich weiß es, und Sie wahrscheinlich auch. An jedem anderen Abend würde ich vielleicht sagen, der Teufel soll ihn holen, wenn er keinen Spaß versteht, aber draußen ist es kühler, und der Rauch des Grills wird den größten Teil der Insekten fernhalten. Habe ich Sie schockiert? Das tut mir leid.«

»Haben Sie nicht.« Aber ein wenig schon. »Sie müssen sich nicht entschuldigen.«

Wir gingen mit unseren Gläsern die nicht ganz felsenfesten Schlackesteinstufen hinunter und setzten uns nebeneinander auf zwei Gartenstühle. Links von uns glühten die Kohlen im Grill sanft rosa in der zunehmenden Dämmerung. Mattie lehnte sich zurück, drückte kurz die kalte Rundung ihres Glases an die Stirn und nahm einen großen Schluck, so daß die Eiswürfel klickernd und rasselnd gegen ihre Zähne rutschten. Zikaden zirpten im Wald hinter dem Wohnwagen und auf der anderen Straßenseite. Weiter oben am Highway 68 konnte ich die grellweißen Neonlichter über den Zapfsäulen des Lakeview General sehen. Der Sitz meines Stuhls hing etwas durch, die geflochtenen Stränge waren ein wenig ausgefranst, und das alte Mädchen hatte sichtlich Schlagseite nach links, aber trotzdem hätte ich in dem Moment nirgendwo lieber gesessen. Der Abend hatte sich als ein stilles kleines Wunder entpuppt ... jedenfalls bisher. Wir mußten uns immer noch über John Storrow unterhalten.

»Ich bin froh, daß Sie an einem Dienstag gekommen sind«, sagte sie. »Dienstagabende sind immer schwer für mich. Ich muß immer an die Baseballspiele drüben bei Warrington's denken. Die Jungs dürften gerade ihre Ausrüstung zusammenpacken – Schläger und *Bases* und die Maske des *Catchers* – und im Schuppen hinter der *Home Plate* verstauen. Ihr letztes Bier trinken und ihre letzte Zigarette rauchen. Da habe ich meinen Mann kennengelernt, wissen Sie. Ich bin sicher, das alles hat man Ihnen mittlerweile erzählt.«

Ich konnte ihr Gesicht nicht deutlich sehen, aber den leicht verbitterten Unterton hören, der sich in ihre Stimme geschlichen hatte, und vermutete, daß sie immer noch den zynischen Gesichtsausdruck trug. Er war zu alt für sie, aber ich dachte mir, daß sie ihn auf völlig rechtmäßige Weise erworben hatte. Wenn sie nicht aufpaßte, würde er sich allerdings einnisten und wachsen.

»Ich habe eine Version von Bill gehört, ja – Lindys Schwager.«

»Oh, jau – unsere Geschichte ist in aller Munde. Sie können sie im Laden, im Village Café oder in der Werkstatt dieses alten Plappermauls erfahren ... die mein Schwiegervater übrigens vor der Western Savings gerettet hat. Er hat eingegriffen, bevor die Bank zwangsversteigern konnte. Nun glauben Dickie Brooks und seine Kumpels, daß Max Devore der leibhaftige Jesus ist. Ich hoffe, Sie haben von Mr. Dean eine fairere Version gehört, als Sie sie in der All-Purpose-Werkstatt bekommen hätten. Muß so sein, andernfalls hätten Sie es nicht riskiert, Hamburger mit Jezebel zu essen.«

Ich wollte das Thema wechseln, wenn ich konnte – ihr Ärger war verständlich, aber nutzlos. Natürlich fiel es mir leichter, das zu sehen; es war nicht mein Kind, das als Taschentuch in die Mitte eines Seils beim Tauziehen gebunden worden war. »Sie spielen immer noch Softball bei Warrington's? Obwohl Devore die Anlage gekauft hat?«

»Ja, allerdings. Er fährt jeden Dienstagabend mit seinem motorisierten Rollstuhl zum Spielfeld runter und sieht zu. Seit er hierher zurückgekehrt ist, hat er noch einiges angekurbelt, alles Versuche, die Leute in der Stadt für sich einzunehmen, aber ich glaube, die Softballspiele liebt er wirklich. Die Whitmore kommt ebenfalls mit. Hat eine zusätzliche Sauerstoffflasche auf einer kleinen roten Schubkarre mit weißen Reifen dabei. Ein Fängerhandschuh ist auch darin, falls ein schlecht getroffener Ball über den Zaun dorthin fliegt, wo er sitzt. Zu Beginn der Saison hat er einmal einen gefangen, hab' ich gehört, und stehende Ovationen von den Spielern und Zuschauern bekommen.«

»Meinen Sie, wenn er zu den Spielen geht, fühlt er sich seinem Sohn näher?«

Mattie lächelte grimmig. »Ich glaube nicht, daß er auch nur einen Gedanken an Lance verschwendet, wenn er auf dem Spielfeld ist. Sie spielen rauh bei Warrington's – rutschen mit ausgestreckten Beinen auf die *Home Plate* zu, springen nach hohen Bällen ins Gestrüpp, beschimpfen sich, wenn sie einen Fehler machen – und das gefällt dem alten Max Devore, darum läßt er Dienstag abends kein Spiel aus. Er sieht es gerne, wenn sie rutschen und blutend wieder aufstehen.«

»Hat Lance so gespielt?«

Sie dachte gründlich darüber nach. »Er hat auch hart gespielt, aber nicht besessen. Er hat nur aus Spaß mitgemacht. Wie wir alle. Wir Frauen – Scheiße, eigentlich Mädchen, Barney Theriaults Frau Cindy war erst sechzehn – standen hinter dem Zaun auf der Seite der *First Base,* haben Zigaretten geraucht oder Fähnchen geschwenkt, um die Insekten fernzuhalten, haben unseren Männern zugejubelt, wenn sie etwas gut gemacht, und gelacht, wenn sie etwas falsch gemacht haben. Wir haben Limos rumgehen lassen oder uns eine Dose Bier geteilt. Ich habe Helen Gearys Zwillinge bewundert, und sie hat Ki unter dem Kinn geküßt, bis Ki gekichert hat. Manchmal sind wir anschließend noch ins Village Café, und Buddy hat uns Pizza gemacht, die Verlierer mußten zahlen. Alle wieder Freunde, Sie wissen schon, nach dem Spiel. Wir haben herumgesessen, gejohlt und die Papierhüllen von Strohhalmen weggepustet, einige der Jungs halb angetrunken, aber keiner böse. Damals haben sie sich alles Böse auf dem Spielfeld aus dem Leib gerannt. Und wissen Sie was? Niemand kommt mich besuchen. Nicht Helen Geary, die meine beste Freundin war. Nicht Richie Lattimore, der Lances bester Freund war – die beiden konnten sich endlos über Steine und Vögel und die Bäume unterhalten, die auf der anderen Seite des Sees wuchsen. Sie kamen zur Beerdigung, und noch eine Weile danach, und dann … wissen Sie, wie es war? Als ich ein Kind war, ist unser Brunnen ausgetrocknet. Eine Zeitlang kam ein Rinnsal heraus, wenn man den Hahn aufdrehte, aber dann nichts als Luft. Nur Luft.« Der Zynismus war verschwunden, ihre Stimme klang nur noch verletzt. »Ich habe Helen an Weihnachten gesehen, und wir haben versprochen, wir würden uns am Geburtstag der Zwillinge sehen, aber wir haben uns nicht wiedergesehen. Ich glaube, sie hat Angst davor, in meine Nähe zu kommen.«

»Wegen dem alten Mann?«

»Weswegen sonst? Aber es macht nichts, das Leben geht weiter.« Sie setzte sich auf, trank den restlichen Fruchtsaft und stellte das Glas weg. »Was ist mit Ihnen, Mike? Sind Sie zurückgekommen, um ein Buch zu schreiben? Werden Sie dem TR einen Namen machen?« Das war ein ortsübliches Bonmot, an das ich mich mit einem fast quälenden Anflug von Nostalgie erinnerte. Von Einheimischen, die große Pläne hatten, sagte man, daß sie dem TR einen Namen machen wollten.

»Nein«, sagte ich, und dann überraschte ich mich selbst, indem ich hinzufügte: »Das mache ich nicht mehr.«

Ich rechnete damit, daß sie aufspringen, ihren Stuhl umwerfen und einen schrillen Schrei der Entrüstung ausstoßen würde. Was eine Menge über mich sagt, nehme ich an, aber nichts besonders Schmeichelhaftes.

»Sie haben aufgehört?« fragte sie ruhig und erstaunlich unentrüstet. »Oder ist es eine Schreibblockade?«

»Nun, ganz sicher habe ich nicht *freiwillig* aufgehört.« Ich stellte fest, daß das Gespräch eine amüsante Wendung genommen hatte. Ich war in erster Linie gekommen, um ihr John Storrow aufzuschwatzen – um ihr John Storrow aufzuzwingen, falls es sein mußte –, und statt dessen unterhielt ich mich zum erstenmal über mein Unvermögen zu schreiben. Zum erstenmal mit einem anderen Menschen.

»Also eine Blockade.«

»Dachte ich auch, aber jetzt bin ich nicht so sicher. Ich glaube, Schriftsteller bekommen nur eine gewisse Zahl Geschichten in die Wiege gelegt – die sind in die Software integriert. Und wenn sie aufgebraucht sind, sind sie aufgebraucht.«

»Das bezweifle ich«, sagte sie. »Vielleicht schreiben Sie jetzt wieder, wo Sie hier unten sind. Vielleicht ist das mit ein Grund, warum Sie gekommen sind.«

»Vielleicht haben Sie recht.«

»Haben Sie Angst?«

»Manchmal. Vorwiegend davor, was ich mit dem Rest meines Lebens anfangen soll. Ich bin nicht gut mit Flaschenschiffen, und meine Frau war diejenige mit dem grünen Daumen.«

»Ich habe auch Angst«, sagte sie. »Große Angst. Die ganze Zeit, so kommt es mir jedenfalls vor.«

»Daß er mit der Sorgerechtsklage durchkommt? Mattie, deshalb bin ich –«

»Die Sorgerechtsklage ist nur ein Aspekt«, sagte sie. »Ich habe einfach Angst, hier zu sein, im TR. Es fing diesen Sommer an, lange nachdem ich wußte, daß Devore mir Ki wegnehmen will, wenn er kann. Und es wird schlimmer. In gewisser Weise ist es, als würde man sehen, wie sich über New Hampshire ein Gewitter zusammenbraut und langsam über den See zieht. Besser kann ich es nicht ausdrücken, aber ...« Sie rutschte herum, schlug die Beine übereinander und beugte sich nach vorne, damit sie den Rock gegen das Schienbein ziehen konnte, als wäre ihr kalt. »Aber ich bin in letzter Zeit häufig aufgewacht und war überzeugt, daß ich nicht allein im Schlafzimmer war. Einmal war ich sicher, daß ich nicht allein im *Bett* war. Manchmal ist es nur ein Gefühl – wie Kopfschmerzen, nur in den Nerven –, und manchmal glaube ich, daß ich Flüstern oder Weinen hören kann. Einmal habe ich einen Kuchen gebacken – das war vor etwa zwei Wochen – und vergessen, das Mehl wegzustellen. Am nächsten Morgen war der Vorratsbehälter umgekippt und das Mehl auf dem Tresen verstreut. Jemand hatte ›hallo‹ hineingeschrieben. Zuerst dachte ich, es wäre Ki gewesen, aber sie sagte, daß sie es nicht war. Außerdem war es nicht ihre Handschrift, die ist ganz krakelig. Ich bin nicht sicher, ob sie hallo überhaupt schreiben könnte. Hi vielleicht, aber ... Mike, Sie glauben doch nicht, daß er jemanden herschickt, der mich in den Wahnsinn treiben soll, oder? Ich meine, das ist doch albern, oder nicht?«

»Ich weiß nicht«, sagte ich. Ich dachte an etwas, das in der Dunkelheit auf die Isolierung klopfte, während ich auf der Treppe stand. Ich dachte an hallo, das mit Magnetbuchstaben auf meiner Kühlschranktür geschrieben stand, und an ein Kind, das in der Dunkelheit schluchzte. Meine Haut fühlte sich mehr als kalt an; sie war wie abgestorben. Kopfschmerzen in den Nerven, das war gut, genau so fühlte man sich, wenn etwas um die Mauer der Wirklichkeit herumgriff und einen im Genick berührte.

»Vielleicht sind es Gespenster«, sagte sie und lächelte auf eine unsichere Weise, die mehr ängstlich als amüsiert schien.

Ich machte den Mund auf, um ihr zu erzählen, was in Sara Lacht vorgefallen war, und machte ihn wieder zu. Hier war eine klare Entscheidung zu treffen: Entweder wir konnten in eine Diskussion über das Paranormale abschweifen, oder wir konnten auf die sichtbare Welt zurückkommen. Die Welt, in der Max Devore versuchte, ein Kind zu stehlen.

»Ja«, sagte ich. »Die Geister melden sich zu Wort.«

»Ich wünschte, ich könnte Ihr Gesicht besser sehen. Es hatte gerade so einen Ausdruck. Was für einen?«

»Ich weiß nicht«, sagte ich. »Aber ich denke, im Moment sollten wir besser über Kyra sprechen. Okay?«

»Okay.« Im schwachen Glühen des Grills konnte ich sehen, wie sie sich im Stuhl zurechtsetzte, als erwartete sie einen schweren Schlag.

»Ich habe eine Vorladung bekommen, am Freitag in Castle Rock eine Aussage zu machen. Vor Elmer Durgin, der Kyras Vormund *ad litem* –«

»Diese aufgeblasene kleine Kröte ist Kyras Garnichts!« platzte sie heraus. »Er tanzt nach der Pfeife meines Schwiegervaters, genau wie Dickie Osgood, der Lieblingsmakler vom alten Max! Dickie und Elmer Durgin trinken zusammen im Mellow Tiger, jedenfalls haben sie das getan, bis diese Sache richtig ins Rollen kam. Dann hat ihnen wahrscheinlich jemand gesagt, daß es keinen guten Eindruck macht, und sie haben aufgehört.«

»Die Papiere wurden von einem Deputy namens George Footman zugestellt.«

»Auch einer von den üblichen Verdächtigen«, sagte Mattie mit dünner Stimme. »Dickie Osgood ist eine Schlange, aber George Footman ist ein Schrottplatzhund. Er wurde schon zweimal vom Dienst suspendiert. Noch einmal, dann kann er ganztags für Max Devore arbeiten.«

»Nun, mir hat er angst gemacht. Ich habe versucht, es mir nicht anmerken zu lassen, aber es stimmt. Und Leute, die mir angst machen, machen mich wütend. Ich habe meinen Agenten in New York angerufen und dann einen Anwalt angeheuert. Einen, der sich auf Sorgerechtsfälle spezialisiert hat.«

Ich versuchte zu erkennen, wie sie darauf reagierte, konnte es aber nicht, obwohl wir ziemlich dicht beisammen saßen. Aber sie hatte immer noch dieses gefaßte Aussehen, das einer Frau, die einige harte Schläge erwartet. Aber vielleicht hatten die Schläge für Mattie schon angefangen.

Langsam, ohne mich zur Hast verleiten zu lassen, schilderte ich meine Unterhaltung mit John Storrow. Ich betonte, was Storrow über sexuelle Gleichberechtigung gesagt hatte – daß es in ihrem Fall wahrscheinlich ein Negativfaktor sein und Richter Rancourt leichtermachen würde, ihr Kyra wegzunehmen. Außerdem machte ich ihr mit Nachdruck klar, daß Devore jeden Anwalt haben konnte, den er wollte – ganz zu schweigen von Zeugen, wenn Richard Osgood im TR herumspazierte und Devores Knete unters Volk brachte –, das Gericht aber nicht verpflichtet war, ihr auch nur eine Eistüte zu spendieren. Am Ende sagte ich ihr, daß John morgen um elf mit einem von uns reden sollte, und das sollte sie sein. Dann wartete ich. Das Schweigen zog sich hin, lediglich von Grillen und dem entfernten Brummen eines aufgemotzten Lastwagenmotors unterbrochen. An der Route 68 erlosch das weiße Neonlicht, als der Lakeview Market wieder einmal das Geschäft eines Sommertags beendete. Matties Schweigen gefiel mir nicht; es wirkte wie der Auftakt zu einer Explosion. Einer *Yankee*-Explosion. Ich bewahrte Ruhe und wartete darauf, daß sie mich fragte, was mir das Recht gab, mich in ihre Angelegenheiten einzumischen.

Als sie schließlich das Wort ergriff, klang ihre Stimme leise und resigniert. Es tat weh, sie so zu hören, aber es kam nicht überraschend, sowenig wie vorhin ihr zynischer Gesichtsausdruck. Ich wappnete mich dagegen, so gut es ging. He, Mattie, grausame alte Welt. Entscheide dich.

»Warum tun Sie das?« fragte sie. »Warum heuern Sie einen teuren New Yorker Anwalt an, der meinen Fall übernimmt. Denn das *ist* es doch, was Sie mir anbieten, nicht wahr? Muß so sein, denn *ich* kann ihn mir bestimmt nicht leisten. Ich habe dreißigtausend Dollar von der Versicherung bekommen, als Lance gestorben ist, und kann froh sein, daß ich die bekommen habe. Es war eine Police, die er bei einem seiner Freunde von Warrington's abgeschlossen hatte, beinahe als Witz, aber ohne das Geld hätte ich den Wohnwagen letzten Winter verloren. Dickie Brooks lieben sie vielleicht bei der Western Savings, aber auf Mattie Stanchfield Devore geben sie einen Scheißdreck. In der Bibliothek verdiene ich etwa einhundert netto pro Woche. Also, Sie bieten mir an, zu zahlen, ist das richtig?«

»Richtig.«

»Warum? Sie kennen uns nicht einmal.«

»Weil ...« Ich verstummte. Ich glaube mich zu erinnern, daß ich in dem Moment Jos Beistand wollte und meinen Verstand bat, ihre Stimme zu liefern, die ich Mattie als meine eigene präsentieren konnte. Aber Jo kam nicht. Ich flog solo.

»Weil ich im Moment nichts tue, das etwas bedeutet«, sagte ich schließlich, und wieder setzten mich meine eigenen Worte in Erstaunen. »Außerdem kenne ich Sie *doch*. Ich habe bei Ihnen gegessen, ich habe Ki eine Geschichte vorgelesen, und sie ist auf meinem Schoß eingeschlafen ... und vielleicht habe ich ihr vor ein paar Tagen das Leben gerettet, als ich sie von der Straße geholt habe. Mit Sicherheit werden wir es nie wissen, aber vielleicht ist es so. Wissen Sie, was die Chinesen dazu sagen?«

Ich rechnete nicht mit einer Antwort, die Frage war eher rhetorisch, aber Mattie überraschte mich. Und nicht zum letztenmal. »Wenn man jemandem das Leben rettet, ist man für ihn verantwortlich.«

»Ja. Es geht auch darum, was recht und billig ist, aber hauptsächlich, weil ich an etwas teilhaben möchte, das durch mich einen Sinn bekommt. Ich blicke zurück auf die vier Jahre, seit meine Frau gestorben ist, und es ist nichts da. Nicht einmal ein Buch, in dem die schüchterne Tippse Marjorie einen stattlichen Fremden trifft.«

Sie dachte darüber nach und sah zu, wie ein vollbeladener Holztransporter auf dem Highway vorbeischnarchte; seine Scheinwerfer leuchteten, und die Ladung von Baumstämmen schwankte hin und her wie die Hüften einer übergewichtigen Frau. »Feuern Sie uns nicht an«, sagte sie schließlich. Sie sagte es mit einer leisen, unerwartet verbissenen Stimme. »Feuern Sie uns nicht an, so wie er unten auf dem Softballfeld seine Mannschaft der Woche anfeuert. Ich brauche Hilfe, das weiß ich, aber das will ich nicht zulassen. Ich *kann* es nicht zulassen. Wir sind kein Spiel, Ki und ich. Haben Sie verstanden?«

»Voll und ganz.«

»Sie wissen, was die Leute in der Stadt sagen werden, ja?«

»Ja.«

»Ich bin ein Glückspilz, finden Sie nicht auch? Zuerst heirate ich den Sohn eines extrem reichen Mannes, und als *er* gestorben ist, nimmt mich ein anderer reicher Mann unter seine Fittiche. Als nächstes werde ich wahrscheinlich bei Donald Trump einziehen.«

»Hören Sie auf.«

»Wahrscheinlich würde ich es selbst glauben, wenn ich auf der anderen Seite wäre. Aber ich frage mich, ob jemandem auffällt, daß die glückliche Mattie immer noch in einem Wohnwagen von Modair haust und sich keine Krankenversicherung leisten kann. Oder daß ihre Tochter die meisten Impfungen von der County-Schwester bekommen hat. Meine Eltern sind gestorben, als ich fünfzehn war. Ich habe einen Bruder und eine Schwester, aber die sind beide viel älter und wohnen nicht in diesem Staat. Meine Eltern waren Trinker – sie haben uns nicht geschlagen, aber sonst das volle Programm. Es war, als würde man in einer ... einer billigen Absteige aufwachsen. Mein Dad war Holzfahrer, meine Mom eine Bourbon-Kosmetikerin, deren einzige Ambition es war, einen rosa Mary-Kay-Cadillac zu besitzen. Er ertrank im Kewadin Pond. Sie erstickte etwa sechs Monate später an ihrem eigenen Erbrochenen. Wie gefällt Ihnen das bisher?«

»Nicht sehr. Es tut mir leid.«

»Nach der Beerdigung meiner Mutter bot mir mein Bruder Hugh an, mich nach Rhode Island mitzunehmen, aber ich sah, daß seine Frau nicht gerade begeistert war, eine Fünfzehnjährige in ihre Familie aufzunehmen, und ich muß ehrlich sagen, ich kann es ihr nicht verdenken. Außerdem hatte ich es gerade geschafft, bei den High-School-Cheerleaders aufgenommen zu werden. Das kommt mir heute wie Hühnerkacke Royal vor, aber damals war es eine tolle Sache.«

Natürlich war es eine tolle Sache gewesen, besonders für das Kind von Alkoholikern. Das einzige, das noch zu Hause lebte. Das letzte Kind zu sein und zu sehen, wie die Krankheit wirklich ihre Spuren hinterläßt, kann einer der einsamsten Jobs der Welt sein. Der letzte, der die heilige Fuselmühle verläßt, möge bitte das Licht ausmachen.

»Schließlich wohnte ich bei meiner Tante Florence zwei Meilen die Straße hinunter. Wir brauchten etwa drei Wochen, um festzustellen, daß wir uns nicht besonders gut leiden konnten, aber wir haben uns beide zwei Jahre zusammengerissen. Nach meinem Grundstudium bekam ich einen Ferienjob bei Warrington's und lernte Lance kennen. Als er mich fragte, ob ich ihn heiraten wollte, verweigerte Tante Flo ihre Zustimmung. Als ich ihr sagte, daß ich schwanger war, wies sie mich aus dem Haus, und ich brauchte sie nicht mehr.«

»Sie haben die Schule geschmissen?«

Sie verzog das Gesicht und nickte. »Ich wollte nicht, daß mich die Leute sechs Monate wie einen Ballon zunehmen sahen. Lance unterstützte mich. Er sagte, ich könnte die Ersatzprüfung ablegen. Hab' ich letztes Jahr gemacht. War ganz leicht. Und jetzt sind Ki und ich auf uns allein gestellt. Selbst wenn meine Tante bereit wäre, mir zu helfen, was könnte sie tun? Sie arbeitet in der Gore-Tex-Fabrik in Castle Rock und verdient rund sechzehntausend Dollar im Jahr.«

Ich nickte wieder und überlegte, daß mein letzter Scheck für Tantiemen aus Frankreich etwa so hoch gewesen war. Mein letzter *vierteljährlicher* Scheck. Dann fiel mir etwas ein, das Ki mir an dem Tag gesagt hatte, als ich sie kennenlernte.

»Als ich Kyra von der Straße trug, sagte sie, wenn Sie wütend auf sie wären, würde sie zu ihrer weißen Nana gehen. Wenn Ihre Eltern tot sind, wen hat sie dann –« Aber eigentlich erübrigte sich die Frage; ich mußte nur eine oder zwei einfache Verbindungen herstellen. »Rogette Whitmore ist ihre weiße Nana? Devores Assistentin? Aber das bedeutet ...«

»Daß Ki bei ihnen gewesen ist. Ja, klar doch. Bis letzten Monat habe ich ihr erlaubt, ihren Großvater zu besuchen – und damit zwangsläufig auch Rogette –, und zwar ziemlich oft. Ein- oder zweimal pro Woche, manchmal über Nacht. Sie mag ihren ›weißen Opa‹ – jedenfalls anfangs mochte sie ihn –, und diese gruselige Frau vergöttert sie geradezu.« Es kam mir so vor, als ob Mattie im Halbdunkel erschauerte, obwohl die Nacht noch ziemlich warm war.

»Devore rief an, um mir zu sagen, daß er zu Lances Beerdigung nach Osten kommen würde, und fragte, ob er seine Enkelin sehen dürfte. Zuckersüß war er, als hätte er nicht versucht, mich zu kaufen, als Lance ihm sagte, daß wir heiraten würden.«

»Hat er das?«

»Hm-hmm. Das erste Angebot waren hunderttausend. Das war im August 1994, als Lance ihn angerufen und ihm gesagt hatte, daß wir Mitte September heiraten würden. Ich behielt es für mich. Eine Woche später erhöhte er das Angebot auf zweihunderttausend.«

»Wofür genau?«

»Dafür, daß ich meine Flittchenkrallen einziehen und ohne Angabe einer Adresse verschwinden sollte. Diesmal sagte ich es Lance, und er ist an die Decke gegangen. Er rief seinen alten Herrn an und sagte ihm, wir würden heiraten, ob es ihm gefiele oder nicht. Sagte ihm, wenn er je sein Enkelkind sehen wollte, sollte er die Scheiße lassen und sich benehmen.«

Bei einem anderen Vater, dachte ich bei mir, wäre das wahrscheinlich die vernünftigste Reaktion gewesen, die Lance Devore hätte an den Tag legen können. Ich zollte ihm meinen Respekt dafür. Das Problem war nur, er hatte es nicht mit einem vernünftigen Mann zu tun; er hatte es mit dem Kerl zu tun, der als Kind Scooter Larribees neuen Schlitten gestohlen hatte.

»Diese Angebote hat Devore selbst am Telefon gemacht. Beide Male, als Lance nicht da war. Dann, etwa zehn Tage vor der Hochzeit, bekam ich Besuch von Dickie Osgood. Ich sollte eine Nummer in Delaware anrufen, und als ich das tat ...« Mattie schüttelte den Kopf. »Sie werden es nicht glauben. Es hört sich an wie etwas aus Ihren Büchern.«

»Darf ich raten?«

»Wenn Sie wollen.«

»Er hat versucht, das Kind zu kaufen. Er wollte Kyra kaufen.«

Ihre Augen wurden groß. Die Mondsichel war aufgegangen, und ich konnte Matties überraschte Miene gut sehen.

»Wieviel?« fragte ich. »Aus reiner Neugier. Wieviel, damit Sie das Kind zur Welt brachten, Devores Enkelin bei Lance ließen und sich aus dem Staub machten?«

»Zwei Millionen Dollar«, flüsterte sie. »Hinterlegt in einer Bank meiner Wahl, solange sie westlich des Mississippi lag und ich einen Vertrag unterschrieb, daß ich mindestens bis zum zwanzigsten März 2016 weder in ihre noch in Lances Nähe kommen würde.«

»Das Jahr, in dem Ki einundzwanzig wird.«

»Ja.«

»Und Osgood kennt die Einzelheiten nicht, daher behält Devore hier in der Stadt eine weiße Weste.«

»Hm-hmm. Und die zwei Millionen waren nur der Anfang. Ich sollte eine weitere Million an Kis fünftem, zehntem, fünfzehntem und zwanzigstem Geburtstag bekommen.« Sie schüttelte fassungslos den Kopf. »In der Küche schlägt das Linoleum Wellen, der Duschkopf fällt dauernd in die Wanne, und neuerdings neigt sich der ganze verdammte Wagen nach Osten, aber ich hätte die Sechs-Millionen-Dollar-Frau sein können.«

Haben Sie je überlegt, ob Sie das Angebot annehmen sollen, Mattie? fragte ich mich ... aber es war eine Frage, die ich nie stellen würde, denn die Neugier war so ungebührlich, daß sie keine Befriedigung verdiente.

»Haben Sie es Lance gesagt?«

»Ich habe versucht, es nicht zu tun. Er war sowieso wütend auf seinen Vater, und ich wollte es nicht noch schlimmer machen. Ich wollte nicht soviel Haß am Anfang unserer Ehe, so begründet der Haß auch sein mochte … und ich wollte nicht, daß Lance später … Sie wissen schon …« Sie hob die Hände und ließ sie wieder auf die Schenkel fallen. Die Geste war resigniert und seltsam bezaubernd zugleich.

»Sie wollten nicht, daß Lance sich zehn Jahre später gegen Sie stellen und sagen würde: ›Du hast dich zwischen mich und meinen Vater gedrängt, du Miststück.‹«

»Etwas in der Art. Aber am Ende konnte ich es nicht für mich behalten. Ich war ein Kind aus der Gosse, hatte mit elf meine erste Strumpfhose, trug mein Haar bis zu meinem dreizehnten Lebensjahr nur in Zöpfen oder einen Pferdeschwanz, dachte, der ganze Staat New York wäre New York City … und dieser Kerl … dieser *Phantomvater* … hatte mir *sechs Millionen Dollar* geboten. Das machte mir angst. Ich träumte von ihm, daß er in der Nacht kam wie ein Troll und mein Baby aus der Wiege stahl. Er wand sich durch das Fenster wie eine Schlange.«

»Und schleppte zweifellos seinen Sauerstofftank hinter sich her.«

Sie lächelte. »Damals wußte ich noch nichts von dem Sauerstoff. Oder von Rogette Whitmore. Ich will nur sagen, daß ich siebzehn war und keine Geheimnisse für mich behalten konnte.« Ich mußte mich zusammenreißen, um nicht zu lächeln, als sie das sagte – als lägen Jahre der Erfahrung zwischen dem naiven, furchtsamen Kind und dieser reifen Frau mit dem Fernschuldiplom.

»Lance war wütend.«

»So wütend, daß er seinem Vater per e-mail antwortete, statt anzurufen. Er stotterte, wissen Sie, und je aufgeregter er war, desto schlimmer wurde das Stottern. Ein Telefongespräch wäre unmöglich gewesen.«

Nun glaubte ich zumindest, daß ich ein deutliches Bild hatte. Lance Devore hatte seinem Vater einen undenkbaren Brief geschrieben – das heißt, undenkbar für einen Max Devore. In dem Brief stand, daß Lance nie wieder etwas von seinem Vater hören wollte, und Mattie auch nicht. Er bekam Hausverbot (der Wohnwagen von Modair war nicht die bescheidene Holzfällerhütte der Brüder Grimm, aber auch nicht weit davon entfernt). Sein Besuch war nicht erwünscht, wenn das Kind auf die Welt kam, und wenn er jetzt oder später die Unverfrorenheit besitzen sollte, dem Kind ein Geschenk zu schicken, würde es zurückgeschickt werden. Halt dich aus meinem Leben raus, Dad. Diesmal bist du so weit gegangen, daß ich dir nicht mehr verzeihen kann.

Es gibt zweifellos diplomatische Wege, mit einem beleidigten Kind umzugehen, manche weise und manche listig ... aber stellen Sie sich folgende Frage: Wäre ein diplomatischer Vater überhaupt in so eine Situation hineingeraten? Hätte ein Mann mit einem Funken Wissen um die menschliche Natur der Verlobten seines Sohnes eine Belohnung in Aussicht gestellt (eine derart enorme Summe, daß sie wahrscheinlich ihr Vorstellungsvermögen überstieg), wenn sie ihr erstgeborenes Kind aufgab? Und er hatte diesen Teufelspakt einer Kindfrau von siebzehn Jahren angeboten, die also in einem Alter war, in dem die romantische Sicht der Dinge ihren Höhepunkt erreicht. Zumindest hätte Devore noch eine Weile warten sollen mit seinem Angebot. Man könnte einwenden, daß er nicht wußte, ob er noch eine Weile *hatte*, aber das wäre kein überzeugendes Argument. Ich glaube, Mattie hatte recht – tief in der runzligen alten Pflaume, die ihm als Herz diente, glaubte Max Devore, daß er ewig leben würde.

Letzten Endes hatte er sich nicht beherrschen können. Da war der Schlitten, den er haben wollte; der Schlitten, den er einfach haben mußte, gleich auf der anderen Seite des Fensters. Er mußte nur die Scheibe einschlagen und ihn sich holen. Das hatte er sein ganzes Leben lang getan, und darum reagierte er auf die e-mail seines Sohnes nicht listig, wie es ein Mann seines Alters und seiner Fähigkeiten hätte tun sollen, sondern wütend, wie ein Kind, wenn sich das Glas des Schuppenfensters unter seinen hämmernden Fäusten als unzerbrechlich erwies. Lance wollte nicht, daß er sich einmischte? Prima! Lance konnte mit seiner hinterwäldlerischen Daisy Mae in einem Zelt oder einem Wohnwagen oder einem gottverdammten Kuhstall hausen. Er konnte auch den lukrativen Waldaufseherjob aufgeben und sich eine richtige Arbeit suchen. Sehen, wie die andere Hälfte lebte!

Mit anderen Worten, du kannst mir nicht kündigen, Sohn. Du bist gefeuert.

»Wir sind einander bei der Beerdigung nicht in die Arme gefallen«, sagte Mattie, »glauben Sie das nicht. Aber er war anständig zu mir – und ich versuchte, anständig zu ihm zu sein. Er bot mir eine Rente an, die ich ablehnte. Ich hatte Angst, es könnte rechtliche Konsequenzen haben.«

»Das bezweifle ich, aber mir gefällt Ihre Vorsicht. Was passierte, als er Kyra zum erstenmal sah, Mattie? Können Sie sich erinnern?«

»Ich werde es nie vergessen.« Sie griff in die Tasche ihres Kleids, fand eine zerknüllte Packung Zigaretten und schüttelte eine heraus. Sie sah sie mit einer Mischung aus Gier und Abscheu an. »Ich hab' aufgehört, weil Lance sagte, daß wir sie uns nicht leisten könnten, und ich wußte, daß er recht hatte. Aber die Gewohnheit ist schwer abzulegen. Ich rauche nur ein Päckchen die Woche und weiß verdammt gut, daß selbst das zuviel ist, aber manchmal brauche ich den Trost. Möchten Sie eine?«

Ich schüttelte den Kopf. Sie zündete die Zigarette an, und in dem kurzen Aufleuchten war ihr Gesicht mehr als hübsch. Was hatte der alte Mann von *ihr* gehalten? fragte ich mich.

»Er hat seine Enkeltochter das erste Mal neben einem Leichenwagen gesehen«, sagte Mattie. »Wir waren in Dakin's Bestattungsinstitut in Motton. Beim Aufbahren. Wissen Sie, was das ist?«

»O ja«, sagte ich und dachte an Jo.

»Ich ging raus, um eine Zigarette zu rauchen. Ich sagte Ki, daß sie auf die Treppe des Bestattungsinstituts sitzen sollte, damit sie den Rauch nicht abbekam, und ging ein Stück den Fußweg hinab. Eine große graue Limousine fuhr vor. Ich hatte so etwas noch nie gesehen, außer im Fernsehen. Ich wußte sofort, wer da kam. Ich steckte die Zigaretten wieder in die Handtasche und befahl Ki, zu mir zu kommen. Sie kam den Fußweg entlanggetapert und nahm meine Hand. Die Tür der Limousine ging auf, und Rogette Whitmore kam heraus. Sie hatte eine Sauerstoffmaske in einer Hand, aber die brauchte er nicht, jedenfalls nicht gleich. Er stieg nach ihr aus. Ein großer Mann – nicht so groß wie Sie, Mike, aber groß – im grauen Anzug und schwarzen, auf Hochglanz polierten Schuhen.«

Sie machte eine nachdenkliche Pause. Sie führte die Zigarette kurz zum Mund und ließ sie wieder zur Armlehne des Stuhls sinken, ein rotes Glühwürmchen im schwachen Mondschein.

»Zuerst sagte er gar nichts. Die Frau versuchte, seinen Arm zu nehmen und ihn die drei oder vier Stufen zum Fußweg hinauf zu führen, aber er schüttelte sie ab. Er kam aus eigener Kraft zu der Stelle, wo wir standen, aber ich konnte es tief in seiner Brust pfeifen hören. Es war das Geräusch, das eine Maschine von sich gibt, wenn sie Öl braucht. Ich weiß nicht, wie weit er heute noch zu Fuß gehen kann, aber wahrscheinlich nicht weit. Die wenigen Schritte haben ihn fertiggemacht, und das war vor fast einem Jahr. Er sah mich eine oder zwei Sekunden an, dann beugte er sich nach vorne und stemmte die großen, knochigen Hände auf die Knie. Er sah Kyra an, und sie schaute zu ihm hoch.«

Ja. Ich konnte es vor mir sehen … aber nicht in Farbe, nicht wie auf einer Fotografie. Ich sah es als Holzschnitt, als eine Illustration aus *Grimms Märchen* mit schroffen Kontrasten. Das Mädchen schaut mit großen Augen zu dem reichen alten Mann auf – einst ein Junge, der triumphierend auf einem gestohlenen Schlitten fuhr, und jetzt, am anderen Ende seines Lebens, auch nichts weiter als ein Sack voll Knochen. In meiner Vorstellung trug Ki eine Kapuzenjacke, und Devores Opamaske war ein klein wenig verrutscht, so daß man den Wolfspelz darunter erkennen konnte. Was hast du für große Augen, Großvater, was hast du für eine große Nase, Großvater, und was hast du auch für große Zähne.

»Er hob sie hoch. Ich weiß nicht, wieviel Anstrengung ihn das gekostet hat, aber er hat es geschafft. Und – das ist das Seltsame – Ki *ließ* sich hochheben. Er war ein vollkommen Fremder für sie, und alte Menschen scheinen Kindern immer irgendwie angst zu machen, aber sie ließ sich von ihm hochheben. ›Weißt du, wer ich bin?‹ fragte er sie. Sie schüttelte den Kopf, aber wie sie ihn ansah … Es war, als wüßte sie es *fast*. Halten Sie das für möglich?«

»Ja.«

»Er sagte: ›Ich bin dein Großpapa.‹ Und ich hätte sie ihm fast entrissen, Mike, weil ich diese verrückte Vorstellung hatte … ich weiß nicht …«

»Daß er sie auffressen würde?«

Die Zigarette verharrte vor ihrem Mund. Ihre Augen waren groß. »Woher wissen Sie das? Wie *können* Sie es wissen?«

»Weil die Szene vor meinem geistigen Auge aussieht wie im Märchen. Rotkäppchen und der alte graue Wolf. Was hat er dann gemacht?«

»Sie mit Blicken verschlungen. Seither hat er ihr beigebracht, Dame und Candyland zu spielen. Sie ist erst drei, aber er hat ihr Addieren und Subtrahieren beigebracht. Sie hat ihr eigenes Zimmer im Warrington's, mit ihrem eigenen kleinen Computer drin, und Gott weiß, was er ihr daran beigebracht hat ... aber beim erstenmal sah er sie nur an. Es war der gierigste Blick, den ich je in meinem Leben gesehen habe.

Und sie erwiderte den Blick. Es kann nicht länger als zehn oder zwanzig Sekunden gedauert haben, kam mir aber wie eine Ewigkeit vor. Dann versuchte er, sie mir zurückzugeben. Er hatte seine ganze Kraft verbraucht, und ich glaube, wenn ich nicht direkt danebengestanden hätte, um sie ihm abzunehmen, hätte er sie auf den Betonweg fallen lassen.

Er stolperte ein wenig, und Rogette Whitmore legte einen Arm um ihn. Da nahm er die Sauerstoffmaske von ihr – sie war durch einen elastischen Schlauch mit einer kleinen roten Sauerstoffflasche verbunden – und hielt sie auf Mund und Nase. Nach einigen kräftigen Atemzügen schien er wieder mehr oder weniger in Ordnung zu sein. Er gab Rogette die Maske zurück und schien mich zum erstenmal richtig zu sehen. Er sagte: ›Ich war ein Narr, nicht?‹ Ich sagte: ›Ja, Sir, ich glaube schon.‹ Er maß mich mit einem sehr finsteren Blick, als ich das sagte. Ich glaube, wenn er fünf Jahre jünger gewesen wäre, hätte er mich geschlagen.«

»Aber das war er nicht, und er hat es nicht.«

»Nein. Er sagte: ›Ich möchte hineingehen. Hilfst du mir dabei?‹ Ich sagte, ja. Wir gingen die Stufen zur Leichenhalle hinauf, Rogette auf einer, ich auf der anderen Seite, und Kyra kam hinterher. Ich kam mir irgendwie wie ein Haremsmädchen vor. Es war kein sehr angenehmes Gefühl. Als wir ins Vestibül kamen, setzte er sich, um zu verschnaufen und wieder etwas Sauerstoff einzuatmen. Rogette wandte sich an Kyra. Ich finde, diese Frau hat ein furchterregendes Gesicht, es erinnert mich an irgendein Gemälde –«

»*Der Schrei?* Das von Munch?«

»Ich bin ziemlich sicher, daß es das ist.« Sie ließ die Zigarette – die sie bis zum Filter geraucht hatte – fallen, trat darauf und bohrte sie mit einem weißen Turnschuh in den harten, von Steinen übersäten Boden. »Aber Ki hatte kein bißchen Angst vor ihr. Damals nicht, und später auch nicht. Sie beugte sich zu Kyra und sagte: ›Was reimt sich auf Frau?‹, und Kyra antwortete ›Blau!‹ wie aus der Pistole geschossen. Sie liebte Reime schon mit zwei Jahren. Rogette machte die Handtasche auf und holte eine Praline heraus. Ki sah mich fragend an, ob sie sie nehmen durfte, und ich sagte: ›Na gut, aber nur eine, und ich will nichts davon auf deinem Kleid sehen.‹ Ki nahm sie in den Mund und lächelte Rogette zu, als wären sie seit Ewigkeiten Freunde.

Inzwischen war Devore wieder zu Atem gekommen, aber er sah müde aus – der erschöpfteste Mann, den ich je gesehen habe. Er erinnerte mich an einen Spruch aus der Bibel, daß wir im hohen Alter keine Freude mehr an unseren Tagen empfinden. Mir brach das Herz. Vielleicht sah er es, denn er ergriff meine Hand. ›Schließ mich nicht aus.‹ Und in diesem Augenblick konnte ich Lance in seinem Gesicht sehen. Ich fing an zu weinen. Ich sagte: ›Das werde ich nur tun, wenn Sie mich nicht dazu zwingen.‹«

Ich sah sie im Foyer des Bestattungsinstituts vor mir, er sitzend, sie stehend, das kleine Mädchen verwirrt und mit großen Augen dazwischen, während sie die süße Praline lutschte. Orgelmusik vom Band im Hintergrund. Am Tag der Aufbahrung seines Sohnes war der arme alte Max Devore durchaus listig gewesen. Schließ mich nicht aus, allerdings.

Ich habe versucht, dich auszuzahlen, und als das nicht geklappt hat, habe ich die Summe erhöht und versucht, dein Baby zu kaufen. Als auch das nicht geklappt hat, habe ich meinem Sohn gesagt, daß du und er und mein Enkelkind am Staub eurer eigenen Entscheidung ersticken könnt. In gewisser Weise bin ich dafür verantwortlich, daß er war, wo er war, als er sich das Genick gebrochen hat, aber schließ mich nicht aus, Mattie, ich bin nur ein armer alter Tattergreis, also schließ mich nicht aus.

»Ich war dumm, nicht?«

»Sie sind davon ausgegangen, daß er besser wäre, als er ist. Wenn das Dummheit ist, Mattie, könnte die Welt mehr davon gebrauchen.«

»Ich *hatte* meine Zweifel«, sagte sie. »Darum habe ich nichts von seinem Geld genommen, und letzten Oktober hat er auch aufgehört, mir welches anzubieten. Aber ich habe sie zu ihm gehen lassen. Ich glaube, ja, zum Teil lag das daran, weil ich dachte, es könnte später etwas für Ki rausspringen, aber daran habe ich nicht oft gedacht, ehrlich. Hauptsächlich daran, daß er der einzige Blutsverwandte ihres Vaters war. Sie sollte sich daran freuen können, wie sich jedes Kind an seinen Großeltern freut. Ich wollte nicht, daß sie von dem ganzen Mist angesteckt wurde, der sich vor Lances Tod abgespielt hatte.

Anfangs schien es zu funktionieren. Dann änderte sich die Lage ganz allmählich. Zunächst fiel mir auf, daß Ki ihren ›weißen Opa‹ gar nicht mehr so sehr mochte. Ihre Gefühle Rogette gegenüber sind unverändert, aber Max Devore macht sie auf eine Weise nervös, die ich nicht verstehe und sie nicht erklären kann. Ich habe sie einmal gefragt, ob er sie irgendwo angefaßt und sie sich komisch dabei gefühlt hätte. Ich zeigte ihr die Stellen, die ich meinte, und sie sagte, nein. Ich glaube ihr, aber ... er hat etwas gesagt oder etwas getan. Ich bin fast sicher.«

»Könnte einfach nur sein, daß die Geräusche, die er beim Atmen macht, schlimmer geworden sind«, sagte ich. »Das allein könnte ausreichen, einem Kind angst zu machen. Vielleicht hatte er auch eine Art Anfall, während sie da war. Was ist mit Ihnen, Mattie?«

»Nun ... eines Tages im Februar hat Lindy Briggs mir gesagt, daß George Footman dagewesen wäre, um die Feuerlöscher und Rauchmelder der Bibliothek zu überprüfen. Er fragte auch, ob Lindy in letzter Zeit Bierdosen oder Schnapsflaschen im Abfall gefunden hätte. Oder Stummel von Zigaretten, die eindeutig selbstgedreht waren.«

»Von Joints, mit anderen Worten.«

»Hm-hmm. Und Dickie Osgood hat meine alten Freundinnen besucht, soweit ich gehört habe. Schwätzchen gehalten. Nach Gold geschürft. Im Schmutz gegraben.«

»Gibt es etwas auszugraben?«

»Gott sei Dank nicht viel.«

Ich hoffte, daß sie recht hatte, und ich hoffte, wenn sie mir etwas verheimlichte, daß John Storrow es aus ihr herausbekommen würde.

»Aber trotz alledem haben Sie Ki weiter zu ihm gehen lassen.«

»Was hätte es gebracht, die Besuche zu unterbinden? Und ich dachte mir, wenn ich es weiter zuließe, könnte ich ihn wenigstens davon abhalten, mögliche Pläne schneller voranzutreiben.«

Das, dachte ich mir, ergab auf eine einsame Weise einen Sinn.

»Dann, im Frühjahr, bekam ich ein äußerst unheimliches, beängstigendes Gefühl.«

»Inwiefern unheimlich? Inwiefern beängstigend?«

»Ich weiß nicht.« Sie holte die Zigaretten heraus, betrachtete sie und steckte sie in die Tasche zurück. »Es war nicht nur, daß mein Schwiegervater nach schmutziger Wäsche in meinen Schränken suchte. Es war wegen Ki. Ich machte mir zunehmend Sorgen um Ki, immer wenn sie bei ihm war ... bei *ihnen*. Rogette kam mit dem BMW, den sie gekauft oder geleast hatten, und Ki saß auf den Stufen und wartete auf sie. Hatte sie ihre Tasche mit Spielsachen dabei, war es ein Tagesausflug, mit dem kleinen rosa Minnie-Maus-Koffer blieb sie über Nacht. Und sie kam stets mit einem Gegenstand mehr zurück, als sie gegangen war. Mein Schwiegervater glaubt voll und ganz an Geschenke. Bevor sie Ki ins Auto beförderte, ließ mich Rogette ihr kaltes, schmales Lächeln sehen und sagte: ›Dann bis sieben Uhr, sie ißt bei uns zu Abend‹, oder: ›Dann bis acht Uhr, und sie bekommt noch ein anständiges Frühstück.‹ Ich sagte, okay, worauf Rogette in die Tasche griff und Ki eine Praline entgegenhielt, wie man einem Hund einen Keks hinhält, damit er Pfötchen gibt. Sie sagte ein Wort, und Kyra fand einen Reim darauf. Rogette gab ihr die Süßigkeit – wuff, wuff, guter Hund, dachte ich immer –, dann fuhren sie los. Um sieben Uhr abends oder um acht Uhr morgens hielt der BMW immer genau da, wo Ihr Auto jetzt parkt. Man konnte die Uhr nach der Frau stellen. Aber ich machte mir Sorgen.«

»Daß sie den Rechtsweg satt haben und sie einfach mitnehmen könnten?« Das schien mir eine begründete Sorge zu sein – so begründet, daß ich kaum verstehen konnte, wieso Mattie das kleine Mädchen überhaupt zu dem alten Mann hatte gehen lassen. In Sorgerechtsfällen gilt, wie im sonstigen Leben auch, daß Besitz neun Zehntel des Gesetzes ausmacht, und wenn Mattie mir die Wahrheit über ihre Vergangenheit und Gegenwart sagte, würde eine Anhörung in diesem Fall selbst für den reichen Mr. Devore wahrscheinlich zu einer ermüdenden Angelegenheit werden. Sie einfach zu entführen hätte am Ende nach einer besseren Lösung aussehen können.

»Nicht unbedingt«, sagte sie. »Ich schätze, es ist logisch, aber das war eigentlich nicht der Grund. Ich bekam einfach Angst. Es gibt nichts Greifbares. Es wurde Viertel nach sechs am Abend, und ich dachte: ›Diesmal wird das weißhaarige Biest sie nicht zurückbringen. Diesmal wird sie …‹«

Ich wartete. Als nichts kam, sagte ich: »Wird sie was?«

»Wie ich schon sagte, ich weiß nicht«, sagte sie. »Aber seit dem Frühjahr habe ich Angst um Ki. Im Juni konnte ich es nicht mehr ertragen und habe die Besuche verboten. Seither ist Kyra immer mal wieder wütend auf mich. Ich bin sicher, das war auch der Hauptgrund für diese Eskapade am vierten Juli. Sie redet nicht oft über ihren Großvater, platzt aber immer mit etwas heraus wie: ›Was meinst du, macht die weiße Nana gerade, Mattie?‹ oder: ›Glaubst du, der weißen Nana würde mein neues Kleid gefallen?‹ Oder sie kommt zu mir gelaufen und sagt: ›Sing, Ring, Ding«, und möchte eine Süßigkeit haben.«

»Wie hat Devore reagiert?«

»Er war außer sich vor Wut. Er hat immer wieder angerufen, zuerst gefragt, was los sei, und dann Drohungen ausgestoßen.«

»Gewaltandrohungen?«

»Sorgerechtsdrohungen. Er würde sie mir wegnehmen, wenn er mit mir fertig wäre, würde ich vor aller Welt als schlechte Mutter dastehen, ich hätte keine Chance, meine einzige Hoffnung wäre, endlich nachzugeben und *laß mich meine Enkelin sehen, gottverdammt.*«

Ich nickte. »›Bitte schließ mich nicht aus‹ klingt nicht nach dem Mann, der mich während des Feuerwerks angerufen hat, aber das schon.«

»Außerdem habe ich Anrufe von Dickie Osgood und einigen anderen Einheimischen bekommen«, sagte sie. »Eingeschlossen Lances altem Freund Richie Lattimore. Richie sagte, ich würde Lances Andenken keine Ehre machen.«

»Was ist mit George Footman?«

»Er kreuzt ab und zu hier auf. Läßt mich wissen, daß er mich beobachtet. Er hat mich nicht besucht oder reingeschaut. Sie haben nach Gewaltandrohungen gefragt – allein Footmans Streifenwagen auf meiner Straße zu sehen, kommt mir wie eine Androhung von Gewalt vor. Er macht mir angst. Aber in diesen Tagen scheint das auf alles zuzutreffen.«

»Obwohl Kyras Besuche aufgehört haben.«

»Trotzdem. Es ist wie ... die Ruhe vor dem Sturm. Als würde etwas passieren. Und dieses Gefühl scheint mit jedem Tag stärker zu werden.«

»Mr. Storrows Nummer«, sagte ich. »Wollen Sie sie haben?«

Sie saß still da und sah in ihren Schoß. Dann hob sie den Kopf und nickte. »Geben Sie mir die Nummer. Und danke. Aus tiefstem Herzen.«

Ich hatte die Nummer auf einem rosa Notizzettel in der Brusttasche. Sie streckte die Hand danach aus, nahm ihn aber nicht sofort. Unsere Finger berührten sich, und sie sah mich beunruhigend fest an. Es war, als wüßte sie mehr über meine Motive als ich.

»Womit kann ich es Ihnen vergelten?« fragte sie, und da war es.

»Erzählen Sie Storrow alles, was Sie mir erzählt haben.« Ich ließ den rosa Zettel los und stand auf. »Das genügt. Und jetzt muß ich los. Werden Sie mich anrufen und mir sagen, wie es mit ihm gelaufen ist?«

»Natürlich.«

Wir gingen zu meinem Auto. Dort angekommen drehte ich mich zu ihr um. Einen Augenblick dachte ich, sie würde mich umarmen und an sich drücken, eine Geste der Dankbarkeit, die in unserer momentanen Stimmung – wir waren derart aufgewühlt, daß es fast schon etwas Melodramatisches hatte – alles mögliche hätte auslösen können. Aber es war auch eine melodramatische Situation, ein Märchen, in dem es Gut und Böse und darunter eine Menge unterdrückter Sexualität gibt.

Dann tauchten Scheinwerfer über der Hügelkuppe auf, wo der Markt lag, und passierten die All-Purpose-Werkstatt. Sie kamen auf uns zu, wurden heller. Mattie wich zurück und verschränkte wahrhaftig die Hände hinter dem Rücken wie ein Kind, das ausgeschimpft worden ist. Das Auto fuhr vorbei, wir standen wieder im Dunkeln ... aber der Augenblick war vorüber. Wenn es einen Augenblick gegeben hatte.

»Danke für das Essen«, sagte ich. »Es war wunderbar.«

»Danke für den Anwalt, ich bin sicher, der wird auch wunderbar sein«, sagte sie, und wir lachten beide. Die elektrisch aufgeladene Atmosphäre entspannte sich. »Er hat einmal von Ihnen gesprochen, wissen Sie. Devore.«

Ich sah sie überrascht an. »Ich bin erstaunt, daß er überhaupt wußte, wer ich bin. Vor alledem, meine ich.«

»Er weiß es, glauben Sie mir. Ich finde, er hat mit aufrichtiger Zuneigung von Ihnen gesprochen.«

»Sie machen Witze. Das können Sie nicht ernst meinen.«

»Doch. Er hat gesagt, daß Ihr Urgroßvater und sein Urgroßvater in denselben Holzfällerlagern gearbeitet hätten und Nachbarn gewesen seien, wenn sie nicht im Wald waren – ich glaube, er hat gesagt, daß es nicht weit von der Stelle entfernt war, wo heute Boyd's Jachthafen liegt. ›Sie haben in dieselbe Latrine geschissen‹, so hat er es formuliert. Reizend, nicht? Er hat gesagt, wenn zwei Holzfäller aus dem TR Millionäre hervorbringen konnten, funktionierte das System, wie es soll. ›Auch wenn drei Generationen dazu erforderlich waren‹, sagte er. Damals hielt ich das für eine versteckte Kritik an Lance.«

»Es ist lächerlich, wie immer er es gemeint hat«, sagte ich. »Meine Familie stammt von der Küste. Prout's Neck. Andere Seite des Staats. Mein Dad war Fischer, und sein Vater ebenfalls. Und mein Urgroßvater. Sie haben Hummer gefangen und Netze ausgeworfen, sie haben keine Bäume gefällt.« Das alles stimmte, und doch versuchte mein Verstand, sich auf etwas zu konzentrieren, eine Erinnerung im Zusammenhang mit dem, was sie gesagt hatte. Wenn ich erst mal darüber schlief, fiel es mir vielleicht wieder ein.

»Könnten wir über jemanden aus der Familie Ihrer Frau gesprochen haben?«

»Nee. Es gibt Arlens in Maine – es ist eine große Familie –, aber die meisten leben noch in Massachusetts. Heutzutage sind sie in allen möglichen Branchen tätig, aber um 1880 müssen sie in der Mehrzahl als Steinmetze oder in den Steinbrüchen um Malden-Lynn gearbeitet haben. Devore hat Sie aufgezogen, Mattie.« Aber ich denke, ich habe schon zu dem Zeitpunkt gewußt, daß das nicht stimmt. Er konnte einen Teil der Geschichte durcheinandergebracht haben – selbst den klügsten Köpfen fransen die Ränder ihrer Erinnerungen aus, wenn sie fünfundachtzig werden –, aber Max Devore war nicht unbedingt jemand, der andere aufzog. Ich sah im Geiste das Bild unsichtbarer Kabel vor mir, die im TR unter der Erde verliefen – in alle Richtungen, unsichtbar, aber sehr wirksam.

Ich hatte die Hand auf der Autotür liegen, und nun berührte Mattie sie kurz. »Kann ich Ihnen noch eine Frage stellen, bevor Sie gehen? Ich warne Sie aber, es ist eine dumme Frage.«

»Raus damit. Dumme Fragen sind meine Spezialität.«

»Haben Sie auch nur die geringste Ahnung, worum es in der ›Bartleby‹-Geschichte geht?«

Ich wollte lachen, aber das Mondlicht reichte aus, um zu sehen, daß es ihr ernst war und ich ihre Gefühle verletzt hätte. Sie war ein Mitglied von Lindy Briggs' Lesekreis (wo ich Ende der achtziger Jahre einmal eine Rede gehalten hatte), wahrscheinlich die jüngste, zwanzig Jahre jünger als alle anderen, und hatte Angst, dumm auszusehen.

»Ich muß beim nächstenmal als erste sprechen«, sagte sie, »und würde gern mehr als nur eine Zusammenfassung der Geschichte geben, um zu zeigen, daß ich sie gelesen habe. Ich hab' darüber nachgedacht, bis ich Kopfschmerzen bekommen habe, und begreife es einfach nicht. Und ich bezweifle, daß es eine der Geschichten ist, wo auf den letzten Seiten alles auf wundersame Weise klar wird. Ich denke aber, daß ich es sehen *müßte* – es ist direkt vor meiner Nase.«

Dabei mußte ich wieder an die Kabel denken – Kabel, die in alle Richtungen verliefen, ein subkutanes Netz, das Menschen und Orte verband. Man konnte sie nicht sehen, aber man konnte sie fühlen. Besonders wenn man versuchte, zu entkommen. Währenddessen sah Mattie mich voll Hoffnung und Angst an.

»Okay, aufgepaßt, der Unterricht hat angefangen«, sagte ich.

»Ich passe auf. Glauben Sie mir.«

»Die meisten Literaturkritiker glauben, daß *Huckleberry Finn* der erste moderne amerikanische Roman ist, und das mag auch sein, aber wenn ›Bartleby‹ hundert Seiten länger wäre, würde ich mein Geld darauf setzen. Wissen Sie, was ein Schreiber war?«

»Ein Sekretär?«

»Das ist zu hoch gegriffen. Ein Kopist. So wie Bob Cratchit in *Ein Weihnachtslied in Prosa*. Nur gibt Dickens Bob eine Vergangenheit und ein Familienleben. Beides gesteht Melville Bartleby nicht zu. Er ist die erste existentialistische Figur in der amerikanischen Literatur, ein Mann ohne Bande … ohne Bande zu, wissen Sie …«

Zwei Holzfäller, die Millionäre hervorbringen konnten. Sie haben in dieselbe Latrine geschissen.

»Mike?«

»Was?«

»Alles in Ordnung?«

»Klar.« Ich konzentrierte mich, so gut ich konnte. »Bartleby ist nur durch seine Arbeit mit dem Leben verbunden. In der Hinsicht ist er ein Amerikaner des zwanzigsten Jahrhunderts, nicht unähnlich Sloan Wilsons Mann im grauen Anzug oder – eine dunklere Version – Michael Corleone in *Der Pate*. Aber dann stellt Bartleby selbst die Arbeit in Frage, den Gott des Amerikaners der Mittelschicht.«

Jetzt sah sie aufgeregt aus, und ich dachte, es war ein Jammer, daß sie das letzte Jahr der High School verpaßt hatte. Für sie und für ihre Lehrer. »Darum fängt er an zu sagen: ›Ich würde vorziehen, es nicht zu tun‹?«

»Ja. Betrachten Sie Bartleby als einen … als einen Heißluftballon. Nur ein Seil verbindet ihn noch mit der Erde, und dieses Seil ist sein Kopieren. An der wachsenden Zahl von Dingen, bei denen Bartleby es vorzieht, sie nicht zu tun, können wir abmessen, wie dieses Seil verrottet. Schließlich reißt das Seil, und Bartleby schwebt davon. Es ist eine verdammt beunruhigende Geschichte, nicht?«

»Eines Nachts habe ich von ihm geträumt«, sagte sie. »Ich habe die Tür des Wohnwagens aufgemacht, und er saß in seinem alten schwarzen Anzug auf der Treppe. Dünn. Nicht viel Haare. Ich sagte: ›Würden Sie bitte Platz machen? Ich muß hinaus, die Wäsche aufhängen.‹ Und er sagte: ›Ich würde vorziehen, es nicht zu tun.‹ Ja, ich denke, man könnte sie beunruhigend nennen.«

»Dann funktioniert sie immer noch«, sagte ich und stieg ins Auto ein. »Rufen Sie mich an. Lassen Sie mich wissen, wie es mit John Storrow gelaufen ist.«

»Mach' ich. Und wenn ich irgendwas tun kann, um es Ihnen zu vergelten, sagen Sie es einfach.«

Sagen Sie es einfach. Wie jung mußte man sein, wie wunderbar unwissend, um einen derartigen Blankoscheck auszustellen?

Mein Fenster war offen. Ich streckte den Arm hinaus und drückte ihre Hand. Sie drückte meine ebenfalls, fest.

»Sie vermissen Ihre Frau sehr, nicht wahr?« sagte sie.

»Merkt man das?«

»Manchmal.« Sie drückte nicht mehr, hielt meine Hand aber immer noch. »Als Sie Ki vorgelesen haben, da haben Sie glücklich und traurig zugleich ausgesehen. Ich habe sie nur einmal gesehen, Ihre Frau, fand aber, daß sie wunderschön war.«

Ich hatte an die Berührung unserer Hände gedacht und mich darauf konzentriert. Jetzt vergaß ich sie völlig. »Wann haben Sie sie gesehen? Und wo? Erinnern Sie sich?«

Sie lächelte, als wären das alberne Fragen. »Ich erinnere mich. Es war am Softballplatz, an dem Abend, als ich meinen Mann kennengelernt habe.«

Ich zog sehr langsam die Hand aus ihrer. Soweit ich wußte, waren weder Jo noch ich 1994 auch nur in der Nähe des TR gewesen ... aber was ich wußte, war offenbar falsch. Jo war an einem Dienstag Anfang Juli hier gewesen. Sie war sogar zu einem Softballspiel gegangen.«

»Sind Sie sicher, daß es Jo war?« fragte ich.

Mattie sah zur Straße hinüber. Sie dachte nicht an meine Frau; darauf hätte ich Haus und Hof verwettet – jedes Haus, jeden Hof. Es war Lance. Vielleicht war das gut. Wenn sie an ihn dachte, sah sie mich vielleicht nicht so genau an, und ich glaube nicht, daß ich in dem Moment meine Gesichtszüge unter Kontrolle hatte. Sie hätte mehr in meinem Gesicht lesen können, als ich preisgeben wollte.

»Ja«, sagte sie. »Ich stand bei Jenna McCoy und Helen Geary – das war, nachdem mir Lance mit dem Bierfaß geholfen hatte, als ich im Schlamm steckengeblieben war, und gefragt hatte, ob ich nach dem Spiel zusammen mit den anderen auf eine Pizza mitkommen wollte –, und Jenna sagte: ›Seht mal, das ist Mrs. Noonan‹, und Helen sagte: ›Sie ist die Frau des Schriftstellers, Mattie. Ist das nicht eine starke Bluse?‹ Die Bluse war mit blauen Rosen übersät.«

Ich erinnerte mich sehr gut daran. Jo mochte die Bluse, weil sie ein Witz war – es *gibt* keine blauen Rosen, weder in der Natur noch als Züchtungen. Einmal, da hatte sie sie getragen, mir die Arme überschwenglich um den Hals geworfen, die Hüften an meine gedrückt und gerufen, daß sie meine blaue Rose wäre und ich sie streicheln müßte, bis sie rosa würde. Die Erinnerung daran schmerzte, und zwar sehr.

»Sie stand drüben bei der dritten *Base*, hinter dem Maschendrahtschutz«, sagte Mattie, »bei einem Mann in einer alten braunen Jacke mit Flicken auf den Ellbogen. Sie lachten über etwas, dann drehte sie den Kopf und sah mich direkt an.« Sie schwieg einen Moment und stand in ihrem roten Kleid neben meinem Auto. Sie hob das Haar vom Nacken, hielt es einen Moment und ließ es wieder fallen. »Sah mich *direkt* an. Sie sah mich wirklich. Und sie hatte einen Gesichtsausdruck ... sie hatte gerade gelacht, aber dieser Ausdruck war irgendwie traurig. Als würde sie mich kennen. Dann legte ihr der Mann den Arm um die Taille, und sie gingen weg.«

Stille, abgesehen von den Grillen und dem weit entfernten Dröhnen eines Lastwagens. Mattie stand einen Moment da, als würde sie mit offenen Augen träumen, dann spürte sie etwas und sah mich an.«

»Stimmt etwas nicht?«

»Nein. Aber wer war der Mann, der den Arm um die Taille meiner Frau legte?«

Sie lachte ein wenig unsicher. »Nun, ich glaube nicht, daß er ihr Geliebter war, wissen Sie. Er war ein gutes Stück älter. Mindestens fünfzig.« *Na und?* dachte ich. Ich selbst war vierzig, aber das bedeutete nicht, daß mir entgangen war, wie Mattie den Körper unter dem Kleid bewegte oder wie sie das Haar vom Nacken hob. »Ich meine ... Sie scherzen, oder?«

»Ich weiß es wirklich nicht. Scheint so, als wüßte ich neuerdings eine ganze Menge nicht. Wie auch immer, die Dame ist tot, also was spielt es für eine Rolle?«

Mattie sah beunruhigt drein. »Wenn ich in ein Fettnäpfchen getreten bin, Mike, tut es mir leid.«

»Wer *war* der Mann? Wissen Sie es?«

Sie schüttelte den Kopf. »Ich dachte, daß er einer der Sommergäste war, den Eindruck machte er, vielleicht weil er an einem heißen Sommerabend eine Jacke trug – aber wenn ja, wohnte er nicht im Warrington's. Ich kenne die meisten.«

»Und sie sind zusammen weggegangen?«

»Ja.« Widerwillig.

»Zum Parkplatz.«

»Ja.« Noch widerwilliger. Und diesmal log sie. Ich wußte es mit einer unheimlichen Gewißheit, die weit über Intuition hinausging; es war fast so etwas wie Gedankenlesen.

Ich langte zum Fenster hinaus und nahm wieder ihre Hand. »Sie haben gesagt, wenn mir etwas einfällt, womit Sie es mir vergelten können, soll ich es sagen. Jetzt ist es soweit. Sagen Sie mir die Wahrheit, Mattie.«

Sie biß sich auf die Lippen und betrachtete meine Hand auf ihrer. Dann sah sie mir ins Gesicht. »Er war ein kräftiger Bursche. In der alten Sportjacke sah er wie ein Collegeprofessor aus, aber er hätte, nach allem, was ich weiß, auch Schreiner gewesen sein können. Sein Haar war schwarz. Er war braungebrannt. Sie haben miteinander gelacht, herzlich gelacht, dann hat sie mich angesehen, und das Lachen war wie weggeblasen. Danach hat er den Arm um sie gelegt und sie sind weggegangen.« Pause. »Aber nicht zum Parkplatz. Zur *Straße*.«

Zur *Straße*. Von wo sie am Seeufer entlang nach Norden gegangen sein konnten, bis sie zu Sara Lacht kamen. Und dann? Wer weiß?

»Sie hat mir nie gesagt, daß sie in diesem Sommer hier gewesen ist«, sagte ich.

Mattie schien mehrere Antworten durchzuspielen, aber keine davon gefiel ihr. Ich gab ihre Hand frei. Für mich wurde es Zeit zu gehen. Ich wünschte mir sogar schon, ich wäre fünf Minuten früher aufgebrochen.

»Mike, ich bin sicher –«

»Nein«, sagte ich. »Das sind Sie nicht. Und ich auch nicht. Aber ich habe sie sehr geliebt und werde versuchen, die Sache auf sich beruhen zu lassen. Wahrscheinlich bedeutet es nichts, und außerdem – was könnte ich sonst tun? Danke für das Essen.«

»Gern geschehen.« Mattie sah so sehr aus, als müßte sie weinen, daß ich ihre Hand noch einmal nahm und den Handrücken küßte.

»Ich komme mir wie eine Närrin vor.«

»Sie sind keine Närrin«, sagte ich.

Ich gab ihr noch einen Kuß, dann fuhr ich los. Und das war meine Verabredung, die erste in vier Jahren.

Auf der Heimfahrt dachte ich an ein altes Sprichwort darüber, daß man einen anderen Menschen nie durch und durch kennen kann. Es ist einfach, das als Lippenbekenntnis abzulegen, aber ein Schock – so schrecklich und unerwartet wie Turbulenzen auf einem bis dahin ruhigen Flug –, wenn man herausfindet, daß es buchstäblich auf das eigene Leben zutrifft. Ich erinnerte mich an unseren Besuch bei der Gynäkologin, nachdem wir fast zwei Jahre erfolglos versucht hatten, ein Baby zu bekommen. Die Ärztin, der mein Spermiogramm vorlag, hatte uns gesagt, daß ich eine geringe Spermienzahl hatte – nicht katastrophal gering, aber niedrig genug als Erklärung dafür, daß Jo nicht schwanger wurde.

»Wenn Sie ein Kind wollen, werden Sie wahrscheinlich ohne besondere Maßnahmen eines bekommen«, hatte die Ärztin gesagt. »Wahrscheinlichkeit und Zeit sind noch auf Ihrer Seite. Es könnte morgen passieren oder in vier Jahren. Werden Sie je ein Haus voller Kinder haben? Wahrscheinlich nicht. Aber Sie könnten zwei bekommen, und mit ziemlicher Sicherheit eins, wenn Sie weiter die Sache machen, durch die man sie bekommt.« Sie hatte gegrinst. »Vergessen Sie nicht, in der Reise besteht das Vergnügen.«

Vergnügen hatten wir eine Menge, ganz klar, Bunters Glöckchen hatte oft geläutet, aber es hatte kein Baby gegeben. Dann war Johanna gestorben, als sie an einem heißen Tag über den Parkplatz eines Einkaufszentrums gelaufen war, und eins von den Dingen in ihrer Tasche war ein Heimschwangerschaftstest gewesen, von dem sie mir nichts gesagt hatte. Ebensowenig hatte sie mir gesagt, daß sie zwei Plastikeulen gekauft hatte, um zu verhindern, daß Krähen auf die Veranda am See scheißen.

Was hatte sie mir sonst noch nicht gesagt?

»Hör auf«, murmelte ich. »Um Himmels willen hör auf, darüber nachzudenken.«

Aber ich konnte nicht.

Als ich nach Sara zurückkam, bildeten die Obst- und Gemüsemagneten am Kühlschrank wieder einen Kreis. Drei Buchstaben befanden sich in der Mitte:

g t
u

Ich schob das »u« nach oben, wo es hingehörte, was »gut« ergab. Und was genau bedeutete das? »Ich könnte Spekulationen anstellen, würde aber vorziehen, es nicht zu tun«, sagte ich zu dem leeren Haus. Ich betrachtete Bunter den Elch, als könnte ich das Glöckchen um seinen mottenzerfressenen Hals zum Klingeln zwingen. Da es nicht klingelte, machte ich meine beiden neuen Magnabets auf und brachte sie an der Kühlschranktür an. Dann ging ich in den Nordflügel, zog mich aus und putzte mir die Zähne.

Als ich vor dem Spiegel meine Zähne zu einem schaumigen Zeichentrickfilmlächeln fletschte, überlegte ich mir, ob ich Ward Hankins morgen noch einmal anrufen sollte. Ich konnte ihm sagen, daß meine Suche nach den scheuen Plastikeulen vom November 1993 auf den Juli 1994 verlegt worden war. Welche Termine hatte Jo in diesem Monat in ihren Kalender eingetragen? Welche Entschuldigungen für ihre Abwesenheit von Derry? Und wenn ich mit Ward fertig war, konnte ich mir Jos Freundin Bonnie Amudson vorknöpfen und sie fragen, was im letzten Sommer ihres Lebens mit Jo los gewesen war.

Warum läßt du sie nicht in Frieden ruhen? Das war die UFO-Stimme. *Was könnte es dir nützen, etwas anderes zu tun? Angenommen, sie hat nach einer ihrer Komiteesitzungen einen Abstecher ins TR gemacht, vielleicht einfach aus einer Laune heraus, hat einen alten Freund getroffen und ihn zum Abendessen mit ins Haus genommen?* Nur *zum Abendessen.*

Und mir kein Wort davon gesagt? fragte ich die UFO-Stimme, spuckte einen Mundvoll Zahnpasta aus und gurgelte mit kaltem Wasser. *Niemals ein einziges Wort?*

Woher weißt du, daß sie es nicht getan hat? gab die Stimme zurück, und ich erstarrte in der Bewegung, als ich die Zahnpasta in den Medizinschrank zurücklegen wollte. Da hatte die UFO-Stimme einen Nerv getroffen. Im Juli 1994 war ich bis über beide Ohren mit *Von ganz oben* beschäftigt gewesen. Jo hätte zu mir kommen und mir sagen können, daß sie Lon Chaney junior mit der Queen hätte tanzen sehen, in ihrer Rolle als Werwölfe von London, und ich hätte wahrscheinlich gesagt: »Hm-hmm, Schatz, das ist schön«, und weiter Korrektur gelesen.

»Quatsch«, sagte ich zu meinem Spiegelbild. »Das ist völliger Quatsch.«

Aber es war kein Quatsch. Wenn ich wirklich in der Arbeit an einem Buch vertieft war, fiel ich gewissermaßen aus der Welt heraus; ich las nicht einmal Zeitung, abgesehen von einem raschen Blick über die Sportseite. Also ja – es *war* möglich, daß Jo mir erzählt hatte, wie sie nach einer Komiteesitzung in Lewiston oder Freeport einen Abstecher ins TR gemacht hatte, es *war* möglich, daß sie mir gesagt hatte, wie sie einen alten Freund getroffen hatte – vielleicht einen anderen Teilnehmer des Fotoseminars, das sie 1991 in Bates besucht hatte –, und es *war* möglich, daß sie mir erzählt hatte, sie hätten zusammen auf unserer Veranda zu Abend gegessen, während die Sonne unterging. Es war möglich, daß sie mir das alles erzählt und ich kein Wort von dem registriert hatte, was sie mir sagte.

Und bildete ich mir wirklich ein, ich würde etwas aus Bonnie Amudson herausbekommen, auf das ich mich verlassen konnte? Sie war Jos Freundin gewesen, nicht meine, und Bonnie mochte der Überzeugung sein, daß die Schweigepflicht für Geheimnisse, die meine Frau ihr anvertraut hatte, noch nicht abgelaufen war.

Die Quintessenz war ebenso einfach wie brutal: Jo war seit vier Jahren tot. Es war das beste, sie zu lieben und alle quälenden Fragen ruhen zu lassen. Ich nahm einen letzten Schluck Wasser direkt aus dem Hahn, ließ ihn im Mund kreisen und spuckte ihn aus.

Als ich in die Küche kam und die Kaffeemaschine auf sieben Uhr morgens einstellte, sah ich eine neue Botschaft in einem neuen Kreis von Magneten. Sie lautete

blaue rose lügnerin ha ha

Ich betrachtete sie eine Sekunde oder zwei und fragte mich, was sie dort hinterlassen hatte und warum.

Fragte mich, ob es stimmte.

Ich streckte eine Hand aus und schob die Buchstaben weit auseinander. Dann ging ich ins Bett.

Kapitel 13

Mit acht Jahren bekam ich die Masern, und ich war sehr krank. »Ich dachte, du würdest sterben«, sagte mein Vater einmal zu mir, und er neigte nicht zu Übertreibungen. Er erzählte mir, wie er und meine Mutter mich eines Nachts in eine Wanne mit kaltem Wasser legten, beide mindestens halb überzeugt, daß mir von dem Schock das Herz stehenbleiben würde, aber beide völlig überzeugt, daß ich vor ihren Augen verbrennen würde, wenn sie nicht *irgendwas* unternahmen. Ich hatte angefangen, in einer lauten, monotonen Stimme von den strahlenden Gestalten zu sprechen, die ich in dem Zimmer sah – Engel, die gekommen waren, um mich fortzutragen, davon war meine verängstigte Mutter überzeugt –, und als mein Vater mir vor dem kalten Bad das letzte Mal die Temperatur maß, sagte er, hätte die Quecksilbersäule des alten Fieberthermometers von Johnson & Johnson einundvierzig Komma eins gezeigt. Danach, sagte er, hatte er nicht mehr gewagt, zu messen.

An strahlende Gestalten kann ich mich nicht erinnern, aber an eine seltsame Zeitspanne, die mir im Rückblick vorkommt, als wäre ich im Korridor eines Spiegelkabinetts gewesen, wo mehrere Filme gleichzeitig gezeigt wurden. Die Welt wurde elastisch, wölbte sich an Stellen, wo sie sich zuvor noch nie gewölbt hatte, und waberte an Stellen, wo sie stets solide gewesen war. Menschen – die meisten anscheinend unmöglich groß – schossen mit scherenähnlichen Trickfilmbeinen in mein Zimmer hinein und wieder hinaus. Ihre Worte hallten von donnernden gleichzeitigen Echos. Jemand schüttelte ein paar Babyschuhe vor meinem Gesicht. Ich glaube mich zu entsinnen, wie mein Bruder Siddy die Hand ins Hemd schob und mit den Achseln wiederholt Furzgeräusche erzeugte. Die logische Abfolge der Ereignisse brach zusammen. Alles geschah in Segmenten, unheimliche Würstchen auf einer giftigen Schnur.

Bis zu dem Sommer meiner Rückkehr nach Sara Lacht hatte

ich in der Zwischenzeit die üblichen Krankheiten, Infektionen und körperlichen Gebrechen, aber niemals wieder etwas wie diese Fieberepisode in meinem achten Lebensjahr. Ich rechnete auch nie damit – ich war vermutlich überzeugt davon, daß derartige Erlebnisse auf Kinder, Leute mit Malaria oder vielleicht noch jene beschränkt sind, die einen katastrophalen Nervenzusammenbruch erleiden. Aber in der Nacht vom siebten auf den achten Juli machte ich eine Zeitspanne durch, die bemerkenswerte Ähnlichkeit mit diesem Kindheitsdelirium hatte. Träumen, Wachsein, in Bewegung – sie waren alle gleich. Ich schildere es Ihnen, so gut ich es vermag, aber nichts, was ich sage, kann diesem seltsamen Erlebnis gerecht werden. Es war, als hätte ich einen Geheimgang unmittelbar hinter der Welt gefunden und sei durch ihn gekrochen.

Zunächst war da Musik – kein Dixieland, weil keine Hörner dabei waren, aber *wie* Dixieland. Eine primitive, wirbelnde Art von Bebop. Drei oder vier akustische Gitarren, eine Harmonika, ein Kontrabaß (vielleicht zwei). Hinter alledem ein harter, fröhlicher Trommelschlag, der sich nicht anhörte, als käme er von einer richtigen Trommel; er hörte sich an, als würde jemand mit einem großen Talent für das Schlagzeug auf ein paar Kisten klopfen. Dann stimmte eine Frauenstimme ein – eine hohe Altstimme, nicht unweiblich, rauh bei den hohen Tönen. Sie war lachend und drängend und geheimnisvoll zugleich, und ich wußte sofort, daß ich Sara Tidwell hörte, die in ihrem Leben nie eine Schallplatte aufgenommen hatte. Ich hörte Sara Lacht, und Mann, sie *rockte ab*.

»You know we're goin back to MANderley,
We're gonna dance on the SANderley,
I'm gonna sing with the BANderley,
We gonna ball all we CANderley –
Ball me, Baby, yeah!«

Die Bässe – ja, es waren zwei – begannen einen Barnyard Shuffle wie das Zwischenspiel in Elvis' Version von »Baby Let's Play House«, dann kam ein Gitarrensolo: Son Tidwell spielte dieses Chickenscratch-Ding.

Lichter glommen in der Dunkelheit, und nun dachte ich an eine andere Frauenstimme, Claudine Clark in den fünfziger Jahren: »*I see the lights, I see the party lights … red blue and green …*« Und da waren sie, Papierlampions hingen an den Bäumen über dem Weg der Eisenbahnschwellen, der vom Haus zum Wasser führte. Partyleuchten, die geheimnisvolle Lichtkreise in der Dunkelheit warfen: rot, blau, grün.

Hinter mir sang Sara die überleitende Passage ihres Manderley-Songs – *mamma likes it nasty, mamma likes it strong, mamma likes to party all night long* –, wurde aber langsam ausgeblendet. Sara and the Red-Top Boys hatten ihre Bühne in der Einfahrt aufgebaut, wie es sich anhörte, etwa dort, wo George Footman geparkt hatte, als er mir Max Devores Vorladung brachte. Ich näherte mich dem See durch Lichtkreise, an Partyleuchten vorbei, um die Falter mit weichen Schwingen flatterten. Eine hatte einen Weg in eine Leuchte hinein gefunden und warf einen monströsen, fledermausähnlichen Schatten gegen das gerippte Papier. Die Blumenkästen, die Jo neben die Stufen gestellt hatte, waren voll von nachtblühenden Rosen. Im Licht der Lampions sahen sie blau aus.

Die Musik der Band war jetzt nur noch ein schwaches Murmeln; ich konnte Sara ihren Text schreien und dabei lachen hören, als wäre es das Komischste, das ihr je untergekommen sei, dieses Manderley-sanderley-canderley-Zeug, aber die einzelnen Worte konnte ich nicht mehr verstehen. Viel deutlicher war das Plätschern des Sees an der letzten Treppenstufe, das hohle Scheppern der Kanister unter dem schwimmenden Floß und der Schrei eines Eisvogels, der aus der Dunkelheit ertönte. Jemand stand rechts von mir auf der Straße, am Seeufer. Ich konnte sein Gesicht nicht sehen, aber die braune Sportjacke und das T-Shirt darunter. Die Aufschläge verdeckten einen Teil der Botschaft auf dem Hemd, so daß sie folgendermaßen aussah:

ORMA
ER
AH

Ich wußte auch so, was es hieß – in Träumen weiß man so etwas fast immer, oder nicht? NORMALE SPERMIENZAHL, ein fast klassischer spezieller Brüller für das Village Café.

Ich lag im Schlafzimmer im Nordflügel und träumte das alles, und da wachte ich gerade lange genug auf, um zu *wissen*, daß ich träumte ... nur war es, als würde ich in einen anderen Traum erwachen, denn Bunters Glöckchen läutete wie verrückt, und es stand jemand in der Diele. Mr. Normale Spermienzahl? Nein, der nicht. Der Schatten, der auf die Tür fiel, war nicht ganz der eines Menschen. Er war bucklig, die Arme kaum zu erkennen. Ich richtete mich beim silbernen Klang der Glocke auf, zog ein loses Ende der Decke über die nackte Taille und war überzeugt, daß das Leichentuch-Ding da draußen war – das Leichentuch-Ding, das aus seinem Grab gekommen war, um mich zu holen.

»Bitte nicht, sagte ich mit einer trockenen und zitternden Stimme. »Bitte nicht, bitte.«

Der Schatten an der Tür hob die Arme. »*It ain't nuthin but a barn-dance sugar!*« sang Sara Tidwells lachende, atemberaubende Stimme. »*It ain't nuthin but a round-and-round!*«

Ich legte mich wieder hin und zog die Decke über das Gesicht, eine kindische Verweigerungsgeste ... und dann stand ich nur in Unterhosen an unserem kleinen Strandabschnitt. Meine Füße waren bis zu den Knöcheln unter Wasser. Der See war wie immer im Mittsommer angenehm warm. Mein blasser Schatten wurde in zwei Richtungen geworfen, in eine von der Mondsichel, die dicht über dem Wasser stand, in die andere von dem Lampion mit dem Falter im Inneren. Der Mann, der auf dem Weg gestanden hatte, war verschwunden, hatte aber eine Plastikeule an der Stelle hinterlassen, wo er gewesen war. Sie starrte mich mit starren, goldumrandeten Augen an.

»He, Ire!«

Ich sah zum schwimmenden Floß. Dort stand Jo. Sie mußte gerade aus dem Wasser geklettert sein, weil sie noch tropfte und ihr Haar an den Wangen klebte. Sie trug den Bikini von dem Foto, das ich gefunden hatte, grau mit roten Streifen.

»Ist lange her, Ire – was sagst du dazu?«

»Wozu?« rief ich zurück, obwohl ich es wußte.

»Hierzu!« Sie legte die Hände auf die Brüste und drückte.

Wasser quoll zwischen den Fingern heraus und floß über ihre Knöchel.

»Komm her, Ire«, sagte sie neben und über mir, »komm her, du Mistkerl, fangen wir an.« Ich spürte, wie sie mir das Laken mühelos aus den schlaftauben Händen riß und nach unten zog. Ich kniff die Augen zu, aber sie nahm meine Hand und legte sie zwischen ihre Beine. Als ich die samtene Naht fand und streichelnd spreizte, rieb sie mir den Nacken mit den Fingern.

»Du bist nicht Jo«, sagte ich. »Wer bist du?«

Aber es war niemand da, der antworten konnte. Ich befand mich im Wald. Es war dunkel, über dem See riefen die Eistaucher. Ich ging den Pfad zu Jos Atelier hinunter. Es war kein Traum; ich konnte die kühle Luft auf der Haut spüren, und gelegentlich bohrte sich ein spitzer Stein in meine Fußsohle oder Ferse. Ein Moskito flog mir summend um die Ohren, ich scheuchte ihn weg. Ich trug Boxershorts, die sich bei jedem Schritt über einer gewaltigen und pochenden Erektion spannten.

»Was, zum Teufel, soll das?« fragte ich, als Jos kleines Atelier in der Dunkelheit aufragte. Ich drehte mich um und sah Sara auf dem Hügel, nicht die Frau, sondern das Haus, eine längliche Blockhütte, die sich zum nächtlichen See hin erstreckte. »Was geschieht mit mir?«

»Es ist alles in Ordnung, Mike«, sagte Jo. Sie stand auf dem Floß und beobachtete, wie ich zu ihr schwamm. Sie hielt die Hände hinter den Nacken wie ein Pin-up-Model und hob die Brüste in dem feuchten Oberteil. Ich konnte die Brustwarzen aus dem Stoff ragen sehen, genau wie auf dem Foto. Ich schwamm in Unterhosen und hatte immer noch diese riesige Erektion.

»Alles in Ordnung, Mike«, sagte Mattie im Schlafzimmer im Nordflügel, und ich schlug die Augen auf. Sie saß neben mir auf dem Bett, glatt und nackt im schwachen Schein der Nachttischlampe. Ihr Haar war offen und reichte bis zu den Schultern. Ihre Brüste waren winzig, wie Teetassen, aber die Brustwarzen groß und aufgerichtet. Zwischen den Beinen, wo sich meine Hand immer noch befand, hatte sie eine Quaste blonden, seidenglatten Haars. Ihr ganzer Körper war in Schatten wie Flügel von Faltern gehüllt, wie Blütenblätter von Rosen. Wie sie so dasaß, hatte sie etwas verzweifelt Attraktives an sich – sie war wie der Preis beim Jahrmarktsschießstand oder dem Ringewerfen, von dem man genau weiß, daß man ihn nie erringen wird. Den sie auf dem obersten Regal ausgestellt haben. Sie griff unter die Decke und krümmte die Finger um den straff gespannten Stoff meiner Unterhose.

Es ist alles in Ordnung, dies ist nichts als ein Ringelreihen, sagte die UFO-Stimme, als ich die Stufen zum Atelier meiner Frau hinaufging. Ich bückte mich, fischte den Schlüssel unter der Fußmatte hervor und hob ihn auf.

Ich erklomm die Leiter des Floßes tropfnaß und unmittelbar nach meinem aufgerichteten Geschlechtsteil – gibt es, frage ich mich, noch etwas, das so unfreiwillig komisch ist wie ein sexuell erregter Mann? Jo stand in ihrem nassen Bikini auf den Planken. Ich zog Mattie zu mir ins Bett. Ich machte die Tür zu Jos Studio auf. Das alles geschah gleichzeitig und war miteinander verflochten wie die Stränge eines exotischen Seils oder Gürtels. Die Episode mit Jo kam mir am deutlichsten wie ein Traum vor, die im Studio, als ich durch den Raum ging und auf meine alte IBM hinuntersah, am wenigsten. Mattie im Schlafzimmer des Nordflügels war irgendwo dazwischen.

Auf dem Floß sagte Jo: »Mach, was du willst.« Im Schlafzimmer sagte Mattie: »Mach, was du willst.« Im Atelier mußte mir niemand etwas sagen. Ich wußte *genau,* was ich wollte.

Auf dem Floß neigte ich den Kopf, preßte den Mund auf eine von Jos Brüsten und saugte die unter dem Stoff aufgerichtete Brustwarze in den Mund. Ich schmeckte feuchten Stoff und die Feuchtigkeit des Sees. Sie streckte die Hand nach der Wölbung meiner Hose aus, aber ich schlug sie weg. Wenn sie mich anfaßte, würde ich auf der Stelle kommen. Ich saugte, trank tröpfchenweise Wasser mit Baumwollgeschmack, tastete mit den eigenen Händen und streichelte ihren Hintern, bevor ich das Unterteil ihres Bikinis nach unten riß. Ich zog es ihr ganz aus, und sie ließ sich auf die Knie nieder. Das tat ich auch, nachdem ich endlich meine nasse Unterhose abgestreift und auf das Bikinihöschen geworfen hatte. So sahen wir einander an, ich nackt, sie fast nackt.

»Wer war der Kerl bei dem Softballspiel?« keuchte ich. »Wer war er, Jo?«

»Niemand Besonderes, Ire. Nur ein Sack voll Knochen.«

Sie lachte, dann lehnte sie sich auf den Hacken zurück und sah mich an. Ihr Nabel war eine winzige schwarze Vertiefung. Ihre Haltung hatte etwas sonderbar, attraktiv Schlangenhaftes. »Da unten gibt es nur den Tod«, sagte sie und preßte die kalten Handflächen und weißen, runzligen Finger an meine Wangen. Sie drehte meinen Kopf und beugte ihn so, daß ich in den See sah. Unter Wasser sah ich verwesende Leiber vorbeitreiben, die von einer tiefen Strömung mitgerissen wurden. Starrende Augen. Klaffende, von Fischen angeknabberte Nasen. Zungen wallten zwischen weißen Lippen wie Seegras. Manche der Toten schleppten bleiche Ballons aufgedunsener Eingeweide hinter sich her; manche bestanden fast nur noch aus Knochen. Aber nicht einmal der Anblick dieser schwimmenden Leichenschau konnte mich von dem abhalten, was ich wollte. Ich befreite den Kopf aus ihren Händen, drückte sie auf die Bretter und kühlte endlich ab, was so hart und begierig war, indem ich es tief versenkte. Ihre mondsilbernen Augen sahen zu mir auf, durch mich hindurch, und ich bemerkte, daß eine Pupille größer als die andere war. So hatten ihre Augen auf dem Bildschirm ausgesehen, als ich sie in der Leichenhalle von Derry identifiziert hatte. Sie war tot. Meine Frau war tot, und ich fickte ihren Leichnam. Aber nicht einmal nach dieser Erkenntnis konnte ich aufhören. »Wer war er?« schrie ich sie an und drängte mich an ihr kaltes Fleisch auf den nassen Planken. »Wer war er, Jo, um Himmels willen, sag mir, wer er war!«

Im Schlafzimmer zog ich Mattie auf mich und genoß das Gefühl der kleinen Brüste an meiner Brust und ihrer langen, mich umschlingenden Beine. Dann rollte ich sie auf die andere Seite des Betts. Ich spürte, wie sie die Hand nach mir ausstreckte, und schlug sie weg – wenn sie mich anfaßte, wo sie mich anfassen wollte, würde ich auf der Stelle kommen. »Spreiz die Beine, schnell«, sagte ich, und sie gehorchte. Ich machte die Augen zu und schottete mich gegen alle anderen Sinneswahrnehmungen ab. Ich drängte mich an sie, verharrte. Eine kleine Korrektur war erforderlich, ich drückte mit der Hand gegen meinen prallen Penis, drehte die Hüften und drang in sie ein wie ein Finger in einen Seidenhandschuh. Sie sah mit großen Augen zu mir auf, legte mir eine Hand auf die Wange und drehte den Kopf. »Da draußen gibt es nur den Tod«, sagte sie, als würde sie nur das Offensichtliche erklären. Im Fenster sah ich die Fifth Avenue zwischen fünfzigster und sechzigster Straße – die angesagten Geschäfte, Bijan und Bally, Tiffany und Bergdorf's und Steuben Glass. Und da kam Harold Oblowski, auf dem Weg nach Norden, und schwenkte die Aktentasche aus Schweinsleder (die Jo und ich ihm im Jahr vor ihrem Tod zu Weihnachten geschenkt hatten). An seiner Seite ging die üppige, hübsche Nola, seine Sekretärin, die eine Handtasche von Barnes and Noble am Griff trug. Aber sie war nicht mehr üppig. Sie war ein grinsendes Skelett mit gelben Kinnbacken, das einen Hosenanzug von Donna Karan und Krokodillederpumps trug; dürre Knochenfinger mit Ringen hielten den Griff der Tasche. Harold hatte die Zähne zu seinem üblichen Agentengrinsen gebleckt, allerdings geradezu obszön verbreitert. Sein Lieblingsanzug, der anthrazitfarbene Zweireiher von Paul Stuart, flatterte an ihm wie ein Segel in steifer Brise. Überall ringsum auf der Straße schlenderten die lebenden Toten – Mumienmütter, die Babyleichen an den Händen führten oder in teuren Kinderwagen spazierenfuhren, Zombietürsteher, wiederbelebte Skateboardfahrer. Hier führte ein großer Schwarzer, dem die letzten Streifen Fleisch vom Gesicht hingen wie gegerbte Hirschhaut, das Skelett seines Schäferhunds spazieren. Taxifahrer verwesten zu den Klängen von Raga-Musik. Gesichter von Totenschädeln, jeder mit seiner eigenen Version von Harolds Grinsen – *He, wie geht's, was machen Frau und Kinder, in letzter Zeit wieder gute Bücher geschrieben?* –, schauten aus den vorbeifahrenden Bussen herab. Die Erdnußverkäufer waren am Verfaulen. Aber nichts von alledem konnte mich löschen. Ich brannte. Ich schob die Hände unter ihre Pobacken, hob sie an und schlug die Zähne in das Laken (das Muster, sah ich, nicht im geringsten überrascht, waren blaue Rosen), bis ich es unter der Matratze hervorgezogen hatte, damit ich nicht Mattie in den Hals, die Schultern, die Brüste biß, wo immer ich mit den Zähnen hinkam. »Sag mir, wer er war!« brüllte ich sie an. »Du weißt es, das weiß ich genau!« Meine Stimme klang durch den Stoff der Bettdecke im Mund so gedämpft, daß es außer mir wahrscheinlich niemand verstehen konnte. »Sag es mir, du Biest!«

Auf dem Pfad zwischen Jos Atelier und dem Haus stand ich

mit der Schreibmaschine auf den Armen und der traumübergreifenden pochenden Erektion unter der Metallmasse – alles dermaßen bereit und nichts willig. Abgesehen vielleicht von der nächtlichen Brise. Dann stellte ich fest, daß ich nicht mehr allein war. Das Ding im Leichentuch war hinter mir, weil es wie die Falter zu den Lampions gezogen wurde. Es lachte – ein gellendes, rauchiges Lachen, das nur zu einer Frau gehören konnte. Ich sah die Hand nicht, die sich von hinten um meine Hüfte wand und nach mir griff – die Schreibmaschine war im Weg –, aber ich mußte sie nicht sehen, um zu wissen, daß es eine braune Hand war. Sie drückte langsam fester zu und bewegte die Finger dabei.

»Was willst du wissen, *Sugar?*« fragte sie hinter mir. Immer noch lachend. Immer noch spöttisch. »Möchtest du wirklich alles wissen? Möchtest du es wissen oder spüren?«

»Oh, du bringst mich um!« schrie ich. Die Schreibmaschine – die IBM Selectric mit ihren fast dreißig Pfund – schaukelte auf meinen Armen. Ich spürte, daß meine Muskeln klangen wie Gitarrensaiten.

»Willst du wissen, wer er war, *Sugar?* Der böse Mann?«

»Besorg es mir einfach, du Biest!« schrie ich. Sie lachte wieder – dieses schroffe Lachen, fast wie ein Husten – und drückte mich da, wo das Drücken am schönsten ist.

»Halt jetzt still«, sagte sie. »Halt nur still, hübscher Junge, wenn du mich nicht erschrecken willst, so daß ich dein Ding hier einfach rausreiße ...« Den Rest bekam ich nicht mehr mit, weil die ganze Welt in einem Orgasmus explodierte, der so gewaltig und heftig war, daß ich glaubte, er würde mich schlichtweg zerreißen. Ich kippte den Kopf nach hinten wie ein Mann, der gehängt wird, und ejakulierte mit Blick auf die Sterne. Ich schrie – ich mußte einfach –, und auf dem See antworteten zwei Eistaucher.

Gleichzeitig war ich auf dem Floß. Jo war nicht mehr da, aber ich konnte leise die Band hören – Sara und Sonny und die Red-Top Boys jagten durch den »Black Mountain Rag«. Ich richtete mich benommen und ausgelaugt auf, hohlgefickt. Ich konnte den Weg nicht sehen, der zum Haus führte, sah aber im Licht der Papierlampions seinen verschlungenen Verlauf. Meine Unterhose lag als nasses Bündelchen neben mir. Ich hob sie hoch und zog sie an, weil ich nicht mit ihr in der Hand ans Ufer schwimmen wollte. Die Hose spannte an meinen Knien, da hielt ich inne und betrachtete meine Finger. Glibberiges verwesendes Fleisch klebte daran. Unter mehreren Nägeln ragten Büschel herausgerissener Haare hervor. Leichenhaare.

»Großer Gott«, stöhnte ich. Ich hatte keine Kraft mehr. Ich sackte auf etwas Feuchtem zusammen. Ich befand mich im Schlafzimmer im Nordflügel. Ich war in etwas Warmem gelandet und dachte zuerst, es wäre Sperma. Aber das schwache Mondlicht zeigte mir etwas Dunkleres. Mattie war fort, das Bett voller Blut. Mitten in dieser Lache lag etwas, das ich auf den ersten Blick für einen Klumpen Fleisch oder das Stück eines Organs hielt. Als ich genauer hinsah, entpuppte es sich als Plüschtier, ein Ding aus schwarzem Filz, blutverschmiert. Ich lag auf der Seite, sah es an und wollte vom Bett springen und aus dem Zimmer fliehen, konnte es aber nicht. Meine Muskeln waren von einer totenähnlichen Ohnmacht umfangen. Mit wem hatte ich in diesem Bett wirklich gevögelt? Und was hatte ich mit ihr angestellt? Was, in Gottes Namen?

»Ich glaube diese Lügen nicht«, hörte ich mich selbst sagen, und als wäre es ein Zauberspruch, wurde ich wieder zusammengeklatscht. So ist es nicht exakt gewesen, aber einen anderen Ausdruck, der der Wahrheit näherkäme, kenne ich nicht. Ich bestand aus drei Teilen – einer auf dem Floß, einer im Schlafzimmer, einer auf dem Pfad –, und jeder spürte diesen kräftigen Schlag, als wäre dem Wind eine Faust gewachsen. Rauschende Schwärze, und darin ertönte das unablässige silberne Läuten von Bunters Glöckchen. Dann erlosch es, und ich mit ihm. Eine kurze Zeitspanne war ich nirgendwo.

Als ich wieder zu mir kam, nahm ich das beiläufige Gezwitscher von Vögeln in den Sommerferien und diese eigentümlich rötliche Dunkelheit wahr, die bedeutet, daß einem die Sonne durch die geschlossenen Lider scheint. Mein Hals war steif, mein Kopf in einem grotesken Winkel geneigt, die Beine hatte ich linkisch unter mir verschränkt, und mir war heiß.

Ich hob den Kopf, verzog das Gesicht und wußte, noch ehe ich die Augen aufschlug, daß ich nicht mehr im Bett war, nicht mehr auf dem schwimmenden Floß, nicht mehr auf dem Weg zwischen Atelier und Haus. Ich spürte Bodendielen unter mir, hart und unnachgiebig.

Das Licht blendete. Ich kniff die Augen wieder zu und stöhnte wie ein Mann mit Kater. Hinter den darübergelegten Händen schlug ich sie erneut auf, ließ ihnen Zeit, sich anzupassen, nahm die Hände vorsichtig weg, setzte mich auf und sah mich um. Ich befand mich in der oberen Diele und lag unter der defekten Klimaanlage. Mrs. Meserves Zettel hing noch daran. Vor der Tür meines Arbeitszimmers stand die grüne IBM mit einem eingespannten Blatt Papier. Ich betrachtete meine Füße und stellte fest, daß sie schmutzig waren. Kiefernnadeln klebten an den Sohlen, eine Zehe war aufgekratzt. Ich stand auf, stolperte ein wenig (mein rechtes Bein war eingeschlafen), stützte mich mit einer Hand an der Wand ab und blieb aufrecht stehen. Ich sah an mir hinab. Ich trug die Boxershorts, mit denen ich ins Bett gegangen war, und es sah nicht aus, als hätte ich einen Unfall darin gehabt. Ich zog den Saum weg und spähte hinein. Mein Schwanz sah aus wie immer, klein und schlaff, schlafend an sein Haarbüschel geschmiegt. Wenn Noonans närrischer Freund in der Nacht abenteuerlustig gewesen war, sah man ihm jetzt zumindest nichts mehr an.

»Es fühlte sich aber bestimmt wie ein Abenteuer an«, krächzte ich. Ich strich mir mit dem Arm Schweiß von der Stirn. Es war drückend heiß hier oben. »Aber keines, von dem ich je in den *Hardy Boys* gelesen hätte.«

Dann fielen mir das blutgetränkte Laken im Schlafzimmer des Nordflügels und das Plüschtier ein, das mittendrin auf der Seite lag. Kein Gefühl der Erleichterung ging mit der Erinnerung einher, kein Gott-sei-Dank-war-es-nur-ein-Traum-Gefühl, wie man es nach einem besonders schlimmen Alptraum empfindet. Alles kam mir so real vor wie das, was ich im Fieberwahn erlebte, als ich die Masern hatte … und das *war* alles real gewesen und nur von meinem überhitzten Gehirn verzerrt worden.

Ich stolperte zur Treppe, hinkte hinunter und klammerte mich am Geländer fest, falls mein kribbelndes Bein unter mir nachgab. Unten angekommen sah ich mich benommen im Wohnzimmer um, als würde ich es zum erstenmal sehen, dann hinkte ich den Flur zum Nordflügel entlang.

Die Schlafzimmertür war angelehnt, und einen Moment brachte ich es nicht über mich, sie ganz aufzustoßen und einzutreten. Ich war zutiefst verängstigt, und mein Geist versuchte ununterbrochen, mir die Wiederholung einer alten Folge von *Alfred Hitchcock Presents* vorzuspielen, die über den Mann, der im Alkoholrausch seine Frau erwürgt hat. Er sucht die ganzen dreißig Minuten nach ihr und findet sie schließlich aufgedunsen und mit offenen Augen in der Vorratskammer. Kyra Devore war das einzige Kind im Alter für Plüschtiere, das ich in letzter Zeit getroffen hatte, aber sie hatte friedlich unter ihrer Decke mit den tausendblättrigen Rosen geschlafen, als ich mich von ihrer Mutter verabschiedet hatte und nach Hause gefahren war. Allein die Vorstellung war dumm, ich könnte den ganzen Weg zur Wasp Hill Road gefahren sein, wahrscheinlich nur in Boxershorts, daß ich –

Was? Die Frau vergewaltigt habe? Das Kind hierher gebracht? Im Schlaf?

Ich habe die Schreibmaschine im Schlaf geholt, oder nicht? Sie steht oben in der verdammten Diele.

Es ist ein großer Unterschied, ob man dreißig Meter durch den Wald geht oder fünf Meilen die Straße runterfährt zu –

Ich hatte nicht vor, hier draußen zu stehen und mir diese zänkischen Stimmen in meinem Kopf anzuhören. Wenn ich nicht verrückt war – und das glaubte ich nicht –, würden diese streitsüchtigen Arschlöcher mich wahrscheinlich dorthin schaffen, und zwar per Expreß, wenn ich ihnen weiter zuhörte. Ich streckte die Hand aus und stieß die Schlafzimmertür auf.

Einen Augenblick *sah* ich das Oktopusmuster von Blut tatsächlich, das mein Laken tränkte, so real und gebündelt war mein Entsetzen. Dann kniff ich die Augen fest zu, machte sie wieder auf und sah noch mal hin. Die Laken waren zerwühlt, das untere fast gänzlich herausgezogen. Ich konnte die gesteppte Satinhaut der Matratze sehen. Ein Kissen lag an der gegenüberliegenden Bettkante. Das andere zerknautscht am Fußende. Der Bettvorleger – einer von Jos Teppichen – war verrutscht, mein Wasserglas lag umgekippt auf dem Nachttisch. Das Schlafzimmer sah aus, als wäre es Schauplatz einer Rauferei oder einer Orgie gewesen, aber nicht eines Mordes. Kein Blut und kein kleines Plüschtier mit schwarzem Fell.

Ich ließ mich auf die Knie sinken und sah unter das Bett. Nichts da – dank Brenda Meserve nicht einmal Staubflusen. Ich betrachtete das Laken wieder, strich zuerst mit einer Hand über die zerfurchte Topographie, zog es herunter und steckte die elastischen Ecken wieder fest. Großartige Erfindung, diese Spannbettücher; wenn Frauen die Medal of Freedom vergeben würden, und nicht eine Bande von weißen Politikern, die in ihrem ganzen Leben nie ein Bett gemacht oder eine Ladung Wäsche gewaschen haben, hätte der Typ, der die Spannbettücher erfunden hat, inzwischen längst ein Stück Blech bekommen. Anläßlich einer Feierstunde im Rose Garden.

Als die Laken festgezogen waren, sah ich wieder hin. Kein Blut, kein einziger Tropfen. Auch kein klebriger, trocknender Samenfleck. Ersteres hatte ich eigentlich auch nicht erwartet (redete ich mir jedenfalls bereits ein), aber was war mit letzterem? Ich hatte zumindest den kreativsten feuchten Traum der Welt gehabt – ein Triptychon, in dem ich zwei Frauen gevögelt und mir von einer dritten einen hatte runterholen lassen, und das alles gleichzeitig. Ich bildete mir auch ein, daß ich das Gefühl eines Morgens danach hatte, das man dann bekommt, wenn der Sex der vergangenen Nacht von der Variante gewesen ist, die einem die Schädeldecke wegpustet. Aber wenn ein Feuerwerk stattgefunden hatte, wo war das verbrannte Schießpulver?

»Wahrscheinlich in Jos Atelier«, sagte ich zu dem sonnigen Zimmer. »Oder auf dem Weg von hier nach dort. Sei nur froh, daß du ihn nicht in Mattie Devore zurückgelassen hast, mein Junge. Eine Affäre mit einer fast noch halbwüchsigen Witwe brauchst du nicht.«

Ein Teil von mir widersprach; ein Teil von mir glaubte, daß Mattie Devore *genau* das war, was ich brauchte. Aber ich hatte letzte Nacht nicht mit ihr geschlafen; ebensowenig hatte meine tote Frau draußen auf dem Floß mit mir geschlafen oder Sara Tidwell mir einen runtergeholt. Und nachdem ich mich nun vergewissert hatte, daß ich auch kein nettes kleines Kind getötet hatte, kehrten meine Gedanken zu der Schreibmaschine zurück. Warum hatte ich sie geholt? Warum die Mühe?

O Mann. Was für eine dumme Frage. Meine Frau hatte möglicherweise Geheimnisse vor mir, vielleicht sogar eine Affäre; möglicherweise waren Gespenster im Haus; möglicherweise wohnte eine halbe Meile südlich ein reicher alter Mann, der mich mit einem gespitzten Stock durchbohren und ihn dann abbrechen wollte; möglicherweise hatte ich, was das betraf, auch nicht mehr alle Tassen in meinem bescheidenen Schrank. Aber als ich da im hellen Sonnenschein stand und meinen Schatten an der Wand gegenüber betrachtete, schien nur eines zu zählen: Ich war ins Atelier meiner Frau gegangen und hatte meine alte Schreibmaschine geholt, und es gab nur einen einzigen Grund, so etwas zu tun.

Ich ging ins Bad, weil ich den Schweiß am Körper und den Schmutz an den Füßen loswerden wollte, bevor ich etwas anderes unternahm. Ich griff nach dem Duschkopf und erstarrte. Die Wanne war voll Wasser. Entweder hatte ich sie aus einem unerfindlichen Grund beim Schlafwandeln gefüllt ... oder etwas anderes hatte es getan. Ich streckte die Hand nach dem Ablaufstöpsel aus und hielt inne, als mir der Augenblick auf der Route 68 einfiel, als ich den Geschmack von kaltem Wasser im Mund hatte. Mir wurde klar, ich wartete darauf, daß es wieder passierte. Da nichts geschah, zog ich den Stöpsel, ließ das abgestandene Wasser ablaufen und drehte die Dusche auf.

Ich hätte die Selectric nach unten bringen können, vielleicht sogar hinaus auf die Veranda, wo eine leichte Brise über die Oberfläche des Sees wehte, aber das tat ich nicht. Ich hatte sie bis zur Tür meines Arbeitszimmers getragen, und in meinem Arbeitszimmer würde ich arbeiten ... wenn ich arbeiten *konnte.* Ich würde dort arbeiten, selbst wenn die Temperatur unter dem Dach auf achtundvierzig Grad stieg ... was bis drei Uhr nachmittags durchaus im Bereich des Möglichen lag.

Das Papier, das ich in die Maschine gerollt hatte, war ein alter rosa Kassenzettel von Click!, dem Fotogeschäft in Castle Rock, wo Jo ihren Nachschub gekauft hatte, wenn wir hier unten waren. Ich hatte ihn so eingespannt, daß die unbeschriebene Seite dem Kugelkopf mit der Type Courier zugewandt war. Ich hatte die Namen meines kleinen Harems darauf geschrieben, als hätte ich auf eine hilflose Art und Weise versucht, die drei Facetten meines Traums festzuhalten, während er noch andauerte:

```
Jo Sara Mattie Jo Sara Mattie Mattie Mattie
Sara Sara
Jo Johanna Sara Jo MattieSaraJo.
```

Darunter, mit Kleinbuchstaben:

```
normale spermienzahl spermiennorm ganz rosig
```

Ich machte die Tür des Arbeitszimmers auf, trug die Schreibmaschine hinein und stellte sie an ihren alten Platz unter dem Poster von Richard Nixon. Ich zog den rosa Kassenzettel aus dem Wagen, knüllte ihn zusammen und warf ihn in den Papierkorb. Dann nahm ich den Stecker der Selectric und stöpselte ihn in die Steckdose über der Sockelleiste. Mein Herz schlug heftig und schnell, wie damals, als ich dreizehn war und die Leiter des Zehn-Meter-Bretts des Y-Pools hinaufgestiegen war. Mit zwölf war ich diese Leiter dreimal hinaufgestiegen und wieder daran heruntergeschlichen; als ich dreizehn geworden war, konnte ich nicht mehr kneifen – ich mußte es wirklich tun.

Ich glaubte, daß ich in der hinteren Ecke des Schranks, hinter der Kiste mit der Aufschrift KLEINGERÄTE, einen Ventilator gesehen hatte. Ich ging in die Richtung, doch dann drehte ich mich mit einem kurzen, rauhen Lachen wieder um. Ich hatte schon früher Augenblicke voller Selbstvertrauen erlebt, oder nicht? Ja. Und dann hatten sich die Eisenbänder um meine Brust gelegt. Es wäre dumm, den Ventilator herauszusuchen und dann festzustellen, daß ich doch nichts in diesem Zimmer zu tun hatte.

»Ganz ruhig«, sagte ich, »ganz ruhig.« Aber ich konnte nicht ruhig sein, sowenig wie der hühnerbrüstige Junge in der albernen lila Badehose ruhig sein konnte, als er zum Ende des Sprungbretts ging, wo der Pool unter ihm so grün war und die erwartungsvollen Gesichter der Jungen und Mädchen so klein, *so* klein.

Ich beugte mich über eine der Schubladen an der rechten Seite des Schreibtischs und zog so fest daran, daß ich sie ganz herausriß. Ich bekam gerade noch den rechten Fuß aus ihrer Landezone und bellte einen Schwall humorlosen Gelächters hinaus. In der Schublade lag ein halbes Ries Papier. Die Ränder hatten das leicht vergilbte Aussehen, das Papier bekommt, wenn es lange

Zeit liegt. Kaum sah ich es, als mir einfiel, daß ich meinen eigenen Vorrat mitgebracht hatte – weitaus frischeres Papier als das hier. Ich ließ es liegen, wo es war, und schob die Schublade wieder in ihre Öffnung. Mehrere Versuche waren erforderlich, bis ich sie in der Laufschiene hatte; meine Hände zitterten.

Schließlich setzte ich mich auf meinen Bürostuhl, hörte dasselbe altbekannte Ächzen, als er mein Gewicht aufnahm, und dasselbe altbekannte Knirschen der Rollen, als ich mich nach vorne zog und die Beine in den Knieraum streckte. Dann saß ich schwitzend vor der Tastatur und mußte immer noch an das Sprungbrett über dem Pool denken, wie federnd es unter meinen bloßen Füßen gewesen war, als ich darauf nach vorne schritt, mußte an die hallenden Stimmen unter mir denken, an den Geruch von Chlor und das konstante tiefe Puckern der Umwälzpumpe: *Tschwang-tschwang-tschwang-tschwang,* als hätte das Wasser seinen eigenen heimlichen Herzschlag. Ich hatte am Ende des Sprungbretts gestanden und mich gefragt (und nicht zum erstenmal!), ob man gelähmt bleiben konnte, wenn man falsch auf dem Wasser landete. Wahrscheinlich nicht, aber man konnte vor Angst sterben. Dafür gab es belegte Fälle in *Ripley's Unglaublich, aber wahr,* das mir im Alter zwischen acht und vierzehn als wissenschaftliche Lektüre diente.

Los! rief Jos Stimme. Meine Version ihrer Stimme war für gewöhnlich ruhig und beherrscht; diesmal klang sie schrill. *Hör auf zu zaudern und mach schon!*

Ich griff nach dem Schalter der IBM und dachte an den Tag, als ich mein Word-sechs-Programm in den Papierkorb geworfen hatte. *Leb wohl, alter Freund,* hatte ich gedacht.

»Bitte laß es funktionieren«, sagte ich. »Bitte.«

Ich ließ die Hand sinken und drückte den Schalter. Die Maschine ging an. Der Courier-Kugelkopf drehte sich einmal wie eine Ballerina hinter der Bühne, die auf ihren Auftritt wartet. Ich nahm ein Blatt Papier und sah, daß meine verschwitzten Finger Abdrücke hinterließen, aber es war mir egal. Ich zog es in die Maschine, zentrierte den Kugelkopf und schrieb

`Kapitel eins`

und wartete darauf, daß der Sturm losbrechen würde.

Kapitel 14

Das Läuten des Telefons – oder, präziser ausgedrückt, die Art und Weise, wie ich das Läuten des Telefons *wahrnahm* – war ebenso vertraut wie das Ächzen des Stuhls oder das Summen meiner alten IBM Selectric. Anfangs schien es aus weiter Ferne zu kommen, aber dann näherte es sich wie ein pfeifender Zug, der auf einen Bahnübergang zufährt.

Es gab keinen Nebenapparat in meinem oder Jos Arbeitszimmer; das Telefon oben, ein altmodisches Ding mit Wählscheibe, stand in dem Flur dazwischen – dem »Niemandsland«, wie Jo es zu nennen pflegte. Die Temperatur da draußen mußte bei mindestens dreiunddreißig Grad liegen, aber nach dem Büro kam es mir fast kühl vor. Ich war so ölig von Schweiß, daß ich aussah wie eine leicht bierbäuchige Version der Muskelboys, die ich manchmal in meinem Fitneß-Studio sah.

»Hallo?«

»Mike? Habe ich Sie geweckt? Haben Sie noch geschlafen?« Es war Mattie, aber eine andere Mattie als gestern nacht. Diese Mattie war nicht mehr furchtsam oder verzagt; sie hörte sich so glücklich an, daß sie fast überzuquellen schien. Es war mit ziemlicher Sicherheit diese Mattie gewesen, zu der sich Lance Devore hingezogen gefühlt hatte.

»Nicht geschlafen«, sagte ich. »Ein bißchen geschrieben!«

»Ich dachte, Sie wären im Ruhestand.«

»Dachte ich auch«, sagte ich, »aber vielleicht war ich ein wenig vorschnell. Was ist los? Sie hören sich überglücklich an.«

»Ich habe gerade mit John Storrow telefoniert –«

Wirklich? Wie lange war ich überhaupt im ersten Stock gewesen? Ich betrachtete mein Handgelenk und sah nur einen blassen Kreis. Es war Viertel nach Sommersprossen und Haut Uhr, wie wir als Kinder immer sagten; meine Armbanduhr war unten im Nordflügel, im Schlafzimmer, wo sie wahrscheinlich in einer Pfütze neben dem umgekippten Wasserglas lag.

»– seinem Alter, und dann kann er den anderen Sohn vorladen lassen!«

»Puh«, sagte ich. »Ich komm' nicht mehr mit. Fangen Sie noch mal an, und machen Sie etwas langsamer.«

Sie gehorchte. Das Aufzählen der Fakten nahm – wie üblich – nicht viel Zeit in Anspruch: Storrow kam morgen hierher; er würde auf dem County Airport landen und im Lookout Hotel in Castle View absteigen; die beiden würden den Freitag weitgehend damit verbringen, den Fall zu besprechen. »Oh, und er hat einen Anwalt für Sie gefunden«, sagte sie. »Der mit Ihnen zu Ihrem Termin geht. Ich glaube, er kommt aus Lewiston.«

Das hörte sich alles recht gut an, aber wichtiger war, daß Mattie ihren Kampfgeist wiedergewonnen hatte. Bis heute morgen (wenn es noch Vormittag *war*; das Licht, das zum Fenster über der defekten Klimaanlage hereinfiel, deutete darauf hin, daß es das, wenn überhaupt, nicht mehr lange sein würde), war mir nicht bewußt gewesen, wie niedergeschlagen die junge Frau in dem roten Kleid und den ordentlichen weißen Turnschuhen gewesen war. Wie sehr davon überzeugt, daß sie ihr Kind verlieren würde.

»Das ist toll! Ich freue mich so, Mattie.«

»Und Sie haben es geschafft. Wenn Sie hier wären, würde ich Ihnen den dicksten Kuß Ihres Lebens geben.«

»Er hat Ihnen gesagt, daß Sie gewinnen können, richtig?«

»Ja.«

»Und Sie glauben ihm.«

»Ja!« Sie dämpfte die Stimme ein wenig. »Er war allerdings nicht gerade begeistert, als ich ihm sagte, daß Sie gestern abend zum Essen hiergewesen sind.«

»Nein«, sagte ich. »Das hatte ich auch nicht erwartet.«

»Ich habe ihm gesagt, daß wir im Garten gegessen haben, worauf er sagte, daß wir nur sechzig Sekunden im Inneren gewesen sein müßten, um die Gerüchteküche anzuheizen.«

»Ich würde sagen, er hat eine beleidigend schlechte Meinung vom Liebesleben der Yankees«, sagte ich, »aber natürlich ist er aus New York.«

Sie lachte lauter, als mein kleiner Scherz rechtfertigte, fand ich. Aufgrund der fast hysterischen Erleichterung darüber, daß sie jetzt zwei Beschützer hatte? Weil das Thema Sex im Augenblick etwas heikel für sie war? Ich stellte besser keine Spekulationen an.

»Er hat mir nicht allzu heftig zugesetzt deswegen, doch er hat klargemacht, daß er es im Wiederholungsfall tun würde. Aber wenn es vorbei ist, werde ich Sie zu einem *richtigen* Essen einladen. Alles, was Sie wollen, und genauso, wie Sie es wollen.«

Alles, was Sie wollen, und genauso, wie Sie es wollen. Und sie war sich bei Gott und Sonny Jesus überhaupt nicht bewußt, daß das, was sie da sagte, eine andere Bedeutung haben könnte – ich wäre jede Wette eingegangen. Ich machte einen Moment die Augen zu und lächelte. Warum auch nicht? Was sie sagte, hörte sich absolut großartig an, besonders wenn man die Grenzen von Michael Noonans schmutziger Phantasie hinter sich ließ. Es hörte sich an, als würden wir ein Ende wie im Märchen haben, wenn es uns gelang, den Mut nicht zu verlieren und unseren Kurs beizubehalten. Und wenn ich es schaffte, einem Mädchen, das jung genug war, meine Tochter zu sein, keine Avancen zu machen … das hieß, außerhalb meiner Träume. Wenn ich das nicht schaffte, verdiente ich wahrscheinlich, was immer mir widerführe. Aber Kyra verdiente es nicht. Sie war die Kühlerfigur bei alledem, dazu verdammt, überallhin zu gehen, wohin das Auto sie führen mochte. Sollte ich mir irgendwelche Illusionen machen, wäre ich gut beraten, das zumindest nicht aus dem Auge zu verlieren.

»Wenn der Richter Devore mit leeren Händen nach Hause schickt, lade ich Sie ins Renoir Nights in Portland ein und lasse ein französisches Neun-Gänge-Menü springen«, sagte ich. »Storrow lade ich auch ein. Und sogar den Winkeladvokaten, mit dem ich am Freitag eine Verabredung habe. Also, wer ist besser als ich?«

»Ich kenne keinen«, sagte sie ernst. »Ich werde es Ihnen zurückzahlen, Mike. Jetzt bin ich pleite, aber ich werde nicht immer pleite sein. Und wenn es den Rest meines Lebens in Anspruch nimmt, ich werde es Ihnen zurückzahlen.«

»Mattie, Sie müssen mir nichts –«

»*Doch*«, sagte sie mit ruhiger Entschiedenheit. »Ich *muß*. Und ich muß heute noch etwas erledigen.«

»Und das wäre?« Es gefiel mir, wie sie sich heute morgen anhörte – so glücklich und befreit, wie eine Gefangene, die begnadigt und aus der Haft entlassen worden ist –, aber ich sah bereits sehnsüchtig zur Tür meines Arbeitszimmers. Heute konnte ich nicht viel mehr tun – wenn ich es versuchte, würde ich als Bratapfel enden –, aber ich wollte mindestens noch eine oder zwei Seiten schreiben. Mach was du willst, hatten beide Frauen in meinem Traum gesagt. Mach was du willst.

»Ich werde Kyra den großen Teddybär aus dem Wal-Mart in Castle Rock kaufen«, sagte sie. »Ich werde ihr sagen, weil sie ein braves Mädchen war, denn schließlich kann ich ihr nicht sagen, weil sie mitten auf der Straße spazierengegangen ist, als Sie aus der anderen Richtung gekommen sind.«

»Aber keinen schwarzen, bloß nicht so einen«, sagte ich. Die Worte hatten meinen Mund verlassen, bevor ich wußte, daß sie überhaupt in meinem Kopf waren.

»Was?« Verblüfft und fragend.

»Ich sagte, ich hätte gern auch so einen«, sagte ich, und wieder waren die Worte draußen und unterwegs, bevor ich überhaupt wußte, daß sie da waren.

»Vielleicht«, sagte sie amüsiert. Dann wurde ihr Tonfall wieder ernst. »Und wenn ich gestern abend etwas gesagt habe, das Sie unglücklich gemacht hat, und sei es nur eine Minute, tut es mir leid. Ich wollte um nichts auf der Welt –«

»Keine Bange«, sagte ich. »Ich bin nicht unglücklich. Ein bißchen verwirrt, mehr nicht. Ich hatte Jos geheimnisvolle Verabredung schon fast wieder vergessen.« Eine Lüge, aber für eine gute Sache, fand ich.

»Das ist wahrscheinlich das beste. Ich will Sie nicht aufhalten – gehen Sie wieder an Ihre Arbeit. Das wollen Sie doch, oder nicht?«

Ich war verblüfft. »Wieso sagen Sie das?«

»Ich weiß nicht, ich habe nur ...« Sie verstummte. Und ich wußte plötzlich zweierlei: Was sie sagen wollte, und daß sie es nicht sagen würde. *Ich habe gestern nacht von Ihnen geträumt. Von uns beiden. Wir wollten miteinander schlafen, und einer von uns sagte: »Mach was du willst.« Vielleicht, ich weiß nicht, vielleicht haben wir es auch beide gesagt.*

Vielleicht waren Gespenster manchmal am Leben – vom Körper losgelöste Seelen und Begierden, entfesselte, unsichtbar schwebende Impulse. Gespenster des Unterbewußtseins, Spukgestalten von tief unten.

»Mattie? Sind Sie noch da?«

»Klar, logisch. Möchten Sie, daß ich mich wieder bei Ihnen melde? Oder werden Sie alles Nötige von Mr. Storrow erfahren?«

»Wenn Sie sich nicht wieder bei mir melden, bin ich sauer auf Sie. Stinksauer.«

Sie lachte. »Dann tu ich's auch. Aber nicht, wenn Sie arbeiten. Auf bald, Mike. Und nochmals danke. Von ganzem Herzen.«

Ich sagte auf Wiedersehen und betrachtete einen Moment den Hörer des altmodischen Bakelittelefons, nachdem sie aufgelegt hatte. Sie würde anrufen und mich auf dem laufenden halten, aber nicht, wenn ich arbeitete. Woher wollte sie wissen, wann das war? Sie würde es eben wissen. So wie ich gestern abend gewußt hatte, daß sie log, als sie sagte, daß Jo und der Mann mit den Ellbogenflicken an den Ärmeln seiner Sportjacke zum Parkplatz gegangen seien. Mattie hatte ein Paar weiße Shorts und ein Oberteil getragen, als sie mich angerufen hatte; heute waren kein Kleid oder Rock nötig, weil Mittwoch war und die Bibliothek mittwochs geschlossen hatte.

Das kannst du nicht wissen. Du denkst es dir einfach aus.

Aber das stimmte nicht. Wenn ich es mir ausgedacht hätte, dann hätte ich ihr etwas Verwegeneres angezogen, eine lustige Witwe in Reizwäsche von Victoria's Secret vielleicht.

Dieser Gedanke führte zu einem anderen. *Mach was du willst,* hatten sie gesagt. Beide. *Mach was du willst.* Und das war eine Zeile, die ich kannte. Auf Key Largo hatte ich im *Atlantic Monthly* einen Essay über Pornographie von einer Feministin gelesen. Ich wußte nicht mehr, von welcher, aber es war weder Naomi Wolf noch Camille Paglia gewesen. Diese Frau war vom konservativen Schlag gewesen, und sie hatte diesen Satz benutzt. Vielleicht Sally Tisdale? Oder hörte ich im Geiste nur das verzerrte Echo von Sara Tidwell? Wie auch immer, sie hatte behauptet, daß »mach was *ich* will« die Grundlage einer Erotik war, die Frauen ansprach, und »mach was *du* willst« die Grundlage von Pornographie war, die Männer ansprach. Frauen stellen sich vor, daß sie in sexuellen Situationen den ersten Satz sprechen; Männer stellen sich vor, daß der zweite Satz *zu ihnen* gesprochen wird. Und, fuhr die Autorin fort, wenn Sex in der Wirklichkeit schiefgeht – wenn er manchmal brutal wird, manchmal beschämend und manchmal einfach nur erfolglos aus Sicht der Frau – ist Pornographie häufig nicht angeklagter Mittäter. Der Mann etwa geht wütend auf die Frau los, schreit sie an: »Du wolltest es doch! Hör auf zu lügen und gib's zu! Du *wolltest* es doch!«

Die Autorin behauptete, daß jeder Mann im Schlafzimmer genau das hören wolle: Mach was du willst. Beiß mich, nimm mich von hinten, leck zwischen meinen Zehen, trink Wein aus meinem Bauchnabel, gib mir eine Bürste und heb den Arsch hoch, damit ich ihn streicheln kann, ganz egal. Mach was du willst. Die Tür ist geschlossen, und wir sind hier, aber in Wahrheit bist nur *du* hier, ich bin lediglich die willige Verlängerung deiner Phantasie, und nur *du* bist hier. Ich habe keine eigenen Wünsche, keine eigenen Bedürfnisse, keine Tabus. Mach was du willst mit diesem Schatten, dieser Phantasie, diesem Geist.

Ich war der Meinung, daß die Verfasserin des Artikels zu mindestens fünfzig Prozent Quatsch verzapft hatte; die Unterstellung, daß ein Mann nur dann wahre sexuelle Befriedigung finden kann, wenn er die Frau in eine Art Wichshilfe verwandelt, sagt mehr über die Beobachterin als über die Beteiligten. Diese Dame hatte den richtigen Jargon drauf und war einigermaßen geistreich, aber im Grunde genommen sagte sie nur, was Somerset Maugham, Jos alter Lieblingsschriftsteller, seine Sadie Thompson in »Regen« sagen ließ, einer Erzählung, die vor achtzig Jahren geschrieben worden war: Männer sind Schweine, egoistische Schweine, allesamt. Aber wir sind *nicht zwangsläufig* Schweine, jedenfalls nicht, wenn wir nicht bis zum Äußersten getrieben werden. Und wenn wir dazu getrieben werden, geht es selten um Sex; normalerweise geht es um das Revier. Ich habe Feministinnen behaupten hören, daß für Männer Sex und ihr Revier austauschbar sind, aber das ist sehr weit entfernt von der Wahrheit.

Ich watschelte ins Arbeitszimmer zurück, machte die Tür auf, und das Telefon hinter mir läutete wieder. Und das war ein anderes vertrautes Gefühl, das nach vier Jahren endlich wieder einmal auf eine Stippvisite vorbei kam: diese Wut auf das Telefon, der Drang, es einfach aus der Wand zu reißen und quer durch das Zimmer zu werfen. Warum mußte alle Welt anrufen, wenn ich am Schreiben war? Warum konnten sie mich nicht einfach ... nun ... machen lassen, was ich wollte?

Ich lachte zweifelnd, ging zum Telefon zurück und sah meinen feuchten Handabdruck vom letzten Gespräch darauf.

»Hallo?«

»Ich habe gesagt, Sie sollen immer gut sichtbar bleiben, wenn Sie bei ihr sind.«

»Auch Ihnen einen guten Morgen, Anwalt Storrow.«

»Sie müssen da unten in einer anderen Zeitzone sein, Kumpel. Hier in New York haben wir Viertel nach eins.«

»Ich war zum Abendessen bei ihr«, sagte ich. »Im Freien. Stimmt, ich habe dem kleinen Mädchen eine Geschichte vorgelesen und geholfen, sie ins Bett zu bringen, aber –«

»Ich könnte mir denken, die halbe Stadt ist inzwischen davon überzeugt, daß Sie beide sich besinnungslos vögeln, und die andere Hälfte wird davon überzeugt sein, wenn ich für sie vor Gericht erscheinen muß.« Aber er hörte sich nicht richtig wütend an; ich fand, er hörte sich an, als hätte er einen glücklichen Tag.

»Kann man Sie zwingen zu sagen, wer Sie bezahlt?« fragte ich. »Ich meine bei der Sorgerechtsverhandlung.«

»Nee.«

»Bei meiner Anhörung am Freitag?«

»Himmel, nein. Durgin würde jegliche Glaubwürdigkeit als Vormund *ad litem* verlieren, wenn er diese Richtung einschlagen würde. Außerdem haben sie Gründe, das Thema Sex zu meiden. Sie konzentrieren sich darauf, daß Mattie ihr Kind vernachlässigt, möglicherweise mißhandelt. Zu beweisen, daß Mom keine Nonne ist, funktioniert etwa seit der Zeit nicht mehr, als *Kramer gegen Kramer* in die Kinos gekommen ist. Und das ist nicht das einzige Problem, das sie mit dem Thema haben.« Jetzt hörte er sich eindeutig freudestrahlend an.

»Heraus damit.«

»Max Devore ist fünfundachtzig und geschieden. Sogar zweimal geschieden. Bevor man einem Mann seines Alters das Sorgerecht überträgt, muß das sekundäre Sorgerecht in Erwägung gezogen werden. Das ist tatsächlich das wichtigste Thema, abgesehen von den Vorwürfen der Vernachlässigung und des Mißbrauchs gegen die Mutter.«

»Was sind das für Vorwürfe? Haben Sie eine Ahnung?«

»Nein. Mattie auch nicht, weil sie frei erfunden sind. Sie ist übrigens ein Schatz –«

»Ja, das ist sie.«

»– und ich denke, sie wird eine großartige Zeugin abgeben. Ich kann kaum erwarten, sie persönlich kennenzulernen. Aber lenken Sie mich nicht ab. Wir haben über das sekundäre Sorgerecht gesprochen, richtig?«

»Richtig.«

»Devore hat eine Tochter, die für geistig unzurechnungsfähig erklärt wurde und irgendwo in einer Anstalt in Kalifornien sitzt – Modesto, glaube ich. Nicht gut für das Sorgerecht.«

»Sollte man meinen.«

»Der Sohn, Roger, ist ...« Ich hörte das leise Rascheln von Blättern eines Notizblocks. »... vierundfünfzig. Also ist er auch kein junger Hüpfer mehr. Dennoch gibt es heutzutage eine Menge Typen, die in dem Alter Daddy werden; wir haben eine schöne neue Welt. Aber Roger ist homosexuell.«

Ich dachte daran, wie Bill Dean sagte: *Warmer Bruder. Soweit ich weiß, gibt es davon eine ganze Menge in Kalifornien.*

»Ich dachte, Sex spielt keine Rolle.«

»Vielleicht hätte ich sagen sollen, *Hetero*sex spielt keine Rolle. In gewissen Staaten – Kalifornien gehört dazu – spielt auch *Homo*sex keine Rolle ... jedenfalls nicht sehr. Aber dieser Fall wird nicht in Kalifornien verhandelt. Er wird in Maine verhandelt, wo die Leute nicht ganz so gut Bescheid wissen, wie gut zwei verheiratete Männer – miteinander verheiratet, meine ich – ein kleines Mädchen großziehen können.«

»Roger Devore ist *verheiratet?*« Okay, ich gebe es zu. Jetzt verspürte ich selbst ein gewisses schauderhaftes Entzücken. Ich schämte mich dafür – Roger Devore war nur ein Typ, der sein Leben lebte, und er hatte nicht viel oder gar nichts mit den momentanen Absichten seines alten Vaters zu tun –, aber ich empfand trotzdem so.

»Er und ein Softwareentwickler namens Morris Ridding haben sich 1996 das Ja-Wort gegeben«, sagte John. »Das habe ich bei der ersten Computersuche herausgefunden. Und wenn es vor Gericht zur Sprache kommt, werde ich soviel wie möglich daraus machen. Ich weiß nicht, wieviel das sein wird – kann man in diesem Stadium unmöglich sagen –, aber wenn ich die Gelegenheit bekomme, das Bild an die Wand zu malen, wie dieses strahlende, fröhliche kleine Mädchen bei zwei ältlichen

Schwulen aufwächst, die wahrscheinlich den größten Teil ihres Lebens in Computer-Chat-Rooms verbringen und darüber spekulieren, was Captain Kirk und Mr. Spock angestellt haben könnten, nachdem die Lichter in den Offiziersquartieren ausgegangen sind ... nun, wenn ich die Gelegenheit bekomme, werde ich sie beim Schopfe packen.«

»Kommt mir ein bißchen gemein vor«, sagte ich. Ich hörte es mich im Tonfall eines Mannes sagen, der vom Gegenteil überzeugt, vielleicht sogar ausgelacht werden möchte, aber dazu kam es nicht.

»Natürlich ist es gemein. Als würde man auf den Bürgersteig fahren, um zwei unschuldige Passanten zu überfahren. Roger Devore und Morris Ridding handeln weder mit Drogen, noch mißbrauchen sie kleine Jungs oder rauben alte Damen aus. Aber hier geht es um Sorgerecht, und ein Sorgerechtsfall ist noch viel mehr als eine Scheidung dazu geeignet, Menschen in Insekten zu verwandeln. Dieser Fall ist nicht so schlimm, wie er sein könnte, aber schlimm genug, weil er so *unverhohlen* ist. Max Devore ist einzig und allein aus dem Grund in seine alte Heimatstadt zurückgekehrt, um ein Kind zu kaufen. Das macht mich wütend.«

Ich stellte mir einen Anwalt vor, der wie Elmer Fudd aussah und mit einer Schrotflinte vor einem Kaninchenloch mit der Aufschrift DEVORE stand, und grinste.

»Meine Botschaft an Devore wird ganz einfach sein: Der Preis für das Kind ist gerade gestiegen. Wahrscheinlich auf eine höhere Summe, als selbst er sich leisten kann.«

»*Wenn* es zur Verhandlung kommt – das haben Sie jetzt mehrfach gesagt. Halten Sie es für möglich, daß Devore die Klage einfach zurückzieht und verschwindet?«

»Für durchaus möglich, ja. Für sehr wahrscheinlich, würde ich sagen, wenn er nicht so alt und daran gewöhnt wäre, daß er stets seinen Willen durchsetzt. Außerdem bleibt die Frage, ob er noch gewitzt genug ist, um zu begreifen, wo seine Interessen liegen. Ich werde versuchen, mich mit ihm und seinem Anwalt zu treffen, während ich hier bin, aber bis jetzt bin ich nicht einmal an seiner Sekretärin vorbeigekommen.«

»Rogette Whitmore?«

»Nein, ich denke, die ist eine Sprosse weiter oben auf der Leiter. Ich habe noch nicht mit ihr gesprochen. Aber das werde ich tun.«

»Versuchen Sie es bei Richard Osgood oder George Footman«, sagte ich. »Beide könnten in der Lage sein, Sie mit Devore oder Devores Rechtsberater in Kontakt zu bringen.«

»Ich möchte ohnehin mit dieser Whitmore reden. Männer wie Devore neigen dazu, sich immer mehr auf ihre unmittelbaren Vertrauten zu verlassen, je älter sie werden, daher könnte sie der Schlüssel sein, ihn dazu zu bringen, daß er die Sache fallenläßt. Sie könnte uns aber auch Kopfschmerzen bereiten. Sie könnte ihn zum Kampf überreden, weil sie entweder wirklich glaubt, daß er gewinnen kann, oder weil sie sehen möchte, wie die Fetzen fliegen. Außerdem wäre denkbar, daß sie ihn heiratet.«

»Ihn *heiratet?*«

»Warum nicht? Er könnte sie einen Ehevertrag unterschreiben lassen – das könnte ich vor Gericht ebensowenig vorbringen, wie seine Anwälte danach wühlen können, wer Matties Anwalt bezahlt –, und es würde seine Chancen in jedem Fall verbessern.«

»John, ich habe die Frau gesehen. Sie muß selbst schon siebzig sein.«

»Aber sie ist eine mögliche weibliche Beteiligte in einem Sorgerechtsverfahren, bei dem es um ein kleines Mädchen geht, und sie ist ein Puffer zwischen dem alten Devore und dem verheirateten Schwulenpaar. Das sollten wir einfach im Hinterkopf behalten.«

»Okay.« Ich sah wieder zur Arbeitszimmertür, aber nicht ganz so sehnsüchtig. Es kommt der Punkt, da ist man fertig für einen Tag, ob man will oder nicht, und ich glaubte, daß ich diesen Punkt erreicht hatte. Vielleicht am Abend ...

»Der Anwalt, den ich für Sie ausgesucht habe, heißt Romeo Bissonette.« Er machte eine Pause. »Kann das ein richtiger Name sein?«

»Ist er aus Lewiston?«

»Ja, woher wissen Sie das?«

»Weil es in Lewiston ein richtiger Name sein kann. Muß ich bei ihm vorbeischauen?« Ich wollte nicht bei ihm vorbeischauen. Es waren fünfzig Meilen bis Lewiston, auf zweispurigen Straße, auf denen es jetzt vor Urlaubern und Winnebagos wimmeln würde. Ich wollte schwimmen gehen und danach ein langes Nickerchen machen. Ein langes und *traumloses* Nickerchen.

»Nicht nötig. Rufen Sie ihn an, und unterhalten Sie sich kurz mit ihm. Er ist nur ein Sicherheitsnetz – er wird Einspruch erheben, wenn die Befragung vom Zwischenfall am Morgen des vierten Juli abweicht. Über diesen Zwischenfall sagen Sie die Wahrheit, die ganze Wahrheit und nichts als die Wahrheit. Verstanden?«

»Ja.«

»Reden Sie vorher mit ihm; Sie treffen sich mit ihm am Freitag … Moment … hier habe ich es …« Der Notizblock raschelte wieder. »Sie treffen ihn um neun Uhr fünfzehn im Imbiß an der Route 120. Kaffee. Reden Sie miteinander, beschnuppern Sie sich ein bißchen, werfen vielleicht eine Münze, wer die Rechnung übernimmt. Ich werde mich mit Mattie treffen und soviel von ihr erfahren, wie ich kann. Vielleicht müssen wir einen Privatschnüffler anheuern.«

»Es gefällt mir, wenn Sie zur Sache kommen.«

»Hm-hmm. Ich werde dafür sorgen, daß die Rechnungen an diesen Goldacre gehen. Er schickt Sie Ihrem Agenten, und Ihr Agent kann –«

»Nein«, sagte ich. »Geben Sie Goldacre die Anweisung, daß er sie direkt hierher schickt. Harold ist wie eine jüdische Mutter. Wieviel wird es mich kosten?«

»Fünfundsiebzigtausend Dollar Minimum«, sagte er ohne zu zögern. Und ohne entschuldigenden Unterton in der Stimme.

»Sagen Sie es Mattie nicht.«

»Einverstanden. Macht Ihnen die Sache Spaß, Mike?«

»Wissen Sie, irgendwie schon«, sagte ich nachdenklich.

»Sollte es auch für fünfundsiebzig Riesen.« Wir verabschiedeten uns, und John legte auf.

Als ich den Telefonhörer auflegte, kam mir der Gedanke, daß ich in den vergangenen fünf Tagen mehr gelebt hatte als in den vergangenen vier Jahren.

Diesmal läutete das Telefon nicht, und ich schaffte es bis ins Arbeitszimmer, wußte aber, daß ich für heute definitiv fertig war. Ich setzte mich an die IBM, drückte mehrmals die Rücksetztaste und begann eine Fortsetzungs-Notiz an den unteren Rand der

Seite zu schreiben, an der ich gearbeitet hatte, als das Telefon mich unterbrach. Was für ein unangenehmer kleiner Störenfried das Telefon doch ist, und wie wenige gute Nachrichten es uns bringt! Aber heute war eine Ausnahme, und ich dachte, daß ich mit einem Grinsen aufhören konnte. Immerhin arbeitete ich – *arbeitete.* Ein Teil von mir staunte immer noch darüber, daß ich hier saß, problemlos atmete, mein Herz ganz normal in meiner Brust schlug und nicht einmal der Schimmer eines nervösen Anfalls an meinem persönlichen Ereignishorizont zu sehen war. Ich schrieb:

> [FORTSETZUNG: Drake nach Raiford. Hält zwischendurch an Gemüsestand und spricht mit Inhaber, alter Informant, braucht einen guten & farbigen Namen. Strohhut. Disneyworld-T-Shirt. Sie sprechen über Shackleford.]

Ich drehte die Walze, bis die IBM das Blatt ausspuckte, legte es auf das Manuskript und kritzelte eine abschließende Notiz für mich darauf: »Ted Rosencrief wegen Raiford anrufen.« Rosencrief war ein pensionierter Navy-Mann, der in Derry lebte. Ich hatte ihn bei verschiedenen Büchern mit Recherchen beauftragt; bei einem Projekt mußte er in Erfahrung bringen, wie Papier hergestellt wurde, bei einem anderen die Wanderwege bekannter Zugvögel, bei einem dritten ein kleines bißchen über die Architektur der Grabkammern von Pyramiden. Und ich will immer nur »ein kleines bißchen«, nie »die ganze verdammte Chose«. Als Schriftsteller ist mein Motto stets gewesen: Verwirrt mich nicht mit Fakten. Zu Tatsachenromanen à la Arthur Hailey habe ich keinen Draht – ich kann sie nicht lesen, geschweige denn schreiben. Ich will gerade genug wissen, daß ich farbenprächtig lügen kann. Rosie wußte das, und wir hatten immer gut zusammengearbeitet.

Diesmal mußte ich ein kleines bißchen über das Staatsgefängnis Floridas in Raiford wissen, und wie es dort in der Abteilung wirklich aussah, in der die zum Tode Verurteilten auf ihre Hinrichtung warteten. Außerdem ein wenig über die Psychologie von Serienkillern. Ich dachte, Rosie würde sich wahrscheinlich freuen, von mir zu hören … fast so sehr wie ich, daß ich endlich wieder etwas hatte, weswegen ich ihn anrufen konnte.

Ich nahm die acht Seiten, die ich – mit doppeltem Zeilenabstand – beschrieben hatte, und blätterte sie durch, immer noch fassungslos, daß sie existierten. Waren eine alte Schreibmaschine von IBM und ein Courier-Kugelkopf die ganze Zeit die Lösung gewesen? Es machte jedenfalls den Eindruck.

Was herausgekommen war, war ebenfalls erstaunlich. Während meiner vierjährigen Pause hatte ich Ideen gehabt; in diesen Bereich hatte sich die Schreibblockade nicht erstreckt. Eine war richtig gut gewesen, und es wäre bestimmt ein Roman daraus geworden, wenn ich imstande gewesen wäre, Romane zu schreiben. Ein halbes Dutzend bis ein Dutzend gehörten in meine Kategorie »ziemlich gut«, was bedeutet, in der Not würden sie genügen ... oder wenn sie über Nacht auf geheimnisvolle Weise wuchsen, so wie Jacks Bohnenranke. Das passiert manchmal. Die meisten waren Fünkchen, kleine »Was-wäre-wenns«, die kamen und gingen wie Sternschnuppen, wenn ich Auto fuhr oder spazierenging oder nur nachts vor dem Einschlafen im Bett lag.

Der Mann im roten Hemd war ein »Was-wäre-wenn«. Eines Tages sah ich einen Mann im roten Hemd, der das Schaufenster des J.-C.-Penny-Geschäfts in Derry putzte – das war nicht lange bevor das Penny ins Einkaufszentrum umzog. Ein junger Mann und eine junge Frau gingen unter seiner Leiter hindurch ... was einem alten Aberglauben zufolge Unglück bringen soll. Diese beiden *wußten* jedoch gar nicht, wo sie gerade gingen – sie hielten Händchen, sahen sich tief in die Augen und waren so verliebt, wie es zwei Zwanzigjährige auf dieser Welt nur sein können. Der Mann war groß, und er streifte mit dem Kopf vor meinen Augen um ein Haar die Füße des Fensterputzers. Hätte er es getan, wäre womöglich die ganze Leiter umgekippt.

Die gesamte Episode dauerte fünf Sekunden. Ich brauchte fünf Monate, um *Der Mann im roten Hemd* zu schreiben. Aber in Wahrheit war das ganze Buch in einer einzigen Was-wäre-wenn-Sekunde fertig. Ich stellte mir einen Zusammenstoß vor. Von da an folgte alles andere automatisch. Das Schreiben war reine Tipparbeit.

Die Idee, an der ich gerade arbeitete, gehörte nicht zu Mikes »Wirklich Grandiosen Ideen« (Jos Stimme setzte die Großbuchstaben mit Bedacht), aber sie war auch kein »Was-wäre-wenn.«

Und sie hatte auch wenig Ähnlichkeit mit meinen alten romantischen Schauergeschichten. Diesmal war keine Spur von V. C. Andrews mit Pimmel zu sehen. Aber mir kam die Geschichte solide vor, wahrhaftig, und heute morgen war sie so natürlich aus mir herausgeströmt wie ein Atemzug.

Andy Drake war Privatdetektiv auf Key Largo. Er war vierzig Jahre alt, geschieden, Vater eines dreijährigen Mädchens. Zu Beginn befand er sich im Haus einer Frau namens Regina Whiting auf Key West. Mrs. Whiting hatte ebenfalls eine kleine Tochter, fünf Jahre alt. Mrs. Whiting war mit einem außerordentlich reichen Bauunternehmer verheiratet, der nicht wußte, was Andy Drake wußte: daß Regina Taylor Whiting bis 1992 Tiffany Taylor gewesen war, ein Luxus-Callgirl in Miami.

Soviel hatte ich geschrieben, bevor das Telefon läutete. Folgendes wußte ich über diesen Punkt hinaus, es war die Tipparbeit, die ich im Lauf der nächsten Wochen erledigen würde, vorausgesetzt, meine auf wundersame Weise wiedererlangte Fähigkeit zu arbeiten hielt an:

Eines Tages, als Karen Whiting drei Jahre alt war, läutete das Telefon, als sie und ihre Mutter im Whirlpool auf der Terrasse saßen. Regina überlegte, ob sie den Gärtner bitten sollte, den Hörer abzunehmen, beschloß aber dann, es selbst zu tun – der Mann, der sich normalerweise um den Garten kümmerte, lag mit Grippe im Bett, und sie fühlte sich nicht wohl bei dem Gedanken, einen Fremden um einen Gefallen zu bitten. Regina ermahnte ihre Tochter, ruhig sitzen zu bleiben, und stieg aus dem Pool, um ans Telefon zu gehen. Als Karen die Hand hob, um nicht naßgespritzt zu werden, während ihre Mutter den Pool verließ, fiel ihr die Puppe, die sie gerade badete, ins Wasser. Als sie sich bückte, um die Puppe aufzuheben, verfingen sich ihre Haare in einem der starken Ansaugventile des Whirlpools. (Ich hatte vor zwei oder drei Jahren von einem derartigen tödlichen Unfall gelesen, und das war der eigentliche Auslöser für die Geschichte.)

Der Gärtner, irgendein Mann im Khakihemd, den eine Zeitarbeitsagentur geschickt hatte, bekam mit, was passierte. Er rannte durch den Garten, hechtete kopfüber in den Pool, zerrte das Kind vom Boden hoch und ließ dabei einige Haare und ein gutes Stück Kopfhaut zurück, die die Düse verstopften. Er machte Mund-zu-Mund-Beatmung, bis das Mädchen wieder atmete. (Das würde eine wunderbar spannende Szene werden, und ich konnte kaum erwarten, sie zu schreiben.) Er lehnte alle Angebote der hysterischen, erleichterten Mutter ab, ihm eine Belohnung zu geben, gab ihr aber schließlich eine Adresse, damit ihr Mann mit ihm reden konnte. Aber sowohl die Adresse wie auch sein Name, John Sanborn, erwiesen sich als falsch.

Zwei Jahre später sieht die Ex-Nutte mit dem achtbaren neuen Leben den Mann, der ihr Kind gerettet hat, auf der Titelseite einer Zeitung in Miami. Sein Name wird mit John Shackleford angegeben, und er wurde festgenommen, weil er ein neunjähriges Mädchen vergewaltigt und ermordet haben soll. Und, führt der Artikel weiter aus, möglicherweise gehen mehr als vierzig weitere Morde auf sein Konto, die meisten Opfer Kinder. »Habt ihr den Baseballmützenmörder gefaßt?« ruft einer der Reporter bei der Pressekonferenz. »Ist John Shackleford der Baseballmützenmörder?«

»Nun«, sagte ich, als ich nach unten ging, »sie *glauben* es jedenfalls.«

Ich konnte heute nachmittag zu viele Boote auf dem See hören, als daß Nacktbaden in Frage gekommen wäre. Ich zog die Badehose an, warf mir ein Handtuch über die Schulter und ging den Weg hinab – der in meinem Traum von leuchtenden Lampions gesäumt gewesen war –, um den Schweiß meines Alptraums und der unerwarteten Arbeit des Vormittags abzuwaschen.

Dreiundzwanzig Stufen aus Eisenbahnschwellen lagen zwischen Sara und dem See. Ich war erst vier oder fünf hinuntergegangen, als mir die ganze Tragweite dessen, was geschehen war, bewußt wurde. Mein Mund zitterte. Die Farben von Bäumen und Himmel verschmolzen, als sich meine Augen mit Tränen füllten. Ein Geräusch entrang sich mir – eine Art gedämpftes Stöhnen. Meine Beine versagten ihren Dienst, und ich setzte mich hart auf eine der Schwellen. Einen Augenblick dachte ich, es wäre vorbei, nur ein falscher Alarm, und dann fing ich an zu weinen. Ich steckte mir den Zipfel des Handtuchs in den Mund, als es am schlimmsten war, weil ich fürchtete, die Bootfahrer auf dem See könnten die Geräusche hören, die ich von mir gab, und denken, es würde jemand ermordet.

Ich weinte vor Trauer über die einsamen Jahre, die ich ohne Jo, ohne Freunde, ohne meine Arbeit verbracht hatte. Ich weinte vor Dankbarkeit, weil diese Jahre vorbei zu sein schienen. Es war zu früh, um es mit Sicherheit zu sagen – eine Schwalbe macht noch keinen Sommer, und acht getippte Seiten bedeuten nicht das Wiedererwachen einer Karriere –, aber ich glaubte, daß ich es tatsächlich überstanden haben könnte. Und ich weinte auch vor Angst, wie wir es manchmal tun, wenn ein schreckliches Erlebnis zu Ende oder ein schlimmer Unfall gerade noch einmal abgewendet worden ist. Ich weinte, weil mir plötzlich klar wurde, daß ich seit Jos Tod auf der weißen Linie ging, mitten auf der Straße. Durch ein Wunder war ich aus der Gefahrenzone getragen worden. Ich hatte keine Ahnung, wer mich getragen hatte, aber das machte nichts – es war eine Frage, die noch einen Tag warten konnte.

Ich weinte alles aus mir heraus. Dann ging ich zum See hinunter und watete hinein. Das kühle Wasser an meinem erhitzten Körper fühlte sich mehr als gut an; es fühlte sich an wie eine Auferstehung.

Kapitel 15

»Nennen Sie Ihren Namen für das Protokoll.«

»Michael Noonan.«

»Ihre Adresse?«

»Mein ständiger Wohnsitz ist in Derry, 14 Benton Street, aber ich besitze auch ein Haus im TR-90, am Dark Score Lake. Die Postanschrift lautet Postfach 832. Das Haus selbst liegt am Weg zweiundvierzig an der Route 68.«

Elmer Durgin, Kyra Devores Vormund *ad litem*, fuchtelte mit einer pummeligen Hand vor seinem Gesicht, entweder um ein Insekt zu verscheuchen oder um mir klarzumachen, daß es reichte. Ich stimmte ihm zu. Ich kam mir ein wenig wie das kleine Mädchen in *Unsere kleine Stadt* vor, das seine Adresse angab als Grover's Corners, New Hampshire, Amerika, nördliche Hemisphäre, Welt, Sonnensystem, Milchstraße, Gottes Verstand. Vor allem war ich nervös. Ich hatte das Alter von vierzig Jahren erreicht und war immer noch Jungfrau, was Gerichtsangelegenheiten betraf, und obwohl wir uns im Sitzungszimmer von Durgin, Peters & Jarrette an der Bridge Street in Castle Rock befanden, war dies doch eine Angelegenheit des Gerichts.

Ein sonderbares Detail der Festivität soll nicht unerwähnt bleiben. Der Stenograph benutzte keine dieser Tastaturen auf einem Pfosten, die wie Rechenmaschinen aussehen, sondern eine Stenomaske, ein Gerät, das über seine untere Gesichtshälfte gestülpt wurde. Ich hatte so etwas schon einmal gesehen, aber nur in alten Kriminalfilmen in Schwarzweiß, in denen Dan Duryea oder John Payne stets in einem Buick mit Bullaugen an den Seiten herumfahren, Camels rauchen und grimmig dreinschauen. Einen Blick in die Ecke zu werfen und einen Mann zu sehen, der aussah wie der älteste Bomberpilot der Welt, war an sich schon unheimlich, aber alles, was man sagte, unverzüglich von einer gedämpften, monotonen Stimme wiederholt zu hören, war noch unheimlicher.

»Danke, Mr. Noonan. Meine Frau hat alle Ihre Bücher gelesen und sagt, daß Sie ihr Lieblingsautor sind. Das wollte ich nur im Protokoll haben.« Durgin kicherte fett. Warum auch nicht? Er war fett. Die meisten Dicken mag ich – ihre überbordende Herzlichkeit entspricht ihren überbordenden Taillen. Aber es *gibt* eine Untergruppe, die ich als üble kleine fette Leute bezeichne. Wenn Sie es verhindern können, sollten Sie sich nicht mit ihnen anlegen; sie brennen Ihr Haus nieder und vergewaltigen Ihren Hund, wenn Sie ihnen nur einen halben Vorwand und ein Viertel Gelegenheit dazu geben. Die wenigsten sind größer als einsachtundfünfzig (Durgins Größe, schätzte ich), viele unter einszweiundfünfzig. Sie lächeln viel, aber ihre Augen lächeln nicht. Die üblen kleinen fetten Leute hassen die ganze Welt. Aber am meisten hassen sie Leute, die an ihrem Körper hinabschauen und ihre Füße sehen können. Dazu gehörte ich auch, gerade noch.

»Bitte danken Sie Ihrer Frau von mir, Mr. Durgin. Ich bin sicher, sie könnte Ihnen eins als Einstieg empfehlen.«

Durgin kicherte. Durgins Assistentin zur Rechten – eine hübsche junge Frau, die aussah, als hätte sie vor etwa siebzehn Minuten ihr Jurastudium abgeschlossen – kicherte ebenfalls. Links von mir kicherte Romeo Bissonette. In der Ecke murmelte der älteste F-111-Pilot der Welt weiter in seine Stenomaske.

»Ich warte auf die Verfilmung«, sagte er. Seine Augen bekamen ein häßliches Funkeln, als wüßte er, daß bisher aus keinem meiner Bücher ein Kinofilm gemacht geworden war – es gab nur einen Fernsehfilm von *Zweisamkeit*, der in etwa dieselben Einschaltquoten erzielt hatte wie die Nationale Meisterschaft im Sofabeziehen. Ich hoffte, daß wir das, was dieser feiste kleine Wichser unter höflicher Konversation verstand, damit hinter uns gebracht hatten.

»Ich bin Kyra Devores Vormund *ad litem*«, sagte er. »Wissen Sie, was das heißt, Mr. Noonan?«

»Ich glaube, ja.«

»Es heißt«, fuhr er ungerührt fort, »daß mir Richter Rancourt den Auftrag gegeben hat, in Erfahrung zu bringen – sofern ich es vermag –, wo Kyra Devores beste Chancen liegen, sollte ein Sorgerechtsverfahren notwendig sein. In diesem Fall wäre Richter Rancourt nicht verpflichtet, eine Entscheidung aufgrund meiner Schlußfolgerungen zu treffen, aber in vielen Fällen läuft es darauf hinaus.«

Er sah mich an und hielt die Hände auf einem leeren Notizblock gefaltet. Die hübsche Assistentin kritzelte dagegen wie von Sinnen. Vielleicht traute sie dem Bomberpiloten nicht. Durgin sah aus, als würde er Beifall erwarten.

»War das eine Frage, Mr. Durgin?« fragte ich, worauf mir Romeo Bissonette einen leichten, geübten Tritt an den Knöchel versetzte. Ich mußte ihn nicht ansehen, um zu wissen, daß es kein Versehen gewesen war.

Durgin schürzte Lippen so glatt und feucht, daß es aussah, als hätte er Lipgloss aufgetragen. Auf seiner glänzenden Platte hatte er rund zwei Dutzend Haarsträhnen zu glatten kleinen Bögen gekämmt. Er betrachtete mich mit einem geduldigen, abschätzenden Blick. Die ganze unnachgiebige Häßlichkeit von üblen kleinen fetten Leuten lag hinter diesem Blick. Die höfliche Konversation war zu Ende. Ich war ganz sicher.

»Nein, Mr. Noonan, das war keine Frage. Ich dachte einfach nur, Sie möchten vielleicht wissen, warum wir Sie bitten mußten, an so einem netten Morgen Ihren schönen See zu verlassen. Vielleicht habe ich mich geirrt. Wenn Sie nun bitte –«

Ein nachdrückliches Klopfen ertönte an der Tür, gefolgt von unser aller Freund George Footman. Heute trug er statt Cleveland-lässig die Khakiuniform eines Deputy Sheriffs, einschließlich Sam-Browne-Gürtel und Waffe. Er warf einen tiefen Blick auf den Brustansatz der Assistentin, den sie in einer grünen Seidenbluse zur Schau stellte, und gab ihr einen Ordner und einen Kassettenrecorder. Bevor er ging, warf er mir einen kurzen Seitenblick zu. *Ich erinnere mich an dich, Kumpel,* sagte dieser Blick. *Der klugscheißerische Schriftsteller, der nicht so anspruchsvoll ist.*

Romeo Bissonette neigte den Kopf zu mir. Mit der Handfläche überbrückte er den Zwischenraum zwischen seinem Mund und meinem Ohr. »Devores Band«, sagte er.

Ich zeigte durch ein Nicken, daß ich verstanden hatte, dann wandte ich mich wieder Durgin zu.

»Mr. Noonan, Sie haben Kyra Devore und ihre Mutter Mary Devore kennengelernt, richtig?«

Wie kam man von Mary auf Mattie, sagte ich … aber dann wußte ich es, so wie ich das mit den weißen Shorts und dem

Oberteil gewußt hatte. *Mattie* war Kis erster Versuch gewesen, *Mary* zu sagen.

»Mr. Noonan, langweilen wir Sie?«

»Es besteht kein Grund, sarkastisch zu sein, oder?« fragte Bissonette. Sein Tonfall war nachsichtig, aber Elmer Durgin warf ihm einen Blick zu, der besagte, sollten die üblen kleinen fetten Leute es einmal schaffen, die Weltherrschaft zu erlangen, würde Bissonette im ersten Güterwaggon Richtung Gulag sitzen.

»Tut mir leid«, sagte ich, bevor Durgin antworten konnte. »Ich war nur einen Moment mit den Gedanken woanders.«

»Idee für eine neue Story?« fragte Durgin und lächelte sein glänzendes Lächeln. Er sah aus wie eine Sumpfkröte in einem Sportmantel. Er drehte sich zu dem alten Bomberpiloten um, wies ihn an, das letzte zu streichen, und wiederholte seine Frage nach Kyra und Mattie.

Ja, sagte ich, ich hatte sie getroffen.

»Einmal oder mehr als einmal?«

»Mehr als einmal.«

»Wie oft haben Sie sie getroffen?«

»Zweimal.«

»Haben Sie auch mit Mary Devore telefoniert?«

Die Fragen gingen bereits in eine Richtung, die mir nicht behagte.

»Ja.«

»Wie oft?«

»Dreimal.« Das dritte Mal war am Tag zuvor gewesen, als sie mich angerufen und gefragt hatte, ob ich mich morgen nach meinem Termin beim Vormund mit ihr und John Storrow zum Picknick im Stadtpark treffen wollte. Mittagessen in der Stadt, vor Gott und aller Augen ... aber mit einem Anwalt aus New York als Anstandsdame, was konnte das schaden.«

»Haben Sie mit Kyra Devore telefoniert?«

Was für eine seltsame Frage! Und keine, auf die mich jemand vorbereitet hatte. Ich nehme an, das war mit ein Grund, warum er sie stellte.

»Mr. Noonan?«

»Ja, ich habe einmal mit ihr gesprochen.«

»Können Sie uns sagen, worum es bei dem Gespräch ging?«

»Nun ...« Ich sah fragend zu Bissonette, aber er war keine Hilfe. Ganz offensichtlich wußte er auch nicht Bescheid. »Mattie –«

»Pardon?« Durgin beugte sich so weit er konnte nach vorn. Seine Augen blickten stechend aus den rosa Hautlappen. »Mattie?«

»Mattie Devore. *Mary* Devore.«

»Sie nennen Sie Mattie?«

»Ja«, sagte ich und verspürte den irren Impuls, hinzuzufügen: *Im Bett! Im Bett nenne ich sie so! »Oh, Mattie, hör nicht auf, hör nicht auf!« schreie ich.* »Das ist der Name, den sie mir nannte, als sie sich vorgestellt hat. Ich habe sie kennengelernt –«

»Darauf kommen wir vielleicht später, aber im Augenblick interessiert mich Ihr Telefongespräch mit Kyra Devore. Wann war das?«

»Es war gestern.«

»Am neunten Juli 1998.«

»Ja.«

»Wer hat angerufen?«

»Ma ... Mary Devore.« *Jetzt wird er fragen, warum sie angerufen hat*, dachte ich, *und ich werde sagen, daß wir einen weiteren Sex-Marathon machen wollten, bei dem das Vorspiel daraus besteht, daß wir einander Erdbeeren mit Schokoüberzug füttern und uns Bilder von nackten, mißgebildeten Zwergen ansehen.*

»Wie kam es, daß Kyra Devore mit Ihnen gesprochen hat?«

»Sie hat darum gebeten. Ich hörte, wie sie ihrer Mutter sagte, daß sie mir etwas erzählen müßte.«

»Was mußte sie Ihnen erzählen?«

»Daß sie ihr erstes Schaumbad genommen hat.«

»Sagte sie auch, daß sie gehustet hat?«

Ich sah ihn stumm an. In diesem Moment begriff ich, warum die Leute Anwälte hassen, besonders wenn sie von einem aufs Glatteis geführt wurden, der sein Handwerk versteht.

»Mr. Noonan, soll ich die Frage wiederholen?«

»Nein«, sagte ich und fragte mich, woher er diese Information hatte. Ließen diese Dreckskerle Matties Telefon abhören? Mein Telefon? Beide? Ich begriff vielleicht zum ersten Mal tief im Innersten, wie es sein mußte, eine halbe Milliarde Dollar zu besitzen. Mit soviel Knete konnte man eine Menge Telefone anzapfen. »Sie sagte, ihre Mutter hätte ihr Seifenblasen ins Gesicht gepustet und sie mußte husten. Aber sie war –«

»Danke, Mr. Noonan, jetzt wollen wir –«

»Lassen Sie ihn ausreden«, sagte Bissonette. Ich hatte den Verdacht, daß er bereits größeren Anteil an dem Verfahren nahm, als er erwartet hatte, aber es schien ihn nicht zu stören. Er war ein verschlafen dreinschauender Mann mit dem traurigen, vertrauenerweckenden Gesicht eines Bluthunds. »Dies ist kein Gerichtssaal, und Sie führen kein Kreuzverhör durch.«

»Ich muß an das Wohlergehen des kleinen Mädchens denken«, sagte Durgin. Er hörte sich anmaßend und bescheiden zugleich an, eine Mischung, die zusammenpaßte wie Schokoladensauce auf Maisbrei. »Das ist eine Verantwortung, die ich sehr ernst nehme. Sollte ich den Eindruck erweckt haben, ich wolle Sie ungebührlich antreiben, bitte ich um Entschuldigung.«

Ich nahm die Entschuldigung nicht an, das hätte uns beide zu Heuchlern gemacht. »Ich wollte nur sagen, daß Ki lachte, als sie es sagte. Sie hat gesagt, sie und ihre Mutter hätten einen Seifenblasenkampf ausgefochten. Als ihre Mutter den Hörer wieder nahm, lachte sie ebenfalls.«

Durgin hatte den Ordner aufgeschlagen, den Footman gebracht hatte, und blätterte ihn hastig durch, während ich sprach, als würde er gar nicht zuhören. »Ihre Mutter … Mattie, wie Sie sie nennen.«

»Ja. Mattie, wie ich sie nenne. Woher wissen Sie überhaupt von unserem privaten Telefongespräch?«

»Das geht Sie nichts an, Mr. Noonan.« Er nahm ein einzelnes Blatt Papier und klappte den Ordner zu. Das Blatt hielt er kurz hoch, wie ein Arzt, der eine Röntgenaufnahme studiert, und ich sah, daß es einen einzeilig getippten Text enthielt. »Kommen wir zu Ihrer ersten Begegnung mit Mary und Kyra Devore. Das war am vierten Juli, nicht wahr?«

Durgin nickte. »Am Morgen des vierten. Und Sie haben Kyra Devore zuerst kennengelernt.«

»Ja.«

»Sie haben sie zuerst kennengelernt, weil ihre Mutter zu dem Zeitpunkt nicht bei ihr war, richtig?«

»Das ist eine schlecht formulierte Frage, Mr. Durgin, aber ich schätze, die Antwort lautet ja.«

»Es freut mich, daß meine Grammatik von einem Mann verbessert wird, der auf den Bestsellerlisten war«, sagte Durgin lächelnd. Das Lächeln gab zu verstehen, daß er mich gern neben Romeo Bissonette im ersten Güterwaggon Richtung Gulag sitzen sehen würde. »Erzählen Sie uns von Ihrer Begegnung, zuerst mit Kyra Devore, danach mit Mary Devore. Oder Mattie, wenn Ihnen das besser gefällt.«

Ich erzählte ihm die Geschichte. Als ich fertig war, rückte Durgin den Kassettenrecorder vor sich. Die Nägel seiner Wurstfinger sahen so glänzend aus wie seine Lippen.

»Mr. Noonan, Sie hätten Kyra überfahren können, stimmt das nicht?«

»Auf gar keinen Fall. Ich fuhr fünfunddreißig – das ist die Geschwindigkeitsbeschränkung bei dem Laden. Als ich sie sah, hatte ich genügend Zeit zu bremsen.«

»Angenommen, Sie wären aus der anderen Richtung gekommen – statt nach Süden nach Norden gefahren. Hätten Sie sie dann auch rechtzeitig gesehen?«

Das war sogar eine fairere Frage als manche seiner anderen. Jemand, der aus der anderen Richtung kam, hätte sehr viel weniger Zeit gehabt zu reagieren. Trotzdem ...

»Ja«, sagte ich.

Durgin zog die Augenbrauen hoch. »Sind Sie sicher?«

»Ja, Mr. Durgin. Ich hätte vielleicht ein wenig fester auf die Bremse treten müssen, aber –«

»Mit fünfunddreißig.«

»Ja, mit fünfunddreißig. Ich sagte Ihnen, das ist die Geschwindigkeitsbegrenzung –«

»– an diesem speziellen Abschnitt der Route 68. Ja, das haben Sie mir gesagt. Das haben Sie. Halten sich Ihrer Erfahrung nach die meisten Menschen auf diesem Straßenabschnitt an die Geschwindigkeitsbeschränkung?«

»Ich habe seit 1993 nicht viel Zeit im TR verbracht, daher kann ich nicht –«

»Kommen Sie, Mr. Noonan – dies ist keine Szene aus einem Ihrer Bücher. Beantworten Sie nur meine Frage, sonst sitzen wir den ganzen Morgen hier.«

»Ich tue mein Bestes, Mr. Durgin.«

Er seufzte. »Sie besitzen Ihr Haus am Dark Score Lake seit den achtziger Jahren, nicht? Und das Tempolimit vor dem Lakeview

General Store, dem Postamt und Dick Brooks' All-Purpose-Werkstatt – das sogenannte North Village – hat sich seither nicht geändert, oder?«

»Nein«, gab ich zu.

»Womit wir wieder bei meiner ursprünglichen Frage wären – was meinen Sie, halten sich die meisten Menschen auf dieser Strecke an das Tempolimit von fünfunddreißig Meilen pro Stunde?«

»Ich kann nicht sagen, ob es die meisten sind, weil ich nie eine Verkehrsüberwachung durchgeführt habe, aber ich schätze, eine Menge halten sich nicht daran.«

»Möchten Sie gern die Zeugenaussage von Deputy Sheriff Footman von Castle County hören, an welcher Stelle des TR-90 er die größte Zahl von Strafzetteln wegen Geschwindigkeitsübertretung ausstellt, Mr. Noonan?«

»Nein«, sagte ich aufrichtig.

»Sind andere Fahrzeuge vorbeigekommen, während Sie zuerst mit Kyra Devore und dann mit Mary Devore gesprochen haben?«

»Ja.«

»Wie viele?«

»Ich weiß nicht genau. Ein paar.«

»Könnten es drei gewesen sein?«

»Möglich.«

»Fünf?«

»Nein, wahrscheinlich nicht so viele.«

»Aber Sie wissen es nicht genau?«

»Nein.«

»Weil Kyra Devore außer sich war.«

»Eigentlich hielt sie sich ziemlich gut für ein –«

»Hat Sie in Ihrer Gegenwart geweint?«

»Nun ... ja.«

»Hat ihre Mutter sie zum Weinen gebracht?«

»Das ist unfair.«

»So unfair wie einer Dreijährigen zu gestatten, am Morgen eines Feiertags mitten auf einer vielbefahrenen Straße spazierenzugehen, oder nicht ganz so unfair, was meinen Sie?«

»Himmel, hören Sie auf«, sagte Bissonette nachsichtig. Sein Bluthundgesicht sah gequält aus.

»Ich ziehe die Frage zurück«, sagte Durgin.

»Welche?« fragte ich.

Er sah mich müde an, als wollte er sagen, daß er ständig mit Arschlöchern wie mir zu tun hatte und daran gewöhnt war, wie wir uns benahmen. »Wie viele Autos fuhren in dem Zeitraum vorbei, von dem Moment, als Sie das Kind hochnahmen und in Sicherheit brachten, bis zu dem Moment, als Sie und die Devores sich verabschiedeten?«

Mir mißfiel dieses »in Sicherheit brachten«, aber noch während ich meine Antwort formulierte, murmelte der alte Kerl die Frage in seine Stenomaske. Und ich hatte ja genau das getan. Daran führte kein Weg vorbei.

»Ich sagte schon, ich weiß es nicht mit Sicherheit.«

»Nun, dann geben Sie mir eine grobe Schätzung.«

»Möglicherweise drei.«

»Eingeschlossen Mary Devore selbst? Die einen –« Er warf einen Blick auf das Blatt aus dem Ordner. »– einen 1982er Jeep Scout fuhr?«

Ich dachte an Ki, die *Mattie schnell macht* sagte, und begriff, worauf Durgin jetzt hinaus wollte. Und ich konnte nichts dagegen tun.

»Ja, sie war es, und sie fuhr einen Scout. Ich weiß nicht, welches Baujahr.«

»Fuhr sie unterhalb des vorgeschriebenen Tempolimits, hielt sie sich daran, oder fuhr sie über dem vorgeschriebenen Tempolimit, als sie an der Stelle vorbeikam, wo Sie mit Kyra auf den Armen standen?«

Sie war mindestens fünfzig gefahren, aber ich sagte Durgin, daß ich es nicht mit Sicherheit sagen könne. Er drängte mich, es zu versuchen – *Ich weiß, Sie sind nicht mit dem Henkersknoten vertraut, Mr. Noonan, aber ich bin sicher, Sie können eine Schlinge knüpfen, wenn Sie sich wirklich Mühe geben* –, und ich lehnte ab, so höflich ich konnte.

Er nahm wieder das Blatt zur Hand. »Mr. Noonan, würde es Sie überraschen, daß zwei Zeugen – Richard Brooks junior, der Inhaber von Dick's All-Purpose-Werkstatt, und Royce Merrill, ein pensionierter Zimmermann – behaupten, daß Mrs. Devore deutlich über fünfunddreißig fuhr, als sie an Ihrem Standort vorbeikam?«

»Ich weiß nicht«, sagte ich. »Ich war mit dem kleinen Mädchen beschäftigt.«

»Würde es Sie überraschen, daß Royce Merrill ihre Geschwindigkeit auf *sechzig* Meilen pro Stunde schätzte?«

»Das ist lächerlich. Dann wäre sie seitlich weggerutscht und kopfüber im Graben gelandet, als sie auf die Bremse trat.«

»Die Bremsspuren, die Deputy Footman gemessen hat, deuten auf eine Geschwindigkeit von mindestens fünfzig Meilen pro Stunde hin«, sagte Durgin. Es war keine Frage, aber er sah mich fast schalkhaft an, als wollte er mich auffordern, noch etwas mehr zu strampeln und etwas tiefer in diese scheußliche Grube zu sinken. Ich sagte nichts. Durgin faltete die feisten kleinen Hände und beugte sich zu mir. Der schalkhafte Ausdruck war verschwunden.

»Mr. Noonan, wenn Sie Kyra Devore nicht zum Straßenrand getragen hätten – hätte es nicht sein können, daß *ihre eigene Mutter sie überfährt?*«

Das war die wirklich heikle Frage, und wie sollte ich sie beantworten? Bissonette gab mir eindeutig keine hilfreichen Signale; er schien zu versuchen, vielsagenden Blickkontakt mit der hübschen Assistentin herzustellen. Ich dachte an das Buch, das Mattie parallel zu »Bartleby« las – *Tage der Unschuld* von Richard North Patterson. Im Gegensatz zum Grisham-Typ schienen Pattersons Anwälte fast immer zu wissen, was sie taten. *Einspruch, Euer Ehren, verlangt Spekulation seitens des Zeugen.*

Ich zuckte die Achseln. »Tut mir leid, Herr Anwalt, kann ich nicht sagen – habe meine Kristallkugel zu Hause vergessen.«

Wieder sah ich das häßliche Flackern in Durgins Augen. »Mr. Noonan, ich kann Ihnen versichern, wenn Sie diese Frage hier nicht beantworten, dann werden Sie mit Sicherheit von Malibu oder Fire Island herbeizitiert, oder wo immer Sie Ihr nächstes Opus schreiben, um sie später zu beantworten.«

Ich zuckte die Achseln. »Ich sagte schon, ich war mit dem Kind beschäftigt. Ich kann Ihnen nicht sagen, wie schnell die Mutter war oder wie gut Royce Merrills Sehkraft ist oder ob Deputy Footman die richtigen Bremsspuren vermessen hat. Ich kann Ihnen sagen, auf diesem Straßenabschnitt findet man verdammt viel Gummi. Aber nehmen wir einmal an, sie *wäre* fünfzig gefahren? Sagen wir, vielleicht sogar fünfundfünfzig. Sie ist einundzwanzig Jahre alt, Durgin. Mit einundzwanzig ist das Fahrvermögen eines Menschen am besten. Wahrscheinlich wäre sie dem Kind ausgewichen, und zwar mühelos.«

»Ich denke, das genügt.«

»Warum? Weil Sie nicht bekommen, was Sie wollten?« Bissonette trat mir wieder gegen den Knöchel, aber ich achtete nicht darauf. »Wenn Sie auf Kyras Seite sind, warum hören Sie sich dann an, als wären Sie auf der ihres Großvaters?«

Ein unheilvolles Lächeln umspielte Durgins Lippen. Ein Lächeln, das sagt: *Okay, Superhirn, du willst spielen?* Er zog den Kassettenrecorder etwas näher zu sich. »Da Sie Kyras Großvater erwähnt haben, Mr. Maxwell Devore aus Palm Springs, reden wir eine Weile über ihn, ja?«

»Es ist Ihre Show.«

»Haben Sie je mit Maxwell Devore gesprochen?«

»Ja.«

»Persönlich oder am Telefon?«

»Telefon.« Ich überlegte, ob ich hinzufügen sollte, daß er irgendwie meine Geheimnummer bekommen hatte, dann fiel mir ein, daß Mattie das auch gelungen war, und ich beschloß, den Mund zu halten.

»Wann war das?«

»Letzten Samstag abend. Am Abend des vierten. Er hat angerufen, als ich mir das Feuerwerk angesehen habe.«

»Und war das Thema des Gesprächs Ihr kleines Abenteuer an diesem Morgen?« Während er fragte, griff Durgin in die Tasche und holte eine Kassette heraus. Die Geste hatte etwas Ostentatives; in diesem Augenblick sah er wie ein Zauberer aus, der beide Seiten eines Seidentuchs vorzeigt. Und er bluffte. Ich konnte nicht sicher sein … aber ich war es. Devore hatte unser Gespräch tatsächlich mitgeschnitten – das Grundrauschen war zu laut gewesen, und auf einer unterschwelligen Ebene hatte ich das schon während des Gesprächs gewußt –, und ich war überzeugt, daß sich das Gespräch tatsächlich auf der Kassette befand, die Durgin gerade langsam in den Rekorder schob … aber es war ein Bluff.

»Ich erinnere mich nicht«, sagte ich.

Durgin, der gerade die transparente Klappe des Kassettenfachs zudrücken wollte, erstarrte in der Bewegung. Er sah mich mit offenem Unglauben an … und etwas anderem. Ich vermutete, daß dieses andere Überraschung und Wut waren.

»Sie erinnern sich nicht? Kommen Sie, Mr. Noonan. Schriftsteller *trainieren* doch bestimmt ihr Gedächtnis, sich an Unterhaltungen zu erinnern, und diese liegt erst eine Woche zurück. Sagen Sie mir, worüber Sie gesprochen haben.«

»Ich kann es wirklich nicht sagen«, entgegnete ich mit gelassener, farbloser Stimme.

Einen Augenblick sah Durgin fast hektisch aus. Dann glätteten sich seine Züge. Ein polierter Fingernagel verweilte über den Tasten REW, FF, PLAY und REC. »Wie hat Mr. Devore das Gespräch begonnen?« fragte er.

»Er sagte hallo«, antwortete ich freundlich, und hinter der Stenomaske ertönte ein kurzer, gedämpfter Laut. Konnte sein, daß der alte Bursche sich geräuspert hatte; konnte ein unterdrücktes Lachen gewesen sein.

Durgin bekam rote Flecken auf den Wangen. »Nach dem Hallo? Was dann?«

»Ich erinnere mich nicht.«

»Hat er Sie nach dem Vormittag gefragt?«

»Ich erinnere mich nicht.«

»Haben Sie ihm nicht gesagt, daß Mary Devore und ihre Tochter zusammen waren, Mr. Noonan? Daß sie gemeinsam Blumen gepflückt haben? Haben Sie das nicht diesem besorgten Großvater erzählt, als er sich nach dem Zwischenfall erkundigte, der am vierten Juli Stadtgespräch war?«

»O Mann«, sagte Bissonette. Er hob eine Hand über dem Tisch und berührte die Handfläche mit den Fingerspitzen der anderen Hand, so daß ein Schiedsrichter-T entstand. »Auszeit.«

Durgin sah ihn an. Die Röte seiner Wangen war jetzt ausgeprägter, die Lippen hatte er so weit zurückgezogen, daß die Spitzen kleiner, ebenmäßig überkronter Zähne zu sehen waren. »Was wollen *Sie* denn?« fauchte er fast, als wäre Bissonette gerade vorbeigekommen, um ihm vom Weg der Mormonen oder vielleicht der Rosenkreuzer zu erzählen.

»Ich möchte, daß Sie aufhören, den Mann in eine bestimmte Richtung zu drängen, und ich möchte, daß die ganze Sache mit dem Blumenpflücken aus dem Protokoll gestrichen wird«, sagte Bissonette.

»Warum?« bellte Durgin.

»Weil Sie versuchen, Dinge ins Protokoll zu bekommen, die der Zeuge nicht sagen wird. Wenn Sie vielleicht eine kurze Pause machen wollen, damit wir eine Konferenzschaltung zu Richter Rancourt legen lassen und seine Meinung einholen können –«

»Ich ziehe die Frage zurück«, sagte Durgin. Er sah mich mit einer Art von hilfloser, mürrischer Wut an. »Mr. Noonan, möchten Sie mir helfen, meinen Job zu machen?«

»Ich möchte Kyra Devore helfen, wenn ich kann«, sagte ich.

»Nun gut.« Er nickte, als hätte keine Unterbrechung stattgefunden. »Dann sagen Sie mir bitte, worüber Sie und Maxwell Devore gesprochen haben.«

»Ich kann mich nicht erinnern.« Ich sah ihm in die Augen und wandte den Blick nicht von ihm. »Vielleicht«, sagte ich, »können Sie meine Erinnerung auffrischen.«

Es folgte ein Augenblick der Stille, wie man ihn manchmal bei Pokerspielen um hohe Summen findet, wenn die letzten Einsätze gemacht wurden und kurz bevor die Spieler ihre Karten zeigen. Sogar der alte Bomberpilot schwieg, und seine Augen über der Maske blinzelten nicht. Dann schob Durgin mit dem Handballen den Kassettenrecorder beiseite (die Linie um seinen Mund verriet mir, daß er im Moment so darüber dachte wie ich häufig über das Telefon) und kam wieder auf den Morgen des vierten Juli zurück. Er fragte nicht nach meinem Abendessen mit Mattie und Ki am Dienstag abend und kam auch nicht mehr auf mein Telefongespräch mit Devore zu sprechen – bei dem ich diese ganzen albernen und leicht zu widerlegenden Sachen gesagt hatte.

Ich beantwortete Fragen bis elf Uhr dreißig, aber das Gespräch war eigentlich in dem Moment zu Ende, als Durgin den Recorder mit dem Handballen beiseite schob. Ich wußte es, und ich bin ziemlich sicher, daß er es auch wußte.

»Mike! Mike, hier drüben!«

Mattie winkte von den Tischen des Picknickplatzes hinter dem Musikpavillon des Stadtparks. Sie sah strahlend und glücklich aus. Ich winkte zurück und ging in ihre Richtung, wobei ich kleinen Kindern auswich, die Nachlaufen spielten, an einem Teenagerpärchen vorbeikam, das auf dem Gras herumknutschte, und mich unter einem Frisbee wegduckte, den ein deutscher Schäferhund sich gekonnt im Sprung aus der Luft schnappte.

Ein großer, schlaksiger Rothaariger war bei ihr, aber ich bekam kaum Gelegenheit, ihn mir anzusehen. Mattie lief mir entgegen, als ich noch auf dem Kiesweg war, schlang die Arme um mich, drückte mich – und es war keine zimperliche Umarmung ohne Körperkontakt – und küßte mich so fest auf den Mund, daß sie mir die Lippen gegen die Zähne drückte. Als sie sich von mir löste, geschah es mit einem herzhaften Schmatz. Sie faßte mich an den Schultern und sah mich voll unverhohlener Freude an. »War das der dickste Kuß, den Sie je bekommen haben?«

»Der dickste in den letzten vier Jahren«, sagte ich. »Sind Sie damit zufrieden?« Und wenn sie nicht in den nächsten Sekunden zurückwich, würde sie den physischen Beweis dafür bekommen, wie sehr ich ihn genossen hatte.

»Muß ich wohl.« Sie drehte sich mit einer komischen Art von Trotz zu dem rothaarigen Burschen um. »War das in Ordnung?«

»Wahrscheinlich nicht«, sagte er, »aber wenigstens sind Sie momentan nicht in Sichtweite der alten Knaben in der All-Purpose-Werkstatt. Mike, ich bin John Storrow. Schön, Sie persönlich kennenzulernen.«

Ich mochte ihn sofort, was vielleicht daran lag, daß ich ihn dabei antraf, wie er in seinem dreiteiligen New Yorker Anzug penibel Pappteller auf einen Picknicktisch stellte, während ihm sein rotes Haar wie Tang um den Kopf wehte. Seine Haut war hell und sommersprossig; Haut, die nie braun wurde, sondern nur Sonnenbrand bekam und sich in großen, ekzemartigen Fetzen abschälte. Als wir uns die Hände schüttelten, hatte ich den Eindruck, als würde seine nur aus Knöcheln bestehen. Er mußte mindestens dreißig sein, sah aber aus, als wäre er in Matties Alter, und ich schätzte, daß noch einmal fünf Jahre vergehen würden, bis er einen Drink bekam, ohne seinen Führerschein zeigen zu müssen.

»Setzen Sie sich«, sagte er. »Wir haben dank Castle Rock Variety ein Mittagessen mit fünf Gängen – belegte Baguettes, die sie hier aus unerfindlichen Gründen ›Italienische Sandwiches‹ nennen … Mozarellasticks … Knoblauchfritten … Twinkies.«

»Das sind nur vier«, sagte ich.

»Ich habe den alkoholfreien Getränke-Gang vergessen«, sagte er und zog drei langhalsige Flaschen *S'OK birch beer* aus einer braunen Tüte. »Fangen wir an. Mattie arbeitet freitags und samstags von zwei bis acht in der Bibliothek, und es wäre schlecht, wenn sie ausgerechnet jetzt zu spät käme.«

»Wie ist es gestern abend im Lesekreis gelaufen?« fragte ich. »Wie ich sehe, hat Lindy Briggs Sie nicht bei lebendigem Leib verspeist.«

Sie lachte, verschränkte die Hände und schüttelte sie über dem Kopf. »Ich war ein Hit! Der absolute Knüller! Ich habe mich nicht getraut, ihnen zu sagen, daß meine klügsten Kommentare von Ihnen stammen –«

»Gott sei Dank wenigstens das«, sagte Storrow. Er befreite sein Sandwich aus der zugeschnürten Papiertüte, sorgsam und ein wenig zweifelnd, nur mit den Fingerspitzen.

»– darum hab' ich gesagt, ich hätte in einigen Büchern nachgeschlagen und da Hinweise gefunden. Es war irgendwie ganz toll. Ich bin mir vorgekommen wie eine College-Schülerin.«

»Gut.«

»Bissonette?« fragte John Storrow. »Wo ist er? Ich habe bisher noch nie einen Burschen namens Romeo kennengelernt.«

»Er hat gesagt, daß er gleich nach Lewiston zurück muß. Tut mir leid.«

»Ist sowieso besser, wenn wir unter uns sind, jedenfalls am Anfang.« Er biß in sein Sandwich und sah mich überrascht an. »Schmeckt nicht schlecht.«

»Essen Sie mehr als drei, und Sie sind Ihr Leben lang süchtig«, sagte Mattie und schlug ihre Zähne fröhlich in ihr eigenes.

»Erzählen Sie uns von Ihrer Aussage«, sagte John, und während sie aßen, redete ich. Als ich fertig war, nahm ich mein eigenes Sandwich und versuchte aufzuholen. Ich hatte vergessen, wie gut ein italienisches Sandwich sein kann – süß, sauer und ölig zugleich. Natürlich kann nichts, das so gut schmeckt, gesund sein; das ist ein Axiom. Ich schätze, dasselbe könnte man über innige Umarmungen durch junge Mädchen mit rechtlichen Problemen sagen.

»Sehr interessant«, sagte John. »Wirklich sehr interessant.« Er nahm einen Mozarellastick aus der fettigen Tüte, brach ihn entzwei und betrachtete mit einer Art von fasziniertem Entsetzen die zähe weiße Masse im Inneren. »Die Leute hier essen das?« fragte er.

»Die Leute in New York essen Fischblasen«, sagte ich. »Roh.«

»*Touché*.« Er tunkte ein Stück in die Plastikschale mit Spaghettisauce (im westlichen Maine nennt man sie in diesem Zusammenhang »Käse-Dip«) und aß es.

»Und?« fragte ich.

»Nicht schlecht. Aber sie sollten viel wärmer sein.«

Ja, damit hatte er recht. Wenn man kalte Mozarellasticks ißt, ist das etwa so, als würde man kalten Rotz essen, eine Feststellung, die ich an diesem schönen Freitag im Hochsommer für mich behielt.

»Wenn Durgin das Band hatte, warum hat er es nicht abgespielt?« fragte Mattie. »Das verstehe ich nicht.«

John streckte die Arme aus, ließ die Knöchel knacken und sah sie wohlwollend an. »Wir werden es wahrscheinlich nie mit Sicherheit erfahren«, sagte er.

Er glaubte, daß Devore die Klage fallenlassen würde – das brachte er mit jeder Nuance seiner Körpersprache und jedem Tonfall seiner Stimme zum Ausdruck. Das gab Anlaß zur Hoffnung, aber es wäre nicht gut, wenn Mattie *zu* hoffnungsvoll wurde. John Storrow war nicht so jung, wie er aussah, und wahrscheinlich auch nicht so arglos (hoffte ich jedenfalls inbrünstig), aber er *war* jung. Und weder er noch Mattie kannten die Geschichte von Scooter Larribees Schlitten. Oder hatten Bill Deans Gesicht gesehen, als er sie erzählte.

»Möchten Sie ein paar Möglichkeiten hören?«

»Klar«, sagte ich.

John legte sein Sandwich weg, wischte sich die Finger ab und zählte die Punkte auf. »Erstens, *er* hat angerufen. Mitschnitte von Gesprächen haben unter diesen Umständen einen höchst zweifelhaften Wert. Zweitens, er hat nicht gerade den Eindruck von Captain Kangaroo gemacht, oder?«

»Nein.«

»Drittens, Ihre erfundene Geschichte belastet *Sie*, Mike, aber nicht sehr, und Mattie überhaupt nicht. Und übrigens, diese Sache, daß Mattie Seifenblasen in Kyras Gesicht gepustet hat, das gefällt mir. Wenn sie nichts Besseres zu bieten haben, sollten sie besser gleich aufgeben. Schließlich – und das ist wahrscheinlich der Hauptgrund –, ich glaube, Devore hat Nixons Krankheit.«

»Nixons Krankheit?« fragte Mattie.

»Das Band, das Durgin hatte, ist nicht das einzige. Kann es nicht sein. Und Ihr Schwiegervater hat Angst, wenn er ein Band des Systems ins Spiel bringt, das er in Warrington's eingerichtet hat, könnten wir die Herausgabe der anderen per Gerichtsbeschluß erzwingen. Und ich würde es verdammt noch mal versuchen.«

Sie sah bestürzt drein. »Was könnte darauf sein? Und wenn es schlimm ist, warum vernichtet er sie nicht einfach?«

»Vielleicht kann er das nicht«, sagte ich. »Vielleicht braucht er sie aus anderen Gründen.«

»Spielt eigentlich keine Rolle«, sagte John. »Durgin hat geblufft, *darauf* kommt es an.« Er schlug behutsam mit dem Handballen auf den Picknicktisch. »Ich glaube, er wird die Sache fallenlassen. Wirklich.«

»Es ist zu früh, daran zu denken«, sagte ich sofort, aber ich sah Matties Gesicht an – strahlender denn je –, daß der Schaden angerichtet war.

»Erzählen Sie ihm, was Sie sonst noch gemacht haben«, sagte Mattie zu John. »Dann muß ich zur Bibliothek.«

»Wo lassen Sie Kyra, wenn Sie arbeiten?« fragte ich.

»Bei Mrs. Cullum. Sie wohnt zwei Meilen weiter an der Wasp Hill Road. Im Juli findet von zehn bis drei die FBS statt. Das ist die Ferien-Bibelstunde, das gefällt Ki, besonders das Singen und die Bildergeschichten über Noah und Moses. Der Bus setzt sie bei Arlene ab, und ich hole sie gegen Viertel vor neun.« Sie lächelte ein wenig sehnsüchtig. »Da schläft sie meistens schon fest auf der Couch.«

John redete die nächsten zehn Minuten oder so. Er arbeitete noch nicht lange an dem Fall, hatte aber schon eine Menge Steine ins Rollen gebracht. Ein Mann in Kalifornien sammelte Fakten über Roger Devore und Morris Ridding (»Fakten sammeln« hörte sich soviel besser an als »schnüffeln«). John interessierte sich besonders dafür, etwas über Roger Devores Verhältnis zu seinem Vater zu erfahren, und ob es belegte Aussagen von Roger über seine kleine Nichte aus Maine gab. John hatte ebenfalls angekurbelt, möglichst viel über Devores Bewegungen und

Aktivitäten seit seiner Rückkehr ins TR-90 zu erfahren. Zu diesem Zweck hatte er einen Privatdetektiv parat, den Romeo Bissonette empfohlen hatte, mein Miet-Anwalt.

Während er erzählte, wobei er hastig einen Notizblock durchblätterte, den er aus der Innentasche seines Anzugs geholt hatte, fiel mir ein, was er bei unserem Telefongespräch über Justitia gesagt hatte: *Legen Sie der Braut Handschellen an, klatschen Sie ihr Klebeband auf den Mund und eine Binde auf die Augen, vergewaltigen Sie sie, und wälzen Sie sie im Schlamm.* Das war vielleicht ein bißchen zu drastisch für das, was wir taten, aber ich dachte mir, daß wir sie zumindest ein wenig herumschubsten. Ich stellte mir den armen Roger Devore im Zeugenstand vor, nachdem er dreitausend Meilen geflogen war, um sich nach seinen sexuellen Präferenzen fragen zu lassen. Ich mußte mir in Erinnerung rufen, daß sein Vater ihn in diese Lage gebracht hatte, nicht Mattie oder ich oder John Storrow.

»Sind Sie einem Treffen mit Devore und seinem obersten Rechtsberater nähergekommen?« fragte ich.

»Kann ich nicht mit Sicherheit sagen. Die Schnur ist im Wasser, das Angebot auf dem Tisch, der Puck auf dem Eis – suchen Sie sich Ihre Lieblingsmetapher aus, mischen Sie sie, und vergleichen Sie sie, wenn Sie wollen.«

»Ihre Eisen sind im Feuer«, sagte Mattie.

»Ihre Steine auf dem Spielbrett«, fügte ich hinzu.

Wir sahen einander an und lachten. John beobachtete uns traurig, seufzte, nahm sein Sandwich und aß weiter.

»Müssen Sie sich wirklich im Beisein seines Anwalts mit ihm treffen?« fragte ich.

»Würden Sie den Fall gern gewinnen und dann feststellen, daß Devore aufgrund eines Verstoßes gegen die Standesrichtlinien durch Mary Devores Rechtsbeistand noch einmal von vorne anfangen kann?« entgegnete John.

»Machen Sie nicht mal einen Witz darüber!« rief Mattie.

»Das war kein Witz«, sagte John. »Es muß im Beisein seines Anwalts sein, ja. Ich glaube nicht, daß es dazu kommen wird, nicht bei diesem Trip. Ich hab' den alten *Schappes* noch nicht mal gesehen, und ich muß Ihnen sagen, meine Neugier bringt mich um.«

»Wenn das alles ist, um Sie glücklich zu machen, dann seien

Sie nächsten Dienstag abend hinter dem Maschendrahtschutz auf dem Softballfeld«, sagte Mattie. »Er wird mit seinem teuren Rollstuhl dasein, lachen und klatschen und alle fünfzehn Minuten oder so seinen verdammten Sauerstoff nuckeln.«

»Keine schlechte Idee«, sagte John. »Ich muß am Wochenende nach New York zurück – ich breche *après* Osgood auf –, aber vielleicht lasse ich mich am Dienstag blicken. Vielleicht bringe ich sogar meinen Handschuh mit.« Er räumte unseren Abfall zusammen, und ich fand wieder, daß er penibel und bezaubernd zugleich aussah, wie Stan Laurel mit Schürze. Mattie zog ihn beiseite und machte weiter.

»Niemand hat Twinkies gegessen«, sagte sie ein wenig traurig.

»Bringen Sie sie Ihrer Tochter mit«, sagte John.

»Auf keinen Fall. Ich lasse sie so was nicht essen. Für was für eine Mutter halten Sie mich?«

Sie sah unsere Mienen, überlegte, was sie gerade gesagt hatte, und prustete vor Lachen. Wir stimmten ein.

Matties alter Scout parkte in einer der schrägen Parkbuchten hinter dem Kriegerdenkmal, das in Castle Rock ein Soldat aus dem Ersten Weltkrieg mit einer gehörigen Portion Vogelscheiße auf seinem Salatschüsselhelm ist. Daneben parkte ein brandneuer Taurus mit einem Aufkleber von Hertz über der Inspektionsplakette. John warf seine Brieftasche – beruhigend dünn und nicht sehr auffällig – auf den Rücksitz.

»Wenn ich es am Dienstag schaffe, rufe ich Sie an«, sagte er Mattie. »Wenn es mir gelingt, über diesen Osgood einen Termin bei Ihrem Schwiegervater zu bekommen, rufe ich Sie ebenfalls an.«

»Ich spendiere die italienischen Sandwiches«, sagte Mattie.

Er lächelte, dann nahm er ihren Arm in eine und meinen in die andere Hand. Er sah aus wie ein frisch geweihter Priester, der im Begriff ist, sein erstes Paar zu trauen.

»Sie beide können miteinander telefonieren, wenn es sein muß«, sagte er, »denken Sie aber stets daran, daß beide Leitungen abgehört werden könnten. Treffen Sie sich im Supermarkt, wenn es sich ergibt. Mike, Sie sehen sich vielleicht veranlaßt, in der hiesigen Bibliothek vorbeizuschauen und ein Buch auszuleihen.«

»Aber erst wenn Sie Ihren Ausweis verlängert haben«, sagte Mattie und sah mich mit einem züchtigen Blick an.

»Aber keine Besuche mehr in Matties Wohnwagen. Ist das klar?«

Ich sagte ja; sie sagte ja; John Storrow sah nicht überzeugt aus. Ich fragte mich, ob er unseren Gesichtern und Körpern etwas ansah, das nicht dasein sollte.

»Sie sind auf eine Strategie fixiert, die nicht funktionieren wird«, sagte er. »Wir dürfen nicht riskieren, ihnen die Möglichkeit einer Kursänderung einzuräumen. Das bedeutet versteckte Andeutungen über Sie beide; es bedeutet auch Andeutungen über Mike und Kyra.«

Mit ihrem schockierten Gesichtsausdruck sah Mattie wieder wie zwölf aus. »Mike und Kyra! Was meinen Sie damit?«

»Vorwürfe des Kindesmißbrauchs von Leuten, die so verzweifelt sind, daß sie alles versuchen.«

»Das ist lächerlich«, sagte sie. »Und wenn mein Schwiegervater versuchen sollte, derart mit Schlamm zu werfen –«

John nickte. »Ja, dann wären wir verpflichtet, sofort welchen zurückzuwerfen. Das bedeutet Zeitungsberichte von Küste zu Küste, vielleicht sogar Fernsehen im Gerichtssaal, Gott steh uns bei. Das alles wollen wir nicht, wenn wir es vermeiden können. Es ist nicht gut für die Erwachsenen und schon gar nicht für das Kind. Jetzt oder später.«

Er bückte sich und gab Mattie einen Kuß auf die Wange.

»Das alles tut mir leid«, sagte er und hörte sich an, als täte es ihm wirklich leid. »So ist das nun mal in Sorgerechtsfällen.«

»Ich glaube, Sie hatten mich gewarnt. Es ist nur ... der Gedanke, daß jemand so etwas erfinden könnte, nur weil es keine andere Möglichkeit gibt, zu gewinnen ...«

»Ich will Sie noch einmal warnen«, sagte er. Sein Gesichtsausdruck wurde so grimmig, wie es mit seinen jugendlichen und unbeschwerten Zügen möglich war. »Wir haben hier einen sehr reichen Mann mit einem sehr wackeligen Fall. Die Kombination könnte so ähnlich sein, als würde man mit altem Dynamit arbeiten.«

Ich wandte mich an Mattie. »Machen Sie sich immer noch Sorgen über Ki? Glauben Sie noch, daß sie in Gefahr ist?«

Ich sah, wie sie sich überlegte, ob sie der Antwort ausweichen sollte – wahrscheinlich aus schlichter alter Yankee-Reserviertheit –, und dann beschloß, es nicht zu tun. Vielleicht dachte sie, daß sie sich den Luxus, ausweichend zu sein, nicht leisten konnte.

»Ja. Aber das ist nur ein Gefühl, wissen Sie.«

John runzelte die Stirn. Ich nahm an, der Gedanke, Devore könnte außergerichtliche Mittel anwenden, um ans Ziel zu gelangen, war ihm auch schon gekommen. »Behalten Sie sie, so gut es geht, im Auge«, sagte er. »Ich respektiere Intuitionen. Beruht Ihre auf irgendwas Konkretem?«

»Nein«, antwortete Mattie, und ein kurzer Seitenblick in meine Richtung bat mich, den Mund zu halten. »Eigentlich nicht.« Sie machte die Tür des Scout auf und warf die kleine braune Tüte mit den Twinkies hinein – sie hatte doch beschlossen, sie zu behalten. Dann wandte sie sich mit einem Ausdruck, der Wut gleichkam, an John und mich. »Ich bin sowieso nicht sicher, wie ich diesen Rat befolgen soll. Ich arbeite fünf Tage in der Woche, und im August, wenn wir das Microfichearchiv aktualisieren, sogar sechs. Im Augenblick bekommt Ki ihr Mittagessen in der Ferien-Bibelschule und ihr Abendessen bei Arlene Cullum. Ich sehe sie morgens. Die restliche Zeit …« Ich wußte, was sie sagen wollte, bevor sie es sagte; der Ausdruck war alt. »… ist sie im TR.«

»Ich könnte Ihnen helfen, ein *au pair* zu finden«, sagte ich und dachte, daß das wesentlich billiger wäre als John Storrow.

»Nein«, sagten sie wie aus einem Mund, sahen sich an und lachten. Aber obwohl sie lachte, sah Mattie nervös und unglücklich aus.

»Wir werden keine schriftlichen Belege hinterlassen, die Durgin oder Devores Detektive aufspüren können«, sagte John. »Wer mich bezahlt, ist eine Sache. Wer Matties Kindermädchen bezahlt, eine völlig andere.«

»Außerdem habe ich genug von Ihnen angenommen«, sagte Mattie. »Soviel, daß ich kaum ruhig schlafen kann. Ich werde mich nicht noch tiefer reinreiten, nur weil ich Bauchschmerzen habe.« Sie stieg in den Scout und schlug die Tür zu.

Ich ließ die Hand auf dem offenen Fenster liegen. Nun waren wir auf einer Höhe, und der Blickkontakt war so stark, daß es beunruhigend war. »Mattie, ich habe nichts anderes, wofür ich es ausgeben könnte. Wirklich.«

»Soweit es Johns Honorar betrifft, akzeptiere ich das. Weil es bei Johns Honorar um Ki geht.« Sie legte die Hand auf meine und drückte kurz zu. »Bei diesem anderen geht es um mich. Okay?«

»Ja. Aber Sie müssen dem Babysitter und den Leuten bei dieser Bibel-Geschichte sagen, daß Sie einen Sorgerechtsprozeß am Hals haben, möglicherweise einen erbitterten, und Kyra mit niemandem irgendwo hingehen darf, nicht mal mit jemandem, den sie kennen, ohne daß Sie Ihre Zustimmung geben.«

Sie lächelte. »Schon passiert. Das war ein Rat von John. Melden Sie sich, Mike.« Sie hob meine Hand, drückte einen lauten Schmatz darauf und fuhr weg.

»Was meinen Sie?« fragte ich John, während wir dem Scout nachsahen, der auf dem Weg zur neuen Prouty Bridge, die die Castle Street überspannt und den Verkehr aus dem TR hinaus zum Highway 68 bringt, Ölwolken ausstieß.

»Ich meine, es ist großartig, daß sie einen betuchten Wohltäter und einen schlauen Anwalt hat«, sagte John. Nach einer Pause fügte er hinzu: »Aber ich will Ihnen was sagen – irgendwie kommt sie mir gar nicht glücklich vor. Ich habe so ein Gefühl ... ich weiß nicht ...«

»Daß sie von einer Wolke umgeben ist, die Sie nicht richtig sehen können.«

»Vielleicht. Vielleicht ist es das.« Er strich mit den Händen durch seinen widerspenstigen roten Haarschopf. »Ich weiß nur, daß es etwas Trauriges ist.«

Ich wußte genau, was er meinte ... aber für mich war es mehr. Ich wollte mit ihr ins Bett, traurig oder nicht, richtig oder nicht. Ich wollte ihre Hände auf mir spüren, die zogen und drückten, tätschelten und streichelten. Ich wollte ihre Haut riechen und ihr Haar schmecken können. Ich wollte ihre Lippen an meinem Ohr haben, so daß ihr Atem die feinen Härchen in der Ohrmuschel kitzelte, wenn sie mir sagte, daß ich machen sollte, was ich wollte, alles, was ich wollte.

Ich war kurz vor zwei Uhr wieder in Sara Lacht, trat ein und dachte an nichts anderes als mein Arbeitszimmer und die IBM mit dem Courier-Kugelkopf. Ich schrieb wieder – *schrieb*. Ich konnte es noch kaum glauben. Ich würde bis gegen sechs Uhr arbeiten (nicht, daß es mir nach vier Jahren Pause wie Arbeit vorkam), schwimmen und ins Village Café gehen, um mir eine von Buddys cholesterinreichen Spezialitäten einzuverleiben.

In dem Moment, als ich durch die Tür trat, fing Bunters Glöckchen unablässig an zu läuten. Ich blieb in der Diele stehen, Hand auf dem Türknauf erstarrt. Es war hell und heiß im Haus, nirgendwo ein Schatten, aber mit der Gänsehaut, die ich bekam, kam es mir wie Mitternacht vor.

»Wer ist da?« rief ich.

Die Glocke hörte auf zu läuten. Einen Augenblick herrschte Stille, dann schrie eine Frau. Es kam von überall, quoll aus der sonnigen, staubüberfrachteten Luft wie Schweiß aus heißer Haut. Es war ein Schrei der Entrüstung, Wut, Trauer ... aber vorwiegend, denke ich, des Grauens. Und ich schrie als Antwort. Ich konnte nicht anders. Ich hatte auf der dunklen Kellertreppe Angst gehabt, als ich eine unsichtbare Faust auf die Isolierung klopfen hörte, aber dies war viel schlimmer.

Er hörte nicht auf, dieser Schrei. Er verhallte, wie das Schluchzen des Kindes verhallt war; verhallte, als würde die schreiende Person hastig einen langen Flur hinuntergetragen werden, weg von mir.

Schließlich hörte es auf.

Ich lehnte mich ans Bücherregal, preßte die Hand auf das T-Shirt und spürte den rasenden Herzschlag darunter. Ich rang nach Atem, und meine Muskeln hatten dieses seltsam *explodierte* Gefühl, wie man es nach einem schlimmen Schrecken empfindet.

Eine Minute verging. Mein Herzschlag verlangsamte sich allmählich wieder, und mit ihm mein Atem. Ich richtete mich auf, machte einen unsicheren Schritt, und als meine Beine mich trugen zwei weitere. Ich stand an der Küchentür und sah ins Wohnzimmer. Über dem Kamin erwiderte Bunter der Elch glasäugig meinen Blick. Das Glöckchen um seinen Hals hing ruhig und lautlos da. Die Sonne brach sich funkelnd in einem Punkt auf der Seite. Das einzige Geräusch kam von dieser dummen Felix-Uhr in der Küche.

Der Gedanke, der mich schon damals quälte, war der, daß die schreiende Frau Jo gewesen war, daß meine Frau in Sara Lacht spukte und Schmerzen litt. Tot oder nicht, sie litt Schmerzen.

»Jo?« fragte ich leise. »Jo, bist du –«

Das Schluchzen fing wieder an – das Geräusch eines verängstigten Kindes. Im selben Augenblick stieg mir wieder der eisenhaltige Geschmack des Sees in Mund und Nase. Ich hielt eine Hand an den Hals, würgte ängstlich, beugte mich über das Spülbecken und spie aus. Es war wie zuvor – statt eines Schwalls Wasser kam nichts als ein bißchen Spucke heraus. Das Gefühl des Ertrinkens war verschwunden, als wäre es nie dagewesen.

Ich blieb stehen, wo ich war, hielt mich über das Spülbecken gebeugt am Tresen fest und sah wahrscheinlich aus wie ein Betrunkener, der die Party beendet hat, indem er den größten Teil der in Flaschen abgefüllten guten Laune wieder erbrach. So fühlte ich mich auch – benommen und benebelt, zu mitgenommen, um wirklich zu begreifen, was vor sich ging.

Schließlich richtete ich mich auf, nahm das Handtuch, das über dem Griff der Geschirrspülmaschine hing, und wischte mir das Gesicht damit ab. Es war Tee im Kühlschrank, und ich wollte mehr als alles in der Welt ein großes, eiskaltes Glas davon. Als ich vor der Tür stand, erstarrte ich. Die Obst- und Gemüsemagneten bildeten wieder einen Kreis. In der Mitte stand:

hilf ich ertrink

Das war's, dachte ich. *Ich verschwinde von hier. Sofort. Heute noch.*

Aber eine Stunde später saß ich in meinem stickigen Arbeitszimmer, hatte ein Glas Tee neben mir auf dem Schreibtisch stehen (die Eiswürfel waren längst geschmolzen), trug nur eine Badehose und war vollkommen in der Welt versunken, die ich erschuf – die Welt, in der ein Privatdetektiv namens Andy Drake zu beweisen versuchte, daß John Shackleford nicht der Serienkiller mit dem Spitznamen Baseballmützenmörder war.

So machen wir immer weiter: ein Tag nach dem anderen, eine Mahlzeit nach der anderen, ein Schmerz nach dem anderen, ein Atemzug nach dem anderen; Zahnärzte machen eine Wurzelbehandlung nach der anderen; Bootsbauer fertigen einen Rumpf nach dem anderen. Wenn man Bücher schreibt, schreibt man eine Seite nach der anderen. Wir wenden uns von allem ab, was wir kennen, und von allem, was wir fürchten. Wir studieren Kataloge, sehen Footballspiele an, entscheiden uns für Sprint statt AT&T. Wir zählen die Vögel am Himmel und wenden uns nicht vom Fenster ab, wenn wir die Schritte hinter uns hören, während etwas auf dem Flur näher kommt; wir sagen, ja, ich finde auch, daß Wolken manchmal wie etwas anderes aussehen – Fische und Einhörner und Männer zu Pferde –, aber in Wirklichkeit sind es nur Wolken. Sogar wenn Blitze in ihnen zucken, sagen wir, es sind nur Wolken, und wenden unsere Aufmerksamkeit der nächsten Mahlzeit, dem nächsten Schmerz, dem nächsten Atemzug, der nächsten Seite zu. So machen wir immer weiter.

Kapitel 16

Das Buch war gigantisch, okay? Das Buch war ein Hit.

Ich hatte Angst, das *Zimmer* zu verlassen, geschweige denn, die Schreibmaschine einzupacken und mein schmales, gerade begonnenes Manuskript mit nach Derry zu nehmen. Das wäre so gefährlich, wie einen Säugling mit in einen Sturm hinaus zu nehmen. Also blieb ich, behielt mir aber stets das Recht vor, wieder auszuziehen, sollte es zu unheimlich werden (wie sich Raucher das Recht vorbehalten, damit aufzuhören, wenn ihr Husten zu schlimm wird), und eine Woche verging. Es passierte einiges in dieser Woche, aber bis zu meiner Begegnung mit Max Devore am darauffolgenden Freitag auf der *Straße* – der siebzehnte Juli dürfte das gewesen sein –, war das Wichtigste, daß ich weiter an einem Roman arbeitete, der, sofern er vollendet wurde, den Titel *Mein Jugendfreund* tragen sollte. Vielleicht glauben wir, daß es immer das Beste ist, was wir verlieren … oder es das Beste gewesen wäre. Ich weiß es nicht mit Sicherheit. Ich *weiß* allerdings, daß mein richtiges Leben in jener Woche vorwiegend um Andy Drake, John Shackleford und eine schemenhafte Gestalt weit im Hintergrund kreiste. Raymond Garraty, John Shacklefords Jugendfreund. Ein Mann, der manchmal eine Baseballmütze trug.

In dieser Woche gingen die Erscheinungen im Haus weiter, aber auf einem gemäßigteren Niveau – kein Schrei, der einem das Blut in den Adern gefrieren ließ. Manchmal läutete Bunters Glöckchen, und manchmal ordneten sich die Obst- und Gemüsemagneten auf der Kühlschranktür zum Kreis … aber nicht mit Worten in der Mitte; in dieser Woche nicht. Eines Morgens wachte ich auf, und die Zuckerdose war umgestürzt, wobei ich an Matties Geschichte über das Mehl denken mußte. In dem verschütteten Zucker stand nichts geschrieben, aber ein Krakel zog sich hindurch –

– als hätte etwas zu schreiben versucht, es aber nicht geschafft. Falls das so war, hatte es mein Mitgefühl. Ich wußte, wie *das* war.

Meine Aussage vor dem fragwürdigen Elmer Durgin war am Freitag, dem zehnten. Am darauffolgenden Dienstag ging ich die *Straße* hinunter zum Softballfeld von Warrington's und hoffte, selbst einen Blick auf Max Devore werfen zu können. Es ging auf sechs Uhr zu, als ich in Hörweite der Rufe, des Jubels und der geschlagenen Bälle kam. Ein mit rustikalen Schildern (verschnörkelte, in Pfeile aus Eichenholz gebrannte W's) kenntlich gemachter Weg führte an einem leerstehenden Bootshaus, einigen Schuppen und einem halb unter Brombeerranken verborgenen Gartenpavillon vorbei. Ich kam schließlich weit hinten im *Center Field* heraus. Ein Durcheinander von Kartoffelchipstüten, Verpackungen von Süßigkeiten und Bierdosen deutete darauf hin, daß manchmal andere das Spiel von dieser Stelle aus verfolgten. Ich mußte unwillkürlich an Jo und ihren geheimnisvollen Freund denken, den Mann in der alten braunen Sportjacke, den kräftigen Burschen, der einen Arm um ihre Taille gelegt und sie lachend weg von dem Spiel und zur *Straße* zurück geführt hatte. Am Wochenende war ich zweimal versucht gewesen, Bonnie Amudson anzurufen, um herauszufinden, ob ich den Mann vielleicht dingfest machen, seinen Namen erfahren konnte, aber beide Male hatte ich gekniffen. Schlafende Hunde, sagte ich mir jedesmal. Schlafende Hunde, Michael.

Ich hatte den Bereich jenseits des *Center Fields* an diesem Abend für mich, und er schien gerade weit genug von der *Home Plate* entfernt zu sein, wenn man bedachte, daß der Mann, der dort hinter dem Schutzzaun für gewöhnlich seinen Rollstuhl parkte, mich einen Lügner genannt und ich ihn im Gegenzug gebeten hatte, meine Telefonnummer dort aufzubewahren, wo normalerweise keine Sonne scheint.

Aber ich hätte mir ohnehin keine Gedanken machen müssen. Devore war nicht anwesend, ebensowenig die liebliche Rogette.

Ich sah Mattie hinter dem leicht vernachlässigten Maschendrahtgitter an der ersten *Baseline*. John Storrow, der Jeans und ein Polohemd trug und sein rotes Haar weitgehend unter einer Mütze der Mets verbarg, stand neben ihr. Sie verfolgten das Spiel und unterhielten sich zwei *Innings* lang wie alte Freunde, bis sie mich sahen – mehr als genug Zeit für mich, daß ich John um seine Position beneidete und sogar ein bißchen eifersüchtig wurde.

Schließlich schlug jemand einen weiten Ball ins *Center Field*, wo der Waldrand die einzige Begrenzung bildete. Der *Centerfielder* wich zurück, aber der Ball flog hoch über seinen Kopf hinweg. Er war ungefähr in meine Richtung geschlagen worden, ein Stück nach rechts versetzt. Ich lief, ohne nachzudenken, in diese Richtung, sprang über die Büsche, die einen Grenzstreifen zwischen dem gemähten Spielfeld und den Bäumen bildeten, und hoffte, daß ich nicht durch giftiges Efeu rannte. Ich fing den Softball mit der ausgestreckten linken Hand und lachte, als einige der Zuschauer jubelten. Der *Centerfielder* spendete mir Beifall, indem er mit der bloßen rechten Hand in die Schale seines Handschuhs klopfte. In der Zwischenzeit lief der Schläger gelassen von einer *Base* zur nächsten, wohl wissend, daß er einen perfekten *Homerun* geschlagen hatte.

Ich warf dem *Centerfielder* den Ball zu, und als ich an meine ursprüngliche Stelle zwischen den Verpackungen und Bierdosen zurückgekehrt war, drehte ich mich um und stellte fest, daß Mattie und John mich ansahen.

Wenn etwas dafür spricht, daß wir Menschen auch nur eine von vielen Tierarten sind, eine mit einem etwas größeren Gehirn und einer *viel* größeren Vorstellung von unserer Bedeutung im Weltenplan, dann die Tatsache, wieviel wir durch Gesten ausdrücken können, wenn es nicht anders geht. Mattie verschränkte die Hände auf der Brust, neigte den Kopf nach links und zog die Brauen hoch – *Mein Held*. Ich hielt die Hand an die Schultern und wandte die Handflächen himmelwärts – *Zuviel der Ehre, Ma'am, war 'n Klacks*. John senkte den Kopf und hielt die Finger an die Stirn, als hätte er Schmerzen dort – *Du glücklicher Hurensohn*.

Nachdem diese Bemerkungen erledigt waren, zeigte ich zum Schutzzaun und deutete durch Schulterzucken eine Frage an. Mattie und John zuckten ebenfalls. Ein *Inning* später kam ein kleiner Junge, der wie eine gigantische explodierende Sommersprosse aussah, in einem zu großen Michael-Jordan-T-Shirt, das ihm wie ein Kleid um die Schienbeine flatterte, zu mir gelaufen.

»Der Typ da drüben hat mir fünfzig Cent gegeben, wenn ich

Ihnen sage, daß Sie ihn später in seinem Hotel im Rock anrufen sollen«, sagte er und zeigte auf John. »Er sagt, Sie geben mir noch mal fünfzig, wenn Sie eine Antwort für ihn haben.«

»Sag ihm, ich werde gegen halb zehn anrufen«, sagte ich. »Ich hab' aber kein Kleingeld. Kannst du auch einen Dollar nehmen?«

»He, klar, riesig.« Er entriß mir den Schein, wandte sich ab, drehte sich noch einmal um. Als er grinste, entblößte er ein Gebiß, das man zwischen dem ersten und zweiten Akt ertappt hat. Mit den Softballspielern im Hintergrund sah er wie ein Archetyp von Norman Rockwell aus. »Der Typ läßt Ihnen auch ausrichten, daß das ein Glücksfang war.«

»Sag ihm, daß die Leute das über Willie Mays auch andauernd gesagt haben.«

»Willie wer?«

O Jugend. O mores. »Sag es ihm einfach, mein Sohn. Er wird es wissen.«

Ich blieb noch ein *Inning*, aber dann wurde das Spiel allmählich ausgelassen, Devore hatte sich immer noch nicht blicken lassen, und ich ging den Weg nach Hause zurück, den ich gekommen war. Ich traf einen Angler, der auf einem Felsen stand, und zwei junge Leute, die händchenhaltend auf der *Straße* in Richtung Warrington's gingen. Sie sagten hi, und ich hi-te zurück. Ich fühlte mich einsam und zufrieden zugleich. Ich glaube, das ist eine seltene Form von Glück.

Manche Leute hören ihre Anrufbeantworter ab, wenn sie nach Hause kommen; in jenem Sommer überprüfte ich immer als erstes die Kühlschranktür. Ene-mene-Chili-Böhnchen, wie Bullwinkle Moose zu sagen pflegte, die Geister melden sich zu Wort. An diesem Abend waren sie auch hier gewesen, allerdings bildeten die Obst- und Gemüsemagneten eine Sinuskurve, wie eine Schlange oder der Buchstabe S bei einem Nickerchen:

Ein wenig später rief ich John an und fragte ihn, wo Devore gewesen war, worauf er mir mit Worten wiederholte, was er mir schon vorher und weitaus wirtschaftlicher durch Gesten mitgeteilt hatte. »Es ist das erste Spiel seit seiner Rückkehr, das er versäumt hat«, sagte er. »Mattie hat versucht, ein paar Leute zu fragen, ob es ihm gutgeht, und man scheint sich einig darüber zu sein, daß es so ist … jedenfalls soweit alle wußten.«

»Was meinen Sie damit, sie hat *versucht*, ein paar Leute zu fragen?«

»Ich meine, daß einige nicht einmal mit ihr reden wollten. Sie haben sie ›geschnitten‹, wie die Generation meiner Eltern gesagt hätte.« *Paß auf, mein Freund*, dachte ich, sagte es aber nicht, *das ist nur einen halben Schritt von meiner Generation entfernt*. »Eine ihrer alten Freundinnen hat schließlich doch mit ihr geredet, aber es besteht eine ziemlich geschlossene Front gegenüber Mattie Devore. Dieser Osgood mag ein beschissener Makler sein, aber als Devores Geldknabe erledigt er seine Aufgabe, Mattie von den anderen Leuten in der Stadt zu isolieren, ganz prächtig. *Ist* es überhaupt eine Stadt, Mike? Den Teil hab' ich nicht ganz begriffen.«

»Es ist nur das TR«, sagte ich abwesend. »Man kann es eigentlich nicht erklären. Glauben Sie wirklich, daß Devore *alle* in seiner Tasche hat? Das spricht nicht sehr für die alte Wordsworthsche Vorstellung von ländlicher Unschuld und Güte, nicht wahr?«

»Er verteilt Geld und benutzt Osgood – und vielleicht Footman –, um Gerüchte zu verbreiten. Und die Leute hier scheinen zumindest so ehrlich zu sein wie ehrliche Politiker.«

»Einmal gekauft, immer gekauft?«

»Ja. Oh, und ich habe einen von Devores potentiellen Kronzeugen im Fall des Entlaufenen Kindes gesehen. Royce Merrill. Er stand mit ein paar seiner Kumpels beim Geräteschuppen. Haben Sie ihn zufällig bemerkt?«

Ich verneinte.

»Der Kerl muß hundertdreißig sein«, sagte John. »Er hat einen Stock mit einem goldenen Griff, der so groß wie das Arschloch eines Elefanten ist.«

»Das ist ein Stock der *Boston Post*. Der älteste Bewohner der Region bekommt ihn und darf ihn behalten.«

»Und ich bezweifle nicht, daß er ihn sich ehrlich verdient hat. Wenn Devores Anwälte ihn in den Zeugenstand rufen, werde ich ihn filetieren.« Johns fröhliche Zuversicht hatte etwas Beängstigendes.

»Da bin ich ganz sicher«, sagte ich. »Wie hat Mattie es aufgenommen, daß ihre alten Freunde ihr die kalte Schulter gezeigt haben?« Ich erinnerte mich, wie sie sagte, daß sie Dienstagabende haßte, daß sie den Gedanken haßte, die Softballspiele könnten auf dem Feld, wo sie ihren verstorbenen Mann kennengelernt hatte, einfach weitergehen wie immer.

»Sie hat sich gut gehalten«, sagte John. »Ich glaube, sie hat die meisten sowieso als hoffnungslose Fälle aufgegeben.« Daran hatte ich meine Zweifel – ich glaube mich zu erinnern, daß mit einundzwanzig hoffnungslose Fälle eine Ausnahme sind –, aber ich sagte nichts. »Sie hält den Kopf steif. Sie ist einsam und ängstlich, ich glaube, im Geiste hatte sie sich schon langsam damit abgefunden, daß sie Kyra aufgeben muß, aber jetzt hat sie ihre Zuversicht wieder. Vorwiegend ist das der Begegnung mit Ihnen zu verdanken. Sie und Ihr phantastisches Glück.«

Nun, vielleicht. Ich sah plötzlich Jos Bruder Frank vor mir und hörte ihn sagen, daß es so etwas wie Glück nicht gab, nur Schicksal und inspirierte Entscheidungen. Und dann fiel mir das Bild des TR mit seinen unsichtbaren Kabeln ein, Verbindungen, die unsichtbar, aber hart wie Stahl waren.

»John, die wichtigste Frage von allen habe ich beim letztenmal vergessen, als ich nach meiner Zeugenaussage zu Ihnen stieß. Diese Sorgerechtsverhandlung, wegen der wir uns alle so die Köpfe zerbrechen … ist die überhaupt schon terminiert?«

»Gute Frage. Ich habe meine Fühler in sämtliche Richtungen ausgestreckt, und Bissonette ebenfalls. Wenn Devore und seine Leute nicht etwas echt Hinterlistiges gemacht haben, zum Beispiel in einem anderen Bezirk geklagt, glaube ich es nicht.«

»Könnten sie das tun? In einem anderen Bezirk klagen?«

»Vielleicht. Aber wahrscheinlich nicht, ohne daß wir es herausfinden würden.«

»Also, was hat es zu bedeuten?«

»Daß Devore im Begriff ist, aufzugeben«, antwortete John prompt. »Im Augenblick sehe ich keine andere Möglichkeit, es zu erklären. Ich werde gleich morgen früh nach New York zurückkehren, melde mich aber bei Ihnen. Dasselbe erwarte ich von Ihnen, sollte sich hier etwas tun.«

Ich versprach, daß ich mich melden würde, und ging zu Bett. Keine weiblichen Gäste besuchten mich in meinen Träumen. Das war eine gewisse Erleichterung.

Als ich am Mittwoch vormittag nach unten kam, um mein Glas Eistee nachzufüllen, hatte Brenda Meserve die Wäschespinne auf der hinteren Veranda aufgestellt und hängte meine Sachen auf. Das machte sie, wie es ihr zweifellos ihre Mutter beigebracht hatte, Hosen und Hemden außen, Unterwäsche innen, damit vorbeikommende Naseweise nicht sehen konnten, was man vorzugsweise direkt auf der Haut trug.

»Die können Sie gegen vier Uhr abnehmen«, sagte Mrs. M., als sie zum Aufbruch rüstete. Sie sah mich mit den strahlenden und zynischen Augen einer Frau an, die ihr Leben lang für wohlhabende Männer den Haushalt besorgt hat. »Lassen Sie die Sachen nicht die ganze Nacht draußen hängen – betaute Wäsche fühlt sich erst wieder frisch an, wenn man sie noch mal gewaschen hat.«

Ich versprach ihr unterwürfigst, daß ich daran denken würde, meine Wäsche abzunehmen. Dann fragte ich sie – wobei ich mir wie ein Spion vorkam, der auf einer Botschaftsparty Informationen sammelt –, ob ihr das Haus normal vorkam.

»Inwiefern normal?« fragte sie und zog ungestüm eine Braue hoch.

»Nun, ich hab' ein paarmal komische Geräusche gehört. In der Nacht.«

Sie schniefte. »Es ist ein Blockhaus, oder nicht? Stufenweise gebaut, sozusagen. Es setzt sich, ein Flügel am anderen. Wahrscheinlich ist's das, was Sie hören.«

»Keine Gespenster, hm?« fragte ich, als wäre ich enttäuscht.

»Nicht, daß ich je welche gesehen hätte«, sagte sie so nüchtern wie ein Buchhalter, »aber meine Ma hat gesagt, es gibt jede Menge hier unten. Sie hat gesagt, am ganzen See würde es spuken. Die Micmacs, die hier lebten, bis sie von General Wing verjagt wurden; die Männer, die in den Bürgerkrieg gezogen und gefallen sind – mehr als sechshundert sind aus diesem Teil der Welt aufgebrochen, Mr. Noonan, und weniger als hundertfünfzig sind zurückgekehrt … jedenfalls leibhaftig. Ma sagte, daß auch der Geist des Negerjungen, der hier gestorben ist, auf dieser Seeseite spukt. Er gehörte zu einem der Red-Tops, wissen Sie.«

»Nein – ich weiß einiges über Sara und die Red-Tops, aber das nicht.« Ich machte eine Pause. »Ist er ertrunken?«

»Nee, in eine Bärenfalle geraten. Hat fast den ganzen Tag gezappelt und um Hilfe gerufen. Schließlich haben sie ihn gefunden. Sie haben den Fuß gerettet, aber das hätten sie nicht sollen. Der Junge hat eine Blutvergiftung bekommen und ist gestorben. Sommer null eins war das. Ich schätze, darum sind sie fortgegangen – wäre zu traurig gewesen, hierzubleiben. Aber meine Ma sagte immer, der kleine Junge, *der* wär' geblieben. Sie meinte, daß er immer noch im TR ist.«

Ich fragte mich, was Mrs. M. sagen würde, wenn ich ihr erzählte, daß der kleine Kerl wahrscheinlich zu meiner Begrüßung hier gewesen war, als ich aus Derry herkam, und seither mehrmals wiedergekommen war.

»Dann war da Kenny Austers Vater Normal«, sagte sie. »Die Geschichte kennen Sie, oder nicht? Oh, das ist 'ne schreckliche Geschichte.« Sie sah recht zufrieden aus – entweder, weil sie so eine schreckliche Geschichte kannte, oder weil sie die Chance hatte, sie zu erzählen.

»Nein«, sagte ich. »Aber Kenny, den kenne ich. Er ist der mit dem Wolfshund. Blueberry.«

»Jau. Er arbeitet ein bißchen als Schreiner und ein bißchen als Hausmeister, genau wie sein Vater vor ihm. Sein Dad hat viele Häuser hier als Hausmeister betreut, wissen Sie, und kurz nach Ende des Zweiten Weltkriegs hat Normal Auster Kennys kleinen Bruder in seinem Hof ertränkt. Das war, als sie an der Wasp Hill Road lebten, unten, wo sich die Straße gabelt und ein Weg zur alten Bootsanlegestelle und die andere zum Hafen führt. Aber er hat das Wurm nicht im See ertränkt. Er hat es im Hof unter die Pumpe gelegt und einfach festgehalten, bis es voll Wasser war und tot.«

Ich stand da und sah sie an, während hinter uns die Wäsche auf der Leine klatschte. Ich dachte an den kalten mineralischen Geschmack in Mund und Nase, der auch von Brunnenwasser statt von Seewasser herrühren konnte; hier unten stammt alles aus denselben unterirdischen Wasseradern. Ich dachte an die Botschaft auf dem Kühlschrank: *hilf ich ertrink*.

»Er hat das Baby einfach unter der Pumpe liegen lassen. Er hatte einen neuen Chevrolet, und er ist damit hier runter zum Weg zweiundvierzig gefahren. Hat seine Schrotflinte mitgenommen.«

»Sie wollen mir doch nicht erzählen, daß Kenny Austers Dad in meinem Haus Selbstmord begangen hat, Mrs. Meserve?«

Sie schüttelte den Kopf. »Nee. Er hat es auf der Veranda der Brickers gemacht. Hat sich in ihre Hollywoodschaukel gesetzt und seinen verdammten Babymörderkopf weggepustet.«

»Bei den Brickers? Ich kenne keine –«

»Geht auch nicht. Es gibt seit den sechziger Jahren keine Brickers mehr am See. Sie waren aus Delaware. Feine Leute. Ich schätze, Sie kennen es als das Haus der Washburns, obwohl die jetzt auch weg sind. Das Haus steht leer. Ab und zu bringt dieser ausgemachte Trottel Osgood jemanden her und zeigt es, aber zu dem Preis, den er verlangt, wird er es nie verkaufen. Denken Sie an meine Worte.«

Die Washburns hatte ich gekannt – hatte ein- oder zweimal mit ihnen Bridge gespielt. Nette Leute, aber wahrscheinlich nicht das, was Mrs. M. mit ihrem seltsamen Hinterwäldlersnobismus »fein« genannt hätte. Ihr Haus lag vielleicht eine Achtelmeile nördlich von meinem an der *Straße*. Danach kommt nicht mehr viel – der Hang zum See wird steil, der Wald bildet ein dichtes Gewirr von Unterholz und Brombeerstauden. Die *Straße* führt weiter bis zur Spitze der Halo Bay am äußersten nördlichen Ende von Dark Score, aber nach der Stelle, wo der Weg zweiundvierzig die Kurve zum Highway zurück macht, wird er überwiegend im Sommer von Beerenpflückern und im Herbst von Jägern benutzt.

Normal, dachte ich. Teuflischer Name für einen Mann, der seinen neugeborenen Sohn unter der Pumpe im Hof ertränkt hatte.

»Hat er eine Nachricht hinterlassen? Irgendeine Erklärung?«

»Nee. Aber die Leute sagen, daß er auch am See spukt. Kleinstädte sind wahrscheinlich voller Gespenster, aber ich selbst könnte nicht ja, nein oder vielleicht sagen; ich bin nicht der empfängliche Typ. Über Ihr Haus, Mr. Noonan, weiß ich nur, daß es feucht riecht, wie sehr ich es auch lüfte. Könnte mir denken, daß das an den Stämmen liegt. Blockhütten vertragen sich nicht gut mit Seen. Die Feuchtigkeit zieht ins Holz ein.«

Sie hatte die Handtasche zwischen ihre Reeboks gestellt; nun bückte sie sich und hob sie auf. Es war die Tasche einer Frau vom Land, schwarz, schmucklos (abgesehen von den Messingringen, an denen der Griff befestigt war) und zweckdienlich. Sie hätte eine ganze Reihe von Haushaltskram darin transportieren können, wenn sie gewollt hätte.

»Aber ich kann nicht den ganzen Tag hier stehen und schwatzen, sosehr ich es möchte. Ich hab' noch ein Haus zu besuchen, bevor ich Feierabend machen kann. Sommer ist in diesem Teil der Welt Erntezeit, wissen Sie. Und vergessen Sie nicht, die Sachen reinzuholen, bevor es dunkel wird, Mr. Noonan. Damit sie nicht den ganzen Tau abkriegen.«

»Bestimmt nicht.« Und ich vergaß es auch nicht. Aber als ich in der Badehose hinausging, um sie reinzuholen, schweißgebadet von dem Backofen, in dem ich gearbeitet hatte (ich mußte die Klimaanlage reparieren lassen, ich *mußte* es einfach), sah ich, daß etwas Mrs. M.s Anordnung verändert hatte. Nun hingen meine Jeans und Hemden um die Stange herum. Unterwäsche und Socken, die züchtig verborgen gewesen waren, als Mrs. M mit ihrem alten Ford die Einfahrt hochfuhr, waren nun außen. Es war, als wollte mein unsichtbarer Gast – *einer* meiner unsichtbaren Gäste – ha ha ha sagen.

Am nächsten Tag ging ich in die Bibliothek und erneuerte als allererstes meinen Bibliotheksausweis. Lindy Briggs persönlich nahm meine vier Scheine entgegen und gab meinen Namen in den Computer ein, nachdem sie mir erzählt hatte, wie traurig sie gewesen war, als sie von Jos Tod erfuhr. Und wie bei Bill hörte ich einen leicht vorwurfsvollen Unterton in der Stimme, als wäre ich dafür verantwortlich, daß sie ihr Beileid so ungebührlich spät zum Ausdruck bringen konnte. Wahrscheinlich war ich es.

»Lindy, haben Sie eine Geschichte der Stadt?« fragte ich, als wir die notwendigen Förmlichkeiten meine Frau betreffend hinter uns gebracht hatten.

»Wir haben zwei«, sagte sie und beugte sich über den Tresen zu mir, eine kleine Frau in einem grell gemusterten ärmellosen Kleid, graues Haar wie ein Mop um den Kopf, klare Augen, die hinter ihrer Bifokalbrille schwammen. Mit vertraulicher Stimme fügte sie hinzu: »Beide sind nicht besonders gut.«

»Welche ist besser?« fragte ich im selben Tonfall.

»Wahrscheinlich die von Edward Osteen. Er war bis Mitte der fünfziger Jahre Sommergast und lebte ganz hier, als er pensioniert war. Er schrieb *Tage am Dark Score* 1965 oder '66. Er ließ es privat drucken, weil er keinen Verlag finden konnte, der es nehmen wollte. Sogar die regionalen Verlage haben abgewinkt.« Sie seufzte. »Die Einheimischen haben es gekauft, aber das macht nicht viele Bücher, nicht?«

»Nein, ich denke nicht«, sagte ich.

»Er war einfach kein guter Autor. Und auch kein guter Fotograf – bei diesen kleinen Schwarzweiß-Schnappschüssen von ihm tun mir die Augen weh. Aber er erzählt ein paar gute Geschichten. Die Vertreibung der Micmac, General Wings Dressurpferd, der Wirbelsturm in den achtziger Jahren des vorigen Jahrhunderts, die Brände in den dreißiger Jahren ...«

»Etwas über Sara and the Red-Tops?«

Sie nickte lächelnd. »Sie sind schließlich doch dazu gekommen, sich um die Geschichte Ihres Hauses zu kümmern, ja? Das freut mich zu hören. Er hat ein altes Foto von ihnen gefunden, das ist dort drin. Er glaubte, daß es 1900 auf dem Jahrmarkt in Fryeburg aufgenommen wurde. Ed pflegte zu sagen, er würde viel dafür geben, um eine Schallplatte dieser Bande zu hören.«

»Ich auch, aber es sind keine gemacht worden.« Plötzlich fiel mir ein Haiku des griechischen Dichters Georgios Seferis ein: *Sind das die Stimmen unsrer Toten/oder nur das Grammophon?* »Was ist aus Mr. Osteen geworden? Ich kann mich nicht an den Namen erinnern.«

»Starb ein oder zwei Jahre bevor Sie und Jo das Haus am See gekauft haben«, sagte sie. »Krebs.«

»Sie sagten, es gibt zwei Geschichtsbücher?«

»Das andere kennen Sie wahrscheinlich – *Eine Geschichte von Castle County und Castle Rock.* Wurde zur Hundertjahrfeier des County geschrieben und ist staubtrocken. Eddie Osteens Buch ist nicht sehr gut geschrieben, aber trocken war er nicht. Das muß man ihm lassen. Sie sollten beide da drüben finden.« Sie zeigte zu Regalen mit einem Schild, auf dem Stand MAINE-REGIONAL. »Sie werden nicht ausgeliehen.« Dann strahlte sie. »Aber wir nehmen mit Freuden jeden Nickel, die Sie in unsere Fotokopiermaschine stecken möchten.«

Mattie saß in der gegenüberliegenden Ecke neben einem Jungen, der seine Baseballmütze verkehrt herum trug, und zeigte ihm, wie man das Mikrofiche-Lesegerät bediente. Sie sah zu mir auf, lächelte und formte mit dem Mund die Worte *Guter Fang.* Vermutlich meinte sie den hohen Ball, den ich bei Warrington's so glücklich erwischt hatte. Ich zuckte bescheiden die Achseln, bevor ich mich dem Regal mit MAINE-REGIONALIA zuwandte. Aber sie hatte recht – glücklich oder nicht, es *war* ein guter Fang gewesen.

»Wonach suchen Sie?«

Ich war so in die beiden Geschichtsbücher vertieft, daß ich zusammenzuckte, als ich Matties Stimme hörte. Ich drehte mich um, lächelte und merkte als erstes, daß sie ein schwaches Parfum aufgelegt hatte, und zweitens, daß Lindy Briggs uns vom Tresen beobachtete und ihr herzliches Lächeln verschwunden war.

»Hintergrundwissen über die Gegend, wo ich lebe«, sagte ich. »Alte Geschichten. Meine Haushälterin hat mich dafür interessiert.« Dann, mit gedämpfter Stimme: »Die Lehrerin sieht zu. Nicht umdrehen.«

Mattie sah verblüfft aus – und, fand ich, ein bißchen beunruhigt. Wie sich herausstellte, hatte sie allen Grund, beunruhigt zu sein. Mit einer Stimme, die verhalten war, aber dennoch bis zum Tresen gehört werden konnte, fragte sie, ob sie die beiden Bücher für mich wegräumen konnte. Ich gab ihr beide. Als sie sie nahm sagte sie in einem fast verschwörerischen Flüstern: »Der Anwalt, der Sie am letzten Freitag vertreten hat, hat John einen Privatdetektiv empfohlen. Er sagt, daß er möglicherweise etwas Interessantes über den Vormund *ad litem* herausgefunden hat.«

Ich ging mit ihr zum Regal der MAINE-REGIONAL, hoffte, daß ich sie damit nicht in Schwierigkeiten bringen würde, und fragte sie, ob sie wüßte, was dieses Interessante sein konnte. Sie schüttelte den Kopf, schenkte mir ein professionelles knappes Bibliothekarinnenlächeln, und ich verabschiedete mich.

Auf der Heimfahrt versuchte ich darüber nachzudenken, was ich herausgefunden hatte, aber viel war es nicht. Osteen war ein schlechter Schriftsteller, der schlechte Bilder gemacht hatte, und seine Geschichten waren zwar voll Lokalkolorit, aber im Grunde ziemlich dünn. Er erwähnte Sara and the Red-Tops durchaus, bezeichnete sie aber als ein »Dixieland-Oktett«, und selbst ich wußte, daß das nicht stimmte. Die Red-Tops hatten vielleicht Dixieland gespielt, waren aber in erster Linie eine Bluesband (Freitag und Samstag abends) und eine Gospelgruppe (Sonntag vormittags) gewesen. Osteens zweiseitige Zusammenfassung des Aufenthalts der Red-Tops im TR machte deutlich, daß er keine Coverversionen von Saras Liedern durch andere Interpreten gehört hatte.

Er bestätigte, daß ein Kind an Blutvergiftung durch die Verletzung in einer Bärenfalle gestorben war, eine Geschichte, die sich nach der von Brenda Meserve anhörte ... aber warum auch nicht? Osteen hatte sie wahrscheinlich von Mrs. M.s Vater oder Großvater gehört. Er schrieb auch, daß der Junge Son Tidwells einziges Kind war und der wirkliche Name des Gitarristen Reginald Tidwell gelautet hatte. Die Tidwells waren angeblich aus dem Bordellbezirk von New Orleans – den legendären *Crib-and-Club*-Straßen, die um die Jahrhundertwende »Storyville« genannt wurden – nach Norden aufgebrochen.

In der seriöseren Geschichte von Castle County wurden Sara and the Red-Tops nicht erwähnt, und Kenny Austers ertränkter kleiner Bruder in keinem von beiden. Kurz bevor Mattie gekommen war, um mit mir zu sprechen, war mir ein verwegener Gedanke gekommen: daß Son Tidwell und Sara Tidwell Mann und Frau waren und der kleine Junge (dessen Namen Osteen nicht erwähnte) ihr Sohn. Ich fand das Bild, das Lindy erwähnt hatte, und studierte es eingehend. Es zeigte mindestens ein Dutzend Farbige, die in steifer Haltung vor einer – wie es aussah – Viehausstellung standen. Im Hintergrund konnte man ein altmodisches Riesenrad sehen. Es hätte durchaus auf dem Jahrmarkt von Fryeburg aufgenommen worden sein können und besaß, so alt und verblichen es war, eine simple, elementare Macht, die alle anderen Fotos Osteens zusammen nicht hatten. Es gibt Fotografien von Banditen aus der Zeit des Wilden Westens und der Depression, die dasselbe unheimlich wahrhaftige Aussehen haben – strenge Gesichter über engen Krawatten und Kragen, Augen nicht ganz im Schatten uralter Hutkrempen.

Sara stand vorn in der Mitte und trug ein schwarzes Kleid

und ihre Gitarre. Sie lächelte nicht direkt auf diesem Bild, aber ihre Augen schienen zu lächeln, und ich fand, sie waren wie die Augen mancher Gemälde, die einem überall hin zu folgen schienen. Ich studierte das Foto und dachte an ihre fast verächtliche Stimme in meinem Traum: *Was willst du wissen, Sugar?* Ich schätze, ich wollte etwas über sie und die anderen wissen – wer sie gewesen waren, was sie füreinander bedeutet hatten, wenn sie nicht zusammen sangen und spielten, warum sie weggegangen waren, wohin sie gegangen waren.

Ihre Hände waren beide deutlich zu sehen, eine lag auf den Gitarrensaiten, die andere auf den Bünden, wo sie an einem Jahrmarktstag im Oktober des Jahres 1900 einen G-Akkord griff. Ihre Finger waren lang, die einer Künstlerin, und ohne Ringe. Das bedeutete nicht zwangsläufig, daß sie und Son Tidwell nicht verheiratet gewesen waren, und selbst wenn nicht, hätte der kleine Junge, der in die Falle geraten war, auf der falschen Seite der Bettdecke geboren worden sein können. Aber in Son Tidwells Augen leuchtete dasselbe geisterhafte Lächeln. Die Ähnlichkeit war bemerkenswert. Ich hatte eine Ahnung, daß die beiden Bruder und Schwester gewesen waren, nicht Mann und Frau.

An das alles dachte ich auf dem Heimweg, und auch an Kabel, die man mehr fühlte als sah ... aber am meisten dachte ich über Lindy Briggs nach – wie sie mich angelächelt hatte, wie sie wenig später kein Lächeln mehr für ihre hübsche junge Bibliotheksgehilfin mit dem High-School-Diplom übrig gehabt hatte. Das beunruhigte mich.

Dann kehrte ich zum Haus zurück und machte mir nur noch Gedanken über meine Geschichte und die Leute darin – Säcke voll Knochen, die jeden Tag mehr Fleisch ansetzten.

Michael Noonan, Max Devore und Rogette Whitmore spielten ihre schreckliche kleine Komödienszene am Freitag abend. Davor geschah zweierlei, das einer Erwähnung wert ist.

Das erste war ein Anruf von John Storrow am Donnerstag abend. Ich saß vor dem Fernseher und hatte ein Baseballspiel mit abgestelltem Ton laufen (die Stummtaste, mit der die meisten Fernbedienungen ausgestattet sind, könnte die segensreichste Erfindung des zwanzigsten Jahrhunderts sein). Ich dachte an Sara Tidwell und Son Tidwell und Son Tidwells kleinen Jungen. Ich dachte an Storyville, ein Name, den jeder Schriftsteller einfach lieben mußte. Und im Hinterkopf dachte ich an meine Frau, die schwanger gestorben war.

»Hallo?« sagte ich.

»Mike, ich habe wunderbare Nachrichten«, sagte John. Er schien kurz vor dem Platzen zu stehen. »Romeo Bissonette mag ein komischer Name sein, aber dieser Detektiv, den er mir empfohlen hat, ist ganz und gar nicht komisch. Er heißt George Kennedy, wie der Schauspieler. Er ist gut, und er ist *schnell*. Dieser Bursche könnte in New York arbeiten.«

»Wenn das das höchste Kompliment ist, das Ihnen einfällt, sollten Sie öfter raus aus der Stadt.«

Er fuhr fort, als hätte er mich nicht gehört. »Kennedy arbeitet bei einer Wachgesellschaft – alles andere ist ausschließlich nebenher. Ein großer Verlust, glauben Sie mir. Das meiste hat er am Telefon rausbekommen. Ich kann es nicht glauben.«

»Was im einzelnen können Sie nicht glauben?«

»Jackpot, Baby.« Wieder sprach er in diesem Tonfall gieriger Zufriedenheit, den ich beängstigend und beruhigend zugleich fand. »Elmer Durgin hat seit Ende Mai folgendes gemacht: sein Auto abbezahlt; sein Ferienhaus in Rangely Lakes abbezahlt; Alimente für neunzig Jahre nachbezahlt –«

»Niemand zahlt neunzig Jahre Alimente für ein Kind«, sagte ich, aber ich plapperte nur, um mich reden zu hören ... ehrlich gesagt, um ein bißchen von meiner eigenen wachsenden Erregung abzulassen. »Is nich möglich, McGee.«

»Das ist es schon, wenn man sieben Kinder hat«, sagte John und heulte vor Lachen.

Ich dachte an das feiste, selbstgefällige Gesicht, den Schmollmund, die Nägel, die poliert und weibisch aussahen. »Hat er *nicht*«, sagte ich.

»Hat er *doch*«, sagte John immer noch lachend. Er hörte sich wie ein vollkommen Irrer an – manisch, ohne das depressiv. »Wirklich! Im Alter zwischen vierzehn und dr-dr-*drei!* Was für einen emsigen, po-po-potenten kleinen Pi-pi-pimmel er doch haben muß!« Weitere hilflose Lachsalven. Und inzwischen wieherte ich mit ihm – ich hatte mich angesteckt wie mit Mumps. »Kennedy wird mir Bi-bilder der ganzen ... Fam-familie fa-

faxen!« Wir rasteten völlig aus und lachten gemeinsam per Ferngespräch. Ich konnte mir John Storrow vorstellen, wie er allein in seinem Büro in der Park Avenue saß, wie ein Geistesgestörter heulte und die Putzfrauen erschreckte.

»Aber darauf kommt es nicht an«, sagte er, als er wieder zusammenhängend reden konnte. »Sie sehen aber, worauf es ankommt, richtig?«

»Ja«, sagte ich. »Wie konnte er so dumm sein?« Ich meinte Durgin, aber auch Devore. Ich glaube, John begriff, daß mit »er« beide gemeint waren.

»Elmer Durgin ist ein kleiner Anwalt aus einem kleinen Kaff im großen Wald des westlichen Maine, das ist alles. Wie konnte er wissen, daß ein Schutzengel daherkommen würde, der die Mittel besitzt, ihn auszuräuchern? Übrigens hat er auch ein Boot gekauft. Vor zwei Wochen. Zwei Außenbordmotoren. Großes Ding. Es ist vorbei, Mike. Die Heim-Mannschaft erzielt neun *Runs* in der zweiten Hälfte des neunten *Innings*, und der verdammte Wimpel gehört *uns*.«

»Wenn Sie meinen.« Aber meine Hand begab sich aus freien Stücken auf eine Expedition, bildete eine lose Faust und klopfte auf das gute, solide Holz des Beistelltischs.

»Und, he, das Softballspiel war auch kein völliger Schuß in den Ofen.« John redete immer noch zwischen kurzen Anfällen von Kichern, die wie Heliumballons waren.

»Nein?«

»Ich bin in sie verschossen.«

»Sie?«

»Mattie«, sagte er geduldig. »Mattie Devore.« Eine Pause, dann: »Mike? Sind Sie noch da?«

»Ja«, sagte ich. »Der Hörer ist abgerutscht. Entschuldigung.« Der Hörer war keinen Zentimeter gerutscht, aber ich dachte, daß es sich ganz normal anhörte. Und wenn nicht, na und? Wenn es um Mattie ging, fiel keinerlei Verdacht auf mich. Wie beim Hauspersonal in einem Roman von Agatha Christie. Er war achtundzwanzig, vielleicht dreißig. Der Gedanke, daß ein zwölf Jahre älterer Mann sich sexuell zu Mattie hingezogen fühlen könnte, war ihm wahrscheinlich nie gekommen ... vielleicht eine oder zwei Sekunden im Stadtpark, bevor er die Vorstellung als lächerlich abgetan hatte. So, wie Mattie selbst die

Vorstellung von Jo und dem Mann in der braunen Sportjacke abgetan hatte.

»Ich kann ihr nicht den Hof machen, solange ich sie vertrete«, sagte er. »Wäre gegen die Standesrichtlinien. Wäre auch nicht sicher. Aber später ... man kann nie wissen.«

»Nein«, sagte ich und hörte meine Stimme, wie es manchmal ist, wenn man völlig überrumpelt wird, als wäre es die Stimme eines anderen. Vielleicht von jemandem im Radio oder auf dem Tonband. Sind dies die Stimmen unsrer Toten oder nur das Grammophon? Ich dachte an seine Hände, die langen und schlanken Finger ohne Ring. Wie Saras Hände auf dem alten Foto. »Man kann nie wissen.«

Wir verabschiedeten uns, und ich verfolgte weiter das stumme Baseballspiel. Ich überlegte mir, ob ich aufstehen und ein Bier holen sollte, aber es schien mir zu weit bis zum Kühlschrank zu sein – eine regelrechte Safari. Ich verspürte eine Art von dumpfem Schmerz, gefolgt von einer besseren Empfindung: wehmütige Erleichterung, könnte man wohl sagen. War er zu alt für sie? Nein, das glaubte ich nicht. Fast genau richtig. Märchenprinz Nr. 2, diesmal im dreiteiligen Anzug. Matties Glück mit Männern wandelte sich vielleicht, und wenn ja, sollte ich mich freuen. Ich *würde* mich freuen. Und erleichtert sein. Weil ich ein Buch zu schreiben und keine Zeit für weiße Turnschuhe unter einem roten Kleid in der Dämmerung oder die Glut ihrer Zigarette hatte, die in der Dunkelheit tanzte.

Dennoch fühlte ich mich zum erstenmal einsam, seit ich Kyra in Badeanzug und Schwimmflügeln auf dem weißen Mittelstreifen der Route 68 hatte spazierengehen sehen.

»Sie komischer kleiner Mann, sagte Strickland«, erzählte ich dem Zimmer. Es kam heraus, bevor ich wußte, daß ich es sagen wollte, und im selben Augenblick wechselte der Kanal des Fernsehers. Das Baseballspiel wich einer Wiederholung von *All in the Family* und dann *Ren and Stimpy*. Ich sah zur Fernbedienung. Sie lag noch auf dem Beistelltisch, wo ich sie gelassen hatte. Der Kanal wechselte wieder, und diesmal sah ich Humphrey Bogart und Ingrid Bergmann. Im Hintergrund wartete ein Flugzeug, und ich mußte die Fernbedienung nicht nehmen und den Ton einschalten, um zu wissen, daß Humphrey Ingrid sagte, sie sollte in das Flugzeug steigen. Der Lieblingsfilm meiner Frau. Sie heulte jedesmal am Ende.

»Jo?« fragte ich. »Bist du da?«

Bunters Glöckchen läutete einmal. Sehr schwach. Es waren mehrere Geister im Haus anwesend, da war ich ganz sicher ... aber heute abend war ich zum erstenmal überzeugt, daß Jo bei mir war.

»Wer war er, Schatz?« fragte ich. »Der Mann auf dem Softballfeld, wer war er?«

Bunters Glöckchen blieb stumm und reglos. Aber sie war im Zimmer. Ich spürte sie, etwas wie ein angehaltener Atem.

Ich erinnerte mich an die häßliche, höhnische Botschaft nach dem Abendessen mit Mattie und Ki auf der Kühlschranktür: *blaue rose lügnerin ha ha.*

»Wer war er?« Meine Stimme klang unsicher, als wäre ich den Tränen nahe. »Was hast du mit einem Mann hier zu suchen gehabt? Hast du ...« Aber ich brachte nicht fertig, sie zu fragen, ob sie mich belogen, mich betrogen hatte. Ich konnte nicht fragen, obwohl ich mir die Anwesenheit eines Geistes, die ich spürte, seien wir ehrlich, vielleicht nur einbildete.

Der Fernseher zappte weg von *Casablanca,* und da war jedermanns Lieblingsanwalt, Perry Mason, auf Nick at Nite. Hamilton Burger, Perrys ewiger Gegenspieler, verhörte eine gequält dreinschauende Frau, und plötzlich ging plärrend der Ton an, so daß ich zusammenzuckte.

»Ich bin *keine* Lügnerin!« schrie eine längst vergessene Fernsehschauspielerin. Einen Augenblick sah sie mich direkt an, und ich stellte atemlos vor Erstaunen fest, daß ich Jo Noonans Augen in diesem Schwarzweißgesicht aus den fünfziger Jahren sah. »Ich habe *niemals* gelogen, Mr. Burger, niemals!«

»Ich behaupte, das haben Sie doch!« antwortete Burger. Er ging lechzend wie ein Vampir auf sie zu. »Ich behaupte, das haben Sie –«

Plötzlich ging der Fernseher aus. Bunters Glöckchen ertönte einmal ganz kurz, dann war verschwunden, was auch immer hier gewesen war. Aber ich fühlte mich besser. *Ich bin* keine *Lügnerin ... Ich habe* niemals *gelogen, niemals.*

Das konnte ich glauben, wenn ich wollte.

Wenn ich wollte.

Ich ging ins Bett und hatte keine Träume.

Ich hatte mir angewöhnt, früh mit dem Arbeiten anzufangen, bevor die Hitze richtig im Arbeitszimmer Fuß fassen konnte. Ich trank etwas Saft, schlang ein bißchen Toast hinunter, setzte mich fast bis Mittag an die IBM und sah dem Courier-Kugelkopf zu, wie er tanzte und die Seiten durch die Maschine wanderten und beschrieben herauskamen. Die alte Magie, so seltsam und wunderbar. Mir kam es eigentlich nie wie Arbeit vor, obwohl ich es so nannte; mehr wie ein groteskes geistiges Trampolin, auf dem ich hüpfte. Mit Sprungfedern, die eine Weile das gesamte Gewicht der Welt wegnahmen.

Zur Mittagszeit machte ich eine Pause, fuhr in Buddy Jellisons Fettbude, um etwas Ungesundes zu essen, kehrte zurück und arbeitete noch eine Stunde oder so. Danach ging ich schwimmen und machte ein langes, traumloses Nickerchen im Schlafzimmer des Nordflügels. Ich hatte kaum einen Blick in unser Schlafzimmer im Südflügel geworfen, und wenn Mrs. M. das seltsam fand, behielt sie es für sich.

Am Freitag den siebzehnten machte ich auf dem Rückweg zum Haus im Lakeview General Rast, um meinen Chevrolet vollzutanken. Es gibt Zapfsäulen vor der All-Purpose-Werkstatt, und der Sprit ist einen oder zwei Pennies billiger, aber mir gefiel die Atmosphäre nicht. Als ich heute vor dem Laden stand, die Pumpe auf Automatik gestellt hatte und zu den Bergen sah, fuhr Bill Deans Dodge Ram auf der anderen Seite der Insel vor. Er stieg aus und lächelte mir zu. »Wie geht's, Mike?«

»Ziemlich gut.«

»Brenda sagt, daß Sie wie der Teufel schreiben.«

»Stimmt«, sagte ich, und mir lag auf der Zunge, ihn nach dem Stand der Dinge zu fragen, was die Reparatur der defekten Klimaanlage im ersten Stock betraf. Und auf meiner Zunge blieb es auch. Ich war immer noch so nervös wegen meiner wiedergewonnenen Fähigkeit, daß ich nichts an der Umgebung ändern wollte, in der ich arbeitete. Das mag dumm sein, aber manchmal funktioniert etwas nur, weil man annimmt, daß es funktioniert. Diese Definition von Glauben ist so gut wie jede andere.

»Nun, freut mich zu hören. Sehr sogar.« Ich fand, daß er aufrichtig wirkte, aber irgendwie hörte er sich nicht wie Bill an. Jedenfalls nicht wie der Bill, der mich nach meiner Rückkehr begrüßt hatte.

»Ich habe ein paar alte Geschichten über meine Seite des Sees nachgeschlagen«, sagte ich.

»Sara and the Red-Tops? Soweit ich mich erinnere, hatten Sie sich für die schon immer interessiert.«

»Über sie, ja, aber nicht nur über sie. Über die generelle Geschichte. Ich habe mit Mrs. M. gesprochen, und die hat mir von Normal Auster erzählt. Kennys Vater.«

Bills Lächeln blieb auf seinem Gesicht, und er hielt nur kurz inne, als er den Tankdeckel aufschraubte, aber ich hatte trotzdem ganz deutlich das Gefühl, daß er innerlich erstarrt war. »Sie würden doch nicht über so etwas schreiben, Mike, oder? Es gibt viele Leute hier, die es Ihnen krummnehmen und in den falschen Hals bekommen würden. Jo habe ich dasselbe gesagt.«

»Jo?« Ich verspürte den Impuls, zwischen den beiden Zapfsäulen durchzugehen und ihn am Arm zu packen. »Was hat Jo damit zu tun?«

Er sah mich argwöhnisch und lang an. »Hat sie es Ihnen nicht gesagt?«

»Wovon reden Sie?«

»Sie hat überlegt, ob sie für eine der Lokalzeitungen etwas über Sara and the Red-Tops schreiben sollte.« Bill wählte seine Worte sehr bedacht. Daran erinnere ich mich genau, und daran, wie heiß die Sonne war, die mir in den Nacken schien, und wie scharf umrissen unsere Schatten auf dem Asphalt waren. Er füllte sein Benzin ein, und das Geräusch des Pumpenmotors war ebenfalls sehr deutlich. »Ich glaube, sie hat sogar die Zeitschrift *Yankee* erwähnt. Könnte mich irren, aber ich denke, so war's.«

Ich war sprachlos. Warum hätte sie mir verschweigen sollen, daß sie sich an einem kleinen lokalhistorischen Artikel versuchen wollte? Weil sie glaubte, daß sie in meinem Revier wilderte? Das war lächerlich. Sie hatte mich besser gekannt ... oder nicht?

»Wann haben Sie dieses Gespräch geführt, Bill? Können Sie sich erinnern?«

»Klaro«, sagte er. »Am selben Tag, als sie hergekommen ist, um die beiden Plastikeulen in Empfang zu nehmen. Ich hatte das Thema nur angesprochen, weil die Leute mir erzählten, daß sie herumfragte.«

»Schnüffeln?«

»Das haben Sie gesagt«, antwortete er steif, »nicht ich.«

Stimmte, aber ich glaubte, daß er schnüffeln gemeint hatte. »Weiter.«

»Nichts weiter. Ich sagte ihr, daß es hier und da offene Wunden im TR gab, in die man kein Salz streuen sollte, wie anderswo auch, und ich bat sie, nicht in irgendwelche Fettnäpfchen zu treten, wenn sie es vermeiden konnte. Sie sagte, sie hätte verstanden. Vielleicht hat sie das, vielleicht auch nicht. Ich weiß nur, sie hat weiter Fragen gestellt. Und sich Geschichten von alten Narren mit mehr Zeit als Verstand angehört.«

»Wann war das?«

»Herbst '93, Winter und Frühjahr '94. Ist in der ganzen Gegend rumgezogen – sogar bis Motton und Harlow – mit ihrem Notizbuch und dem kleinen Recorder. Mehr weiß ich jedenfalls nicht.«

Mir wurde etwas Erstaunliches klar: Bill log. Hätte man mich am Tag zuvor gefragt, hätte ich gelacht und gesagt, daß Bill Dean überhaupt nicht lügen konnte. Und er schien auch keine Übung darin zu haben, denn er machte es sehr schlecht.

Ich überlegte, ob ich ihn darauf ansprechen sollte, aber was hätte das gebracht? Ich mußte nachdenken, und das konnte ich hier nicht – meine Gedanken rasten. Mit der Zeit würde das Rasen vielleicht zum Stillstand kommen, und ich würde einsehen, daß es nichts weiter war, kein Beinbruch, aber diese Zeit brauchte ich. Wenn man unerwartete Dinge über einen nahestehenden Menschen herausfindet, der seit einiger Zeit tot ist, erschüttert einen das. Glauben Sie mir, das tut es.

Bill hatte sich abgewandt, aber jetzt sah er mich wieder an. Er wirkte ernst und – ich hätte schwören können – ein bißchen ängstlich.

»Sie hat sich nach dem kleinen Kenny Auster erkundigt, und das ist ein gutes Beispiel dafür, was ich damit meine, Salz in offene Wunden zu streuen. Das ist kein Thema für einen Artikel in einer Zeitung oder einer Zeitschrift. Normal ist einfach durchgedreht. Niemand weiß, warum. Es war eine schreckliche, sinnlose Tragödie, und es gibt immer noch Leute, die dadurch verletzt werden könnten. In kleinen Städten sind Dinge irgendwie unterirdisch miteinander verbunden –«

Ja, wie durch Kabel, die man nicht sehen konnte.

»– und die Vergangenheit bleibt länger lebendig. Sara und die anderen, das ist etwas anderes. Sie waren nur ... nur Wanderer ... von auswärts. Jo hätte sich auf diese Leute beschränken können, und es wäre in Ordnung gewesen. Und soweit ich weiß, hat sie das auch. Weil ich nie ein einziges Wort von dem gesehen habe, was sie geschrieben hat. Wenn sie es geschrieben hat.«

Ich spürte, daß er in dieser Hinsicht die Wahrheit sagte. Aber ich wußte noch etwas anderes, so sicher wie ich gewußt hatte, daß Mattie weiße Shorts trug, als sie mich an ihrem freien Tag angerufen hatte. *Sara und die anderen waren nur Wanderer von auswärts,* hatte Bill gesagt, aber er hatte mitten im Gedanken gezögert und das Wort, das ihm ganz natürlich in den Sinn kam, durch *Wanderer* ersetzt. *Nigger* war das Wort, das er nicht ausgesprochen hatte. *Sara und die anderen waren nur Nigger von auswärts.*

Ganz unwillkürlich mußte ich auf einmal an eine alte Geschichte von Ray Bradbury denken, »Der Mars ist der Himmel«. Die ersten Raumfahrer zum Mars stellen fest, daß er Green Town, Illinois, ist und all ihre geliebten Freunde und Verwandten dort leben. Nur sind die Freunde und Verwandten in Wahrheit außerirdische Monster, und in der Nacht, als die Raumfahrer denken, daß sie an einem Ort, der der Himmel sein muß, in den Betten ihrer längst gestorbenen Verwandten liegen, werden sie bis auf den letzten Mann abgeschlachtet.

»Bill, sind Sie sicher, daß sie ein paarmal außerhalb der Saison hier gewesen ist?«

»Jau. Und 's war nicht nur 'n paarmal. Könnte ein dutzendmal oder mehr gewesen sein. Tagesausflüge, wissen Sie.«

»Haben Sie je einen Mann in ihrer Begleitung gesehen? Stämmiger Bursche, schwarzes Haar?«

Er dachte darüber nach. Ich versuchte, nicht den Atem anzuhalten. Schließlich schüttelte er den Kopf. »Die paarmal, als ich sie gesehen hab', war sie allein. Aber ich hab' sie nicht jedesmal gesehen, wenn sie hier war. Manchmal hab' ich erst gehört, daß sie im TR gewesen ist, als sie wieder weg war. Im Juni '94 hab' ich sie in ihrem kleinen Auto in Richtung Halo Bay fahren sehen. Sie hat gewinkt, ich auch. Später am Abend bin ich zum Haus, um zu fragen, ob sie was brauchte, aber sie war schon wieder weg. Hab' sie nicht wiedergesehen. Als sie später in diesem Sommer gestorben ist, waren 'vette und ich so geschockt.«

Was immer sie gesucht hat, sie scheint nie etwas darüber aufgeschrieben zu haben. Ich hätte das Manuskript gefunden.

Aber stimmte das? Sie hatte viele Ausflüge hierher unternommen und offenbar nicht versucht, sie zu verheimlichen; bei einem war sie sogar in Begleitung eines fremden Mannes gewesen, und ich hatte nur durch Zufall von diesen Besuchen erfahren.

»Ist hart, darüber zu sprechen«, sagte Bill, »aber wo wir hart angefangen haben, können wir auch so weitermachen. Im TR zu leben ist so, wie wenn wir früher zu vieren oder gar fünfen in einem Bett geschlafen haben, wenn es im Januar richtig kalt war. Wenn alle ruhig liegen, klappt es ganz gut. Aber wenn nur einer unruhig wird, sich herumwälzt und hin und her wirft, kann niemand schlafen. Im Augenblick sind Sie der Unruhige. So sehen die Leute das.«

Er wartete ab, was ich sagen würde. Als fast zwanzig Sekunden ohne ein Wort von mir vergangen waren (Harold Oblowski wäre stolz auf mich gewesen), scharrte er mit den Füßen und fuhr fort.

»Es gibt zum Beispiel Leute im Ort, die sind nervös wegen dem Interesse, das Sie an Mattie Devore haben. Ich will damit nicht sagen, daß irgendwas zwischen Ihnen läuft – auch wenn es Leute gibt, die es tatsächlich sagen –, aber wenn Sie im TR bleiben wollen, machen Sie es sich unnötig schwer.«

»Warum?«

»Läuft darauf hinaus, was ich vor anderthalb Wochen gesagt hab'. Sie bedeutet Ärger.«

»Soweit ich mich erinnern kann, Bill, haben Sie gesagt, sie *hat* Ärger. Und das stimmt. Ich versuche nur, ihr zu helfen. Sonst läuft nichts zwischen uns.«

»*Ich* glaube mich zu erinnern, ich hätte Ihnen gesagt, daß Max Devore bescheuert ist«, sagte er. »Wenn Sie ihn wütend machen, müssen wir alle dafür bezahlen.« Die Pumpe schaltete mit einem Klick ab, er hängte den Zapfhahn ein. Dann seufzte er, hob die Hände und ließ sie wieder sinken. »Glauben Sie, mir fällt es leicht, das zu sagen?«

»Glauben Sie, mir fällt es leicht, das anzuhören?«

»Schon gut, jau, wir sind in derselben Zwickmühle. Aber Mattie Devore ist nicht die einzige im TR, die von der Hand in den Mund lebt, wissen Sie. Andere haben auch ihr Kreuz zu tragen. Können Sie das nicht verstehen?«

Vielleicht sah er, daß ich zuviel und zu gut verstand, denn er ließ die Schultern hängen.

»Wenn Sie von mir verlangen, einfach kampflos zuzusehen, wie Devore Mattie ihr Baby wegnimmt, das können Sie vergessen«, sagte ich. »Und ich hoffe, daß es nicht so ist. Denn ich glaube, ich möchte nicht mit einem Mann befreundet sein, der so etwas von einem anderen Mann verlangt.«

»Ich würd's sowieso nich verlangen«, sagte er, und sein Akzent wurde so ausgeprägt, daß er fast verächtlich klang. »Außerdem wär's zu spät, oder nich?« Dann wurde er unerwartet weich. »Herrgott, Mann, ich mach' mir Sorgen um *Sie*. Soll der Rest zur Hölle gehen, klar? Dahin, wo's heiß ist und stinkt.« Er log wieder, aber diesmal störte es mich nicht weiter, weil ich dachte, daß er sich selbst belog. »Aber Sie müssen aufpassen. Als ich gesagt hab', daß Devore verrückt ist, das war keine Redensart. Glauben Sie, er wird sich mit dem Gericht zufriedengeben, wenn ihm das Gericht nicht besorgen kann, was er will? Einige Männer sind damals in diesen Sommerbränden 1933 gestorben. Gute Männer. Einer war mit mir verwandt. Mehr als das halbe gottverdammte County ist abgebrannt, und Max Devore hat es angezündet. Das war sein Abschiedsgeschenk ans TR. Es konnte nie bewiesen werden, aber er war's. Damals war er jung und pleite, noch keine zwanzig und ohne einen Haufen Anwälte, die nach seiner Pfeife tanzen. Was glauben Sie, würde er heute tun?«

Er sah mich fragend an. Ich sagte nichts.

Bill nickte, als *hätte* ich etwas gesagt. »Denken Sie drüber nach. Und vergessen Sie eins nicht, Mike: Kein Mann, dem Sie gleichgültig sind, würde je so offen mit Ihnen reden wie ich.«

»Wie offen war das, Bill?« Ich bekam am Rande mit, wie ein Tourist von seinem Volvo zum Geschäft lief und uns komisch ansah, und als ich die Szene später im Geiste wiederholte, wurde mir klar, daß wir wie zwei Männer kurz vor einer Schlägerei ausgesehen haben müssen. Ich erinnere mich, mir war vor Traurigkeit und Bestürzung und einem unbestimmten Gefühl des Verrats zum Weinen zumute, aber ich erinnere mich auch, daß ich wütend auf diesen schlaksigen alten Mann war – er mit seinem blitzsauberen Baumwollunterhemd und den falschen Zähnen im Mund. Vielleicht *waren* wir kurz vor einer Schlägerei und ich wußte es zu dem Zeitpunkt nur nicht.

»So offen ich sein konnte«, sagte er, wandte sich ab und ging hinein, um zu zahlen.

»In meinem Haus spukt es«, sagte ich.

Er blieb mit dem Rücken zu mir stehen und krümmte die Schultern, als würde er einen Schlag erwarten. Dann drehte er sich langsam um. »In Sara Lacht hat's immer gespukt, Mike. Sie haben die Geister aufgeschreckt. Vielleicht sollten Sie nach Derry zurückgehen, damit sie sich wieder beruhigen. Das wär' vielleicht am besten.« Er machte eine Pause, als würde er sich den letzten Satz noch mal vorspielen, um zu sehen, ob er damit einverstanden war, und nickte dann. Er nickte so langsam, wie er sich umgedreht hatte. »Jau, das könnte wirklich am allerbesten sein.«

Als ich wieder zu Hause in Sara war, rief ich Ward Hankins an. Und danach erledigte ich endlich das Telefonat mit Bonnie Amudson. Ein Teil von mir hoffte, sie würde nicht in dem Reisebüro in Augusta sein, dessen Mitinhaberin sie war, aber sie war da. Ich war mitten im Gespräch mit ihr, als das Fax Kopien von Jos Terminkalendern ausspuckte. Auf die erste Kopie hatte Ward gekritzelt: »Hoffe, das hilft weiter.«

Ich studierte nicht ein, was ich zu Bonnie sagen würde; mir schien, als wäre das ein Fahrplan in die Katastrophe. Ich sagte ihr, daß Jo etwas über die Gemeinde geschrieben hatte, wo unser Sommerhaus lag – möglicherweise einen Artikel, möglicherweise eine Serie – und einige Einheimische offenbar wegen ihrer Neugier verstimmt gewesen waren. Einige waren es noch. Hatte sie mit Bonnie gesprochen? Ihr vielleicht eine erste Rohfassung gezeigt?

»Nein.« Bonnie hörte sich ehrlich überrascht an. »Sie hat mir ihre Fotos gezeigt, und mehr gepreßte Kräuter als ich, ehrlich gesagt, sehen wollte, aber niemals etwas, das sie geschrieben hat. Ich erinnere mich sogar, wie sie einmal sagte, sie hätte beschlossen, das Schreiben dir zu überlassen und –«

»– ein bißchen von allem anderen zu probieren, richtig?«

»Ja.«

Ich dachte, das wäre eine gute Idee, das Gespräch zu beenden, aber die Jungs im Keller waren anderer Meinung. »Hat sie jemanden getroffen, Bonnie?«

Schweigen am anderen Ende. Mit einer Hand, die am Ende eines mindestens vier Meilen langen Arms zu sein schien, nahm ich die Faxblätter aus dem Korb. Insgesamt zehn – November 1993 bis August 1994. Überall Einträge in Jos ordentlicher Handschrift. Hatten wir überhaupt ein Faxgerät gehabt, bevor sie gestorben war? Ich konnte mich nicht erinnern. Es gab so verdammt viel, woran ich mich nicht erinnern konnte.

»Bonnie? Wenn du etwas weißt, bitte sag es mir. Jo ist tot, aber ich nicht. Ich kann ihr verzeihen, wenn es sein muß, aber ich kann nicht verzeihen, was ich nicht verst-«

»Tut mir leid«, sagte sie und lachte kurz und nervös. »Ich hatte dich nur zuerst gar nicht verstanden. ›Jemanden treffen, das war so ... so fremd für Jo ... die Jo, die ich kannte ... daß ich nicht kapiert hab', worauf du hinauswillst. Ich dachte, du meinst einen Seelenklempner, aber das meinst du nicht, richtig? Du meinst jemanden treffen wie sich mit einem Typ treffen. Einem Liebhaber.«

»Das habe ich gemeint.« Inzwischen blätterte ich die gefaxten Kalenderseiten durch; meine Hand war immer noch nicht wieder in der richtigen Entfernung von den Augen, kam aber näher, kam näher. Ich verspürte Erleichterung angesichts der aufrichtigen Bestürzung Bonnies, aber nicht soviel, wie ich erwartet hatte. Weil ich es gewußt hatte. Ich hatte nicht einmal die Frau in der alten Folge von *Perry Mason* gebraucht, die ihren Senf dazu gab, nicht wirklich. Schließlich redeten wir hier von Jo. Von *Jo*.

»Mike«, sagte Bonnie sehr leise, als wäre ich nicht bei Sinnen, »sie hat dich geliebt. Sie hat nur *dich* geliebt.«

»Ja. Das hat sie wohl.« Die Kalenderseiten zeigten, wie beschäftigt meine Frau gewesen war. Wie produktiv ... S-K von Maine ... die Suppenküchen. WomShel, ein landesweites Netz von Zufluchtsstätten für mißhandelte Frauen. TeenShel. Freunde der Bibl. v. Me. Sie hatte zwei oder drei Versammlungen pro Monat besucht – manchmal zwei oder drei pro *Woche* –, und ich hatte es kaum mitbekommen. Ich war zu sehr mit meinen Frauen in Gefahr beschäftigt gewesen. »Ich habe sie auch geliebt, Bonnie, aber in den letzten zehn Monaten ihres Lebens hat sie irgend etwas getrieben. Sie hat dir gegenüber nicht angedeutet, was es gewesen sein könnte, wenn ihr zu Versammlungen des Komitees der Suppenküche oder der Freunde der Bibliotheken von Maine gefahren seid?«

Schweigen am anderen Ende.

»Bonnie?«

Ich nahm das Telefon vom Ohr und sah nach, ob das rote BATTERIE-LEER-Zeichen aufleuchtete, und es quäkte meinen Namen. Ich hielt es wieder ans Ohr.

»Bonnie, was ist?«

»Es *gab* keine langen Fahrten in diesen letzten neun oder zehn Monaten. Wir haben uns am Telefon unterhalten, und ich erinnere mich, daß wir einmal in Waterville zu Mittag gegessen haben, aber es *gab* keine langen Fahrten. Sie hat aufgehört.«

Ich blätterte wieder die Fax-Seiten durch. Überall Versammlungen in Jos ordentlicher Handschrift notiert, darunter die Suppenküchen von Maine.

»Das verstehe ich nicht. Sie ist aus dem Komitee der Suppenküchen ausgetreten?«

Wieder ein Moment Stille. Dann, mit Bedacht: »Nein, Mike. Sie ist aus *allen* ausgetreten. Aus Woman Shelters und Teen Shelters Ende '93 – da war ihre Zeit abgelaufen. Die beiden anderen, Suppenküchen und Freunde der Bibliotheken von Maine ... hat sie im Oktober oder November 1993 verlassen.«

Auf allen Seiten, die Ward mir gefaxt hatte, standen Versammlungen. Dutzende. Versammlungen 1993, Versammlungen 1994. Versammlungen von Komitees, denen sie nicht mehr angehörte. Sie war hier unten gewesen. An allen angeblichen Versammlungstagen war Jo im TR gewesen. Ich hätte mein Leben darauf verwettet.

Aber warum?

Kapitel 17

Devore war tatsächlich verrückt, verrückt wie ein Hutmacher, und er hätte mich in keinem schlechteren Augenblick erwischen können, in keinem Augenblick, in dem ich schwächer oder verstörter gewesen wäre. Und ich glaube, von diesem Augenblick an war alles so gut wie vorherbestimmt. Von da bis zu jenem schrecklichen Sturm, von dem in diesem Teil der Welt noch alle sprechen, ging alles bergab wie eine Lawine.

Den restlichen Freitag nachmittag ging es mir prima – nach dem Gespräch mit Bonnie blieben viele Fragen offen, aber es war trotzdem ein Labsal gewesen. Ich machte mir einen Gemüseauflauf (Buße für meinen letzten Kopfsprung in die Friteuse des Village Café) und aß ihn, während ich mir die Abendnachrichten ansah. Auf der anderen Seite des Sees sank die Sonne den Bergen entgegen und überflutete das Wohnzimmer mit goldenem Licht. Als Tom Brokaw den Laden dichtmachte, beschloß ich, auf der *Straße* einen Spaziergang nach Norden zu machen – ich würde so weit gehen, daß ich vor Einbruch der Dunkelheit wieder zu Hause wäre, und unterwegs über das nachdenken, was Bill Dean und Bonnie Amudson zu mir gesagt hatten. Ich würde so über sie nachdenken, wie ich manchmal beim Spazierengehen über Knoten im Handlungsverlauf des Buches nachdachte, an dem ich gerade arbeitete.

Als ich die Stufen aus Eisenbahnschwellen hinunterging fühlte ich mich immer noch gut (verwirrt, aber gut), wandte mich auf der *Straße* nach Norden, blieb aber nach wenigen Schritten stehen und betrachtete die Grüne Lady. Auch wenn das Abendlicht frontal darauf schien, konnte man sie kaum als das erkennen was sie in Wirklichkeit war – nur eine Birke mit einer halb abgestorbenen Kiefer dahinter, deren trockener Ast einen ausgestreckten Arm bildete. Es war, als würde die Grüne Lady sagen, geh nach Norden, junger Mann, geh nach Norden.

Nun, ich war nicht gerade jung, aber ich konnte nach Norden gehen. Zumindest eine Weile.

Und doch blieb ich noch einen Moment stehen und betrachtete unsicher das Gesicht, das ich in den Büschen sah, und mir gefiel nicht, wie das sanfte Zittern einer Brise das fast exakte Ebenbild eines Mundes höhnisch grinsen ließ. Ich glaube, schon da wurde mir ein wenig mulmig, aber ich war zu sehr in Gedanken, um es zu bemerken. Ich ging wieder nach Norden los und fragte mich, was genau Jo geschrieben haben könnte ... denn inzwischen glaubte ich, daß sie doch etwas geschrieben haben könnte. Warum sonst hätte ich meine alte Schreibmaschine in ihrem Atelier finden sollen? Ich würde das Atelier durchsuchen, beschloß ich. Ich würde es gründlich durchsuchen und ...

hilf ich ertrink

Die Stimme kam aus dem Wald, dem Wasser, mir selbst. Eine Woge des Schwindelgefühls lief durch meine Gedanken, hob sie empor und verstreute sie wie Blütenblätter im Wind. Ich blieb stehen. Plötzlich hatte ich den Eindruck, mich noch niemals in meinem Leben so schlecht, so *enttäuscht* gefühlt zu haben. Meine Brust war zusammengeschnürt. Mein Magen schloß sich wie eine kalte Blüte. Kaltes Wasser schoß mir in die Augen, das keine Ähnlichkeit mit Tränen hatte, und ich wußte, was mir bevorstand. *Nein,* versuchte ich zu sagen, brachte das Wort aber nicht heraus.

Statt dessen füllte sich mein Mund mit dem kalten Geschmack von Seewasser mit seinen dunklen Mineralien, und plötzlich flimmerten die Bäume vor meinen Augen, als würde ich sie durch klare Flüssigkeit hindurch sehen; der Druck auf meiner Brust war erschreckend deutlich geworden und hatte die Form von Händen angenommen. Sie drückten mich hinunter.

»Wird es nicht aufhören damit?« fragte jemand – schrie es fast. Außer mir hielt sich niemand auf der *Straße* auf, und doch hörte ich diese Stimme deutlich. »Wird es niemals aufhören damit?«

Als nächstes kam keine Stimme von außen, sondern fremde Gedanken tummelten sich in meinem eigenen Kopf. Sie klatschten gegen meine Schädelwände wie Falter, die in einer Lampe gefangen waren … oder in einem Lampion.

hilf ich ertrink

hilf ich ertrink

Mann mit blauer Mütz sagt fang mich

Mann mit blauer Mütz sagt läßt mich nich gehn

hilf ich ertrink

hab meine Beeren verlorn sin aufm Weg

er hält mich

sein Gesicht schimmert un sieht bös

laß mich rauf laß mich rauf Oh gütiger Gott laß mich rauf

Spiel vorbei vorbei das Spiel kommt alle raus jetzt, BITTE

SPIEL VORBEI *du hör jetzt damit auf* DAS SPIEL IST AUS

sie schreit mein Namen

sie schreit ihn so LAUT

Ich beugte mich in nackter Panik nach vorne, machte den Mund auf, und aus meinem klaffenden, aufgerissenen Mund kam ein kalter Schwall …

Gar nichts.

Das Grauen hörte auf und hörte doch nicht auf. Mir war immer noch durch und durch übel, als hätte ich etwas gegessen, wogegen mein Körper heftig rebellierte, eine Art Insektengift oder einen Giftpilz von der Art, wie sie in Jos Pilzbüchern rot eingerahmt waren. Ich stolperte ein halbes Dutzend Schritte vorwärts und würgte trocken aus einer Kehle, die immer noch glaubte, sie wäre naß. Wo das Ufer zum See hin abfiel, stand eine weitere Birke, die ihren weißen Bauch anmutig über den See streckte, als wollte sie im schmeichelnden Abendlicht ihr Spiegelbild betrachten. Ich hielt mich daran fest wie ein Betrunkener an einem Laternenpfosten.

Der Druck in meiner Brust verging allmählich, hinterließ aber einen durchaus realen Schmerz. Ich hing mit klopfendem Herzen an dem Baum, und plötzlich bemerkte ich, daß etwas stank – ein übler, verdorbener Geruch, der schlimmer war als eine verstopfte Senkgrube, die den ganzen Sommer lang unter sengender Sonne gesimmert hat. Mit ihm einher ging das Gefühl einer bösartigen Präsenz, die diesen Geruch verströmte, etwas, das tot sein sollte, es aber nicht war.

Oh, hör auf, das Spiel ist aus, ich tu alles, hör bloß auf, versuchte ich zu sagen, aber immer noch kam nichts heraus. Dann war es vorbei. Ich konnte nichts anderes als den See und den Wald riechen ... aber ich konnte etwas sehen: einen Jungen im See, einen kleinen, ertrunkenen, dunkelhäutigen Jungen, der auf dem Rücken lag. Seine Wangen waren aufgeblasen. Sein Mund hing schlaff nach unten. Seine Augen waren so weiß wie die Augen einer Statue.

Der unerbittliche Eisengeschmack des Sees erfüllte wieder meinen Mund. Hilf mir, laß mich rauf, hilf ich ertrink. Ich beugte mich vor, schrie im Inneren meines Kopfes, schrie auf das tote Gesicht hinab und stellte fest, daß ich *zu mir selbst aufschaute,* durch den rosa Sonnenuntergang zu einem weißen Mann in Blue Jeans und einem grünen Polohemd aufschaute, der sich an einer zitternden Birke festhielt und zu schreien versuchte, während sein flüssiges Gesicht in Bewegung war und seine Augen vorübergehend von einem kleinen Flußbarsch verdeckt wurden, der ein leckeres Insekt verfolgte, ich war der schwarze Junge und der weiße Mann zugleich, ertrank im Wasser, ertrank in der Luft, ist das richtig, ist es das, was hier passiert, klopf einmal für ja, zweimal für nein.

Ich würgte nichts als ein einziges Speicheltröpfchen heraus, und unvorstellbarerweise sprang ein Fisch danach. Bei Sonnenuntergang springen sie nach fast allem; etwas am erlöschenden Licht muß sie verrückt machen. Der Fisch landete etwa zwei Meter vom Ufer entfernt wieder im Wasser, erzeugte silberne kreisförmige Wellen, und alles war vorbei – der Geschmack in meinem Mund, der gräßliche Gestank, das schimmernde Gesicht des ertrunkenen Negerjungen – er selbst würde sich ganz sicher als Neger bezeichnet haben –, dessen Namen mit ziemlicher Sicherheit Tidwell gewesen war.

Ich blickte nach rechts und sah eine Stirn aus grauem Felsgestein aus dem Erdreich ragen. Ich dachte: *Dort, genau dort,* und, wie um das zu bestätigen, wehte mir anscheinend aus dem Boden wieder dieser gräßliche Verwesungsgestank entgegen.

Ich machte die Augen zu und klammerte mich weiter an der Birke fest, als hinge mein Leben davon ab, fühlte mich schwach und elend und krank, und da ergriff Max Devore, der Irre, hinter mir das Wort. »Schau an, Hurenbock, wo ist Ihre Hure?«

Ich drehte mich um, und da war er, Rogette Whitmore an seiner Seite. Es war das einzige Mal, daß ich ihm begegnet bin, aber einmal war genug. Glauben Sie mir, einmal war mehr als genug.

Sein Rollstuhl sah kaum wie ein Rollstuhl aus. Mehr wie der mit einer Mondlandefähre gekreuzte Beiwagen eines Motorrads. Ein halbes Dutzend verchromte Räder verliefen auf beiden Seiten. Größere Räder – vier, glaube ich – waren in einer Reihe auf der Rückseite angeordnet. Keines schien auf exakt derselben Höhe zu sein, und mir wurde klar, daß jedes seine unabhängige Aufhängung hatte. Devore konnte erschütterungsfrei über sehr viel unebeneres Gelände als die *Straße* fahren. Über den hinteren Reifen befand sich ein geschlossener Stauraum für den Motor. Ein Glasfasergehäuse, schwarz mit roten Rallyestreifen, das bei einem Rennwagen nicht fehl am Platze gewirkt hätte, verbarg Devores Beine. In der Mitte des Gehäuses ragte ein Gerät auf, das wie meine DSS-Satellitenschüssel aussah ... eine Art von computergesteuertem Ausweichsystem, vermutete ich. Vielleicht sogar ein Autopilot. Die Armstützen waren breit und mit Schalthebeln übersät. An der linken Seite der Maschine war eine grüne Sauerstoffflasche festgezurrt, rund einen Meter zwanzig lang. Ein Schlauch führte zu einer Ziehharmonikaröhre aus durchsichtigem Plastik; die Ziehharmonikaröhre führte zu einer Maske, die auf Devores Schoß lag. Sie weckte Erinnerungen an die Stenomaske des alten Mannes in mir. Direkt im Anschluß an das, was ich gerade erlebt hatte, hätte ich dieses Vehikel, das der Phantasie eines Tom Clancy entsprungen schien, als Halluzination betrachtet, wäre da nicht der Aufkleber auf dem Gehäuse gewesen, gleich unter der Schüssel. ICH BLUTE DODGER-BLAU, stand darauf.

Heute abend trug die Frau, die ich vor der Sunset Bar von Warrington's gesehen hatte, eine weiße Bluse mit langen Ärmeln und schwarze, sich nach unten verjüngende Hosen, daß ihre Beine wie Schwerter in der Scheide wirkten. Ihr schmales Gesicht und die hohlen Wangen ließen die Ähnlichkeit mit Edvard Munchs Schreiendem deutlicher denn je hervortreten. Das weiße Haar hing ihr wie eine glatte Haube am Gesicht herunter. Die Lippen hatte sie so grellrot bemalt, daß es aussah, als blutete sie aus dem Mund.

Sie war ebenso alt wie häßlich, aber im Vergleich zu Matties Schwiegervater eine Schönheit. Der spindeldürre Mann mit den blauen Lippen und der dunklen purpurfarbenen Haut um Augen und Mundwinkel herum sah aus wie etwas, das ein Archäologe in der Grabkammer einer Pyramide finden mochte, umgeben von ausgestopften Ehefrauen und Haustieren und mit seinen Lieblingsjuwelen aufgeputzt. Ein paar weiße Haarflusen klebten noch an seinem schuppigen Schädel; weitere Flusen wuchsen aus den großen Ohren, die wie Wachsskulpturen in der Sonne geschmolzen zu sein schienen. Er trug weiße Baumwollhosen und ein bauschiges blaues Hemd. Mit einem schwarzen Barett hätte er wie ein französischer Künstler des neunzehnten Jahrhunderts am Ende eines langen Lebens ausgesehen.

Auf dem Schoß hatte er einen Stock aus einem schwarzen Holz liegen. Ein hellroter Fahrradgriff war über das Ende gestülpt worden. Die Finger, die ihn umklammert hielten, machten einen kräftigen Eindruck, wurden aber so schwarz wie der Stock selbst. Sein Blutkreislauf brach zusammen, und ich konnte mir nicht vorstellen, wie seine Füße und Schienbeine aussehen mußten.

»Die Hure ist abgehauen und hat Sie sitzenlassen, was?«

Ich versuchte etwas zu sagen. Ein Krächzen kam aus meinem Mund, mehr nicht. Ich hielt mich immer noch an der Birke fest. Ich ließ sie los und wollte mich aufrichten, aber meine Beine waren immer noch schwach, und ich mußte mich wieder abstützen.

Er stieß einen silbernen Kippschalter an, worauf der Rollstuhl drei Meter näher kam und damit die Entfernung zwischen uns halbierte. Das Geräusch, das der Rollstuhl von sich gab, war ein seidiges Flüstern; es war, als würde man einen bösen fliegenden Teppich vor sich sehen. Die zahlreichen Räder hoben und senkten sich unabhängig voneinander und funkelten in der untergehenden Sonne, die einen rötlichen Farbton angenommen hatte. Und als er näher kam, spürte ich die Aura des Mannes. Sein Körper faulte unter ihm weg, aber die Kraft, die ihn umgab, war unbestreitbar und beängstigend, wie ein Gewitter. Die Frau hielt mit ihm Schritt und betrachtete mich stumm amüsiert. Ihre Augen waren rosa. Ich vermutete damals, daß sie grau waren und der beginnende Sonnenuntergang sich darin spiegelte, aber jetzt glaube ich, daß sie ein Albino war.

»Ich habe Huren immer gern gehabt«, sagte er. Er dehnte das Wort, es hörte sich an wie *Huuurrren.* »Oder nicht, Rogette?«

»Ja, Sir«, sagte sie. »An ihrem Platz.«

»Manchmal war ihr Platz auf meinem Gesicht!« schrie er mit einer irren Keckheit, als hätte sie ihm widersprochen. »Wo ist sie, junger Mann? Ich frage mich, auf wessen Gesicht sie gerade sitzt? Auf dem dieses gerissenen Anwalts, den Sie gefunden haben? Oh, ich weiß alles über ihn, bis hin zum Mangelhaft in Betragen, das er in der dritten Klasse bekommen hat. Ich mache es zu meiner Sache, alles zu wissen. Es ist das Geheimnis meines Erfolgs.«

Ich richtete mich unter enormer Anstrengung auf. »Was machen Sie hier?«

»Einen Spaziergang, genau wie Sie. Und dagegen gibt es kein Gesetz, oder? Die *Straße* gehört jedem, der sie benutzen will. Sie sind noch nicht lange hier, junger Hurenbock, aber gewiß lange genug, das zu wissen. Es ist unsere Version des Gemeindeparks, wo gute Schoßhündchen und böse Köter nebeneinander laufen dürfen.«

Wieder benutzte er die Hand, die er nicht um den roten Griff des Stocks gekrallt hatte, hob die Sauerstoffmaske auf, inhalierte tief und ließ sie wieder auf den Schoß fallen. Er grinste – ein unsagbar verschwörerisches Grinsen, bei dem jodfarbenes Zahnfleisch zu sehen war.

»Ist sie gut? Ihre kleine *Huuurrre?* Sie muß gut gewesen sein, wenn sie meinen Sohn in diesem häßlichen kleinen Wohnwagen gefangenhalten konnte, in dem sie haust. Und dann kommen Sie daher, noch bevor die Würmer mit den Augen meines Jungen fertig sind. *Flutscht* ihre Fotze?«

»Halten Sie den Mund.«

Rogette Whitmore warf den Kopf zurück und lachte. Das Geräusch hörte sich an wie der Schrei eines Kaninchens in den Krallen einer Eule; ich bekam eine Gänsehaut. Ich hatte den Verdacht, daß sie so verrückt war wie er. Gott sei Dank waren sie alt. »Du hast einen wunden Punkt getroffen, Max«, sagte sie.

»Was wollen Sie?« Ich holte Luft … und bekam wieder einen Schwall dieses Verwesungsgeruchs ab. Ich würgte. Ich wollte nicht, konnte aber nichts dagegen tun.

Devore richtete sich in seinem Stuhl auf und holte tief Luft, als wollte er mich verspotten. In diesem Augenblick sah er aus wie Robert Duvall in *Apocalypse Now*, der am Strand entlangschlendert und der Welt erzählt, wie sehr er den Geruch von Napalm am Morgen liebt. Sein Grinsen wurde breiter. »Hübsches Plätzchen hier, nicht? Ein idyllisches Fleckchen, um zu verweilen und nachzudenken, finden Sie nicht auch?« Er sah sich um. »Hier ist es passiert, genau. Jau.«

»Wo der Junge ertrunken ist.«

Ich dachte, daß Whitmores Lächeln daraufhin ein wenig nervös aussah. Devores Grinsen nicht. Er streckte die Hand mit dem übertriebenen Griff eines alten Mannes, mit Fingern, die mehr klauben als greifen, nach der Sauerstoffmaske aus. Ich konnte kleine Schleimklümpchen an der Innenseite kleben sehen. Er atmete wieder tief ein und legte sie weg.

»Dreißig Leute oder mehr sind in diesem See ertrunken, und das sind nur die, von denen man weiß«, sagte er. »Was spielt ein Junge mehr oder weniger für eine Rolle?«

»Ich verstehe nicht. Sind *zwei* Tidwell-Jungs hier gestorben? Einer mit Blutvergiftung und einer –«

»Liegt Ihnen etwas an Ihrer Seele, Mr. Noonan? Ihrer unsterblichen Seele? Gottes Schmetterling, in einem Kokon aus Fleisch gefangen, das bald stinken wird wie meines?«

Ich sagte nichts. Das seltsame Gefühl, das mich vor Devores Auftauchen befallen hatte, klang ab. An seine Stelle trat dieser unglaubliche persönliche Magnetismus. Ich habe nie in meinem Leben eine derart rohe Kraft gespürt. Es hatte nichts Übernatürliches, und *roh* ist genau das richtige Wort dafür. Ich hätte weglaufen können. Ich bin sicher, unter anderen Umständen hätte ich es getan. Ganz sicher hielt ich die Stellung nicht aus Tapferkeit; meine Beine fühlten sich immer noch wie Gummi an, und ich befürchtete, daß ich hinfallen könnte.

»Ich werde Ihnen eine Chance geben, Ihre Seele zu retten«, sagte Devore. Er hob einen knochigen Finger, um das Prinzip der Eins zu verdeutlichen. »Gehen Sie fort, mein kleiner Hurenbock. Gleich jetzt, in den Kleidungsstücken, die Sie am Leib tragen. Holen Sie keine Tasche, vergewissern Sie sich nicht einmal, ob Sie die Herdplatten ausgeschaltet haben. Gehen Sie. Verlassen Sie die Hure und verlassen Sie das Hürchen.«

»Ich soll sie Ihnen überlassen?«

»Jau, mir. Ich werde tun, was getan werden muß. Seelen sind für Studenten der freien Künste, Noonan. Ich war Ingenieur.«

»Ficken Sie sich ins Knie.«

Rogette Whitmore gab wieder dieses Geräusch eines schreienden Kaninchens von sich.

Der alte Mann saß mit gesenktem Kopf in seinem Rollstuhl, lächelte bläßlich zu mir auf und sah aus wie etwas, das von den Toten auferweckt worden ist. »Sind Sie sicher, daß Sie derjenige sein wollen, Noonan? Ihr ist das gleichgültig, wissen Sie – Sie oder ich, für sie spielt das keine Rolle.«

»Ich weiß nicht, was Sie da reden.« Ich holte wieder tief Luft, und diesmal roch die Luft ganz normal. Ich ging einen Schritt von der Birke weg, und mit meinen Beinen war auch alles in Ordnung. »Und es ist mir auch egal. Sie werden Kyra niemals bekommen. Für den Rest Ihres schäbigen Lebens nicht. Das werde ich nicht erleben.«

»Kumpel, Sie werden eine ganze Menge erleben«, sagte Devore grinsend und zeigte mir sein jodfarbenes Zahnfleisch. »Bevor der Juli vorbei ist, werden Sie wahrscheinlich soviel gesehen haben, daß Sie sich wünschen, Sie hätten sich im Juni bei lebendigem Leib die Augen aus dem Kopf gerissen.«

»Ich gehe nach Hause. Lassen Sie mich durch.«

»Dann gehen Sie nach Hause – wie könnte ich Sie aufhalten?« fragte er. »Die *Straße* gehört allen.« Er klaubte wieder die Sauerstoffmaske vom Schoß und nahm einen tiefen Zug. Er ließ sie in den Schoß fallen und legte die linke Hand auf die Armlehne seines Buck-Rogers-Rollstuhls.

Ich ging auf ihn zu, und ehe ich richtig wußte, wie mir geschah, fuhr er mit dem Rollstuhl auf mich zu. Er hätte mich anfahren und schwer verletzen können – mir eines oder beide Beine brechen, kein Zweifel –, aber er hielt kurz davor an. Ich sprang zurück, aber nur, weil er mich ließ. Ich merkte, daß Whitmore wieder lachte.

»Was ist los, Noonan?«

»Gehen Sie mir aus dem Weg. Ich warne Sie.«

»Die Hure hat Sie nervös gemacht, was?«

Ich ging nach links, um auf der Seite an ihm vorbeizugehen, aber er drehte den Rollstuhl blitzschnell auf der Stelle, schoß damit vorwärts und schnitt mir den Weg ab.

»Verschwinden Sie aus dem TR, Noonan. Ich gebe Ihnen den guten Ra-«

Ich machte einen Ausfall nach rechts, diesmal auf der Seeseite, und wäre problemlos an ihm vorbeigeschlüpft, wäre die Faust nicht gewesen, sehr klein und hart, die gegen die linke Seite meines Gesichts hämmerte. Das weißhaarige Miststück trug einen Ring, dessen Stein mir eine Schnittwunde hinter dem Ohr zufügte. Ich spürte das Stechen und das warm fließende Blut. Ich wirbelte herum, streckte beide Arme aus und gab ihr einen Schubs. Sie fiel mit einem Kreischen überraschter Entrüstung auf den Nadelteppich des Wegs. Im nächsten Augenblick bekam ich einen Schlag auf den Hinterkopf. Ein vorübergehendes orangerotes Leuchten nahm mir die Sicht. Ich taumelte wie in Zeitlupe rückwärts, ruderte mit den Armen, und Devore kam wieder in Sicht. Er saß umgedreht in seinem Rollstuhl, hatte den schuppigen Kopf nach vorne gereckt und den Stock, mit dem er mich geschlagen hatte, noch erhoben. Ich glaube, wenn er zehn Jahre jünger gewesen wäre, hätte er mir den Schädel gespalten, anstatt nur dieses vorübergehende orangerote Leuchten zu erzeugen.

Ich stieß gegen meine alte Freundin, die Birke. Ich hielt die Hand ans Ohr und betrachtete fassungslos das Blut an den Fingerspitzen. Mein Kopf schmerzte von dem Schlag, den Devore mir verpaßt hatte.

Whitmore rappelte sich auf, strich Kiefernnadeln von ihrer Hose und sah mich mit einem wütenden Lächeln an. Ihre Wangen hatten einen dünnen rosa Farbton angenommen. Sie hatte die grellroten Lippen gefletscht und kleine Zähne entblößt. Im Licht der untergehenden Sonne sahen ihre Augen aus, als stünden sie in Flammen.

»Gehen Sie mir aus dem Weg«, sagte ich, aber meine Stimme hörte sich kläglich und schwach an.

»Nein«, sagte Devore und legte den schwarzen Lauf seines Stocks auf das Gehäuse, das sich über die Front seines Rollstuhls wölbte. Jetzt konnte ich den kleinen Jungen sehen, der entschlossen gewesen war, den Schlitten zu bekommen, wie sehr er sich auch die Hände dabei zerschneiden mochte. Ich konnte ihn ganz deutlich sehen. »Nein, Sie hurenfickende Memme. Das *werde ich nicht.*«

Er drückte wieder den silbernen Kippschalter, worauf der Rollstuhl lautlos auf mich zugerast kam. Wäre ich stehengeblieben, hätte er mich mit dem Stock so sicher durchbohrt, wie irgendein böser Herzog in einer Geschichte von Alexandre Dumas nur durchbohrt werden kann. Wahrscheinlich hätte er sich bei der Kollision die spröden Knochen in der rechten Hand gebrochen und den rechten Arm glatt aus der Schulterpfanne gerissen, aber über solche Dinge hatte sich dieser Mann nie den Kopf zerbrochen; die Berechnung der Kosten überließ er den kleinen Leuten. Hätte ich aus Schock oder Fassungslosigkeit gezögert, hätte er mich getötet, da bin ich ganz sicher. Statt dessen rollte ich mich nach links ab. Ich rutschte mit den Turnschuhen einen Moment auf den Nadeln am Ufer aus. Dann verlor ich den Bodenkontakt und fiel.

Ich landete ungeschickt und viel zu dicht am Ufer im Wasser. Mein linker Fuß verfing sich in einer Wurzel unter der Wasseroberfläche und wurde verdreht. Der Schmerz war enorm und fühlte sich an, wie ein Donnerschlag klingt. Ich machte den Mund auf, um zu schreien, und der See strömte hinein – dieser kalte, metallisch dunkle Geschmack, diesmal echt. Ich hustete ihn aus und nieste ihn aus, strampelte weg von der Stelle, wo ich gelandet war, und dachte: *Der Junge, der tote Junge ist da unten, was ist, wenn er nach oben greift und mich packt?*

Ich drehte mich, immer noch strampelnd und hustend, auf den Rücken, spürte ganz deutlich, wie die Jeans klamm an meinen Beinen und im Schritt klebten, und dachte absurderweise an meine Brieftasche – Kreditkarten und Führerschein waren mir egal, aber ich hatte zwei gute Schnappschüsse von Jo darin, und die waren wohl ruiniert.

Ich sah, daß Devore fast über die Böschung gefahren war, und einen Moment dachte ich, er würde vielleicht noch hinunterkippen. Das Vorderteil seines Rollstuhls ragte über die Stelle hinaus, wo ich gestürzt war (ich konnte die kurze Spur meiner Turnschuhe unmittelbar links neben den teilweise freiliegenden Wurzeln der Birke sehen), und obwohl die Vorderräder noch festsaßen, bröckelte das Erdreich in trockenen kleinen Lawinen unter ihnen weg, die ins Wasser plitsch-platschten und ein ineinandergreifendes Wellenmuster erzeugten. Whitmore hielt die Rückenlehne des Rollstuhls fest und zerrte daran, aber er war viel zu schwer für sie; wenn Devore gerettet werden sollte, mußte er sich selbst retten. Ich stand bis zur Taille im See, meine Kleidung trieb um mich herum, und ich wünschte inständig, daß er hinunterfiele.

Mit der purpurfarbenen Klaue seiner linken Hand bekam er nach mehreren Versuchen den silbernen Kippschalter zu fassen. Ein Finger zog ihn nach hinten, worauf der Rollstuhl mit einem letzten Regen von Steinchen und Sand von der Uferböschung zurücksetzte. Whitmore hüpfte in einem verspielt wirkenden Sprung auf eine Seite, damit ihre Füße nicht überfahren wurden.

Devore machte sich noch ein wenig an den Schalthebeln zu schaffen, drehte den Stuhl so, daß er sehen konnte, wie ich rund zwei Meter von der überhängenden Birke entfernt im Wasser stand, und rollte vorwärts bis zum Rand der *Straße*, blieb aber in sicherer Entfernung von der Böschung. Whitmore hatte sich ganz von uns abgewandt; sie stand gebückt da und streckte den Hintern in meine Richtung. Wenn ich überhaupt an sie dachte, und ich kann mich wirklich nicht erinnern, muß ich wohl vermutet haben, daß sie nach Luft schnappte.

Devore schien von uns dreien in der besten Verfassung zu sein und brauchte nicht einmal einen Schuß aus der Sauerstoffmaske auf seinem Schoß. Das Abendlicht schien ihm direkt ins Gesicht und verlieh ihm das Aussehen einer halbverfaulten Kürbislaterne, die mit Benzin übergossen und angezündet worden war.

»Macht Ihnen das Schwimmen Spaß?« fragte er und lachte.

Ich sah mich in der Hoffnung um, ein Pärchen beim Spaziergang oder vielleicht einen Angler zu sehen, der nach einer Stelle suchte, wo er seine Schnur ein letztesmal befeuchten konnte, ehe es dunkel wurde ... und hoffte gleichzeitig, ich würde niemanden sehen. Ich war wütend, gekränkt und ängstlich. Vor allem aber schämte ich mich. Ein fünfundachtzigjähriger Mann hatte mich in den See geworfen ... ein Mann, der allem Anschein nach noch ein wenig bleiben und sein Spiel mit mir treiben wollte.

Ich watete nach rechts – nach Süden, zu meinem Haus zurück. Das Wasser war etwa hüfthoch, kühl und jetzt, wo ich mich daran gewöhnt hatte, fast erfrischend. Meine Turnschuhe plitschten über Steine und versunkene Äste. Der Knöchel, den ich mir verdreht hatte, tat immer noch weh, trug mich aber. Ob das auch noch so sein würde, wenn ich aus dem Wasser kam, war eine andere Frage.

Devore zwirbelte seine Schalthebel noch ein wenig. Der Stuhl machte eine Drehung, rollte langsam die *Straße* hoch und hielt mühelos mit mir Schritt.

»Ich habe Sie Rogette gar nicht angemessen vorgestellt, oder?« sagte er. »Wissen Sie, am College war sie eine gute Sportlerin. Softball und Feldhockey waren ihre Spezialität, und sie hat zumindest einige ihrer Fähigkeiten nicht völlig verlernt. Rogette, zeig diesem jungen Mann, was du kannst.«

Whitmore überholte den langsam dahinrollenden Stuhl auf der linken Seite. Einen Augenblick wurde sie von ihm verdeckt. Als ich sie wieder sehen konnte, sah ich auch, was sie in der Hand hielt. Sie hatte sich nicht gebückt, um nach Luft zu schnappen.

Lächelnd kam sie zur Uferböschung, hielt den linken Arm vor dem Zwerchfell und verwahrte die Steine, die sie am Wegrand aufgehoben hatte, in der Beuge. Sie suchte einen Kiesel aus, der etwa so groß wie ein Golfball war, zog die Hand ans Ohr zurück und warf ihn nach mir. Fest. Er zischte an meiner linken Schläfe vorbei und landete platschend hinter mir im Wasser.

»He!« brüllte ich, mehr verblüfft als erschrocken. Trotz allem, was vorangegangen war, konnte ich immer noch nicht glauben, daß dies tatsächlich passierte.

»Was ist los mir dir, Rogette?« fragte Devore spöttisch. »Du hast doch sonst nie wie ein Mädchen geworfen. Triff ihn!«

Der zweite Stein verfehlte meinen Kopf um fünf Zentimeter. Der dritte hätte mir die Zähne zerschmettern können. Ich wehrte ihn mit einem wütenden, ängstlichen Aufschrei ab und bemerkte erst später den Bluterguß an der Handfläche. In diesem Augenblick sah ich nur ihr haßerfülltes, lächelndes Gesicht – das Gesicht einer Frau, die zwei Dollar am Kirmesschießstand berappt hat und den großen Plüschteddybär gewinnen will, auch wenn sie die ganze Nacht durch ballern muß.

Und sie warf *schnell*. Die Steine hagelten um mich herum herab, manche fielen links und rechts von mir in das rostrote Wasser und erzeugten kleine Geysire. Ich fing mit Wassertreten an, wagte aber nicht, mich umzudrehen und hinauszuschwimmen, weil ich Angst hatte, daß sie in diesem Moment einen richtig großen Stein nach mir werfen würde. Trotzdem mußte ich aus ihrer Reichweite. Währenddessen lachte Devore ein winselndes Altmännerlachen und kniff das Gesicht zusammen, so daß es dem eines teuflischen runzligen Zwetschgenmanns glich.

Ein Stein traf mich hart und schmerzhaft auf dem Schlüsselbein und prallte hoch in die Luft ab. Ich schrie, und sie schrie ebenfalls: »*Hai!*«, wie eine Karatekämpferin nach einem guten Fußtritt.

Soviel zum geordneten Rückzug. Ich warf mich herum, schwamm ins tiefere Wasser, und das Miststück erwischte mich am Kopf. Die ersten beiden Steine, die sie warf, während ich davonschwamm, rahmten mich gleichsam ein, als wolle sie sich einschießen. Es folgte eine Pause, in der ich dachte: *Ich schaffe es, ich bin gleich außerhalb ihrer* ... und dann traf mich etwas am Hinterkopf. Ich spürte und hörte es auf dieselbe Weise – es machte *klong!*, wie etwas, das man in einem Batman-Comic liest.

Die Oberfläche des Sees wechselte von Orange über Hellrot zu Scharlachrot. Gedämpft konnte ich Devore anerkennend rufen und Whitmore ihr seltsames Lachen kreischen hören. Ich schluckte einen weiteren Mundvoll Wasser mit Eisengeschmack und war so benommen, daß ich mich ermahnen mußte, es auszuspucken und nicht zu schlucken. Meine Füße schienen zu schwer zum Schwimmen zu sein, und die gottverdammten Turnschuhe wogen eine Tonne. Ich ließ sie sinken, um mich hinzustellen, aber meine Füße berührten den Boden nicht mehr. Ich sah zum Ufer. Im leuchtenden Sonnenuntergang bot es einen atemberaubenden Anblick, wie eine mit orangefarbenen und roten Scheinwerfern angestrahlte Bühnenkulisse. Ich war etwa sechs Meter vom Ufer entfernt. Devore und Whitmore standen am Rand der *Straße* und beobachteten mich. Sie sahen aus wie Dad und Mom auf einem Gemälde von Grant Wood. Devore benutzte die Maske wieder, aber ich konnte ihn darunter grinsen sehen. Whitmore grinste ebenfalls.

Wieder lief mir Wasser in den Mund. Ich spuckte den größten Teil aus, aber etwas davon gelangte mir in den Hals, so daß ich husten und fast würgen mußte. Ich sank unter die Oberfläche und kämpfte mich wieder nach oben, schwamm aber nicht, sondern schlug wild um mich und verbrauchte das Neunfache der

Energie, die ausgereicht hätte, um mich treiben zu lassen. Die Panik hatte ihren ersten Auftritt und fraß sich mit spitzen kleinen Rattenzähnen durch meine benommene Bestürzung. Ich stellte fest, daß ich ein hohes, angenehmes Summen hören konnte. Wie viele Treffer hatte mein armer alter Kopf abbekommen? Einen von Whitmores Faust ... einen von Devores Stock ... ein Stein ... oder waren es zwei gewesen? Herrgott, ich konnte mich nicht erinnern.

Reiß dich zusammen, um Gottes willen – du wirst dich doch nicht auf diese Weise von ihnen besiegen lassen, oder? Ertrinken, wie dieser kleine Junge ertrunken ist?

Nicht, wenn ich es verhindern konnte.

Ich strampelte im Wasser und griff mir mit der linken Hand an den Hinterkopf. Nicht zu weit über dem Nacken ertastete ich eine Beule, die immer noch wuchs. Als ich darauf drückte, war der Schmerz so schlimm, daß ich mich übergeben und gleichzeitig ohnmächtig werden wollte. Tränen schossen mir in die Augen und liefen an den Wangen herunter. Als ich meine Fingerspitzen ansah, konnte ich nur schwache Blutspuren erkennen, aber Platzwunden konnte man im Wasser kaum richtig einschätzen.

»Sie sehen wie ein Murmeltier im Regen aus, Noonan!« Nun schien seine Stimme wie aus weiter Ferne zu der Stelle zu dringen, wo ich mich befand.

»Der Teufel soll Sie holen!« rief ich. »Dafür bringe ich Sie ins Gefängnis!«

Er sah Whitmore an. Sie blickte mit demselben Gesichtsausdruck zurück, dann lachten sie beide. Hätte mir in diesem Moment jemand eine Uzi in die Hände gegeben, hätte ich sie ohne zu zögern getötet und dann ein zweites Magazin verlangt, damit ich ihre Leichen durchlöchern konnte.

Ohne Uzi in greifbarer Nähe paddelte ich wie ein Hund nach Süden, in Richtung meines Hauses. Sie blieben am Ufer auf gleicher Höhe, er mit seinem leise flüsternden Rollstuhl, während sie feierlich wie eine Nonne an seiner Seite ging und sich ab und zu bückte, um einen geeignet aussehenden Stein aufzuheben.

Ich war nicht lange genug geschwommen, um müde zu sein, aber ich war es. Überwiegend wird es am Schock gelegen haben, vermute ich. Schließlich versuchte ich zur falschen Zeit Luft zu holen, schluckte mehr Wasser und geriet völlig in Panik. Ich schwamm zum Ufer, um eine Stelle zu erreichen, wo ich stehen konnte. Rogette Whitmore bombardierte mich sofort mit Steinen, wobei sie zuerst die nahm, die sie zwischen linkem Arm und Körper aufgereiht hielt, und dann auf den Vorrat zurückgriff, den sie in Devores Schoß aufgehäuft hatte. Sie hatte sich aufgewärmt, sie warf nicht mehr wie ein Mädchen, und ihre Treffsicherheit war tödlich. Rings um mich herum platschten Steine. Ich schlug einen weiteren weg – einen großen, der mir wahrscheinlich die Stirn aufgerissen hätte, wenn er getroffen hätte –, aber der nachfolgende traf mich am Bizeps und hinterließ einen langen Kratzer. Das reichte. Ich drehte mich um, schwamm keuchend zurück ins offene Wasser, außerhalb ihrer Reichweite, und versuchte, trotz der zunehmenden Schmerzen im Nacken den Kopf oben zu behalten.

Als ich weit genug weg war, trat ich wieder auf der Stelle und sah zu ihnen hinüber. Whitmore war bis zum Rand der Uferböschung gekommen, weil sie die Entfernung um jeden Meter verringern wollte. Verdammt, um jeden Zentimeter! Devore parkte mit seinem Rollstuhl hinter ihr. Beide grinsten immer noch, und nun waren ihre Gesichter so rot wie die Gesichter von Kobolden der Hölle. Abendrot, gut' Wetterbot'. Noch zwanzig Minuten, und es würde dunkel sein. Würde es mir gelingen, den Kopf zwanzig Minuten über Wasser zu halten? Ich hielt es für möglich, wenn ich nicht wieder in Panik geriet, aber sehr viel länger nicht. Ich malte mir aus, im Dunkeln zu ertrinken, die Venus zu sehen, bevor ich zum letztenmal unterging, und die Panikratte schlug wieder ihre Zähne in mich. Die Panikratte war schlimmer als Rogette und ihre Steine, viel schlimmer.

Vielleicht nicht schlimmer als Devore.

Ich sah in beide Richtungen am Seeufer entlang und sondierte die *Straße* an allen Stellen, wo sie sich ein paar Meter oder ein paar Dutzend Meter zwischen den Bäumen herauswand. Jetzt war mir einerlei, ob ich Grund hatte, mich zu schämen, aber ich sah niemanden. Großer Gott, wo steckten sie alle? Waren sie nach Fryeburg ins Mountain View Pizza essen gefahren oder ins Village Café, um Milchshakes zu trinken?

»Was wollen Sie?« rief ich Devore zu. »Soll ich Ihnen sagen, daß ich mich nicht mehr in Ihre Angelegenheiten einmische? Okay, ich mische mich nicht mehr ein!«

Er lachte.

Nun, ich hatte nicht erwartet, daß es funktionieren würde. Selbst wenn es mir ernst gewesen wäre, hätte er mir nicht geglaubt.

»Wir wollen nur sehen, wie lange Sie schwimmen können«, sagte Whitmore und warf noch einen Stein – einen langen, trägen Wurf, der mich um etwa anderthalb Meter verfehlte.

Sie wollen mich töten, dachte ich. *Wirklich und wahrhaftig.*

Ja. Und was schlimmer war, wahrscheinlich würden sie ungeschoren davonkommen. Eine verrückte Idee, denkbar und undenkbar zugleich, ging mir durch den Kopf. Ich sah vor mir, wie Rogette Whitmore vor dem Lakeview General Store eine Nachricht am Schwarzen Brett der Gemeindemitteilungen feststeckte.

GRÜSSE AN DIE MARSIANER VON TR-90!

Mr. MAXWELL DEVORE, jedermanns Lieblingsmarsianer, gibt jedem Einwohner des TR EINHUNDERT DOLLAR, wenn am FREITAG, DEN 17. JULI, abends zwischen SIEBEN und NEUN Uhr niemand die *Straße* benutzt. Und haltet auch unsere »SOMMERFREUNDE« fern! Und vergeßt nicht: GUTE MARSIANER sind wie GUTE AFFEN: Sie SEHEN nichts Böses, HÖREN nichts Böses und SAGEN nichts Böses!

Ich konnte es nicht richtig glauben, nicht einmal in meiner augenblicklichen Lage … aber beinahe doch. Wenigstens mußte ich ihm das Glück des Teufels zugestehen.

Müde. Meine Turnschuhe schwerer denn je. Ich versuchte, einen auszuziehen, was mir nur einen weiteren Mundvoll Seewasser einbrachte. Sie standen da und beobachteten mich, wobei Devore ab und zu die Maske anhob und einen belebenden Zug nahm.

Ich konnte nicht warten, bis es dunkel wurde. Hier im Westen von Maine geht die Sonne schnell unter – wie es, vermute ich, überall auf der Welt in jedem bergigen Land der Fall ist –, aber die Dämmerung zieht sich sehr lange hin. Bis es im Westen so dunkel war, daß ich mich bewegen konnte, ohne gesehen zu werden, wäre im Osten der Mond aufgegangen.

Ich stellte mir meinen Nachruf in der *New York Times* vor, die Schlagzeile lautete: BELIEBTER AUTOR VON ROMANTISCHEN THRILLERN ERTRINKT IN MAINE. Debra Weinstock würde ihnen das Autorenfoto des angekündigten Buches *Helens Versprechen* zur Verfügung stellen. Harold Oblowski würde die richtigen Worte finden und nicht vergessen, eine bescheidene (aber nicht winzige) Todesanzeige in *Publisher's Weekly* zu veröffentlichen. Die Kosten dafür würde er sich mit Putnam teilen und –

Ich ging unter, schluckte mehr Wasser und spie es aus. Ich schlug wieder wie wild auf den See ein und zwang mich, damit aufzuhören. Vom Ufer konnte ich Rogette Whitmores schrilles Lachen hören. *Du Miststück*, dachte ich. *Du dürres Mist-*

Mike, sagte Jo.

Ihre Stimme war in meinem Kopf, aber nicht diejenige, die ich mache, wenn ich mir ihre Seite eines geistigen Dialogs vorstelle oder wenn ich sie einfach vermisse und eine Zeitlang heraufbeschwören muß. Wie um das zu bekräftigen, platschte etwas rechts von mir, platschte heftig. Als ich in die Richtung schaute, sah ich keinen Fisch, sah nicht einmal Wellen. Statt dessen sah ich unser schwimmendes Floß, das etwa hundert Meter entfernt im sonnenuntergangfarbenen Wasser verankert war.

»So weit kann ich nicht schwimmen, Baby«, krächzte ich.

»Haben Sie etwas gesagt, Noonan?« rief Devore vom Ufer. Er hielt spöttisch eine hohle Hand an seine riesigen Wachsklumpenohren. »Konnte es nicht richtig verstehen! Klingt so, als wären Sie außer Puste!« Wieder schrilles Gelächter von Whitmore. Er war Johnny Carson; sie war Ed McMahon.

Du kannst es schaffen. Ich helfe dir.

Das Floß, wurde mir klar, war möglicherweise meine einzige Chance – an diesem Abschnitt des Ufers gab es kein weiteres mehr, und es lag mindestens zehn Meter außerhalb von Whitmores bislang weitestem Wurf. Ich paddelte in die Richtung, aber mittlerweile waren meine Arme so bleischwer wie meine Beine. Jedesmal, wenn mein Kopf unterzugehen drohte, machte ich eine Pause und redete ich mir beim Wassertreten zu, daß ich ruhig bleiben solle, ich sei ziemlich gut in Form und mache meine Sache gut, sagte mir, daß alles gut werden würde, wenn ich nicht in Panik geriet. Das alte Miststück und der noch ältere

Dreckskerl folgten mir weiter, aber sie sahen, wohin ich wollte, und das Gelächter verstummte. Ebenso die Spötteleien.

Lange Zeit schien das Floß überhaupt nicht näher zu kommen. Ich sagte mir, daß das am schwindenden Licht läge, wodurch die Farbe des Wassers von Rot über Purpur zu fast Schwarz wechselte, der Farbe von Devores Zahnfleisch, aber dieses Argument wirkte immer weniger überzeugend, je kurzatmiger ich selbst und je schwerer meine Arme wurden.

Als ich noch dreißig Meter entfernt war, bekam ich einen Krampf im linken Bein. Ich rollte zur Seite wie ein auf Grund gelaufenes Segelboot und versuchte, den verkrampften Muskel zu erreichen. Wieder lief mir Wasser die Kehle hinunter. Ich versuchte es auszuhusten, würgte und ging unter, während mein Magen sich immer noch hob und meine Finger immer noch nach der knotigen Stelle oberhalb des Knies tasteten.

Ich ertrinke wirklich, dachte ich und war jetzt, wo es tatsächlich passierte, seltsam ruhig. *So passiert es, so ist es.*

Dann spürte ich, wie mich eine Hand im Genick packte. Als ich an den Haaren gerissen wurde, holte mich der Schmerz blitzartig in die Wirklichkeit zurück – es war besser als eine Epinephrin-Injektion. Ich spürte eine andere Hand, die um mein linkes Bein gelegt wurde; ein kurzes, aber erstaunliches Gefühl der Hitze folgte. Der Krampf ließ nach, ich stieß durch die Oberfläche und schwamm – *richtiges* Schwimmen diesmal, nicht nur Paddeln, und es schienen nur Sekunden vergangen zu sein, bis ich mich an der Leiter des Floßes festhielt, mit gewaltigen, keuchenden Atemzügen Luft holte und abwartete, ob alles gut werden oder mein Herz wie eine Handgranate in der Brust explodieren würde. Schließlich behoben meine Lungen den Sauerstoffmangel, und alles beruhigte sich ein wenig. Ich wartete noch eine Minute, dann kletterte ich aus dem Wasser in die Asche der Dämmerung. Ich stand eine Weile gebückt mit dem Gesicht nach Westen, Hände auf den Knien, und tropfte auf die Planken. Dann drehte ich mich um und wollte ihnen nicht nur den einen Mittelfinger, sondern beide auf einmal zeigen. Es war niemand da, dem ich sie zeigen konnte. Die *Straße* war verlassen. Devore und Rogette Whitmore waren fort.

Vielleicht waren sie fort. Ich wäre gut beraten, daran zu denken, daß ich einen Großteil der *Straße* nicht einsehen konnte.

Ich blieb mit übereinandergeschlagenen Beinen auf dem Floß sitzen, bis der Mond aufging, und wartete die ganze Zeit auf eine Bewegung. Ich glaube, eine halbe Stunde. Vielleicht fünfundvierzig Minuten. Ich sah auf die Uhr, aber die half mir nicht weiter; sie war mit Wasser vollgelaufen und um 19.30 Uhr stehengeblieben. Zu allen anderen Wiedergutmachungen, die Devore mir schuldete, konnte ich jetzt noch den Preis einer Timex Indiglo addieren – das macht $29,95, Arschloch, spuck's aus.

Schließlich kletterte ich die Leiter hinunter, glitt ins Wasser und schwamm, so leise ich konnte, ans Ufer. Ich war ausgeruht, die Kopfschmerzen hatten nachgelassen (allerdings pochte die Beule über dem Nacken noch konstant), und ich fühlte mich nicht mehr verwirrt und ungläubig. In gewisser Weise war das das Schlimmste gewesen – daß ich nicht nur versuchen mußte, mit der Erscheinung des ertrunkenen Jungen, den fliegenden Steinen und dem See zurechtzukommen, sondern auch mit dem durchdringenden Gefühl, daß dies alles nicht passieren konnte, daß reiche Softwaremogule nicht versuchten, Schriftsteller zu ertränken, die ihnen über den Weg liefen.

Aber *war* es bei dem Abenteuer heute nacht nur darum gegangen, daß ich Devore über den Weg gelaufen war? Eine zufällige Begegnung, mehr nicht? War es nicht wahrscheinlich, daß er mich seit dem vierten Juli beobachten ließ, möglicherweise von der anderen Seite des Sees aus und von Leuten mit leistungsstarken optischen Geräten? Paranoider Quatsch, hätte ich gesagt … jedenfalls hätte ich es gesagt, bevor die beiden mich um ein Haar im Dark Score Lake versenkt hätten wie das Papierschiffchen eines Kindes in einer Wasserpfütze.

Ich entschied, daß mir einerlei war, wer mich von der anderen Seite des Sees beobachtete. Mir war auch einerlei, ob die beiden noch auf einem von den Bäumen abgeschirmten Abschnitt der *Straße* lauerten. Ich schwamm, bis ich Wasserpflanzen spürte, die mich an den Knöcheln kitzelten, und das Halbrund meines Stücks Strand sah. Dann stellte ich mich auf und zuckte in der Luft zusammen, die sich jetzt eiskalt auf meiner Haut anfühlte. Ich hinkte ans Ufer und hielt eine Hand erhoben, um einen Hagel von Steinen abzuwehren, aber es kam keiner. Ich blieb einen

Moment mit tropfenden Jeans und Polohemd auf der *Straße* stehen und sah erst in eine Richtung, dann in die andere. Es schien, als hätte ich diesen kleinen Teil der Welt für mich allein. Schließlich sah ich zum Wasser zurück, wo fahles Mondlicht eine Bahn von dem daumennagelgroßen Strand zum schwimmenden Floß zog.

»Danke, Jo«, sagte ich und ging die Eisenbahnschwellen zum Haus hinauf. Ich schaffte etwa die Hälfte, dann mußte ich anhalten und mich setzen. Ich war in meinem ganzen Leben noch nie so durch und durch müde gewesen.

Kapitel 18

Anstatt zur Vordertür zu gehen, erklomm ich die Treppe zur Veranda, bewegte mich nach wie vor langsam und staunte, daß sich meine Beine doppelt so schwer wie sonst fühlten. Als ich das Wohnzimmer betrat, sah ich mich mit den großen Augen von jemandem um, der ein Jahrzehnt weg war, nun zurückkehrt und feststellt, daß alles genauso ist, wie er es verlassen hat – Bunter der Elch an der Wand, auf der Couch der *Boston Globe*, ein Sammelband mit extrakniffligen Kreuzworträtseln auf dem Beistelltisch, auf dem Tresen der Teller mit den Resten meines Gemüseauflaufs. Als ich das alles sah, traf mich die Erkenntnis wie ein Schlag – diese normale leichte Unordnung hinterlassend, war ich zu einem Spaziergang aufgebrochen – und wäre statt dessen fast gestorben. Wäre fast ermordet worden.

Ich fing an zu zittern. Ich ging ins Bad des Nordflügels, zog meine nassen Sachen aus und warf sie in die Wanne – *platsch*. Dann drehte ich mich, immer noch zitternd, um und musterte mich im Spiegel über dem Waschbecken. Ich sah aus wie einer, der bei einer Kneipenschlägerei den kürzeren gezogen hat. Eine lange, trocknende klaffende Wunde zog sich über einen Bizeps. Ein schwarzblauer Bluterguß breitete eine Art schattenhafter Schwingen auf meinem linken Schlüsselbein aus. Am Hals und hinter dem Ohr, wo die holde Rogette mich mit dem Stein ihres Rings erwischt hatte, hatte ich einen blutigen Kratzer.

Ich nahm den Rasierspiegel und betrachtete damit meinen Hinterkopf. »Geht das nicht in eure Dickschädel hinein?« hatte meine Mutter mich und Sid angebrüllt, als wir Kinder gewesen waren, und nun dankte ich Gott, daß Ma recht gehabt hatte, was die Dicke des Schädels anging, jedenfalls in meinem Fall. Die Stelle, wo Devore mich mit seiner Krücke getroffen hatte, sah aus wie der Kegel eines jüngst erloschenen Vulkans. Whitmores Volltreffer hatte eine rote Wunde hinterlassen, die genäht werden mußte, wenn ich keine Narbe zurückbehalten wollte. Blut, rostrot und dünn, färbte meinen Hals um den gesamten Haaransatz herum. Gott allein wußte, wieviel aus diesem häßlichen roten Mund geflossen und vom See fortgespült worden war.

Ich schüttete mir Wasserstoffperoxid in die hohle Handfläche, wappnete mich und klatschte es wie Rasierwasser auf die Platzwunde. Das Brennen war höllisch, ich mußte die Zähne zusammenbeißen, um nicht laut aufzuschreien. Als die Schmerzen ein wenig abklangen, tränkte ich Wattebäusche mit weiterem Peroxid und säuberte meine anderen Verletzungen.

Ich duschte, zog ein T-Shirt und eine Jeans an und ging in die Diele, um den County Sheriff anzurufen. Auf ein Telefonbuch war ich nicht angewiesen; die Nummern der Polizei von Castle Rock und des County Sheriffs standen auf der BEI-NOTFÄLLEN-Karte, die an der Pinnwand festgesteckt war, zusammen mit den Nummern von Feuerwehr, Rettungswagen und der 900er-Nummer, wo man drei Lösungen des aktuellen Kreuzworträtsels der *Times* für einen Dollar fünfzig erfahren konnte.

Die ersten drei Ziffern wählte ich schnell, dann wurde ich langsamer. Ich kam bis 955-960, bevor ich ganz aufhörte. Ich stand in der Diele, hielt den Hörer ans Ohr gedrückt und malte mir eine weitere Schlagzeile aus, diese nicht in der höflichen *Times*, sondern in der ruppigen *New York Post*. SCHRIFTSTELLER ZU ALTEM COMPU-KING: »SIE GROSSER RÜPEL!« Darunter zwei Bilder nebeneinander, eins von mir, ungefähr meinem Alter entsprechend, und eins von Max Devore, der ungefähr wie hundertundsechs aussah. Die *Post* würde ihren Lesern mit dem größten Vergnügen mitteilen, wie Devore (zusammen mit seiner Begleiterin, einer älteren Dame, die tropfnaß vielleicht vierzig Kilo wiegen mochte) einen Schriftsteller auseinandergenommen hatte, der nicht halb so alt war wie er – einen Mann, der zumindest auf dem Foto einen hinreichend durchtrainierten Eindruck machte.

Das Telefon hatte es satt, nur sechs der erforderlichen sieben Ziffern in seinem rudimentären Hirn zu speichern, klickte zweimal und präsentierte mir wieder das Freizeichen. Ich nahm den Hörer vom Ohr, sah ihn einen Moment an und legte ihn behutsam wieder auf.

Ich bin nicht zimperlich, was die manchmal launische,

manchmal verhaßte Aufmerksamkeit der Presse betrifft, aber argwöhnisch, wie ich es in Gegenwart eines übellaunigen Pelztiers wäre. Amerika hat die Leute, die es unterhalten, in groteske Luxushuren verwandelt, und die Medien verhöhnen jede »Berühmtheit«, die es wagt, über die Behandlung zu klagen, die ihr oder ihm zuteil wird. »Hör auf zu knatschen!« schreien die Zeitungen und die Boulevardmagazine im Fernsehen (in einem Tonfall zwischen Triumph und Gekränktheit). »Haste echt geglaubt, wie zahl'n dir die dicke Knete, nur damitte singst oder 'n Baseballschläger schwingst? Irrtum, Arschloch! Wir zahlen dafür, daß wir staunen können, wenn du deine Sache gut machst – was immer das in deinem Fall sein mag –, aber auch, weil es lohnend ist, wenn du Scheiße baust. In Wahrheit bist du nur Nachschub. Wenn du uns nicht mehr bei Laune hältst, können wir dich jederzeit abservieren und fressen.«

Natürlich können sie dich nicht *wirklich* fressen. Sie können Bilder von dir ohne Hemd bringen und schreiben, daß du zu fett wirst, sie können darüber schreiben, wieviel du trinkst oder welche Pillen du nimmst, oder sie können sich über die Nacht ins Fäustchen lachen, als du im Spago ein Starlet auf deinen Schoß gezogen und versucht hast, ihr die Zunge ins Ohr zu stecken, aber fressen können sie dich nicht wirklich. Deshalb legte ich den Hörer auch nicht weg, weil ich befürchtete, die *Post* könnte mich eine Heulsuse nennen oder ich könnte in Jay Lenos Eröffnungsmonolog erwähnt werden; es war die Erkenntnis, daß ich keine Beweise hatte. Niemand hatte uns gesehen. Und für Max Devore wäre es die einfachste Sache der Welt, ein Alibi für sich und seine persönliche Assistentin zu finden.

Und da war noch etwas, was den Ausschlag gab: die Vorstellung, der County Sheriff könnte George Footman alias Daddy schicken, um meine Aussage aufzunehmen, wie der fiese Mann den kleinen Mikey in den See geschubst hatte. Was würden die drei später zusammen darüber lachen!

Statt dessen rief ich John Storrow an, damit er mir sagen konnte, daß ich das Richtige tat, das einzig Sinnvolle. Weil er mir bestätigen sollte, daß nur verzweifelte Männer zu derart verzweifelten Maßnahmen greifen (ich hatte vor, zumindest vorläufig zu übersehen, wie die beiden gelacht hatten, als hätten sie einen Riesenspaß gehabt), und daß sich nichts geändert hatte, was Ki Devore betraf – daß die Sorgerechtsklage ihres Großvaters immer noch auf wackeligen Beinen stand.

Ich bekam Johns Anrufbeantworter zu Hause und hinterließ eine Nachricht – bitte rufen Sie Mike Noonan an, kein Notfall, aber Sie können auch noch spät zurückrufen. Dann versuchte ich es in seinem Büro, weil mir das Evangelium nach John Grisham durchaus geläufig war: Junge Anwälte arbeiten bis zum Umfallen. Ich hörte mir die Bandansage des Kanzleianrufbeantworters an, befolgte die Anweisungen und drückte STO auf der Tastatur meines Telefons, die ersten drei Buchstaben von Johns Nachnamen.

Nach einem Klicken meldete er sich – leider wieder nur eine Aufzeichnung. »Hi, hier ist John Storrow. Ich bin über das Wochenende nach Philly gefahren, um meine Eltern zu besuchen. Am Montag werde ich im Büro sein; den Rest der Woche bin ich geschäftlich unterwegs. Von Dienstag bis Freitag erreichen Sie mich mit größter Wahrscheinlichkeit unter …«

Die Nummer, die er nannte, begann mit 207-955, was Castle Rock bedeutete. Ich nahm an, daß es sich um das Hotel handelte, wo er zuvor gewohnt hatte, das hübsche oben auf dem View. »Mike Noonan«, sagte ich. »Rufen Sie mich an, wenn Sie können. Ich habe auch eine Nachricht auf dem Anrufbeantworter in Ihrer Wohnung hinterlassen.«

Ich ging in die Küche, um ein Bier zu holen, stand aber nur vor der Kühlschranktür und spielte mit den Magneten. Hurenbock, hatte er mich genannt. *Schau an, Hurenbock, wo ist Ihre Hure?* Eine Minute später hatte er mir angeboten, meine Seele zu retten. Eigentlich ziemlich komisch. Wie ein Alkoholiker, der dir anbietet, auf deine Hausbar aufzupassen. *Ich finde, er hat mit aufrichtiger Zuneigung von Ihnen gesprochen,* hatte Mattie gesagt. *Ihr Urgroßvater und sein Urgroßvater haben in dieselbe Latrine geschissen.*

Ich ging weg vom Kühlschrank, ohne ein Bier genommen zu haben, lief zum Telefon zurück und rief Mattie an.

»Hi«, sagte eine andere offensichtlich aufgezeichnete Stimme. Ich hatte kein Glück. »Ich bin es, aber ich bin entweder unterwegs oder kann im Moment nicht ans Telefon kommen. Hinterlassen Sie eine Nachricht, ja?« Eine Pause, das Rauschen des Mikrophons, ein fernes Flüstern, und dann Kyra, so laut, daß mir fast das Ohr abfiel: »*Wir bitten um eine fröhliche Nachricht!*« Es folgte Gelächter von beiden, das vom Pfeifton abgeschnitten wurde.

»Hi, Mattie, hier ist Mike Noonan«, sagte ich. »Ich wollte nur –«

Ich weiß nicht, wie ich diesen Gedanken beendet hätte, aber das mußte ich nicht. Es klickte, dann sagte Mattie selbst: »Hallo, Mike.« Der Unterschied zwischen dieser niedergeschlagenen, resignierten Stimme und der fröhlichen Stimme des Bandes war so frappant, daß ich einen Moment still blieb. Dann fragte ich sie, was los war.

»Nichts«, sagte sie und fing an zu weinen. »Alles. Ich habe meinen Job verloren. Lindy hat mich gefeuert.«

Natürlich hatte Lindy es nicht feuern genannt. »Etatknappheit«, hatte sie es genannt, aber natürlich hatte sie feuern gemeint, und ich wußte, wenn ich mir die Finanzen der Four Lakes Consolidated Library ansehen würde, würde ich feststellen, daß über die Jahre einer der Hauptsponsoren ein gewisser Mr. Max Devore gewesen war. Und er würde auch weiterhin einer der Hauptsponsoren sein ... das heißt, wenn Lindy Briggs mitspielte.

»Wir hätten nicht miteinander sprechen sollen, wo sie uns sehen konnte«, sagte ich, wohl wissend, daß ich mich ganz von der Bibliothek hätte fernhalten können, und Mattie wäre dennoch entlassen worden. »Und wir hätten es wahrscheinlich kommen sehen müssen.«

»John Storrow *hat* es kommen sehen.« Sie weinte immer noch, bemühte sich aber um Beherrschung. »Er sagte, Max Devore würde wahrscheinlich dafür sorgen, daß er mich bis zur Verhandlung so weit in die Ecke drängte, wie er nur konnte. Er sagte, Devore würde dafür sorgen, daß ich mit ›Ich bin arbeitslos, Euer Ehren‹, antworten würde, wenn der Richter mich fragt, wo ich angestellt bin. Ich sagte John, Mrs. Briggs würde niemandem so etwas Gemeines antun, schon gar nicht einem Mädchen, das so eine brillante Analyse von Melvilles ›Bartleby‹ abgeliefert hat. Wissen Sie, was er zu mir gesagt hat?«

»Nein.«

»Er sagte: ›Sie sind sehr jung.‹ Ich dachte, das wäre herablassend, aber er hatte recht, oder nicht?«

»Mattie –«

»Was soll ich nur tun, Mike? Was soll ich tun?« Es hörte sich an, als wäre die Panik-Ratte in die Wasp Hill Road weitergezogen.

Ich dachte ziemlich kalt: *Warum wirst du nicht meine Geliebte? Dein Titel wird »Redaktionsassistentin« sein, eine vollkommen astreine Stelle, soweit es das Finanzamt betrifft. Ich spendiere Kleidung, ein paar Kreditkarten, ein Haus – sag deiner Rostbeule von Wohnwagen in der Wasp Hill Road Lebewohl – und zwei Wochen Ferien: Wie hört sich Februar auf Maui an? Und natürlich Kis Ausbildung, plus ein stattlicher Bonus am Jahresende. Und ich werde umsichtig sein. Umsichtig und diskret. Ein- oder zweimal die Woche, und immer erst, wenn deine kleine Tochter schläft. Du mußt nur ja sagen und mir einen Schlüssel geben. Du mußt nur auf die Seite schlüpfen, wenn ich reinschlüpfe. Du mußt mich nur machen lassen, was ich will – in der Dunkelheit, die ganze Nacht hindurch, mich dich anfassen lassen, wo ich dich anfassen will, mich machen lassen, was ich machen will, nie nein sagen, nie aufhören sagen.*

Ich machte die Augen zu.

»Mike? Sind Sie noch da?«

»Klar«, sagte ich. Ich berührte die pochende Platzwunde am Hinterkopf und zuckte zusammen. »Alles wird gut werden, Mattie. Sie –«

»Der Wohnwagen ist nicht bezahlt!« wimmerte sie fast. »Ich habe zwei unbezahlte Telefonrechnungen, und sie drohen, mir den Anschluß zu sperren! Mit dem Getriebe des Jeeps stimmt etwas nicht, und mit der Hinterachse auch nicht! Ich denke, ich kann Kis Bibelschule letzte Woche bezahlen – Mrs. Briggs hat mir drei Wochenlöhne wegen der fristlosen Kündigung gegeben –, aber wie soll ich ihr *Schuhe* kaufen? Sie wächst so schnell aus allem *raus* … Sie hat Löcher in allen Shorts und in fast sämtlichen g-g-gottverdammten Unterhosen …«

Sie fing wieder an zu weinen.

»Ich werde mich Ihrer annehmen, bis Sie wieder auf eigenen Füßen stehen können«, sagte ich.

»Nein, ich kann nicht zulassen –«

»Sie können. Und Sie werden es auch, Kyras wegen. Später können Sie es mir zurückzahlen, wenn Sie immer noch wollen. Wir führen Buch über jeden Dollar und jeden Cent, wenn Sie wollen. Aber ich werde mich Ihrer annehmen.« *Und du wirst dich nie nackt ausziehen müssen, wenn ich bei dir bin. Das ist ein Versprechen, und ich werde es halten.*

»Mike, Sie müssen das nicht tun.«

»Vielleicht, vielleicht doch. Aber ich *werde* es tun. Versuchen Sie nur, mich aufzuhalten.« Ich hatte angerufen, um ihr zu sagen, was mir passiert war – die humorvolle Version –, aber das schien nun der schlechteste Einfall der Welt zu sein. »Diese Sorgerechtsgeschichte wird überstanden sein, ehe Sie es richtig registriert haben, und wenn Sie hier unten niemanden finden, der mutig genug ist, Sie einzustellen, werde ich jemanden in Derry finden, der es tut. Außerdem, sagen Sie mir die Wahrheit – finden Sie nicht auch allmählich, daß es Zeit für einen Tapetenwechsel wird?«

Sie brachte das Bruchstück eines Lachens zustande. »Das kann man wohl sagen.«

»Heute von John gehört?«

»Ja, tatsächlich. Er besucht seine Eltern in Philadelphia, hat mir aber die Nummer dort gegeben. Ich habe ihn angerufen.«

Er hatte gesagt, daß er in sie verschossen wäre. Vielleicht war sie auch in ihn verschossen. Ich redete mir ein, daß der dornige kleine Stich, den ich bei diesem Gedanken empfand, nur Einbildung war. Versuchte jedenfalls, es mir einzureden. »Was hat er dazu gesagt, daß Sie Ihren Job auf diese Weise verloren haben?«

»Dasselbe wie Sie. Aber bei ihm fühlte ich mich nicht sicher. Bei Ihnen schon. Ich weiß nicht, warum.« Ich wußte es. Ich war ein älterer Mann, und darin liegt die hauptsächliche Faszination, die wir auf junge Frauen ausüben: Bei uns fühlen sie sich sicher. »Er kommt am Dienstag morgen wieder her. Ich sagte, daß ich mit ihm zu Mittag esse.«

Aalglatt, ohne ein Beben oder Zögern in der Stimme, sagte ich: »Vielleicht könnte ich mich dazugesellen.«

Matties Stimme wurde auf diesen Vorschlag hin wärmer; daß sie so bereitwillig darauf einging, weckte paradoxerweise Schuldgefühle in mir. »Das wäre toll! Soll ich ihn anrufen und vorschlagen, daß Sie beide hierherkommen? Ich könnte wieder grillen. Vielleicht schicke ich Ki nicht in die Bibelschule, so daß wir zu viert sind. Sie hofft, daß Sie ihr wieder eine Geschichte vorlesen. Das hat ihr gefallen.«

»Hört sich prima an«, sagte ich und meinte es ernst. Durch Kyras Anwesenheit wirkte alles natürlicher, nicht so aufdringlich meinerseits. Und ihrerseits nicht so sehr wie ein Tête-à-tête. John konnte man nicht beschuldigen, daß er ein übertriebenes Interesse an seiner Mandantin nähme. Am Ende wäre er mir wahrscheinlich dankbar. »Ich glaube, Ki könnte für ›Hänsel und Gretel‹ bereit sein. Wie geht es Ihnen, Mattie? Gut?«

»Viel besser als vor Ihrem Anruf.«

»Schön. Es wird alles gut werden.«

»Versprechen Sie es mir.«

»Das habe ich gerade.«

Eine kurze Pause. »Geht es *Ihnen* gut, Mike? Sie klingen ein bißchen … ich weiß nicht … ein bißchen seltsam.«

»Prima«, sagte ich, und das traf zu auf jemanden, der vor einer Stunde ziemlich sicher gewesen war, daß er ertrinken würde. »Kann ich Ihnen eine Frage stellen, bevor ich auflege? Weil sie mich wahnsinnig macht.«

»Natürlich.«

»An dem Abend, als wir zusammen gegessen haben, sagten Sie, Devore hätte Ihnen erzählt, daß sein Urgroßvater und meiner sich gekannt hätten. Ziemlich gut sogar, ihm zufolge.«

»Er hat gesagt, daß sie in dieselbe Latrine geschissen haben. Ich hielt das für elegant formuliert.«

»Hat er sonst noch etwas gesagt? Denken Sie genau nach.«

Das tat sie, aber ihr fiel nichts ein. Ich bat sie, mich anzurufen, sollte ihr noch etwas zu der Unterhaltung einfallen, sollte sie sich einsam oder ängstlich fühlen oder über irgend etwas Sorgen machen. Ich wollte ungern zuviel sagen, hatte aber bereits entschieden, daß ich mit John offen über mein jüngstes Abenteuer sprechen mußte. Es konnte angezeigt sein, den Privatdetektiv aus Lewiston – George Kennedy, wie der Schauspieler – einen oder zwei Mann ins TR schicken zu lassen, damit sie Mattie und Kyra im Auge behielten. Max Devore war verrückt, wie mein Hausmeister gesagt hatte. Damals hatte ich es nicht verstanden, jetzt schon. Und wenn mir Zweifel kamen, mußte ich nur meinen Hinterkopf berühren.

Ich drehte mich zum Kühlschrank um und vergaß wieder, ihn zu öffnen. Statt dessen streckte ich die Hände nach den Magneten aus, schob sie herum und verfolgte, wie sich Worte bildeten, zerfielen, entwickelten. Es war eine seltsame Art zu schreiben … aber es *war* Schreiben. Ich merkte es an der Art, wie ich fast in Trance fiel.

Dieser halb hypnotisierte Zustand ist etwas, das man kultiviert, bis man es per Willenskraft an- und abschalten kann … wenigstens dann, wenn alles gut läuft. Der intuitive Teil des Verstands koppelt sich ab, wenn man zu arbeiten anfängt, und steigt auf eine Höhe von etwa zwei Metern (vielleicht drei, an guten Tagen). Dort angekommen, bleibt er einfach in der Schwebe und sendet Botschaften schwarzer Magie und bunte Bilder. An normalen Tagen ist dieser Teil an den Rest der Maschine angekoppelt und weitgehend vergessen … bis auf die gewissen Anlässe, wenn er sich aus eigenen Stücken befreit, man unerwartet in Trance verfällt und der Verstand Assoziationen beschwört, die nichts mit rationalem Denken zu tun haben und in unerwarteten Bildern erstrahlen. In gewisser Weise ist das der seltsamste Teil des kreativen Prozesses. Die Musen sind Geister, und manchmal erscheinen sie ungebeten.

In meinem Haus spukt es.

In Sara Lacht hat's immer gespukt … Sie haben die Geister aufgeschreckt.

aufgeschreckt, schrieb ich auf dem Kühlschrank. Aber es sah nicht richtig aus, daher machte ich einen Kreis aus Obst- und Gemüsemagneten darum. Das war besser, viel besser. Ich stand einen Moment davor und verschränkte die Hände auf der Brust wie an meinem Schreibtisch, wenn mir ein Wort oder ein Ausdruck fehlten, dann entfernte ich *aufgeschrec* und setzte *spu* hin, machte *spukt* daraus.

»Es spukt in dem Kreis«, sagte ich und hörte gerade noch das leise Läuten von Bunters Glöckchen, als stimme er zu.

Ich nahm die Buchstaben ab und dachte darüber nach, wie seltsam es war, einen Anwalt namens Romeo –

(*romeo* kam in dem Kreis)

– und einen Detektiv namens George Kennedy zu haben.

(*george* kam an den Kühlschrank)

Ich fragte mich, ob Kennedy mir bei Andy Drake helfen konnte –

(*drake* am Kühlschrank)

– mir vielleicht ein paar Einblicke vermittelte. Ich hatte noch nie über einen Privatdetektiv geschrieben, und gerade auf die Kleinigkeiten –

(*rake* weg, das *d* blieb, *etails* wurde hinzugefügt)

– kommt es an. Ich drehte eine 3 auf den Rücken und schob ein I darunter, so daß ein Dreizack entstand. Der Teufel steckt im Detail.

Von da schweifte ich ab. Wohin genau, weiß ich nicht genau, denn ich war in Trance, der intuitive Teil meines Verstands so hoch, daß kein Suchtrupp ihn gefunden hätte. Ich stand vor meinem Kühlschrank, spielte mit den Buchstaben und buchstabierte kurze Gedankenbruchstücke, ohne darüber nachzudenken. Sie glauben vielleicht, daß so etwas nicht möglich ist, aber jeder Schriftsteller weiß, es ist möglich.

Zurück holte mich schließlich Licht, das über die Fenster des Foyers huschte. Ich schaute auf und sah den Umriß eines Wagens hinter meinem Chevrolet halten. Entsetzen krampfte mir den Magen zusammen. In diesem Augenblick hätte ich alles für eine geladene Waffe gegeben. Denn es war Footman. Er mußte es sein. Devore hatte ihn angerufen, als er und Whitmore wieder im Warrington's waren, und ihm gesagt, daß sich Noonan weigerte, ein guter Marsianer zu sein, also fahr zu ihm und zeig ihm, was eine Harke ist.

Als die Fahrertür aufging und die Dachleuchte im Auto des Besuchers anging, stieß ich einen Stoßseufzer der Erleichterung aus. Ich wußte nicht, wer es war, aber auf jeden Fall nicht »Daddy«. Dieser Bursche sah aus, als könnte er eine Fliege nicht mit einer zusammengerollten Zeitung erledigen ... aber ich schätze, es gibt eine Menge Leute, die bei Jeffrey Dahmer denselben Fehler gemacht hatten.

Über dem Kühlschrank stand eine Sammlung Spraydosen, alle alt und wahrscheinlich nicht ozonfreundlich. Ich wußte nicht, wieso Mrs. M. sie übersehen hatte, freute mich aber darüber. Ich nahm die erste, die mir in die Finger kam – Black Flag, ausgezeichnete Wahl –, drückte mit dem Daumen die Haube herunter und steckte die Dose in die linke vordere Tasche meiner Jeans. Dann drehte ich mich zu den Schubladen links von der Spüle um. Die oberste enthielt Besteck. In der zweiten befand sich »Küchenkram«, wie sich Jo immer ausgedrückt hatte – von Fleischthermometern bis zu diesen Dingern, die man in

Maiskolben steckt, damit man sich nicht die Finger verbrennt. In der dritten von oben bewahrte ich eine erkleckliche Auswahl von verschiedenen Fleischmessern auf. Ich nahm eines, steckte es in die rechte vordere Tasche meiner Jeans und ging zur Tür.

Der Mann auf meiner Veranda zuckte ein wenig zusammen, als ich das Außenlicht einschaltete, dann blinzelte er mich durch die Tür an wie ein kurzsichtiges Kaninchen. Er war etwa einssechzig groß, mager, blaß. Das Haar trug er kurz, ein Bürstenschnitt, wie man in meiner Kindheit dazu gesagt hatte. Seine Augen waren braun. Sie befanden sich hinter dem Schutz einer Hornbrille mit fettig aussehenden Gläsern. Die kleinen Hände hatte er an den Seiten hängen. Mit einer hielt er den Griff einer flachen Ledertasche, mit der anderen ein kleines weißes Rechteck. Ich glaubte nicht, daß es mein Schicksal war, von einem Mann mit einer Visitenkarte in der Hand getötet zu werden, daher machte ich die Tür auf.

Der Mann lächelte, dieses nervöse Lächeln, das die Leute in den Filmen von Woody Allen immer zeigen. Ich sah, daß er auch ein Woody-Allen-Kostüm trug – ein verblaßtes kariertes Hemd, zu kurz an den Handgelenken, im Schritt ein wenig zu sehr ausgebeulte Stoffhosen. *Jemand muß ihn auf die Ähnlichkeit aufmerksam gemacht haben*, dachte ich. *Das muß es sein.*

»Mr. Noonan?«

»Ja?«

Er gab mir die Karte. NEXT CENTURY IMMOBILIEN stand in Goldbuchstaben darauf. Darunter, in bescheidenerem Schwarz, der Name meines Besuchers.

»Ich bin Richard Osgood«, sagte er, als könnte ich nicht lesen, und streckte die Hand aus. Das Bedürfnis des amerikanischen Mannes, auf diese Geste zu reagieren, ist tief verwurzelt, aber an jenem Abend konnte ich widerstehen. Er hielt die kleine rosa Pfote noch einen Moment ausgestreckt, dann ließ er sie sinken und wischte sich die Handfläche nervös an der Stoffhose ab. »Ich habe eine Nachricht für Sie. Von Mr. Devore.«

Ich wartete.

»Darf ich reinkommen?«

»Nein«, sagte ich.

Er wich einen Schritt zurück, wischte sich wieder die Hand an der Hose ab und schien sich zu sammeln. »Ich glaube kaum, daß ein Grund besteht, unhöflich zu sein, Mr. Noonan.«

Ich war nicht unhöflich. Hätte ich unhöflich sein wollen, hätte er eine Dosis Insektengift verpaßt bekommen. »Max Devore und seine Gouvernante haben heute abend versucht, mich im See zu ertränken. Wenn Ihnen mein Verhalten etwas schroff erscheint, liegt es wahrscheinlich daran.«

Ich glaube, Osgoods erschrockene Miene war echt. »Sie müssen zu hart an Ihrem jüngsten Projekt arbeiten, Mr. Noonan. Max Devore wird an seinem nächsten Geburtstag sechsundachtzig – wenn er ihn erlebt, was inzwischen fraglich erscheint. Der arme alte Mann kann kaum noch von seinem Rollstuhl zum Bett gehen. Und was Rogette angeht –«

»Ich verstehe, was Sie meinen«, sagte ich. »Ich habe es vor zwanzig Minuten mit eigenen Augen gesehen, auch ohne Ihre Hilfe. Ich kann es selbst kaum glauben und war dabei. Geben Sie mir, was Sie für mich haben.«

»Nun gut«, sagte er mit einer beleidigten kleinen »Dann-*seien*-Sie-eben-so«-Stimme. Er machte einen Reißverschluß an der Vorderseite seiner Ledertasche auf und holte einen weißen Briefumschlag heraus, im Aktenformat und zugeklebt. Ich nahm ihn und hoffte, Osgood würde nicht spüren, wie laut mein Herz klopfte. Devore handelte verdammt schnell für einen Mann, der mit einem Sauerstofftank reiste. Die Frage war, um was für einen Schachzug handelte es sich hierbei?

»Danke«, sagte ich und begann die Tür zu schließen. »Ich würde Ihnen gern ein Trinkgeld geben, habe aber meine Brieftasche auf der Kommode liegenlassen.«

»Warten Sie! Sie sollen das lesen und mir eine Antwort geben.«

Ich zog die Brauen hoch. »Ich weiß nicht, wie Devore auf den Gedanken kommt, er könnte mich herumkommandieren, habe aber nicht die Absicht, mein Verhalten von seinem Irrglauben beeinflussen zu lassen. Hauen Sie ab.«

Er zog die Lippen nach unten, was tiefe Grübchen an seinen Mundwinkeln hervorrief, und auf einmal sah er gar nicht mehr wie Woody Allen aus. Er sah aus wie ein fünfzigjähriger Immobilienmakler, der dem Teufel seine Seele verkauft hatte und jetzt nicht mit ansehen konnte, wie jemand den Boß an seinem gegabelten Schwanz zog. »Ein freundschaftlicher Rat, Mr. Noonan –

Sie sollten aufpassen. Max Devore ist kein Mann, mit dem man Spielchen treibt.«

»Ein Glück für mich, daß ich keine Spielchen treibe.«

Ich machte die Tür zu, blieb in der Diele stehen, hielt den Umschlag und beobachtete Mr. Next Century Immobilien. Er sah stinksauer und verwirrt aus – ich schätze, in letzter Zeit hatte ihn niemand mehr so abfahren lassen. Vielleicht tat es ihm ganz gut. Würde ihn veranlassen, die Dinge in einem andern Licht zu sehen. Ihn daran erinnern, daß Richie Osgood, Max Devore hin oder her, nie größer als einsachtundsechzig sein würde. Sogar in Cowboystiefeln.

»Mr. Devore will eine Antwort!« rief er durch die geschlossene Tür.«

»Ich ruf' an«, rief ich zurück, dann hob ich langsam die beiden Mittelfinger zum Doppeladler, den ich vorher zu gerne Bill und Rogette gezeigt hätte. »Vielleicht können Sie ihm bis dahin das hier übermitteln.«

Ich rechnete fast damit, daß er die Brille abnehmen und sich die Augen reiben würde. Statt dessen ging er zu seinem Auto zurück, warf die Tasche hinein und folgte ihr anschließend. Ich sah ihm nach, bis er rückwärts die Einfahrt hinauf gefahren war und ich sicher sein konnte, daß er sich verzogen hatte. Dann ging ich ins Wohnzimmer und machte den Umschlag auf. Im Inneren befand sich ein einziges Blatt Papier, leicht mit dem Duft parfümiert, den meine Mutter aufgelegt hatte, als ich ein Kind war. Ich glaube, White Shoulders heißt er. Ganz oben stand in verzierten, damenhaften, leicht erhabenen Buchstaben

ROGETTE D. WHITMORE

Darunter, in einer leicht zittrigen Frauenhandschrift, folgende Nachricht:

20.30 Uhr

Lieber Mr. Noonan,

Max bittet mich, Ihnen auszurichten, wie sehr er sich gefreut hat, Sie zu treffen! Dem kann ich nur beipflichten. Sie sind ein sehr amüsantes und unterhaltsames Kerlchen! Wir hatten soviel Spaß an Ihren Streichen.

Aber nun zum Geschäft. M. schlägt Ihnen ein ganz einfaches Geschäft vor: Wenn Sie versprechen, keine Fragen mehr nach ihm zu stellen und sämtliche rechtlichen Schritte zu unterbinden – wenn Sie versprechen, ihn in Frieden ruhen zu lassen, sozusagen –, dann verspricht Ihnen Mr. Devore, daß er nicht mehr versuchen wird, das Sorgerecht für seine Enkelin zu erhalten. Wenn Ihnen das recht ist, müssen Sie Mr. Osgood nur sagen: »Ich bin einverstanden.« Er wird die Nachricht überbringen! Max hofft, daß er schon bald mit seinem Privatjet nach Kalifornien zurückkehren kann – er hat Geschäfte, die sich nicht mehr aufschieben lassen, auch wenn er die Zeit hier genossen und Sie besonders interessant gefunden hat. Ich soll Sie daran erinnern, daß mit dem Sorgerecht gewisse Verpflichtungen verbunden sind, und beschwört Sie, nicht zu vergessen, daß er es gesagt hat.

Rogette

P. S.: Er erinnert mich daran, daß Sie seine Frage nicht beantwortet haben – flutscht ihre Fotze? In diesem Punkt ist Max ziemlich neugierig.

R.

Ich las den Brief zum zweitenmal, zum drittenmal. Ich wollte ihn auf den Tisch legen und las ihn zum viertenmal. Es war, als könnte ich den Sinn nicht verstehen. Ich mußte den Wunsch unterdrücken, sofort zum Telefon zu sausen und Mattie anzurufen. Es ist vorbei, Mattie, würde ich sagen. Daß Sie Ihren Job verloren haben und ich beinahe im See ertränkt wurde, waren die beiden letzten Schüsse des Krieges. Er gibt auf.

Nein. Erst wenn ich absolut sicher war.

Statt dessen rief ich im Warrington's an, wo ich den vierten Anrufbeantworter dieses Abends zu hören bekam. Devore und Whitmore hatten sich auch nicht die Mühe gemacht, etwas Freundliches zu sagen; eine Stimme, so kalt wie die Eismaschine in einem Motel, forderte mich lediglich auf, nach dem Pfeifton eine Nachricht zu hinterlassen.

»Noonan«, sagte ich. Bevor ich weiterkam, ertönte ein Klicken, als jemand abnahm.

»Hat Ihnen das Schwimmen Spaß gemacht?« fragte Rogette Whitmore mit einer rauchigen, spöttischen Stimme. Hätte ich sie nicht leibhaftig gesehen, hätte ich mir vielleicht einen auf kalte Weise attraktiven Barbara-Stanwyck-Typ vorgestellt, im apricotfarbenen Morgenmantel sich auf einer roten Samtcouch räkelnd, in einer Hand das Telefon, in der anderen ein langes Zigarettenmundstück aus Elfenbein.

»Wenn ich Sie eingeholt hätte, Ms. Whitmore, hätte ich Ihnen meine Gefühle vollkommen deutlich gemacht.«

»Ooooh«, sagte sie. »Meine Schenkel kribbeln.«

»Bitte ersparen Sie mir den Gedanken an Ihre Schenkel.«

»Sie können mir nichts anhaben, Mr. Noonan«, sagte sie gefaßt. »Welchem Umstand verdanken wir das Vergnügen Ihres Anrufs?«

»Ich habe Mr. Osgood ohne Antwort weggeschickt.«

»Das dachte sich Max. Er sagte: ›Unser junger Hurenbock schätzt eine persönliche Antwort. Das sieht man ihm schon an.«

»Er wird gemein, wenn er verliert, was?«

»Mr. Devore *verliert* nicht.« Ihre Stimme fiel um mindestens dreißig Grad, und auf dem Weg abwärts ging auch der humorvolle Unterton verloren. »Er mag seine Ziele ändern, aber er *verliert* nicht. Heute abend haben Sie wie ein Verlierer ausgesehen, Mr. Noonan, wie Sie da auf dem See herumgepaddelt sind und geschrien haben. Sie hatten Angst, nicht wahr?«

»Ja. Sehr.«

»Und mit gutem Grund. Ich frage mich, ob Sie wissen, wieviel Glück Sie gehabt haben?«

»Darf ich Ihnen etwas sagen?«

»Natürlich, Mike – ich darf Sie doch Mike nennen?«

»Warum bleiben Sie nicht bei Mr. Noonan? Also – hören Sie zu?«

»Mit angehaltenem Atem.«

»Ihr Boß ist alt, er ist übergeschnappt, und ich vermute, er ist in einer Verfassung, in der er keine Scorekarte mehr handhaben könnte, geschweige denn einen Sorgerechtsprozeß. Er war schon vor einer Woche erledigt.«

»Wollen Sie auf etwas Bestimmtes hinaus?«

»So ist es, also passen Sie auf: Wenn einer von Ihnen so etwas Ähnliches noch mal versucht, werde ich den alten Wichser aufsuchen und ihm seine rotzverschmierte Sauerstoffmaske so weit in den Arsch rammen, daß er seine Lungen von unten belüften kann. Und wenn ich Sie auf der *Straße* sehe, Ms. Whitmore, werde ich Sie als Zielscheibe benutzen. Haben Sie mich verstanden?«

Ich verstummte schwer atmend, erstaunt und entsetzt über mich selbst. Wenn man mir gesagt hätte, daß ich zu einer solchen Ansprache fähig wäre, hätte ich gelacht.

Nach längerem Schweigen sagte ich: »Ms. Whitmore? Sind Sie noch da?«

»Ich bin noch da«, sagte sie. Ich wollte, daß sie wütend wäre, aber in Wahrheit hörte sie sich amüsiert an. »Wer wird jetzt gemein, Mr. Noonan?«

»Ich«, sagte ich, »und vergessen Sie das nie, Sie steinewerfendes Miststück.«

»Wie lautet Ihre Antwort für Mr. Devore?«

»Wir sind uns einig. Ich bin still, die Anwälte sind still, er läßt Mattie und Kyra in Ruhe. Sollte er dagegen weiter versuchen –«

»Ich weiß, ich weiß, dann spüren Sie ihn auf und zeigen es ihm. Ich frage mich, was Sie in einer Woche zu alledem sagen werden, Sie arroganter Dummkopf.«

Bevor ich antworten konnte – mir lag auf der Zunge, ihr zu sagen, daß sie selbst im besten Fall wie ein Mädchen warf –, hatte sie aufgelegt.

Ich stand ein paar Sekunden mit dem Hörer in der Hand da, dann legte ich auf. War es ein Trick? Mir kam es wie ein Trick vor, gleichzeitig aber auch nicht. John mußte unbedingt davon erfahren. Er hatte die Nummer seiner Eltern nicht auf dem Anrufbeantworter hinterlassen, aber Mattie hatte sie. Aber wenn ich sie zurückrief, mußte ich ihr erzählen, was sich gerade zugetragen hatte. Es wäre besser, alle Anrufe auf morgen zu verschieben. Darüber zu schlafen.

Ich steckte die Hand in die Tasche und pfählte sie um ein Haar mit dem Fleischmesser, das ich dort versteckt hatte. Ich hatte es ganz vergessen. Ich nahm es heraus, brachte es in die Küche zurück und legte es in die Schublade. Danach fischte ich die Spraydose heraus, drehte mich um, damit ich sie zu ihren älteren Brüdern auf den Kühlschrank stellen konnte, und erstarrte. In dem Kreis aus Obst- und Gemüsemagneten stand:

r
u
19n
t
geh
r

Hatte ich das selbst gemacht? War ich so tief in der Zone gewesen, so sehr in Trance, daß ich ein Minikreuzworträtsel am Kühlschrank geschaffen hatte, ohne mich daran zu erinnern? Und wenn ja, was bedeutete es?

Vielleicht hat es jemand anders gemacht, dachte ich. *Einer meiner unsichtbaren Hausgenossen.*

»Geh runter 19«, sagte ich, streckte die Hand aus und berührte die Buchstaben. Eine Kompaßangabe? Vielleicht hieß es auch *Geh 19 runter.* Das deutete wieder auf Kreuzworträtsel hin. Manchmal bekommt man in einem Rätsel einen Hinweis, der einfach lautet *Siehe 19 waagerecht* oder *Siehe 19 senkrecht.* Wenn das hier gemeint war, welches Rätsel sollte ich überprüfen?

»Ich könnte ein wenig Hilfe gebrauchen«, sagte ich, bekam aber keine Antwort – weder von der Astralebene noch aus meinem eigenen Kopf. Schließlich nahm ich die Dose Bier, die ich mir versprochen hatte, und ging damit zum Sofa. Ich hob das Buch mit den extrakniffligen Kreuzworträtseln auf und studierte das Rätsel, das ich gerade löste. Es hieß »Alkohol tut wohl« und steckte voll von dummen Wortspielen, wie sie nur Kreuzworträtselsüchtige komisch finden. Beschwipster Schauspieler? Marlon Brandy. Beschwipster Südstaatenroman? Vom Whiskey verweht. Verleitet den Staatsanwalt zum Trinken? Beweinlast. Und neunzehn senkrecht war orientalische Krankenschwester, was, wie jeder Kreuzworträtselprofi der Welt weiß, eine Amah ist. Nichts in »Alkohol tut wohl« stand in einem Zusammenhang mit dem, was in meinem Leben vor sich ging, zumindest soweit ich sah.

Ich blätterte die anderen Rätsel in dem Buch durch und sah mir jeweils neunzehn senkrecht an. Bildhauerwerkzeug (MEIS-

SEL). CNNs beliebtester Heuler, 2 Wrt. (WOLFBLITZER). Äthanol und Dimethyläther, z.B. (ISOMERE). Ich warf das Buch erbost beiseite. Wer sagte überhaupt, daß es diese spezielle Rätselsammlung sein mußte? Ich hatte schätzungsweise fünfzig weitere im Haus, vier oder fünf allein in der Schublade eben des Beistelltischs, auf dem meine Bierdose stand. Ich lehnte mich ins Sofa zurück und schloß die Augen.

Ich habe Huren immer gern gehabt … manchmal war ihr Platz auf meinem Gesicht.

Wo gute Schoßhündchen und böse Köter nebeneinanderlaufen dürfen.

Es gibt keinen stadtbekannten Säufer hier, wir wechseln uns ab.

Hier ist es passiert. Jau.

Ich schlief ein und erwachte drei Stunden später mit einem steifen Hals und einem schrecklichen Pochen im Hinterkopf. Weit entfernt in den White Mountains grollte Donner, und es schien sehr heiß im Haus zu sein. Als ich von der Couch aufstand, schälten sich die Unterseiten meiner Schenkel mehr oder weniger von dem Stoff ab. Ich schlurfte wie ein alter, alter Mann in den Nordflügel, betrachtete meine nassen Kleidungsstücke, überlegte mir, ob ich sie in die Waschküche bringen sollte, und entschied, daß mein Kopf platzen würde, wenn ich mich so tief bückte.

»Darum könnt ihr Geister euch kümmern«, murmelte ich. »Wenn ihr Hosen und Unterwäsche auf der Wäschespinne vertauschen könnt, dann könnt ihr auch mein Hemd und die Jeans in den Korb bringen.«

Ich nahm drei Tylenol und ging ins Bett. Irgendwann erwachte ich zum zweitenmal und hörte das Phantomkind schluchzen.

»Hör auf«, sagte ich zu ihm. »Hör auf, Ki, niemand wird dich wegbringen. Du bist in Sicherheit.« Dann schlief ich wieder ein.

Kapitel 19

Das Telefon läutete. Ich näherte mich ihm aus einem Traum vom Ertrinken, in dem ich keine Luft bekam, erwachte in frühem Sonnenlicht und verzog vor Schmerzen im Hinterkopf das Gesicht, als ich die Füße aus dem Bett schwang. Das Telefon würde verstummen, ehe ich es erreichen konnte, wie fast immer in solchen Situationen, und danach würde ich mich noch mal zehn Minuten hinlegen und mich vergeblich fragen, wer es gewesen sein könnte, bevor ich endgültig aufstand.

Ringgg … ringgg … ringgg …

War das zehnmal? Zwölfmal? Ich hatte nicht mitgezählt. Da war jemand richtig fest entschlossen. Ich hoffte, daß es keinen Ärger bedeutete, aber meiner Erfahrung zufolge versuchen es die Leute nicht so hartnäckig, wenn sie gute Nachrichten haben. Ich berührte mit den Fingern zaghaft meinen Hinterkopf. Es tat ziemlich weh, aber dieser tiefe, übelkeiterregende Schmerz schien dahin zu sein. Und als ich meine Finger betrachtete, war kein Blut daran.

Ich watschelte den Flur entlang und nahm das Telefon ab. »Hallo?«

»Nun, wenigstens müssen Sie sich keine Sorgen mehr machen, daß Sie bei der Sorgerechtsverhandlung aussagen müssen.«

»Bill?«

»Jau.«

»Woher wußten Sie …« Ich beugte mich um die Ecke und sah auf die wedelnde, alberne Katzenuhr. Zwanzig Minuten nach sieben und schon drückend heiß. Scheißheiß, wie wir Marsianer aus dem TR zu sagen pflegen. »Woher wissen Sie, daß er beschlossen hat –«

»Ich weiß so oder so nichts von seinen Angelegenheiten.« Bill hörte sich eingeschnappt an. »Er hat mich nie angerufen und um Rat gefragt, und ich habe ihn nie angerufen, um ihm einen zu geben.«

»Was ist passiert? Was ist los?«

»Sie haben den Fernseher noch nicht eingeschaltet?«

»Ich hab' noch nicht mal Kaffee aufgesetzt.«

Keine Entschuldigung von Bill; er war ein Mann, der glaubte, daß Leute, die erst nach sechs Uhr aufstehen, einfach verdienen, was sie bekommen. Immerhin war ich jetzt wach. Und hatte eine ziemlich genaue Vorstellung davon, was jetzt kam.

»Devore hat sich gestern nacht umgebracht, Mike. Hat sich in eine Wanne mit warmem Wasser gesetzt und eine Plastiktüte über den Kopf gezogen. Dürfte bei seinen Lungen nicht allzu lange gedauert haben.«

Nein, dachte ich, wahrscheinlich nicht lange. Trotz der schwülen Sommerhitze, die bereits auf dem Haus lag, erschauerte ich.

»Wer hat ihn gefunden? Die Frau?«

»Jau, sicher.«

»Um wieviel Uhr?«

»›Kurz vor Mitternacht‹, haben sie in den Nachrichten auf Kanal 6 gesagt.«

Mit anderen Worten, etwa zu dem Zeitpunkt, als ich mit steifem Hals auf der Couch erwacht war und mich zum Bett geschleppt hatte.

»Hat sie was damit zu tun?«

»Sie meinen, ob sie Kevorkian gespielt hat? In den Nachrichten, die ich gesehen habe, kam nichts darüber. Die Tratschmühlen unten im Lakeview General Store dürften mittlerweile heißlaufen, aber ich war noch nicht unten, um dem Klappern zuzuhören. Wenn sie ihm geholfen hat, glaube ich nicht, daß sie je Ärger deswegen bekommen wird, Sie etwa? Er war fünfundachtzig und krank.«

»Wissen Sie, ob er im TR begraben wird?«

»Kalifornien. Sie sagen, daß am Dienstag ein Gottesdienst in Palm Springs stattfinden wird.«

Ein überwältigend seltsames Gefühl überkam mich, als mir klar wurde, daß die Ursache von Matties Problemen in einer blumengeschmückten Kapelle lag, während die Freunde von Kyra Devore gleichzeitig ihr Mittagessen verdauten und sich darauf vorbereiteten, den Frisbee zu werfen. *Es wird ein Freudenfest werden*, dachte ich staunend. *Ich weiß nicht, wie sie in der klei-*

nen Kapelle der Mikrochips in Palm Springs darauf reagieren, aber in der Wasp Hill Road werden sie tanzen und die Arme himmelwärts strecken und rufen: Ja, großer Gott.

Ich war in meinem ganzen Leben noch nie froh gewesen, zu hören, daß jemand gestorben war, aber bei Devore freute ich mich. Es tat mir leid, daß ich so empfand, aber so war es nun mal. Der alte Dreckskerl hatte mich in den See geworfen ... aber noch ehe die Nacht zu Ende ging, war er derjenige, der ertrunken war. In einer Plastiktüte war er ertrunken, in einer Wanne mit lauwarmem Wasser.

»Wissen Sie, wie das Fernsehen so schnell dahintergekommen ist?« Es war nicht *superschnell*, da sieben Stunden zwischen der Entdeckung der Leiche und den Sieben-Uhr-Nachrichten lagen, aber die Fernsehleute neigen zur Trägheit.

»Whitmore hat sie informiert. Hat um zwei Uhr nachts eine Pressekonferenz im Salon von Warrington's einberufen. Hat Fragen auf dem großen roten Plüschsofa beantwortet, von dem Jo immer gesagt hat, es sollte mit einer nackten Frau darauf das Ölbild in einem Saloon zieren. Erinnern Sie sich?«

»Ja.«

»Ich hab' ein paar County-Deputys im Hintergrund rumlaufen sehen, außerdem einen Burschen, den ich aus Jaquards Bestattungsunternehmen in Motton kenne.«

»Das ist bizarr«, sagte ich.

»Jau, wahrscheinlich war die Leiche noch oben, während Whitmore unten die Neuigkeiten verkündete ... aber sie hat behauptet, daß sie lediglich die Anweisungen vom Boß befolgte. Sie sagte, er hätte ein Tonband hinterlassen, auf dem er sagte, daß er es am Freitag getan hätte, um die Aktienkurse nicht zu beeinflussen, und daß Rogette unverzüglich die Presse informieren und den Leuten versichern sollte, daß die Firma gut dasteht, daß zwischen seinem Sohn und dem Aufsichtsrat alles in Butter ist. Dann hat sie von dem Gottesdienst in Palm Springs erzählt.«

»Er begeht Selbstmord und läßt danach um zwei Uhr nachts seine Stellvertreterin eine Pressekonferenz abhalten, um die Aktionäre zu beruhigen.«

»Jau. Und das klingt ganz nach ihm.«

Schweigen herrschte zwischen uns in der Leitung. Ich versuchte zu denken und konnte es nicht. Ich wußte nur, ich wollte nach oben gehen und arbeiten, Kopfschmerzen hin oder her. Ich wollte zu Andy Drake, John Shackleford und Shacklefords Jugendfreund, dem furchtbaren Ray Garraty. In meiner Story ging es um Wahnsinn, aber das war ein Wahnsinn, den ich verstand.

»Bill«, sagte ich schließlich, »sind wir immer noch Freunde?«

»Herrgott, ja«, sagte er unverzüglich. »Aber wenn Sie Leuten begegnen, die Ihnen ein wenig reserviert gegenüberstehen, wissen Sie jetzt wenigstens, warum, nicht wahr?«

Klar wüßte ich es. Viele würden mir die Schuld am Tod des alten Mannes geben. Angesichts seiner körperlichen Verfassung war das verrückt, und es würde mit Sicherheit nicht die Meinung der Mehrheit sein, aber wenigstens kurzfristig würde die Vorstellung eine gewisse Glaubwürdigkeit haben – das wußte ich so genau, wie ich die Wahrheit über John Shacklefords Jugendfreund kannte.

Kinder, es war einmal eine Gans, die flog zurück in die kleine, nicht eingefriedete Ortschaft, wo es als Gänslein gelebt hatte. Sie fing an, goldene Eier zu legen, und die Leute aus dem Ort scharten sich alle darum, um zu staunen und ihren Anteil zu bekommen. Aber jetzt war die Gans gekocht worden, und jemand mußte dafür verantwortlich gemacht werden. Ich würde einen Teil des Ärgers abbekommen, aber für Mattie würde es mit Sicherheit erheblich unangenehmer werden; sie hatte die Unverfrorenheit besessen, um ihr Kind zu kämpfen, anstatt Ki einfach schweigend zu übergeben.

»Halten Sie sich in den nächsten paar Wochen ein bißchen bedeckt«, sagte Bill. »Das würde ich machen. Wenn Sie etwas zu erledigen hätten, das Sie vom TR fernhält, bis sich alles wieder beruhigt hat, wäre das vielleicht das beste.«

»Ich weiß zu schätzen, was Sie da vorschlagen, aber ich kann nicht. Ich schreibe ein Buch. Wenn ich meinen Krempel zusammenpacke und weggehe, stirbt es mir unter den Händen. Das ist schon früher passiert, und ich möchte nicht, daß es sich diesmal wiederholt.«

»Ziemlich gute Geschichte, was?«

»Nicht schlecht, aber darum geht es nicht. Es ist ... nun, sagen wir einfach, dieses Buch ist aus anderen Gründen wichtig für mich.«

»Würde es nicht den Weg bis Derry überstehen?«

»Möchten Sie mich loswerden, William?«

»Ich versuche nur, Schlimmeres zu verhindern – Sie wissen ja, es ist mein Job, mich um gewisse Dinge zu kümmern. Und sagen Sie nicht, Sie wären nicht gewarnt worden: Der Bienenstock wird summen. Zwei Geschichten über Sie machen die Runde, Mike. Eine ist, daß Sie mit Mattie Devore in die Kiste springen. Die andere, daß Sie zurückgekommen sind, um eine Enthüllungsstory über das TR zu schreiben. Um alle Leichen aus dem Keller zu holen, die Sie finden können.«

»Mit anderen Worten, um zu Ende zu bringen, was Jo angefangen hat. Wer verbreitet diese Geschichte, Bill?«

Bill schwieg. Wir befanden uns wieder auf Erdbebengebiet, und diesmal fühlte sich der Boden unsicherer denn je an.

»Das Buch, an dem ich arbeite, ist ein Roman«, sagte ich. »Der in Florida spielt.«

»Oh, jau?« Man sollte nicht meinen, daß in zwei Silben so viel Erleichterung zum Ausdruck kommen kann.

»Glauben Sie, Sie könnten das irgendwie bekanntmachen?«

»Ich glaube schon«, sagte er. »Wenn Sie es Brenda Meserve sagen, macht es schneller und weiter die Runde.«

»Okay, mach ich. Was Mattie angeht –«

»Mike, Sie müssen nicht –«

»Ich gehe nicht mit ihr in die Kiste. Darum ging es nie. Es ging darum, daß ich gewissermaßen bei einem Spaziergang um die Ecke komme und mit ansehen muß, wie ein großer Mann einen kleinen verprügelt.« Pause. »Sie und ihr Anwalt haben für Dienstag mittag eine kleine Grillparty bei ihr geplant. Ich möchte auch hingehen. Werden die Leute in der Stadt denken, daß wir auf Devores Grab tanzen?«

»Manche bestimmt. Royce Merrill. Dickie Brooks auch. Alte Weiber in Hosen, so nennt Yvette sie.

»Nun, hol sie der Teufel«, sagte ich. »Jeden einzelnen.«

»Ich verstehe, wie Sie sich fühlen, aber sagen Sie ihr, sie sollte die Leute nicht vor den Kopf stoßen«, flehte er fast. »Achten Sie wenigstens darauf, Mike. Es wird sie nicht umbringen, wenn sie den Grill hinter ihren Wohnwagen zieht, oder? Wenn er dort steht, würden die Leute, die vom Laden oder der Werkstatt hinschauen, wenigstens nur den Rauch sehen.«

»Ich werde die Nachricht weitergeben. Und wenn ich an der Party teilnehme, werde ich den Grill persönlich nach hinten schaffen.«

»Sie wären gut beraten, sich von dem Mädchen und ihrem Kind fernzuhalten«, sagte Bill. »Sie können mir sagen, daß es mich nichts angeht, aber ich spreche als väterlicher Freund zu Ihnen und habe dabei nur Ihren Vorteil im Auge.«

Da hatte ich eine blitzartige Erinnerung an meinen Traum. Die schlüpfrige, köstliche Enge, als ich in sie eindrang. Die kleinen Brüste mit den steifen Brustwarzen. Ihre Stimme in der Dunkelheit, die mir sagte, daß ich machen sollte, was ich wollte. Mein Körper reagierte fast augenblicklich. »Das weiß ich«, sagte ich.

»Na gut.« Er hörte sich erleichtert an, daß ich ihn nicht zurechtwies – mit ihm Schlitten fuhr, wie er sich ausgedrückt haben würde. »Dann lasse ich Sie jetzt frühstücken.«

»Danke, daß Sie angerufen haben.«

»Hätte ich fast nicht. Yvette hat mich überredet. Sie sagte: ›Du hast Mike und Jo Noonan von all deinen Kunden immer am nettesten gefunden. Laß ihn jetzt nicht im Stich, wo er wieder nach Hause gekommen ist.‹«

»Richten Sie ihr meinen Dank aus«, sagte ich.

Ich legte den Hörer auf und betrachtete das Telefon nachdenklich. Unser Verhältnis zueinander schien sich wieder gebessert zu haben ... aber daß wir regelrechte Freunde waren, glaubte ich nicht. Ganz gewiß nicht so wie früher. Das hatte sich geändert, als mir klar wurde, daß Bill mich in manchen Dingen belog und mir andere verschwieg; es hatte sich auch geändert, als ich begriffen hatte, wie er Sara und die Red-Tops fast genannt hätte.

Du kannst einen Mann nicht für etwas verurteilen, das du dir vielleicht nur einbildest.

Richtig, und ich würde versuchen, es nicht zu tun ... aber ich wußte, was ich wußte.

Ich ging ins Wohnzimmer, schaltete den Fernseher ein und schaltete ihn wieder aus. Meine Satellitenschüssel empfing zwar fünfzig oder sechzig verschiedene Kanäle, aber keinen einzigen Lokalsender. Doch in der Küche stand ein tragbares Gerät, und wenn ich seine Kaninchenohren zum See richtete, würde ich WMTW reinbekommen, den ABC-Ableger im westlichen Maine.

Ich griff mir Rogettes Brief, ging in die Küche und schaltete den kleinen Sony ein, der unter den Schränken bei der Kaffeemaschine stand. *Good Morning America* lief, aber das würde in Kürze für die Lokalnachrichten unterbrochen werden. Bis dahin las ich den Brief, konzentrierte mich aber diesmal mehr auf die Ausdrucksweise als auf die Botschaft, die in der Nacht zuvor meine ganze Aufmerksamkeit beansprucht hatte.

Hofft, daß er schon bald mit seinem Privatjet nach Kalifornien zurückkehren kann, hatte sie geschrieben.

Hat Geschäfte, die sich nicht mehr aufschieben lassen, hatte sie geschrieben.

Wenn Sie versprechen, ihn in Frieden ruhen zu lassen, hatte sie geschrieben.

Das waren gottverdammte letzte Worte.

»Du hast es gewußt«, sagte ich und strich mit dem Daumen über die erhabenen Buchstaben ihres Namens. »Du hast es gewußt, als du das geschrieben hast, und wahrscheinlich schon, als du mit Steinen nach mir geworfen hast. Aber warum?«

Mit dem Sorgerecht sind gewisse Verpflichtungen verbunden, hatte sie geschrieben. *Vergessen Sie nicht, daß er das gesagt hat.*

Aber die Sorgerechtsgeschichte war vorbei, oder nicht? Nicht einmal ein Richter, der gekauft war, konnte einem Toten das Sorgerecht übertragen.

GMA wich schließlich den Lokalnachrichten, wo Max Devores Selbstmord der Aufmacher war. Das Fernsehbild flimmerte, aber ich konnte das rote Plüschsofa sehen, das Bill erwähnt hatte, und Rogette, die gefaßt, mit im Schoß gefalteten Händen, darauf saß. Ich glaubte, daß einer der Deputys im Hintergrund George Footman war, allerdings war das Flimmern so stark, daß ich nicht ganz sicher sein konnte.

Mr. Devore hatte in den vergangenen acht Monaten häufig davon gesprochen, seinem Leben ein Ende zu setzen, sagte Whitmore. Er sei sehr krank gewesen. Er hätte sie am vergangenen Abend gebeten, mit ihm spazierenzugehen, und jetzt sei ihr klargeworden, daß er einen letzten Sonnenuntergang hatte sehen wollen. Und es sei tatsächlich ein wunderschöner gewesen, fügte sie hinzu. Das hätte ich bestätigen können; ich erinnerte mich sehr deutlich an den Sonnenuntergang, weil ich in seinem Licht beinahe ertrunken wäre.

Rogette verlas Devores Erklärung, als mein Telefon wieder läutete. Es war Mattie, die abgehackt schluchzend weinte.

»Die Nachrichten«, sagte sie, »Mike, haben Sie gesehen ... wissen Sie ...«

Zuerst war das das einzig Zusammenhängende, das sie herausbrachte. Ich sagte ihr, daß ich es wußte, daß Bill Dean mich angerufen und ich darauf einen Teil in den Lokalnachrichten gesehen hatte. Sie versuchte zu antworten und konnte nicht sprechen. Schuldgefühle, Erleichterung, Schrecken, sogar Ausgelassenheit – das alles hörte ich in ihrem Weinen. Ich fragte, wo Ki war. Ich konnte Matties Gefühle verstehen – bis sie heute morgen die Nachrichten einschaltete, hatte sie geglaubt, daß der alte Max Devore ihr erbittertster Feind war –, aber mir gefiel der Gedanke an ein dreijähriges Mädchen nicht, das mit ansehen mußte, wie seine Mom die Fassung verlor.

»Draußen«, brachte sie heraus. »Sie hat gefrühstückt. Jetzt macht sie ein P-puppen-P-p-p ... Puppen-Pi-p-pi –«

»Picknick für die Puppen. Ja. Gut. Dann lassen Sie es raus. Lassen Sie sich gehen. Weinen Sie sich aus.«

Sie weinte mindestens zwei Minuten, vielleicht länger. Ich hielt den Hörer ans Ohr gedrückt, schwitzte in der Julihitze und versuchte, geduldig zu sein.

Ich werde Ihnen eine Chance geben, Ihre Seele zu retten, hatte Devore zu mir gesagt, aber heute morgen war er tot, und seine Seele war, wo immer sie sein mochte. Er war tot, Mattie war frei, ich schrieb. Das Leben hätte mir herrlich vorkommen sollen, aber das tat es nicht.

Schließlich hatte sie sich wieder im Griff. »Tut mir leid. So habe ich nicht mehr geweint – wirklich richtig geweint –, seit Lance gestorben ist.«

»Es ist völlig verständlich, und niemand hat etwas dagegen.«

»Kommen Sie zum Mittagessen«, sagte sie. »*Bitte,* kommen Sie zum Mittagessen, Mike. Ki wird den Nachmittag bei einer Freundin verbringen, die sie in der Ferien-Bibelschule kennengelernt hat, also können wir reden. Ich muß mit jemandem reden ... Herrgott, ich bin vollkommen durcheinander. Bitte sagen Sie, daß Sie kommen.«

»Ich würde sehr gerne, aber es wäre keine gute Idee. Besonders wenn Ki nicht da ist.«

Ich trug ihr eine redigierte Fassung meines Gesprächs mit Bill Dean vor. Sie hörte aufmerksam zu. Ich dachte, es würde vielleicht ein wütender Ausbruch erfolgen, wenn ich fertig war, hatte aber eine simple Tatsache vergessen: Mattie Stanchfield Devore hatte ihr ganzes Leben hier verbracht. Sie wußte, wie der Hase lief.

»Mir ist klar, daß schneller Gras über die Sache wachsen wird, wenn ich die Augen gesenkt, den Mund geschlossen und die Knie zusammengepreßt halte«, sagte sie, »und ich werde mein Bestes tun, das Spiel mitzuspielen, aber Diplomatie hat ihre Grenzen. Der alte Mann hat versucht, mir meine Tochter wegzunehmen – begreifen die das da unten in ihrem gottverdammten General Store denn nicht?«

»*Ich* begreife es.«

»Ich weiß. Darum wollte ich mit Ihnen reden.«

»Wie wäre es mit einem vorgezogenen Abendessen im Stadtpark von Castle Rock? Dieselbe Stelle wie Freitag. Sagen wir gegen fünf?«

»Ich müßte Ki mitbringen –«

»Prima«, sagte ich. »Bringen Sie sie mit. Sagen Sie ihr, ich kenne ›Hänsel und Gretel‹ auswendig und bin bereit, es zu erzählen. Werden Sie John in Philly anrufen? Ihm die Einzelheiten durchgeben?«

»Ja. Ich warte noch eine Stunde oder so. Gott, ich bin so glücklich. Ich weiß, es ist falsch, aber ich bin trotzdem so glücklich, daß ich *platzen* könnte!«

»Damit sind wir schon zu zweit.« Es folgte eine Pause am anderen Ende. Ich hörte einen langen, schluchzenden Atemzug. »Mattie? Alles in Ordnung?«

»Ja, aber wie erklärt man einer Dreijährigen, daß ihr Großvater gestorben ist?«

Sagen Sie ihr, der alte Wichser ist gestolpert und mit dem Kopf voraus in eine Plastiktüte gefallen, dachte ich und hielt sofort die Hand vor den Mund, um ein hysterisches Gekicher zu unterdrücken.

»Ich weiß nicht, aber Sie müssen es hinter sich bringen, sobald sie reinkommt.«

»Muß ich? Warum?«

»Weil sie Sie sehen wird. Sie wird Ihr Gesicht sehen.«

Ich hielt es genau zwei Stunden im oberen Arbeitszimmer aus, dann vertrieb mich die Hitze – das Thermometer auf der hinteren Veranda zeigte um zehn Uhr fünfunddreißig Grad an. Ich schätzte, daß es im ersten Stock noch fünf Grad wärmer sein würde.

In der Hoffnung, keinen Fehler zu machen, zog ich den Stecker der IBM heraus und trug sie nach unten. Ich arbeitete ohne Hemd, und als ich das Wohnzimmer durchquerte, rutschte die Rückseite der Schreibmaschine an meinem verschwitzten Oberkörper ab, und ich ließ das obsolete Mistding fast auf meine Zehen fallen. Da mußte ich an meinen Knöchel denken, den ich mir beim Sturz in den See verletzt hatte, und ich stellte die Schreibmaschine beiseite, um ihn mir anzusehen. Er war höchst bunt, schwarz und purpurn und rötlich an den Rändern, aber nicht übermäßig dick. Ich schätze, der Aufenthalt im kalten Wasser hatte dazu beigetragen, die Schwellung zu unterbinden.

Ich stellte die Schreibmaschine auf den Verandatisch, suchte ein Verlängerungskabel, steckte den Stecker unter Bunters wachsamem Blick ein, setzte mich und betrachtete die dunstige, blaugraue Oberfläche des Sees. Ich wartete, daß mich einer meiner alten Anfälle von Angst überkommen würde – Magenkrämpfe, pochende Augen, und, am schlimmsten, das Gefühl unsichtbarer Stahlbänder, die sich um meine Brust legten und es mir unmöglich machten, zu atmen. Nichts dergleichen geschah. Die Worte strömten hier unten so mühelos wie oben, und ich empfand die leichte Brise, die hin und wieder vom See kam und über meinen nackten Oberkörper strich, als angenehm. Ich vergaß Max Devore, Mattie Devore, Kyra Devore. Ich vergaß Jo Noonan und Sara Tidwell. Ich vergaß mich selbst. Zwei Stunden war ich in Florida. John Shacklefords Hinrichtung stand bevor. Andy Drake rannte mit der Uhr um die Wette.

Das Telefon holte mich in die Wirklichkeit zurück, und endlich einmal war ich dankbar für die Unterbrechung. Ohne die Störung hätte ich vielleicht einfach weitergeschrieben, bis ich zu einem verschwitzten Haufen Glibbermasse auf der Veranda geschmolzen wäre.

Es war mein Bruder. Wir unterhielten uns über Mom – Siddy war der Meinung, inzwischen habe sie keine einzige Tasse mehr im Schrank – und ihre Schwester Francine, die sich im Juni die

Hüfte gebrochen hatte. Sid wollte wissen, wie es mir ging, und ich sagte ihm, es ginge mir gut, ich hätte einige Probleme gehabt, mit einem neuen Buch in die Gänge zu kommen, schiene aber über den Berg zu sein (in meiner Familie darf man sich nur über Probleme unterhalten, wenn sie bewältigt sind). Und wie ging es dem Sidster? Rattenscharf, antwortete er, was wahrscheinlich prima bedeutete – Siddy hat einen Zwölfjährigen, und infolgedessen ist sein Wortschatz immer auf dem neuesten Stand. Seine neue Steuerberatungsfirma fasse allmählich Fuß, auch wenn er eine Zeitlang Angst gehabt hätte (das war natürlich das erste, was ich hörte). Er könne mir gar nicht genug für den Überbrückungskredit danken, den ich ihm im vergangenen November zur Verfügung gestellt hatte. Ich antwortete, das sei doch das mindeste gewesen, was ich tun konnte, und das war die reine Wahrheit, zumal wenn ich berücksichtigte, daß er sehr viel mehr Zeit – persönlich und am Telefon – mit unserer Mutter verbrachte als ich.

»Nun, dann will ich dich gehen lassen«, sagte Siddy nach einigen weiteren Höflichkeitsfloskeln – er sagt nie auf Wiedersehen oder Tschüs am Telefon, sondern immer *nun, dann will ich dich gehen lassen,* als hätte er einen gefangengehalten. »Du solltest da oben *cool* bleiben, Mike – der Wetterbericht sagt, daß es in Neuengland das ganze Wochenende über heißer als in der Hölle sein wird.«

»Wenn es zu schlimm wird, habe ich immer noch den See. He, Sid?«

»He, was?« Wie *Dann will ich dich gehen lassen* reichte auch *He, was* bis in unsere Kindheit zurück. Es war irgendwie tröstlich, aber auch irgendwie unheimlich.

»Unsere Familie stammt doch aus Prout's Neck, richtig? Ich meine, von Vaters Seite.« Mom stammte aus einer vollkommen anderen Welt – einer, wo die Männer Polohemden von Lacoste tragen, die Frauen immer Liebestöter unter den Kleidern tragen und alle die zweite Strophe von »Dixie« auswendig kennen. Sie hatte meinen Dad in Portland bei der Vorentscheidung eines College-Cheerleader-Wettbewerbs kennengelernt. Materfamilias stammte aus den besten Kreisen von Memphis, Liebling, und ließ einen das nie vergessen.

»Schätze ja«, sagte er. »Ja. Aber frag mich nicht nach dem Familienstammbaum, Mike – ich bin immer noch nicht sicher, was der Unterschied zwischen einem Neffen und einem Cousin ist, und dasselbe habe ich Jo auch gesagt.«

»Das hast du?« Alles in mir war still geworden … aber ich kann nicht sagen, daß ich überrascht gewesen wäre. Da noch nicht.

»Hm-hmm, allerdings.«

»Was wollte sie wissen?«

»Alles, was ich wußte. Ist aber nicht viel. Ich hätte ihr alles über Mas Ururgroßvater erzählen können, der von Indianern getötet worden ist, aber Jo schien sich nicht für Mas Vorfahren zu interessieren.«

»Wann war das?«

»Ist das wichtig?«

»Könnte sein.«

»Okay, mal sehen. Ich glaube, es war etwa zu der Zeit, als Patrick der Blinddarm rausgenommen wurde. Ja, ich bin ziemlich sicher. Februar 1994. Vielleicht auch erst im März, aber ich bin ziemlich sicher, es war Februar.«

Sechs Monate vor dem Parkplatz des Rite Aid. Jo trat in den Schatten ihres eigenen Todes wie eine Frau, die unter den Schatten eines Baldachins tritt. Aber nicht schwanger, noch nicht. Jo, die Tagesausflüge ins TR unternahm. Jo, die Fragen stellte, bei denen die Leute teils kein gutes Gefühl hatten, wie Bill Dean meinte … aber sie hatte sie trotzdem gestellt. Ja. Denn wenn sie sich etwas in den Kopf gesetzt hatte, war Jo wie ein Terrier mit einem Fetzen Stoff im Maul. Hatte sie dem Mann in der braunen Sportjacke Fragen gestellt? Wer *war* der Mann in der braunen Sportjacke?

»Klar, Pat war im Krankenhaus. Dr. Alpert sagte, es ginge ihm prima, aber als das Telefon läutete, bin ich hingerannt – ich rechnete fast damit, daß er es wäre, Alpert, und mir sagte, Pat hätte einen Rückfall gehabt oder so was.«

»Woher, um alles in der Welt, hast du dieses Gefühl eines drohenden Unheils, Sid?«

»Keine Ahnung, Junge, aber es ist da. Wie auch immer, es ist nicht Alpert, es ist Johanna. Sie will wissen, ob wir irgendwelche Vorfahren hatten – vor drei, möglicherweise vier Generationen –, die lebten, wo du jetzt bist, oder in einer der umliegenden

Städte. Ich sagte ihr, das wüßte ich nicht, aber du vielleicht. Sie sagte, sie wollte dich nicht fragen, weil es eine Überraschung sein sollte. War es eine Überraschung?«

»Eine große«, sagte ich. »Daddy war Hummerfischer –«

»Hüte deine Zunge, er war *Künstler* – ›ein Naiver von der Küste‹. So nennt Ma ihn immer noch.« Siddy lachte nicht richtig.

»Scheiße, er hat den Touristen Beistelltischchen aus Hummerreusen verkauft, als sein Rheuma so schlimm geworden war, daß er nicht mehr auf die Bucht rausfahren und Fallen einholen konnte.«

»*Ich* weiß das, aber Ma hat ihre Ehe wie einen Film fürs Fernsehen zurechtgeschnitten.«

Wie wahr. Unsere eigene Version von Blanche DuBois. »Dad war Hummerfischer in Prout's Neck. Er –«

»›*Pappa was a rolling stone*‹«, sang Siddy mit einer schrecklich falschen Tenorstimme, »›*and wherever he hung his hat was his home* –‹«

»Hör auf, das ist ernst. Er bekam sein erstes Boot von seinem Vater, richtig?«

»So sagt man«, stimmte Sid zu. »Jack Noonans *Lazy Betty*, ursprünglicher Besitzer Paul Noonan. Ebenfalls aus Prout's. Das Boot wurde 1960 vom Hurrikan Donna übel zugerichtet. Ich glaube, es war Donna.«

Zwei Jahre nach meiner Geburt. »Und Daddy hat es '63 zum Verkauf angeboten.«

»Jawoll. Ich weiß nicht, was daraus geworden ist, aber ursprünglich gehörte es Großvater Paul. Erinnerst du dich, wieviel Hummereintopf wir als Kinder gegessen haben, Mikey?«

»Meereshackfleisch«, sagte ich, verschwendete aber kaum einen Gedanken daran. Ich kann mir, wie die meisten Kinder, die an der Küste von Maine aufgewachsen sind, kaum vorstellen, Hummer in einem Restaurant zu bestellen – das ist etwas für die Flachländer. Ich dachte an Großvater Paul, der um 1890 geboren worden war. Paul Noonan zeugte Jack Noonan, Jack Noonan zeugte Mike und Sid Noonan, und mehr wußte ich im Grunde genommen nicht, davon abgesehen, daß die Noonans alle ein gutes Stück von der Stelle entfernt aufgewachsen waren, wo ich mir gerade die Seele aus dem Leib schwitzte.

Sie haben in dieselbe Latrine geschissen.

Devore hatte sich geirrt, das war alles – wenn wir Noonans keine Polohemden trugen und aus den besten Kreisen von Memphis stammten, dann waren wir Prout's Neckers. Es war sowieso unwahrscheinlich, daß Devores Urgroßvater und mein eigener etwas miteinander zu tun gehabt hatten; der alte Stinker war doppelt so alt wie ich, und das hieß, daß die Generationen nicht zusammenpaßten.

Aber wenn er *vollkommen* falsch gelegen hatte, was hatte Jo dann vorgehabt?

»Mike?« fragte Sid. »Bist du noch da?«

»Ja.«

»Alles klar? Ich muß schon sagen, du klingst nicht gerade toll.«

»Liegt an der Hitze«, sagte ich. »Ganz zu schweigen von deinem Gefühl drohenden Unheils. Danke für deinen Anruf, Siddy.«

»Danke, daß du da bist, Bruder.«

»Rattenscharf«, sagte ich.

Ich ging in die Küche, um mir ein Glas kaltes Wasser zu holen. Als ich es vollaufen ließ, konnte ich hören, wie die Magneten auf der Kühlschranktür verschoben wurden. Ich wirbelte herum, schüttete mir etwas Wasser auf die nackten Füße und merkte es kaum. Ich war so aufgeregt wie ein Kind, das glaubt, es kann einen Blick auf den Weihnachtsmann werfen, bevor er wieder im Kamin verschwindet.

Ich bekam gerade noch mit, wie neun Plastikbuchstaben aus allen Himmelsrichtungen in den Kreis gezogen wurden. CARLADEAN stand da … aber nur eine Sekunde. Eine Erscheinung, gewaltig, aber unsichtbar, schoß an mir vorbei. Kein Haar auf meinem Kopf regte sich, und dennoch hatte ich das ausgeprägte Gefühl, einen Puff zu bekommen, so wie man vom Luftdruck eines Zugs einen Puff bekommt, der vorübersaust, wenn man nahe am Bahnsteig steht. Ich schrie überrascht auf, stellte das Glas auf den Tresen und verschüttete wieder etwas Wasser dabei. Ich hatte keins mehr nötig, denn die Temperatur in der Küche von Sara Lacht war drastisch gefallen.

Ich atmete aus und sah ein Dampfwölkchen wie an einem kalten Tag im Januar. Ein Atemzug, vielleicht zwei, und es war wieder vorbei – aber es war dagewesen, und der Schweißfilm auf meinem Körper hatte sich vielleicht fünf Sekunden lang in etwas verwandelt, das sich fast wie eine Eisschicht anfühlte.

CARLADEAN explodierte in alle Richtungen – als würde man in einem Zeichentrickfilm sehen, wie ein Atom zertrümmert wird. Magnetbuchstaben, Obst und Gemüse flogen von der Kühlschranktür und wurden in der ganzen Küche verstreut. Einen Augenblick konnte ich die Wut, die den Vorgang auslöste, fast riechen, wie Schießpulver.

Und etwas wich davor zurück, wich mit einem seufzenden, traurigen Flüstern zurück, das ich schon einmal gehört hatte: »*Oh, Mike. Oh, Mike.*« Es war die Stimme auf dem Band des Diktiergeräts, und auch wenn ich damals nicht sicher gewesen war, jetzt war ich es – es war Jos Stimme.

Aber wer war das andere? Warum hatte es die Buchstaben zerstreut?

Carla Dean. Nicht Bills Frau; die hieß Yvette. Seine Mutter? Seine Großmutter?

Ich ging langsam durch die Küche, sammelte die Magneten ein und heftete sie händeweise wieder an den Kenmore. Nichts riß sie mir aus der Hand; nichts ließ den Schweiß auf meinem Nacken gefrieren; Bunters Glöckchen läutete nicht. Dennoch war ich nicht allein, und ich wußte es.

CARLADEAN: Jo hatte gewollt, daß ich das erfuhr.

Etwas anderes nicht. Etwas anderes war wie der *Wabash Cannonball* an mir vorbeigedüst und hatte versucht, die Buchstaben zu verteilen, bevor ich sie lesen konnte.

Jo war hier; ein Junge, der nachts weinte, war auch hier.

Was noch?

Was war sonst noch bei mir in dem Haus?

Kapitel 20

Ich sah sie zuerst gar nicht, was nicht weiter überraschend war; es schien, als wäre halb Castle Rock im Stadtpark versammelt, während der schwüle Nachmittag in den Abend überging. Dunstiges Mittsommerlicht erfüllte strahlend die Luft, und in seinem Glanz erstürmten Kinder die Spielgeräte, spielten ein paar alte Männer in hellroten Westen – eine Art Club, vermutete ich – Schach, und eine Gruppe junger Leute lagen im Gras und hörten einem Teenager mit Paisleystirnband zu, der Gitarre spielte und einen Song sang, an den ich mich von einer alten Platte von Ian und Sylvia erinnerte, eine fröhliche Melodie zu dem Text:

»Ella Speed was havin her lovin fun,
John Martin shot Ella with a Colt forty-one ...«

Ich sah keine Jogger und keine Hunde, die Frisbees jagten. Es war einfach zu gottverdammt heiß.

Ich drehte mich um und sah zum Musikpavillon, wo eine Acht-Mann-Combo namens The Castle Rockers gerade aufbaute (ich hatte das Gefühl, als ob »In the Mood« so ziemlich das rockigste sein würde, das sie zustande brachten), als eine kleine Person von hinten gegen mich stieß, mich dicht oberhalb der Knie packte und beinahe zu Fall brachte.

»Hab' dich!« schrie die kleine Person fröhlich.

»Kyra Devore!« rief Mattie, die sich amüsiert und gereizt zugleich anhörte. »Du wirfst ihn noch um!«

Ich drehte mich um, ließ die fettfleckige McDonald's-Tüte fallen, die ich bei mir hatte, und hob das Kind hoch. Es kam mir natürlich und wunderbar vor. Man weiß nicht, wieviel ein gesundes Kind wiegt, bevor man eins auf dem Arm gehabt hat, und man versteht auch erst dann völlig das Leben, das wie ein glühender Draht durch Kinder verläuft. Ich bekam keinen Kloß im Hals (»Werd mir bloß nicht kitschig, Mike«, hatte Siddy manchmal geflüstert, wenn wir als Kinder im Kino waren und ich bei einer traurigen Stelle feuchte Augen bekam), aber ich dachte an Jo, ja. Und an das Kind, das sie unter dem Herzen getragen hatte, als sie auf diesem blöden Parkplatz zusammengebrochen war, ja, auch daran.

Ki kreischte vor Lachen, sie hatte die Arme ausgebreitet und das Haar in zwei lustigen Zotteln herabhängen, die von Raggedy-Ann- und Andy-Haarspangen betont wurden.

»Nicht deinen eigenen Quarterback attackieren!« rief ich grinsend, und zu meinem Entzücken rief sie unverzüglich zurück: »Nicht deinen eignen Quartermack attagieren! Nicht deinen eignen Quartermack attagieren!«

Ich stellte sie auf die Füße, während wir beide lachten. Ki wich einen Schritt zurück, stolperte selbst und plumpste lauter denn je lachend ins Gras. Da hatte ich einen gemeinen Gedanken, kurz, aber ach so deutlich: Wenn der alte Knacker nur sehen könnte, wie sehr er vermißt wurde! Wie traurig wir über sein Dahinscheiden waren.

Mattie kam herüber, und heute sah sie aus, wie ich sie mir bei unserer ersten Begegnung halb vorgestellt hatte – wie eines dieser hübschen privilegierten Kinder, die man im Country Club sieht, wo sie entweder mit ihren Freunden herumalbern oder ernst mit ihren Eltern beim Essen sitzen. Sie trug ein weißes ärmelloses Kleid und Schuhe mit flachen Absätzen, ihr Haar fiel ihr offen über die Schultern, und sie hatte einen Hauch Lippenstift auf dem Mund. In ihren Augen stand ein Leuchten, das ich vorher nicht gesehen hatte. Als sie mich umarmte, konnte ich ihr Parfum und den Druck ihrer festen kleinen Brüste spüren.

Ich küßte sie auf die Wange; sie küßte mich hoch oben neben dem Ohr und machte dabei einen Schmatz, den ich die ganze Wirbelsäule hinunter spüren konnte. »Sagen Sie, daß jetzt alles besser wird«, flüsterte sie, ohne mich loszulassen.

»Viel besser«, sagte ich, und sie umarmte mich wieder, fest. Dann wich sie zurück. »Hoffentlich haben Sie jede Menge Futter mitgebracht, großer Junge, weil wir ziemlich hungrige Weiber sind. Richtig, Kyra?«

»Ich hab' meinen eignen Quartermack attagiert«, sagte Ki, lehnte sich auf die Ellbogen zurück und kicherte bezaubernd zum hellen und dunstigen Himmel hinauf.

»Komm mit«, sagte ich und packte sie um die Mitte. Auf diese Weise schleppte ich Ki zum nächsten Picknicktisch, während sie mit den Beinen strampelte, mit den Armen ruderte und lachte. Ich setzte sie auf die Bank; sie glitt herunter und unter den Tisch, geschmeidig wie ein Aal und immer noch lachend.

»Alles klar, Kyra Elizabeth«, sagte Mattie. »Setz dich hin und zeig die andere Seite.«

»Braves Mädchen, braves Mädchen«, sagte sie und kletterte neben mich. »Das ist meine andere Seite, Mike.«

»Da bin ich ganz sicher«, sagte ich. In der Tüte hatte ich Fritten und Big Macs für Mattie und mich. Für Ki hatte ich eine bunte Box, auf der Ronald McDonald und seine ungestraften Mitverschwörer herumtollten.

»Mattie, ich hab' eine Juniortüte! Mike hat mir eine Juniortüte mitgebracht! Da ist Spielzeug drin!«

»Sieh nach, was du für eins hast.«

Kyra machte die Schachtel auf, kramte darin herum und lächelte. Ihr ganzes Gesicht strahlte dabei. Sie holte etwas heraus, das ich zuerst für eine große Staubfluse hielt. Einen gräßlichen Augenblick war ich wieder in meinem Traum, in dem Jo mit dem Buch auf dem Gesicht unter dem Bett lag. *Gib das her,* hatte sie gefaucht. *Das ist mein Staubfänger.* Und noch etwas – eine andere Assoziation, möglicherweise aus einem anderen Traum. Aber sie wurde nicht klarer.

»Mike?« fragte Mattie. Neugier in der Stimme und vielleicht ein bißchen Besorgnis.

»Ein Hündchen!« sagte Ki. »Ich hab' ein Hündchen in meiner Juniortüte bekommen!«

Ja, natürlich. Ein Hund. Ein kleiner Plüschhund. Und er war grau, nicht schwarz ... aber ich wußte nicht, weshalb die Farbe überhaupt eine Rolle spielen sollte.

»Das ist ein ziemlich schönes Stück«, sagte ich und nahm ihn. Er war weich, das war gut, und grau, das war noch besser. Daß er grau war, machte es irgendwie richtig. Verrückt, aber wahr. Ich gab ihn ihr lächelnd zurück.

»Wie heißt er?« fragte Ki und ließ den kleinen Hund auf ihrer Juniortüte hin und her springen. »Wie ist Hundis Name, Mike?«

Und ohne nachzudenken sagte ich: »Strickland.«

Ich dachte, sie würde verwirrt dreinschauen, aber das tat sie nicht. Sie sah entzückt aus. »Stricken!« sagte sie und ließ den Hund noch höher auf der Box hin und her springen. »Stricken! Stricken! Mein Hund Stricken!«

»Wer ist dieser Strickland?« fragte Mattie, andeutungsweise lächelnd. Sie wickelte ihren Hamburger aus.

»Eine Figur in einem Buch, das ich einmal gelesen habe«, sagte ich und sah Ki zu, wie sie mit ihrem Staubflusenhund spielte. »Niemand aus dem wirklichen Leben.«

»Mein Opa ist gestorben«, sagte sie fünf Minuten später.

Wir saßen noch am Picknicktisch, aber das Essen war weitgehend verschwunden. Strickland die Staubfluse durfte die letzten Fritten bewachen. Ich hatte das Kommen und Gehen der Leute verfolgt und mich gefragt, wer aus dem TR stammen, unser Stelldichein beobachten mochte und es kaum erwarten konnte, die Neuigkeit nach Hause zu bringen. Ich sah niemanden, den ich kannte, aber das sagte nicht viel, wenn man bedachte, wie lange ich nicht mehr in diesem Teil der Welt gewesen war.

Mattie legte ihren Burger weg und sah Ki mit einer gewissen Besorgnis an, aber ich dachte, daß dafür kein Grund vorlag – das Mädchen hatte mir eine Neuigkeit mitgeteilt, nicht Trauer ausgedrückt.

»Ich weiß«, sagte ich.

»Opa war schrecklich alt.« Ki klemmte zwei Fritten zwischen ihre pummeligen kleinen Finger. Sie wanderten zu ihrem Mund, haps, und weg waren sie. »Er ist jetzt bei unserem Herrn Jesus. Über Jesus haben wir alles in der FBS gelernt.«

Ja, Ki, dachte ich, *in diesem Augenblick bringt er Herrn Jesus wahrscheinlich bei, wie man Pixel Easel bedient, und fragt ihn, ob dort vielleicht eine Hure greifbar ist.*

»Unser Herr Jesus ist auf dem Wasser gewandelt und hat außerdem Wein in Makkaroni verwandelt.«

»Ja, etwas in der Art«, sagte ich. »Es ist traurig, wenn Leute sterben, nicht?«

»Es wäre traurig, wenn Mattie sterben würde, und es wäre traurig, wenn du sterben würdest, aber Opa war *alt.*« Sie sagte es, als hätte ich das Prinzip beim erstenmal nicht richtig verstanden. »Im Himmel bringen sie ihn wieder auf Zack.«

»Es ist gut, wenn du das so siehst, Süße«, sagte ich.

Mattie rückte Kis herabhängende Haarspangen zurecht, was sie mit Sorgfalt und einer Art unbewußter Liebe tat. Ich fand, sie leuchtete in der Sommerhitze, ihre Haut bildete einen glatten, braungebrannten Kontrast zu dem weißen Kleid, das sie vermutlich in einem Discountladen gekauft hatte, und mir wurde klar, daß ich sie liebte. Vielleicht war das ja in Ordnung.

»Aber die weiße Nana fehlt mir«, sagte Ki, und diesmal sah sie traurig aus. Sie nahm den Plüschhund hoch, versuchte, ihm eine Fritte zu verfüttern, und stellte ihn wieder hin. Ihr kleines, hübsches Gesicht sah jetzt nachdenklich aus, und ich konnte eine Spur ihres Großvaters darin erkennen. Weit weg, aber ersichtlich, noch ein Geist. »Mom sagt, die weiße Nana ist mit Opas irischen Überresten nach Kalifornien zurück.«

»*Irdischen* Überresten, mein Schatz«, sagte Mattie. »Das bedeutet, sein Körper.«

»Wird die weiße Nana zurückkommen und mich besuchen, Mike?«

»Ich weiß nicht.«

»Wir hatten ein Spiel. Mit Reimen.« Sie sah nachdenklicher denn je aus.

»Deine Mom hat mir von diesem Spiel erzählt«, sagte ich.

»Sie wird nicht wiederkommen«, sagte Ki und beantwortete ihre eigene Frage. Eine sehr große Träne kullerte ihre rechte Wange hinab. Sie nahm »Stricken«, stellte ihn einen Moment auf die Hinterfüße und ließ ihn dann wieder Wache stehen. Mattie legte einen Arm um sie, aber Ki schien es nicht zu bemerken. »Die weiße Nana mag mich gar nicht richtig. Sie hat nur so getan, als ob sie mich mag. Das war ihr *Job*.«

Mattie und ich wechselten einen Blick.

»Wieso sagst du das?« fragte ich.

»Weiß nicht«, antwortete Ki. Drüben, wo der Junge Gitarre spielte, hatte ein weißgeschminkter Jongleur losgelegt und arbeitete mit einem halben Dutzend bunter Bälle. Kyras Miene erhellte sich ein wenig. »Mommy-bommy, darf ich dem komischen weißen Mann zusehen?«

»Hast du fertig gegessen?«

»Ja, ich bin satt.«

»Bedank dich bei Mike.«

»Nicht deinen eignen Quartermack attagieren«, sagte sie, dann lachte sie freundlich, um mir zu zeigen, daß sie mich nur aufzog. »Danke, Mike.«

»Kein Problem«, sagte ich, und dann, weil sich das ein wenig altmodisch anhörte: »Rattenscharf.«

»Du kannst bis zu diesem Baum gehen, aber nicht weiter«, sagte Mattie. »Und du weißt, warum.«

»Damit du mich sehen kannst. Mach ich.«

Sie packte Strickland und wollte sich in Bewegung setzen, blieb aber stehen und sah mich über die Schulter an. »Ich schätze, es waren die Kühnschwankleute«, sagte sie, doch dann verbesserte sie sich sehr sorgfältig und ernst: »Die *Kühlschrank*leute.« Mein Herz setzte einen Schlag aus.

»Was waren die Kühlschrankleute, Ki?« fragte ich.

»Die mir gesagt haben, daß mich die weiße Nana nicht richtig mag.« Dann lief sie zu dem Jongleur hinüber, unbeeindruckt von der Hitze.

Mattie sah ihr nach und drehte sich zu mir um. »Ich habe mit niemandem über Kis Kühlschrankleute gesprochen. Und sie bis jetzt auch nicht. Nicht, daß da richtige Menschen wären, aber die Buchstaben scheinen sich von selbst zu bewegen. Wie bei einem Ouija-Brett.«

»Schreiben sie Worte?«

Lange Zeit sagte sie nichts. Dann nickte sie. »Nicht immer, aber manchmal.« Noch eine Pause. »*Meistens* sogar. Ki nennt es Post von den Leuten im Kühlschrank.« Sie lächelte, aber ihre Augen waren ein wenig ängstlich. »Sind das spezielle magnetische Buchstaben, was meinen Sie? Oder haben wir einen Poltergeist am Seeufer?«

»Ich weiß nicht. Tut mir leid, daß ich sie mitgebracht habe, wenn sie ein Problem darstellen.«

»Seien Sie nicht albern. Sie haben sie ihr gegeben, und im Augenblick sind Sie ihr Superstar. Sie redet ununterbrochen von Ihnen. Ihr hat viel mehr daran gelegen, heute abend Ihretwegen etwas Hübsches zum Anziehen zu finden, als am Tod ihres Großvaters. Ich mußte auch etwas Hübsches anziehen, darauf hat Kyra bestanden. Normalerweise reagiert sie nicht so auf Leute – sie akzeptiert sie, wenn sie da sind, und vergißt sie, wenn sie weg sind. Manchmal denke ich, das ist für ein kleines Mädchen keine schlechte Methode, aufzuwachsen.«

»Sie sind beide hübsch angezogen«, sagte ich. »Soviel weiß ich.«

»Danke.« Sie sah nach Ki, die neben dem Baum stand und dem Jongleur zusah. Er hatte die Gummibälle weggelegt und Keulen genommen. Dann sah sie mich wieder an. »Sind wir fertig mit Essen?«

Ich nickte, worauf Mattie den Abfall einsammelte und in die Tüte zum Mitnehmen steckte. Ich half ihr, und als unsere Finger sich berührten, nahm sie meine Hand und drückte sie. »Danke«, sagte sie. »Für alles, was Sie getan haben. Ich danke Ihnen so sehr.«

Ich drückte ebenfalls und ließ los.

»Wissen Sie«, sagte sie, »ich habe mir schon überlegt, ob Kyra die Buchstaben selbst bewegt. Durch Geisteskraft.«

»Telekinese?«

»Ich glaube, das ist der Fachausdruck. Aber Ki kann nicht mehr buchstabieren als ›Hund‹ und ›Katze‹.«

»Was ist am Kühlschrank zu sehen?«

»Meistens Namen. Einmal war es Ihrer. Einmal der Ihrer Frau.«

»Jo?«

»Die ganze Form – JOHANNA. Und NANA. Rogette, nehme ich an. JARED, steht manchmal da, und BRIDGET. Einmal hieß es KITO.« Sie buchstabierte.

»Kito«, sagte ich und dachte: *Kyra, Kia, Kito. Was soll das?* »Ein Jungenname, finden Sie nicht auch?«

»Ich weiß es. Es ist Suaheli und bedeutet kostbares Kind. Ich habe es in einem Buch mit Babynamen nachgeschlagen.« Sie sah zu ihrem eigenen kostbaren Kind, während wir durch das Gras zum nächsten Mülleimer gingen.

»Irgendwelche anderen, an die Sie sich erinnern können?«

Sie überlegte. »REG ist ein paarmal aufgetaucht. Und einmal CARLA. Ihnen ist klar, daß Ki diese Namen in der Regel nicht einmal lesen kann, nicht wahr? Sie muß mich fragen, was sie bedeuten.«

»Haben Sie sich überlegt, ob Kyra sie aus einem Buch oder einer Zeitschrift kopiert? Daß sie Schreiben lernt und dazu die

Magnetbuchstaben am Kühlschrank benutzt, statt Papier und Bleistift?«

»Ich glaube, das wäre möglich ...« Aber sie sah nicht aus, als würde sie es glauben. Keine Überraschung. Ich glaubte es selbst nicht.

»Ich meine, Sie haben nie selbst gesehen, wie sich die Buchstaben auf der Kühlschranktur bewegt haben, oder?« Ich hoffte, daß es mir gelang, diese Frage so beiläufig zu stellen, wie ich wollte.

Sie lachte ein wenig nervös. »O Gott, nein!«

»Noch etwas?«

»Manchmal hinterlassen die Kühnschwankleute Nachrichten wie HI und TSCHÜS und BRAVES MÄDCHEN. Gestern hatten wir eine, die ich aufgeschrieben habe, um sie Ihnen zu zeigen. Kyra hat mich darum gebeten. Sie ist *echt* unheimlich.«

»Wie lautet sie?«

»Ich würde sie Ihnen gern zeigen, aber ich habe sie im Handschuhfach des Scout gelassen. Erinnern Sie mich daran, wenn wir gehen.«

Ja. Das würde ich.

»Das ist ziemlich gruseliger Scheiß, *Señor*«, sagte sie. »Wie damals die Schrift im Mehl.«

Ich überlegte, ob ich ihr sagen sollte, daß ich auch meine Kühnschwankleute hatte, ließ es aber bleiben. Sie hatte auch so genug um die Ohren ... redete ich mir jedenfalls ein.

Wie standen nebeneinander im Gras und sahen Ki zu, wie sie dem Jongleur zusah. »Haben Sie John angerufen?« fragte ich.

»Klar doch.«

»Seine Reaktion?«

Sie drehte sich zu mir um und lachte mit den Augen. »Er hat wahrhaftig eine Strophe von ›Ding Dong, die Hex ist tot‹ gesungen.«

»Falsches Geschlecht, richtige Reaktion.«

Sie nickte und sah wieder zu Kyra hin. Ich dachte wieder, wie schön sie aussah, ihr schlanker Körper in dem weißen Kleid, ihre Gesichtszüge fein und perfekt.

»War er sauer, weil ich mich zum Mittagessen eingeladen habe?« fragte ich.

»Nee, ihm gefiel der Gedanke, eine Party zu veranstalten.«

Eine Party. Ihm gefiel der Gedanke. Ich fühlte mich allmählich klein und häßlich.

»Er hat sogar vorgeschlagen, daß wir Ihren Anwalt von Freitag auch einladen. Mr. Bissonette? Und den Privatdetektiv, den John auf Empfehlung von Mr. Bissonette angeheuert hat. Sind Sie einverstanden.«

»Prima. Was ist mit Ihnen, Mattie? Geht's Ihnen gut?«

»Ziemlich gut«, stimmte sie zu und drehte sich zu mir um. »Ich hatte heute allerdings ein paar Anrufe mehr als sonst. Plötzlich bin ich ziemlich populär.«

»Oje.«

»Die meisten haben gleich wieder aufgelegt, aber ein Mann hat sich die Zeit genommen, mich eine Fotze zu nennen, und eine Dame mit einem ausgeprägten Yankee-Akzent sagte: ›So, du Biest, jetzt haste 'n umgebracht. Biste zufrieden?‹ Sie hat aufgelegt, bevor ich ihr sagen konnte, ja, sehr zufrieden, danke.« Aber Mattie sah nicht zufrieden aus; sie sah unglücklich und schuldbewußt aus, als hätte sie ihm buchstäblich den Tod gewünscht.

»Tut mir leid.«

»Schon gut. Wirklich. Kyra und ich waren lange Zeit allein, und ich hatte die meiste Zeit Angst. Jetzt habe ich einige Freunde gefunden. Wenn ein paar anonyme Anrufe der Preis sind, den ich dafür zahlen muß, zahle ich ihn gern.«

Sie war sehr nahe, sah zu mir auf, und ich konnte nicht widerstehen. Ich gab dem Sommer die Schuld, ihrem Parfum, den vier Jahren ohne Frau. In dieser Reihenfolge. Ich legte den Arm um ihre Taille, und ich kann mich ganz deutlich an den Stoff ihres Kleids unter meinen Händen erinnern; die leichte Wölbung des Reißverschlusses in seinem Futteral. Ich erinnere mich an das Gefühl, als der Stoff sich auf der nackten Haut darunter bewegte. Dann küßte ich sie, sehr zärtlich, aber sehr innig – was man tut, sollte man richtig tun –, und sie erwiderte den Kuß auf exakt dieselbe Weise mit ihrem Mund, neugierig, aber nicht ängstlich. Ihre Lippen waren warm und glatt und hatten einen schwachen süßlichen Geschmack. Pfirsich, glaube ich.

Wir hörten gleichzeitig auf und rückten ein Stück voneinander ab. Sie hatte die Hände noch auf meinen Schultern. Meine ruhten an ihren Seiten, dicht über den Hüften. Ihr Gesicht war gefaßt, aber ihre Augen leuchteten strahlender denn je, und sie hatte Farbtupfer auf den Wangen, die sich zu den Wangenknochen ausdehnten.

»O Mann«, sagte sie. »Das habe ich wirklich gewollt. Ich habe es gewollt, seit Ki Sie attackiert hat und Sie sie hochgehoben haben.«

»John würde nichts davon halten, daß wir uns in der Öffentlichkeit küssen«, sagte ich. Meine Stimme war nicht ganz fest, mein Herzschlag raste. Sieben Sekunden, ein Kuß, und jedes System in meinem Körper war im roten Bereich. »John würde sogar nichts davon halten, daß wir uns überhaupt küssen. Er steht auf dich, weißt du.«

»Ich weiß, aber ich stehe auf *dich*.« Sie drehte sich um und sah nach Ki, die immer noch folgsam neben dem Baum stand und dem Jongleur zusah. Wer mochte *uns* beobachten? Jemand, der an einem warmen Sommerabend vom TR hergekommen war, um in Franks Tas-T-Freeze ein Eis zu essen und ein wenig Musik und Gesellschaft im Stadtpark zu genießen? Jemand, der im Lakeview General frisches Gemüse gegen frischen Klatsch und Tratsch eintauschte? Ein Stammkunde der All-Purpose-Werkstatt? Dies war Wahnsinn, und es blieb Wahnsinn, wie man es auch drehte und wendete. Ich ließ die Hände von ihrer Taille sinken.

»Mattie, unser Bild könnte man unter dem Stichwort ›indiskret‹ im Lexikon abbilden.«

Sie nahm die Hand von meinen Schultern und wich einen Schritt zurück, aber ihr strahlender Blick blieb auf mir. »Das weiß ich. Ich bin jung, aber nicht ganz dumm.«

»Ich wollte nicht –«

Sie hielt die Hände hoch, damit ich verstummte. »Ki geht gegen neun zu Bett – sie kann offenbar erst schlafen, wenn es fast dunkel ist. Ich bleibe länger auf. Komm mich besuchen, wenn du willst. Du kannst hinten parken.« Sie lächelte zaghaft. Es war ein süßes Lächeln; es war auch unglaublich sexy. »Wenn der Mond untergegangen ist, ist das ein diskreter Bereich.«

»Mattie, du bist jung genug, meine Tochter zu sein.«

»Vielleicht, aber ich bin es nicht. Und manchmal können Leute diskreter sein, als gut für sie ist.«

Mein Körper wußte so nachdrücklich, was er wollte. Wären wir in diesem Augenblick in ihrem Wohnwagen gewesen, hätte mich nichts hindern können. Auch so konnte mich fast nichts hindern. Dann fiel mir etwas ein, das ich über Devores Vorfahren und meine gedacht hatte: Die Generationen paßten nicht zusammen. Traf dasselbe nicht auch hier zu? Und ich glaube nicht, daß Leute automatisch das Recht haben, zu tun, was sie wollen, ganz gleich, wie sehr sie es wollen. Nicht jeder Durst sollte gestillt werden. Manche Dinge sind einfach falsch – ich denke, das will ich damit sagen. Aber ich war nicht sicher, ob dies eines davon war, und ich wollte sie. So sehr. Ich mußte daran denken, wie ihr Kleid verrutscht war, als ich die Hände um ihre Taille gelegt hatte, ihre warme Haut darunter. Und es stimmte, sie war nicht meine Tochter.

»Du hast dich bedankt«, sagte ich mit trockener Stimme. »Und das reicht. Wirklich.«

»Du denkst, es ist *Dankbarkeit?*« Sie gab ein leises, nervöses Lachen von sich. »Du bist vierzig, Mike, nicht achtzig. Du bist nicht Harrison Ford, aber du bist ein gutaussehender Mann. Und begabt und interessant. Und ich mag dich sehr. Ich möchte, daß du zu mir kommst. Willst du, daß ich bitte sage? Gut. Bitte, komm zu mir.«

Ja, das war mehr als Dankbarkeit – ich schätze, ich wußte es schon, als ich das Wort gebrauchte. Ich hatte gewußt, daß sie weiße Shorts und ein Oberteil trug, als sie mich an dem Tag anrief, als ich wieder zu arbeiten anfing. Hatte sie auch gewußt, was ich trug? Hatte sie geträumt, daß sie mit mir im Bett lag, wo wir uns beide dumm und dämlich vögelten, während die Lampions leuchteten und Sara Tidwell ihre Version des Reimspiels der weißen Nana spielte, dieses irre Manderley-sanderley-canderley-Zeug? Hatte Mattie geträumt, wie sie zu mir sagte, daß ich machen sollte, was ich wollte?

Und dann waren da die Kühnschwankleute. Auch sie waren eine Gemeinsamkeit, wenn auch eine unheimlichere. Ich hatte nicht den Mut aufgebracht, Mattie von meinen zu erzählen, aber vielleicht wußte sie es ohnehin. Tief unten in ihrem Verstand. Tief unten in ihrem Verstand, wo sich die Jungs im Blaumann in der Zone zu schaffen machten. Ihre Jungs und meine, alle Mitglieder derselben seltsamen Gewerkschaft. Und vielleicht war es überhaupt keine Frage von Moral *per se*. Etwas daran – an *uns* – kam mir einfach gefährlich vor.

Und oh, so attraktiv.

»Ich brauche Zeit zum Nachdenken«, sagte ich.

»Es geht nicht darum, was du denkst. Was *empfindest* du für mich?«

»So viel, daß es mir angst macht.«

Bevor ich etwas erwidern konnte, hörte ich eine vertraute Abfolge von Akkorden. Ich drehte mich zu dem Jungen mit der Gitarre um. Er hatte ein Repertoire früher Dylan-Songs absolviert, aber nun begann er mit etwas Schnellerem, Fröhlicherem, etwas, bei dem man grinsen und in die Hände klatschen wollte.

»Do you want to go fishin
here in my fishin hole?
Said do you want to fish some, honey,
here in my fishin hole?
You want to fish in my pond, baby,
you better have a big long pole.«

»Fishin Blues.« Geschrieben von Sara Tidwell, ursprünglich gespielt von Sara and the Red-Top Boys, von allen gecovert, von Ma Rainey bis zu den Lovin' Spoonful. Die Zotigen waren ihre Spezialität gewesen, Anzüglichkeiten so dünn, daß man Zeitung hindurch lesen konnte ... obwohl im Lesen nicht Saras vornehmstes Interesse bestanden hatte, ihren Texten nach zu urteilen.

Bevor der Junge zur nächsten Strophe übergehen konnte, bei der es darum ging, daß man beim Wackeln zappeln mußte, um den Großen tief runter zu bringen, legten die Castle Rockers mit einem Bläsertusch los, der sagte: »Ruhe jetzt, alle zusammen, jetzt kommen wir.« Die Junge hörte auf, Gitarre zu spielen; der Jongleur fing seine Keulen und warf sie gekonnt nebeneinander ins Gras. Die Rockers begannen mit einem äußerst üblen Sousa-Marsch, Begleitmusik für Serienmorde, und Kyra kam zu uns gerannt.

»Der Schongler ist fertig. Erzählst du mir die Geschichte, Mike? Hänsel und Pinsel?«

»Es heißt Hänsel und *Gretel*«, sagte ich, »und ich erzähle sie mit Vergnügen. Aber gehen wir irgendwohin, wo es etwas ruhiger ist, okay? Ich bekomme Kopfschmerzen von der Band.«

»Musik tut im Kopfi weh?«

»Ein bißchen.«

»Dann gehen wir zu Matties Auto.«

»Guter Vorschlag.«

Kyra lief voraus, um eine Bank am Rand des Stadtparks zu suchen. Mattie warf mir einen langen, herzlichen Blick zu und gab mir ihre Hand. Ich nahm sie. Unsere Finger verschränkten sich ineinander, als machten sie das schon seit Jahren. Ich dachte: *Ich möchte gern, daß wir es langsam machen, daß wir uns kaum dabei bewegen. Jedenfalls am Anfang. Und würde ich meine schönste, längste Stange mitbringen? Ich glaube, damit wäre zu rechnen.* Und danach würden wir reden. Vielleicht, bis wir die Möbel im ersten Tageslicht sehen könnten. Wenn man mit jemandem im Bett ist, den man liebt, besonders das erste Mal, ist fünf Uhr morgens fast heilig.

»Du brauchst Urlaub von deinen Gedanken«, sagte Mattie. »Ich wette, das trifft von Zeit zu Zeit auf die meisten Schriftsteller zu.«

»Das stimmt wahrscheinlich.«

»Ich wünschte, wir wären zu Hause«, sagte sie, und ich konnte nicht sagen, ob ihre Heftigkeit echt oder gespielt war. »Ich würde dich küssen, bis diese ganze Unterhaltung irrelevant wäre. Und wenn du Zweifel hättest, hättest du sie wenigstens in meinem Bett.«

Ich wandte das Gesicht dem roten Leuchten der sinkenden Sonne zu. »Hier oder da, um diese Zeit wäre Ki immer noch auf.«

»Stimmt«, sagte sie in einem uncharakteristisch mürrischen Tonfall. »Stimmt.«

Kyra hatte eine Bank in der Nähe des Schilds mit der Aufschrift STADTPARK gefunden, kletterte hinauf und hielt den kleinen Plüschhund von Mickey D's in einer Hand. Ich versuchte, die Hand wegzuziehen, als wir zu ihr gingen, aber Mattie hielt sie fest. »Schon gut, Mike. In der FBS halten sie Händchen mit ihren Freunden, wohin sie auch gehen. Nur Erwachsene machen ein Aufhebens darum.«

Sie blieb stehen, sah mich an.

»Ich möchte, daß du etwas weißt. Vielleicht spielt es für dich keine Rolle, aber für mich schon. Es gab keinen vor Lance und keinen nach ihm. Wenn du zu mir kommst, wirst du mein zweiter sein. Und ich werde nicht noch einmal mit dir darüber reden. Es ist in Ordnung, bitte, zu sagen, aber ich werde nicht betteln.«

»Ich will nicht –«

»Neben der Treppe des Wohnwagens steht ein Kübel mit Tomatenstöcken. Ich lasse einen Schlüssel darunter. Denk nicht nach. Komm einfach.«

»Nicht heute nacht, Mattie. Ich kann nicht.«

»Du kannst«, antwortete sie.

»*Beeilt* euch, ihr lahmen Enten!« rief Kyra und hüpfte auf der Bank.

»*Er* ist die lahme Ente!« rief Mattie zurück und pikste mich in die Rippen. Dann, mit viel leiserer Stimme: »Das bist du *wirklich*.« Sie wand ihre Hand aus meiner und lief zu ihrer Tochter, wobei ihre braunen Beine unter dem Saum des weißen Kleids wie eine Schere auf- und zugingen.

In meiner Version von »Hänsel und Gretel« hieß die Hexe Depravia. Kyra sah mich mit großen Augen an, als ich zu der Stelle kam, wo Depravia Hänsel bittet, den Finger durch die Stäbe zu stecken, damit sie sehen kann, wie fett er wird.

»Ist es zu gruselig?« fragte ich.

Ki schüttelte nachdrücklich den Kopf. Ich sah Mattie an, um mich zu vergewissern. Sie nickte und winkte mit der Hand, daß ich fortfahren sollte, daher erzählte ich die Geschichte zu Ende. Depravia wanderte in den Ofen, und Gretel fand ihren Vorrat an Lotterie-Gewinnlosen. Die Kinder kauften einen Jet-Ski und lebten danach glücklich am Ostufer des Dark Score Lake. Mittlerweile massakrierten die Castle Rockers Gershwin, und der Sonnenuntergang stand unmittelbar bevor. Ich trug Kyra zu Scoutie und schnallte sie an. Ich erinnerte mich, wie ich das erste Mal geholfen hatte, das Kind auf den Autositz zu befördern, und dabei unabsichtlich Matties Brust berührt hatte.

»Ich hoffe, du bekommst keinen Alptraum von der Geschichte«, sagte ich. Bis ich ihn aus meinem Mund hörte, war mir nie klargeworden, was das für ein absolut dämlicher Spruch ist.

»Ich bekomme keine Alpträume«, sagte Kyra sachlich. »Die Kühnschwankleute halten sie fern.« Dann verbesserte sie sich wieder sorgfältig: »*Kühl-schrank.*« Sie drehte sich zu Mattie um. »Zeig ihm das Kreuzwärtsrätsel, Mommy-bommy.«

»Kreuz*wort*rätsel. Danke, das hätte ich vergessen.« Sie machte das Handschuhfach auf und holte ein zusammengefaltetes Blatt Papier heraus. »Das stand heute morgen am Kühlschrank. Ich habe es abgeschrieben, weil Ki sagte, du wüßtest, was es bedeutet. Sie hat gesagt, du löst Kreuzworträtsel. Nun, sie hat Kreuzwärts gesagt, aber ich habe verstanden, was sie meinte.«

Hatte ich Kyra erzählt, daß ich Kreuzworträtsel löste? Mit ziemlicher Sicherheit nicht. Überraschte mich, daß sie es wußte? Auf keinen Fall. Ich nahm das Blatt Papier, schlug es auf und las, was darauf geschrieben stand:

r
u
2undneunzig
t
geh
r

»Ist das ein Kreuzwärtsrätsel, Mike?« fragte Kyra.

»Ich glaube ja – ein ziemlich einfaches. Aber wenn es etwas bedeutet, weiß ich nicht, was. Kann ich das behalten?«

»Ja«, sagte Mattie.

Ich ging mit ihr zur Fahrerseite des Scout und nahm dabei wieder ihre Hand. »Laß mir einfach etwas Zeit. Ich weiß, eigentlich ist das der Text des Mädchens, aber –«

»Laß dir Zeit«, sagte sie. »Nur nicht zuviel.«

Ich wollte mir *gar keine* lassen, genau das war das Problem. Der Sex würde großartig sein, das wußte ich. Aber danach?

Aber es *könnte* ein Danach geben. Ich wußte es, und sie auch. Bei Mattie war das »Danach« tatsächlich im Bereich des Möglichen. Die Vorstellung war ein bißchen beängstigend, ein bißchen wundervoll.

Ich küßte sie auf den Mundwinkel. Sie lachte und packte mich am Ohrläppchen. »Das kannst du besser«, sagte sie, dann betrachtete sie Ki, die in ihrem Kindersitz saß und uns interessiert beobachtete. »Aber diesmal lasse ich es dir durchgehen.«

»Küß Ki!« rief Kyra und streckte die Arme aus, daher ging ich um das Auto herum und küßte Ki. Auf der Heimfahrt, bei der ich wegen des grellen Lichts der untergehenden Sonne meine dunkle Brille trug, überlegte ich mir, daß ich Kyra Devores Vater sein könnte. Das schien mir fast so verlockend zu sein, wie mit ihrer Mutter ins Bett zu gehen, was ein Maß dafür sein mag, wie tief ich bereits drinsteckte. Und mich vielleicht tiefer reinritt.

Immer tiefer.

Sara Lacht wirkte sehr einsam, nachdem ich Mattie in den Armen gehalten hatte – ein schlafender Kopf ohne Träume. Ich überprüfte die Buchstaben am Kühlschrank, sah nichts als das normale Durcheinander und holte mir ein Bier. Ich ging auf die Veranda, um es zu trinken und das letzte Stück des Sonnenuntergangs zu bewundern. Ich versuchte, über die Kühlschrankleute und die Kreuzworträtsel nachzudenken, die auf beiden Kühlschränken aufgetaucht waren: »Geh neunzehn runter« am Weg zweiundvierzig und »geh zweiundneunzig runter« an der Wasp Hill Road. Verschiedene Vektoren vom Land zum See? Verschiedene Stellen an der *Straße*? Scheiße, wer konnte es wissen?

Ich versuchte, an John Storrow zu denken, und wie unglücklich er sein würde, wenn er erfuhr, daß es – um Sara Lacht zu zitieren, die lange vor John Mellencamp auf die Wendung verfallen war – ein weiteres Muli in Mattie Devores Stall gab. Aber am meisten dachte ich, wie es war, sie zum erstenmal zu halten, zum erstenmal zu küssen. Kein menschlicher Instinkt ist stärker als der Geschlechtstrieb, wenn er geweckt wird, und seine erwachenden Bilder sind emotionale Tätowierungen, die uns nie verlassen. Für mich war es das Gefühl der weichen, bloßen Haut an der Hüfte, dicht unter dem Kleid. Das glatte Gefühl des Stoffs …

Ich drehte mich unvermittelt um, lief durch das Haus zum Nordflügel, rannte fast und streifte unterwegs meine Kleidungsstücke ab. Ich drehte die kalte Dusche auf und stand zitternd fünf Minuten darunter. Als ich wieder hervorkam, fühlte ich mich etwas mehr wie ein Mensch und weniger wie ein zuckendes Bündel von Nervenenden. Und als ich mich abtrocknete, fiel mir noch etwas ein. Ich hatte einmal an Jos Bruder Frank gedacht, hatte gedacht, wenn jemand außer mir Jos Präsenz in Sara Lacht spüren konnte, dann er. Ich war noch nicht dazu gekommen, ihn hierher einzuladen, und jetzt war ich nicht sicher, ob ich es wollte. Ich fühlte mich seltsam besitzergreifend, fast wie ein eifersüchtiger Liebhaber dessen, was hier passierte. Aber wenn Jo in aller Stille etwas geschrieben hatte, wußte Frank vielleicht davon. Natürlich hatte sie ihm nichts von der Schwangerschaft erzählt, aber –

Ich sah auf die Uhr. Viertel nach neun. In dem Wohnwagen nahe der Kreuzung Wasp Hill Road und Route 68 schlief Kyra wahrscheinlich schon … und ihre Mutter hatte vielleicht schon den Ersatzschlüssel unter den Topf bei der Treppe gelegt. Ich stellte sie mir in dem weißen Kleid vor, die Rundung ihrer Hüfte unter meinen Händen und den Duft ihres Parfums, dann verdrängte ich die Bilder. Ich konnte nicht die ganze Nacht unter der Dusche verbringen. Viertel nach neun war noch früh genug, Frank Arlen anzurufen.

Er nahm nach dem zweiten Läuten ab und hörte sich an, als wäre er froh, von mir zu hören, und als hätte er schon drei oder vier Dosen mehr von seinem Sechserpack intus als ich. Wir tauschten die üblichen einleitenden Freundlichkeiten aus – zu meinem Mißfallen mußte ich feststellen, daß mein Part fast gänzlich frei erfunden war –, und er erwähnte, daß ein berühmter Nachbar von mir ins Gras gebissen hätte, den Nachrichten zufolge. Hatte ich ihn kennengelernt? Ja, sagte ich und erinnerte mich, wie Max Devore mich mit seinem Rollstuhl gerammt hatte. Ja, ich hatte ihn kennengelernt. Frank wollte wissen, wie er war. Schwer zu sagen, antwortete ich. Der arme alte Kerl saß im Rollstuhl und litt an einem Emphysem.

»Ziemlich gebrechlich, hm?« fragte Frank mitfühlend.

»Ja«, sagte ich. »Hör zu, Frank, ich rufe wegen Jo an. Ich war in ihrem Atelier, mich umsehen, und hab' meine Schreibmaschine gefunden. Seitdem werde ich das Gefühl nicht los, daß sie irgendwas geschrieben hat. Es könnte als kleiner Artikel über unser Haus angefangen haben und dann größer geworden sein. Das Haus ist nach Sara Tidwell benannt, weißt du. Der Blues-Sängerin.«

Eine lange Pause. Dann sagte Frank: »Ich weiß.« Seine Stimme hörte sich bedeutungsschwanger an, ernst.

»Was weißt du noch, Frank?«

»Daß sie Angst hatte. Ich glaube, sie hatte etwas herausgefunden, das ihr angst machte. Ich denke das vorwiegend, weil –«

Da ging mir endlich ein Licht auf. Ich hätte es mir nach Matties Beschreibung denken können, hätte es mir vielleicht auch gedacht, wenn ich nicht so durcheinander gewesen wäre. »Du bist mit ihr hiergewesen, nicht? Im Juli 1994. Du warst mit ihr bei dem Softballspiel, danach seid ihr auf der *Straße* zurück zum Haus gegangen.«

»Woher weißt du das?« bellte er fast.

»Jemand hat euch gesehen. Eine Freundin von mir.« Ich versuchte, nicht wütend zu klingen, aber es gelang mir nicht. Ich *war* wütend, aber es war eine erleichterte Wut, wie man sie empfindet, wenn das Kind mit einem verschämtem Grinsen das Haus betritt, wenn man gerade die Polizei rufen will.

»Ich hätte es dir fast erzählt, einen oder zwei Tage, bevor wir sie begraben haben. Wir waren in dieser Kneipe, erinnerst du dich?«

In Jack's Pub, unmittelbar nachdem Frank den Bestattungsunternehmer genötigt hatte, mit dem Preis von Jos Sarg herunterzugehen. Natürlich erinnerte ich mich. Ich erinnerte mich sogar an den Ausdruck in seinen Augen, als ich ihm gesagt hatte, daß Jo schwanger gewesen sei, als sie starb.

»Mike, ich hoffe, du hattest keine –«

»Was? Falschen Vorstellungen? Ich dachte mir, daß sie vielleicht eine Affäre gehabt hätte, klingt das nach einer falschen Vorstellung? Du kannst das niederträchtig nennen, wenn du willst, aber ich hatte meine Gründe. Es gibt eine Menge, was sie mir nicht erzählt hat. Was hat sie *dir* erzählt?«

»So gut wie nichts.«

»Hast du gewußt, daß sie von allen ihren Komitees und Vorstandsämtern zurückgetreten ist? Ohne mir je ein Wort davon zu sagen?«

»Nein.« Ich glaube nicht, daß er log. Wieso sollte er das in diesem späten Stadium tun? »Himmel, Mike, wenn ich gewußt hätte, daß –«

»Was ist an dem Tag passiert, als du hierhergekommen bist? Sag es mir.«

»Ich war in der Druckerei in Sandford. Jo rief mich von … ich weiß nicht mehr, ich glaube, von einem Rasthof an der Mautstraße an.«

»Zwischen Derry und dem TR?«

»Ja. Sie sagte, sie sei auf dem Weg zu Sara Lacht und wolle sich dort mit mir treffen. Sie bat mich, in der Einfahrt zu warten, sollte ich vor ihr dort sein, und das Haus nicht zu betreten ... was ich gekonnt hätte, weil ich weiß, wo Ihr Euren Ersatzschlüssel aufbewahrt.«

Klar wußte er das, in einer Sucrets-Dose unter der Veranda. Hatte ich ihm selbst gezeigt.

»Hat sie gesagt, warum sie nicht wollte, daß du reingehst?«

»Das wird sich verrückt anhören.«

»Das tut es nicht. Glaub mir.«

»Sie sagte, das Haus sei gefährlich.«

Einen Moment hingen die Worte zwischen uns. Dann fragte ich: »*Warst* du zuerst da?«

»Ja.«

»Und hast du draußen gewartet?«

»Ja.«

»Hast du etwas Gefährliches gesehen oder gefühlt?«

Es folgte eine lange Pause. Schließlich sagte er: »Es waren eine Menge Leute auf dem See – Schnellboote, Wasserski, du weißt, wie es ist –, aber Motorenlärm und Gelächter schienen irgendwie ... einfach zu verstummen, wenn sie in die Nähe des Hauses kamen. Ist dir je aufgefallen, wie still es dort ist, selbst wenn es gar nicht so zu sein scheint?«

Natürlich war mir das aufgefallen; Sara schien in seiner eigenen Zone der Stille zu stehen. »Aber ist es dir *gefährlich* vorgekommen?«

»Nein«, sagte er fast widerwillig. »Jedenfalls mir nicht. Aber leer schien es auch nicht gerade zu sein. Ich fühlte mich ... Scheiße, ich fühlte mich *beobachtet*. Ich saß auf einer dieser Eisenbahnschwellen und wartete auf Schwesterherz. Schließlich kam sie. Sie parkte hinter meinem Auto und umarmte mich ... aber sie ließ das Haus nicht aus den Augen. Ich fragte sie, was sie im Schilde führte, und sie antwortete, das könnte sie mir nicht sagen, und ich dürfte dir nicht sagen, daß wir dort gewesen sind. Sie sagte so was wie: ›Wenn er es allein herausfindet, dann soll es so sein. Früher oder später muß ich es ihm sowieso sagen. Aber jetzt kann ich es nicht, weil ich seine ungeteilte Aufmerksamkeit brauche. Und die bekomme ich nicht, wenn er arbeitet.‹«

Ich spürte ein Kribbeln am ganzen Körper. »Das hat sie gesagt, hm?«

»Ja. Dann sagte sie, sie müßte in das Haus gehen und etwas tun. Ich sollte draußen warten. Sie sagte, wenn sie rief, sollte ich im Laufschritt zu ihr kommen. Andernfalls sollte ich bleiben, wo ich war.«

»Sie wollte jemanden dabeihaben, falls es Ärger gab.«

»Ja, aber es mußte jemand sein, der nicht eine Menge Fragen stellte, die sie nicht beantworten wollte. Das war ich. Ich schätze, das bin ich immer gewesen.«

»Und?«

»Sie ging rein. Ich saß auf der Haube meines Autos und rauchte Zigaretten. Damals habe ich noch geraucht. Und, weißt du, ich habe tatsächlich gespürt, daß etwas nicht stimmte. Als wäre jemand in dem Haus gewesen, der auf sie gewartet hatte, jemand, der sie nicht mochte. Vielleicht jemand, der ihr weh tun wollte. Wahrscheinlich habe ich das nur von Jo aufgeschnappt – weil ihre Nerven zum Zerreißen gespannt schienen, weil sie über meine Schulter zu dem Haus sah, während sie mich umarmte –, aber es schien etwas anderes zu sein. Wie ... ich weiß auch nicht ...«

»Wie Schwingungen.«

»Ja!« schrie er fast. »Schwingungen. Aber keine gute Schwingungen, wie in dem Song der Beach Boys. *Schlechte* Schwingungen.«

»Was ist passiert?«

»Ich saß da und wartete. Ich rauchte nur zwei Zigaretten, also kann es nicht länger als zwanzig Minuten gedauert oder eine halbe Stunde gedauert haben, schien aber länger zu sein. Mir fiel auf, wie die Geräusche vom See es fast den Hügel herauf schafften und dann einfach irgendwie ... *aufzuhören* schienen. Und daß keine Vögel dazusein schienen, außer in weiter Ferne.

Einmal kam sie heraus. Ich hörte die Hintertür schlagen und ihre Schritte auf der Treppe an der andern Seite. Ich rief nach ihr und fragte, ob alles in Ordnung sei, und sie antwortete, es sei prima. Sagte mir, daß ich bleiben sollte, wo ich war. Sie hörte sich ein wenig außer Atem an, als würde sie etwas tragen oder irgendwas tun.«

»Ist sie in ihr Atelier oder zum See gegangen?«

»Ich weiß nicht. Sie ist rund fünfzehn Minuten weggeblieben – Zeit für mich, noch eine Kippe zu rauchen –, dann kam sie zur Vordertür wieder raus. Sie vergewisserte sich, daß abgeschlossen war, dann kam sie zu mir. Sie sah viel besser aus. Erleichtert. Wie Leute aussehen, wenn sie eine Drecksarbeit, die sie lange vor sich hergeschoben haben, endlich erledigt haben. Sie schlug vor, daß wir auf dem Weg, den sie die *Straße* nannte, einen Spaziergang zu dem Gästehaus machen –«

»Warrington's.«

»Genau, genau. Sie sagte, sie würde mir ein Bier und ein Sandwich spendieren. Und das hat sie getan, am Ende dieses langen schwimmenden Stegs.«

Die Sunset Bar, wo ich Rogette zum erstenmal gesehen hatte.

»Dann habt ihr euch das Softballspiel angesehen.«

»Das war Jos Idee. Sie hat drei Bier in der Zeit getrunken, die ich für eins brauchte, und sie bestand darauf. Sie sagte, jemand würde einen Homerun in die Bäume schlagen, das wüßte sie einfach.«

Jetzt hatte ich ein klares Bild von dem, was Mattie gesehen und mir erzählt hatte. Was immer Jo getan hatte, sie war fast überschwenglich vor Erleichterung gewesen. Zunächst einmal hatte sie das Haus betreten. Hatte die Geister herausgefordert, indem sie das erledigte, was sie erledigen wollte, und überlebt. Sie hatte zur Feier des Tages drei Bier getrunken und sich ein bißchen verplappert ... nicht, daß sie bei ihren anderen Ausflügen ins TR besonders heimlichtuerisch gewesen wäre. Frank erinnerte sich, daß sie sagte, wenn ich es selbst herausfinden würde, dann sollte es wohl so sein – *que sera, sera*. Das war nicht das Verhalten von jemandem, der eine Affäre geheimhalten möchte, und mir wurde nun klar, daß ihr Verhalten auf eine Frau hindeutete, die für eine kurze Zeit ein Geheimnis für sich behalten möchte. Sie hätte es mir gesagt, nachdem ich mein dummes Buch beendet hatte, wenn sie überlebt hätte. Wenn.

»Ihr habt euch das Spiel eine Zeitlang angesehen, dann seid ihr auf der *Straße* zum Haus zurückgegangen.«

»Ja«, sagte er.

»Ist einer von euch reingegangen?«

»Nein. Als wir dort ankamen, war ihr Schwips verflogen, und ich ging davon aus, daß sie Auto fahren konnte. Sie lachte während des Softballspiels, aber als wir wieder beim Haus waren, lachte sie nicht mehr. Sie sah es an und sagte: ›Ich bin fertig damit. Ich werde dieses Haus nie wieder betreten, Frank.‹«

Mein ganzer Körper wurde kalt und kribbelte.

»Ich fragte sie, was los wäre, was sie herausgefunden hätte. Ich wußte, sie schrieb etwas, das hatte sie mir gesagt –«

»Sie hat es jedem gesagt, außer mir«, sagte ich … aber ohne große Verbitterung. Ich wußte, wer der Mann in der braunen Sportjacke gewesen war, und jede Verbitterung oder Wut – Wut auf Jo, Wut auf mich selbst – verblaßte vor dieser Erleichterung. Bis jetzt war mir nicht klar gewesen, wie sehr dieser Kerl mein Denken beherrscht hatte.

»Sie muß ihre Gründe gehabt haben«, sagte Frank. »Das weißt du, oder nicht?«

»Aber sie hat sie dir nicht genannt.«

»Ich weiß nur, es – was immer es war – hat damit angefangen, daß sie Recherchen für einen Artikel betrieben hat. Es war eine Laune, Jo hat Nancy Drew gespielt. Ich bin sicher, zuerst hat sie es dir nicht erzählt, weil es eine Überraschung sein sollte. Sie hat Bücher gelesen, aber hauptsächlich mit Leuten geredet – sich ihre Geschichten von den alten Zeiten angehört und sie überredet, nach alten Briefen zu suchen … Tagebüchern … ich glaube, darin war sie gut. Verdammt gut. Du weißt nichts davon?«

»Nein«, sagte ich seufzend. Jo hatte keine Affäre gehabt, aber sie hätte eine haben *können*, wenn sie gewollt hätte. Sie hätte eine Affäre mit Tom Selleck haben und in *Inside View* darüber berichten können, und ich hätte unbekümmert an meinem PowerBook getippt und nichts davon mitbekommen.

»Was immer sie herausgefunden hat«, sagte Frank, »ich glaube, sie ist einfach darüber gestolpert.«

»Und du hast mir nie etwas gesagt. Vier Jahre, und du hast mir nie etwas gesagt.«

»Es war das letzte Mal, daß ich sie gesehen habe«, sagte Frank, und jetzt hörte er sich nicht mehr zerknirscht oder verlegen an. »Und als letztes hatte sie mich gebeten, dir nicht zu sagen, daß wir in dem Haus am See waren. Sie sagte, sie würde dir alles erzählen, wenn sie soweit ist, aber dann starb sie. Ich dachte nicht, daß es danach noch eine Rolle spielen würde. Mike, sie war meine Schwester. Sie war meine Schwester, und ich hatte es ihr versprochen.«

»Schon gut. Ich verstehe.« Und so war es – ich verstand nur nicht genug. Was hatte Jo herausgefunden? Daß Normal Auster seinen Säugling unter einer Wasserpumpe ertränkt hatte? Daß um die Jahrhundertwende eine Bärenfalle aufgestellt worden war, wo die Wahrscheinlichkeit bestand, daß ein Negerjunge vorbeikam und hineintrat? Daß ein anderer Junge, möglicherweise das inzestuöse Kind von Son und Sara Tidwell, von seiner Mutter im See ertränkt worden war, wobei sie womöglich dieses irre Raucherlachen ausstieß, während sie ihn unter Wasser drückte? Du mußt beim Wackeln zappeln, Süße, und den kleinen Kerl tief unten festhalten.

»Wenn ich mich bei dir entschuldigen soll, Mike, betrachte es hiermit als geschehen.«

»Nicht nötig. Frank, erinnerst du dich an noch etwas, das sie gesagt haben könnte? Irgendwas?

»Sie hat gesagt, sie wüßte, wie du das Hans gefunden hast.«

»*Was* hat sie gesagt?«

»Sie hat gesagt, als es dich wollte, hat es dich gerufen.«

Zuerst konnte ich nicht antworten, weil Frank Arlen eine der Grundannahmen meiner Ehe zerstört hatte – eine der Voraussetzungen, etwas, das so grundsätzlich scheint, daß man es nicht einmal in Frage stellt. Schwerkraft hält einen am Boden. Licht ermöglicht einem, zu sehen. Die Kompaßnadel zeigt nach Norden. Solche Sachen.

Diese Grundannahme war, daß Jo diejenige war, die Sara Lacht kaufen wollte, als meine Schriftstellerei uns zum erstenmal richtig Geld einbrachte, weil Jo die »Hausperson« in unserer Ehe war, so wie ich die »Autoperson« war. Jo hatte unsere Wohnungen ausgesucht, als wir uns nur Mietwohnungen leisten konnten, Jo hatte hier ein Bild aufgehängt und mich gebeten, dort ein Regal anzubringen. Jo hatte sich in das Haus in Derry verliebt und schließlich meine Bedenken ausgeräumt, daß es zu groß, daß zuviel Verkehr ringsum und daß es zu baufällig war, um gekauft zu werden. Jo war die Nestbauerin gewesen.

Sie hat gesagt, als es dich wollte, hat es dich gerufen.

Und wahrscheinlich stimmte das. Nein, das konnte ich besser

beurteilen, wenn ich meine Denkfaulheit und meine selektive Erinnerung überwand. Es stimmte *ganz sicher*. Ich hatte als erster die Möglichkeit angesprochen, ein Haus im westlichen Maine zu kaufen. Ich hatte stapelweise Immobilienbroschüren gesammelt und nach Hause geschleppt. Ich hatte Lokalzeitschriften wie *Downeast* gekauft und immer hinten angefangen zu lesen, wo die Immobilienanzeigen waren. Ich hatte als erster Bilder von Sara Lacht in einem Hochglanzkatalog mit dem Titel *Ferienhäuser in Maine* entdeckt, und ich hatte zuerst den Makler angerufen, der die Anzeige aufgegeben hatte, und danach Marie Hingerman, nachdem ich dem Makler Maries Namen entlockt hatte.

Johanna war auch von Sara Lacht bezaubert gewesen – ich denke, jeder wäre davon bezaubert gewesen, der das Haus zum erstenmal im herbstlichen Sonnenschein gesehen hätte, von leuchtenden Bäumen umgeben, während buntes Laub in ganzen Wolken über die *Straße* wehte – aber ich war derjenige gewesen, der das Haus aktiv ausgesucht hatte.

Aber auch das war Denkfaulheit und selektive Erinnerung. Oder nicht? Sara hatte *mich* ausgesucht.

Wie kam es dann, daß ich das bis heute nicht gemerkt hatte? Und wie war ich überhaupt hierhergebracht worden, in meiner ahnungslosen glücklichen Unkenntnis?

Die Antwort auf beide Fragen war dieselbe. Es war auch die Antwort auf die Frage, wie Jo etwas Beunruhigendes über das Haus, den See, womöglich das gesamte TR hatte herausfinden können und es geschafft hatte, mir nichts davon zu erzählen. Ich war weg gewesen, das war es. Ich war in der Zone gewesen, in Trance, und hatte eines meiner dummen kleinen Bücher geschrieben. Ich war von den Phantasien in meinem Kopf hypnotisiert gewesen, und einen hypnotisierten Mann kann man leicht führen.

»Mike? Bist du noch da?«

»Ich bin noch da, Frank. Aber der Teufel soll mich holen, wenn ich weiß, was ihr solche Angst gemacht haben könnte.«

»Sie hat noch einen Namen erwähnt, an den ich mich erinnere: Royce Merrill. Sie sagte, er könnte sich am besten erinnern, weil er so alt ist. Und sie sagte: ›Ich will nicht, daß Mike mit ihm redet. Ich habe Angst, der alte Mann könnte die Katze aus dem

Sack lassen und ihm mehr erzählen, als er wissen sollte.‹ Hast du eine Ahnung, was sie damit gemeint hat?«

»Nun ... man hat angedeutet, daß ein Splitter des Familienstammbaums hier gelandet sein könnte, aber die Vorfahren meiner Mutter kommen aus Memphis. Die Noonans stammen aus Maine, aber nicht aus diesem Teil.« Aber das glaubte ich nicht mehr so ganz.

»Mike, du hörst dich fast an, als wäre dir schlecht.«

»Mir geht es gut. Sogar besser als vorher.«

»Und du verstehst, warum ich dir bis jetzt nichts davon gesagt habe? Ich meine, wenn ich gewußt hätte, auf was für Gedanken du kommst ... wenn ich eine Ahnung gehabt hätte ...«

»Ich glaube schon. Ich bin nicht von Anfang an auf solche Gedanken verfallen, aber wenn dieser Schwachsinn erst mal Fuß gefaßt hat ...«

»Als ich an jenem Abend nach Sandford zurückkam und es vorbei war, dachte ich wahrscheinlich, es wäre wieder eine von Jos Schnapsideen, ich zitiere: ›Oh, Scheiße, ein Schatten auf dem Mond, bis morgen früh verläßt keiner das Haus.‹ Du weißt, sie ist immer abergläubisch gewesen – hat auf Holz geklopft, sich eine Prise Salz über die Schulter geworfen, wenn sie welches verschüttet hat, diese Ohrringe, die sie hatte, aus vierblättrigen Kleeblättern ...«

»Oder daß sie einen Pullover nicht mehr tragen wollte, wenn sie ihn aus Versehen verkehrt herum angezogen hatte«, sagte ich. »Sie behauptete, das würde einem den ganzen Tag vermasseln.«

»Und? Ist es nicht so?« fragte Frank, und ich konnte ein verhaltenes Lächeln in seiner Stimme hören.

Auf einmal erinnerte ich mich ganz deutlich an Jo, bis hin zu den winzigen goldenen Flecken in ihrem linken Auge, und wollte keine andere. Keine andere wäre mir recht gewesen.

»Sie dachte, daß etwas Böses in dem Haus ist«, sagte Frank. »Soviel weiß ich immerhin.«

Ich nahm ein Blatt Papier und kritzelte *Kia* darauf. »Ja. Und da hat sie vielleicht schon vermutet, daß sie schwanger war. Sie hätte Angst vor ... Einflüssen haben können.« Es waren Einflüsse hier, allerdings. »Du glaubst, daß sie das meiste von Royce Merrill hatte?«

»Nein, das war nur ein Name, den sie erwähnt hat. Wahrscheinlich hat sie mit Dutzenden von Leuten geredet. Kennst du einen Burschen namens Kloster? Gloster? Etwas in der Art?«

»Auster«, sagte ich. Unter *Kia* machte mein Stift ein paar fette Schlaufen, die kursive l's oder Haarbänder sein konnten. »Kenny Auster? War das der Name?«

»Könnte hinkommen. Wie auch immer, du weißt, wie sie war, wenn sie sich wirklich etwas in den Kopf gesetzt hatte.«

Ja. Wie ein Terrier, der Ratten jagt.

»Mike? Soll ich zu dir kommen?«

Nein. Jetzt war ich sicher. Nicht Harold Oblowski, und auch nicht Frank. In Sara lief ein Vorgang ab, etwas Empfindliches und Organisches wie aufgehendes Brot in einem warmen Zimmer. Frank könnte diesen Vorgang unterbrechen ... oder durch ihn zu Schaden kommen.

»Nein, ich wollte das nur geklärt haben. Außerdem schreibe ich. Ich kann kaum Leute um mich haben, wenn ich schreibe.«

»Rufst du mich an, wenn ich dir helfen kann?«

»Auf jeden Fall«, sagte ich.

Ich legte den Hörer auf, blätterte das Telefonbuch durch und fand einen Eintrag R. MERRILL in der Deep Bay Road. Ich wählte die Nummer an, ließ es ein dutzendmal klingeln und legte auf. Kein neumodischer Anrufbeantworter für Royce. Ich fragte mich müßig, wo er stecken mochte. Fünfundneunzig schien mir ein wenig zu alt zu sein, um im Country Barn in Harrison tanzen zu gehen, besonders an einem so schwülen Abend.

Ich betrachtete das Blatt Papier, auf dem *Kia* stand. Unter die fetten *l*-Schleifen hatte ich *Kyra* geschrieben, und ich erinnerte mich, wie ich gedacht hatte, Mattie hätte »Kia« gesagt, als sie mir zum erstenmal ihren Namen nannte. Unter *Kyra* schrieb ich *Kito*, zögerte und schrieb *Carla*. Ich zeichnete ein Kästchen um diese Namen. Daneben kritzelte ich *Johanna, Bridget* und *Jared*. Die Kühnschwankleute. Leute, die wollten, daß ich neunzehn runterging und zweiundneunzig runterging.

»Geh runter, Moses, du sollst ins Gelobte Land«, sagte ich dem leeren Haus. Ich sah mich um. Nur ich und Bunter und die wedelnde Uhr ... aber das stimmte nicht.

Als es dich wollte, hat es dich gerufen.

Ich stand auf, um mir noch ein Bier zu holen. Obst und Gemüse bildeten wieder einen hübschen Kreis. In der Mitte sagten die Buchstaben jetzt:

Frieden ruht

Wie auf manchen alten Grabsteinen – *Gebe Gott, daß sie in Frieden ruht.* Ich betrachtete diese Buchstaben lange Zeit. Dann fiel mir ein, daß die IBM noch auf der Veranda stand. Ich holte sie herein, stellte sie auf den Eßtisch und arbeitete weiter an meinem derzeitigen dummen kleinen Buch. Fünfzehn Minuten später war ich weggetreten und merkte nur ganz am Rande, daß es irgendwo über dem See donnerte und Bunters Glöckchen von Zeit zu Zeit läutete. Als ich eine Stunde später zum Kühlschrank ging, um mir noch ein Bier zu holen, lautete die Inschrift in dem Kreis:

sgelaugt in Frieden ruht

Ich merkte es kaum. In dem Moment war mir egal, ob sie ausgelaugt in Frieden ruhten oder im Licht des silbernen Mondes den Hucklebuck tanzten. John Shackleford erinnerte sich allmählich an seine Vergangenheit und das Kind, dessen einziger Freund er gewesen war. Den kleinen ungeliebten Ray Garraty.

Ich schrieb bis Mitternacht. Bis dahin hatte sich der Donner verzogen, aber die Hitze blieb, drückend wie eine Decke. Ich schaltete die IBM aus und ging ins Bett … und dachte, soweit ich mich erinnern kann, an gar nichts – nicht einmal an Mattie, die wenige Meilen entfernt in ihrem eigenen Bett lag. Das Schreiben hatte sämtliche Gedanken an die Wirklichkeit ausgebrannt, jedenfalls vorübergehend. Ich glaube, zu guter Letzt ist es genau dafür da. Gut oder schlecht, es ist ein Zeitvertreib.

Kapitel 21

Ich ging auf der *Straße* nach Norden. Lampions säumten den Weg, aber sie waren alle dunkel, weil Tageslicht herrschte – *helles* Tageslicht. Die trübe, dunstige Atmosphäre des Juli war verschwunden; der Himmel hatte den tiefen Saphirton, der einzig und allein dem Oktober vorbehalten ist. Der See darunter war von tiefstem Dunkelblau; Sonnenfünkchen flimmerten darauf. Die Bäume hatten den Höhepunkt ihrer Herbstfärbung gerade überschritten und loderten wie Fackeln. Ein Wind von Süden wehte die abgefallenen Blätter an mir vorbei und in raschelnden, duftenden Böen zwischen meinen Beinen hindurch. Die Lampions nickten, als würde ihnen die Jahreszeit zusagen. Voraus konnte ich leise Musik hören. Sara and the Red-Tops. Sara sang aus vollem Hals, lachte sich durch den Text wie immer … aber wie konnte sich Gelächter so sehr nach einem Fauchen anhören?

»Weißer Junge, ich würde nie mein eigenes Kind töten. Daß du so was auch nur denken kannst!«

Ich wirbelte herum und rechnete damit, sie direkt hinter mir zu sehen, aber es war niemand da. Nun …

Die Grüne Lady war da, aber sie hatte sich für den Herbst umgezogen und war jetzt die Gelbe Lady. Der kahle Kiefernzweig hinter ihr wies immer noch den Weg: Geh nach Norden, junger Mann, geh nach Norden. Ein kurzes Stück die *Straße* hinunter stand eine weitere Birke, die, an der ich mich festgehalten hatte, als ich erneut dieses schreckliche Gefühl hatte, zu ertrinken.

Ich wartete, daß es wiederkommen würde – daß der Eisengeschmack des Sees meinen Mund und meine Kehle erfüllen würde –, aber dazu kam es nicht. Ich sah zu der Gelben Lady zurück und weiter zu Sara Lacht. Das Haus war da, aber deutlich kleiner: kein Nordflügel, kein Südflügel, kein erster Stock. Und keine Spur von Jos Atelier daneben. Das alles war noch nicht gebaut. Die Birkendame war mit mir aus dem Jahr 1998 zurückgereist; ebenso die über dem See. Ansonsten –

»Wo bin ich?« fragte ich die Gelbe Lady und die nickenden Lampions. Dann fiel mir eine bessere Frage ein. »*Wann* bin ich?« Keine Antwort. »Es ist ein Traum, richtig? Ich liege im Bett und träume.«

Irgendwo über dem gleißenden, goldfunkelnden Netz des Sees rief ein Eistaucher. Zweimal. *Pfeif einmal für ja, zweimal für nein*, dachte ich. *Kein Traum, Michael. Ich weiß nicht genau, was es ist – vielleicht eine spirituelle Zeitreise –, aber es ist kein Traum.*

»Passiert das wirklich?« fragte ich den Tag, und irgendwo unter den Bäumen, wo ein Trampelpfad, aus dem einmal der Weg zweiundvierzig werden sollte, zu einer Schotterstraße führte, die einmal den Namen Route 68 tragen sollte, schrie eine Krähe. Nur einmal.

Ich ging zu der Birke, die über den See ragte, legte einen Arm darum (was eine Erinnerung daran auslöste, wie ich die Hände um Matties Taille gelegt und gespürt hatte, wie ihr Kleid über ihre Haut glitt), spähte in das Wasser und wünschte mir halb, den ertrunkenen Jungen zu sehen, halb fürchtete ich es. Es war kein Junge da, aber etwas lag zwischen Steinen und Wurzeln und Seegras auf dem Grund, wo er gewesen war. Ich kniff die Augen zusammen, und da ließ der Wind ein wenig nach und stillte das Funkeln auf dem Wasser. Es war ein Gehstock mit goldenem Griff. Ein Gehstock der *Boston Post*. Zwei Bänder – weiß mit hellroten Rändern –, deren Enden träge winkten, waren in einer aufsteigenden Spirale um ihn herum gewickelt. Als ich Royces Stock auf diese Weise geschmückt sah, mußte ich an Abschlußfeiern der High School und den Stab denken, den die Klassensprecher schwenken, wenn sie ihre Mitschüler in den festlichen Roben zu ihren Sitzen führen. Jetzt begriff ich, warum der alte Tattergreis nicht ans Telefon gegangen war. Royce Merrills Telefoniertage gehörten der Vergangenheit an. Ich wußte es; ich wußte auch, daß ich in einer Zeit noch vor Royces Geburt gelandet war. Sara Tidwell war hier, ich konnte sie singen hören, und als Royce 1903 geboren wurde, war Sara mitsamt ihrer ganzen Red-Top-Familie schon zwei Jahre fort gewesen.

»Geh runter, Moses«, sagte ich zu dem bändergeschmückten Stock im Wasser. »Du sollst ins Gelobte Land.«

Ich näherte mich, von der kühlen Luft und dem rauschenden Wind belebt, der Musik. Nun konnte ich auch Stimmen hören, jede Menge Stimmen, die redeten und riefen und lachten. Über alle erhob sich der heisere Ruf des Marktschreiers am Gruselkabinett: »Herrrrreinspaziert, Leute, herrrrreinspaziert! Drinnen ist alles bereit, aber ihr müßt euch sputen, sputen, sputen, die nächste Vorstellung beginnt in zehn Minuten! Seht Angelina die Schlangenfrau, sie tanzt, sie windet sich, sie bezaubert euer Auge und stiehlt euer Herz, aber geht nicht zu nahe ran, denn ihr Biß ist *gif*-tig! Seht Hando, den Jungen mit dem Hundegesicht, den Schrecken der Südsee! Seht das menschliche Skelett! Seht das menschliche Gila-Monster, Relikt einer Zeit, die Gott vergessen hat! Seht die bärtige Dame und die Killer-Marsianer! Alles wartet da drinnen, ja, meine Herrrrn, also herrrrreinspaziert!«

Ich konnte die Dampforgel eines Karussells und das Glöckchen am oberen Ende der Stange hören, wo ein Holzfäller gerade ein Plüschtier für seine Liebste gewonnen hatte. Man konnte den entzückten Ausrufen der Frauen entnehmen, daß er den Lukas beinahe fest genug gehauen hatte, um ihn über die Stange hinaus in die Luft zu jagen. Vom Schießstand ertönte das Knallen von .22ern, das schnarchende Muh einer preisgekrönten Kuh ... und nun konnte ich die Düfte riechen, die ich seit meiner Kindheit mit Jahrmärkten in Verbindung bringe: süße Krapfen, gegrillte Zwiebeln und Peperoni, Zuckerwatte, Pferdemist, Heu. Ich ging schneller, als die Akkorde der Gitarre und das Zupfen des Basses lauter wurden. Mein Herzschlag schaltete in einen kleineren Gang zurück. Ich würde ihre Vorstellung sehen, Sara Lacht und die Red-Top Boys wirklich und wahrhaftig live auf der Bühne erleben. Und dies war auch kein irrer dreiteiliger Fiebertraum. Es passierte genau jetzt, also herrrrreinspaziert.

Das Haus der Washburns (das für Mrs. M. immer das Haus der Brickers bleiben würde) war verschwunden. Hinter der Stelle, wo es einmal stehen sollte, führte an der Ostseite der *Straße* eine Flucht breiter Holzstufen den steilen Hang hinauf. Sie erinnerten mich an die Treppe, die in Old Orchard vom Freizeitpark zum Strand hinunterführt. Hier waren die Lampions trotz des hellen Tages angezündet worden, und die Musik ertönte lauter denn je. Sara sang »Jimmy Crack Corn.«

Ich ging die Treppe hoch und näherte mich dem Gelächter und den Schreien, der Musik der Red-Tops und der Dampforgel, den Gerüchen von gebratenem Essen und Nutzvieh. Über dem oberen Ende der Treppe hing ein Holzbogen, auf dem

WILLKOMMEN ZUM JAHRMARKT VON FRYEBURG
WILLKOMMEN IM 20. JAHRHUNDERT

stand. Während ich noch hinsah, kamen ein kleiner Junge in kurzen Hosen und eine Frau in taillierter Bluse und knöchellangem Rock unter dem Bogen auf mich zu. Sie flimmerten, wurden durchsichtig. Einen Moment konnte ich ihre Skelette und das Knochengrinsen unter ihren lachenden Gesichtern sehen. Einen Moment später waren sie verschwunden.

Zwei Farmer – einer trug einen Strohhut, der andere gestikulierte wild mit einer Maiskolbenpfeife – tauchten in exakt derselben Weise auf der zum Jahrmarkt gelegenen Seite des Bogens auf. Auf diese Weise wurde mir klar, daß eine Barriere zwischen der *Straße* und dem Jahrmarkt existierte. Aber ich glaubte nicht, daß es eine Barriere war, die mich tangieren würde. Ich war eine Ausnahme.

»Stimmt das?« fragte ich. »Kann ich reingehen?«

Die Glocke am Ende der Hau-den-Lukas-Stange schepperte laut und deutlich. Einmal scheppern für ja, zweimal für nein. Ich ging weiter die Treppe hinauf.

Jetzt konnte ich das Riesenrad sehen, das sich vor dem strahlenden Himmel drehte, das Riesenrad, das ich schon im Hintergrund des Fotos der Band in Osteens *Tage am Dark Score* gesehen hatte. Der Rahmen war aus Metall, aber die bunt bemalten Gondeln aus Holz. Ein breiter, mit Sägemehl bestreuter Weg führte zu ihm hin wie ein Mittelgang zu einem Altar. Das Sägemehl war aus einem bestimmten Grund gestreut worden; fast jeder Mann, den ich sah, kaute Tabak.

Ich wartete ein paar Sekunden am oberen Ende der Treppe, immer noch auf der Seeseite des Bogens. Ich hatte Angst davor, was mit mir passieren könnte, wenn ich darunter herging. Angst davor, zu sterben oder zu verschwinden, ja, aber am meisten davor, nicht dorthin zurückkehren zu können, von wo ich gekommen war, dazu verdammt zu sein, die Ewigkeit als Besucher des Jahrmarkts von Fryeburg an der Jahrhundertwende zu verbringen. Jetzt, wo ich darüber nachdachte, kam mir das auch wie eine Story von Ray Bradbury vor.

Am Ende war es Sara Tidwell, die mich in jene andere Welt zog. Ich mußte sie mit eigenen Augen sehen. Ich mußte zusehen, wie sie sang. Ich *mußte* einfach.

Ich verspürte ein Kribbeln, als ich unter dem Bogen durchtrat, und hörte ein Seufzen in den Ohren, wie von einer Million Stimmen, die sehr weit entfernt waren. Die vor Erleichterung seufzten? Mißfallen? Ich konnte es nicht sagen. Ich wußte nur, daß es anders war, auf der anderen Seite zu sein – der Unterschied, der dazwischen besteht, ob man etwas durch ein Fenster sieht und ob man tatsächlich dort ist; der Unterschied zwischen beobachten und teilnehmen.

Farben sprangen mich an wie Wegelagerer im Augenblick des Angriffs. Die Gerüche, die auf der Seeseite des Bogens süß und verlockend und nostalgisch gewesen waren, waren nun rauh und sexy, Prosa statt Poesie. Ich konnte Würste und gebratenes Rindfleisch und den überwältigenden Geruch von kochender Schokolade riechen. Zwei Kinder, die sich eine Papiertüte Zuckerwatte teilten, gingen an mir vorbei. Beide hielten zusammengelegte Taschentücher umklammert, in die sie ihr restliches Kleingeld eingeschlagen hatten. »He, Jungs!« rief ihnen ein Marktschreier im blauen Hemd zu. Er trug Ärmelhalter, sein Lächeln zeigte einen protzigen Goldzahn. »Werft die Milchflaschen um und gewinnt einen Preis! Ich hab' den ganzen Tag noch keinen Verlierer gehabt!«

Weiter vorne setzten die Red-Tops zum »Fishin Blues« an. Ich hatte gedacht, daß der Junge im Stadtpark von Castle Rock ziemlich gut war, aber gegen diese Version nahm sich die des Jungen alt und langsam und ahnungslos aus. Sie war nicht niedlich, wie ein antikes Foto mit Damen, die die Röcke bis zu den Knien hochhalten und eine malerische Version des Black Bottom tanzen, bei der man die Säume ihrer knielangen Beinkleider gerade noch sehen kann. Es war nichts, das Alan Lomax zusammen mit seinen anderen Folksongs gesammelt hatte, ein weiterer verstaubter amerikanischer Schmetterling in einem Glas mit vielen anderen; dies war Dreck mit gerade soviel Politur drauf, daß die ganze swingende Bande nicht ins Gefängnis kam. Sara

Tidwell sang vom Dirty Boogie, und ich schätzte, daß jeder pfriemkauende Farmer mit Strohhut, Overall und schwieligen Händen vor der Bühne davon träumte, es mit ihr zu treiben, die Stelle zu finden, wo sich der Schweiß in der Ritze sammelt und die Hitze lodert und man das Rosa durchschimmern sieht.

Ich ging in diese Richtung und bekam am Rande mit, daß in den Ausstellungspferchen Kühe muhten und Schafe blökten – die Jahrmarkt-Version des Hi-Ho Dairy-O meiner Kindheit. Ich kam an dem Schießstand und dem Ringwerfen und der Wurfbude vorbei; ich kam an einer Bühne vorbei, auf der die Zofen Angelinas sich in einem langsamen, schlangenartigen Tanz wiegten und die Hände zusammenpreßten, während ein Kerl mit Turban und Schuhcreme im Gesicht Flöte spielte. Das auf einer gespannten Leinwand gemalte Bild deutete an, daß Angelina – die man drinnen für das bloße Zehntel eines Dollars bestaunen konnte, Nachbar – die beiden ziemlich alt aussehen lassen würde. Ich kam am Eingang des Gruselkabinetts vorbei, dem Grill, wo Maiskolben geröstet wurden, der Geisterbahn, wo auf anderen gespannten Leinwandstücken Gespenster dargestellt waren, die aus zerschmetterten Fenstern und verfallenen Kaminen kamen. *Da drinnen gibt es nur den Tod,* dachte ich … aber im Inneren konnte ich Kinder hören, die durchaus lebendig waren und lachten und quietschten, wenn sie in der Dunkelheit mit etwas zusammenstießen. Die älteren von ihnen küßten sich wahrscheinlich verstohlen. Ich kam an der Hau-den-Lukas-Stange vorbei, wo die Abstufungen bis zur Messingglocke an der Spitze lauteten: BABY BRAUCHT SEIN FLÄSCHCHEN, MEMME, VERSUCH'S NOCH MAL, GROSSER JUNGE, RAUFBOLD und dicht unterhalb der Glocke, in Rot: HERKULES! In der Mitte einer kleinen Menschenmenge zog ein junger Mann mit rotem Haar sein Hemd aus und entblößte einen muskulösen Oberkörper. Ein Marktschreier mit Zigarre im Mund hielt ihm einen Hammer hin. Ich ging an einem Zelt, wo Leute auf Bänken saßen und Bingo spielten, und am Baseballplatz vorbei. An all dem kam ich vorbei und nahm es kaum zur Kenntnis. Ich war in der Zone, in Trance. »Du mußt ihn zurückrufen«, hatte Jo manchmal zu Harold gesagt, wenn er anrief, »Michael befindet sich gerade im Land der Großen Vorspiegelung Falscher Tatsachen.« Aber im Augenblick kam mir nichts vorgespiegelt vor, und das einzige, was mich interessierte, war die Bühne unter dem großen Riesenrad. Acht Farbige standen darauf. Ganz vorne Sara Tidwell, die eine Gitarre umgehängt hatte und Akkorde anschlug. Sie war lebendig. Sie war im besten Alter. Sie warf den Kopf zurück und lachte den Oktoberhimmel an.

Ein Ruf hinter mir riß mich aus meiner Benommenheit: »Warte, Mike! Warte!«

Ich drehte mich um und sah Kyra mit pummeligen Knien, die wie Motorkolben auf und ab gingen, auf mich zugerannt kommen, wobei sie den Passanten und Spielern und Gaffern auf dem Mittelweg auswich. Sie trug ein kurzes weißes Matrosenkleid mit roten Litzen und einen Strohhut mit einem marineblauen Hutband. In einer Hand hielt sie Strickland, und als sie mich erreicht hatte, warf sie sich vertrauensvoll vorwärts, weil sie wußte, daß ich sie auffangen und hochschwingen würde. Das tat ich, und als ihr Hut herunterfiel, fing ich ihn und setzte ihn ihr wieder auf.

»Ich hab' meinen eignen Quartermack attagiert«, sagte sie und lachte. »Schon wieder.«

»Stimmt«, sagte ich. »Du bist ein richtig fieser Joe Green.« Ich trug einen Overall (der Zipfel eines verwaschenen blauen Taschentuchs ragte aus der Brusttasche) und dungfleckige Halbstiefel. Ich betrachtete Kyras weiße Socken und sah, daß sie selbstgestrickt waren. Wenn ich ihr den Strohhut abnehmen und ins Innere schauen würde, würde ich auch keinen diskreten kleinen Aufkleber Made in Mexico oder Made in China finden. Dieser Hut war höchstwahrscheinlich in Motton gemacht worden, von einer Farmersfrau mit roten Händen und schmerzenden Gelenken.

»Ki, wo ist Mattie?«

»Zu Hause, schätze ich. Sie konnte nicht kommen.«

»Wie kommst du hierher?«

»Die Treppe rauf. Es waren eine Menge Stufen. Du hättest auf mich warten sollen. Hättest mich trägern können, wie schon mal. Ich will die Musik hören.«

»Ich auch. Weißt du, wer das ist, Kyra?«

»Ja«, sagte sie, »Kitos Mom. Beeil dich, lahme Ente!«

Ich ging auf die Bühne zu und dachte, daß wir am hinteren Rand der Menge stehen müßten, aber sie machten uns Platz, als wir näher kamen – ich mit Kyra auf den Armen, die süße Last, ein kleines Gibson-Mädchen mit Matrosenkleid und Strohhut mit buntem Band. Den Arm hatte sie um meinen Nacken gelegt, und die Menge teilte sich für uns wie das Rote Meer für Moses.

Sie drehten sich auch nicht zu uns um und sahen uns an. Sie klatschten und stampften und johlten ganz selbstvergessen mit der Musik. Sie traten unbewußt beiseite, als wäre eine Art Magnetismus am Werk – unserer positiv, ihrer negativ. Die wenigen Frauen in der Menge erröteten, hatten aber eindeutig ihren Spaß; eine von ihnen lachte so sehr, daß ihr Tränen über die Wangen liefen. Sie schien nicht älter als zwei- oder dreiundzwanzig zu sein. Kyra zeigte auf sie und sagte nüchtern: »Kennst du Matties Boß in der Bibilothek? Das ist ihre Nana.«

Linda Briggs' Großmutter, taufrisch und knackig, dachte ich. *Gütiger Gott.*

Die Red-Tops tummelten sich auf der Bühne unter Bahnen roter, weißer und blauer Girlanden wie eine zeitreisende Rockband. Ich kannte sie alle von dem Bild in Edward Osteens Buch. Die Männer trugen weiße Hemden, Ärmelbänder, dunkle Westen, dunkle Hosen. Son Tidwell, am entgegengesetzten Ende der Bühne, trug die Melone, die er auf dem Foto aufgesetzt hatte. Sara jedoch …

»Warum hat die Lady Matties Kleid an?« fragte Kyra mich und fing an zu zittern.

»Ich weiß nicht, Liebes. Ich kann es nicht sagen.« Ebensowenig konnte ich widersprechen – es war tatsächlich das weiße ärmellose Kleid, das Mattie im Stadtpark angehabt hatte.

Auf der Bühne spielte die Band ein Instrumentalzwischenstück. Reginald »Son« Tidwell schlenderte lässig zu Sara, seine Hände verschwommene braune Flecken auf den Saiten und Bünden der Gitarre, und sie drehte sich zu ihm um. Sie preßten die Stirnen gegeneinander, sie lachend, er ernst; sie sahen einander in die Augen und versuchten, einander niederzuspielen, die Menge johlte und klatschte, die restlichen Red-Tops lachten beim Spielen. Als ich sie so sah, wurde mir klar, daß ich recht gehabt hatte: Sie waren Bruder und Schwester. Die Ähnlichkeit war zu ausgeprägt, als daß man sie hätte übersehen oder mißdeuten können. Aber am deutlichsten sah ich, wie sich ihre Hüften und der Po unter dem weißen Kleid bewegten. Kyra und ich mochten Kleidung der Jahrhundertwende tragen, aber Sara war durch und durch modern angezogen. Keine Liebestöter, keine Petticoats, keine Baumwollstrümpfe. Niemand schien zu bemerken, daß ihr Kleid oberhalb der Knie endete – daß sie nach den Maßstäben dieser Zeit so gut wie nackt war. Und unter Matties Kleid trug sie Unterwäsche, wie sie diese Leute noch nie gesehen hatten: einen BH aus Lycra und einen Stretchslip aus Nylon. Würde ich meine Hand auf ihre Hüfte legen, würde der Stoff nicht über ein abweisendes Korsett rutschen, sondern über weiche, nackte Haut. Braune Haut, nicht weiße. *Was willst du, Sugar?*

Sara rückte von Son ab, schüttelte ihren nicht eingezwängten, nicht drapierten Hintern und lachte. Er schlenderte zu seinem Platz zurück, und sie drehte sich zur Menge um, während die Band die Hinführung zur nächsten Strophe spielte. Als Sara zu singen begann, sah sie mich direkt an.

»Before you start in fishin
you better check your line.
Said before you start in fishin, honey,
You better check on your line.
I'll pull on your's, darlin,
and you best tug on mine.«

Die Menge brüllte fröhlich. Kyra zitterte heftiger denn je auf meinen Armen. »Ich hab' Angst, Mike«, sagte sie. »Ich mag die Lady nicht. Sie ist eine unheimliche Lady. Sie hat Matties Kleid gestohlen. Ich will nach Hause.«

Es war, als hätte Sara sie trotz des Schrammelns und Stampfens der Musik gehört. Sie legte den Kopf in den Nacken, zog die Lippen zurück und lachte zum Himmel. Ihre Zähne waren groß und gelb. Sie sahen aus wie die Zähne eines hungrigen Tiers, und ich stimmte Kyra innerlich zu: Sie war eine unheimliche Lady.

»Okay, Kleines«, murmelte ich Ki ins Ohr. »Wir ziehen Leine.«

Aber bevor ich mich bewegen konnte, kam das Bewußtsein der Frau – ich weiß nicht, wie ich es anders ausdrücken soll – über mich und hielt mich fest. Nun begriff ich, was in der Küche an mir vorbeigeschossen war und den Schriftzug CARLA-

DEAN verstreut hatte; die Kälte war dieselbe. Es war fast, als würde ich eine Person am Klang ihrer Schritte identifizieren.

Sie führte die Band erneut zur Überleitung, dann in eine weitere Strophe. Keine, die man in einer schriftlichen Version des Songs finden würde:

»I ain't gonna hurt her, honey,
not for all the treasure in the worl'.
Said I wouldn't hurt your baby,
nor for diamonds or for pearls.
Only one black-hearted bastard
dare to touch that little girl.«

Die Menge brüllte, als wäre das das Komischste, das sie je gehört hätten, aber Kyra fing an zu weinen. Sara sah es, streckte die Brüste vor – viel größere Brüste als die von Mattie – und schüttelte sie, während sie das Lachen ausstieß, das zu ihrem Markenzeichen geworden war. Diese Geste hatte eine parodierende Kälte an sich ... und eine gewisse Leere. Eine Traurigkeit. Und doch konnte ich kein Mitleid mit ihr empfinden. Es war, als wäre ihr das Herz ausgebrannt worden und die Traurigkeit, die blieb, nur ein weiterer Geist, die Erinnerung einer Liebe, die in den Gebeinen des Hasses spukte.

Und wie sie beim Lachen höhnisch die Zähne bleckte.

Sara hob die Arme über den Kopf und schüttelte sich diesmal am ganzen Körper, als hätte sie meine Gedanken gelesen und machte sich darüber lustig. Wie Gelee auf einem Teller, wie es in einem anderen alten Song aus der Zeit heißt. Ihr Schatten schwankte auf der Leinwandbespannung hinter ihr, die ein Gemälde von Fryeburg zeigte, und als ich hinsah, erblickte ich die Gestalt aus meinen Manderley-Träumen. Es war natürlich Sara. Sara war die Gestalt und war es immer gewesen.

Nein, Mike. Nahe dran, aber es stimmt nicht ganz.

Richtig oder falsch, ich hatte genug. Ich drehte mich um, legte die Hand auf Kis Hinterkopf und drückte ihr Gesicht an meine Brust. Sie hatte mittlerweile beide Arme um meinen Hals geschlungen und klammerte sich voller Panik fest.

Ich dachte, ich müßte mich durch die Menge zurück drängen – sie hatten mich bereitwillig hineingelassen, aber hinaus ließen sie mich vielleicht nicht so liebenswürdig. *Macht mir keinen Ärger, Leute,* dachte ich. *Ihr würdet es bedauern.*

Und sie machten keinen. Auf der Bühne hatte Son Tidwell die Band von E auf G gebracht, jemand schlug das Tambourin, und Sara wechselte fließend von »Fishin Blues« zu »Dog my Cats«. Hier draußen, vor der Bühne und darunter, wich die Menge erneut vor mir und meinem kleinen Mädchen zurück, ohne uns anzusehen oder einen Takt auszulassen, während sie in die von der Arbeit geschwollenen Hände klatschten. Ein junger Mann mit einem portweinfarbenen Fleck auf der Wange machte den Mund auf – mit zwanzig fehlte ihm bereits die Hälfte der Zähne – und bellte »*Jii-HAA!*« um einen halb aufgelösten Klumpen Tabak herum. Es war Buddy Jellison aus dem Village Café, wurde mir klar ... Buddy Jellison, der mit seinen achtundsechzig auf magische Weise wieder zwanzig geworden war. Dann fiel mir auf, daß seine Haarfarbe nicht stimmte – Hellbraun statt Schwarz (obwohl er auf die Siebzig zuging und man es ihm in jeder anderen Hinsicht ansah, hatte Bud kein einziges weißes Haar auf dem Kopf). Das war Buddys Großvater, vielleicht sogar sein Urgroßvater. Was mir so oder so scheißegal war. Ich wollte nur raus hier.

»Entschuldigung«, sagte ich und schob mich an ihm vorbei.

»Es gibt keinen stadtbekannten Trunkenbold hier, du zudringlicher Hurensohn«, sagte er, ohne mich anzusehen oder beim Klatschen aus dem Takt zu kommen. »Wir wechseln uns ab.«

Ich träume also doch, dachte ich. *Es ist ein Traum, und dies ist der Beweis dafür.*

Aber der Tabakgeruch in seinem Atem war kein Traum, der Geruch der Menge war kein Traum, und das Gewicht des ängstlichen Kindes auf meinen Armen war auch kein Traum. Mein Hemd war heiß und naß, wo sie das Gesicht darauf preßte. Sie weinte.

»He, Ire!« rief Sara von der Bühne, und ihre Stimme glich so sehr der von Jo, daß ich schreien wollte. Sie wollte, daß ich mich umdrehte – ich konnte ihre Willenskraft wie Finger an meinem Gesicht spüren –, aber ich wollte nicht.

Ich wich drei Farmern aus, die eine Keramikflasche von Hand zu Hand gehen ließen, dann hatte ich die Menge hinter mir gelassen. Vor mir lag der Mittelweg, so breit wie die Fifth Avenue, und am Ende der Torbogen bei der Treppe, die *Straße*, der See. Zu Hause. Wenn ich es bis zur *Straße* schaffen würde, wären wir in Sicherheit. Das wußte ich genau.

»Fast fertig, Ire!« kreischte Sara hinter mir her. Sie hörte sich wütend an, aber nicht zu wütend, um zu lachen. »Du wirst bekommen, was du willst, Sugar, allen Trost, den du brauchst, aber du solltest mich meine Angelegenheit zu Ende bringen lassen. Hast du gehört, Junge? Halt dich einfach raus! Hör auf mich!«

Ich lief schnell den Weg zurück, auf dem ich gekommen war, streichelte Kis Kopf und hielt ihr Gesicht weiter an mein Hemd gedrückt. Ihr Strohhut fiel herunter, und als ich danach griff, bekam ich nur das Hutband zu fassen, das sich von der Krempe löste. Egal. Wir mußten hier raus.

Links von uns lag das Baseballfeld, und ein kleiner Junge rief mit einer monotonen, enervierenden Regelmäßigkeit: »Willy hat ihn übern Zaun geschlagen, Ma! Willy hat ihn übern Zaun geschlagen!« Wir kamen am Bingo vorbei, wo eine alte Frau heulte, daß sie den Truthahn gewonnen hatte, halleluja, jede Zahl war mit einem Punkt bedeckt, und sie hatte den Truthahn gewonnen. Am Himmel verschwand die Sonne hinter einer Wolke, der Tag wurde düster. Unsere Schatten verschwanden. Der Bogen am Ende des Mittelwegs kam mit zermürbender Langsamkeit näher.

»Sind wir schon zu Hause?« stöhnte Ki fast. »Ich will nach Hause, Mike, bitte bring mich nach Hause zu meiner Mommy.«

»Das mache ich«, versprach ich ihr. »Alles wird gut.«

Wir kamen am Hau-den-Lukas vorbei, wo der junge Mann mit dem roten Haar sein Hemd wieder anzog. Er betrachtete mich mit gleichmütiger Abneigung – möglicherweise das instinktive Mißtrauen eines Einheimischen gegenüber einem Fremden –, und mir wurde klar, daß ich auch ihn kannte. Er würde einen Enkel namens Dickie haben, dem gegen Ende des Jahrhunderts, dem dieser Jahrmarkt gewidmet war, die All-Purpose-Werkstatt an der Route 68 gehören würde.

Eine Frau, die aus dem Zelt kam, blieb stehen und zeigte auf mich. Im selben Augenblick zog sie die Oberlippe wie ein knurrender Hund hoch. Auch dieses Gesicht kannte ich. Von wo?

Irgendwo aus dieser Gegend. Es spielte keine Rolle, und selbst wenn, hätte ich es nicht wissen wollen.

»Wir hätten niemals hierherkommen sollen«, stöhnte Ki.

»Ich weiß«, antwortete ich. »Aber ich glaube nicht, daß wir eine Wahl hatten, Kleines. Wir –«

Sie kamen aus dem Gruselkabinett, schätzungsweise zwanzig Meter vor uns. Ich sah sie und blieb stehen. Es waren insgesamt sieben, Männer in der Kluft von Erntearbeitern, die lange, ausgreifende Schritte machten, aber vier davon waren unwichtig – diese vier sahen verblaßt und weiß und geisterhaft aus. Sie waren krank, möglicherweise tot, und nicht gefährlicher als Daguerreotypien. Aber die anderen drei waren real. Jedenfalls so real wie der Rest dieses Ortes. Der Anführer war ein alter Mann, der eine ausgebleichte blaue Mütze der Unionsarmee trug. Er sah mich mit Augen an, die ich kannte. Augen, die ich gesehen hatte, wie sie mich über eine Sauerstoffmaske hinweg fixierten.

»Mike? Warum bleim wir stehn?«

»Schon gut, Ki. Laß einfach den Kopf unten. Das ist alles ein Traum. Morgen wirst du in deinem eigenen Bett aufwachen.«

»'kay.«

Die Kerle verteilten sich über den ganzen Mittelweg, Hand in Hand, Fuß an Fuß, und versperrten uns den Weg zum Bogen und der *Straße*. Der Alte mit der blauen Mütze war in der Mitte. Die rechts und links von ihm waren viel jünger, manche bis zu einem halben Jahrhundert. Zwei der Blassen, der Fast-nicht-mehr-Anwesenden, standen nebeneinander rechts von dem alten Mann, und ich fragte mich, ob ich ihre Reihe dort durchbrechen konnte. Ich glaubte, daß sie ebensowenig aus Fleisch und Blut waren wie das Ding, das gegen die Isolierung der Kellerwand geklopft hatte … aber was war, wenn ich mich irrte?

»Gib sie her, mein Sohn«, sagte der alte Mann. Seine Stimme klang belegt und unerbittlich. Er streckte die Hände aus. Es war Max Devore, der zurückgekommen war und selbst im Tod das Sorgerecht wollte. Und doch war er es *nicht*. Ich wußte, daß er es nicht war. Die Gesichtszüge dieses Mannes waren auf eine schwer zu definierende Weise anders, die Wangen hagerer, die Augen leuchtender blau.

»Wo bin *ich?*« rief ich ihm zu, betonte das letzte Wort überdeutlich, und vor Angelinas Bude setzte der Mann mit dem Turban (ein Hindu, der wahrscheinlich aus Sandusky, Ohio, stammte) die Flöte ab und sah einfach nur zu. Die Schlangenmädchen hörten auf zu tanzen und sahen ebenfalls her, legten die Arme umeinander und drängten sich Trost suchend aneinander. »Wo bin *ich*, Devore? Wenn unsere Urgroßväter in dieselbe Latrine geschissen haben, wo bin dann *ich?*«

»Bin nicht hier, um deine Fragen zu beantworten. Gib sie her.«

»Ich nehme sie, Jared«, sagte einer der jüngeren Männer – einer von denen, die *wirklich* da waren – zu mir. Er sah Devore mit einer Art von kriecherischem Eifer an, bei dem mir übel wurde, vorwiegend deshalb, weil ich wußte, wer er war: Bill Deans Vater. Ein Mann, der zu einem der geachtetsten Männer in Castle County herangewachsen war, leckte Devore fast die Stiefel.

Denk nicht zu schlecht von ihm, flüsterte Jo. *Denk nicht zu schlecht von ihnen allen. Sie waren sehr jung.*

»Du mußt gar nichts tun«, sagte Devore. Seine belegte Stimme klang gereizt; Fred Dean sah bestürzt drein. »Er wird sie freiwillig hergeben. Und wenn nicht, holen wir sie uns gemeinsam.«

Ich sah zu dem Mann links außen, der dritte, der vollkommen real wirkte, vollkommen da. War ich das? Sah mir nicht ähnlich. Etwas an dem Gesicht kam mir vertraut vor, aber –

»Rück sie raus, Ire«, sagte Devore. »Letzte Chance.«

»Nein.«

Devore nickte, als hätte er genau das erwartet. »Dann holen wir sie uns. Es muß ein Ende haben. Kommt, Jungs.«

Sie kamen auf mich zu, und in diesem Augenblick wurde mir klar, an wen mich der am Ende – der in den kalfaterten Baumläuferstiefeln und den Holzfällerhosen aus Flanell – erinnerte: Kenny Auster, dessen Wolfshund Kuchen fraß, bis er platzte. Kenny Auster, dessen Bruder als Baby von seinem eigenen Vater unter der Pumpe ertränkt worden war.

Ich sah hinter mich. Die Red-Tops spielten noch, Sara lachte noch und ließ mit zum Himmel erhobenen Händen die Hüften kreisen, und die Menge verstopfte immer noch das östliche Ende des Mittelwegs. Aber diese Richtung war ohnehin die falsche. Wenn ich dorthin gehen würde, würde ich am Ende ein kleines Mädchen in den Anfangsjahren des zwanzigsten Jahrhunderts großziehen und versuchen, meinen Lebensunterhalt als Verfasser von Reißern und Groschenromanen zu verdienen.

Das wäre vielleicht gar nicht so schlecht ... aber Meilen und Jahre von hier entfernt wartete eine einsame junge Frau, die das Mädchen vermissen würde. Die vielleicht uns beide vermissen würde.

Ich drehte mich um und stellte fest, daß die Schläger fast bei mir waren. Manche waren mehr da als andere, vitaler, aber alle waren tot. Alle verdammt. Ich betrachtete den Linksaußen, zu dessen Nachkommen Kenny Auster gehören würde, und fragte ihn: »Was habt ihr getan? Was in Gottes Namen habt ihr Männer getan?«

Er streckte die Hände aus. »Gib sie her, Ire. Mehr mußt *du* nicht tun. Du und die Frau, ihr könnt noch mehr haben. Soviel ihr wollt. Sie ist jung, sie wird sie rausquetschen wie Melonenkerne.«

Ich war hypnotisiert, und sie hätten uns erwischt, wenn Kyra nicht gewesen wäre. »Was ist los?« schrie sie an meinem Hemd. »Etwas riecht! Etwas riecht *so schlimm! Oh, Mike, mach, daß es aufhört!*«

Mir wurde klar, daß ich es auch riechen konnte. Verdorbenes Fleisch und Sumpfgas. Geplatztes Gewebe und simmernde Eingeweide. Devore war der Lebendigste von allen und erzeugte denselben kruden, aber starken Magnetismus, den ich an seinem Urenkel gespürt hatte, und doch war er so tot wie alle anderen: Als er näher kam, konnte ich die winzigen Maden sehen, die sich in seinen Nasenlöchern und den rosa Augenwinkeln gütlich taten. *Hier unten gibt es nur den Tod,* dachte ich. *Hat nicht meine eigene Frau das zu mir gesagt?*

Sie streckten ihre dunklen Hände aus, um Ki erst zu berühren und sie mir dann wegzunehmen. Ich wich einen Schritt zurück, sah nach rechts und erblickte weitere Gespenster – manche kamen aus aufgebrochenen Fenstern, manche glitten aus roten Ziegelschornsteinen. Ich hielt Kyra fest in den Armen und rannte zur Geisterbahn.

»Schnappt ihn euch!« schrie Jared Devore erschrocken! »Schnappt ihn euch, Jungs! Holt euch den Kerl! Gottverdammt!«

Ich sprintete die Holzstufen hinauf und spürte, wie etwas Weiches sanft meine Wange streifte – Kis kleiner Plüschhund, den sie immer noch mit einer Hand umklammerte. Ich wollte mich umdrehen und sehen, wie nahe sie uns kamen, traute mich aber nicht. Wenn ich stolperte –

»He!« keifte die Frau im Kartenhäuschen. Sie hatte massenhaft rötlichbraunes Haar, ein Make-up, das mit der Schaufel aufgetragen worden zu sein schien, und glücklicherweise keine Ähnlichkeit mit jemandem, den ich kannte. Sie war nur eine Schaustellerin, auf der Durchreise durch diesen umnachteten Ort. Die Glückliche. »He, Mister, Sie müssen eine Karte lösen!«

Keine Zeit, Lady, keine Zeit.

»Haltet ihn auf!« rief Devore. »Er ist ein gottverdammter Dieb! Das ist nicht sein Kind, was er da hat! Haltet ihn auf!« Aber niemand hielt mich auf, und ich rannte mit Ki auf den Armen in die Dunkelheit der Geisterbahn.

Hinter dem Eingang lag ein so schmaler Gang, daß ich mich seitwärts drehen mußte, um hindurchzukommen. Phosphoreszierende Augen sahen uns in der Dunkelheit an. Vor uns erklang das zunehmend lautere Rumpeln von Holz, ein hohles Geräusch, untermalt vom Klirren einer Kette. Hinter uns ertönte das dumpfe Stapfen von wasserdichten Holzfällerstiefeln, die die Außentreppe hinaufstürmten. Die rothaarige Schaustellerin schrie jetzt sie an, machte ihnen klar, wenn sie drinnen was kaputtmachten, müßten sie dafür blechen. »Denkt da bloß dran, ihr verdammten Grobiane!« brüllte sie. »Die Bahn ist für Kinder gedacht, nicht für Burschen wie euch!«

Das Poltern ertönte direkt vor uns. Etwas drehte sich. Zuerst konnte ich nicht erkennen, was es war.

»Laß mich runter, Mike!« Kyra klang aufgeregt. »Ich will da allein durch!«

Ich stellte sie auf die Füße und sah nervös über die Schulter. Das helle Rechteck der Eingangstür wurde verdunkelt, als sie versuchten, sich hindurchzuzwängen.

»Ihr Esel!« schrie Devore. »Nicht alle gleichzeitig! Gütiger Heiland!« Ein Klatschen, jemand schrie auf. Ich drehte mich gerade rechtzeitig um, um zu sehen, wie Kyra durch das rollende Faß lief und dabei die Arme ausstreckte, um das Gleichgewicht nicht zu verlieren. Es war unglaublich, aber sie lachte.

Ich folgte ihr, schaffte die halbe Strecke und fiel mit einem lauten Plumps hin.

»Uuups!« rief Kyra von der anderen Seite und kicherte, als ich aufzustehen versuchte, wieder fiel und herumgewirbelt wurde. Das Taschentuch fiel mir aus der Brusttasche. Aus einer anderen Tasche fiel ein Beutel Süßigkeiten. Ich sah zurück, ob sie ihr Knäuel aufgelöst hatten, ob sie kamen. Dabei wirbelte mich das Faß noch einmal in einem unfreiwilligen Purzelbaum herum. Jetzt wußte ich, wie sich Kleidungsstücke in einem Wäschetrockner fühlten.

Ich kroch zum Ende des Fasses, stand auf, nahm Kis Hand und ließ mich von ihr weiter durch die Geisterbahn führen. Wir kamen etwa zehn Schritte, dann erblühte etwas Weißes um sie herum wie eine Lilie, und sie schrie. Ein Tier – etwas, das sich wie eine riesige Katze anhörte – fauchte laut. Adrenalin wurde in meine Blutbahn gepumpt, und ich wollte sie gerade zurück in meine Arme ziehen, als das Fauchen wieder ertönte. Ich spürte heiße Luft an den Knöcheln, und Kis Kleid bauschte sich wieder glockenförmig um ihre Beine. Diesmal schrie sie nicht, sondern lachte.

»Geh, Ki!« flüsterte ich. »Schnell!«

Wir gingen weiter und ließen das Dampfgebläse hinter uns. Es folgte ein Spiegelkabinett, wo wir zuerst als gedrungene Zwerge reflektiert wurden, dann als spindeldürre Ektomorphen mit langgezogenen weißen Vampirzügen. Ich mußte Kyra wieder antreiben; sie wollte Grimassen schneiden. Hinter uns hörte ich die fluchenden Holzfäller, die versuchten, mit dem Faß fertig zu werden. Ich konnte auch Devore fluchen hören, aber er schien nicht mehr so … nun, so *vorherrschend* zu sein.

Es folgte eine Stange zum Rutschen, an deren Ende wir auf einem großen Segeltuchkissen landeten. Es gab ein lautes Furzgeräusch von sich, als wir darauf landeten, und Ki lachte, bis ihr wieder Tränen über die Wangen liefen, wälzte sich herum und strampelte vor Wonne mit den Füßen. Ich schob die Hände unter ihre Arme und zog sie hoch.

»Attagier nicht deinen eignen Quartermack«, sagte sie und lachte wieder. Ihre Angst schien völlig verflogen zu sein.

Wir gingen einen weiteren schmalen Gang entlang. Er roch nach den duftenden Kiefern, aus denen er gezimmert worden war. Hinter einer der Wände klirrten zwei »Gespenster« so mechanisch mit Ketten wie Männer, die am Fließband einer

Schuhfabrik arbeiteten, und unterhielten sich darüber, wohin sie heute abend ihre Mädchen ausführen wollten und wer etwas »Rotaugenmaschine« mitbringen solle, was immer das sein mochte. Ich konnte niemanden mehr hinter uns hören. Kyra ging selbstsicher voraus, hielt eine meiner großen Hände mit einer ihrer kleinen und zog mich weiter. Als wir an eine Tür mit aufgemalten lodernden Flammen und der Aufschrift HIER GEHT'S ZUM HADES kamen, ging sie, ohne zu zögern, hinein. Hier hatte der Durchgang ein rotes Hausenblasendach, wie ein Oberlicht, das allem einen rosa Schimmer verlieh, den ich als viel zu angenehm für den Hades empfand.

Wir gingen, wie es mir vorkam, eine ziemlich lange Zeit weiter, und mir wurde klar, daß ich die Dampforgel, das scheppernde *Bong!* des Hau-den-Lukas und Sara und die Red-Tops nicht mehr hören konnte. Was eigentlich keine Überraschung war. Wir mußten eine Viertelmeile zurückgelegt haben. Wie konnte die Geisterbahn eines Jahrmarkts derart groß sein?

Wir kamen zu drei Türen, eine rechts, eine links und eine am Ende des Korridors. Auf eine war ein kleines rotes Dreirad gemalt. Auf der Tür gegenüber befand sich meine grüne IBM-Schreibmaschine. Das Bild auf der Tür am Ende sah irgendwie älter aus – verblaßt und ein wenig altmodisch. Es zeigte den Schlitten eines Kindes. *Das ist der von Scooter Larribee,* dachte ich. *Das ist der, den Devore gestohlen hat.* Ich bekam Gänsehaut auf Armen und Rücken.

»Nun«, sagte Kyra strahlend, »hier sind unsere Spielsachen.« Sie hob Strickland, vermutlich, damit er das rote Dreirad sehen konnte.

»Ja«, sagte ich. »Sieht so aus.«

»Danke, daß du mich mitgenommen hast«, sagte sie. »Die Männer waren schrecklich, aber die Geisterbahn war lustig. Donner und Doria. Strickland sagt auch Donner und Doria. Und du?« Es hörte sich exotisch an – *diu* –, wie das vietnamesische Wort für höchstes Glück.

Bevor ich noch ein Wort sagen konnte, hatte sie die Tür mit dem Dreirad darauf aufgestoßen und trat ein. Die Tür fiel hinter ihr ins Schloß, und dabei sah ich das Band ihres Huts. Es hing aus der Brusttasche des Overalls, den ich anhatte. Ich sah es einen Moment an und versuchte die Tür zu öffnen, durch die sie gerade gegangen war. Der Knauf ließ sich nicht drehen, und als ich mit der Hand gegen das Holz schlug, war es, als würde ich gegen hartes und unglaublich dichtes Metall schlagen. Ich wich zurück und legte den Kopf in die Richtung schief, aus der wir gekommen waren. Nichts. Vollkommene Stille.

Das ist die Zwischenzeit, dachte ich. *Wenn die Leute davon reden, »zwischen den Ritzen durchzuschlüpfen«, dann meinen sie eigentlich das hier. Das hier ist der Ort, wo sie tatsächlich hingehen.*

Du solltest dich besser auf den Weg machen, sagte Jo zu mir. *Wenn du nicht hier gefangen sein willst, möglicherweise für immer, solltest du dich besser auf den Weg machen.*

Ich versuchte es am Knauf der Tür mit der aufgemalten Schreibmaschine. Er ließ sich mühelos drehen. Hinter dieser Tür lag ein weiterer schmaler Korridor – wieder Holzwände und süßlicher Kieferduft. Ich wollte da nicht rein, irgendwie mußte ich an einen langen Sarg denken, aber mir blieb nichts anderes übrig, es gab keinen anderen Weg. Ich trat ein, und die Tür fiel hinter mir zu.

Herrgott, dachte ich. *Ich bin in der Dunkelheit, in einem abgeschlossenen Raum ... es wird Zeit für einen von Michael Noonans weltberühmten Panikanfällen.*

Aber keine Bänder legten sich um meine Brust, und auch wenn mein Herzschlag beschleunigt und meine Muskeln immer noch von Adrenalin aufgeputscht waren, hatte ich mich durchaus im Griff. Außerdem war es nicht vollkommen dunkel. Ich konnte nur wenig sehen, aber genug, um Wände und den Dielenboden zu erkennen. Ich wickelte das dunkelblaue Band von Kis Hut um mein Handgelenk und steckte ein Ende darunter, damit es sich nicht wieder löste. Dann setzte ich mich in Bewegung.

Ich ging lange Zeit, der Flur verlief scheinbar willkürlich hierhin und dorthin. Ich kam mir vor wie eine Mikrobe, die durch einen Darm wandert. Schließlich gelangte ich zu zwei Torbögen aus Holz. Ich stand davor und fragte mich, welcher der richtige war, als ich feststellte, daß ich durch den linken ganz leise Bunters Glöckchen hören konnte. Ich entschied mich dafür, und je weiter ich ging, desto lauter wurde das Glöckchen. Irgendwann gesellte sich Donnergrollen zu dem Läuten. Die Luft war nicht mehr herbstlich kühl, sondern wieder heiß – schwül. Ich sah nach unten und stellte fest, daß Overall und Holzfällerschuhe verschwunden waren. Ich trug Angoraunterwäsche und juckende Socken.

Noch zweimal wurde ich vor die Wahl gestellt, und jedesmal entschied ich mich für die Öffnung, durch die ich Bunters Glöckchen hören konnte. Als ich vor dem zweiten Paar Torbögen stand, hörte ich irgendwo in der Dunkelheit eine Stimme ganz deutlich sagen: »Nein, die Frau des Präsidenten wurde nicht getroffen. Das ist sein Blut auf ihren Strümpfen.«

Ich ging weiter und blieb stehen, als ich merkte, daß meine Füße und Knöchel nicht mehr juckten und meine Oberschenkel nicht mehr in langen Unterhosen schwitzten. Ich trug die Boxershorts, in denen ich für gewöhnlich schlief. Ich schaute auf und stellte fest, daß ich mich in meinem eigenen Wohnzimmer befand und ganz vorsichtig um die Möbel herumging, wie man es im Dunkeln tut, wenn man wie verrückt versucht, sich seine dummen Zehen nicht zu stoßen. Ich konnte etwas besser sehen; schwaches milchiges Licht schien durch die Fenster. Ich kam an dem Tresen an, der das Wohnzimmer von der Küche trennt, und sah zur Katzenuhr mit dem wedelnden Schwanz. Es war fünf nach fünf.

Ich ging zur Spüle und drehte das Wasser auf. Als ich nach einem Glas griff, stellte ich fest, daß ich immer noch das Band von Kis Strohhut am Handgelenk trug. Ich wickelte es auf und legte es zwischen Kaffeemaschine und Küchenfernseher auf den Tresen. Dann ließ ich mir kaltes Wasser ein, trank es und tastete mich im fahlgelben Licht aus dem Badezimmer vorsichtig durch den Flur zum Nordflügel. Ich pinkelte (*juhu*-rinierte, konnte ich Ki sagen hören), dann ging ich ins Schlafzimmer. Die Laken sahen zerwühlt aus, aber das Bett hatte nicht das orgiastische Aussehen des Morgens nach meinem Traum von Sara, Mattie und Jo. Warum sollte es? Ich war aufgestanden und ein wenig schlafgewandelt. Ein außergewöhnlich lebhafter Traum vom Jahrmarkt in Fryeburg.

Aber das war Quatsch, und nicht nur, weil ich das blaue Seidenband von Kis Hut hatte. Nichts davon wirkte nach dem Aufwachen wie ein Traum, wenn alles, das plausibel schien, plötzlich lächerlich wirkt und alle Farben – sowohl die hellen wie die geheimnisvollen – augenblicklich verblassen. Ich hob die

Hände zum Gesicht, hielt sie über die Nase und atmete tief ein. Kiefern. Als ich genauer hinsah, sah ich sogar einen winzigen Schmierer Harz am kleinen Finger.

Ich setzte mich auf das Bett und überlegte mir, ob ich das, was ich gerade erlebt hatte, auf Band sprechen sollte, ließ mich aber statt dessen auf das Kissen sinken. Ich war zu müde. Donner grollte. Ich machte die Augen zu, döste ein, doch dann hallte ein Schrei durch das Haus. Scharf wie ein abgebrochener Flaschenhals. Ich fuhr mit einem Aufschrei hoch und schlug die Arme um die Brust.

Es war Jo. Ich hatte sie in unserer gemeinsamen Zeit nie so schreien gehört, wußte aber trotzdem, daß sie es war. »Hör auf, ihr weh zu tun!« brüllte ich in die Dunkelheit. »Wer immer du bist, *hör auf, ihr weh zu tun!*«

Sie schrie wieder, als würde etwas mit einem Messer, einer Schraubzwinge oder einem heißen Schürhaken diabolische Freude dabei empfinden, sich mir zu widersetzen. Diesmal schien der Schrei aus der Ferne zu kommen, und ihr dritter Schrei, der so gequält wie die beiden ersten klang, war noch weiter entfernt. Sie klangen ab, wie die Schreie des kleinen Jungen abgeklungen waren.

Ein vierter Schrei hallte durch die Dunkelheit, dann war Sara still. Rings um mich herum atmete das Haus atemlos. Empfänglich in der Hitze, wachsam im schwachen Donnergrollen der Morgendämmerung.

Kapitel 22

Es gelang mir schließlich, in die Zone zu gelangen, aber als ich dort war, konnte ich nichts tun. Ich habe immer einen Stenoblock für Notizen parat – Listen von Figuren, Seitenverweise, chronologische Datenangaben –, und darauf kritzelte ich ein wenig herum, aber das Blatt Papier in der IBM blieb unbeschrieben. Kein donnernder Herzschlag, keine pochenden Augen oder Atemnot, mit anderen Worten, kein Panikanfall, aber auch keine Story. Andy Drake, John Shackleford, Ray Garraty, die wunderschöne Regina Whiting ... sie wandten mir alle den Rücken zu und weigerten sich, zu sprechen oder eine Bewegung zu machen. Das Manuskript lag an seiner angestammten Stelle links von der Schreibmaschine, ein hübsches Stück Quarz, das ich auf der Straße gefunden hatte, diente als Briefbeschwerer, aber nichts passierte. Null.

Hier erkannte ich eine Ironie, vielleicht sogar eine Moral. Jahrelang war ich vor den Problemen der Wirklichkeit davongelaufen und in die verschiedenen Narnias meiner Phantasie geflohen. Jetzt war die Wirklichkeit von beängstigendem Dickicht überwuchert, Wesen mit Zähnen lauerten in manchen davon, und der Schrank war für mich verschlossen.

Kyra, hatte ich geschrieben und den Namen mit einem Schlaufenkreis umgeben, der eine tausendblättrige Rose darstellen sollte. Darunter hatte ich ein Stück Brot gemalt, auf dessen oberer Kruste keck ein Barett saß. Noonans Vorstellung von einem französischen Toast. Die von Schnörkeln umgebenen Buchstaben L. B. Ein Hemd mit einer skizzenhaften Ente darauf. Daneben hatte ich QUAK QUAK geschrieben. Unter QUAK QUAK hatte ich gekritzelt: *Sollte fortgehen »Bon Voyage«.*

Auf eine andere Stelle des Blatts hatte ich *Dean, Auster* und *Devore* geschrieben. Das waren diejenigen, die am meisten dagewesen zu sein schienen, am gefährlichsten. Weil sie Nachkommen hatten? Aber das mußten doch gewiß alle sieben dieser

Schläger haben, oder nicht? Damals kamen die meisten Familien in Großpackungen. Und wo bin *ich*? hatte ich gefragt, aber Devore hatte es nicht sagen wollen.

Auch an einem drückend heißen Vormittag um neun Uhr dreißig kam es mir nicht wie ein Traum vor. Aber was genau blieb dann übrig? Visionen? Zeitreise? Und wenn diese Reise einen Sinn hatte, wie sah der aus? Was war die Botschaft, und wer versuchte, sie zu senden? Ich erinnerte mich deutlich, was ich gesagt hatte, kurz bevor ich aus dem Traum erwachte, in dem ich schlafwandelnd in Jos Atelier gegangen war und meine Schreibmaschine geholt hatte: *Ich glaube diese Lügen nicht.* Auch jetzt nicht. Bis ich wenigstens ein Stück von der Wahrheit sehen konnte, wäre es vielleicht das beste, gar nichts zu glauben.

Ganz oben auf das Blatt, auf dem ich herumkritzelte, hatte ich in dicken Druckbuchstaben das Wort **GEFAHR!** geschrieben und es dann eingekreist. Von dem Kreis malte ich einen Pfeil zu Kyras Namen. Von ihrem Namen malte ich einen Pfeil zu *Sollte fortgehen »Bon Voyage«* und fügte *MATTIE* hinzu.

Unter das Brot mit dem Barett zeichnete ich ein kleines Telefon. Darüber setzte ich eine Comic-Sprechblase hin, in der R-R-RINGGG! stand. Als ich damit fertig war, läutete das schnurlose Telefon. Es stand auf dem Verandageländer. Ich malte einen Kreis um *MATTIE* und nahm den Hörer ab.

»Mike?« Sie hörte sich aufgeregt an. Glücklich. Erleichtert.

»Ja«, sagte ich. »Wie geht es Ihnen?«

»Großartig!« sagte sie, und ich machte einen Kreis um L. B. auf dem Blatt.

»Lindy Briggs hat vor zehn Minuten angerufen – ich habe gerade eben aufgelegt. Mike, sie gibt mir meinen Job wieder! Ist das nicht wunderbar?«

Klar. Und wunderbar, wie es sie in der Stadt festhalten würde. Ich strich *Sollte fortgehen »Bon Voyage«* durch, weil ich wußte, daß Mattie nicht gehen würde. Jetzt nicht. Und wie konnte ich es von ihr verlangen? Ich dachte wieder: *Wenn ich nur ein bißchen mehr wüßte …*

»Mike? Bist du –«

»Es ist ganz wunderbar«, sagte ich. Vor meinem geistigen Auge sah ich sie in der Küche stehen, wo sie die gedrehte Telefonschnur durch die Finger gleiten ließ, während ihre Beine lang wie die eines Fohlens aus ihren Jeansshorts ragten. Ich konnte das Hemd sehen, das sie trug, ein weißes T-Shirt mit einer gelben Ente, die auf der Vorderseite schwamm. »Ich hoffe, Lindy hatte den Anstand, so zu klingen, als schämte sie sich.« Ich machte einen Kreis um das T-Shirt, das ich gemalt hatte.

»Hat sie. Und sie war so offen, daß sie mir geradezu … nun, den Wind aus den Segeln genommen hat. Sie sagte, daß die Whitmore letzte Woche mit ihr gesprochen hätte. Kam ohne Umschweife zur Sache, sagte Lindy. Ich sollte unverzüglich entlassen werden. In dem Fall würden Geld, Computerzubehör und Software, die Devore der Bibliothek zukommen ließ, weiter fließen. Wenn nicht, würde der warme Regen auf der Stelle aufhören. Sie hat gesagt, sie mußte das Wohl der Gemeinde gegen etwas abwägen, von dem sie wußte, daß es falsch war … sie hat gesagt, es wäre eine der schwierigsten Entscheidungen gewesen, die sie je zu treffen hatte …«

»Hm-hmm.« Auf dem Blatt bewegte sich meine Hand aus eigenem Antrieb wie eine Planchette auf einem Ouija-Brett und schrieb die Worte BITTE KANN ICH NICHT BITTE. »Wahrscheinlich ist da etwas Wahres dran, aber, Mattie … was meinst du, wieviel verdient *Lindy?*«

»Ich weiß nicht.«

»Ich wette, es ist mehr als drei beliebige andere Kleinstadtbibliothekarinnen im Staate Maine zusammen.«

Im Hintergrund hörte ich Ki: »Kann ich reden, Mattie? Kann ich mit Mike reden? Bitte kann ich nicht bitte?«

»Einen Moment noch, Liebes.« Dann, zu mir: »Vielleicht. Ich weiß nur eines, ich habe meinen Job wieder und bin bereit, die Vergangenheit ruhen zu lassen.«

Ich zeichnete ein Buch auf dem Blatt Papier. Dann zeichnete ich ein paar ineinander verschlungene Kreise zwischen dem Buch und dem Enten-T-Shirt.

»Ki möchte mit dir reden«, sagte Mattie lachend. »Sie sagt, ihr beide seid gestern nacht auf dem Jahrmarkt von Fryeburg gewesen.«

»Puh, du meinst, ich hatte eine Verabredung mit einem hübschen Mädchen und habe sie verschlafen?«

»Sieht so aus. Bist du bereit für sie?«

»Bereit.«

»Okay, hier kommt das Plappermäulchen.«

Ein Rascheln ertönte, als der Hörer weitergereicht wurde, dann war Ki dran. »Ich hab' dich auf dem Jahrmarkt attagiert, Mike! Ich hab' meinen eignen Quartermack attagiert!«

»Wirklich?« sagte ich. »Das war ein toller Traum, was, Ki?«

Am anderen Ende herrschte längeres Schweigen. Ich konnte mir vorstellen, daß sich Mattie fragte, was aus ihrem Plappermäulchen geworden war. Schließlich sagte Ki zögernd: »Du warst auch da, auch du.« *Diu.* »Wir haben die Schlangentanzdamen gesehen ... die Stange mit der Glocke oben ... wir waren in der Gespensterbahn ... du bist in dem Faß umgefallen! Das war kein Traum ... oder?«

Ich hätte sie überzeugen können, daß es einer war, aber plötzlich schien mir das keine gute Idee mehr und auf seine eigene Art und Weise gefährlich zu sein. Ich sagte: »Du hast einen hübschen Hut und ein hübsches Kleid angehabt.«

»*Ja!*« Ki hörte sich enorm erleichtert an. »Und *du* hattest einen –«

»Kyra, hör auf. Hör mir zu.«

Sie verstummte sofort.

»Es ist besser, wenn du nicht soviel über diesen Traum sprichst, glaube ich. Mit deiner Mom oder sonst jemandem, außer mir.«

»Außer dir.«

»Ja. Und dasselbe gilt für die Kühlschrankleute. Okay?«

»Okay. Mike, da war eine Lady in Matties Kleid.«

»Ich weiß«, sagte ich. Ich war sicher, daß sie ungeniert sprechen konnte, fragte aber trotzdem: »Wo ist Mattie jetzt?«

»Blumen gießen. Wir haben eine Menge Blumen, mindestens eine Milliarde. Ich muß den Tisch abräumen. Das ist eine Hausarbeit. Aber das stört mich nicht. Ich mach' das gern. Wir haben französischen Toast gegessen. Wie immer sonntags. Schmeckt lecker, besonders mit Erdbeersirup.«

»Ich weiß«, sagte ich und malte einen Pfeil zu dem Stück Brot mit dem Barett. »Französischer Toast ist toll. Ki, hast du deiner Mom von der Lady in ihrem Kleid erzählt?«

»Nein. Ich dachte, das könnte ihr angst machen.« Sie fuhr mit gedämpfter Stimme fort. »Jetzt kommt sie!«

»Schon gut ... aber wir haben ein Geheimnis, richtig?«

»Ja.«

»Kann ich jetzt wieder mit Mattie sprechen?«

»Okay.« Ihre Stimme entfernte sich ein wenig. »Mommy-bommy, Mike will mit dir reden.« Dann meldete sie sich noch einmal. »Vesuvst du uns heute? Wir könnten wieder ein Picknick machen.«

»Heute kann ich nicht, Ki. Ich muß arbeiten.«

»Mattie arbeitet sonntags nie.«

»Nun, wenn ich ein Buch schreibe, arbeite ich jeden Tag. Das muß ich, sonst vergesse ich die Geschichte. Aber vielleicht können wir am Dienstag ein Picknick machen. Eine Grillparty in deinem Haus.«

»Ist es lang bis Dienstag?«

»Nicht zu lange. Übermorgen.«

»Ist es lang, ein Buch zu schreiben?«

»Mittellang.«

Ich konnte hören, wie Mattie Ki aufforderte, ihr den Hörer zu geben.

»Mach ich, einen Moment noch. Mike?«

»Ich bin da, Ki.«

»Ich hab' dich lieb.«

Ich war gerührt und entsetzt zugleich. Einen Augenblick war ich sicher, mein Hals würde zugeschnürt werden wie meine Brust, als ich versucht hatte zu schreiben. Dann wurde er wieder frei, und ich sagte: »Ich hab' dich auch lieb, Ki.«

»Hier ist Mattie.«

Wieder das Rascheln, als der Telefonhörer von einer Hand in die andere wechselte, dann sagte Mattie: »Hat das Ihre Erinnerung an die Verabredung mit meiner Tochter aufgefrischt, Sir?«

»Nun«, sagte ich, »ihre auf jeden Fall.« Es bestand eine Verbindung zwischen mir und Mattie, aber hierauf erstreckte sie sich nicht – da war ich ganz sicher.

Sie lachte. Mir gefiel, wie sie sich heute morgen anhörte, und ich wollte ihre Hochstimmung nicht dämpfen … aber ich wollte auch nicht, daß sie den weißen Mittelstreifen auf der Straße mit dem Zebrasteifen verwechselte.

»Mattie, du mußt trotzdem vorsichtig sein, okay? Nur weil Lindy Briggs dir deinen alten Job wieder angeboten hat, bedeutet das nicht, daß jeder in der Stadt plötzlich dein Freund ist.«

»Das ist mir klar«, sagte sie. Ich überlegte wieder, ob ich sie bitten sollte, eine Zeitlang mit Ki nach Derry zu gehen – sie konnten in meinem Haus leben und den Sommer dort verbringen, wenn das erforderlich war, bis sich hier wieder alles normalisiert hatte. Aber das würde sie nicht tun. Als es darum ging, mein Angebot eines teuren New Yorker Rechtsbeistands anzunehmen, hatte sie keine andere Wahl gehabt. Hier schon. Bildete sie sich jedenfalls ein, und wie sollte ich sie umstimmen? Ich hatte nichts Logisches zu bieten, keine zusammenhängenden Fakten; ich hatte nur einen undeutlichen dunklen Schemen, wie etwas, das unter einer zwanzig Zentimeter dicken blendendweißen Eisschicht liegt.

»Ich möchte, daß du dich besonders vor zwei Männern hütest«, sagte ich. »Einer ist Bill Dean. Der andere ist Kenny Auster. Er ist derjenige –«

»– mit dem großen Hund, der ein Halstuch trägt. Er –«

»Das ist Booberry!« rief Ki ein Stück entfernt. »Booberry hat mein Gesichti geleckt!«

»Geh raus, spielen, Liebes«, sagte Mattie.

»Ich abräuma den Tisch.«

»Das kannst du später fertigmachen. Geh jetzt raus.« Es folgte eine Pause, als sie Ki nachsah, wie sie zur Tür ging und Strickland mitnahm. Obwohl das Kind den Wohnwagen verlassen hatte, sprach Mattie weiter im gedämpften Tonfall von jemandem, der nicht belauscht werden will. »Versuchst du mir angst zu machen?«

»Nein«, sagte ich und malte mehrere Kreise um das Wort GEFAHR. »Aber ich möchte, daß du vorsichtig bist. Bill und Kenny könnten in Devores Mannschaft gewesen sein, genau wie Footman und Osgood. Frag mich nicht, wie ich darauf komme, weil ich keine zufriedenstellende Antwort darauf weiß. Es ist nur ein Gefühl, aber seit ich ins TR zurückgekehrt bin, sind meine Gefühle irgendwie anders.«

»Was meinst du damit?«

»Trägst du ein T-Shirt mit einer Ente darauf?«

»Woher weißt du das? Hat Ki es dir gesagt?«

»Hat sie gerade den kleinen Plüschhund aus ihrer Juniortüte mit hinausgenommen?«

Lange Pause. Schließlich sagte sie »Mein Gott«, mit einer so leisen Stimme, daß ich sie kaum hören konnte. Dann wieder: »Wie –«

»Ich *weiß* nicht, wie. Ich weiß auch nicht, ob du immer noch in einer ... einer schlimmen Situation bist, oder warum, aber ich habe das Gefühl, daß es so ist. Ihr beide.« Ich hätte mehr sagen können, hatte aber Angst, sie könnte denken, ich hätte völlig den Verstand verloren.

»Er ist *tot!*« platzte sie heraus. »Der alte Mann ist *tot!* Warum kann er uns nicht in Ruhe lassen?«

»Vielleicht hat er das. Ich könnte mich irren. Aber es kann nicht schaden, vorsichtig zu sein, oder?«

»Nein«, sagte sie. »Für gewöhnlich stimmt das.«

»Für gewöhnlich?«

»Warum kommst du mich nicht besuchen, Mike? Vielleicht könnten *wir* zusammen zum Jahrmarkt gehen.«

»Diesen Herbst werden wir das vielleicht tun. Alle drei.«

»Das würde mir gefallen.«

»Bis dahin denke ich an den Schlüssel.«

»Denken ist dein halbes Problem, Mike«, sagte sie und lachte wieder. Wehmütig, dachte ich. Und mir war klar, was sie meinte. Was sie nicht zu begreifen schien, war die Tatsache, daß Fühlen die andere Hälfte ausmachte. Zusammen bilden sie eine Schlinge, die am Ende, glaube ich, die meisten von uns zu Tode schaukelt.

Ich arbeitete eine Zeitlang, dann trug ich die IBM ins Haus zurück und ließ das Manuskript darauf liegen. Ich war fertig damit, zumindest vorerst. Ich würde nicht mehr nach dem Weg durch den Schrank suchen; kein Andy Drake mehr und kein John Shackleford, bis das alles vorbei war. Und als ich mir zum erstenmal seit – wie mir schien – Wochen wieder eine lange Hose und ein Oberhemd anzog, kam mir der Gedanke, daß vielleicht etwas – eine Macht – versucht hatte, mich mit der Story abzulenken, die ich erzählte. Mit der Fähigkeit, wieder arbeiten zu können. Das ergab einen Sinn; die Arbeit war stets meine bevorzugte Droge gewesen, besser als Schnaps oder das Mellaril, das ich immer noch im Arzneischränkchen im Bad aufbewahrte. Vielleicht war die Arbeit aber auch nur das Zustellsystem, die Spritze mit den traumhaften Träumen darin. Vielleicht war die wahre Droge ja die Zone. Das Feeling, wie man Basketballspieler manchmal sagen hört. Ich war in der Zone und hatte echt das Feeling.

Ich schnappte mir die Schlüssel des Chevrolet vom Tresen und sah dabei zum Kühlschrank. Die Magneten bildeten wieder einen Kreis. In der Mitte befand sich eine Botschaft, die ich schon einmal gesehen hatte und die nun aufgrund der zusätzlichen Magnabet-Buchstaben auch verständlich war:

hilf ihr

»Ich tue mein Bestes«, sagte ich und ging hinaus.

Drei Meilen auf der Route 68 nach Norden – da ist man schon auf dem Abschnitt, der einmal als Castle Rock Road bekannt war – steht ein Gewächshaus mit einem Laden davor. Slips 'n Greens heißt er, und Jo und ich hatten dort eine Menge Zeit verbracht, Gartenartikel gekauft oder einfach mit den beiden Frauen geplaudert, denen das Geschäft gehörte. Eine war Helen Auster, Kennys Frau.

An jenem Sonntag morgen hielt ich gegen zehn Uhr vor dem Geschäft (natürlich hatte es geöffnet; in der Touristensaison wird fast jeder Ladenbesitzer in Maine zum Heiden) und parkte neben einem BMW mit New Yorker Nummernschild. Ich blieb lange genug für den Wetterbericht im Radio sitzen – weiterhin schwül und heiß, mindestens weitere achtundvierzig Stunden –, dann stieg ich aus. Eine Frau in Badeanzug, Hosenrock und einem riesigen gelben Sonnenhut kam mit einer Tüte Torfmoos auf den Armen aus dem Geschäft. Sie widmete mir ein zurückhaltendes Lächeln. Ich erwiderte es mit achtzehn Prozent Zinsen. Sie kam aus New York, und das bedeutete, sie war keine Marsianerin.

Das Geschäft selbst war noch heißer und schwüler als der weißglühende Vormittag draußen. Lila Proulx, die Mitinhaberin, telefonierte. Neben der Registrierkasse stand ein kleiner Ventilator; sie hatte sich direkt davorgestellt und machte Flatterbewegungen mit dem Saum ihrer ärmellosen Bluse. Sie sah mich und krümmte die Finger zu einem Winken. Ich winkte zurück und kam mir wie jemand anders vor. Arbeit hin oder her, ich war immer noch in der Zone. Hatte das Feeling.

Ich schlenderte in dem Laden herum, suchte ein paar Dinge fast wahllos aus, beobachtete Lila aus den Augenwinkeln und wartete darauf, daß sie auflegte, damit ich mit ihr reden konnte ... und derweil summte mein eigener privater Hyperantrieb leise vor sich hin. Schließlich legte sie auf, und ich kam zum Tresen.

»Michael Noonan, welch wohltuender Anblick für meine entzündeten Augen Sie doch sind!« sagte sie und addierte meine Einkäufe. »Hat mir schrecklich leid getan, als ich das von Johanna gehört hatte. Das muß ich als erstes sagen. Jo war ein Schatz.«

»Danke, Lila.«

»Gern geschehen. Mehr muß ich nicht sagen, aber so etwas sollte man gleich loswerden. Das habe ich immer geglaubt und werde es immer glauben. Gleich zu Anfang. Sie wollen ein bißchen was im Garten tun, nicht wahr?«

»Wenn es jemals abkühlt.«

»Jau! Ist das nicht schrecklich?« Sie flatterte wieder mit dem Saum ihrer Bluse, um mir zu zeigen, wie schrecklich es war, dann zeigte sie auf einen bestimmten Artikel. »Möchten Sie eine spezielle Tüte? Vorsehen ist besser als Nachsehen, das ist mein Wahlspruch.«

Ich nickte, dann las ich die kleine Tafel, die schräg an der Kasse lehnte. FRISCHE BLAUBEEREN stand da in Kreide zu lesen. DIE ERNTE IST DA!

»Ich nehme noch eine Schale Beeren«, sagte ich. »Wenn sie nicht von Freitag sind. Freitag ist nicht gut genug für mich.«

Sie nickte nachdrücklich, als wüßte sie verdammt genau, daß das stimmte. »Die waren gestern noch an den Sträuchern. Frisch genug für Sie?«

»Na klar doch«, sagte ich. »Heißt Kennys Hund nicht Blueberry?«

»Ist er nicht ein lustiger Bursche? Herrgott, ich liebe große Hunde, wenn sie gut erzogen sind.« Sie drehte sich um, holte eine Schale Beeren aus ihrem kleinen Kühlschrank und füllte sie für mich in eine andere Tüte.

»Wo ist Helen?« fragte ich. »Freier Tag?«

»Die doch nicht«, sagte Lila. »Wenn sie in der Stadt ist, muß man sie mit dem Stock hier rausprügeln. Sie und Kenny und die

Kinder sind runter nach Taxachusetts. Sie und die Familie ihres Bruders tun sich jeden Sommer zusammen und mieten vierzehn Tage ein Haus am Meer. Alle sind mitgegangen. Der alte Blueberry wird Möwen jagen, bis er umfällt.« Sie lachte – ein lautes und herzliches Lachen. Ich mußte dabei an Sara Tidwell denken. Vielleicht lag es auch daran, wie Lila mich ansah, als sie lachte. Sie lachte nicht mit den Augen. Die waren klein und berechnend, kalt und neugierig.

Würdest du um Himmels willen aufhören? sagte ich zu mir. *Sie können nicht alle unter einer Decke stecken, Mike!*

Konnten sie das nicht doch? Es gibt tatsächlich so etwas wie ein Gemeindebewußtsein – wer das nicht glaubt, hat nie eine Stadtversammlung in Neuengland besucht. Und wo es ein Bewußtsein gibt, gibt es da nicht auch ein Unterbewußtsein? Und wenn Kyra und ich das alte Gedankenverschmelzen-Spiel spielten, konnten es dann nicht auch andere Leute im TR-90 tun, vielleicht ohne es zu wissen? Wir teilten uns alle dieselbe Luft, dasselbe Land; den See und den unterirdischen Strom darunter, unterirdisches Wasser, das nach Fels und Mineralien schmeckte. Und wir teilten uns die *Straße,* wo gute Schoßhündchen und böse Köter nebeneinander Gassi gehen durften.

Als ich mit meinen Einkäufen in der Stofftasche hinausgehen wollte, sagte Lila: »Schlimm, das mit Royce Merrill. Haben Sie schon gehört?«

»Nein«, sagte ich.

»Ist gestern abend die Kellertreppe runtergefallen. Kann nicht begreifen, was ein Mann seines Alters überhaupt auf so einer steilen Treppe zu suchen hatte, aber ich nehme an, wenn man in seinem Alter ist, wird man schon seine Gründe dafür haben, bestimmte Dinge zu tun.«

Ist er tot? wollte ich fragen, formulierte es aber um. So stellte man diese Frage im TR nicht. »Ist er von uns gegangen?«

»Noch nicht. Der Rettungsdienst von Motton hat ihn ins Castle County General gebracht. Er liegt im Koma. Sie glauben nicht, daß er noch mal aufwachen wird, der arme Kerl. Mit ihm wird ein Stück Geschichte sterben.«

»Das stimmt wohl.« *Und tschüs,* dachte ich. »Hat er Kinder?«

»Nein. Es gibt seit zweihundert Jahren Merrills im TR; einer ist bei Cemetery Ridge gestorben. Aber alle alten Familien sterben jetzt aus. Schönen Tag noch, Mike.« Sie lächelte. Ihre Augen blieben ausdruckslos und berechnend.

Ich stieg in meinen Chevy ein, stellte die Tüte mit meinen Einkäufen auf den Beifahrersitz, blieb einfach einen Moment sitzen und ließ mir von der Klimaanlage kühle Luft auf Gesicht und Hals wehen. Kenny Auster war in Taxachusetts. Das war gut. Ein Schritt in die richtige Richtung.

Aber da war noch mein Hausmeister.

»Bill ist nicht da«, sagte Yvette. Sie stand an der Tür und versperrte sie, so gut es ging (man kann in der Hinsicht nicht allzu viel tun, wenn man einen Meter sechzig groß ist und rund fünfundvierzig Kilo wiegt), während sie mich mit dem grimmigen Blick eines Nachtclubrausschmeißers ansah, der einem Betrunkenen, den er bereits einmal vor die Tür gesetzt hat, den Eintritt verwehrt.

Ich stand auf der Veranda des Cape-Cod-Hauses – so hübsch, wie man es sich nur vorstellen kann –, das auf dem Gipfel des Peabody Hill liegt und einen Blick über ganz New Hampshire bis in den Hinterhof von Vermont gewährt. Bills Geräteschuppen standen links vom Haus, alle im selben Grauton gestrichen, jeder mit einem Schild: HAUSMEISTEREI DEAN, 1, 2, 3. Vor Nr. 2 parkte Bills Dodge Ram. Ich sah ihn an, dann Yvette. Sie kniff die Lippen ein wenig fester zusammen. Noch ein Grad mehr, dachte ich, und sie wären ganz verschwunden.

»Er ist mit Butch Wiggins nach North Conway gefahren«, sagte sie. »Sie haben Butchs Laster genommen. Um –«

»Du mußt nicht für mich lügen, Herzblatt«, sagte Bill hinter ihr.

Es war immer noch mehr als eine Stunde bis Mittag, und obendrein am Tag des Herrn, aber ich hatte noch nie einen Mann erlebt, der sich so müde anhörte. Er kam durch die Diele geschlurft, und als er aus deren Schatten ins Licht trat – die Sonne kam endlich durch den Dunst –, stellte ich fest, daß man Bill sein Alter ansah. Jedes einzelne Jahr, und möglicherweise noch zehn mehr. Er trug wie üblich Hemd und Hose aus Khaki – Bill Dean würde ein Dickies-Mann sein, bis er starb –, aber seine Schultern waren krumm, fast eingefallen, als hätte er eine Woche lang Eimer geschleppt, die zu schwer für ihn waren. Auch der Verwitterungsprozeß in seinem Gesicht hatte eingesetzt, ein undefinierbarer Vorgang, durch den die Augen zu groß, der Kiefer zu vorstehend und die Lippen ein wenig schlaff wirken. Er sah alt aus. Es gab auch keine Kinder, um das Gewerbe der Familie weiter auszuüben; die alten Familien starben aus, hatte Lila Proulx gesagt. Und das war vielleicht gut so.

»Bill –«, begann sie, aber er hob eine große Hand, um sie zum Schweigen zu bringen. Die schwieligen Fingerspitzen bebten ein wenig.

»Geh ein bißchen in die Küche«, bat er sie. »Ich muß mit meinem *compadre* hier reden. Wird nicht lange dauern.«

Yvette sah ihn an, und als sie sich mir zuwandte, hatte sie endgültig das Null-Lippen-Stadium erreicht. Es gab nur einen schwarzen Strich, wo sie gewesen waren, wie eine mit Bleistift aufgemalte Linie. Ich sah schmerzhaft deutlich, daß sie mich haßte.

»Machen Sie ihn nicht müde«, sagte sie zu mir. »Er hat nicht geschlafen. Wegen der Hitze.« Sie ging mit steifem Rücken und hochgezogenen Schultern durch die Diele und verschwand in Schatten, die wahrscheinlich kühl waren. In Häusern von alten Leuten scheint es immer kühl zu sein – ist Ihnen das auch schon aufgefallen?

Bill kam auf die Veranda, steckte die großen Hände in die Hosentaschen und bot mir keine zum Gruß an. »Ich hab' Ihnen nichts zu sagen. Wie beide sind fertig miteinander.«

»Warum, Bill? Warum sind wir fertig miteinander?«

Er sah nach Westen, wo die Hügel im brennenden Sommerdunst lagen, in dem sie verschwanden, bevor sie zu Bergen werden konnten, und sagte nichts.

»Ich versuche, der jungen Frau zu helfen.«

Er warf mir aus den Augenwinkeln einen Blick zu, den ich nur zu gut deuten konnte. »Jau. Ihr helfen, um ihr an die Wäsche gehen zu können. Ich sehe Männer, die mit ihren jungen Mädchen aus New York und New Jersey kommen. Sommerwochenenden, Skiwochenenden, spielt keine Rolle. Männer, die mit Mädchen in diesem Alter gehen, sehen immer gleich aus; die haben die Zunge raushängen, selbst wenn sie den Mund geschlossen haben. Jetzt sehen Sie genauso aus.«

Ich war wütend und verlegen, widerstand aber dem Impuls, ihm auf diesen Leim zu gehen. Das war es, was er wollte.

»Was ist hier passiert?« fragte ich ihn. »Was haben eure Väter und Großväter und Urgroßväter Sara Tidwell und ihrer Familie angetan? Ihr habt sie nicht nur vertrieben, oder?«

»Mußten wir nicht«, sagte Bill und sah an mir vorbei zu den Hügeln. Seine Augen waren fast tränenfeucht, aber sein Mund war verkniffen und hart. »Sie sind von sich aus gegangen. Es gibt keinen Nigger, den nich der Fuß gejuckt hätte, hat mein Vater immer gesagt.

»Wer hat die Falle gestellt, die Son Tidwells Jungen getötet hat? War es Ihr Vater, Bill? War es Fred?«

Er bewegte die Augen, den Mund nicht. »Keine Ahnung, wovon Sie da reden.«

»Ich höre ihn in meinem Haus schreien. Wissen Sie, wie es ist, wenn man ein totes Kind in seinem Haus schreien hört? *Ein Dreckskerl hat ihn wie ein Wiesel gefangen, und ich höre ihn in meinem verfluchten Haus schreien!*«

»Sie werden einen neuen Hausmeister brauchen«, sagte Bill. »Ich kann nicht mehr für Sie arbeiten. Will nicht. Ich will nur, daß Sie von meiner Veranda verschwinden.«

»Was ist hier los? Helfen Sie mir, um Gottes willen.«

»Ich helfe Ihnen mit meiner Schuhspitze, wenn Sie nicht von alleine gehen.«

Ich sah ihn noch einen Moment an, die feuchten Augen, den verkniffenen Mund, die zwei Seelen, die allzu deutlich in seiner Brust wohnten.

»Ich habe meine Frau verloren, Sie alter Dreckskerl«, sagte ich. »Eine Frau, die Sie angeblich gern gehabt haben.«

Nun endlich regte sich sein Unterkiefer. Er sah mich überrascht und gekränkt an. »Das ist nicht *hier* passiert«, sagte er. »Das hatte nichts mit *hier* zu tun. Sie war weit weg vom TR, weil ... nun, sie wird ihre Gründe gehabt haben, das TR zu meiden ... aber sie hatte nur einen Schlaganfall. Das wäre überall passiert. *Überall.*«

»Das glaube ich nicht. Und ich bin überzeugt, Sie auch nicht. *Etwas ist ihr nach Derry gefolgt,* vielleicht weil sie schwanger war ...«

Bills Augen wurden groß. Ich gab ihm die Chance, etwas zu sagen, aber er nutzte sie nicht.

»... oder vielleicht, weil sie zuviel wußte.«

»Sie hatte einen Schlaganfall.« Bills Stimme klang nicht völlig gelassen. »Ich hab' den Nachruf selbst gelesen. Sie hatte einen verdammten *Schlaganfall*.«

»Was hat sie herausgefunden? Sagen Sie es mir, Bill. Bitte.«

Es folgte eine lange Pause. Bis sie zu Ende war, gönnte ich mir den Luxus zu glauben, ich wäre tatsächlich zu ihm durchgedrungen.

»Ich habe Ihnen nur noch eins zu sagen, Mike – hören Sie auf. Um Ihrer unsterblichen Seele willen, hören Sie auf, und lassen Sie die Dinge ihren Lauf nehmen. Denn das werden sie, ob es Ihnen paßt oder nicht. Dieser Fluß mündet fast ins Meer; er wird sich von Ihresgleichen nicht eindämmen lassen. Hören Sie auf, Mike. Bei der Liebe Christi.«

Liegt Ihnen etwas an Ihrer Seele, Mr. Noonan? Gottes Schmetterling, in einem Kokon aus Fleisch gefangen, das bald stinken wird wie meines?

Bill drehte sich um und ging zur Tür; die Absätze seiner Arbeitsstiefel hallten auf den gestrichenen Brettern.

»Halten Sie sich von Mattie und Ki fern«, sagte ich. »Wenn Sie auch nur in die Nähe des Wohnwagens kommen –«

Er drehte sich um, und das dunstige Sonnenlicht funkelte auf den Spuren unter den Augen. Er holte ein Taschentuch aus der Tasche und wischte sich die Wangen ab. »Ich werde dieses Haus nicht verlassen. Ich wünschte bei Gott, ich wäre gar nicht aus meinem Urlaub zurückgekommen, aber ich bin es – hauptsächlich Ihretwegen, Mike. Die beiden unten an der Wasp Hill Road haben von mir nichts zu befürchten. Nein, von *mir* nicht.«

Er ging hinein und machte die Tür zu. Ich stand da, sah sie an und kam mir unwirklich vor – ich konnte unmöglich eine derart tödliche Unterhaltung mit Bill Dean gehabt haben, oder? Bill, der mich zurechtgewiesen hatte, weil ich die Leute aus der Gegend nicht an meiner Trauer um Jo hatte teilhaben – und sie vielleicht lindern – lassen; Bill, der mich so herzlich willkommen geheißen hatte?

Dann hörte ich ein *Klick*. Er hatte vielleicht in seinem ganzen Leben noch nie die Tür abgeschlossen, wenn er zu Hause war, aber jetzt schloß er sie ab. In der atemlosen Juliluft war das *Klick* ganz deutlich zu hören. Es sagte mir alles, was ich über meine langjährige Freundschaft zu Bill Dean wissen mußte. Ich drehte mich um und ging mit gesenktem Kopf zu meinem Auto zurück. Ich drehte mich auch nicht um, als ich hörte, wie hinter mir ein Fenster aufgerissen wurde.

»Kommen Sie nie wieder hierher, Sie Dreckskerl von einem Städter!« rief Yvette Dean über den glutheißen Hof. »Sie haben ihm das Herz gebrochen! Kommen Sie nie wieder hierher! Kommen Sie nie wieder! *Nie wieder!*«

»Bitte«, sagte Mrs. M. »Stellen Sie mir keine Fragen mehr, Mike. Ich kann es mir nicht leisten, auf Bill Deans schwarze Liste zu kommen, sowenig, wie meine Ma es sich leisten konnte, auf die von Normal Auster oder Fred Dean zu kommen.«

Ich hielt den Hörer an das andere Ohr. »Ich will nur wissen –«

»In diesem Teil der Welt führen Hausmeister weitgehend die Regie. Wenn sie sagen, daß ein Sommergast diesen Schreiner oder jenen Elektriker nehmen soll, dann nimmt ihn der Sommergast auch. Und wenn ein Hausmeister sagt, jemand sollte gefeuert werden, weil er nicht zuverlässig ist, dann wird er gefeuert. Oder *sie*. Denn was einmal für Klempner und Landschaftsgärtner und 'lektriker gilt, das gilt doppelt für Haushälterinnen. Wenn Sie empfohlen werden wollen – *dauerhaft* empfohlen –, dann müssen Sie sich mit Leuten wie Fred und Bill Dean oder Normal und Kenny Auster gut stellen. Begreifen Sie das nicht?« Sie flehte fast. »Als Bill erfuhr, daß ich Ihnen gesagt habe, was Normal Auster Kerry angetan hat, ooooh, da war er so wütend auf mich.«

»Kenny Austers Bruder – den Normal unter der Pumpe ertränkt hat –, hieß der Kerry?«

»Jau. Ich kenne eine Menge Leute, die ihren Kindern ähnliche Namen geben, weil sie es niedlich finden. Ich war mit einem Geschwisterpaar in der Schule, die Roland und Rolanda Therriault hießen, ich glaube, Roland ist heute in Manchester, und Rolanda hat diesen Jungen geheiratet aus –«

»Brenda, beantworten Sie mir nur eine Frage. Ich werde es keinem erzählen. Bitte?«

Ich wartete mit angehaltenem Atem auf das Klicken, das ich hören würde, wenn sie wieder auflegte. Statt dessen sagte sie nur drei Worte mit einer leisen, fast bedauernden Stimme. »Und die wäre?«

»Wer war Carla Dean?«

Ich wartete eine weitere lange Pause ab und spielte mit einer Hand mit dem Band, das von Kis Strohhut aus der Zeit der Jahrhundertwende abgegangen war.

»Sie dürfen keinem nich sagen, daß Sie's von mir haben«, sagte sie schließlich.

»Bestimmt nicht.«

»Carla war Bills Zwillingsschwester. Sie starb vor fünfundsechzig Jahren, zur Zeit der Brände.« Die Feuer, die, wie Bill behauptete, von Kis Großvater gelegt worden waren – sein Abschiedsgeschenk an das TR. »Ich weiß nicht genau, wie es passiert ist. Bill spricht nie darüber. Wenn Sie ihm sagen, daß ich es Ihnen erzählt habe, werde ich nie wieder ein Bett im TR machen. Dafür wird er sorgen.« Dann sagte sie mit einer hoffnungslosen Stimme: »Vielleicht weiß er es sowieso.«

Aufgrund meiner eigenen Erfahrungen und Vermutungen glaubte ich, daß sie recht haben könnte. Aber selbst wenn das so war, würde sie den Rest ihres Berufslebens jeden Monat einen Scheck von mir bekommen. Ich hatte nicht die Absicht, ihr das am Telefon zu sagen – das hätte ihre Yankeeseele beleidigt. Stattdessen dankte ich ihr, versicherte sie erneut meiner Verschwiegenheit und legte auf.

Ich saß einen Moment am Tisch und sah Bunter mit leerem Blick an, dann sagte ich: »Wer ist hier?«

Keine Antwort.

»Komm schon«, sagte ich. »Nur nicht so schüchtern. Gehen wir neunzehn oder zweiundneunzig runter. Wenn nicht, laß uns reden.«

Immer noch keine Antwort. Nicht einmal ein Zittern des Glöckchens, das der ausgestopfte Elch um den Hals trug. Mein Blick fiel auf das Blatt, das ich bekritzelt hatte, als ich Jos Bruder anrief, und zog es zu mir. Ich hatte *Kia, Kyra, Kito* und *Carla* in ein Kästchen geschrieben. Nun strich ich die letzte Zeile in dem Kästchen durch und fügte der Liste den Namen *Kerry* hinzu. *Ich kenne eine Menge Leute, die ihren Kindern ähnliche Namen geben,* hatte Mrs. M. gesagt. *Weil sie es niedlich finden.*

Ich fand es nicht niedlich; ich fand es unheimlich.

Mir fiel auf, daß mindestens zwei dieser Kinder mit den ähnlich klingenden Namen ertrunken waren – Kerry Auster unter einer Pumpe, Kia Noonan im Bauch ihrer sterbenden Mutter, als sie kaum größer als ein Sonnenblumenkern war. Und ich hatte den Geist eines dritten ertrunkenen Kindes im See gesehen. Kito? War das Kito? Oder war Kito derjenige, der an Blutvergiftung gestorben war?

Sie geben ihren Kindern ähnliche Namen. Weil sie es niedlich finden.

Wie viele Kinder mit ähnlichen Namen hatte es anfangs gegeben? Wie viele waren übriggeblieben? Ich glaubte, daß die Antwort auf die erste Frage keine Rolle spielte und ich die Antwort auf die zweite bereits kannte. *Dieser Fluß mündet fast ins Meer,* hatte Bill gesagt.

Carla, Kerry, Kito, Kia ... alle dahin. Nur Kyra Devore war übrig.

Ich fuhr so schnell und unvermittelt in die Höhe, daß ich den Stuhl umstieß. Das Poltern war so laut in der Stille, daß ich aufschrie. Ich würde von hier wegfahren, und zwar sofort. Ich würde keine Anrufe mehr erledigen, nicht mehr Privatdetektiv Andy Drake spielen, keine Aussagen und kein halbherziges Werben um die schöne Dame mehr. Ich hätte schon in der ersten Nacht meinen Instinkten folgen und Dodge City schnellstens verlassen sollen. Nun, ich würde jetzt gehen, einfach in den Chevy einsteigen und nach Derry ras-

Bunters Glöckchen läutete wie verrückt. Ich drehte mich um und sah es an seinem Hals tanzen, als würde eine unsichtbare Hand es hin und her schlagen. Die Tür zur Terrasse ging auf und zu, als würde sie an einer Schnur gezogen. Das Buch mit den extrakniffligen Rätseln auf dem Sofa und die Programmzeitschrift wurden aufgeweht, die Seiten flatterten. Eine Reihe rasselnder Polterlaute ertönten auf dem Boden, als würde etwas Riesiges schnell auf mich zukriechen und dabei mit den Fäusten schlagen.

Ein Luftzug – nicht kalt, sondern warm wie der Luftstrom, den eine U-Bahn in einer Sommernacht vor sich herschiebt – strich an mir vorbei. Darin hörte ich eine fremde Stimme, die zu sagen schien: *Bye-BY, bye-BY, bye-BY*, als wollte sie mir eine gute Heimfahrt wünschen. Als mir klar wurde, daß sie in Wirklichkeit *Ki-Ki, Ki-Ki, Ki-Ki* sagte, stieß etwas mit mir zusammen und warf mich brutal nach vorne. Es fühlte sich wie eine große, weiche Faust an. Ich kippte über den Tisch, klammerte mich daran fest, damit ich nicht fiel, und kippte den Ständer mit Salz- und Pfefferstreuer, den Serviettenhalter und die kleine Vase um, die Mrs. M. mit Gänseblümchen gefüllt hatte. Die Vase rollte vom Tisch und zerschellte. Der Fernseher in der Küche plärrte, ein Politiker erzählte, daß die Inflation wieder anstieg. Der CD-Player fing an zu spielen und übertönte den Politiker; es waren die Rolling Stones mit einer Coverversion von Sara Tidwells »I Regret You, Baby«. Oben heulte ein Rauchmelder auf, dann noch einer, dann ein dritter. Einen Augenblick später stimmte der Diebstahlalarm des Chevy ein. Die ganze Welt war eine einzige Kakophonie.

Etwas Heißes und Bauschiges umklammerte mein Handgelenk. Meine Hand schoß vorwärts wie ein Kolben und schlug auf den Stenoblock. Ich sah zu, wie sie ungeschickt eine unbeschriebene Seite aufschlug und den Stift ergriff, der in der Nähe lag. Ich umklammerte ihn wie einen Dolch, und dann schrieb etwas damit, führte meine Hand aber nicht, sondern *vergewaltigte* sie förmlich. Anfangs bewegte sich die Hand langsam, fast blind, dann wurde sie allmählich schneller, bis sie flog und das Papier fast zerriß:

hilf ihr geh nicht hilf ihr
geh nicht hilf ihr hilf
nicht nicht baby bitte geh
nicht hilf ihr hilf ihr
hilf ihr

Ich hatte das untere Ende der Seite fast erreicht, als die Kälte sich wieder herniedersenkte, diese äußere Kälte, die wie ein Graupelschauer im Januar war, meine Haut abkühlte, den Rotz in meiner Nase gefrieren ließ und mir zwei weiße Atemwölkchen aus dem Mund trieb. Meine Hand verkrampfte sich, der Bleistift brach entzwei. Hinter mir läutete Bunters Glöckchen in einem letzten rasenden Aufwallen und verstummte. Ebenfalls hinter mir ertönte ein eigentümliches doppeltes Plopp, als würden Sektkorken knallen. Dann war es vorbei. Was immer es gewesen war oder wie viele es gewesen waren, es war vorbei. Ich war wieder allein.

Ich schaltete den CD-Player ab, als Mick und Keith gerade eine für weiße Jungs typische Version von Howling Wolf anstimmten, rannte nach oben und drückte die Reset-Tasten der Rauchmelder. Oben beugte ich mich auch zum Fenster hinaus, zielte mit dem Infrarotsucher meines Schlüsselrings auf den Chevrolet und drückte den Knopf darauf. Der Alarm verstummte.

Als der schlimmste Lärm aufgehört hatte, konnte ich den Fernseher in der Küche schnattern hören. Ich ging nach unten, schaltete ihn ab, erstarrte mit den Händen auf der Aus-Taste und sah zu Jos geschmackloser Uhr mit dem Wackelschwanz. Sie hatte endlich aufgehört zu ticken, ihre großen Plastikaugen lagen auf dem Boden. Sie waren ihr einfach aus dem Kopf gesprungen.

Ich ging ins Village Café, um etwas zu essen, riß die letzte *Sunday Telegram* aus dem Regal (COMPUTER-MOGUL DEVORE STIRBT IM WESTLICHEN MAINE IN DER STADT, WO ER AUFWUCHS lautete die Schlagzeile) und setzte mich an den Tresen. Das Foto war eine Studioaufnahme von Devore, die etwa dreißig Jahre alt zu sein schien. Er lächelte. Das machen die meisten Menschen ganz natürlich. Bei Devore sah es wie eine erlernte Technik aus.

Ich bestellte die Bohnen, die von Buddy Jellisons samstäglichem Bohnenwettessen übrig waren. Mein Vater war nicht der Typ für Aphorismen – in meiner Familie war es Moms Aufgabe, Perlen der Weisheit zu verteilen –, aber wenn Daddy sonntags die Reste vom Samstag im Backofen wärmte, sagte er jedesmal, daß Bohnen und Rindfleisch am zweiten Tag besser schmeckten. Ich schätze, das ist mir im Gedächtnis geblieben. Der einzige andere väterliche Rat, an den ich mich erinnern kann, ist der, daß man sich immer die Hände waschen soll, wenn man auf einer Busbahnhoftoilette scheißen war.

Während ich den Artikel über Devore las, kam Audrey zu mir und erzählte, daß Royce Merrill von uns gegangen war, ohne noch einmal das Bewußtsein zu erlangen. Die Trauerfeier sollte am Dienstag nachmittag in der Baptistenkirche stattfinden, sagte sie. Die Leute aus der Stadt würden fast alle dasein, und sei es nur, um zu sehen, wie Ila Meserve den Stock der *Boston Post* überreicht bekam. Ob ich auch kommen würde? Nein, sagte ich, wahrscheinlich nicht. Ich hielt es nicht für angemessen, ihr zu sagen, daß ich wahrscheinlich an einer Siegesfeier bei Mattie Devore teilnahm, wenn Royces Beerdigung weiter unten an der Straße abgehalten wurde.

Der übliche samstagnachmittägliche Strom von Kunden kam und ging, während ich aß; Leute bestellten Burger, Leute bestellten Bohnen, Leute bestellten Geflügelsalatsandwiches, Leute kauften Sechserpacks. Manche stammten aus dem TR, manche von außerhalb. Ich bemerkte nicht viele von ihnen, und niemand redete mit mir. Ich habe keine Ahnung, wer die Serviette auf meine Zeitung gelegt hatte, aber als ich den ersten Teil weglegte und den Sportteil suchte, lag sie da. Ich hob sie auf, weil ich sie nur beiseite legen wollte, und sah, was in großen dunklen Buchstaben auf die Rückseite geschrieben worden war: VERSCHWINDE AUS DEM TR.

Ich habe nie herausgefunden, wer sie dorthin gelegt hat. Ich schätze, es hätte jeder von ihnen sein können.

Kapitel 23

Der Dunst kehrte zurück und verwandelte die Dämmerung des Sonntagabends in einen Anblick von dekadenter Schönheit. Die Sonne wurde rot, als sie sich den Hügeln näherte, und der Dunst nahm das Leuchten in sich auf und verwandelte den westlichen Himmel in einen Blutsturz. Ich saß auf der Veranda, betrachtete den Sonnenuntergang und versuchte mich an einem Kreuzworträtsel, kam aber nicht besonders weit damit. Als das Telefon läutete, legte ich das Rätselheft oben auf mein Manuskript, während ich hinging, um abzunehmen. Ich hatte es satt, jedesmal im Vorbeigehen des Titel meines Buchs zu lesen.

»Hallo?«

»Was geht da oben vor?« wollte John Storrow wissen. Er machte sich nicht einmal die Mühe, hi zu sagen. Aber er hörte sich nicht wütend an; nur vollkommen aufgekratzt. »Ich verpasse die ganze gottverdammte Seifenoper!«

»Ich habe mich für Dienstag zum Essen eingeladen«, sagte ich. »Ich hoffe, das stört Sie nicht.«

»Nein, das ist gut, je mehr, desto lustiger.« Er hörte sich an, als wäre es wirklich sein Ernst. »Was für ein Sommer, was? Was für ein Sommer! Ist in letzter Zeit irgendwas passiert? Erdbeben? Vulkanausbrüche? Massenselbstmorde?«

»Keine Massenselbstmorde, aber der Alte ist gestorben«, sagte ich.

»Scheiße, die ganze *Welt* weiß, daß Max Devore den Löffel abgegeben hat«, sagte er. »Überraschen Sie mich, Mike! Stoßen Sie mich vor den Kopf! Bringen Sie mich dazu, in Jubelschreie auszubrechen!«

»Nein, der *andere* Alte. Royce Merrill.«

»Ich weiß nicht, wen Sie – oh, Moment mal. Der mit dem goldenen Gehstock, der ausgesehen hat wie ein Schaustück aus *Jurassic Park?*«

»Das ist er.«

»Ein Hammer. Und sonst ...?«

»Sonst ist alles unter Kontrolle«, sagte ich, dachte an die ausgefallenen Augen der Katzenuhr und mußte fast lachen. Was mich daran hinderte, war eine Art Gewißheit, daß Johns unbekümmerte Heiterkeit nur gespielt war – in Wahrheit hatte er angerufen, um zu erfahren, was, wenn überhaupt, sich zwischen mir und Mattie abspielte. Und was sollte ich sagen? Noch nichts? Ein Kuß, im selben Moment ein stahlharter Ständer, und die fundamentalen Dinge werden sich ergeben, *as time goes by?*

Aber John gingen andere Dinge durch den Kopf. »Hören Sie, Michael, ich habe angerufen, weil ich Ihnen etwas sagen muß, Ich glaube, Sie werden amüsiert und erstaunt zugleich sein.«

»Ein Zustand, nach dem wir uns alle sehnen«, sagte ich. »Heraus damit.«

»Rogette Whitmore hat angerufen, und ... Sie haben Ihr nicht zufällig die Nummer meiner Eltern gegeben, oder? Ich bin jetzt wieder in New York, aber sie hat mich in Philly angerufen.«

»Ich hatte die Nummer Ihrer Eltern nicht. Sie haben sie auf keinem Ihrer Anrufbeantworter hinterlassen.«

»Oh, richtig.« Keine Entschuldigung; er schien zu aufgeregt, um an derlei Nebensächlichkeiten zu denken. Ich wurde selbst aufgeregt und hatte keine Ahnung, was eigentlich los war. »Ich hatte sie Mattie gegeben. Glauben Sie, die Whitmore hätte Mattie angerufen, um sie zu bekommen? Hätte Mattie sie ihr gegeben?«

»Ich bin nicht sicher, ob Mattie auf Rogette pissen würde, um sie zu löschen, wenn sie sie brennend auf einer Straße finden würde.«

»Vulgär, Michael, *trés vulgarino.*« Aber er lachte. »Vielleicht hat Whitmore sie genauso bekommen wie Devore Ihre.«

»Wahrscheinlich«, sagte ich. »Ich weiß nicht, was in den vor uns liegenden Monaten passieren wird, aber ich bin sicher, daß sie im Augenblick noch Zugriff auf Max Devores persönliches Armaturenbrett hat. Und wenn jemand weiß, welche Knöpfe man darauf drücken muß, dann vermutlich sie. Hat sie aus Palm Springs angerufen?«

»Hm-hmm. Sie sagte, sie hätte gerade eine vorbereitende Sitzung mit Devores Anwälten hinter sich, bei der es um das Testament des alten Mannes ging. Ihr zufolge hat Opa Mattie Devore achtzig Millionen Dollar hinterlassen.«

Ich brachte kein Wort heraus. Amüsiert war ich noch nicht, aber erstaunt auf jeden Fall.

»Da sind Sie baff, was?« sagte John fröhlich.

»Sie meinen, er hat es Kyra hinterlassen«, sagte ich schließlich. »Hat es *Kyra* in Form eines Treuhandfonds vermacht.«

»Nein, genau das hat er nicht. Ich habe Whitmore dreimal gefragt, und beim dritten Mal habe ich allmählich verstanden. Sein Wahnsinn hat Methode. Nicht viel, aber ein wenig. Sehen Sie, es gibt eine Bedingung. Hätte er das Geld dem minderjährigen Kind vermacht statt der Mutter, hätte die Bedingung kein Gewicht. Es ist komisch, wenn man bedenkt, daß Mattie vor gar nicht so langer Zeit selbst noch minderjährig war.«

»Komisch«, stimmte ich zu und dachte an ihr Kleid, das zwischen meinen Händen und ihrer glatten, bloßen Taille verrutschte. Ich dachte auch an Bill Dean, wie er sagte, Männer, die mit Mädchen dieses Alters gingen, sähen immer gleich aus, ihnen hingen die Zungen aus dem Mund, selbst wenn sie ihn geschlossen hätten.

»Welche Bedingung hat er an das Geld geknüpft?«

»Daß Mattie ein Jahr nach Devores Tod im TR bleibt – bis zum 17. Juli 1999. Sie darf Tagesausflüge machen, muß aber jeden abend um neun Uhr in ihrem Bettchen im TR-90 liegen, sonst kann sie das Erbe abschreiben. Haben Sie jemals in Ihrem Leben einen derartigen Blödsinn gehört? Außer in einem George-Sanders-Film, meine ich?«

»Nein«, sagte ich und dachte an meinen Besuch des Jahrmarkts von Fryeburg mit Kyra. *Selbst im Tod will er das Sorgerecht*, hatte ich gedacht, und dies war natürlich dasselbe. Er wollte sie hier haben. Selbst im Tod wollte er sie im TR haben.

»Ist da nichts zu machen?« fragte ich.

»*Natürlich* ist da nichts zu machen. Der verdammte Exzentriker hätte auch schreiben können, daß er ihr achtzig Millionen hinterläßt, wenn sie ein Jahr lang blaue Tampons benutzt. Aber sie wird die achtzig Millionen bekommen. Ich bin felsenfest überzeugt. Ich habe bereits mit drei unserer Erbschaftsexperten gesprochen und … Meinen Sie nicht, daß ich am Dienstag einen davon mitbringen sollte? Will Stevenson wird der Anführer unseres Teams während der der Erbschaftsphase sein, wenn Mattie einwilligt.« Er plapperte förmlich. Ich wäre jede Wette eingegangen, daß er keinen Tropfen getrunken hatte, er war lediglich im siebten Himmel angesichts all der Möglichkeiten. Was ihn betraf, waren wir in dem Teil des Märchens angelangt, wo sie alle glücklich leben, wenn sie nicht gestorben sind; Cinderella war in einem warmen Geldregen vom Ball nach Hause gekommen.

»... türlich ist Will ein bißchen alt«, sagte John, »etwa dreihundert oder so, was bedeutet, daß er nicht unbedingt eine Stimmungskanone ist, aber ...«

»Lassen Sie ihn zu Hause, ja?« sagte ich. »Wir werden noch genug Zeit haben, Devores Testament auseinanderzunehmen. Und ich glaube nicht, daß Mattie in naher Zukunft Probleme haben wird, diese blödsinnige Bedingung zu erfüllen. Sie hat schließlich gerade ihren Job wiederbekommen.«

»Ja, der weiße Büffel fällt tot um, und die gesamte Herde läuft auseinander!« rief John aus. »In alle vier Winde! Und die frischgebackene Multimillionärin stellt weiterhin Bücher in die Regale und verschickt Mahnungen wegen überschrittener Leihfristen! Okay, Dienstag feiern wir nur unsere Party.«

»Gut.«

»Wir feiern, bis wir kotzen.«

»Nun ... wir älteren Leute feiern vielleicht nur, bis uns ein klein wenig übel wird, wäre das in Ordnung?«

»Klar. Ich habe schon mit Romeo Bissonette telefoniert, und er wird George Kennedy mitbringen, den Privatdetektiv, der diese heitere Scheiße über Durgin rausgekriegt hat. Bissonette sagt, Kennedy sei zum Brüllen komisch, wenn er einen oder zwei intus hat. Ich habe mir gedacht, ich bringe ein paar Steaks von Peter Luger's mit, habe ich das schon erwähnt?«

»Ich glaube nicht.«

»Die besten Steaks der Welt. Michael, ist Ihnen klar, was dieser jungen Frau passiert ist? *Achtzig Millionen Dollar!*«

»Sie wird sich einen Ersatz für Scoutie leisten können.«

»Wie bitte?«

»Nichts. Kommen Sie morgen abend oder am Dienstag?«

»Dienstag vormittag gegen zehn, Castle County Airport. New England Air. Mike, alles in Ordnung? Sie hören sich so seltsam an.«

»Alles in Ordnung. Ich bin, wo ich sein soll. Glaube ich.«

»Was soll das heißen?«

Ich war auf die Veranda hinausgeschlendert. In der Ferne grollte Donner. Es war heißer als in der Hölle, kein Lüftchen regte sich. Der Sonnenuntergang wich einem unheilvollen Nachglühen. Das Himmel im Westen sah wie das Weiße eines blutunterlaufenen Auges aus.

»Ich weiß nicht«, sagte ich, »aber ich habe das Gefühl, als würde sich die Situation klären. Ich hole Sie am Flughafen ab.«

»Okay«, sagte er, und dann, mit einer gedämpften, fast ehrfürchtigen Stimme: »Achtzig Millionen amerikanische Scheißdollars.«

»Jede Menge Moos«, stimmte ich zu und wünschte ihm eine gute Nacht.

Am nächsten Morgen trank ich in der Küche schwarzen Kaffee, aß Toast und sah mir den Wetterbericht im Fernsehen an. Der Meteorologe sah, wie so viele von ihnen heutzutage, ein klein wenig irr aus, als hätten die Doppler-Radaraufnahmen ihn an den Rand von irgendwas getrieben. Ich betrachte es als das Videospiel-Aussehen am Ende des Jahrtausends.

»Wir müssen uns noch sechsunddreißig Stunden mit dieser Suppe herumärgern, dann steht uns eine große Veränderung ins Haus«, sagte er und zeigte auf einen dunkelgrauen Schmutzfleck, der im Mittelwesten lauerte. Winzige Zeichentrickblitze tanzten wie defekte Zündkerzen darin. Jenseits von Fleck und Blitzen schien Amerika bis zu dem Wüstenland klar zu sein, und die Temperaturen lagen um sieben Grad niedriger. »Heute werden wir Temperaturen um die fünfunddreißig Grad haben, und bis morgen früh dürfte es kaum nennenswert abkühlen. Aber morgen nachmittag werden diese Sturmausläufer das westliche Maine erreichen, und ich glaube, die meisten von Ihnen werden mit Interesse die weiteren Wettervorhersagen verfolgen. Bevor wir am Mittwoch mit kühleren Luftmassen und klarem Himmel rechnen dürfen, werden wir schwere Gewitter, starke Regenfälle und stellenweise Hagel bekommen. Tornados in Maine sind selten, aber einige Städte im westlichen und mittleren Maine könnten morgen welche erleben. Zurück zu Ihnen, Earl.«

Earl, der Sprecher der Frühstücksnachrichten, hatte das unschuldige wohlgenährte Aussehen eines Mannes, der gerade bei den Chippendales ausgestiegen ist, und genauso las er auch vom Teleprompter ab. »Mannomann«, sagte er. »Das ist vielleicht eine Vorhersage, Vince. Möglicherweise Tornados.«

»Mannomann«, sagte ich. »Sag noch mal Mannomann, Earl. Bis ich genug davon habe.«

»Ach du dickes Ei«, sagte Earl, nur um mir eins auszuwischen, und das Telefon läutete. Ich ging hin und warf der Katzenuhr im Vorübergehen einen Blick zu. Die Nacht war ruhig gewesen – kein Schluchzen, kein Schreien, keine nächtlichen Abenteuer –, aber die Uhr war dennoch beunruhigend. Sie hing tot und blind an der Wand, wie eine Mitteilung ausnahmslos schlechter Nachrichten.

»Hallo?«

»Mr. Noonan?«

Ich kannte die Stimme, aber einen Moment konnte ich sie nicht einordnen. Das lag daran, daß sie mich Mr. Noonan genannt hatte. Für Brenda Meserve war ich fast fünfzehn Jahre lang Mike gewesen.

»Mrs. M.? Brenda? Was –«

»Ich kann nicht mehr für Sie arbeiten«, platzte sie heraus. »Es tut mir leid, daß es so überstürzt kommt – ich habe noch nie fristlos bei jemandem gekündigt, nicht einmal bei dem alten Säufer Mr. Croyden –, aber es muß sein. Bitte haben Sie Verständnis dafür.«

»Hat Bill herausgefunden, daß ich Sie angerufen habe? Ich schwöre bei Gott, Brenda, ich habe kein Wort –«

»Nein. Ich habe weder mit ihm gesprochen, noch er mit mir. Ich kann einfach nicht mehr nach Sara Lacht kommen. Ich hatte letzte Nacht einen schlechten Traum. Einen schrecklichen Traum. Ich habe geträumt, daß ... etwas wütend auf mich ist. Wenn ich wiederkomme, könnte ich einen Unfall haben. Jedenfalls würde es wie ein Unfall *aussehen* ... aber es wäre keiner.«

Das ist albern, Mrs. M., wollte ich sagen. *Sie sind bestimmt aus dem Alter raus, in dem man an Lagerfeuergeschichten über Dämonchen und Gespensterchen und langbeinige Biesterchen glaubt.*

Aber natürlich konnte ich das nicht sagen. Was in meinem Haus vor sich ging, das war keine Lagerfeuergeschichte. Ich wußte es, und sie wußte es auch.

»Brenda, wenn ich Sie in Schwierigkeiten gebracht habe, tut es mir wirklich von Herzen leid.«

»Gehen Sie fort, Mr. Noonan ... Mike. Fahren Sie nach Derry zurück, und bleiben Sie eine Weile dort. Das wäre das beste, was Sie tun können.«

Ich hörte die Buchstaben über den Kühlschrank gleiten und drehte mich um. Diesmal konnte ich richtig sehen, wie der Kreis aus Obst und Gemüse Gestalt annahm. Oben blieb er gerade lange genug offen, daß fünf Buchstaben hineinrutschen konnten. Dann stopfte eine kleine Plastikzitrone das Loch zu und vollendete den Kreis.

bielb

zeigten die Buchstaben, dann gruppierten sie sich neu und bildeten

bleib

Dann wurden Kreis und Buchstaben verstreut.

»Mike, *bitte*.« Mrs. M. weinte. »Morgen ist Royces Beerdigung. Alle im TR, die wichtig sind – die Alten –, werden da sein.«

Ja, natürlich. Die Alten, die Säcke voll Knochen, die wußten, was sie wußten, und es für sich behielten. Aber einige hatten mit meiner Frau gesprochen. Royce selbst hatte mit ihr gesprochen. Jetzt war er tot. Sie auch.

»Es wäre am besten, wenn Sie weg wären. Sie könnten vielleicht die junge Frau mitnehmen. Sie und ihre kleine Tochter.«

Konnte ich das? Irgendwie glaubte ich es nicht. Ich glaubte, daß wir drei im TR bleiben würden, bis es vorbei war ... Und ich hatte allmählich eine Ahnung, wann das sein würde. Ein Sturm zog auf. Ein Sommergewitter. Vielleicht sogar ein Tornado.

»Brenda, danke, daß Sie mich angerufen haben. Aber ich werde Sie nicht entlassen. Bezeichnen wir es einfach als Urlaub, ja?«

»Gut. Wie Sie wünschen. Werden Sie wenigstens über das nachdenken, was ich gesagt habe?«

»Ja. Inzwischen werde ich wohl besser niemandem erzählen, daß Sie mich angerufen haben, einverstanden?«

»Nein!« sagte sie und hörte sich erschrocken an. Dann: »Aber sie werden es wissen. Bill und Yvette ... Dickie Brooks in der Werkstatt ... der alte Anthony Weyland und Buddy Jellison und all die anderen ... sie werden es wissen. Leben Sie wohl, Mr. Noonan. Es tut mir so leid. Das mit Ihnen und Ihrer Frau. Ihrer armen Frau. Es tut mir so leid.« Dann legte sie auf.

Ich hielt den Hörer lange in der Hand. Dann legte ich auf wie ein Mann in einem Traum, ging durch das Zimmer und nahm die augenlose Uhr von der Wand. Ich warf sie in den Abfalleimer und ging zum See, um zu schwimmen, wobei ich an die Geschichte »Augusthitze« von W. F. Harvey dachte, die mit der Zeile endet: »Die Hitze reicht aus, um einen Mann zum Wahnsinn zu treiben.«

Ich bin kein schlechter Schwimmer, wenn niemand mit Steinen nach mir wirft, aber meine erste Bahn vom Ufer zum Floß und zurück war unrhythmisch – häßlich –, weil ich ständig erwartete, daß jemand von unten hochgreifen und mich packen würde. Vielleicht der ertrunkene Junge. Die zweite Bahn war besser, und bei der dritten genoß ich meinen beschleunigten Herzschlag und das seidige, kühle Wasser, das an mir vorbeiströmte. Bei der vierten Bahn zog ich mich nach der Hälfte an der Leiter des Floßes hinauf, ließ mich auf die Bretter sinken und fühlte mich so gut wie seit der Begegnung mit Devore und Rogette Whitmore am Freitag abend nicht mehr. Ich war immer noch in der Zone, und darüber hinaus erfreute ich mich an einem grandiosen Endorphinrausch. In diesem Zustand klang sogar das Mißfallen ab, das ich verspürt hatte, als Mrs. M. mir sagte, daß sie ihren Job kündigen wollte. Sie würde wiederkommen, wenn dies vorbei war; natürlich würde sie das. Bis dahin war es wahrscheinlich am besten, sie hielt sich fern.

Etwas ist wütend auf mich. Ich könnte einen Unfall haben.

Ja, wirklich. Sie könnte sich schneiden. Sie könnte eine Kellertreppe hinunterfallen. Sie könnte sogar einen Schlaganfall bekommen, wenn sie über einen heißen Parkplatz lief.

Ich setzte mich auf und betrachtete Sara auf ihrem Hügel, die Veranda über dem Abgrund, die Stufen der Eisenbahnschwellen, die abwärts führten. Ich war erst wenige Minuten aus dem Wasser, und schon hüllte mich die stickige Hitze ein und raubte mir die Energie. Das Wasser war glatt wie ein Spiegel. Ich konnte sehen, wie das Haus darin reflektiert wurde, und in der Widerspiegelung wurden Saras Fenster zu wachsamen Augen.

Ich dachte, daß der Brennpunkt all der Phänomene – das Epizentrum – sehr wahrscheinlich auf der *Straße* zwischen der echten Sara und ihrem ertrunkenen Ebenbild lag. *Hier ist es passiert,* hatte Devore gesagt. Und die Oldtimer? Die meisten wußten wahrscheinlich, was ich wußte: daß Royce Merrill ermordet worden war. Und war es nicht möglich – war es nicht *wahrscheinlich* –, daß das, was ihn ermordet hatte, wieder zuschlagen würde, wenn sie auf den Bänken saßen oder sich anschließend um das Grab versammelten? Daß es einen Teil ihrer Energie stehlen würde – ihrer Schuld, ihrer Erinnerungen, ihrer *TR*-heit –, um seine Aufgabe zu vollenden?

Ich war sehr froh, daß John morgen an der Party teilnahm, dazu Romeo Bissonette und George Kennedy, der so amüsant sein konnte, wenn er einen oder zwei Drinks intus hatte. Froh, daß mehr als nur Mattie und Ki und ich zusammensein würden, wenn sich die Alten versammelten, um Royce Merrill die letzte Ehre zu erweisen. Mich interessierte nicht mehr besonders, was aus Sara und den Red-Tops geworden war oder was in meinem Haus spukte. Ich wollte den morgigen Tag überstehen, und ich wollte, daß Mattie und Ki den morgigen Tag überstanden. Wir würden essen, bevor der Regen anfing, und dann würden wir die vorhergesagten Gewitter kommen lassen. Ich dachte mir, wenn wir sie überständen, konnten unser Leben und unsere Zukunft vielleicht zusammen mit dem Wetter aufklaren.

»Stimmt das?« fragte ich. Ich erwartete keine Antwort – laut zu sprechen war eine Angewohnheit, die ich mir zugelegt hatte, seit ich wieder hierhergekommen war –, aber irgendwo im Wald östlich des Hauses schrie eine Eule. Nur einmal, als wollte sie sagen, daß es wirklich stimmte, übersteht den morgigen Tag, dann wird alles aufklaren. Der Schrei der Eule rief mir fast etwas anderes ins Gedächtnis zurück, eine Assoziation, die letzten Endes zu fadenscheinig war, als daß ich sie hätte festhalten können. Ich versuchte es ein- oder zweimal, aber mir fiel lediglich der Titel eines wunderbaren alten Romans ein – *I Heard the Owl Call My Name*.

Ich rollte mich vorwärts vom Floß ins Wasser, wobei ich die Knie an die Brust gedrückt hielt wie ein Kind, das eine Bombe macht. Ich blieb, so lange ich konnte, unter Wasser, bis sich die Luft in meinen Lungen wie eine heiße, in Flaschen abgefüllte Flüssigkeit anfühlte, dann kam ich wieder an die Oberfläche. Ich strampelte etwa dreißig Meter weit draußen auf der Stelle, bis ich wieder Luft bekam, dann visierte ich die Grüne Lady an und schwamm ans Ufer.

Ich watete hinaus, ging die Eisenbahnschwellen hinauf, blieb stehen und kehrte zur *Straße* zurück. Dort blieb ich einen Moment stehen, nahm meinen Mut zusammen und ging zu der Stelle, wo die Birke anmutig ihren Bauch über das Wasser wölbte. Ich hielt mich wie am Freitag abend an der weißen Krümmung fest und sah ins Wasser. Ich war überzeugt, ich würde das Kind sehen, die toten Augen, die aus dem aufgedunsenen braunen Gesicht zu mir aufschauten, und mein Mund und Hals würden sich wieder mit dem Geschmack des Sees füllen: *Hilf ich ertrink, laß mich rauf, oh gütiger Gott, laß mich rauf.* Aber da war nichts. Kein toter Junge, kein mit einem Band geschmückter Gehstock der *Boston Post*, kein Geschmack des Sees in meinem Mund.

Ich drehte mich um und betrachtete die graue Stirn aus Felsgestein, die aus dem Erdreich ragte. Ich dachte: *Da, genau da,* aber es war nur ein bewußter, nicht spontaner Gedanke, mein Verstand, der eine Erinnerung formulierte. Der Geruch von Verfall und die Gewißheit, daß genau dort etwas Schreckliches geschehen war, waren verschwunden.

Als ich zum Haus zurückkam und mir eine Limo holen ging, stellte ich fest, daß die Kühlschranktür leer war. Jeder Magnetbuchstabe, das ganze Obst und Gemüse waren verschwunden. Ich habe sie nie wiedergefunden. Vielleicht hätte ich sie gefunden, wahrscheinlich sogar, wenn ich mehr Zeit gehabt hätte, aber an jenem Montag morgen war die Zeit fast abgelaufen.

Ich zog mich an, dann rief ich Mattie an. Wir unterhielten uns über die bevorstehende Party, wie aufgeregt Ki war, wie nervös Mattie dem Freitag entgegensah, an dem sie wieder arbeiten würde – sie hatte Angst, die Einheimischen würden gemein zu ihr sein, aber auf eine seltsame Weise – typisch Frau – hatte sie noch mehr Angst davor, sie könnten *kalt* sein und sie schneiden. Wir unterhielten uns über das Geld, und ich bekam rasch heraus, daß sie nicht so recht daran glaubte. »Lance hat immer gesagt, sein Vater wäre der Typ, der einem verhungernden Hund ein Stück Fleisch zeigt und es dann selbst ißt«, sagte sie. »Aber da ich meinen Job wiederhabe, werde ich nicht verhungern, und Ki auch nicht.«

»Aber wenn die große Kohle *wirklich* kommt ...?«

»Ach, gibmir-gibmir-gibmir«, sagte sie lachend. »Hältst du mich etwa für verrückt?«

»Nee. Übrigens, was ist mit Kis Kühnschwankleuten los? Schreiben sie irgendwas Neues?«

»Das ist echt unheimlich«, sagte sie. »Sie sind verschwunden.«

»Die Kühnschwankleute?«

»Von denen weiß ich nichts, aber die Magnetbuchstaben, die du ihr geschenkt hast, sind fort. Als ich Ki fragte, was sie damit gemacht hat, fing sie an zu weinen und sagte, Allamagoosalum hätte sie mitgenommen. Sie sagte, er hat sie mitten in der Nacht als Snack gegessen, während alle anderen schliefen.«

»Allama-*wer*-salum?«

»Allamagoosalum«, sagte Mattie, die sich auf eine müde Weise amüsiert anhörte. »Ein weiteres kleines Vermächtnis ihres Großvaters. Es ist eine Verballhornung des Micmacwortes für den ›Schwarzen Mann‹ oder ›Dämon‹ – hab' ich in der Bibliothek nachgeschlagen. Kyra hatte letzten Winter und dieses Frühjahr eine Menge Alpträume von Dämonen und Windigos und dem Allamagoosalum.«

»Was war er doch für ein netter alter Opa«, sagte ich rührselig.

»Richtig; ein echter Schatz. Sie war untröstlich, weil sie ihre Buchstaben verloren hatte; ich konnte sie kaum beruhigen, bevor der Bus zur FBS kam. Ki möchte übrigens wissen, ob du Freitag nachmittag zur letzten Stunde kommst. Sie und ihr Freund Billy Turgeon werden die Geschichte des kleinen Moses anhand von Bildern erzählen.«

»Würde ich mir nicht entgehen lassen«, sagte ich ... aber natürlich tat ich es doch. Wie wir alle.

»Hast du eine Ahnung, wohin die Buchstaben verschwunden sein könnten, Mike?«

»Nein.«

»Sind deine noch okay?«

»Meinen geht's prima, aber natürlich schreiben meine keine Wörter«, sagte ich und sah zur leeren Tür meines eigenen Kühnschwanks. Schweiß stand mir auf der Stirn. Ich konnte ihn wie Öl in meine Augenbrauen fließen fühlen. »Hast du … ich weiß auch nicht … irgendwas gespürt?«

»Du meinst, ob ich den bösen Alphabetdieb gehört habe, wie er durchs Fenster geklettert ist?«

»Du weißt, was ich meine.«

»Ich denke schon.« Eine Pause. »Ich dachte, ich hätte in der Nacht etwas gehört, okay? Gegen drei Uhr heute morgen. Ich bin aufgestanden und in die Diele gegangen. Es war nichts da. Aber … du weißt, wie heiß es in letzter Zeit gewesen ist?«

»Ja.«

»Nun, nicht in meinem Wohnwagen, nicht gestern nacht. Es war eiskalt. Ich schwöre, ich konnte fast meinen Atem sehen.«

Ich glaubte ihr. Immerhin hatte ich meinen tatsächlich gesehen.

»Waren die Buchstaben da noch auf der Kühlschranktür?«

»Ich weiß nicht. Ich bin nicht weit genug durch die Diele gegangen, um in die Küche zu schauen. Ich habe mich einmal umgesehen und bin wieder ins Bett. Manchmal fühlt man sich im Bett sicherer, weißt du?« Sie lachte nervös. »Eine kindische Sache. Bettdecken sind Kryptonit für den Schwarzen Mann. Aber zuerst, als ich mich wieder hingelegt habe … ich weiß auch nicht … da dachte ich, es wäre schon jemand darin. Als hätte sich jemand darunter auf dem Boden versteckt und wäre dann … als ich in die Diele nachsehen ging … hineingestiegen. Und kein netter Jemand.«

Gib mir meinen Staubfänger, dachte ich und erschauerte.

»Was?« fragte Mattie in scharfem Ton. »Was hast du gesagt?«

»Ich habe gefragt, was glaubtest du denn, wer es war? Welches war der erste Name, der dir durch den Kopf gegangen ist?«

»Devore«, sagte sie. »*Er.* Aber es war niemand da.« Eine Pause. »Ich wünschte, *du* wärst dagewesen.«

»Ich auch.«

»Freut mich. Mike, hast du eine Ahnung, was das alles zu bedeuten hat? Es ist ziemlich unheimlich.«

»Ich denke, vielleicht ...« Einen Augenblick war ich versucht, ihr zu sagen, was mit meinen eigenen Buchstaben passiert war. Aber wenn ich damit anfing, wo sollte ich aufhören? Und wieviel würde sie mir glauben? »... vielleicht hat Ki die Buchstaben selbst abgenommen. Hat sie schlafwandelnd unter dem Wohnwagen versteckt oder so. Hältst du das für möglich?«

»Ich glaube, die Vorstellung, daß Ki schlafwandelt, gefällt mir noch weniger als der Gedanke, daß Gespenster mit kaltem Atem die Buchstaben vom Kühlschrank genommen haben«, sagte Mattie.

»Nimm sie heute nacht zu dir ins Bett«, sagte ich und spürte ihren Gedanken wie einen Pfeil: *Ich würde lieber dich mit ins Bett nehmen.*

Nach einer kurzen Pause sagte sie allerdings: »Kommst du heute vorbei?«

»Ich glaube nicht«, sagte ich. Sie aß einen Fruchtjoghurt, während wir uns unterhielten, nahm ihn in kleinen Häppchen zu sich. »Aber morgen wirst du mich sehen. Bei der Party.«

»Ich hoffe, die Gewitter kommen erst, wenn wir gegessen haben. Sie sollen ziemlich schlimm werden.«

»Ich bin sicher, wir sind vorher mit dem Essen fertig.«

»Und denkst du immer noch nach? Ich frage nur, weil ich von dir geträumt habe, als ich gestern endlich wieder eingeschlafen bin. Ich habe geträumt, daß du mich küßt.«

»Ich denke noch nach«, sagte ich. »Ganz intensiv.«

Aber in Wahrheit kann ich mich nicht erinnern, daß ich an diesem Tag sehr intensiv an irgendwas gedacht habe. Ich erinnere mich nur, daß ich immer tiefer in die Zone geriet, die ich so unzureichend beschrieben habe. Vor Einbruch der Dämmerung machte ich trotz der Hitze einen langen Spaziergang – bis zu der Stelle, wo der Weg zweiundvierzig in den Highway mündet. Auf dem Rückweg blieb ich am Rand von Tidwell's Meadow stehen, sah das Licht am Himmel verblassen und hörte irgendwo über New Hampshire Donner grollen. Wieder hatte ich das Gefühl, wie dünn die Realität war, nicht nur hier, sondern überall; daß sie straff wie Haut über Blut und Bindegewebe eines Körpers gespannt war, den wir in diesem Leben niemals ganz erforschen können. Ich betrachtete Bäume und sah Arme;

ich betrachtete Büsche und sah Gesichter. Gespenster, hatte Mattie gesagt. Gespenster mit kaltem Atem.

Mir schien, als wäre auch die Zeit dünn. Kyra und ich waren wirklich auf dem Jahrmarkt in Fryeburg gewesen – jedenfalls auf einer Version davon; wir hatten das Jahr 1900 tatsächlich besucht. Und am Fuß der abschüssigen Wiese waren die Red-Tops jetzt fast da, wie früher, in ihren hübschen kleinen Hütten. Fast konnte ich den Klang ihrer Gitarren hören, ihre murmelnden Stimmen und ihr Gelächter; ich konnte beinahe den Lichtschein ihrer Laternen sehen und ihr gebratenes Rind- und Schweinefleisch riechen. »*Say, baby, do you remember me?*« ging einer ihrer Songs, »*Well I ain't your honey like I used to be.*«

Etwas raschelte im Unterholz links von mir. Ich wandte mich in diese Richtung und rechnete damit, Sara in Matties weißem Kleid und Matties Turnschuhen aus dem Wald treten zu sehen. Im Halbdunkel würde es fast so aussehen, als ob sie schwebte, bis sie ganz nahe bei mir war …

Natürlich war niemand da, zweifellos war es kein anderer gewesen als Chuck das Murmeltier, das nach einem langen und anstrengenden Tag im Büro nach Hause ging, aber ich wollte nicht mehr da draußen sein und zusehen, wie das Licht aus dem Tag floß und Nebel vom Boden aufstieg. Ich machte mich auf den Heimweg.

Anstatt ins Haus zu gehen, als ich zurückkam, folgte ich dem Waldweg zu Jos Atelier, wo ich seit der Nacht nicht mehr gewesen war, als ich mir im Traum meine IBM wiedergeholt hatte. Unregelmäßiges Wetterleuchten wies mir den Weg.

Es war heiß in dem Atelier, aber nicht stickig. Ich konnte ein pfeffriges Aroma riechen, das sogar recht angenehm war, und fragte mich, ob es welche von Jos Kräutern sein mochten. Es gab eine Klimaanlage hier, und die funktionierte – ich schaltete sie ein und stellte mich einfach eine Weile davor. Soviel kalte Luft auf meinem überhitzten Körper war wahrscheinlich ungesund, fühlte sich aber wundervoll an.

Ansonsten aber fühlte ich mich nicht besonders wundervoll. Ich sah mich mit einem schwer definierbaren Gefühl um, das immer stärker wurde und zu schwer für bloße Traurigkeit war; es schien Verzweiflung zu sein. Ich glaube, die Ursache war der

Kontrast zwischen dem bißchen, das von Jo in Sara Lacht übrig war, und der Menge, das von ihr noch hier draußen war. Ich stellte mir unsere Ehe als eine Art Spielhaus vor – und ist eine Ehe nicht zum großen Teil das? Man spielt Haus –, wo lediglich die Hälfte aller Habseligkeiten fest verankert war. Von kleinen Magneten oder verborgenen Kabeln festgehalten. Etwas war gekommen und hatte unser Spielhaus an einer Ecke hochgehoben – nichts leichter als das, und ich konnte wohl noch froh sein, daß dieses Etwas nicht beschlossen hatte, einfach mit dem Fuß auszuholen und das arme Haus mit einem Tritt umzustoßen. Sehen Sie, es hat nur diese eine Ecke hochgehoben. Meine Sachen blieben, wo sie waren. Aber die von Jo waren alle verrutscht …

Aus dem Haus raus und hierher.

»Jo?« fragte ich und setzte mich auf ihren Stuhl. Keine Antwort. Kein Klopfen an der Wand. Keine Krähen oder Eulen, die aus dem Wald riefen. Ich legte meine Hand auf ihren Schreibtisch, wo die Schreibmaschine gestanden hatte, strich mit der Hand darüber und machte mir die Finger staubig.

»Du fehlst mir, Liebling«, sagte ich und fing an zu weinen.

Als die Tränen versiegt waren – wieder einmal –, wischte ich mir das Gesicht mit dem Saum des T-Shirts ab wie ein kleines Kind, dann sah ich mich um. An einer Wand hing das Bild von Sara Tidwell, an einer anderen ein Foto, an das ich mich nicht erinnern konnte – es war alt, sepiafarben und zeigte einen Wald. Bildmittelpunkt war ein mannshohes Kreuz aus Birkenholz auf einer kleinen Lichtung an einem Hang über dem See. Diese Lichtung war heute höchstwahrscheinlich aus der Geographie verschwunden und längst von nachwachsenden Bäumen vereinnahmt worden.

Ich betrachtete ihre Gläser mit Kräutern und getrockneten Pilzen, ihre Aktenschränke, ihre Afghantücher. Den grünen Flickenteppich auf dem Boden. Der Topf mit Stiften auf dem Schreibtisch, Stifte, die sie berührt und benutzt hatte. Ich hielt einen für ein oder zwei Augenblicke über ein weißes Blatt Papier, aber nichts geschah. Ich hatte ein Gefühl, als wäre Leben in diesem Raum, ein Gefühl, als würde ich beobachtet … aber nicht das Gefühl, als ob mir *geholfen* würde.

»Ich kenne einen Teil, aber nicht genug«, sagte ich. »Von allem, was ich nicht weiß, ist das Wichtigste wahrscheinlich, wer

›hilf ihr‹ auf den Kühlschrank geschrieben hat. Warst du das, Jo?«

Keine Antwort.

Ich blieb noch eine Zeitlang sitzen – hoffte wider besseres Wissen, nehme ich an –, dann stand ich auf, schaltete die Klimaanlage aus, schaltete die Lichter aus und ging im sanften, hellen Zucken verschwommener Blitze zum Haus zurück. Ich setzte mich eine Weile auf die Veranda und sah in die Nacht. Irgendwann wurde mir klar, daß ich das blaue Seidenband aus der Tasche geholt hatte und nervös zwischen den Fingern hindurchgleiten ließ. Stammte es wirklich aus dem Jahr 1900? Der Gedanke kam mir vollkommen verrückt und gleichzeitig vollkommen plausibel vor. Die Nacht war heiß und still. Ich stellte mir vor, wie alte Leute überall im TR – vielleicht sogar in Motton und Harlow – ihre Kleidung für die morgige Beerdigung zurechtlegten. Im extragroßen Wohnwagen an der Wasp Hill Road saß Ki auf dem Boden und sah sich *Das Dschungelbuch* auf Video an – Balu und Mogli sangen »Probier's mal mit Gemütlichkeit«. Mattie saß auf der Couch, hatte die Füße hochgelegt, las das neue Buch von Mary Higgins Clark und sang mit. Beide trugen kurze Pyjamas, Ki einen rosafarbenen, Mattie einen weißen.

Nach einer Weile verlor ich das Gespür für sie; es verschwand so, wie es Rundfunksignale manchmal spät in der Nacht tun. Ich ging ins Schlafzimmer im Nordflügel, zog mich aus und kroch auf das Laken meines ungemachten Betts. Ich schlief fast sofort ein.

Ich erwachte mitten in der Nacht, weil jemand mit einem heißen Finger über meine Wirbelsäule strich. Ich drehte mich herum, und als ein Blitz zuckte, konnte ich eine Frau bei mir im Bett sehen. Es war Sara Tidwell. Sie grinste. Ihre Augen hatten keine Pupillen. »Oh, Sugar, ich bin fast wieder da«, flüsterte sie in der Dunkelheit. Ich hatte das Gefühl, als würde sie wieder die Hand nach mir ausstrecken, aber als der nächste Blitz zuckte, war ihre Seite des Bettes leer.

Kapitel 24

Inspiration ist nicht immer eine Frage von Geistern, die Magneten auf Kühlschranktüren bewegen, und am Dienstag morgen hatte ich eine grandiose Erleuchtung. Sie kam mir beim Rasieren, als ich an nichts anderes dachte als daran, das Bier für die Party nicht zu vergessen. Und sie kam, wie die besten Inspirationen, aus heiterem Himmel.

Ich rannte ins Wohnzimmer, nicht ganz im Laufschritt, und wischte mir unterwegs mit einem Handtuch den Rasierschaum aus dem Gesicht. Ich warf einen kurzen Blick auf den Sammelband kniffliger Kreuzworträtsel, der oben auf meinem Manuskript lag. Da hatte ich in meinem Bemühen, »geh neunzehn runter« und »geh zweiundneunzig runter« zu entziffern, zuerst nachgeschlagen. Kein ganz unlogischer Ausgangspunkt, aber was hatte der Rätselband mit dem TR-90 zu tun? Ich hatte das Buch bei Mr. Paperback in Derry gekauft. Von Gespenstern im TR durfte man kaum erwarten, daß sie sich für meine Rätselsammlung aus Derry interessierten. Das Telefonbuch andererseits –

Ich riß es förmlich vom Eßtisch hoch. Es enthielt zwar den gesamten südlichen Teil von Castle County – Motton, Harlow und Kashwakamak ebenso wie das TR –, war aber trotzdem ziemlich dünn. Als erstes vergewisserte ich mich bei den weißen Seiten, ob es mindestens zweiundneunzig waren. Waren es. Y und Z bildeten das Ende auf Seite siebenundneunzig.

Das war die Lösung. Mußte die Lösung sein.

»Ich hab's, richtig?« fragte ich Bunter. »Das ist es.«

Nichts. Nicht einmal ein Läuten des Glöckchens.«

»Hol dich der Teufel – was weiß ein ausgestopfter Elchkopf schon über ein Telefonbuch?«

Geh neunzehn runter. Ich schlug Seite neunzehn des Telefonbuchs auf, wo sich der Buchstabe F fett gedruckt abhob. Ich glitt mit dem Finger die erste Spalte hinunter, und da klang meine

Aufregung ab. Der neunzehnte Name auf Seite neunzehn war Harold Failles. Sagte mir nichts. Darüber hinaus gab es Feltons und Fenners, einen Filkersham und mehrere Finneys, ein halbes Dutzend Flahertys und einen ganzen Sack voll Fosses. Der letzte Name auf Seite neunzehn lautete Framingham. Der sagte mir auch nichts, aber –

Framingham, Kenneth P.

Ich starrte ihn einen Moment an. Eine Erkenntnis dämmerte mir. Sie hatte nichts mit den Botschaften am Kühlschrank zu tun.

Du siehst nicht, was du zu sehen glaubst, dachte ich. *Das ist so, wie wenn du einen blauen Buick kaufst –*

»Dann siehst du überall blaue Buicks«, sagte ich. »Mußt dir praktisch einen Weg durch sie bahnen. Ja, das ist es.« Aber meine Hände zitterten, als ich Seite zweiundneunzig aufschlug.

Hier waren die *T* des südlichen Castle County, und um das Ganze abzurunden, einige *U* wie Alton Ulbeck und Catherine Udell. Ich machte mir nicht die Mühe, den zweiundneunzigsten Eintrag auf der Seite zu suchen; das Telefonbuch war doch nicht der Schlüssel zu dem magnetischen Kreuzwärtsrätsel. Es deutete aber dennoch auf etwas Enormes hin. Ich schlug das Buch zu, hielt es einen Moment nur in der Hand (glückliche Leute mit Blaubeerrechen zierten den vorderen Einband) und schlug es willkürlich wieder auf, diesmal bei *M*. Und wenn man wußte, wonach man Ausschau hielt, sprang es einem förmlich ins Auge.

Die vielen *K*.

Oh, es gab Stevens und Johns und Marthas; da war Meserve, G. und Messier, V. und Jayhouse, T. Und doch sah ich immer wieder die Initiale K., wo Leute von ihrem Recht Gebrauch gemacht hatten, ihren Vornamen nicht im Telefonbuch abdrucken zu lassen. Allein auf Seite fünfzig fand ich die Initiale *K.* mindestens zwanzigmal, und ein weiteres dutzendmal die Initiale C. Was die eigentlichen Namen betraf …

Ich fand zwölf Kenneths auf dieser willkürlich aufgeschlagenen Seite im Bereich *M*, darunter drei Kenneth Moores und zwei Kenneth Munters. Vier Catherines und zwei Katherines. Ein Casey, eine Kiana und ein Kiefer.

»Himmelherrgott, das ist wie radioaktiver Niederschlag«, flüsterte ich.

Ich blätterte das Buch durch, konnte nicht glauben, was ich sah, und sah es dennoch. Überall Kenneths, Katherines und Keiths. Außerdem sah ich Kimberley, Kim und Kym. Ich fand Cammie, Kia (ja, und wir hatten gedacht, wer weiß wie originell wir wären), Kiah, Kendra, Kaela, Keil und Kyle. Kirby und Kirk. Eine Frau namens Kissy Bowden und einen Mann namens Kito Rennie – Kito, der Name von einem von Kyras Kühnschwankleuten. Und überall, in weitaus größerer Zahl als die sonst so häufigen Initialen *S* und *T* und *E*, waren diese *K*. Sie tanzten vor meinen Augen.

Ich drehte den Kopf, um auf die Uhr zu sehen – ich wollte John Storrow am Flughafen nicht versetzen, Himmel, nein –, aber da war keine Uhr. Natürlich nicht. Der alten Krazy Kat waren im Verlauf eines übersinnlichen Ereignisses die Stielaugen aus dem Kopf gesprungen. Ich gab ein lautes, wieherndes Lachen von mir, das mir ein wenig angst machte – es hörte sich nicht ganz normal an.

»Reiß dich zusammen, Mike«, sagte ich. »Hol tief Luft, Junge.«

Ich holte tief Luft. Stieß sie aus. Überprüfte die Digitalanzeige der Mikrowelle. Viertel nach acht. Genug Zeit für John. Ich wandte mich wieder dem Telefonbuch zu und blätterte es hastig durch. Ich hatte eine zweite Inspiration gehabt – kein Megawattknall wie beim erstenmal, aber weitaus zutreffender, wie sich herausstellte.

Das westliche Maine ist eine vergleichsweise isolierte Gegend – ein klein wenig wie das bergige Gelände des südlichen Grenzgebiets –, aber es sind zumindest immer einige Leute von außerhalb zugezogen (»Flachländer« ist der Ausdruck, den die Einheimischen gebrauchen, wenn sie sich verächtlich geben wollen), und in den letzten fünfundzwanzig Jahren ist es eine beliebte Gegend für aktive Senioren geworden, die ihren Lebensabend fischend und skifahrend verbringen wollen. Im Telefonbuch werden einige Anstrengungen unternommen, die Neulinge von den Dauergästen zu trennen. Babickis, Parettis, O'Quindlans, Donahues, Smolnacks, Dvoraks, Blindermeyers – alle von außerhalb. Alles Flachländer. Jalberts, Meserves, Pillsburys, Spruces, Therriaults, Perraults, Stanchfields, Starbirds, Dubays – alle aus Castle County. Sie verstehen, was ich damit sagen will, nicht wahr? Wenn man auf Seite zwölf eine ganze Spalte Bowies findet, dann weiß man, daß diese Leute lange genug hier gewesen sind, um sich wirklich zu entspannen und ihre Bowie-Gene zu verbreiten.

Auch unter den Parettis und Smolnacks fanden sich einige *K*-Initialen und *K*-Namen, aber nur ein paar. Die größte Konzentration fand sich bei Familien, die lange genug hier waren, um die Atmosphäre zu absorbieren. Den radioaktiven Niederschlag einzuatmen. Aber es war nicht exakt Strahlung, es war –

Plötzlich stellte ich mir einen schwarzen Grabstein vor, höher als der höchste Baum am See, ein Monolith, der seinen Schatten über halb Castle County warf. Dieses Bild war so klar und schrecklich, daß ich die Hände vor die Augen schlug und das Telefonbuch auf den Tisch fallen ließ. Ich wich erschauernd davor zurück. Aber daß ich mir die Augen zuhielt, schien das Bild noch deutlicher zu machen: ein derart monumentaler Grabstein, daß er die Sonne verdeckte; TR-90 lag an seinem Sockel wie ein Bukett als Grabschmuck. Sara Tidwells Sohn war im Dark Score Lake ertrunken ... oder ertränkt worden. Aber sie hatte sein Hinscheiden markiert. Für sein Andenken Sorge getragen. Ich fragte mich, ob irgend jemandem in der Stadt schon aufgefallen war, was ich gerade bemerkt hatte. Für so wahrscheinlich hielt ich es nicht; wenn man ein Telefonbuch aufschlägt, sucht man meistens nach einem bestimmten Namen und liest nicht ganze Abschnitte Zeile für Zeile. Ich fragte mich, ob es *Jo* aufgefallen war – ob sie gewußt hatte, daß fast jede Familie, die längere Zeit in diesem Teil der Welt wohnte, auf die eine oder andere Weise mindestens ein Kind nach Sara Tidwells totem Sohn genannt hatte.

Jo war nicht dumm. Wahrscheinlich war es ihr aufgefallen.

Ich ging ins Bad zurück, seifte mich erneut ein und fing von vorne an. Als ich fertig war, ging ich zum Telefon und nahm den Hörer ab. Ich tippte drei Zahlen ein, dann hielt ich inne und sah auf den See. Mattie und Ki waren aufgestanden und in der Küche, beide trugen Schürzen, beide waren ganz aufgeregt. Gleich würde eine Party stattfinden! Sie würden hübsche neue Sommerkleider tragen, und aus dem CD-Player von Matties Gettoblaster würde Musik dröhnen! Ki half Mattie, einen Bisquitboden für Erdbärkuchen zu machen, und während der im Ofen war, würden sie Salate anrichten. Wenn ich Mattie anrief und sagte: *Pack zwei Reisetaschen, du und Ki werden eine Woche in Disney World verbringen*, würde Mattie davon ausgehen, daß ich einen Witz machte, und mir dann sagen, ich sollte mich schnellstens fertig anziehen, damit ich am Flughafen wäre, wenn Johns Flugzeug landete. Wenn ich darauf bestünde, würde sie mich daran erinnern, daß Lindy ihr ihren alten Job wiedergegeben hatte, das Angebot aber hinfällig wäre, wenn Mattie sich am Freitag nicht pünktlich um vierzehn Uhr sehen ließe. Wenn ich hartnäckig bliebe, würde sie einfach nein sagen.

Weil ich nicht der einzige in der Zone war, oder? Ich war nicht der einzige, der wirklich das Feeling hatte.

Ich legte den Hörer wieder auf und ging ins Schlafzimmer im Nordflügel zurück. Als ich fertig angezogen war, fühlte sich das frische Hemd bereits klamm unter den Armen an; es war so heiß an diesem Morgen wie die ganze letzte Woche, vielleicht noch heißer. Aber ich hatte genug Zeit, bis das Flugzeug landete. Mir war nie weniger nach einer Party zumute gewesen, aber ich würde dasein. Mikey stets zur Stelle, das war ich. Mikey stets zur gottverdammten Stelle.

John hatte mir seine Flugnummer nicht mitgeteilt, aber auf dem Castle County Airport sind solche Förmlichkeiten auch kaum erforderlich. Dieser geschäftige Verkehrsknotenpunkt besteht aus drei Hangars und einem Terminal, der einmal eine Flying-A-Tankstelle gewesen ist – wenn das Licht auf die rostige Nordseite des Gebäudes fällt, kann man immer noch den Umriß des geflügelten *A* erkennen. Es gibt eine Rollbahn. Für die Sicherheit sorgt Lassie, die uralte Colliehündin von Breck Pellerin, die den ganzen Tag lang ausgestreckt auf dem Linoleumboden ratzt und jedesmal ein Ohr zur Decke spitzt, wenn ein Flugzeug landet oder startet.

Ich steckte den Kopf in Pellerins Büro und fragte ihn, ob der Zehner aus Boston planmäßig eintreffen würde. Er sagte klaro, hoffte aber, daß der Besucher, den ich abholen wollte, entweder am Nachmittag wieder zurückfliegen oder die Nacht hier verbringen würde. Schlimmes Wetter im Anzug, Schockschwerenot, ja. Breck Pellerin sprach von ›*lektrischem* Wetter. Ich wußte genau, was er meinte, denn in meinem Nervensystem schien diese Elektrizität bereits eingetroffen zu sein.

Ich ging zu der Seite des Terminals, die zur Rollbahn lag, und setzte mich auf eine Bank, wo für Cormier's Market geworben wurde (FLIEGEN SIE IN UNSERN LADEN – DAS BESTE FLEISCH IN GANZ MAINE). Die Sonne war ein silberner Knopf, an den östlichen Hang eines heißen weißen Himmels genäht. Kopfschmerzwetter, hätte meine Mutter gesagt, aber es stand ein Wetterumschwung bevor. Ich würde mich, so gut es ging, an die Hoffnung auf diesen Umschwung klammern.

Zehn nach zehn hörte ich das Summen einer Wespe von Süden. Viertel nach kam eine Art zweimotorige Maschine aus dem Dunst, setzte auf der Landebahn auf und rollte zum Terminal. Sie hatte nur vier Passagiere, und John Storrow war der erste, der ausstieg. Ich grinste, als ich ihn sah. Ich mußte grinsen. Er trug ein schwarzes T-Shirt, auf dem WE ARE THE CHAMPIONS stand, und Khakishorts, die zwei perfekte Großstadtschienbeine zeigten: weiß und knochig. Er versuchte, eine Kühltasche und einen Aktenkoffer gleichzeitig in den Griff zu bekommen. Ich nahm die Kühltasche etwa vier Sekunden, bevor er sie fallen gelassen hätte, und klemmte sie unter den Arm.

»Mike!« rief er und hob eine Hand, Handfläche nach außen.

»John!« erwiderte ich in demselben Geist (*evoe* ist das Wort, das dem Kreuzworträtselfreak sofort in den Sinn kommt) und klatschte mit meiner Hand gegen seine. Sein sympathisches Gesicht verzog sich zu einem Grinsen, und ich spürte einen kleinen Stich von Schuldbewußtsein. Mattie hatte keine Vorliebe für John zum Ausdruck gebracht – im Grunde eher das Gegenteil –, und er hatte eigentlich keines ihrer Probleme gelöst; Devore hatte das getan, indem er den Löffel abgab, bevor John auch nur die Chance hatte, sich für sie einzusetzen. Und dennoch spürte ich diesen häßlichen kleinen Stich.

»Kommen Sie«, sagte er. »Machen wir, daß wir aus dieser Hitze rauskommen. Ich nehme an, Sie haben eine Klimaanlage in Ihrem Auto?«

»Allerdings.«

»Was ist mit einem Kassettenrecorder? Haben Sie so was auch? Wenn ja, spiele ich Ihnen etwas vor, daß Sie glucksen.«

»Ich glaube nicht, daß ich dieses Wort jemals tatsächlich in einem Gespräch gehört habe, John.«

Das Grinsen stellte sich wieder ein, und mir fiel auf, was für eine Menge Sommersprossen er hatte. »Ich bin Anwalt. Ich gebrauche Wörter in Gesprächen, die noch nicht mal erfunden sind. Haben Sie einen Recorder?«

»Natürlich habe ich einen.« Ich hielt die Kühltasche hoch. »Steaks?«

»Na klar. Peter Luger's. Das sind –«

»– die besten der Welt. Das sagten Sie schon.«

Als wir das Terminal betraten, sagte jemand: »Michael?«

Es war Romeo Bissonette, der Anwalt, der bei der Anhörung meine Anstandsdame gespielt hatte. In einer Hand hielt er eine in rotes Papier eingewickelte Schachtel mit einem weißen Band. Neben ihm erhob sich ein großer Bursche mit grauem Haarkranz gerade von einem der klobigen Stühle. Er trug einen braunen Anzug, ein blaues Hemd und eine Kordelkrawatte mit einem Golfschläger auf der Klammer. Er sah mehr wie ein Farmer bei der Viehauktion aus und weniger wie jemand, der zum Brüllen komisch war, wenn er einen Drink oder zwei intus hatte, aber ich bezweifelte nicht, daß er der Privatdetektiv war. Er stieg über den komatösen Collie und schüttelte mir die Hand. »George Kennedy, Mr. Noonan. Freut mich, Sie kennenzulernen. Meine Frau hat jedes einzelne Buch von Ihnen gelesen.«

»Nun, danken Sie ihr von mir.«

»Mach' ich. Ich hab' eins im Auto – eine gebundene Ausgabe ...« Er sah schüchtern aus, wie die meisten Leute, wenn sie kurz davor sind, diese Bitte zu äußern. »Ich frage mich, ob Sie es irgendwann für sie signieren könnten.«

»Mit Vergnügen«, sagte ich. »Am besten sofort, dann vergesse ich es nicht.« Ich drehte mich zu Romeo um. »Schön, Sie zu sehen, Romeo.«

»Nennen Sie mich Rommie«, sagte er. »Schön, Sie zu sehen.« Er hielt mir die Schachtel hin. »George und ich haben zusammengelegt. Wir waren der Meinung, Sie hätten etwas Nettes verdient, weil sie einer jungen Dame in Not geholfen haben.«

Jetzt sah Kennedy *doch* aus wie ein Mann, der nach ein paar Drinks ein Scherzkeks sein könnte. Dem es in den Sinn kommen könnte, auf den erstbesten Tisch zu springen, einen Kilt aus einem Tischtuch zu machen und zu tanzen. Ich sah John an, der mit dem Achselzucken antwortete, das bedeutet, he, fragen Sie *mich* nicht.

Ich zog die Satinschleife auf, schob den Finger unter das Klebeband auf dem Geschenkpapier und sah auf. Ich ertappte Rommie Bissonette dabei, wie er Kennedy mit dem Ellbogen anstieß. Jetzt grinsten sie beide.

»Da ist doch nichts drin, was mir ins Gesicht springen und Buuuh! machen wird, Jungs, oder?« fragte ich.

»Niemals«, sagte Rommie, aber sein Grinsen wurde breiter.

Nun, ich kann mindestens so gut einen Spaß verstehen wie sonst jemand. Glaube ich. Ich wickelte das Päckchen aus, öffnete die schlichte weiße Schachtel darin, sah ein quadratisches Stück Watte und nahm es heraus. Ich hatte die ganze Zeit gelächelt, aber jetzt spürte ich, wie das Lächeln auf meinen Lippen verkümmerte und erstarb. Etwas krabbelte an meiner Wirbelsäule hinauf, und ich glaube, ich war nahe dran, die Schachtel fallen zu lassen.

Es war die Sauerstoffmaske, die Devore im Schoß gehabt hatte, als er mich auf der *Straße* traf, die Maske, an der er ab und zu gesogen hatte, während er und Rogette mir gefolgt waren und versucht hatten, mich so lange draußen im tiefen Wasser zu halten, bis ich ertrank. Rommie Bissonette und George Kennedy hatten sie mir gebracht wie den Skalp eines toten Feindes, und ich sollte das *komisch* finden –

»Mike?« fragte Rommie besorgt. »Mike, alles in Ordnung? Es war nur ein Witz –«

Ich blinzelte und sah, daß es gar keine Sauerstoffmaske war – wie, in Gottes Namen, hatte ich so dumm sein können? Zum einen war es größer als Devores Maske; zum anderen bestand es aus milchigem statt klarem Plastik. Es war –

Ich kicherte vorsichtig. Rommie Bissonette sah ungeheuer erleichtert aus. Ebenso Kennedy. John sah nur verwirrt drein.

»Sehr komisch«, sagte ich. »Wie eine Gummikrücke.« Ich zog das kleine Mikro aus der Maske und ließ es baumeln. Es schwang an seinem Kabel hin und her und erinnerte mich an den Schwanz der Katzenuhr.

»Was, zum Teufel, ist das?« fragte John.

»Park-Avenue-Anwalt«, sagte Rommie zu George in breitem Dialekt. »Haste noch nie gesehn, was, Kumpel? Nein Sir, 'türlich nich.« Dann stellte er wieder auf Normalsprech um, was eine Erleichterung für mich war. Ich habe mein ganzes Leben in Maine verbracht, und der Unterhaltungswert burlesker Yankee-Dialekte ist ziemlich gering geworden. »Das ist eine Stenomaske. Der Stenograph bei Mikes Anhörung hat eine aufgehabt. Mike hat ihn immer wieder angesehen –«

»Hat mich richtig nervös gemacht«, sagte ich. »Wie der alte Kerl in der Ecke gesessen und in die Maske des Zorro gemurmelt hat.«

»Gerry Bliss macht eine Menge Leute nervös«, sagte Kennedy. Er sprach in einem tiefen Grollen. »Er ist der letzte hier in der Gegend, der eine trägt. Er hat noch zehn oder elf Stück in seinem Archiv. Ich weiß es, weil ich die von ihm gekauft hab.«

»Ich hoffe, er hat Sie geleimt«, sagte ich.

»Ich dachte, es wäre ein hübsches Andenken«, sagte Rommie, »aber einen Moment lang hab' ich eben geglaubt, ich hätte Ihnen die Schachtel mit der abgehackten Hand drin gegeben – ich hasse es, wenn ich meine Geschenkkartons derart durcheinanderbringe. Was war denn los?«

»Es war ein langer, heißer Juli«, sagte ich. »Schieben wir es darauf.« Ich zog den Gurt der Stenomaske über einen Finger und ließ sie baumeln.

»Mattie hat gesagt, wir sollten um elf dasein«, sagte John zu uns. »Wir werden Bier trinken und die Frisbeescheibe fliegen lassen.«

»Beides kann ich ziemlich gut«, sagte George Kennedy.

Draußen, auf dem winzigen Parkplatz, ging George zu einem staubigen Altima, kramte auf dem Rücksitz und brachte ein zerlesenes Exemplar von *Der Mann im roten Hemd* zum Vorschein. »Frieda hat mir das hier mitgegeben. Sie hat auch die neueren, aber das hier ist ihr Lieblingsbuch. Tut mir leid, wie es aussieht – sie hat es rund sechsmal gelesen.«

»Es ist auch mein Lieblingsbuch«, sagte ich, was stimmte. »Und ich sehe gern Bücher, die ein paar Meilen auf dem Buckel haben.« Auch das stimmte. Ich schlug das Buch auf, betrachtete wohlwollend einen längst getrockneten Schokoladenfleck auf dem fliegenden Vorsatz und schrieb: *Für Frieda Kennedy, deren*

Mann eine große Hilfe war. Danke, daß ich ihn haben durfte, und danke fürs Lesen, Mike Noonan.

Für mich war das eine lange Widmung – für gewöhnlich bleibe ich bei *Beste Wünsche* oder *Alles Gute,* aber ich wollte den erschrockenen Gesichtsausdruck wettmachen, als ich ihr unschuldiges kleines Scherzpräsent aufgemacht hatte. Während ich signierte, fragte mich George, ob ich an einem neuen Roman schriebe.

»Nein«, sagte ich. »Ich bin dabei, die Batterien aufzuladen.« Ich gab ihm das Buch zurück.«

»Das wird Frieda nicht gefallen.«

»Nein. Aber sie hat ja immer noch den *Mann im roten Hemd.*«

»Wir fahren hinter Ihnen her«, sagte Rommie, und tief im Westen ertönte ein Grollen. Es war nicht lauter als der Donner, der die ganze letzte Woche immer wieder ertönte, aber dies war kein trockener Donner. Wir wußten es alle, und wir sahen alle in diese Richtung.

»Glauben Sie, wir können einen Happen essen, bevor das runterkommt?« fragte mich George.

»Ja. Aber nur ganz knapp.«

Ich fuhr zur Ausfahrt des Parkplatzes und schaute nach rechts, ob Verkehr kam. Dabei merkte ich, daß John mich nachdenklich ansah.

»Was?«

»Mattie sagte mir, *daß* Sie schreiben, das ist alles. Ist Ihnen das Buch weggestorben, oder was?«

Mein Jugendfreund erfreute sich sogar bester Gesundheit … aber ich wußte, daß es nie vollendet werden würde. Das wußte ich an diesem Morgen so sicher, wie ich wußte, daß Regen im Anzug war. Die Jungs im Keller hatten aus irgendeinem Grund beschlossen, daß sie es zurückhaben wollten. Nach dem Warum zu fragen, war vielleicht keine gute Idee – die Antworten könnten unangenehm sein.

»Oder was. Was genau, da bin ich noch nicht sicher.« Ich fuhr auf den Highway, sah in den Rückspiegel und stellte fest, daß Rommie und George in Georges kleinem Altima folgten. Amerika ist ein Land großer Männer in kleinen Autos geworden. »Was soll ich mir anhören? Wenn es Heim-Karaoke ist, muß ich passen. Ich will auf gar keinen Fall hören, wie Sie ›Bubba Shot the Jukebox Last Night‹ anstimmen.«

»Oh, es ist besser«, sagte er. »Klassen besser.«

Er machte seinen Aktenkoffer auf, kramte darin herum und brachte eine Kassettenhülle aus Plastik zum Vorschein. Das Band darin trug die Aufschrift 20. 7. 98 – gestern. »Bin total begeistert«, sagte er. Er beugte sich nach vorne, schaltete das Radio ein und schob die Kassette in den Recorder.

Ich hatte gehofft, ich hätte mein Soll an häßlichen Überraschungen für diesen Vormittag erfüllt, aber ich irrte mich.

»Entschuldigung, aber ich mußte erst einen anderen Anrufer abwimmeln«, sagte John mit seiner aalglattesten, anwaltsmäßigsten Stimme aus den Lautsprechern meines Chevy. Ich hätte eine Million Dollar gewettet, daß seine knochigen Schienbeine nicht zu sehen gewesen waren, als dieses Band aufgenommen wurde.

Ein Lachen ertönte, rauchig und krächzend. Mein Magen krampfte sich zusammen, als ich es hörte. Ich erinnerte mich, wie ich sie zum erstenmal gesehen hatte, vor der Sunset Bar, als sie schwarze Shorts über einem schwarzen Badeanzug trug. Wie sie dastand und wie ein Flüchtling aus der Nulldiät-Hölle aussah.

»Sie meinen, Sie mußten das Tonbandgerät einschalten«, sagte sie, und nun mußte ich daran denken, wie das Wasser scheinbar die Farbe gewechselt hatte, als sie den Treffer an meinem Hinterkopf gelandet hatte. Von Hellorange zu Dunkelrot. Und dann hatte ich Seewasser getrunken. »Schon gut. Schneiden Sie mit, was Sie wollen.«

Plötzlich streckte John die Hand aus und ließ die Kassette herausschnalzen. »Sie müssen sich das nicht anhören«, sagte er. »Es ist nicht von Bedeutung. Ich dachte, ihr Geschwätz würde Ihnen gefallen, aber … Mann, Sie sehen schrecklich aus. Soll ich fahren? Sie sind weiß wie ein Laken.«

»Ich kann fahren«, sagte ich. »Los doch, spielen Sie es. Danach werden ich Ihnen von einem kleinen Abenteuer erzählen, das ich Freitag abend hatte … aber Sie werden es für sich behalten. Sie müssen es nicht wissen –« Ich zeigte mit dem Daumen über die Schulter, zu dem Altima. »– und Mattie muß es auch nicht wissen. Mattie schon gar nicht.«

Er griff nach dem Band, zögerte. »Sind Sie sicher?«

»Ja. Es liegt nur daran, daß ich sie so aus heiterem Himmel wieder gehört habe. Der Klang ihrer Stimme. Herrgott, die Aufnahme ist gut.«

»Nur das Beste für Avery, McLain und Bernstein. Wir haben übrigens strenge Vorschriften, was wir aufzeichnen dürfen und was nicht. Falls Sie sich gefragt haben.«

»Ich habe mich nicht gefragt. Ich nehme an, bei einer Verhandlung wäre das sowieso nicht zulässig, oder?«

»In ganz bestimmten seltenen Fällen kann ein Richter ein Band als Beweisstück zulassen, aber deshalb machen wir es nicht. Ein solches Band hat vor vier Jahren, als ich gerade in der Kanzlei angefangen habe, einem Mann das Leben gerettet. Der Typ ist heute im Zeugenschutzprogramm.«

»Spielen Sie es ab.«

Er beugte sich nach vorne und drückte auf den Knopf.

John: »Wie ist es so in der Wüste, Ms. Whitmore?«

Whitmore: »Heiß.«

John: »Wie laufen die Vorbereitungen? Ich weiß, wie schwierig solche Zeiten sein können –«

Whitmore: »Sie wissen sehr wenig, Herr Anwalt, glauben Sie mir. Können wir den Schmus streichen?«

John: »Betrachten Sie ihn als gestrichen.«

Whitmore: »Haben Sie Mr. Devores Schwiegertochter die Bedingungen seines Testaments mitgeteilt?«

John: »Ja, Ma'am.«

Whitmore: »Ihre Antwort?«

John: »Ich habe im Moment noch keine für Sie. Möglicherweise nach der Testamentseröffnung. Sie wissen aber sicher, daß derartige Bedingungen selten von einem Gericht anerkannt werden, wenn überhaupt.«

Whitmore: »Nun, wenn die junge Dame die Stadt verläßt, werden wir ja sehen, nicht wahr?«

John: »Ich denke schon.«

Whitmore: »Wann findet die Siegesfeier statt?«

John: »Pardon?«

Whitmore: »Oh, bitte. Ich habe heute sechzig verschiedene Termine und muß morgen den Boß beerdigen. Sie fliegen da rauf, um mit ihr und ihrer Tochter zu feiern, oder nicht? Wissen Sie, daß Sie den Schriftsteller eingeladen hat? Ihren Beschäler?«

John drehte sich fröhlich zu mir um. »Hören Sie, wie stinksauer sie klingt? Sie versucht, es zu verbergen, aber sie kann nicht. Es frißt sie innerlich auf!«

Ich hörte ihn kaum. Ich war in der Zone mit dem, was sie sagte

(den Schriftsteller ihren Beschäler)

und was sich *unter* dem verbarg, was sie sagte. Eine Qualität unterhalb der Worte. *Wir wollen nur sehen, wie lange Sie schwimmen können*, hatte sie mir zugerufen.

John: »Ich glaube kaum, daß Sie etwas angeht, was ich oder Matties Freunde tun oder lassen. Darf ich mit allem Respekt vorschlagen, daß Sie mit Ihren Freunden feiern und Mattie Devore mit ihren feiern l-«

Whitmore: »Überbringen Sie ihm eine Nachricht.«

Mir. Sie sprach von mir. Dann wurde mir klar, daß es noch persönlicher war als das – sie sprach *zu* mir. Ihr Körper befand sich vielleicht auf der anderen Seite des Landes, aber ihre Stimme und ihre gehässige Seele waren hier bei uns im Auto.

Und Max Devores letzter Wille. Nicht die sinnlose Scheiße, die seine Anwälte zu Papier gebracht hatte, sondern sein *Wille*. Das alte Arschloch war so tot wie Damokles, aber er wollte eindeutig immer noch das Sorgerecht.

John: »Wem soll ich eine Nachricht überbringen, Ms. Whitmore?«

Whitmore: »Sagen Sie ihm, daß er Mr. Devores Frage noch nicht beantwortet hat.«

John: »Was wäre das für eine Frage?«

Flutscht ihre Fotze?

Whitmore: »Fragen Sie ihn. Er wird es wissen.«

John: »Wenn Sie Mike Noonan meinen, können Sie ihn selbst

fragen. Sie werden ihn diesen Herbst vor dem Nachlaßgericht von Castle County sehen.«

Whitmore: »Das glaube ich nicht. Mr. Devores Testament wurde hier abgefaßt und beglaubigt.«

John: »Dennoch wird die Eröffnung in Maine stattfinden, wo er gestorben ist. Ich bin fest entschlossen. Und wenn Sie Castle County das nächste Mal verlassen, Rogette, wird sich Ihr Horizont in Rechtsfragen deutlich erweitert haben.«

Zum erstenmal hörte sie sich wütend an und hob die Stimme zu einem schnarrenden Keifen.

Whitmore: »Wenn Sie glauben –«

John: »Ich glaube nicht. Ich weiß. Auf Wiedersehen, Ms. Whitmore.«

Whitmore: »Sie wären gut beraten, nicht in die Nähe von –«

Ein Klicken ertönte, das Summen des Freizeichens, dann sagte eine mechanische Stimme: »Neun Uhr vierzig ... Ostküstensommerzeit ... zwanzigster Juli.« John drückte EJECT, nahm das Band an sich und verstaute es wieder in der Aktentasche.

»Ich habe einfach aufgelegt.« Er hörte sich wie ein Mann an, der von seinem ersten Fallschirmsprung erzählt. »Ich habe es wirklich getan. Sie war wütend, was? Würden Sie nicht auch sagen, daß sie vollkommen von der Rolle war?«

»Ja.« Das wollte er hören, aber ich glaubte es nicht wirklich. Von der Rolle, ja. *Vollkommen* von der Rolle? Wahrscheinlich nicht. Matties Aufenthaltsort und ihre Verfassung hatten sie gar nicht interessiert; Rogette hatte mit mir gesprochen. Um mir zu sagen, daß sie an mich dachte. Um mich daran zu erinnern, wie es war, im Wasser zu strampeln, während einem das Blut aus dem Hinterkopf schoß. Um mir einen Schrecken einzujagen. Und das war ihr gelungen.

»Was war das für eine Frage, die Sie nicht beantwortet haben?« fragte John mich.

»Ich weiß nicht, was sie damit gemeint hat«, sagte ich, »aber ich *kann* Ihnen verraten, warum ich ein bißchen blaß geworden bin, als ich sie gehört habe. Wenn Sie schweigen können und es hören wollen.«

»Wir haben noch achtzehn Meilen vor uns; schießen Sie los.«

Ich erzählte ihm von Freitag abend. Ich überfrachtete meine Geschichte nicht mit Visionen oder übersinnlichen Phänomenen; da war nur Michael Noonan, der einen Abendspaziergang auf der *Straße* machte. Ich hatte bei einer Birke gestanden, die über den See hing, und den Sonnenuntergang über den Bergen bewundert, als sie sich mir von hinten näherten. Von der Stelle, als Devore mich mit dem Rollstuhl niederfahren wollte, bis zu dem Punkt, als ich endlich wieder festen Boden unter den Füßen hatte, hielt ich mich weitgehend an die Wahrheit.

Als ich fertig war, blieb John zunächst vollkommen stumm. Daran konnte man seine Erschütterung ablesen; unter normalen Umständen war er genauso eine Plaudertasche wie Ki.

»Nun?« fragte ich. »Kommentare? Fragen?«

»Halten Sie das Haar hoch, damit ich hinter Ihr Ohr sehen kann.«

Ich gehorchte und entblößte ein großes Heftpflaster und eine beträchtliche Schwellung. John beugte sich vor und studierte sie wie ein kleiner Junge, der in der Pause die beste Kampfesnarbe seines Freundes bewundert. »Heilige Scheiße«, sagte er schließlich.

Nun war ich derjenige, der stumm blieb.

»Diese beiden alten Wichser haben versucht, Sie zu ertränken.«

Ich sagte nichts.

»Sie haben versucht, Sie zu ertränken, weil Sie Mattie geholfen haben.«

Jetzt sagte ich *wirklich* nichts.

»Und Sie haben es nicht gemeldet?«

»Ich wollte«, sagte ich, »dann wurde mir klar, daß ich wie eine dumme kleine Heulsuse dastehen würde. Und wahrscheinlich wie ein Lügner.«

»Was meinen Sie, wieviel weiß Osgood?«

»Davon, daß sie mich umbringen wollten? Gar nichts. Er ist nur der Botenjunge.«

Wieder dieses ungewöhnliche Schweigen von John. Nach einigen Augenblicken streckte er die Hand aus und berührte die Schwellung an meinem Hinterkopf.

»Au!«

»Entschuldigung.« Pause. »Herrgott. Und dann ist er ins Warrington's zurückgekehrt und hat den Stecker rausgezogen. Michael, ich hätte Ihnen das Band nie vorgespielt, wenn ich gewußt hätte –«

»Schon gut. Aber lassen Sie sich nicht einfallen, Mattie etwas davon zu erzählen. Ich trage nur aus diesem Grund das Haar so über dem Ohr.«

»Werden Sie es ihr *je* erzählen, was meinen Sie?«

»Vielleicht. Eines Tages, wenn er lange genug tot ist und wir darüber lachen können, wie ich in meinen Klamotten geschwommen hin.«

»Das könnte eine Weile dauern«, sagte er.

»Ja. Könnte sein.«

Wir fuhren schweigend weiter. Ich konnte sehen, wie John nach einer Möglichkeit suchte, die Partystimmung wieder herzustellen, und dafür hätte ich ihn küssen können. Er beugte sich nach vorne, schaltete das Radio ein und fand etwas Lautes und Wüstes von Guns 'n' Roses – Willkommen im Dschungel, Baby, wir haben Spaß und Spiele.

»Feiern, bis wir kotzen«, sagte er. »Richtig?«

Ich grinste. Das war nicht leicht, zumal die Stimme der alten Frau noch an mir klebte wie Schleim, aber es gelang mir. »Wenn Sie darauf bestehen«, sagte ich.

»Das tu' ich«, sagte er. »Unbedingt.«

»John, Sie sind ein anständiger Kerl für einen Anwalt.«

»Und Sie sind ein anständiger Kerl für einen Schriftsteller.«

Diesmal kam mir mein Grinsen natürlicher vor und dauerte länger. Wir kamen am Schild mit der Aufschrift TR-90 vorbei, und in diesem Augenblick drang die Sonne durch den Dunst und überflutete den Tag mit Licht. Es war wie ein Omen, daß bessere Zeiten vor uns lagen, bis ich nach Westen sah. Dort konnte ich die Gewitterwolken sehen, die sich schwarz in der Helligkeit über den White Mountains zusammenbrauten.

Kapitel 25

Ich glaube, für Männer ist Liebe etwas, das zu gleichen Teilen aus Lust und Staunen besteht. Den Teil mit dem Staunen verstehen Frauen. Den Teil mit der Lust glauben sie nur zu verstehen. Nur wenige – vielleicht fünf von hundert – haben eine Vorstellung davon, was Lust wirklich ist und wie tief sie reicht. Das ist für ihren Schlaf und ihren Seelenfrieden wahrscheinlich ganz gut so. Und ich spreche nicht von der Lust von Satyrn, Vergewaltigern und Kinderschändern; ich spreche von der Lust von Schuhverkäufern und High-School-Rektoren.

Ganz zu schweigen von Schriftstellern und Anwälten.

Wir bogen um zehn vor elf in Matties Hof ein, und als ich meinen Chevy neben ihrem rostigen Jeep parkte, ging die Tür des Wohnwagens auf, und Mattie trat auf die oberste Stufe hinaus. Ich sog den Atem ein und konnte hören, wie John neben mir seinen einsog.

Sie war höchstwahrscheinlich die hübscheste junge Frau, die ich je in meinem Leben gesehen habe, wie sie dastand in ihren rosa Shorts und passendem Midi-Top. Die Shorts waren nicht kurz genug, um billig zu sein (wie meine Mutter gesagt hätte), aber kurz genug, daß sie aufreizend aussahen. Das Top wurde von im Nacken geknoteten Trägern gehalten und zeigte gerade genug braungebrannte Haut, um ins Träumen zu geraten. Das Haar fiel ihr auf die Schultern. Sie lächelte und winkte. Ich dachte: *Sie hat es geschafft – nimm sie jetzt mit in den Speisesaal des Country Clubs, so angezogen, und sie wird alle anderen ausstechen.*

»O Gott«, sagte John. Eine Art bestürztes Verlangen sprach aus seiner Stimme. »All das und eine Tüte Chips.«

»Ja«, sagte ich. »Stopfen Sie die Augen wieder in den Kopf zurück, großer Junge.«

Er machte eine schaufelnde Bewegung mit beiden Händen, als täte er genau das. In der Zwischenzeit hatte George mit seinem Altima neben uns gehalten.

»Kommen Sie«, sagte ich und machte die Tür auf. »Zeit für die Party.«

»Ich kann sie nicht berühren, Mike«, sagte John. »Ich schmelze dahin.«

»Kommen Sie, Sie Scherzkeks.«

Mattie kam die Treppe herunter und an dem Topf mit der Tomatenpflanze vorbei. Ki folgte ihr in einem ähnlichen Outfit, allerdings dunkelgrün. Ich sah, daß sie wieder schüchtern war; sie hielt sich mit einer Hand an Matties Bein fest und hatte einen Daumen im Mund.

»Die Jungs sind da! Die Jungs sind da!« rief Mattie lachend und warf sich in meine Arme. Sie umarmte mich heftig und gab mir einen Kuß auf den Mundwinkel. Ich umarmte sie ebenfalls und küßte sie auf die Wange. Dann ging sie zu John, las die Aufschrift seines T-Shirts, klatschte applaudierend in die Hände und umarmte ihn. Er drückte sie ziemlich kräftig für einen Mann, der Angst hatte, daß er dahinschmelzen würde, dachte ich, riß sie von den Füßen und schwenkte sie im Kreis, während sie lachend an seinem Hals hing.

»Reiche Lady, reiche Lady, reiche Lady!« sang John und stellte sie wieder auf die Korksohlen ihrer weißen Schuhe.

»Freie Lady, freie Lady, freie Lady!« sang sie zurück. »Zum Teufel mit reich!« Bevor er antworten konnte, küßte sie ihn fest auf den Mund. Er hob die Arme, die er um sie legen wollte, aber sie wich zurück, ehe er sie halten konnte. Sie drehte sich zu Rommie und George um, die nebeneinanderstanden und aussahen wie zwei Typen, die einem alles über die Kirche der Mormonen erzählen wollen.

Ich machte einen Schritt nach vorne und wollte alle Beteiligten einander vorstellen, aber das übernahm John, und einer seiner Arme schaffte es doch noch, seine Mission zu beenden – er legte sich um ihre Taille, während John sie zu den Männern führte.

Währenddessen schlüpfte eine kleine Hand in meine. Ich schaute nach unten und erblickte Ki, die zu mir aufsah. Ihr Gesicht war ernst und blaß und in jeder Hinsicht so schön wie das ihrer Mutter. Das blonde, frisch gewaschene und glänzende Haar wurde von einer Samtschleife gehalten.

»Schätze, die Kühnschwankleute mögen mich nicht mehr«, sagte sie. Gelächter und Unbekümmertheit waren dahin, jedenfalls vorläufig. Sie schien den Tränen nahe zu sein. »Meine Buchstaben haben alle tschüssi gemacht.«

Ich nahm sie hoch und setzte sie auf den angewinkelten Unterarm, genau wie an dem Tag, als ich sie getroffen hatte, wie sie in ihrem Badeanzug die Route 68 entlanggelaufen war. Ich gab ihr einen Kuß auf Stirn und Nasenspitze. Ihre Haut war makellos und wie Seide. »Das weiß ich«, sagte ich. »Ich kauf dir neue.«

»Versprochen?« Fragende dunkelblaue Augen sahen in meine.

»Versprochen. Und ich werde dir ganz besondere Worte wie Zygote und weinselig beibringen. Ich kenne eine Menge ganz besondere Worte.«

»Wie viele?«

»Einhundertachtzig.«

Donner grollte im Westen. Er schien nicht lauter zu sein, aber irgendwie schärfer gebündelt. Ki sah in die Richtung, dann wieder mich an. »Ich hab' Angst, Mike.«

»Angst? Wovor?«

»Weiß ich nicht. Der Lady in Matties Kleid. Den Männern, die wir gesehen haben.« Dann sah sie über meine Schulter: »Da kommt Mommy.« Ich habe Schauspielerinnen den Satz *Nicht vor den Kindern* in exakt demselben Tonfall sprechen hören. Kyra zappelte in meiner Umarmung. »Laß mich runter.«

Ich ließ sie runter. Mattie, John, Rommie und George Kennedy kamen zu uns. Ki lief zu Mattie, die sie hochnahm und uns dann fixierte wie ein General, der seine Truppe inspiziert.

»Hast du das Bier?« fragte sie mich.

»Jawoll. Eine Kiste Bud und ein Dutzend verschiedene Säfte. Und Limonade.«

»Prima. Mr. Kennedy –«

»George, Ma'am.«

»George. Und wenn Sie mich noch einmal Ma'am nennen, kriegen Sie eins auf die Nase. Ich bin Mattie. Würden Sie zum Lakeview General runterfahren« – sie zeigte zu dem Laden an der Route 68, etwa eine halbe Meile von uns entfernt – »und uns etwas Eis besorgen?«

»Na klar.«

»Mr. Bissonette –«

»Rommie.«

»Nördlich vom Wohnwagen ist ein kleiner Garten. Können Sie uns ein paar schöne Salatköpfe holen?«

»Ich denke, das schaffe ich.«

»John, bringen wir das Fleisch in den Kühlschrank. Was dich angeht, Michael …« Sie zeigte zum Grill. »Die Holzkohle ist selbstentzündlich. Wirf einfach ein Streichholz rein, und bring dich in Sicherheit. Tu deine Pflicht.«

»Aye, holde Dame«, sagte ich und ließ mich vor ihr auf ein Knie nieder. Das brachte Ki endlich zum Kichern.

Mattie nahm lachend meine Hand und zog mich wieder auf die Füße. »Kommt, Sir Galahad«, sagte sie. »Es wird regnen. Bis es soweit ist, möchte ich ein Dach über dem Kopf haben und pappsatt sein.«

In der Stadt beginnen Partys mit Begrüßungen an der Tür, dem Einsammeln der Garderobe und diesen seltsamen kleinen Luftküssen (wann genau hat eigentlich dieser merkwürdige gesellschaftliche Brauch seinen Anfang genommen?). Auf dem Land beginnen sie mit Aufgaben. Man holt etwas, man trägt etwas, man sucht Sachen wie das Grillbesteck und Handschuhe. Die Gastgeberin teilt zwei Männer ein, die den Picknicktisch wegtragen, beschließt dann, daß er an seinem ursprünglichen Platz doch besser gestanden hat, und bittet sie, ihn wieder dorthin zu stellen. Und irgendwann stellt man auf einmal fest, daß einem die Sache Spaß macht.

Ich schichtete die Holzkohlen auf, bis sie in etwa so aussahen wie die Pyramide auf dem Papiersack, dann hielt ich ein Streichholz daran. Sie loderten zufriedenstellend auf, und ich wich zurück und strich mir mit dem Unterarm über die Stirn. Es mochte sein, daß kühles, klares Wetter im Anzug war, aber es war ganz sicher noch nicht in Rufweite. Die Sonne hatte sich durch die Wolken gebrannt, der Tag hatte sich von schwül in knallheiß verwandelt, aber im Westen brauten sich weiter samtschwarze Gewitterwolken zusammen. Es war, als hätte die Nacht am Himmel da drüben ein Blutgefäß zum Platzen gebracht.

»Mike?«

Ich drehte mich zu Kyra um. »Was ist, Liebes?«

»Wirst du dich um mich kümmern?«

»Ja«, sagte ich ohne das geringste Zögern.

Einen Augenblick schien etwas an meiner Antwort – vielleicht nur, wie schnell sie erfolgte – sie zu beunruhigen. Dann lächelte sie. »Okay«, sagte sie. »Schau, da kommt der Eismann!«

George war zurück aus dem Laden. Er parkte und stieg aus. Ich ging mit Kyra zu ihm hinüber; sie hielt meine Hand und schwenkte sie besitzergreifend hin und her. Rommie kam mit uns und jonglierte mit drei Köpfen Salat – ich glaubte nicht, daß er eine Gefahr für den Burschen war, der Ki Samstag abend im Stadtpark so fasziniert hatte.

George machte die Hecktür des Altima auf und holte zwei Säcke Eis heraus. »Der Laden hatte geschlossen«, sagte er. »Auf einem Schild stand: AB 17 UHR WIEDER GEÖFFNET. Das schien mir ein bißchen zu lang zu sein, daher hab' ich einfach das Eis genommen und das Geld in den Briefkasten geworfen.«

Natürlich hatten sie wegen Royce Merrills Beerdigung geschlossen. Verzichteten in der Hauptsaison fast auf einen ganzen Tagesumsatz, nur um dabeizusein, wie der alte Bursche unter die Erde gebracht wurde. Irgendwie rührend. Außerdem fand ich es irgendwie unheimlich.

»Kann ich etwas Eis tragen?« fragte Kyra.

»Ich denke ja, aber verkühl dich nicht«, sagte George und legte Kyra behutsam eine fünf Pfund schwere Tüte Eis auf die ausgestreckten Arme.

»Verkühlen«, sagte Kyra kichernd. Sie ging auf den Wohnwagen zu, wo Mattie gerade herauskam. John folgte ihr und betrachtete sie mit den Augen eines waidwunden Beagles. »Mommy, schau her! ich verkühle mich!«

Ich nahm die andere Tüte. »Ich weiß, daß sie die Eisbox im Freien stehen haben, aber ist sie nicht mit einem Vorhängeschloß gesichert?«

»Ich bin gut Freund mit den meisten Vorhängeschlössern«, sagte George.

»Oh. Ich verstehe.«

»Mike! Fangen Sie!« John warf ein rotes Frisbee. Es schwebte auf mich zu, aber hoch. Ich sprang, schnappte es, und plötzlich hörte ich Devore in meinem Kopf: *Was ist los mit dir, Rogette? Du hast doch sonst nie wie ein Mädchen geworfen. Triff ihn!*

Ich sah nach unten, wo Ki zu mir aufschaute. »Denk nicht an traurige Sachen«, sagte sie.

Ich lächelte sie an und warf ihr das Frisbee zu. »Okay, keine traurigen Sachen. Los doch, Herzblatt, wirf ihn deiner Mom zu. Mal sehen, ob du das kannst.«

Sie lächelte zurück, drehte sich um und machte einen knappen, akkuraten Drehwurf zu ihrer Mutter – so fest, daß Mattie die Scheibe fast nicht erwischte. Was Kyra Devore sonst noch sein mochte, sie war ein kommender Frisbee-Champion.

Mattie warf das Frisbee zu George, der sich drehte, so daß die Schöße seiner absurden braunen Jacke flatterten, und ihn geschickt hinter dem Rücken fing. Mattie lachte und applaudierte, wobei der Saum ihres Tops mit ihrem Bauchnabel flirtete.

»Angeber!« rief John von der Treppe.

»Eifersucht ist so ein häßliches Gefühl«, sagte George zu Rommie Bissonette und warf ihm das Frisbee zu. Rommie ließ es zu John schweben, verfehlte ihn aber, und die Wurfscheibe prallte von der Seitenwand des Wohnwagens ab. Als John die Treppe hinunterlief, um sie zu holen, drehte sich Mattie zu mir um. »Mein Gettoblaster steht im Wohnzimmer, zusammen mit einem Stapel CDs. Die meisten sind ziemlich alt, aber wenigstens ist es Musik. Bringst du sie raus?«

»Klar.«

Ich ging ins Innere, wo es trotz dreier strategisch plazierter Ventilatoren, die Überstunden machten, heiß war. Ich betrachtete das trostlose Mobiliar aus Massenproduktion und Matties ziemlich edle Bemühungen, eine eigene Note hineinzubringen: der Druck von van Gogh, der in der Kochnische eines Wohnwagens hätte fehl am Platze wirken sollen, es aber nicht tat, Edward Hoppers *Nachtschwärmer* über dem Sofa, die braunen Vorhänge, die Jo zum Lachen gebracht hätten. Alles drückte eine Tapferkeit aus, die mich ihretwegen traurig stimmte und mich erneut wütend auf Max Devore machte. Tot oder nicht, ich hätte ihn am liebsten in den Arsch getreten.

Ich ging ins Wohnzimmer und sah die neue Mary Higgins Clark mit einem Lesezeichen auf dem Beistelltisch beim Sofa liegen. Daneben lagen ein paar Kleinmädchenhaarbänder auf einem Haufen – etwas daran kam mir vertraut vor, obwohl ich mich nicht entsinnen konnte, daß ich je gesehen hätte, wie Ki sie trug. Ich blieb noch einen Moment stirnrunzelnd stehen, dann schnappte ich mir den Gettoblaster, die CDs und ging wieder hinaus. »He, Jungs«, sagte ich. »Rock 'n' Roll.«

Es ging gut, bis sie tanzte. Ich weiß nicht, ob das für Sie eine Rolle spielt, aber für mich schon. Es ging gut, bis sie tanzte. Danach war ich verloren.

Wir gingen mit dem Frisbee hinter das Haus, teils damit wir mit unserer rowdyhaften Fröhlichkeit keine Einheimischen auf dem Weg zur Beerdigung vor den Kopf stießen, aber hauptsächlich weil Matties Garten ideal zum Spielen war – ebener Boden und niedriges Gras. Nach einigen verpatzten Fangversuchen warf Mattie ihre Partyschuhe von sich, rannte barfuß in den Wohnwagen, und kam in ihren Turnschuhen zurück. Danach war sie viel besser.

Wir warfen das Frisbee, riefen einander Beleidigungen zu, tranken Bier, lachten viel. Ki fing nicht besonders gut, hatte aber für ein dreijähriges Kind einen phänomenalen Wurfarm und spielte mit Hingabe. Rommie hatte den Gettoblaster auf die hintere Treppe des Wohnwagens gestellt, wo wir eine endlose Folge von Musik der späten achtziger und frühen neunziger Jahre zu hören bekamen: U2, Tears for Fears, Eurhythmics, Crowded House, A Flock of Seagulls, Ah-Hah, die Bangles, Melissa Etheridge, Huey Lewis and the News. Mir kam es vor, als würde ich jedes Stück und jedes Riff kennen.

Wir schwitzten und sprinteten in der Nachmittagssonne. Wir bewunderten Matties lange braune Beine und hörten die hellen Lachsalven von Kyra. Einmal hechtete Rommie Bissonette nach dem Frisbee, so daß ihm das gesamte Kleingeld aus der Tasche fiel, und John lachte, bis er sich setzen mußte. Tränen liefen ihm aus den Augen. Ki rannte zu ihm und ließ sich auf seinen schutzlosen Schoß fallen. John hörte schlagartig auf zu lachen. »Ufff!« rief er und sah mich mit glänzenden, gequälten Augen an, während seine gequetschten Hoden zweifellos versuchten, in seinen Unterleib zu kriechen.

»Kyra *Devore!*« rief Mattie und sah John mitfühlend an.

»Ich hab' meinen eignen Quartermack attagiert«, sagte Ki stolz.

John lächelte sie gezwungen an und erhob sich stolpernd.

»Ja«, sagte er. »Das hast du. Und der Schiri gibt fünfzehn Meter wegen Quetschung.«

»Alles in Ordnung, Mann?« fragte George. Er sah besorgt aus, aber seine Stimme klang heiter.

»Prima«, sagte John und warf ihm das Frisbee zu. Es eierte kläglich durch den Garten. »Los, werfen Sie. Mal sehen, was Sie draufhaben.«

Der Donner grollte lauter, aber die schwarzen Wolken waren immer noch westlich von uns; der Himmel über uns behielt seine harmlose feuchtblaue Farbe. Vögel sangen und Grillen zirpten im Gras. Über dem Grill flimmerte die Luft in der Hitze, es war an der Zeit, Johns New Yorker Steaks daraufzulegen. Das Frisbee flog immer noch rot vor dem Grün von Gras und Bäumen und dem Blau des Himmels. Ich war immer noch lüstern, aber alles war in Ordnung – Männer auf der ganzen Welt sind lüstern, fast ununterbrochen, und die Eiskappen schmelzen nicht. Aber dann tanzte sie, und alles wurde anders.

Es war ein alter Song von Don Henley, der von einem wirklich gemeinen Gitarrenriff vorangepeitscht wurde.

»O Gott, ich liebe dieses Stück«, rief Mattie. Das Frisbee flog zu ihr. Sie fing es, ließ es fallen, trat darauf, als wäre es ein roter Spot auf einer Nachtclubbühne und fing an zu tanzen. Sie legte die Hände zuerst hinter den Nacken, dann an die Hüften, dann hinter den Rücken. Sie tanzte und stand dabei mit den Zehen ihrer Turnschuhe auf dem Frisbee. Sie tanzte, ohne sich zu bewegen. Sie tanzte, wie es in dem Song heißt – wie eine Welle im Ozean.

»The government bugged the men's room
in the local disco lounge,
And all she wants to do is dance, dance …
To keep the boys from selling
all the weapons they can scrounge,
And all she wants to do, all she wants to do is dance.«

Frauen sind sexy, wenn sie tanzen – unglaublich sexy –, aber das war es nicht, worauf ich reagierte oder wie ich reagierte. Die Lust konnte ich bezwingen, aber dies war mehr als Lust und unbezwingbar. Es war etwas, das mir den Atem raubte und mir das Gefühl gab, daß ich vollkommen ihrer Gnade ausgeliefert war. In diesem Augenblick war sie das Wunderschönste, das ich je gesehen hatte, nicht nur eine hübsche junge Frau in Shorts und Midi-Top, die auf einem Frisbee auf der Stelle tanzte, sondern die enthüllte Venus. Sie war alles, was mir in den vergangenen vier Jahren gefehlt hatte, als es mir so dreckig gegangen war, daß ich überhaupt nicht gewußt hatte, daß mir etwas fehlte. Sie nahm mir die letzte Verteidigung, die ich noch gehabt haben mochte. Der Altersunterschied spielte keine Rolle. Und wenn ich für die Leute aussah, als würde mir die Zunge raushängen, selbst wenn ich den Mund geschlossen hatte, na und. Wenn ich meine Würde verlor, meinen Stolz, meine Selbstachtung, na und. Vier Jahre Alleinsein hatten mich gelehrt, daß es Schlimmeres zu verlieren gibt.

Wie lange stand sie tanzend da? Ich weiß es nicht. Wahrscheinlich nicht lang, nicht mal eine Minute, dann merkte sie, daß wir sie wie gebannt anstarrten – denn bis zu einem gewissen Grad sahen sie alle, was ich sah, und fühlten, was ich fühlte. In dieser Minute, oder wie lange es dauerte, verbrauchte keiner von uns viel Sauerstoff.

Sie trat von dem Frisbee herunter, lachte und errötete gleichzeitig und war verwirrt, fühlte sich aber nicht wirklich unwohl. »Tut mir leid«, sagte sie. »Es ist nur … ich liebe dieses Lied.«

»Alles was sie will, ist tanzen«, sagte Rommie.

»Ja, manchmal ist das alles, was sie will«, sagte Mattie und errötete noch mehr. »Entschuldigung, ich muß mal wohin.« Sie warf mir das Frisbee zu und lief in den Wohnwagen.

Ich holte tief Luft, versuchte, wieder in die Wirklichkeit zurückzukommen, und sah, daß John dasselbe versuchte, George Kennedy stellte eine leicht benommene Miene zur Schau, als hätte ihm jemand ein schwaches Betäubungsmittel verabreicht, dessen Wirkung endlich einsetzte.

Donner grollte. Diesmal hörte er sich wirklich näher an.

Ich warf Rommie das Frisbee zu. »Was denken Sie?«

»Ich denke, ich habe mich verliebt«, sagte er, dann schien er sich im Geiste zu schütteln – man konnte es in seinen Augen sehen. »Ich denke auch, es wird Zeit, daß wir mit den Steaks anfangen, wenn wir noch im Freien essen wollen. Möchten Sie mir helfen?«

»Klar.«

»Ich auch«, sagte John.

Wir gingen zum Wohnwagen und ließen George und Kyra Werfen spielen. Kyra fragte George, ob er schon mal Krinimelle verhaftet hätte. In der Küche stand Mattie vor dem offenen Kühlschrank und stapelte Steaks auf einem Teller. »Gott sei Dank, daß ihr Jungs reingekommen seid. Ich war drauf und dran, eines davon so runterzuschlingen, wie es ist. Sie sind das Schönste, was ich je gesehen habe.«

»*Sie* sind das Schönste, was *ich* je gesehen habe«, sagte John. Er meinte es durchaus aufrichtig, aber das Lächeln, das sie ihm schenkte, war geistesabwesend und ein wenig zerstreut. Ich machte mir im Geiste eine Notiz: Mach nie einer Frau ein Kompliment wegen ihrer Schönheit, wenn sie einen Teller mit rohen Steaks in der Hand hält. Irgendwie bringt das die Sache nicht richtig in Schwung.

»Wie gut bist du im Grillen?« fragte sie mich. »Sag die Wahrheit, denn die hier sind viel zu gut, um sie zu verderben.«

»Ich komme zurecht.«

»Okay, du bist angestellt. John, Sie assistieren ihm. Rommie, Sie helfen mir, die Salate zu machen.«

»Mit Vergnügen.«

George und Ki waren zur Vorderseite des Wohnwagens gekommen und saßen nun wie zwei gute alte Bekannte in ihrem Londoner Club auf Gartenstühlen. George erzählte Ki, wie er sich 1993 mit Rolfe Nedeau und der Echt Bösen Bande auf der Lisbon Street eine Schießerei geliefert hatte.

»George, was ist mit Ihrer *Nase* los?« fragte John. »Sie wird auf einmal so *lang*.«

»Gestatten Sie bitte?« fragte George. »Ich führe hier ein Gespräch.«

»Mr. Kennedy hat eine Menge böse Krinimelle gefangen«, sagte Kyra. »Er hat die Echt Böse Bande gefangen und in Supermax gesteckt.«

»Ja«, sagte ich. »Außerdem hat Mr. Kennedy einen Oscar für seine Rolle in dem Film *Der Unbeugsame* gewonnen.«

»Das ist völlig richtig«, sagte George. Er hob die rechte Hand und kreuzte zwei Finger. »Ich und Paul Newman. Wir stehen so miteinander.«

»Wir haben seine Eiterspaghettisauce«, sagte Ki ernst, was John wieder zum Lachen brachte. Ich fand es nicht so witzig, aber Lachen ist ansteckend; allein John anzusehen reichte aus, daß ich nach wenigen Sekunden einstimmte. Wir heulten wie zwei Idioten, während wir die Steaks auf den Grill klatschten. Ein Wunder, daß wir uns nicht die Hände verbrannten.

»Warum lachen sie?« fragte Ki George.

»Weil sie alberne Kerle mit winzig kleinen Gehirnen sind«, sagte George. »Jetzt hör zu, Ki – ich habe sie alle erwischt, außer dem Menschlichen Matschkopf. Er sprang in sein Auto, ich in meins. Die Einzelheiten dieser Verfolgungsjagd sind nicht für die Ohren eines kleinen Mädchens bestimmt –«

George traktierte sie trotzdem damit, während John und ich uns über Matties Grill hinweg angrinsten. »Das ist toll, nicht?« sagte John, worauf ich nickte.

Mattie kam mit in Alufolie gewickelten Maiskolben heraus, gefolgt von Rommie, der eine riesige Salatschüssel in den Armen hielt, vorsichtig die Stufen herunterkam und versuchte, dabei über den Rand der Schüssel zu sehen.

Wir setzten uns an den Picknicktisch, George und Rommie auf einer Seite, John und ich flankierten Mattie auf der anderen. Ki saß auf einem Stapel alter Zeitschriften am Kopfende auf einem Gartenstuhl. Mattie band ihr ein Geschirrtuch um den Hals, eine Demütigung, die Ki nur über sich ergehen ließ, weil sie a) neue Sachen anhatte und b) ein Geschirrtuch, technisch gesehen, kein Babylätzchen war.

Wir aßen herzhaft – Salat, Steak (John hatte recht, es waren wirklich die besten, die ich je gegessen hatte), geröstete Maiskolben, »Erdbärkuchen« als Nachtisch. Als wir beim Kuchen angelangt waren, waren die Gewitterwolken deutlich näher gerückt, und ein heißer, böiger Wind wehte durch den Garten.

»Mattie, es würde mich nicht überraschen, wenn ich nie wieder eine so köstliche Mahlzeit zu essen bekäme«, sagte Rommie. »Vielen herzlichen Dank, daß Sie mich eingeladen haben.«

»Ich danke *Ihnen*«, sagte sie. Tränen standen ihr in den Augen. Sie nahm meine Hand auf der einen und die Johns auf der anderen Seite. Sie drückte beide. »Ich danke euch allen. Wenn ihr gewußt hättet, wie es vor dieser letzten Woche um mich und Ki stand ...« Sie schüttelte den Kopf, drückte John und mir abschließend die Hand und ließ los. »Aber das ist vorbei.«

»Seht euch das Baby an«, sagte George amüsiert.

Ki hatte sich auf dem Stuhl zurückgelegt und sah uns mit glasigen Augen an. Der größte Teil ihres Haars hatte sich aus der Schleife gelöst und lag strähnig an ihren Wangen. Sie hatte einen Tupfer Schlagsahne auf der Nasenspitze und ein einzelnes gelbes Maiskorn mitten auf dem Kinn kleben.

»Ich hab' das Frisbee sechsfausendmal geworfen«, sagte Kyra. Sie sagte es in einem abwesenden, deklamierenden Tonfall. »Ich müde.«

Mattie wollte aufstehen. Ich legte ihr die Hand auf den Arm. »Darf ich?«

Sie nickte lächelnd. »Wenn du willst.«

Ich nahm Kyra hoch und trug sie zur Treppe. Donner grollte erneut, ein langes, tiefes Rollen, das sich wie das Knurren eines riesigen Hundes anhörte. Ich sah zu den näherrückenden Wolken auf, und dabei sah ich aus den Augenwinkeln eine Bewegung. Es war ein altes blaues Auto, das auf der Wasp Hill Road nach Westen zum See fuhr. Es fiel mir nur deshalb auf, weil es einen dieser dummen Aufkleber aus dem Village Café hatte: HUPE KAPUTT – ACHTEN SIE AUF DEN FINGER.

Ich trug Ki die Treppe hinauf durch die Tür und drehte sie so, daß sie sich den Kopf nicht anstoßen würde. »Kümmere dich um mich«, sagte sie im Schlaf. In ihrer Stimme klang eine Traurigkeit mit, bei der es mir kalt den Rücken hinunterlief. Es war, als wüßte sie, daß sie das Unmögliche verlangte. »Kümmere dich um mich, ich bin klein, Mama sagt, ich bin ein kleines Mädchen.«

»Ich werde mich um dich kümmern«, sagte ich und küßte wieder die seidige Stelle zwischen ihren Augen. »Keine Sorge, Ki. Schlaf jetzt.«

Ich trug sie in ihr Zimmer und brachte sie zu Bett. Da war sie schon völlig weggetreten. Ich wischte ihr die Sahne von der Nase und das Maiskorn vom Kinn. Ich sah auf die Uhr und stellte fest, daß es zehn vor zwei war. Mittlerweile würden sie sich vor der Baptistenkirche versammeln. Bill Dean trug eine graue Krawatte. Buddy Jellison hatte einen Hut auf. Er stand mit einigen anderen Männer, die rauchten, bevor sie hineingingen, hinter der Kirche.

Ich drehte mich um. Mattie stand an der Tür. »Mike«, sagte sie. »Komm her, bitte.«

Ich ging zu ihr. Diesmal war kein Stoff zwischen ihrer Taille und meinen Händen. Ihre Haut war warm und so seidig wie die ihrer Tochter. Sie sah mit geöffneten Lippen zu mir auf. Sie drängte sich an mich, und als sie die Härte unten spürte, preßte sie sich noch härter dagegen.

»Mike«, sagte sie wieder.

Ich machte die Augen zu. Ich fühlte mich wie jemand, der gerade zur Tür eines hell erleuchteten Raums voller Menschen gekommen ist, die reden und lachen. Und tanzen. Weil es manchmal alles ist, was wir wollen.

Ich will rein, dachte ich. *Das ist es, was* ich *will, alles, was ich will. Laß mich machen, was ich will. Laß mich –*

Mir wurde bewußt, daß ich es laut sagte, es schnell in ihr Ohr flüsterte, während ich sie hielt, mit den Händen ihren Rücken erforschte, mit den Fingerspitzen ihre Wirbelsäule nachfuhr, ihre Schulterblätter berührte, nach vorne glitt und ihre kleinen Brüste umfaßte.

»Ja«, sagte sie. »Was wir beide wollen. Ja. Das ist schön.«

Ich rückte von ihr ab. Langsam hob sie die Daumen und wischte die feuchten Stellen unter meinen Augen ab. »Der Schlüssel –«

Sie lächelte sanft. »Du weißt, wo er ist.«

»Ich komme heute nacht.«

»Gut.«

»Ich war …« Ich mußte mich räuspern. Ich sah Kyra an, die fest schlief. »Ich war einsam. Ich glaube, ich wußte es selbst nicht, aber es ist so.«

»Ich auch. Und ich wußte es für uns beide. Küß mich, bitte.«

Ich küßte sie. Ich glaube, unsere Zungen berührten sich, aber sicher bin ich nicht. Am deutlichsten erinnere ich mich an ihre *Lebhaftigkeit*. Sie war immer noch wie ein Kreisel, der sich sanft in meinen Armen drehte.

»He!« rief John von draußen, und wir fuhren auseinander. »Könntet ihr uns ein bißchen helfen? Es wird gleich regnen!«

»Danke, daß du dich endlich entschieden hast«, sagte sie mit leiser Stimme zu mir. Sie drehte sich um und lief den schmalen Flur des doppelten Wohnwagens entlang. Als sie das nächste

Mal mit mir sprach, glaube ich nicht, daß sie wußte, mit wem sie sprach oder wo sie war. Als sie das nächste Mal mit mir sprach, lag sie im Sterben.

»Wecken Sie das Baby nicht auf«, hörte ich sie zu John sagen, und seine Antwort: »Oh, Entschuldigung, Entschuldigung.«

Ich blieb noch einen Moment stehen und rang nach Luft, dann ging ich ins Bad und spritzte mir kaltes Wasser ins Gesicht. Ich erinnere mich, daß ich einen blauen Plastikwal in der Badewanne liegen sah, als ich mich umdrehte und ein Handtuch vom Regal nahm. Ich erinnere mich, wie ich dachte, daß wahrscheinlich Luftbläschen aus seinem Spritzloch kamen, und ich erinnere mich sogar, daß ich den Keim einer Idee hatte – ein Kinderbuch über einen spritzenden Wal. Konnte man ihn Willie nennen? Nee, zu offensichtlich. Wilhelm – *das* hörte sich gut an, amüsant und grandios zugleich. Wilhelm der Spritzende Wal.

Ich erinnere mich an den Knall des Donners von oben. Ich erinnere mich, wie glücklich ich war, nachdem ich endlich die Entscheidung getroffen hatte und mich auf die Nacht freuen konnte. Ich erinnere mich an das Murmeln von Männerstimmen und das Murmeln von Matties Antwort, als sie ihnen sagte, wo sie was verstauen sollten. Dann hörte ich sie alle wieder hinausgehen.

Ich sah an mir hinab und stellte fest, daß eine gewisse Wölbung abklang. Ich erinnere mich, daß ich dachte, nichts sähe absurder aus als ein sexuell erregter Mann, und wußte, ich hatte diesen Gedanken schon einmal gehabt, möglicherweise in einem Traum. Ich ging aus dem Bad, sah wieder nach Kyra – sie lag auf der Seite und schlief tief und fest – und ging den Flur hinunter. Ich hatte das Wohnzimmer gerade erreicht, als draußen Schüsse ertönten. Ich verwechselte das Geräusch nicht mit Donner. Einen Augenblick spielten meine Gedanken mit der Vorstellung von Fehlzündungen – der heiße Ofen eines Jugendlichen –, und dann wußte ich es. Ein Teil von mir hatte darauf gewartet, daß etwas geschah ... aber ich hatte mehr mit Gespenstern als mit Pistolenschüssen gerechnet. Ein fataler Irrtum.

Es war das rasche *Peng! Peng! Peng!* einer halbautomatischen Waffe – einer Glock neun Millimeter, wie sich herausstellte. Mattie schrie – ein hoher, schriller Schrei, der mein Blut gefrieren ließ. Ich hörte John gequält aufschreien und George Kennedy bellen: »Runter, runter! Um Himmels willen, *runter mit ihr!*«

Etwas traf den Wohnwagen wie ein heftiger Hagelschauer – das Rattern von Treffern, das von Westen nach Osten wanderte. Etwas durchschnitt die Luft vor meinen Augen – ich hörte es. Ein fast melodisches *Sproing* ertönte, als würde eine Gitarrensaite reißen. Auf dem Küchentisch zerschellte die Salatschüssel, die einer von ihnen gerade hereingetragen hatte.

Ich rannte zur Tür und hechtete fast die Betonstufen hinunter. Ich sah, daß der Grill umgestürzt war und die glühenden Kohlen bereits erste Stellen des spärlichen Rasens in Brand setzten. Ich sah Rommie Bissonette mit ausgestreckten Beinen dasitzen und fassungslos seinen Knöchel betrachten, der blutgetränkt war. Mattie war neben dem Grill auf Händen und Knien, das Haar hing ihr ins Gesicht – es war, als wollte sie die glühenden Kohlen einsammeln, bevor sie richtigen Schaden anrichten konnten. John stolperte auf mich zu und streckte eine Hand aus. Der zugehörige Arm war blutverschmiert.

Und ich sah das Auto, das ich vorhin gesehen hatte – die unauffällige Limousine mit dem Aufkleber. Sie war die Straße hochgefahren, weil die Männer in ihrem Inneren sich erst einmal mit unserer Situation vertraut machen wollten, dann hatte er gewendet und war zurückgekommen. Der Killer lehnte noch aus dem vorderen Beifahrerfenster. Ich konnte die kurze, rauchende Waffe in seiner Hand sehen. Sie hatte einen Drahtkolben. Sein Gesicht war eine einförmige blaue Fläche, lediglich von zwei riesigen klaffenden Augenöffnungen unterbrochen – eine Skimaske.

Über uns stieß der Donner ein langgezogenes Brüllen des Erwachens aus.

George Kennedy ging ohne Eile auf das Auto zu, trat glühende Kohlen aus dem Weg, kümmerte sich nicht um den dunkelroten Fleck, der sich auf dem Oberschenkel des rechten Hosenbeins ausbreitete, streckte die Hand hinter sich und beeilte sich nicht einmal, als der Killer ins Wageninnere zurückwich und »Los, los los!« zu dem Fahrer brüllte, der ebenfalls eine blaue Maske trug, George beeilte sich nicht, nein, kein bißchen, und noch ehe ich die Pistole in seiner Hand sah, wußte ich, warum er seine absurde Pa-Kettle-Jacke nicht ausgezogen hatte, nicht einmal beim Frisbeespielen.

Das blaue Auto (es entpuppte sich als ein Ford Baujahr 1987, der einer Mrs. Sonia Belliveau aus Auburn gehörte und am Tag zuvor als gestohlen gemeldet worden war) war an den Straßenrand gefahren und nie ganz zum Stillstand gekommen. Nun wurde Gas gegeben, brauner Staub wirbelte unter den Hinterreifen auf, das Auto schlingerte und stieß Matties Briefkasten von seiner Stange, so daß er auf die Straße flog.

George beeilte sich immer noch nicht. Er führte die Hände zusammen, hielt die Waffe mit der rechten und stützte sie mit der linken. Er gab fünf gezielte Schüsse ab. Die ersten beiden trafen den Kofferraum – ich sah die Löcher. Der dritte zertrümmerte die Heckscheibe des fliehenden Ford, und ich hörte jemanden einen Schmerzensschrei ausstoßen. Wo der vierte landete, weiß ich nicht. Der fünfte zerfetzte den linken Hinterreifen. Der Ford schmierte nach dieser Seite weg. Der Fahrer hätte ihn fast noch wieder unter Kontrolle bekommen, doch dann verlor er sie völlig. Das Auto fuhr dreißig Meter unterhalb von Matties Wohnwagen in den Straßengraben und kippte um. Ein *Wuschhh!* ertönte, und das Heck wurde von Flammen eingehüllt. Einer von Georges Schüssen mußte den Benzintank getroffen haben. Der Killer versuchte, durch das Beifahrerfenster zu klettern.

»Ki … bring Ki … weg …« Eine heisere, flüsternde Stimme.

Mattie kroch auf mich zu. Eine Seite ihres Kopfes – die rechte – sah unversehrt aus, aber die linke Seite war eine Ruine. Ein verstörtes blaues Auge sah zwischen blutigen Haarsträhnen heraus. Splitter des Schädelknochens übersäten ihre sonnengebräunte Schulter wie Porzellanscherben. Wie gern würde ich Ihnen erzählen, daß ich mich an nichts davon erinnern kann, wie froh wäre ich, jemand anders würde Ihnen erzählen, daß Michael Noonan starb, bevor er diesen Anblick *sehen* mußte, aber ich kann es nicht. *Weh* ist in Kreuzworträtseln das Wort dafür, ein Wort mit drei Buchstaben, das große Trauer ausdrückt.

»Ki … Mike, hol Ki …«

Ich kniete mich hin und legte die Arme um sie. Sie wehrte sich gegen mich. Sie war jung und kräftig, und obwohl graue Hirnmasse aus dem Loch in ihrem Schädel quoll, wehrte sie sich, rief nach ihrer Tochter, wollte zu ihr und sie beschützen und in Sicherheit bringen.

»Mattie, schon gut«, sagte ich. Unten in der Baptistenkirche, am anderen Ende der Zone, in der ich mich befand, sangen sie »Blessed Assurance, Jesus is Mine« ... aber ihre Augen waren größtenteils so leer wie das Auge, das mich aus dem verfilzten, blutigen Haar ansah. »Mattie, hör auf, sei ruhig, alles wird gut.«

»Ki ... hol Ki ... laß sie nicht ...«

»Sie werden ihr nichts tun, Mattie, ich verspreche es dir.«

Sie drängte sich an mich, schlüpfrig wie ein Fisch, schrie den Namen ihrer Tochter und streckte die blutigen Hände zum Wohnwagen aus. Die rosa Shorts und das Top waren dunkelrot geworden. Blut spritzte auf das Gras, als sie wie wild um sich schlug und an mir zog. Bergab ertönte eine kehlige Explosion, als der Tank des Fords hochging. Schwarzer Rauch stieg zum schwarzen Himmel empor. Donner grollte lang und laut, als wollte der Himmel sagen: *Du willst Lärm? Ja? Ich geb dir Lärm.*

»Sagen Sie, daß Mattie nichts passiert ist, Mike!« rief John mit bebender Stimme. »Oh, um Gottes willen, sagen Sie, daß sie –«

Er ließ sich neben mir auf die Knie nieder und verdrehte die Augen, bis nur noch das Weiße zu sehen war. Er streckte die Hand nach mir aus, packte mich an der Schulter und riß mir fast das halbe Hemd herunter, als er den Kampf verlor, bei Bewußtsein zu bleiben, und neben Mattie zu Boden fiel. Ein weißer Speichelfaden troff ihm aus einem Mundwinkel. Vier Meter entfernt, bei dem umgestürzten Grill, versuchte Rommie, der vor Schmerzen die Zähne zusammenbiß, auf die Füße zu kommen. George stand mitten auf der Wasp Hill Road, lud seine Waffe aus einem Beutel nach, den er offenbar in der Jackentasche gehabt hatte, und sah zu, wie der Beifahrer versuchte, sich aus dem umgekippten Auto zu befreien, bevor es ganz von den Flammen eingehüllt wurde. Jetzt war Georges ganzes rechtes Hosenbein rot. *Er überlebt, aber diesen Anzug wird er nie wieder tragen,* dachte ich.

Ich hielt Mattie. Ich senkte mein Gesicht auf ihres hinab, legte meinen Mund an das Ohr, das noch da war, und sagte: »Kyra geht es gut. Sie schläft. Ihr wird nichts passieren, ich verspreche es dir.«

Mattie schien zu verstehen. Sie wehrte sich nicht mehr gegen mich, sackte im Gras zusammen und zitterte am ganzen Körper. »Ki ... Ki ...« Das waren ihre letzten Worte auf Erden. Sie streckte blind eine Hand aus, bekam einen Grasbüschel zu fassen und riß ihn aus.

»Hierher«, hörte ich George sagen. »Komm hierher, du Wichser, und *denk* nicht mal dran, mir den Rücken zuzudrehen.«

»Wie schlimm steht es um sie?« fragte Rommie, der herübergehinkt kam. Sein Gesicht war weiß wie Papier. Und bevor ich antworten konnte, fuhr er fort: »O Gott. Heilige Maria, Mutter Gottes, bete für uns Sünder, jetzt und in der Stunde unseres Todes. Gesegnet sei die Frucht deines Leibes, Jesus. O Maria, ohne Sünde geboren, bete für uns, die wir bei dir Schutz suchen. O nein, Mike, nein.« Er sagte wieder den Rosenkranz auf, aber diesmal im Gossenfranzösisch von Lewiston; *La Parle,* wie es die alten Leute nennen.

»Hören Sie auf«, sagte ich, und er gehorchte. Als hätte er nur darauf gewartet, daß es ihm jemand sagte. »Gehen Sie rein, und sehen Sie nach Kyra. Können Sie das?«

»Ja.« Er ging auf den Wohnwagen zu, hielt sich das Bein und schleppte sich, so gut es ging, vorwärts. Mit jedem schlurfenden Schritt stieß er einen schrillen Schmerzenslaut aus, aber irgendwie schaffte er es. Ich konnte brennende Grasbüschel riechen. Ich konnte Elektrizität und Regen im aufkommenden Wind riechen. Und unter meinen Händen spürte ich, wie die langsame Drehbewegung des Kreisels aufhörte, als sie starb.

Ich drehte sie um, hielt sie in den Armen und wiegte sie. In der Baptistenkirche las der Priester Psalm 139 für Royce: Spräche ich, Finsternis möge mich decken, so muß die Nacht auch licht um mich sein. Der Priester las vor, und die Marsianer hörten zu. Ich wiegte sie unter den schwarzen Gewitterwolken in den Armen. Ich hätte heute nacht zu ihr kommen sollen, den Schlüssel unter dem Topf nehmen und zu ihr kommen. Sie hatte mit den Spitzen ihrer weißen Turnschuhe auf dem roten Frisbee getanzt, hatte getanzt wie eine Welle im Ozean, und nun starb sie in meinen Armen, während der Mann, der sie so sehr bewundert hatte wie ich, bewußtlos und mit einem vom kurzen Ärmel seines »WE ARE THE CHAMPIONS«-T-Shirts bis zu seinem knochigen, sommersprossigen Handgelenk blutig gefärbten Arm neben ihr lag.

»Mattie«, sagte ich. »Mattie, Mattie, Mattie.« Ich wiegte sie und strich mit der Hand über ihre Stirn, deren rechte Seite wie durch ein Wunder keinen Spritzer Blut abbekommen hatte. Ihr Haar fiel über die entstellte linke Gesichtshälfte. »Mattie«, sagte ich. »Mattie, Mattie, oh Mattie.«

Ein Blitz zuckte – der erste, den ich sah. Er erhellte den Himmel im Westen wie ein hellblauer Lichtbogen. Mattie zitterte heftig in meinen Armen – vom Hals bis zu den Zehen zitterte sie. Sie kniff die Lippen zusammen. Sie runzelte die Stirn, als müsse sie sich konzentrieren. Sie hob die Hand und schien nach meinem Nacken greifen zu wollen, so wie jemand, der von einer Klippe stürzt, blindlings nach allem greift, nur um sich noch etwas länger festzuhalten. Dann fiel die Hand zurück und blieb, Handfläche nach oben, auf dem Gras liegen. Sie erzitterte noch einmal – ihr ganzes, leichtes Gewicht bebte in meinen Armen –, und dann war sie still.

Kapitel 26

Danach war ich meistens in der Zone. Ich kam ein paarmal heraus – zum Beispiel, als dieser durchgestrichene Fetzen des Stammbaums aus einem meiner alten Stenoblocks fiel –, aber diese Zwischenspiele waren kurz. In gewisser Weise war es wie mein Traum von Mattie, Jo und Sara; in gewisser Weise war es wie das schreckliche Fieber, das ich als Kind gehabt hatte, als ich fast an Masern gestorben wäre; aber meistens war es mit nichts anderem vergleichbar. Es war nur die Zone. Ich hatte das Feeling. Ich wünschte bei Gott, ich hätte es nicht gehabt.

George kam herüber und trieb den Mann mit der blauen Maske vor sich her. George hinkte inzwischen stark. Ich konnte heißes Öl und Benzin und brennende Reifen riechen. »Ist sie tot?« fragte George. »Mattie?«

»Ja.«

»John?«

»Weiß nicht«, sagte ich, und da zuckte und stöhnte John. Er lebte, hatte aber viel Blut verloren.

»Mike, hören Sie«, begann George, aber bevor er mehr sagen konnte, ertönte ein schrecklicher blubbernder Schrei aus dem brennenden Auto im Straßengraben. Es war der Fahrer. Er wurde da drin gegrillt. Der Killer drehte sich in die Richtung, und George hob die Waffe. »Eine Bewegung, und ich schieße.«

»Sie können ihn so nicht sterben lassen«, sagte der Mann hinter der Maske. »Man kann einen Hund nicht so sterben lassen.«

»Er ist schon tot«, sagte George. »Man kann keine zehn Meter an das Auto ran, außer in einem Asbestanzug.« Er taumelte. Sein Gesicht war so weiß wie der Klecks Schlagsahne, den ich von Kis Nasenspitze gewischt hatte. Der Killer machte Anstalten, sich auf ihn zu stürzen, worauf George die Waffe höher hielt. »Wenn Sie sich das nächste Mal bewegen, hören Sie nicht auf«, sagte George, »denn ich werde es auch nicht tun. Garantiert. Und jetzt nehmen Sie die Maske ab.«

»Nein.«

»Ich habe es satt, mich mit Ihnen rumzuärgern, Jesse. Sagen Sie Gott einen schönen Gruß.« George spannte den Hahn seines Revolvers.

Der Killer sagte: »Herrgott« und zog die Maske herunter. Es war George Footman. Keine große Überraschung. Hinter ihm stieß der Fahrer einen weiteren Schrei im Feuerball des Fords aus und verstummte. Schwarze Rauchschwaden stiegen auf. Donner grollte.

»Mike, gehen Sie rein und suchen Sie etwas, womit wir ihn fesseln können«, sagte George Kennedy. »Ich kann ihn noch eine Minute in Schach halten – zwei, wenn es sein muß –, aber ich blute wie ein abgestochenes Schwein. Suchen Sie Klebeband. Mit dem Zeug könnte man Houdini fesseln.«

Footman blieb stehen, wo er war, und sah von Kennedy zu mir und wieder zu Kennedy. Er sah zum Highway 68, der unheimlich verlassen wirkte. Vielleicht doch nicht so unheimlich – vor dem aufziehenden Sturm war hinreichend gewarnt worden. Touristen und Sommergäste würden Schutz gesucht haben. Was die Einheimischen betraf …

Die Einheimischen … hörten irgendwie zu. Das traf es ziemlich genau. Der Priester sprach von Royce Merrill, einem langen und fruchtbaren Leben, einem Mann, der seinem Land in Frieden und Krieg gedient hatte, aber die Oldtimer hörten ihm nicht zu. Sie hörten *uns* zu, wie sie sich einst um das Gurkenfaß im Lakeview General versammelt und sich Boxkampfübertragungen im Radio angehört hatten.

Bill Dean hielt Yvettes Handgelenk so fest umklammert, daß seine Fingernägel weiß waren. Er tat ihr weh … aber sie beklagte sich nicht. Sie *wollte*, daß er sie hielt. Warum?

»Mike!« Georges Stimme klang sichtlich schwächer. »Bitte, Mann, helfen Sie mir. Dieser Kerl ist gefährlich.«

»Lassen Sie mich gehen«, sagte Footman. »Das wäre besser, finden Sie nicht auch?«

»Nur in deinen feuchtesten Träumen, du Wichser«, sagte George.

Ich ging am Topf mit dem Schlüssel darunter vorbei, ging die Betonstufen hinauf. Blitze explodierten am Himmel, gefolgt von bellendem Donner.

Im Inneren saß Rommie auf einem Stuhl am Küchentisch. Sein Gesicht war weißer als das von George. »Das Kind ist okay«, sagte er mühsam. »Aber sie sieht aus, als würde sie aufwachen … Ich kann nicht mehr gehen. Mein Knöchel ist total im Eimer.«

Ich ging zum Telefon.

»Sparen Sie sich den Weg«, sagte Rommie. Seine Stimme klang rauh und zittrig. »Hab' ich schon versucht. Tot. Der Sturm muß schon einige der anderen Städte erwischt haben. Einen Teil der Leitungen durchtrennt. Herrgott, ich hab' in meinem Leben noch keine solchen Schmerzen gehabt.«

Ich ging zu den Schubladen in der Küche und riß eine nach der anderen auf, um nach Klebeband zu suchen, einer Wäscheleine, irgendeinem verdammten Mistding. Wenn Kennedy durch den Blutverlust umkippte, während ich hier drinnen war, würde der andere George ihm die Waffe abnehmen, ihn töten, und danach John, der bewußtlos im schwelenden Gras lag. Wenn die erledigt waren, würde er hier reinkommen und Rommie und mich erschießen. Und zuletzt Kyra.

»Nein, wird er nicht«, sagte ich. »Er wird sie am Leben lassen.«

Und das könnte sogar noch schlimmer sein.

Besteck in der ersten Schublade. Vesperbeutel, Müllsäcke und fein säuberlich gebündelte Lebensmittelcoupons in der zweiten. In der dritten Grillhandschuhe und Topflappen –

»Mike, wo ist meine Mattie?«

Ich drehte mich so schuldbewußt um wie ein Mann, der dabei erwischt worden ist, wie er illegale Drogen mixt. Kyra stand am Wohnzimmerende des Flurs; das Haar fiel ihr in das schlaftrunkene Gesicht, die Haarschleife hatte sie wie einen Armreif über einem Handgelenk hängen. Ihre Augen waren groß und erschrocken. Nicht die Schüsse hatten sie geweckt, wahrscheinlich nicht einmal der Schrei ihrer Mutter. Ich hatte sie geweckt. Meine Gedanken hatten sie geweckt.

In dem Moment, als mir das klar wurde, versuchte ich irgendwie, sie abzuschirmen, aber es war zu spät. Sie hatte meine Gedanken an Devore gut genug lesen können, um mir zu sagen, daß ich nicht an traurige Sachen denken sollte, und nun las sie, was mit ihrer Mutter passiert war, bevor ich es verdrängen konnte.

Sie sperrte den Mund auf. Ihre Augen wurden groß. Sie kreischte, als wäre ihre Hand in einem Schraubstock eingeklemmt, und rannte zur Tür.

»Nein, Kyra, nein!« Ich rannte durch die Küche, wäre fast über Rommie gefallen (der mich mit der dumpfen Begriffsstutzigkeit von jemandem ansah, der nicht mehr ganz bei Bewußtsein ist) und bekam sie gerade noch zu fassen. Im selben Augenblick sah ich Buddy Jellison, der die Baptistenkirche durch eine Nebentür verließ. Zwei der Männer, mit denen er eine Zigarette geraucht hatte, gingen mit ihm. Nun begriff ich, warum Bill sich so sehr an Yvette festklammerte, und schätzte ihn dafür – schätzte sie beide. Etwas wollte, daß er mit Buddy und den anderen ging ... aber Bill ging nicht mit.

Kyra wehrte sich in meinen Armen, machte konvulsivische Bewegungen Richtung Tür, holte keuchend Luft und schrie sie wieder hinaus. *»Laß mich los, will Mommy sehen, laß mich los, will Mommy sehen, laß mich los –«*

Ich rief ihren Namen mit der einzigen Stimme, von der ich wußte, daß sie sie auch hören würde, mit der nur ich zu ihr sprechen konnte. Sie entspannte sich nach und nach in meinen Armen und drehte sich zu mir um. Ihre Augen waren groß und verwirrt und glänzten von Tränen. Sie sah mich noch einen Moment an, dann schien sie zu begreifen, daß sie nicht hinausgehen durfte. Ich setzte sie ab. Sie stand einen Moment nur da, dann wich sie zurück, bis sie mit dem Rücken vor der Spülmaschine stand. Sie glitt an der glatten weißen Oberfläche hinab auf den Boden. Dann fing sie an zu wimmern – der grauenhafteste Ausdruck von Trauer, den ich je gehört habe. Sehen Sie, sie begriff vollkommen. Ich mußte ihr so viel zeigen, daß sie im Wohnwagen blieb, das mußte ich ... und weil wir zusammen in der Zone waren, konnte ich es.

Buddy und seine Freunde saßen in einem Pickup und fuhren in unsere Richtung. BAMM CONSTRUCTION stand auf der Seite.

»Mike!« rief George. Er hörte sich verstört an. »Sie müssen sich beeilen!«

»Durchhalten!« rief ich zurück. »Durchhalten, George!«

Mattie und die anderen hatten damit angefangen, Picknicksachen neben der Spüle aufzustapeln, aber ich bin fast sicher, daß die Resopalplatte über den Schubladen sauber und leer gewesen war, als ich hinter Kyra herlief. Jetzt nicht mehr. Die gelbe Zuckerdose war umgeworfen worden. In dem verschütteten Zucker stand geschrieben:

geh jetzt

»Ohne Scheiß«, murmelte ich und durchsuchte die verbliebenen Schubladen. Kein Band, kein Seil, nicht einmal ein lausiges Paar Handschellen, dabei kann man damit rechnen, in jedem gutsortierten Küchenschrank drei oder vier zu finden. Dann hatte ich eine Idee und sah in dem Schränkchen unter der Spüle nach. Als ich wieder hinausging, schwankte unser George auf den Füßen, und Footman sah ihn mit einer raubtierhaften Konzentration an.

»Haben Sie Klebeband gefunden?« fragte George Kennedy.

»Nein, etwas Besseres«, sagte ich. »Sagen Sie mir, Footman, wer hat Sie bezahlt? Devore oder Whitmore? Oder wissen Sie es nicht?«

»Leck mich«, sagte er.

Ich hielt die rechte Hand hinter dem Rücken. Nun zeigte ich mit der linken bergab und brachte einen überraschten Gesichtsausdruck zustande. »Was, zum Teufel, hat Osgood hier zu suchen? Sagen Sie ihm, daß er verschwinden soll!«

Footman sah in die Richtung – es war ein Reflex –, und ich schlug ihm mit dem Hammer Marke Craftsman, den ich unter Matties Spüle gefunden hatte, auf den Hinterkopf. Das Geräusch war gräßlich, das Blut, das zwischen den fliegenden Haaren hervorschoß ebenfalls, aber am schlimmsten war das Gefühl des Schädels, der nachgab – ein schwammiger Zusammenbruch, der sich durch den Stiel bis in meine Finger fortpflanzte. Footman fiel um wie ein Sandsack, ich warf den Hammer weg und mußte schlucken.

»Okay«, sagte George. »Ein bißchen häßlich, aber wahrscheinlich das Beste, was Sie tun konnten unter … unter diesen …«

Er kippte nicht um wie Footman – es ging langsamer und kontrollierter, fast anmutig –, aber er war trotzdem genauso weggetreten. Ich hob den Revolver auf, sah ihn an und warf ihn über die Straße in den Wald. Eine Waffe war im Augenblick nichts für mich; sie konnte mich nur in größere Schwierigkeiten bringen.

Zwei weitere Männer hatten die Kirche verlassen; ebenso ein Auto voll Damen in schwarzen Kleidern und Schleiern. Ich mußte mich noch mehr beeilen. Ich machte den Gürtel von Georges Hose auf und zog sie nach unten. Die Kugel, die ihn im Bein getroffen hatte, hatte den Oberschenkel durchschlagen, aber es sah so aus, als würde das Blut gerinnen. Mit Johns Oberarm sah es anders aus – da sprudelte immer noch Blut in furchterregenden Mengen hinaus. Ich zog ihm den Gürtel aus der Hose und schlang ihn so fest wie möglich um seinen Oberarm. Dann schlug ich ihm ins Gesicht. Er schlug die Augen auf und sah mich benebelt und verständnislos an.

»Machen Sie den Mund auf, John!« Er starrte mich nur an. Ich beugte mich nach unten, bis unsere Nasen sich fast berührten, und schrie: »*MACHEN SIE DEN MUND AUF! SOFORT!*« Er machte ihn auf wie ein Kind, wenn ihm die Krankenschwester befiehlt, daß es nur aahh sagen soll. Ich schob ihm das Ende des Gürtels zwischen die Zähne. »Zumachen!« Er machte ihn zu. »Und jetzt festhalten«, sagte ich. »Auch wenn Sie das Bewußtsein verlieren, festhalten.«

Ich hatte keine Zeit, mich zu vergewissern, ob er zuhörte. Ich rappelte mich auf die Füße und sah hoch, als die ganze Welt gleißend blau wurde. Einen Augenblick kam ich mir vor wie im Inneren einer Neonreklame. Ein schwarzer schwebender Fluß befand sich dort oben, der sich wand und wallte wie ein Korb voller Schlangen. Ich hatte noch nie einen so abscheulichen Himmel gesehen.

Ich rannte die Betonstufen hinauf und in den Wohnwagen zurück. Rommie war vornüber auf dem Tisch zusammengesunken, sein Gesicht ruhte auf den verschränkten Armen. Wären die zerschellte Salatschüssel und die Salatblättchen in seinem Haar nicht gewesen, hätte er ausgesehen wie ein Kindergärtner in der Pause. Kyra saß immer noch mit dem Rücken an der Spülmaschine und weinte hysterisch.

Ich hob sie auf und stellte fest, daß sie sich naß gemacht hatte. »Wir müssen jetzt gehen, Ki.«

»Ich will Mattie! Ich will Mommy! *Ich will meine Mattie, mach, daß ihr nicht mehr weh getan wird! Mach, daß sie nicht mehr tot ist!*«

Ich hastete durch den Wohnwagen. Auf dem Weg zur Tür kam ich am Beistelltisch mit dem Roman von Mary Higgins Clark vorbei. Ich bemerkte wieder das Durcheinander der Haarbänder – Bänder, die möglicherweise vor der Party anprobiert, aber zugunsten der Schleife verworfen worden waren. Sie waren weiß mit hellroten Rändern. Hübsch. Ich hob sie auf, ohne stehenzubleiben, steckte sie in die Tasche und nahm Ki auf den anderen Arm.

»Ich will Mattie! Ich will Mommy! *Mach, daß sie zurückkommt!*« Sie schlug nach mir, um mich zum Stehenbleiben zu bringen, dann wand sie sich wieder in meinen Armen und trat nach mir. Sie trommelte mit den Fäusten auf meinen Kopf. »Laß mich runter! Setz mich ab! Setz mich ab!«

»Nein, Kyra.«

»Laß mich runter! Setz mich ab! Setz mich ab! LASS MICH RUNTER!«

Ich war kurz davor, sie zu verlieren. Doch als wir auf der obersten Stufe standen, hörte sie unvermittelt auf, sich zu wehren. »Gib mir Stricken! Ich will Stricken!«

Zuerst hatte ich keine Ahnung, was sie da redete, aber als ich sah, wohin sie zeigte, begriff ich. Auf dem Weg, nicht weit von dem Topf mit dem Schlüssel darunter, lag das Plüschtier aus Kis Juniortüte. Strickland hatte, wie es aussah, eine Menge Zeit beim Spielen im Freien verbracht – das hellgraue Fell war dunkel von Staub –, aber wenn das Plüschtier sie beruhigte, sollte sie es haben. Es war nicht der Zeitpunkt, sich um Schmutz und Bazillen Gedanken zu machen.

»Ich gebe dir Strickland, wenn du mir versprichst, die Augen zu schließen und sie erst wieder aufzumachen, wenn ich es dir sage. Versprichst du das?«

»Ich verspreche es«, sagte sie. Sie zitterte in meinen Armen, und riesige runde Tränen – wie man sie in Märchenbüchern zu sehen erwartet, aber nie im wirklichen Leben – quollen aus ihren Augen und liefen ihre Wangen hinunter. Ich konnte brennendes Gras und verkohltes Steak riechen. Einen schrecklichen Augenblick dachte ich, ich müßte mich übergeben, dann hatte ich mich unter Kontrolle.

Ki machte die Augen zu. Zwei weitere Tränen fielen von ihnen auf meinen Arm. Sie waren heiß. Sie streckte tastend eine Hand aus. Ich ging die Stufen hinunter, hob den Hund auf, zögerte. Zuerst die Bänder, jetzt der Hund. Die Bänder waren wahrscheinlich okay, aber es schien falsch, ihr den Hund zu geben und mitnehmen zu lassen. Es schien falsch, aber …

Er ist grau, Ire, flüsterte die UFO-Stimme. *Du mußt dir keine Gedanken über ihn machen, weil er grau ist. Das Plüschtier in deinem Traum war schwarz.*

Ich wußte nicht genau, wovon die Stimme redete, und hatte keine Zeit, mich darum zu kümmern. Ich drückte den Plüschhund in Kyras offene Hand. Sie hielt ihn an ihr Gesicht und küßte mit geschlossenen Augen das staubige Fell.

»Vielleicht kann Stricken machen, daß es Mommy bessergeht, Mike. Stricken ein Zauberhund.«

»Laß einfach die Augen zu. Mach sie nicht auf, bevor ich es dir sage.«

Sie drückte das Gesicht an meinen Hals. Auf diese Weise trug ich sie durch den Garten und in mein Auto. Ich setzte sie auf dem Beifahrersitz ab. Sie legte sich mit den Armen über dem Kopf und dem Plüschhund in einer pummeligen Hand hin. Ich befahl ihr, genauso auf dem Sitz liegenzubleiben. Sie ließ nicht erkennen, ob sie mich gehört hatte, aber ich wußte, sie hatte es.

Wir mußten uns beeilen, weil die Oldtimer unterwegs waren. Die Oldtimer wollten, daß diese Angelegenheit beendet wurde, daß dieser Fluß ins Meer mündete. Und es gab nur eine Zuflucht für uns, nur einen einzigen Ort, wo wir in Sicherheit sein konnten, und das war Sara Lacht. Aber vorher mußte ich noch etwas erledigen.

Ich bewahrte eine Decke im Kofferraum auf, alt, aber sauber. Ich nahm sie heraus, ging durch den Garten und breitete sie über Mattie Devore aus. Die Wölbung darunter, als die Decke zur Ruhe gekommen war, wirkte beklagenswert klein. Ich drehte mich um und sah John, der mich anstarrte. Seine Augen waren glasig vom Schock, aber ich dachte, daß er vielleicht wieder zu sich kam. Den Gürtel hielt er noch zwischen den Zähnen; er sah aus wie ein Junkie, der sich auf einen Schuß vorbereitet.

»Annicht einnn«, sagte er – *Kann nicht sein*. Ich wußte genau, wie er sich fühlte.

»In ein paar Minuten wird Hilfe hier sein. Halten Sie durch. Ich muß gehen.«

»Oin gehn?«

Ich antwortete nicht. Keine Zeit. Ich blieb stehen und nahm George Kennedys Puls. Langsam, aber kräftig. Footman, neben ihm, war bewußtlos, murmelte aber nuschelnd. Längst nicht tot. Es gehört viel dazu, Typen wie George Footman zu töten. Der böige Wind wehte Rauch von dem umgestürzten Auto in meine Richtung, und jetzt konnte ich sowohl kochendes Fleisch riechen wie auch gegrillte Steaks. Mein Magen krampfte sich wieder zusammen.

Ich rannte zu dem Chevy, ließ mich auf den Fahrersitz fallen und setzte rückwärts aus der Einfahrt hinaus. Ich warf einen letzten Blick zurück – auf den Leichnam unter der Decke, auf die drei daliegenden Männer, auf den Wohnwagen mit der Reihe schwarzer Einschußlöcher an der Seite und der offenen Tür. John hatte sich auf einen Ellbogen gestützt, das Ende des Gürtels immer noch zwischen den Zähnen, und sah mich mit verständnislosen Blicken an. Ein Blitz zuckte so grell, daß ich versuchte, die Augen abzuschirmen, aber bis ich die Hand gehoben hatte, war er wieder verschwunden, und der Tag war so dunkel wie unmittelbar vor Einbruch der Nacht.

»Bleib unten, Ki«, sagte ich. »So, wie du bist.«

»Ich kann dich nich hören«, sagte sie mit einer so heiseren und tränenerstickten Stimme, daß ich die Worte kaum verstehen konnte. »Ki macht ein Schläfchen mit Stricken.«

»Okay«, sagte ich. »Gut.«

Ich fuhr an dem brennenden Ford vorbei und bergab, wo ich an dem rostigen, pockennarbigen Stop-Schild hielt. Ich sah nach rechts und erblickte den Laster, der am Straßenrand parkte. BAMM CONSTRUCTION auf der Seite. Drei Männer, zusammengedrängt in der Kabine, beobachteten mich. Der am Beifahrerfenster war Buddy Jellison; ich erkannte ihn an seinem Hut. Ganz langsam und bedächtig hob ich die rechte Hand und zeigte ihnen den Finger. Keiner von ihnen reagierte, und ihre versteinerten Gesichter zeigten keine Regung, aber der Pickup rollte langsam auf mich zu.

Ich bog nach links auf die Route 68 ab und fuhr unter einem schwarzen Himmel auf Sara Lacht zu.

Zwei Meilen von der Stelle entfernt, wo der Weg zweiundvierzig vom Highway abzweigt und nach Westen zum See führt, stand eine alte, ungenutzte Scheune, auf der man immer noch die verblaßten Buchstaben des Schriftzugs DONCASTER DAIRY lesen konnte. Als wir uns ihr näherten, leuchtete die gesamte östliche Seite des Himmels wie eine purpurn-weiße Blase auf. Ich schrie, die Hupe des Chevy ertönte – von selbst, da bin ich fast sicher. Der Dorn eines Blitzes wuchs aus dieser Blase und schlug in der Scheune ein. Einen Augenblick stand sie noch vollständig da und glühte wie etwas Radioaktives, dann flog sie in alle Richtungen auseinander. Außerhalb eines Kinos hatte ich nie auch nur etwas annähernd Ähnliches gesehen. Der Donnerschlag, der folgte, war wie die Explosion einer Bombe. Kyra schrie, glitt auf der Beifahrerseite auf den Boden des Autos und hielt die Hände auf die Ohren. Mit einer hielt sie immer noch den kleinen Plüschhund fest.

Eine Minute später überquerte ich den Sugar Ridge. Links vom Highway gabelt sich der Weg zweiundvierzig am Fuß des Nordhangs der Kuppe. Von oben konnte ich einen weitläufigen Ausschnitt des TR-90 sehen – Wälder und Felder und Scheunen und Farmen, sogar ein dunkles Glitzern des Sees. Der Himmel war schwarz wie Kohlenstaub und fast unablässig von inneren Blitzen erfüllt. Die Luft hatte ein klares ockerfarbenes Leuchten. Jeder Atemzug, den ich tat, schmeckte nach den Spänen in einer Zunderbüchse. Die Landschaft jenseits des Kamms zeichnete sich mit einer surrealistischen Klarheit ab, die ich nicht vergessen kann. Ein Gefühl des Geheimnisvollen überflutete mein Herz und meinen Verstand, das Gefühl, daß die Welt eine dünne Haut über unergründlichen Knochen und Abgründen war.

Ich schaute in den Rückspiegel und sah, daß sich zwei weitere Autos zu dem Pickup gesellt hatten, eines mit einem V-Nummernschild, was bedeutet, daß das Fahrzeug auf einen kampferprobten Veteran der Streitkräfte zugelassen ist. Wenn ich bremste, bremsten sie. Wenn ich Gas gab, gaben sie Gas. Aber ich bezweifelte, daß sie uns weiter folgen würden, wenn ich erst einmal auf den Weg zweiundvierzig abgebogen war.

»Ki? Alles klar?«

»Schlafen«, sagte sie vom Boden.

»Okay«, sagte ich und fuhr bergab.

Ich konnte gerade noch die roten Fahrradrückstrahler erkennen, die meine Abzweigung kennzeichneten, als es anfing zu hageln – große Brocken weißen Eises, die vom Himmel fielen, wie Finger auf das Dach trommelten und von der Motorhaube abprallten. Sie sammelten sich in der Mulde, wo sich die Scheibenwischer verbargen.

»Was ist los?« schrie Kyra.

»Das ist nur Hagel«, sagte ich. »Der kann uns nichts tun.« Ich hatte es kaum ausgesprochen, als ein Hagelkorn, so groß wie eine kleine Zitrone, meine Seite der Windschutzscheibe traf, wieder hoch in die Luft abprallte und eine weiße Stelle hinterließ, von der eine Anzahl kurzer Risse ausgingen. Lagen John und George Kennedy hilflos in diesem Wetter draußen? Ich wandte meinen Verstand in diese Richtung, konnte aber nichts wahrnehmen.

Als ich nach links auf den Weg zweiundvierzig einbog, hagelte es so stark, daß ich kaum noch etwas sehen konnte. In den Radspuren türmte sich das Eis. Aber unter den Bäumen war das Weiß nicht so dicht. Ich suchte diesen Schutz und schaltete dabei die Scheinwerfer ein. Sie schnitten helle Kegel durch das Hagelbombardement.

Als wir unter die Bäume fuhren, glühte diese purpurn-weiße Blase wieder auf, und mein Rückspiegel wurde so grell, daß ich nicht hineinsehen konnte. Ein brechender, knisternder Schlag ertönte. Kyra schrie wieder auf. Ich drehte mich um und sah eine riesige alte Fichte, deren gesplitterter Stamm in Flammen stand, langsam über die Straße kippen. Sie riß die Stromleitungen mit sich.

Abgeriegelt, dachte ich. *Dieses Ende, das andere Ende wahrscheinlich auch. Wir sind hier. Zum Guten oder zum Bösen, wir sind hier.*

Die Bäume bildeten einen Baldachin über den Weg zweiundvierzig, abgesehen von der Stelle, wo er an Tidwell's Meadow vorbeiführte. Das Geräusch des Hagels im Wald war ein ungeheures splitterndes Prasseln. Natürlich splitterten wirklich Bäume; es war der verheerendste Hagel, der je in diesem Teil der Welt fiel, und obwohl er nur fünfzehn Minuten andauerte, reichte es aus, die gesamte Ernte zu ruinieren.

Blitze zuckten über uns. Ich schaute auf und sah einen riesigen orangeroten Feuerball, der von einem kleineren verfolgt wurde. Sie sausten zwischen den Bäumen links von uns hindurch und setzten einige der höheren Äste in Brand. Bei Tidwell's Meadow kamen wir kurz ins Freie, und da verwandelte sich der Hagel in einen sintflutartigen Regen. Ich hätte nicht weiterfahren können, wären wir nicht sofort wieder unter die Bäume gerollt, und selbst da bot der Baldachin gerade ausreichend Schutz, daß ich im Schneckentempo vorankriechen konnte. Ich saß über das Lenkrad gebeugt da und starrte in den silbernen Vorhang, der im Licht der Scheinwerfer herniederfiel. Donner grollte unablässig, und nun schwoll der Wind an und rauschte über die Bäume hinweg wie eine zänkische Stimme. Vor mir fiel ein dichtbelaubter Ast auf die Straße. Ich fuhr darüber hinweg und hörte, wie er am Unterboden des Chevy entlang schabte und kratzte und sich drehte.

Bitte, nichts Größeres, dachte ich … vielleicht betete ich auch. *Bitte laß mich das Haus erreichen. Bitte laß uns zum Haus kommen.*

Als ich die Einfahrt erreichte, heulte der Wind wie ein Hurrikan. Durch die sich windenden Bäume und den Sturzbach des Regens sah es so aus, als wäre die ganze Welt im Begriff, sich in einen substanzlosen Klumpatsch zu verwandeln. Der Abhang der Einfahrt hatte sich in einen Fluß verwandelt, aber ich steuerte den Chevy, ohne zu zögern, hinab – wir konnten nicht hier draußen bleiben; wenn ein großer Baum auf das Auto fiel, würden wir zerquetscht werden wie Käfer in einem Dixie-Becher.

Ich wußte, daß es nicht ratsam war, die Bremsen zu benutzen – das Auto wäre seitlich abgeschmiert und wahrscheinlich, sich überschlagend, den ganzen Hang hinunter bis in den See gestürzt. Statt dessen schaltete ich in den kleinsten Gang, trat die Feststellbremse ein bißchen hinunter und ließ uns vom Motor hinabziehen, während der Regen gegen die Windschutzscheibe peitschte und die Holzmasse des Hauses in ein Phantom verwandelte. So unglaublich es schien, einige der Lichter waren noch an und leuchteten wie die Bullaugen einer Taucherglocke in drei Meter Tiefe. Demnach funktionierte der Generator … jedenfalls vorerst noch.

Das Gewitter schleuderte eine Blitzlanze über den See, grünblaues Feuer, das eine schwarze Wasserfläche beleuchtete, deren Oberfläche zu schäumender weißer Gischt aufgepeitscht war. Eine der hundertjährigen Kiefern, die links von den Stufen aus Eisenbahnschwellen gestanden hatten, lag auf halber Länge im

Wasser. Irgendwo hinter uns fiel ein weiterer Baum mit einem gewaltigen Krachen um. Kyra hielt sich die Ohren zu.

»Schon gut, Liebes«, sagte ich. »Wir sind da, wir haben es geschafft.«

Ich stellte den Motor ab und schaltete die Scheinwerfer aus. Ohne sie konnte ich kaum etwas sehen; fast das gesamte Tageslicht war aus dem Tag verschwunden. Ich versuchte meine Tür aufzumachen und schaffte es zunächst nicht. Ich drückte fester, und da ging sie nicht nur auf, sondern wurde mir regelrecht aus der Hand gerissen. Ich stieg aus und sah in einem gleißend hellen Blitzschlag Kyra mit panisch erschrockenem Gesicht und großen Augen, in denen Entsetzen geschrieben stand, über den Fahrersitz auf mich zukriechen. Die Tür schwang zurück und traf mich so fest am Hintern, daß es weh tat. Ich achtete nicht darauf, nahm Kyra in die Arme und drehte mich mit ihr um. Kalter Regen durchnäßte uns beide binnen eines Augenblicks. Aber eigentlich war es gar nicht wie Regen; es war, als wäre man unter einen Wasserfall getreten.

»Mein Hundi!« schrie Ki. Schrei hin oder her, ich konnte sie kaum hören. Aber ich konnte ihr Gesicht sehen, und die leeren Hände. »Stricken! Ich hab' Stricken gefallen lassen!«

Ich schaute mich um und ja, da war er, trieb den Asphalt der Einfahrt hinunter und an der Veranda vorbei. Ein Stück weiter entfernt ergoß sich das rauschende Wasser von dem gepflasterten Weg den Hang hinunter; wenn Strickland von der Strömung mitgerissen wurde, landete er wahrscheinlich irgendwo im Wald. Oder ganz unten im See.

»Stricken!« schluchzte Ki. »Mein *HUNDI!*«

Plötzlich hatte nichts mehr Bedeutung für uns außer diesem dummen Plüschtier. Ich hetzte mit Ki auf dem Arm hinter ihm her die Einfahrt hinunter, ohne Regen und Wind und den gleißenden Blitzen Beachtung zu schenken. Und doch würde er es vor mir zum Hang schaffen – das Wasser, in dem er schwamm, floß so schnell, daß ich ihn unmöglich einholen konnte.

Was ihn am Rand des Asphalts festhielt, war ein Trio von Sonnenblumen, die sich heftig im Wind wiegten. Sie sahen aus wie verzückte Gläubige bei einer Wiedergeburtsfeier: *Ja, Jeesus! Herrgott, wir daaanken dir!* Außerdem kamen sie mir bekannt vor. Natürlich war es unmöglich, daß es sich um dieselben drei Sonnenblumen handelte, die in meinem Traum (und auf dem Foto, das Bill Dean vor meiner Rückkehr aufgenommen hatte) durch die Bretter meiner Veranda gewachsen waren, und dennoch waren sie es; waren es *ohne jeden Zweifel.* Drei Sonnenblumen wie die drei Zauberschwestern in *Macbeth,* drei Sonnenblumen mit Gesichtern wie Suchscheinwerfer. Ich war nach Sara Lacht zurückgekommen; ich war in der Zone; ich war in meinen Traum zurückgekehrt, und diesmal war ich von ihm besessen.

»Stricken!« Ki bückte sich und wand sich in meinen Armen, und wir waren beide zu naß, als daß ich sie sicher hätte halten können. »Bitte, Mike, *bitte!*«

Donner explodierte über uns wie ein Eimer voll Nitro. Wir schrien beide. Ich ließ mich auf ein Knie nieder und riß den kleinen Plüschhund hoch. Kyra packte ihn und bedeckte ihn wie wild mit Küssen. Ich rappelte mich auf die Beine, während ein weiterer Donnerschlag ertönte, der wie eine irre flüssige Ochsenpeitsche durch die Luft zu laufen schien. Ich sah die Sonnenblumen an, die mich ebenfalls anzusehen schienen – *Hallo, Ire, ist lange her, was meinst du?* Dann nahm ich Ki wieder, so gut es ging, auf die Arme, drehte mich um und schlurfte zum Haus. Das war nicht einfach; das Wasser floß inzwischen knöcheltief durch die Einfahrt, und schmelzende Hagelkörner trieben darin. Ein Ast flog an uns vorbei und landete ziemlich genau an der Stelle, wo ich gekniet hatte, um Strickland aufzuheben. Ein Krachen ertönte, gefolgt von einem Poltern, als ein größerer Ast auf dem Dach landete und herunterrollte.

Ich rannte auf die Veranda und rechnete halb damit, daß die gespenstische Gestalt herausgerannt kommen und ihre bauschigen Nicht-Arme zu einem gräßlichen Gruß heben würde, aber sie erschien nicht. Nur der Sturm tobte, und das war genug.

Ki umklammerte den Hund mit aller Kraft, und ich sah ohne jede Überraschung, daß die Nässe in Verbindung mit dem Staub des stundenlangen Spielens im Freien Strickland schwarz gemacht hatte. Er war es doch, den ich in meinem Traum gesehen hatte.

Zu spät. Es gab keine andere Zuflucht, keinen anderen Unterschlupf vor dem Sturm. Ich machte die Tür auf und betrat Sara Lacht mit Kyra Devore.

Der mittlere Abschnitt von Sara – das Herz des Hauses – stand seit fast hundert Jahren und hatte seinen Teil Stürme gesehen. Derjenige, der an jenem Julinachmittag über das Gebiet der Seen kam, mochte der schlimmste gewesen sein, aber ich wußte in dem Moment, als wir beide im Inneren waren, wo wir nach Luft schnappten wie zwei Leute, die gerade dem Tod durch Ertrinken entronnen waren, daß es mit ziemlicher Sicherheit auch diesem standhalten würde. Die Holzwände waren so dick, daß es fast war, als beträte man eine Art Gruft. Das Tosen und Wüten des Sturms wurde zu einem lauten Summen, das nur von Donnerschlägen und gelegentlichem lautem Poltern untermalt wurde, wenn ein Ast auf das Dach fiel. Irgendwo – im Keller, schätze ich – war eine Tür aufgegangen und schlug hin und her. Es hörte sich an wie eine Startpistole. Das Küchenfenster war von einem umstürzenden kleinen Baum eingeschlagen worden. Die nadelige Spitze ragte über dem Herd herein und erzeugte beim Schwanken Schatten auf Tresen und Herdplatten. Ich überlegte, ob ich die Spitze abbrechen sollte, entschied mich aber dagegen. Wenigstens verstopfte sie das Loch.

Ich trug Ki ins Wohnzimmer, wo wir auf den See sahen, schwarzes Wasser, das unter einem schwarzen Himmel mit surrealen Spitzen geschmückt wurde. Blitze zuckten fast unablässig und zeigten einen Ring von Bäumen, die wie von Sinnen um den See herum tanzten und schwankten. So solide das Haus war, es stöhnte tief in seinem Inneren, während der Wind es bedrängte und versuchte, den Hügel hinabzustoßen.

Ein leises, gleichmäßiges Läuten ertönte. Kyra hob den Kopf von meiner Schulter und sah sich um.

»Du hast einen Elch«, sagte sie.

»Ja, das ist Bunter.«

»Beißt er?«

»Nein, Liebes, er kann nicht beißen. Er ist wie … wie eine Puppe, nehme ich an.«

»Warum läutet sein Glöckchen?«

»Er ist froh, daß wir hier sind. Er ist froh, daß wir es geschafft haben.«

Ich sah, daß sie glücklich sein wollte, dann wurde ihr klar, daß Mattie nicht da war, um mit ihr glücklich zu sein. Ich sah die Ahnung, daß Mattie nie wieder dasein würde, um mit ihr glücklich zu sein, in ihrem Verstand dämmern ... und spürte, wie sie den Gedanken verdrängte. Über unseren Köpfen krachte etwas Riesiges auf das Dach, die Lichter flackerten, und Ki fing wieder an zu weinen.

»Nicht, Liebes«, sagte ich und ging mit ihr auf und ab. »Nicht, Kleines, nicht, Ki, nicht. Nicht, Liebes, nicht.«

»Ich will meine Mommy! *Ich will meine Mattie!*«

Ich ging mit ihr auf und ab, wie man mit Kindern auf und ab gehen soll, die eine Kolik haben. Sie verstand zuviel für eine Dreijährige, und demzufolge war ihr Leiden schlimmer, als es eine Dreijährige erdulden sollte. Darum hielt ich sie in den Armen und ging mit ihr auf und ab; ihre Shorts unter meinen Händen waren feucht von Urin und Regenwasser, ihre Arme fiebrig heiß an meinem Hals, ihre Wangen überzogen mit Rotz und Tränen, ihr Haar nach unserem kurzen Sprint durch den Wolkenbruch ein nasser Klumpen, ihr Atem wie Azeton, ihr Spielzeug ein strangulierter schwarzer Klumpen, aus dem schmutziges Wasser zwischen ihren Fingern hervorquoll. Ich ging mit ihr auf und ab. Hin und her durch Saras Wohnzimmer, hin und her im trüben Licht der Deckenleuchte und einer Lampe. Generatorlicht ist nie ganz gleichmäßig, nie ganz ruhig – es scheint zu atmen und zu seufzen. Hin und her durch das unablässige leise Läuten von Bunters Glöckchen, das wie Musik aus jener Welt klang, die wir manchmal streifen, aber nie wirklich sehen. Hin und her im Lärm des Sturms. Ich glaube, ich habe ihr vorgesungen, und ich weiß, daß ich ihren Geist berührt habe, während wir gemeinsam tiefer und tiefer in die Zone gingen. Über uns zogen die Wolken dahin, prasselte der Regen und löschte die Feuer, die die Blitze im Wald entfacht hatten. Das Haus stöhnte, die Luft verwirbelte in Böen, die durch das eingeschlagene Küchenfenster drangen, aber über allem herrschte ein Gefühl wehmütiger Sicherheit. Ein Gefühl der Heimkehr.

Schließlich versiegten die Tränen. Sie lag mit der Wange und dem Gewicht ihres schweren Kopfs an meiner Schulter, und wenn wir an dem Fenster zum See vorbeikamen, konnte ich ihre Augen sehen, die groß und ohne zu blinzeln in den silbrigdunklen Sturm hinaus schauten. Ein großer Mann mit schütterem Haar trug sie. Ich stellte fest, daß ich den Eßzimmertisch durch uns hindurch sehen konnte. *Unsere Spiegelbilder sind schon Gespenster*, dachte ich.

»Ki? Kannst du etwas essen?«

»Kein Hunger.«

»Kannst du ein Glas Milch trinken?«

»Nein, Kakao. Mir kalt.«

»Ja, natürlich ist dir kalt. Und ich habe Kakao.«

Ich versuchte, sie abzusetzen, aber sie klammerte sich an mir fest und strampelte mit ihren pummeligen kleinen Schenkeln. Ich zog sie wieder hoch, wobei ich sie diesmal auf meine Hüfte setzte, und sie hörte auf.

»Wer ist hier?« fragte sie. Sie hatte angefangen zu zittern. »Wer ist außer uns sonsnoch hier?«

»Ich weiß nicht.«

»Da ist ein Junge«, sagte sie. »Ich hab' ihn da gesehen.« Sie zeigte mit Strickland zu einer der verglasten Schiebetüren, die auf die Veranda führten (sämtliche Stühle da draußen waren umgekippt und in die Ecken geschleudert worden; einer fehlte und war offenbar über das Geländer geweht worden). »Er war schwarz wie in der komischen Serie, die Mattie und ich sehen. Da sind auch andere schwarze Menschen. Eine Lady mit großem Hut. Ein Mann in blauen Hosen. Die anderen sind schwer zu sehen. Aber sie kucken. Sie kucken uns zu. Siehst du sie nicht?«

»Sie können uns nichts tun.«

»Bist du sicher? Bist du das?«

Ich antwortete nicht.

Ich fand einen Karton Swiss Miss hinter der Mehldose, riß eines der Päckchen auf und schüttete es in eine Tasse. Über uns explodierte Donner. Ki zuckte in meinen Armen zusammen und gab ein langes, jämmerliches Wimmern von sich. Ich drückte sie an mich und gab ihr einen Kuß auf die Wange.

»Setz mich nicht ab, Mike, ich hab' Angst.«

»Ich werde dich nicht absetzen. Du bist mein braves Mädchen.«

»Ich hab' Angst vor dem Jungen und dem Mann in blauen Hosen und der Lady. Ich glaube, es ist die Lady, die Matties Kleid angehabt hat. Sind das Gespenstis?«

»Ja.«

»Sind sie böse, wie die Männer, die uns auf dem Jahrmarkt gejagt haben? Sind sie böse?«

»Ich weiß es wirklich nicht, Ki, und das ist die Wahrheit.«

»Aber wir werden es rauskriegen?«

»Hm?«

»Das hast du gedacht. ›Aber wir werden es rauskriegen.‹«

»Ja«, sagte ich. »Ich schätze, das hab' ich gedacht. Etwas in der Art.«

Ich ging mit ihr ins Schlafzimmer, während das Wasser im Kessel heiß wurde, und dachte, daß *etwas* von Jo übrig sein mußte, in das ich sie wickeln konnte, aber sämtliche Schubladen in Jos Kommode waren leer. Ebenso ihre Seite des Schranks. Ich stellte Ki auf das große Doppelbett, in dem ich seit meiner Rückkehr nicht einmal ein Nickerchen gemacht hatte, zog ihr die nassen Sachen aus, trug sie ins Bad und wickelte sie in ein Badetuch. Sie schlang es selbst um sich, zitternd und mit blauen Lippen. Ich nahm ein anderes, um ihr Haar so gut wie möglich abzutrocknen. Dabei ließ sie die ganze Zeit nicht einmal den Plüschhund los, aus dessen Nähten inzwischen die Füllung blutete.

Ich machte das Arzneischränkchen auf, suchte und fand auf dem obersten Regal, was ich suchte: das Benadryl, das Jo wegen ihrer Ambrosiapflanzenallergie aufbewahrt hatte. Ich dachte kurz daran, das Verfallsdatum auf der Unterseite der Packung zu prüfen, und hätte fast laut aufgelacht. Was hätte *das* für einen Unterschied gemacht? Ich stellte Ki auf den heruntergeklappten Toilettendeckel und ließ sie sich um meinen Nacken festhalten, während ich die kindersichere Hülle von vier der kleinen weißrosa Kapseln abstreifte. Dann spülte ich das Zahnputzglas aus und füllte es mit kaltem Wasser. Während ich das tat, sah ich eine Bewegung im Badezimmerspiegel, in dem die Tür und das angrenzende Schlafzimmer reflektiert wurden. Ich sagte mir, daß ich nur die Schatten der windgepeitschten Bäume sah. Ich hielt Ki die Tabletten hin. Sie streckte die Hand danach aus, dann zögerte sie.

»Los«, sagte ich. »Das ist Medizin.«

»Was für eine?« fragte sie. Ihre kleine Hand hing immer noch über dem kleinen Häufchen Kapseln.

»Traurigkeitsmedizin«, sagte ich. »Kannst du Tabletten schlucken, Ki?«

»Klar. Hab' ich mir schon mit zwei beigebracht.«

Sie zögerte noch einen Moment – sah mich an und sah *in* mich *hinein*, glaube ich, um sich zu vergewissern, daß ich ihr etwas sagte, was ich wirklich glaubte. Was sie sah oder spürte, schien sie zufriedenzustellen, denn sie nahm die Kapseln und schob sie in den Mund, eine nach der anderen. Sie schluckte sie mit kleinen Vogelschlucken aus dem Glas, dann sagte sie: »Ich fühl' immer noch traurig, Mike.«

»Es dauert eine Weile, bis sie wirken.«

Ich kramte in meiner Hemdenschublade und fand ein altes Harley-Davidson-T-Shirt, das eingelaufen war. Es war immer noch Meilen zu groß für sie, aber als ich auf einer Seite einen Knoten hineinmachte, bildete es eine Art von Sarong, der ihr immer von einer Schulter rutschte. Es war fast niedlich.

Ich habe einen Kamm in der Gesäßtasche. Den holte ich heraus und kämmte ihr das Haar aus Stirn und Schläfen zurück. Sie sah allmählich wieder gefaßter aus, aber etwas fehlte immer noch. Etwas, das ich im Geiste mit Royce Merrill in Verbindung brachte. Das war verrückt … oder nicht?

»Mike? Was für ein Stock? An was für einen Stock denkst du dran?«

Dann fiel es mir ein. »Kein Stock, eine Stange, eine Zuckerstange«, sagte ich. »Mit Streifen.« Ich holte die beiden weißen Bänder aus der Tasche. In dem wechselhaften Licht sahen ihre roten Ränder fast roh aus. »Wie die hier.« Ich band ihr das Haar zu zwei kleinen Pferdeschwänzen zurück. Jetzt hatte sie ihre Bänder; sie hatte ihren schwarzen Hund; die Sonnenblumen standen nun ein paar Meter nördlich, aber sie waren da. Alles war mehr oder weniger so, wie es sein sollte.

Donner grollte, irgendwo in der Nähe stürzte ein Baum um, die Lichter gingen aus. Nach fünf Sekunden dunkelgrauer Schatten gingen sie wieder an. Ich trug Ki in die Küche zurück, und als wir an der Kellertür vorbeikamen, lachte etwas dahinter. Ich hörte es; Ki auch. Ich konnte es in ihren Augen sehen.

»Kümmere dich um mich«, sagte sie. »Kümmere dich um mich, weil ich noch klein bin. Du hast es versprochen.«

»Mach' ich.«

»Ich hab' dich lieb, Mike.«

»Ich dich auch, Ki.«

Der Kessel pfiff. Ich füllte die Tasse zur Hälfte mit heißem Wasser, die restliche Hälfte mit Milch, damit der Kakao kühler und voller im Geschmack wurde. Ich trug Kyra zur Couch. Als wir am Eßzimmertisch vorbeikamen, sah ich zu der IBM-Schreibmaschine und dem Manuskript mit dem Kreuzworträtselbuch darauf. Das alles sah ein wenig albern und irgendwie traurig aus, wie Geräte, die nie sehr gut funktioniert haben und jetzt gar nicht mehr funktionieren.

Blitze erhellten den gesamten Himmel und überfluteten das Zimmer mit purpurnem Licht. In dem Leuchten sahen die wogenden Bäume wie schreiende Finger aus, und als das Licht über die Glastür zur Veranda huschte, sah ich eine Frau hinter uns beim Holzofen stehen. Sie trug wahrhaftig einen Strohhut mit einer Krempe so breit wie ein Wagenrad.

»Was meinst du damit, der Fluß mündet fast ins Meer?« fragte Ki.

Ich setzte mich hin und gab ihr die Tasse. »Trink das.«

»Warum haben die Männer meiner Mommy weh getan? Wollten sie nicht, daß sie es schön hat?«

»Wahrscheinlich nicht«, sagte ich. Ich fing an zu weinen. Ich hielt sie auf meinem Schoß fest und wischte mir mit dem Handrücken die Tränen weg.

»Du hättest auch ein paar traurige Pillen nehmen sollen«, sagte Ki. Sie hielt mir ihren Kakao hin. Ihre Haarbänder, die ich zu großen, nachlässigen Schleifen gebunden hatte, hüpften. »Hier. Trink was.«

Ich trank was. Vom Nordende des Hauses ertönte ein weiteres knirschendes Krachen. Das tiefe Brummen des Generators kam ins Stottern, im Haus wurde es wieder grau. Schatten rasten über Kis kleines Gesicht.

»Halt dich fest«, sagte ich zu ihr. »Versuch, keine Angst zu haben. Vielleicht gehen die Lichter wieder an.« Einen Moment später gingen sie an, aber jetzt konnte ich einen heiseren, unrunden Unterton im Brummen des Generators hören, und das Flackern des Lichts wurde noch stärker.

»Erzähl mir eine Geschichte«, sagte sie. »Erzähl mir von Cinderbell.«

»Cinderella.«

»Ja, von der.«

»Na gut, aber Geschichtenerzähler werden bezahlt.« Ich schürzte die Lippen und machte schlürfende Geräusche.

Sie hielt mir die Tasse hin. Der Kakao war süß und gut. Das Gefühl, beobachtet zu werden, war deutlich und gar nicht gut, aber sollten sie doch zusehen. Sollten sie doch zusehen, so lange sie noch konnten.

»Da war dieses hübsche Mädchen namens Cinderella –«

»Es war einmal! So fängt es an! So fangen sie alle an!«

»Stimmt, das hatte ich vergessen. Es war einmal dieses hübsche Mädchen namens Cinderella, das zwei gemeine Stiefschwestern hatte. Ihre Namen waren … kannst du dich erinnern?«

»Tammy Faye und Vanna.«

»Ja, die Königinnen des Haarsprays. Und sie ließen Cinderella alle wirklich unangenehmen Arbeiten erledigen, zum Beispiel den Kamin ausfegen und Hundehäufchen im Garten aufsammeln. Nun kam es aber zufällig dazu, daß die berühmte Rockband Oasis ein Konzert im Palast geben sollte, und obwohl alle Mädchen eingeladen waren …«

Ich kam bis zu dem Teil, wo die Fee die Mäuse fängt und in Kutschenpferde verwandelt, als das Benadryl wirkte. Es war wirklich eine Medizin für Traurigkeit, denn als ich nach unten sah, lag Ki fest eingeschlafen in meiner Armbeuge und ihre Kakaotasse neigte sich dramatisch nach Backbord. Ich nahm sie ihr aus den Fingern und stellte sie auf den Beistelltisch, dann strich ich ihr das trocknende Haar aus der Stirn.

»Ki?«

Nichts. Sie war ins Land des Sandmännchens entschwunden. Hilfreich war wahrscheinlich, daß ihr Mittagsschlaf zu Ende gewesen war, bevor er richtig angefangen hatte.

Ich nahm sie hoch und trug sie zum Schlafzimmer im Nordflügel; ihre Füße baumelten schlaff in der Luft, und der Saum des Harley-Shirts flatterte um ihre Knie. Ich legte sie auf das Bett und zog ihr die Decke bis unters Kinn. Donner hallte wie Artilleriefeuer, aber sie regte sich nicht einmal. Erschöpfung, Trauer, Benadryl … sie hatten sie weit mit sich genommen, weit jenseits von Gespenstern und Sorgen, und das war gut.

Ich beugte mich über sie und küßte sie auf die Wange, die endlich abkühlte. »Ich kümmere mich um dich«, sagte ich. »Ich habe es versprochen, und ich werde es tun.«

Ki drehte sich auf die Seite, als hätte sie mich gehört, schob die Hand, mit der sie Strickland hielt, unter das Kinn und gab ein leises Seufzen von sich. Ihre Wimpern waren wie dunkler Ruß auf den Wangen, ein verblüffender Kontrast zu ihrem hellen Haar. Als ich sie ansah, überkam mich ein Gefühl tiefer Zuneigung, das mich so erschütterte, wie man von einer Krankheit erschüttert wird.

Kümmere dich um mich, ich bin nur ein kleines Mädchen.

»Das werde ich, Ki-bird«, sagte ich.

Ich ging ins Bad und ließ die Wanne vollaufen, wie einst im Schlaf. Sie würde alles verschlafen, wenn ich genügend warmes Wasser zusammenbekam, bevor der Generator endgültig ausfiel. Ich wünschte, ich hätte ein Badespielzeug für sie, falls sie doch vorher aufwachte, so etwas wie Wilhelm den Spritzenden Wal, aber sie hatte ihren Hund, und wahrscheinlich würde sie sowieso nicht aufwachen. Keine eiskalte Taufe unter einer Handpumpe für Kyra. Ich war nicht grausam, und ich war nicht verrückt.

Ich hatte nur Einwegrasierer im Medizinschränkchen, für die andere Aufgabe, die vor mir lag, nicht geeignet. Nicht wirksam genug. Aber eines der Steakmesser in der Küche würde auch gehen. Wenn ich das Waschbecken mit Wasser füllte, das richtig heiß war, würde ich es nicht mal spüren. Ein großes *T* auf jedem Unterarm, der obere Querbalken quer über das Handgelenk –

Einen Moment kam ich aus der Zone heraus. Eine Stimme – meine eigene, die als eine Mischung aus Jo und Mattie sprach – schrie: *Was denkst du da? Oh, Mike, was in Gottes Namen denkst du da?*

Dann ertönte Donner, die Lichter flackerten, und der vom Wind gepeitschte Regen goß wieder herab. Ich kehrte an den Ort zurück, wo alles klar, wo mein Vorgehen über jeden Zweifel erhaben war. Sollte alles zu Ende sein – die Trauer, der Schmerz, die Angst. Ich wollte nicht mehr daran denken, wie Mattie mit den Zehen auf dem Frisbee getanzt hatte, wie im Rampenlicht. Ich wollte nicht dasein, wenn Kyra aufwachte, wollte das Elend in ihren Augen nicht sehen. Ich wollte die kommende Nacht nicht überstehen, nicht den auf sie folgenden Tag oder den Tag danach. Sie alle waren Waggons desselben alten geheimnisvollen Zugs. Das Leben war eine Krankheit. Ich würde ihr ein schönes warmes Bad verpassen und sie davon heilen. Ich hob die Arme. Im Spiegel des Medizinschranks hob eine undeutliche Gestalt – eine gespenstische Gestalt – ihre eigenen zu einer Art spöttischem Gruß. Das war ich. Ich war es die ganze Zeit gewesen, und das war gut. Das war ganz prima.

Ich ließ mich auf ein Knie nieder und überprüfte das Wasser. Es floß hübsch warm. Gut. Selbst wenn der Generator jetzt ausfiel, wäre alles prima. Die Wanne war alt und tief. Als ich in die Küche ging, um das Messer zu holen, überlegte ich mir, ob ich zu ihr hineinsteigen sollte, nachdem ich mir die Pulsadern im heißeren Wasser des Beckens aufgeschnitten hatte. Nein, entschied ich. Das könnte von den Leuten, die später hierherkamen, Leuten mit häßlichen Gedanken und häßlicheren Vermutungen, falsch interpretiert werden. Den Leuten, die hierherkommen würden, wenn der Sturm vorbei und die Bäume von den Straßen geräumt waren. Nein, nach dem Bad würde ich sie abtrocknen und mit Strickland in der Hand ins Bett legen. Ich würde ihr gegenübersitzen, im Schaukelstuhl am Schlafzimmerfenster. Ich würde mir Handtücher auf den Schoß legen, damit mir sowenig Blut wie möglich auf die Hose kam, und schließlich würde ich auch einschlafen.

Bunters Glöckchen läutete immer noch. Jetzt viel lauter. Es ging mir auf die Nerven, und wenn es so weiterläutete, konnte es sogar das Baby aufwecken. Ich beschloß, es abzureißen und endgültig zum Schweigen zu bringen. Ich durchquerte das Zimmer, und da wehte ein Schwall Luft heftig an mir vorbei. Es war kein Luftzug von dem eingeschlagenen Küchenfenster; dies war wieder die warme Luft einer U-Bahn. Sie wehte das Buch der extrakniffligen Kreuzworträtsel auf den Boden, aber der Briefbeschwerer auf dem Manuskript verhinderte, daß ihm die Seiten nachfolgten. Als ich in diese Richtung sah, verstummte Bunters Glöckchen.

Eine Stimme seufzte durch das halbdunkle Zimmer. Worte konnte ich keine verstehen. Aber was machte das schon? Was spielte eine weitere Manifestation – ein weiterer Schwall heißer Luft aus den Ewigen Jagdgründen – schon für eine Rolle?

Donner grollte, und das Seufzen ertönte erneut. Als der Generator diesmal ausfiel, die Lichter erloschen und das Zimmer in Dunkelheit hüllten, verstand ich ein Wort ganz deutlich:

Neunzehn.

Ich drehte mich auf den Absätzen um und beschrieb einen fast vollständigen Kreis. Als ich fertig war, sah ich durch das schattenhafte Zimmer zum Manuskript von *Mein Jugendfreund*. Plötzlich ging mir ein Licht auf. Verständnis machte sich breit.

Nicht das Rätselbuch. Auch nicht das Telefonbuch.

Mein Buch. Mein Manuskript.

Ich ging hin und registrierte am Rande, daß das Wasser im Badezimmer des Nordflügels nicht mehr in die Wanne floß. Da der Generator ausgefallen war, funktionierte auch die Pumpe nicht mehr. Das machte nichts, das Wasser war schon tief genug. Und warm. Ich würde Kyra baden, aber vorher mußte ich etwas anderes tun. Ich mußte neunzehn runter, und danach mußte ich möglicherweise zweiundneunzig runter. Und das konnte ich. Ich hatte mehr als hundertzwanzig Manuskriptseiten fertiggestellt, also konnte ich es. Ich nahm die batteriebetriebene Laterne oben von dem Schränkchen, in dem ich immer noch mehrere hundert richtige Vinylschallplatten aufbewahrte, schaltete sie ein und stellte sie auf den Tisch. Sie warf einen weißen Lichtschein auf das Manuskript – in der Dunkelheit des Nachmittags war sie so hell wie ein Scheinwerfer.

Auf Seite neunzehn von *Mein Jugendfreund* saß Tiffy Taylor – das Callgirl, das sich als Regina Whiting neu erfunden hatte – mit Andy Drake in ihrem Atelier und berichtete von dem Tag, an dem John Sanborn (der falsche Name, den John Shackleford angegeben hatte) ihre dreijährige Tochter Karen gerettet hat. Dies ist der Abschnitt, den ich las, während der Donner hallte und der Regen gegen die Schiebetür zur Veranda platschte:

FREUND, von Noonan/S. 19

eine Richtung, ich war ganz sicher«, sagte sie, »oh, und als ich sie nirgendwo sehen konnte, ging ich zuletzt im Whirlpool nachsehen.« Sie zündete sich noch

eine Zigarette an. »Ich sah sie, wollte losheulen,
nach ihr schreien, Andy - Karen war unter Wasser.
Und nur ihre Hand ragte noch heraus... die
Nägel wurden purpurn. Dann... bin ich wohl hin-
terhergesprungen, aber ich kann mich nicht klar
erinnern. Ich war nicht ganz da. Danach ist alles wie
richtig im Traum, wo alles im Geiste zusammenläuft.
Der Gärtner - Sanborn - schob mich weg und tauchte.
Er traf mich mit dem Fuß am Hals, ich konnte einen
Monat kaum schlucken. Er zerrte an Karens Arm.
Allen Ernstes, ich dachte wirklich, er würde ihn ihr
total aus der verdammten Schulter reißen, aber er
erwischte sie. Er konnte sie tatsächlich befreien.
Langsam zog er sie raus.«

Im Halbdunkel sah Drake, daß sie weinte. »O Gott,
es ist zu spät, dachte ich. Er hat sie zwar rausge-
rissen, aber sie ist tot.«

Ich wußte sofort Bescheid, legte aber den Stenoblock an den linken Rand, damit ich es besser lesen konnte. Ich las nach unten, wie man das senkrechte Wort in einem Kreuzworträtsel lesen würde, und der erste Buchstabe jeder Zeile ergab die Nachricht, die fast seit dem Zeitpunkt, als ich das Buch angefangen hatte, dagewesen war:

eulen UNter DEM AteL er

Und wenn ich den eingerückten Absatz zwei Zeilen vor dem Seitenende mitzählte:

eulen UNter DEM AteLIer

Bill Dean, mein Hausmeister, sitzt am Steuer seines Lasters. Er hat mit seinem Besuch seine beiden Ziele hier erreicht – mich im TR willkommen geheißen und mich vor Mattie Devore gewarnt. Jetzt ist er bereit zu gehen. Er lächelt mir zu und läßt diese großen falschen Zähne sehen, die Roebucker. »Wenn Sie Gelegenheit dazu haben, sollten Sie nach den Eulen suchen«, sagt er. Ich frage ihn, was Jo mit zwei Plastik-

eulen gewollt haben könnte, und er antwortet, sie verhindern, daß Krähen auf das Gebälk scheißen. Ich akzeptiere es, ich muß über andere Sachen nachdenken, aber dennoch ... »Fast so, als wäre sie extra deswegen gekommen«, sagt er. Mir kommt nie in den Sinn – jedenfalls damals nicht –, daß Eulen im indianischen Brauchtum einen anderen Zweck haben: Man sagt, daß sie böse Geister fernhalten. Wenn Jo wußte, daß Plastikeulen die Krähen abschrecken, muß sie auch das gewußt haben. Es war genau die Art Information, die sie aufschnappte und speicherte. Meine wißbegierige Frau. Mein brillanter Wirrkopf.

Donner grollte. Blitze fraßen sich in die Wolken wie Spritzer heller Säure. Ich stand am Eßzimmertisch und hielt das Manuskript in zitternden Händen.

»Herrgott, Jo«, flüsterte ich. »Was hast du herausgefunden?«

Und warum hast du mir nichts erzählt?

Aber ich glaubte, ich wußte die Antwort darauf. Sie hatte es mir nicht gesagt, weil ich auf irgendeine Weise wie Max Devore war; sein Urgroßvater und meiner hatten in dieselbe Latrine geschissen. Es ergab keinen Sinn, aber so war es nun mal. Und sie hatte es ihrem Bruder auch nicht erzählt. Das spendete mir eine unheimliche Art von Trost.

Ich blätterte durch das Manuskript und bekam eine Gänsehaut.

Michael Noonan ließ Andy Drake in *Mein Jugendfreund* selten weinen. Er ließ ihn *heulen*, weil eine Eule in jedem Heulen steckt. Bevor er nach Florida kam, hatte John Shackleford in Studio City, Kalifornien, gelebt. Drake trifft sich mit Regina Whiting zum erstenmal in ihrem Atelier. Ray Garratys letzte bekannte Adresse waren die Atelier-Apartments auf Key Largo. Regina Whitings beste Freundin hieß Steffie Underwood. Steffies Mann hieß Towle Underwood – das war nicht schlecht, zwei zum Preis von einem.

Eulen unter dem Atelier.

Es war überall, auf jeder Seite, wie die K-Namen im Telefonbuch. Eine Art Monument, aber in diesem Fall – und da war ich ganz sicher – nicht von Sara Tidwell, sondern von Johanna Arlen Noonan erbaut. Meine Frau schleuste hinter dem Rücken der Wachen Botschaften durch und betete mit ihrem ganzen großen Herzen, daß ich sie sehen und verstehen würde.

Auf Seite zweiundneunzig unterhielt sich Shackleford mit

Drake im Besuchszimmer des Gefängnisses – er hatte die Handgelenke zwischen den Knien, betrachtete die Kette zwischen seinen Knöcheln und weigerte sich, Blickkontakt mit Drake herzustellen.

FREUND, von Noonan/S. 92

einzige, das ich sagen konnte. Alles andere konnte unterbleiben, was würde es nützen? Es ist so, das Leben ist ein Spiel, und ich habe verloren. Soll ich erzählen, wie ich ein kleines Kind gerettet, tropfnaß aus dem Wasser gezogen und wiederbelebt habe? Und dabei bin ich kein Held und kein Heiliger, ich nicht ...«

Es ging weiter, aber ich mußte nicht weiterlesen. Die Botschaft *Eulen unter dem Atelier* verlief am Rand entlang nach unten, genau wie auf Seite neunzehn. Wie wahrscheinlich auf einer beliebigen Zahl von Seiten. Ich erinnerte mich, wie überschäumend glücklich ich gewesen war, als ich feststellte, daß die Blockade beseitigt war und ich wieder schreiben konnte. Sie war beseitigt, das stimmte, aber nicht, weil ich sie schließlich geschlagen oder einen Weg um sie herum gefunden hatte. *Jo* hatte sie beseitigt. *Jo* hatte sie besiegt, und die Fortdauer meiner Karriere als zweitklassiger Thrillerautor war dabei ihre geringste Sorge gewesen. Als ich im Flackern der Blitze dastand und spürte, wie meine unsichtbaren Gäste durch die aufgewühlte Luft wirbelten, erinnerte ich mich an Mrs. Moran, meine Lehrerin in der ersten Klasse. Wenn jemand von uns in seinen Bemühungen, die geschwungenen Kurven des Alphabets nach der Palmer-Methode nachzuzeichnen, unsicher oder nachlässig wurde, legte sie ihre große, kompetente Hand auf seine und half ihm.

So hatte Jo mir geholfen.

Ich blätterte das Manuskript durch und sah die Schlüsselwörter überall, manchmal so plaziert, daß man sie tatsächlich reihenweise in verschiedenen Zeilen lesen konnte, eines über dem anderen. Wie sehr sie versucht hatte, mir das zu sagen ... und ich hatte nicht die Absicht, irgendwas anderes zu machen, bis ich den Grund dafür herausgefunden hatte.

Ich legte das Manuskript auf den Tisch zurück, aber bevor ich es noch einmal nehmen konnte, wehte ein wütender Luftzug an mir vorbei, riß die Seiten hoch und verstreute sie wie ein Wirbelsturm überall hin. Wenn diese Kraft sie zu Fetzen hätte zerreißen können, ich bin sicher, sie hätte es getan.

Nein! schrie sie, als ich den Griff der Laterne packte. *Nein, bring es zu Ende!*

Wind wehte mir in kalten Böen am Gesicht vorbei – als würde jemand, den ich nicht deutlich sehen konnte, direkt vor mir stehen und mir ins Gesicht atmen, zurückweichen, wenn ich vorwärts ging, und schnaufen wie der große böse Wolf vor den Häusern der drei kleinen Schweinchen.

Ich hängte die Laterne über einen Arm, streckte beide Arme vor mir aus und klatschte fest in die Hände. Die kalten Windstöße in mein Gesicht hörten auf. Jetzt wehte nur noch der normale Luftzug durch das eingeschlagene Küchenfenster. »Sie schläft«, sagte ich zu dem, was, wie ich wußte, immer noch da war und lautlos zusah. »Es ist Zeit genug.«

Ich ging zur Hintertür hinaus, und der Wind erfaßte mich auf der Stelle, ließ mich seitwärts taumeln, hätte mich beinahe umgeworfen. Und in den schwankenden Bäumen sah ich grüne Gesichter, die Gesichter der Toten. Das von Devore war da, das von Royce, das von Son Tidwell. Am häufigsten sah ich das von Sara.

Überall Sara.

Nein! Geh zurück! Mußt dich nicht mit Eulen rumplagen, Sugar! Geh zurück! Bring es zu Ende. Erledige das, weshalb du gekommen bist!

»Ich *weiß* nicht, weshalb ich gekommen bin«, sagte ich. »Und bis ich das herausfinde, tu ich *gar nichts*.«

Der Wind heulte, als sei er beleidigt worden, und ein riesiger Ast brach von der Kiefer rechts des Hauses ab. Er fiel in einem Wassernebel auf meinen Chevrolet und drückte das Dach ein, ehe er auf meiner Seite herunterrollte.

Wenn ich hier draußen in die Hände klatschte, wäre das genauso sinnvoll wie König Knuts Befehl an die Flut, zurückzuweichen. Dies war ihre Welt, nicht meine … und obendrein nur der Rand davon. Jeder Schritt näher zur Straße und dem See würde mich näher zum Herz dieser Welt bringen, wo die Zeit dünn war und Geister herrschten. O großer Gott, was war geschehen, das alles zu verursachen?

Der Pfad zu Jos Atelier hatte sich in einen Bach verwandelt. Ich kam ein Dutzend Schritte weit, bis sich ein Stein unter meinen Füßen drehte und ich auf die Seite fiel. Ein Blitz zuckte über den Himmel, das Knirschen eines weiteren brechenden Astes ertönte, und dann fiel etwas auf mich zu. Ich hob die Hände, um das Gesicht abzuschirmen, und rollte mich nach rechts, vom Weg herunter. Der Ast landete unmittelbar hinter mir auf dem Boden, und ich kullerte einen Hang halb hinunter, den vollgesogene Nadeln schlüpfrig machten. Schließlich konnte ich mich wieder auf die Füße ziehen. Der Ast auf dem Weg war noch größer als der, der auf dem Dach des Autos gelandet war. Wenn er mich getroffen hätte, hätte er mir wahrscheinlich den Schädel eingeschlagen.

Geh zurück! Ein zischender, haßerfüllter Wind zwischen den Bäumen.

Bring es zu Ende! Die plätschernde, kehlige Stimme des Sees, der unterhalb der *Straße* gegen Felsen und Ufer toste.

Kümmere dich um deine Angelegenheiten! Das war das Haus selbst, das auf seinen Fundamenten ächzte. *Kümmere dich um deine Angelegenheiten, und laß mich mich um meine kümmern!*

Aber Kyra *war* meine Angelegenheit. Kyra war meine Tochter.

Ich hob die Laterne auf. Das Gehäuse hatte einen Sprung, aber die Birne im Inneren leuchtete hell und konstant – das war ein Punkt für die Heimmannschaft. Ich bückte mich gegen den heulenden Wind, hob eine Hand, um weitere herabfallende Äste abzuwehren, und rutschte und stolperte den Weg zum Atelier meiner toten Frau hinunter.

Kapitel 27

Zuerst ging die Tür nicht auf. Der Knauf drehte sich unter meiner Hand, daher wußte ich, daß nicht abgeschlossen war, aber durch den Regen schien das Holz aufgequollen zu sein … oder war etwas dagegengeschoben worden? Ich wich zurück, duckte mich ein wenig und rammte die Tür mit der Schulter. Diesmal gab sie ein wenig nach.

Das war sie. Sara. Sie stand auf der anderen Seite der Tür und versuchte, sie zuzuhalten. Aber wie konnte sie das tun? Wie, in Gottes Namen? Sie war ein verdammter Geist!

Ich dachte an den Pickup von BAMM CONSTRUCTION … und konnte ihn fast sehen, als wäre der Gedanke eine Beschwörung, draußen am Ende vom Weg zweiundvierzig, wo er am Highway parkte. Die Limousine der alten Damen parkte dahinter, und mittlerweile noch drei oder vier weitere Autos. Sämtliche Scheibenwischer fegten hin und her, die Scheinwerfer schnitten kümmerliche Kegel in den Wolkenbruch. Sie standen am Straßenrand aufgereiht wie Autos bei einem Flohmarkt. Aber hier war kein Flohmarkt, nur die Oldtimer, die stumm in ihren Autos saßen. Oldtimer, die in der Zone waren, genau wie ich. Oldtimer, die Schwingungen schickten.

Sie nährte sich davon. *Stahl* sie ihnen. Dasselbe hatte sie mit Devore gemacht – und natürlich mit mir. Zahlreiche der Manifestationen, die ich seit meiner Rückkehr erlebt hatte, waren zweifelsohne mit meiner psychischen Energie geschaffen worden. Das war amüsant, wenn man darüber nachdachte.

Vielleicht war »erschreckend« das Wort, nach dem ich eigentlich suchte.

»Jo, hilf mir«, sagte ich im strömenden Regen. Blitze zuckten und verwandelten die Sturzbäche kurz in grelles Silber. »Wenn du mich je geliebt hast, hilf mir jetzt.«

Ich wich zurück und warf mich wieder gegen die Tür. Diesmal spürte ich gar keinen Widerstand und stolperte hinein, stieß mir das Schienbein am Türrahmen und fiel auf die Knie. Aber die Laterne ließ ich nicht los.

Es folgte ein Augenblick der Stille. Ich spürte, wie sich Mächte und Kräfte darin sammelten. In diesem Augenblick schien sich nichts zu bewegen, obwohl hinter mir, im Wald, wo Jo gerne spazierengegangen war – mit mir oder ohne mich –, der Regen weiter fiel und der Wind weiter heulte, ein unbarmherziger Gärtner, der sich einen Weg durch die abgestorbenen und fast abgestorbenen Bäume schnitt und die Arbeit von zehn sanfteren Jahren binnen einer turbulenten Stunde tat. Dann fiel die Tür ins Schloß, und es ging los. Ich sah alles im Licht der Laterne, die ich eingeschaltet hatte, ohne es zu merken, aber anfangs wußte ich nicht genau, was ich sah, abgesehen davon, daß die geliebten Kunstgegenstände und Schätze meiner Frau von Poltergeistern zerstört wurden.

Das gerahmte Afghantuch wurde von der Wand gerissen und flog von einer Seite des Ateliers zur nächsten, der schwarze Eichenholzrahmen zerbrach. Die Köpfe der Puppen auf den Babycollagen schossen davon wie Sektkorken bei einer Party. Die Glaskugel der Hängelampe zerschellte und überschüttete mich mit Scherben. Wind kam auf – kalter Wind –, und bald gesellte sich ein zweiter, warmer dazu, vereinigte sich mit ihm und bildete den Wirbel eines Zyklons. Sie sausten an mir vorbei, als wollten sie den größeren Sturm draußen nachahmen.

Der Kopf von Sara Lacht auf dem Bücherregal, der aussah, als wäre er aus Zahnstochern und Eisstielen gemacht, explodierte in einer Wolke von Splittern. Das Kajakpaddel, das an der Wand lehnte, schwang sich in die Lüfte, ruderte heftig im Nichts und kam wie ein Speer auf mich zugeschossen. Ich warf mich flach auf den grünen Teppich, um ihm auszuweichen, und spürte, wie mir Scherben der zerschellten Lampe in die Handflächen schnitten, als ich zu Boden ging. Und noch etwas spürte ich – eine Art Wulst unter dem Teppich. Das Paddel prallte so fest gegen die Wand hinter mir, daß es in zwei Teile zerbrach.

Nun erhob sich das Banjo in die Luft, das meine Frau nie richtig beherrscht hatte, drehte sich zweimal um sich selbst und spielte hell klimpernd eine Tonfolge, die zwar falsch klang, aber dennoch unmißverständlich war – *wish I was in the land of cotton, old times there are not forgotten.* Die Melodie endete mit einem heftigen BLANK!, bei dem alle fünf Saiten rissen. Das Banjo drehte sich ein drittes Mal um die eigene Achse, die glänzenden Stahlbeschläge spiegelten das Licht in fischschuppenähnlichen Läufen auf den Wänden des Ateliers wider, dann schlug es sich selbst auf dem Boden zu Tode, der Resonanzkörper zerschellte, die Wirbel brachen ab wie Zähne.

Das Geräusch der sich bewegenden Luft begann sich – wie soll ich es ausdrücken? – irgendwie *zu konzentrieren,* bis es nicht mehr das Geräusch von Luft war, sondern der Klang von Stimmen – keuchenden, unirdischen Stimmen voller Wut. Sie hätten geschrien, wenn sie Stimmbänder zum Schreien gehabt hätten. Staubige Luft wirbelte im Lichtstrahl meiner Laterne auf, bildete Spiralformen, die zusammen tanzten und sich wieder voneinander lösten. Nur einen Augenblick hörte ich Saras fauchende, rauchige Stimme: »*Verschwinde, du Miststück! Raus mit dir! Das hier geht dich nichts* –« Und dann ein eigentümlich substanzloses Poltern, als wäre Luft mit Luft zusammengestoßen. Dem folgte ein rauschender Schrei wie aus dem Windkanal, den ich kannte: Ich hatte ihn schon mitten in der Nacht gehört. Jo schrie. Sara tat ihr weh, Sara bestrafte sie, weil sie gewagt hatte, sich einzumischen, und Jo schrie.

»Nein!« schrie ich und sprang auf die Füße. »Laß sie in Ruhe! Laß sie in Ruhe!« Ich ging in das Zimmer und schwenkte die Laterne vor dem Gesicht, als könnte ich sie damit schlagen. Zugestöpselte Flaschen flogen an mir vorbei – manche enthielten getrocknete Blumen, manche sorgfältig ausgesuchte Pilze, manche Kräuter aus dem Wald. Sie zerschellten mit dem spröden Klang eines Xylophons an der Wand hinter mir. Keine traf mich; es war, als hätte eine unsichtbare Hand sie abgeleitet.

Dann erhob sich Jos Rollpult in die Luft. Mit seinen vollen Schubladen muß es fast zweihundert Kilo gewogen haben, aber es schwebte wie eine Feder, nickte erst in eine Richtung und kippte dann in den widerstreitenden Luftströmen in die andere.

Jo schrie wieder, diesmal vor Wut statt vor Schmerz, und ich taumelte mit dem Gefühl, als wäre ich ausgehöhlt worden, rückwärts gegen die geschlossene Tür. Offenbar war Sara nicht die einzige, die Energie von den Lebenden stehlen konnte. Weiße, samenähnliche Substanz – Ektoplasma, schätze ich – ergoß sich in einem Dutzend kleinen Strömen aus den Öffnungen des Rollpults, und plötzlich schoß das Pult durch das Zimmer. Es flog beinahe zu schnell, als daß man ihm mit dem Auge hätte folgen können. Jeder, der ihm im Weg stand, wäre zerquetscht worden. Ein ohrenbetäubender Aufschrei der Entrüstung und Qual ertönte – diesmal von Sara, das wußte ich –, dann prallte das Pult gegen die Wand, durchschlug sie und ließ Regen und Wind herein. Der Rolladen des Pults löste sich aus der Führung und hing wie eine abgeschnittene Zunge heraus. Sämtliche Schubladen schossen davon. Zwirnrollen, Garnfäden, kleine Bücher zur Identifizierung von Flora und Fauna, Reiseführer durch den Wald, Fingerhüte, Notizbücher, Stricknadeln, ausgetrocknete Filzstifte – Jos irische Überreste, hätte Ki vielleicht dazu gesagt. Sie flogen überall hin wie Knochen und Haarbüschel, die grausam aus einem wieder ausgegrabenen Sarg geschleudert wurden.

»Aufhören«, krächzte ich. »Aufhören, ihr beiden. Das reicht.«

Aber das mußte ich ihnen nicht sagen. Abgesehen vom wütenden Tosen des Sturms war ich allein im Atelier meiner Frau. Der Kampf war vorbei. Zumindest vorläufig.

Ich kniete mich hin, schob den grünen Teppich zusammen und faltete sorgfältig soviel von den Glasscherben der zerbrochenen Lampe hinein, wie ich konnte. Darunter befand sich eine Falltür, die in eine dreieckige Vorratskammer führte, welche vom Hang des Erdbodens, der zum See hin abfiel, geschaffen wurde. Der Wulst, den ich gespürt hatte, war ein Scharnier dieser Falltür. Ich hatte von dieser Kammer gewußt und dort nach den Eulen suchen wollen. Dann überstürzten sich die Ereignisse, und ich hatte es vergessen.

In der Falltür war ein eingelassener Ring verankert. Ich ergriff ihn und rechnete mit weiterem Widerstand, aber die Tür ging mühelos auf. Der Geruch, der heraufstieg, ließ mich innehalten. Keine feuchte Fäulnis, jedenfalls nicht gleich, sondern Red – Jos Lieblingsparfum. Der Duft umschmeichelte mich einen Moment, dann war er verschwunden. An seine Stelle trat der Geruch von Regen, Wurzeln und nasser Erde. Nicht angenehm, aber unten am See, bei der verdammten Birke, hatte ich weitaus Schlimmeres gerochen.

Ich leuchtete mit der Laterne drei steile Stufen hinab. Ich

konnte einen gedrungenen Umriß erkennen, bei dem es sich um eine alte Toilettenschüssel handelte – ich konnte mich dunkel erinnern, daß Bill und Kenny Auster sie 1990 oder '91 hier verstaut hatten. Ich sah Stahlkästen – eigentlich Schubladen von Aktenschränken –, die in Plastik eingewickelt und auf Paletten aufgeschichtet waren. Alte Schallplatten und Papiere. Ein in eine Plastiktüte gewickeltes Achtspurtonbandgerät. Daneben, ebenfalls in Plastik, ein alter Videorecorder. Und drüben in der Ecke –

Ich setzte mich, schwang die Beine hinunter und spürte, wie mich etwas an dem Knöchel berührte, den ich mir im See verstaucht hatte. Ich leuchtete mit der Laterne zwischen meine Knie und sah einen Augenblick einen schwarzen Jungen. Aber nicht den, der im See ertrunken war – dieser war älter und um einiges größer. Zwölf, vielleicht vierzehn. Der ertrunkene Junge war nicht älter als acht gewesen.

Dieser hier fletschte die Zähne und zischte wie eine Katze. Er hatte keine Pupillen in den Augen; wie bei dem Jungen im See waren seine Augen ganz weiß, wie die Augen einer Statue. Und er schüttelte den Kopf. *Komm nicht hier runter, weißer Mann. Laß die Toten in Frieden ruhen.*

»Aber du hast keinen Frieden«, sagte ich und hielt den Lichtstrahl voll auf ihn. Einen Augenblick sah ich ein wahrhaft abscheuliches Ding. Ich konnte durch ihn hindurchsehen, aber auch in ihn *hinein*: die verwesenden Reste der Zunge in seinem Mund, die Augen in ihren Höhlen, sein Gehirn wie ein verdorbenes Ei in der Schädelkalotte köchelnd. Dann war er verschwunden, und es blieb nur einer dieser kreisenden Staubwirbel übrig.

Ich ging nach unten und hielt die Laterne hoch. Darunter wiegten sich Nester aus Schatten und schienen nach oben zu greifen.

Die Kammer (eigentlich nicht mehr als ein besserer Stauraum) war mit Holzpaletten ausgelegt worden, damit nichts auf bloßer Erde stand. Jetzt floß Wasser als konstanter Strom darunter, und es war soviel Erde weggeschwemmt worden, daß selbst das Kriechen zu einer unsicheren Sache wurde. Der Parfumgeruch war vollkommen verschwunden. An seine Stelle war der abstoßende Geruch vom Grund eines Flusses getreten und – angesichts der Umstände unwahrscheinlich, ich weiß, aber er war da – der schwache, widrige Geruch von Asche und Feuer.

Ich sah fast auf den ersten Blick, was mich hierhergeführt hatte. Jos Eulen aus dem Versandkatalog, die sie im November 1993 persönlich in Empfang genommen hatte, waren in der nordöstlichen Ecke, wo nur etwa sechzig Zentimeter Luft zwischen dem schrägen Palettenboden und dem Unterboden des Arbeitszimmers waren. *Mann, sahen die echt aus,* hatte Bill gesagt, und Mann, wenn das nicht stimmte: Im hellen Glanz der Laterne sahen sie aus wie Vögel, die in klare Plastikfolie eingeschweißt worden und darin erstickt waren. Ihre Augen waren helle Trauringe um schwarze Pupillen herum. Ihre Plastikfedern waren im dunkelgrünen Farbton von Kiefernnadeln bemalt, die Bäuche in einer schmutzigen orange-weißen Schattierung. Ich kroch über die schmatzenden, wackelnden Paletten darauf zu, während das Licht der Laterne zwischen ihnen schwankte, und versuchte mich nicht zu fragen, ob dieser Junge hinter mir war und mich kriechend verfolgte. Als ich bei den Eulen ankam, hob ich, ohne nachzudenken, den Kopf und stieß gegen die Isolierung unter dem Arbeitszimmerboden. *Klopf einmal für ja, zweimal für nein, du Arschloch,* dachte ich.

Ich hakte die Finger in die Plastikhülle der Eulen und zog sie zu mir. Ich wollte hier raus. Das Gefühl des Wassers, das direkt unter mir floß, war seltsam und unangenehm. Ebenso der Geruch von Feuer, der inzwischen trotz der Feuchtigkeit stärker geworden zu sein schien. Wenn nun das Atelier brannte? Wenn Sara es irgendwie angezündet hatte? Ich würde hier unten gegrillt werden, während das schlammige Hochwasser des Sturms mir die Beine und den Bauch durchnäßte.

Ich sah, daß eine der Eulen auf einem Plastiksockel stand – damit du sie besser auf die Veranda stellen kannst, um die Krähen zu verscheuchen, meine Liebe –, aber der Sockel der anderen fehlte. Ich wich zur Falltür zurück, hielt die Laterne in einer Hand, zog den Plastiksack mit den Eulen in der andern hinter mir her und zuckte jedesmal zusammen, wenn über meinem Kopf das Bombardement des Donners ertönte. Ich war nicht weit gekommen, als das feuchte Band riß, das die Plastiktüte hielt. Die Eule ohne Sockel kippte langsam in meine Richtung, ihre schwarz-goldenen Augen sahen verzückt in meine.

Ein Wirbel in der Luft. Ein schwacher, tröstlicher Hauch von Red. Ich zog die Eule an den hornähnlichen Büscheln heraus, die aus ihrer Stirn wuchsen, und drehte sie um. Wo sie einst mit dem Plastiksockel verbunden gewesen war, sah ich nur zwei Zapfen mit einem Hohlraum dazwischen. In dem Loch befand sich ein kleines Blechkästchen, das ich wiedererkannte, noch ehe ich in den Bauch der Eule griff und es herauszog. Ich leuchtete mit der Laterne auf die Oberseite und wußte, was ich sehen würde: JOS KLEINIGKEITEN, in einer altmodischen goldfarbenen Schrift. Sie hatte das Kästchen irgendwo in einem Antiquitätengeschäft gefunden.

Ich betrachtete es mit klopfendem Herzen. Über mir grollte Donner. Die Falltür stand offen, aber ich hatte vergessen, daß ich nach oben wollte. Ich hatte alles vergessen, außer dem Blechkästchen, das ich in Händen hielt, etwa so groß wie eine Zigarrenkiste, aber nicht ganz so tief. Ich spreizte die Hand über dem Deckel und zog ihn ab.

Verschiedene zusammengefaltete Papiere lagen auf zwei Stenoblocks, die spiralgebundenen, auf denen ich meine Notizen und Listen von Figuren mache. Die beiden wurden mit Gummiband zusammengehalten. Zuoberst lag ein glänzendes schwarzes Quadrat. Ich merkte erst, als ich es aufhob und dicht an die Laterne hielt, daß es sich um ein Negativ handelte.

Geisterhaft, spiegelverkehrt und leicht orange sah ich Jo in ihrem grauen Bikini. Sie stand mit den Händen hinter dem Kopf auf dem schwimmenden Floß.

»Jo«, sagte ich und konnte nichts mehr sagen. Tränen schnürten mir den Hals zu. Ich behielt das Negativ einen Moment in der Hand, weil ich den Kontakt nicht verlieren wollte, dann legte ich es zu den Papieren und Stenoblocks in das Kästchen zurück. Diese Sachen waren der Grund gewesen, weshalb sie im Juli 1994 Sara einen Besuch abgestattet hatte; um alles zusammenzutragen und so gut wie möglich zu verstecken. Sie hatte die Eulen von der Veranda geholt (Frank hatte die Tür dort draußen schlagen hören) und hierhergebracht. Ich konnte fast vor mir sehen, wie sie den Sockel einer Eule abbrach, das Blechkästchen in den Plastikbauch schob und sie nach hier unten schleppte, während ihr Bruder Marlboros rauchte und die Schwingungen spürte. Die schlechten Schwingungen. Ich bezweifelte, daß ich je alle Gründe erfahren würde, warum sie es getan hatte, oder in welcher geistigen Verfassung sie gewesen war ... aber sie hatte mit ziemlicher Sicherheit geglaubt, daß ich mit der Zeit den Weg hier runter finden würde. Warum hätte sie sonst das Negativ hier deponiert?

Bei den losen Papieren handelte es sich überwiegend um fotokopierte Zeitungsausschnitte aus dem *Castle Rock Call* und den *Weekly News*, der Zeitung, die offenbar Vorläuferin des *Call* gewesen war. Die Datumsangaben waren in der sauberen, entschlossenen Handschrift meiner Frau festgehalten. Der älteste Ausschnitt stammte von 1865 und trug die Überschrift WIEDER EINER WOHLBEHALTEN ZURÜCK. Der Zurückgekehrte war ein Jared Devore, Alter zweiunddreißig. Plötzlich wurde mir eines klar, das mich verwirrt hatte: die Generationen, die nicht zusammenzupassen schienen. Als ich da auf den Paletten kauerte und mit der Laterne die altmodische Type beleuchtete, fiel mir ein Song von Sara Tidwell ein. Es handelte sich um das Lied, das so ging: *The old folks do it and the young folks too / And the old folks show the young folks just what to do ...*

Zu der Zeit, als Sara und die Red-Tops in Castle County auftauchten und sich auf der späteren Tidwell's Meadow niederließen, mußte Jared Devore siebenundsechzig oder achtundsechzig gewesen sein. Alt, aber immer noch rüstig. Ein Bürgerkriegsveteran. Die Art von altem Mann, zu dem junge Männer aufschauen mochten. Und Saras Song hatte recht – die Alten zeigten den Jungen, was sie machen mußten.

Aber was genau hatten sie getan?

Das ging aus den Artikeln über Sara und die Red-Tops nicht hervor. Ich überflog sie ohnehin nur, aber der durchgängige Tonfall erschütterte mich trotzdem. Ich würde ihn als unmißverständliche freundliche Verachtung bezeichnen. Die Red-Tops waren »unsere Schwarzdrosseln aus dem Süden« und »unsere rhythmischen Darkies.« Sie waren »voll von einer dunklen Gutmütigkeit«. Sara selbst war »eine atemberaubende Gestalt von einer Negerin mit breiter Nase, vollen Lippen und edler Stirn«, die »Mannsleute und Weibsbilder gleichermaßen faszinierte mit ihrem animalischen Temperament, ihrem blitzenden Lächeln und dem schallenden Gelächter«.

Das waren, Gott steh uns bei, Rezensionen. Guten, wenn es

einen nicht störte, voll von einer dunklen Gutmütigkeit genannt zu werden.

Ich blätterte sie hastig durch und suchte nach etwas über die Umstände, unter denen »unsere Schwarzdrosseln aus dem Süden« abgezogen waren. Ich fand nichts. Was ich statt dessen fand, war ein Ausschnitt aus dem *Call* mit dem Vermerk 19. Juli (*geh neunzehn runter,* dachte ich) 1933. Die Schlagzeile lautete: ERPROBTER FÜHRER UND HAUSMEISTER KANN TOCHTER NICHT RETTEN. Dem Artikel zufolge hatte Fred Dean zusammen mit zweihundert anderen Männern die Waldbrände im östlichen Teil des TR bekämpft, als der Wind plötzlich gedreht und das nördliche Ende des Sees bedroht hatte, das bis dahin als sicher galt. Zu der Zeit hatten viele Einheimische Angel- und Jagdunterkünfte da oben (soviel wußte ich selbst). Die Gemeinde hatte einen Gemischtwarenladen und einen richtigen Namen gehabt, Halo Bay. Hilda, Freds Frau, war mit den Dean-Zwillingen William und Carla, drei Jahre alt, da oben gewesen, während ihr Mann unterwegs war und Rauch schluckte. Darüber hinaus hielten sich eine große Anzahl weiterer Frauen und Kinder in Halo Bay auf.

Die Feuer breiteten sich schnell aus, als der Wind drehte, stand in der Zeitung – »wie marschierende Explosionen«. Sie übersprangen die einzige Feuerschneise, die die Männer in dieser Richtung angelegt hatten, und fraßen sich zum Nordende des Sees vor. In Halo Bay gab es keine Männer, die das Kommando übernahmen, und offenbar keine Frau, die dazu imstande oder bereit war. Statt dessen gerieten sie in Panik, rannten los, luden die Kinder und ihre Campingsachen in die Autos und verstopften die einzige Zufahrtsstraße mit ihren Fahrzeugen. Schließlich blieb einer der alten Pickups oder PKWs liegen, und während das Feuer tosend näher kam und Wälder verschlang, die seit Ende April keinen Regen mehr gesehen hatten, mußten die Frauen, die noch ausgeharrt hatten, feststellen, daß ihr Weg blockiert war.

Die freiwilligen Feuerwehrleute kamen gerade noch rechtzeitig, um sie zu retten, aber als Fred Dean zu seiner Frau kam, die sich unter einer Gruppe Frauen befand, die versuchten, ein Ford Coupé, das mit Motorschaden liegengeblieben war, von der Straße zu schieben, machte er eine schreckliche Entdeckung.

Billy lag schlafend hinten vor den Rücksitzen im Auto, aber Carla war verschwunden. Hilda hatte sie beide hinein verfrachtet – sie hatten auf dem Rücksitz gesessen und wie immer Händchen gehalten. Aber irgendwann, nachdem ihr Bruder auf den Boden gekrochen und eingedöst war und während Hilda letzte Habseligkeiten im Kofferraum verstaute, mußte sich Carla an ein Spielzeug oder eine Puppe erinnert haben und in die Hütte zurückgekehrt sein, um sie zu holen. Während sie das tat, war ihre Mutter in den alten DeSoto eingestiegen und weggefahren, ohne noch einmal nach den Babys zu sehen. Carla Dean befand sich entweder noch in der Hütte in Halo Bay oder zu Fuß auf der Straße unterwegs. Wie auch immer, das Feuer würde sie einholen.

Die Straße war zu schmal, um ein Fahrzeug zu wenden, und zu verstopft, um eines, das in die richtige Richtung zeigte, durch den Stau zu bekommen. Und so setzte sich Fred Dean, Held, der er war, im Laufschritt in Richtung des rauchschwarzen Horizonts in Bewegung, wo man bereits erste orangerote Streifen sehen konnte. Das vom Wind getriebene Feuer loderte in den Baumwipfeln und raste ihm entgegen wie eine Geliebte.

Ich kniete auf den Paletten, las das alles im Licht meiner Laterne, und auf einmal wurde der Geruch des Feuers intensiver. Ich hustete ... und dann wurde das Husten durch den mineralischen Geschmack von Wasser in meinem Mund und Hals erstickt. Wieder einmal, diesmal unter dem Atelier meiner Frau auf den Knien, kam ich mir vor, als würde ich ertrinken. Wieder beugte ich mich nach vorne und würgte und brachte nichts außer einem bißchen Spucke heraus.

Ich drehte mich um und sah den See. Eistaucher kreischten über seiner dunstigen Oberfläche, kamen in einer Reihe auf mich zu und schlugen dabei mit den Flügeln gegen das Wasser. Das Blau des Himmels war ausgelöscht. Die Luft roch nach Holzkohle und Schießpulver. Asche regnete vom Himmel herab. Das Ostufer des Dark Score stand in Flammen, und ich konnte vereinzeltes gedämpftes Knallen hören, wenn hohle Bäume explodierten. Es hörte sich an wie Sprengladungen.

Ich sah nach unten und wollte mich von dieser Vision befreien, weil ich wußte, daß es nach einem oder zwei weiteren Augenblicken nichts so Fernes wie eine Vision mehr sein würde, sondern so real wie der Ausflug zum Jahrmarkt von Fryeburg, den Kyra und ich unternommen hatten. Anstatt einer Eule mit goldumrandeten Augen sah ich ein Kind mit hellblauen. Das Mädchen saß auf einem Picknicktisch, hielt sich die pummeligen Ärmchen und weinte. Ich sah sie so deutlich, wie ich jeden Morgen beim Rasieren mein eigenes Gesicht im Spiegel sah. Ich sah, sie war etwa in

Kyras Alter, aber viel dicker, und ihr Haar ist schwarz, nicht blond. Ihre Haarfarbe ist dieselbe wie die ihres Bruders, die so bleibt, bis es im unmöglich fernen Sommer des Jahres 1998 schließlich grau wird, eines Jahres, das sie nie erleben wird, wenn sie niemand aus dieser Hölle herausholt. Sie trägt ein weißes Kleid und rote Kniestrümpfe, streckt mir die Arme entgegen und ruft Daddy, Daddy.

Ich gehe auf sie zu, doch dann erfolgt ein Windstrom solider Hitze, der mich einen Moment lang entzwei reißt – ich bin der Geist hier, wird mir klar, und Fred Dean ist gerade durch mich hindurch gelaufen. Daddy, *ruft sie, aber zu ihm, nicht zu mir.* Daddy! *und sie umarmt ihn, ohne auf den Ruß zu achten, der ihr weißes Seidenkleid und ihr pausbäckiges Gesicht verschmiert, während er sie küßt und noch mehr Ruß vom Himmel fällt und die Eistaucher auf das Ufer zufliegen und ein schrilles Klagelied anzustimmen scheinen.*

Daddy – das Feuer kommt! *ruft sie, als er sie in die Arme nimmt.*

Ich weiß, sei tapfer, *sagt er*. Es wird alles gut, Zuckerpfläumchen, aber du mußt tapfer sein.

Das Feuer kommt nicht nur; es ist schon da. Das gesamte östliche Ende von Halo Bay steht in Flammen, die sich nun in unsere Richtung bewegen und nacheinander die kleinen Hütten verzehren, wo die Männer während der Jagdsaison und der Zeit des Eisangelns gern ihre Räusche ausschliefen. Hinter Al LeRoux's Hütte brennt die Wäsche, die Marguerite heute morgen aufgehängt hat, Hosen und Kleider und Unterwäsche brennen an Leinen, die selbst Feuerschnüre sind. Blätter und Rinde regnen herab; brennende Glut fällt auf Carlas Nacken, und sie schreit vor Schmerzen. Fred schlägt die Glut weg, während er sie den Hang hinunter zum Wasser trägt.

Tu das nicht! *kreische ich. Ich weiß, daß es nicht in meiner Macht steht, etwas zu verändern, aber ich schreie trotzdem und versuche trotzdem, es zu ändern.* Kämpf dagegen an! Um Himmels willen, kämpf dagegen an!

Daddy, wer ist der Mann? *fragt Carla und zeigt auf mich,*

während das grüne Schindeldach des Deanschen Hauses Feuer fängt.

Fred schaut zu der Stelle, wohin sie zeigt, und ich sehe einen Anflug von Schuldgefühlen in seinem Gesicht. Er weiß, was er tut, das ist das Schreckliche – tief im Inneren weiß er genau, was er hier in Halo Bay tut, wo die Straße *aufhört. Er weiß es, und er hat Angst, jemand könnte ihn dabei beobachten. Aber er sieht nichts.*

Oder doch? Einen Moment blicken seine Augen groß und zweifelnd, als würde er doch *etwas sehen – möglicherweise einen tanzenden Luftwirbel. Oder spürt er mich? Ist es das? Spürt er einen vorübergehenden kalten Luftzug in all dieser Hitze? Einer, der sich wie Hände anfühlt, die ihn aufhalten würden, wenn sie nur Substanz besäßen? Dann wendet er sich ab; dann watet er neben dem kurzen Steg der Deans ins Wasser.*

Fred! *schreie ich.* Um Himmels willen, sieh sie dir an! Glaubst du, deine Frau hat sie zufällig in ein weißes Seidenkleid gesteckt? Glaubst du, so stellt sich jemand ein Kleid zum Spielen vor?

Daddy, warum gehen wir ins Wasser? *fragt sie.*

Damit wir von dem Feuer wegkommen, Zuckerpfläumchen.

Daddy, ich kann nicht schwimmen!

Das mußt du auch nicht, *antwortet er, und wie es mir dabei kalt über den Rücken läuft! Denn es ist keine Lüge – sie muß nicht schwimmen, weder jetzt noch irgendwann später. Immerhin wird Freds Methode barmherziger sein als die von Normal Auster, wenn Normal an der Reihe ist – barmherziger als die quietschende Handpumpe, die Liter eiskalten Wassers.*

Ihr weißes Kleid schwebt um sie herum wie eine Lilie. Ihre roten Strümpfe schimmern im Wasser. Sie umklammert seinen Nacken fest, und nun sind sie zwischen den fliehenden Eistauchern; die Eistaucher schlagen mit ihren mächtigen Schwingen auf das Wasser, wühlen Gischt auf der Oberfläche auf und betrachten Mann und Kind mit ihren verstörten roten Augen. Rauch verdunkelt die Luft, der Himmel ist verschwunden. Ich stolpere hinter ihnen her, wate – ich kann das kalte Wasser spüren, obwohl ich nicht plätschere und kein Kielwasser erzeuge. Ost- und Nordufer des Sees stehen mittlerweile in Flammen – eine brennende Sichel umgibt uns, während Fred Dean mit seiner Tochter tiefer ins Wasser watet und sie wie zu einem Taufritual trägt. Und immer noch redet er sich ein, daß er versucht, sie zu retten, nur versucht, sie zu retten, genau wie Hilda sich den Rest ihres Lebens einreden wird, daß das Kind zur Hütte zurückgegangen ist, um ein Spielzeug zu holen, daß es nicht absichtlich zurückgelassen wurde, in ihrem weißen Kleid und den roten Strümpfen, damit ihr Vater sie findet, der einmal etwas Unerhörtes getan hat. Dies ist die Vergangenheit, dies ist das Land Früher, und hier werden die Sünden der Väter an den Kindern gerächt, bis in die siebte Generation, die wir noch nicht haben.

Er geht tiefer mit ihr ins Wasser, und sie fängt an zu schreien. Ihre Schreie verschmelzen mit denen der Eistaucher, bis er das Geräusch mit einem Kuß auf ihren entsetzten Mund zum Schweigen bringt. »Ich liebe dich, Daddy liebt sein Zuckerpfläumchen«, *sagt er und senkt sie herab. Demnach soll es eine Taufe durch Untertauchen werden, aber am Ufer singt kein Chor »Shall We Gather at the River« und niemand ruft* Halleluja! *und er läßt sie nicht wieder auftauchen. Sie leistet heftige Gegenwehr inmitten der weißen Blüte ihres Opferkleids, und nach einem Augenblick erträgt er es nicht mehr, sie anzusehen; er schaut statt dessen über den See, nach Westen, wo das Feuer nicht hingekommen ist (und niemals hinkommen wird), nach Westen, wo der Himmel noch blau ist. Asche wirbelt um ihn herum wie schwarzer Regen, und die Tränen quellen ihm aus den Augen, und während sie wie wild unter seinen Händen zappelt und versucht, sich aus seinem Würgegriff zu befreien, sagt er sich:* Es war ein Unfall, nur ein schrecklicher Unfall, ich habe sie mit in den See genommen, weil ich nirgendwo anders hingehen *konnte*, der einzige Ausweg, und sie ist in Panik geraten, sie hat angefangen, sich zu wehren, sie war ganz naß und schlüpfrig, und ich verlor sie aus dem Griff, und dann konnte ich sie *gar nicht* mehr festhalten und dann –

Ich vergesse, daß ich ein Geist bin. Ich schreie: »Kia! Halt durch, Ki!« und tauche. Ich bin bei ihr, sehe ihr entsetztes Gesicht, die hervorquellenden Augen, die Rosenknospe ihres Mundes, aus dem eine silberne Linie von Luftbläschen zur Oberfläche steigt, wo Fred bis zum Hals im Wasser steht und sie nach unten drückt, während er sich immer wieder sagt, daß er versucht hat, sie zu retten, es war die einzige Möglichkeit, er hat versucht, sie zu retten, es war die einzige Möglichkeit. Ich strecke die Hände nach ihr aus, immer wieder strecke ich die Hände nach ihr aus, nach meinem Kind, meiner Tochter, meiner Kia (sie sind alle Kia, sowohl die Jungen wie auch die Mädchen, alle meine Tochter), und jedesmal gehen meine Arme durch sie hindurch. Schlim-

mer – oh, viel schlimmer –, ist aber, daß sie inzwischen nach mir *greift, ihre gesprenkelten Arme schweben mir entgegen, flehen darum, gerettet zu werden. Ihre umhertastenden Hände schmelzen durch meine. Wir können uns nicht berühren, denn jetzt bin ich der Geist. Ich bin der Geist, und während ihre Bewegungen schwächer werden, merke ich, daß ich nicht ich kann nicht oh ich*

konnte nicht atmen – ich war am Ertrinken.

Ich beugte mich ruckartig vornüber, machte den Mund auf, und diesmal kam ein großer Schwall Seewasser heraus und ergoß sich über die Plastikeule, die neben meinen Knien auf der Palette lag. Ich drückte das Kästchen mit JOS KLEINIGKEITEN an die Brust, weil ich nicht wollte, daß der Inhalt naß wurde, und die Bewegung löste ein weiteres Würgen aus. Diesmal floß mir kaltes Wasser aus Mund und Nase. Ich holte einmal tief Luft und hustete es aus.

»Das muß ein Ende haben«, sagte ich, aber natürlich *war* es das Ende, so oder so. Weil Kyra die letzte war.

Ich stieg die Stufen zum Atelier hinauf, setzte mich auf den mit allem möglichen Zeug übersäten Boden, um wieder zu Atem zu kommen. Draußen hallte Donner, fiel Regen, aber ich hatte den Eindruck, daß der Sturm den Gipfelpunkt seiner Wut überschritten hatte. Vielleicht hoffte ich es auch nur.

Ich saß da und ließ die Beine in die Öffnung baumeln – es waren keine Gespenster mehr da, die meine Knöchel berühren konnten, ich weiß nicht, woher ich das wußte, aber ich wußte es –, und zog die Gummibänder ab, die die Stenoblocks zusammenhielten. Ich schlug den ersten auf, blätterte ihn durch und sah, daß er fast vollständig mit Jos Handschrift beschrieben worden war, dazwischen eine Anzahl zusammengelegter einzeilig betippter Seiten (Type Courier natürlich): die Früchte ihrer heimlichen Ausflüge ins TR in den Jahren 1993 und 1994. Weitgehend bruchstückhafte Notizen, und Transkriptionen von Tonbändern, die noch irgendwo unter mir in dem Lagerraum liegen mochten. Vielleicht zusammen mit dem Videorecorder und dem Achtspurtonband eingemottet. Aber ich brauchte sie nicht. Wenn die Zeit kam – *falls* die Zeit kam –, würde ich den größten Teil der Geschichte hier finden, da war ich sicher. Was passiert war, wer es getan hatte, wie es vertuscht worden war. Im Augenblick kümmerte mich das nicht. Im Augenblick wollte ich nur dafür sorgen, daß Kyra in Sicherheit war und in Sicherheit blieb. Und es gab nur einen Weg, das zu garantieren.

Ausgelaugt in Frieden ruhen.

Ich versuchte, die Gummibänder wieder um die Stenoblocks zu schlingen, und dabei rutschte mir das, in das ich nicht hineingesehen hatte, aus der nassen Hand und fiel zu Boden. Ein herausgerissener Streifen grünen Papiers fiel heraus. Ich hob ihn auf und sah folgendes:

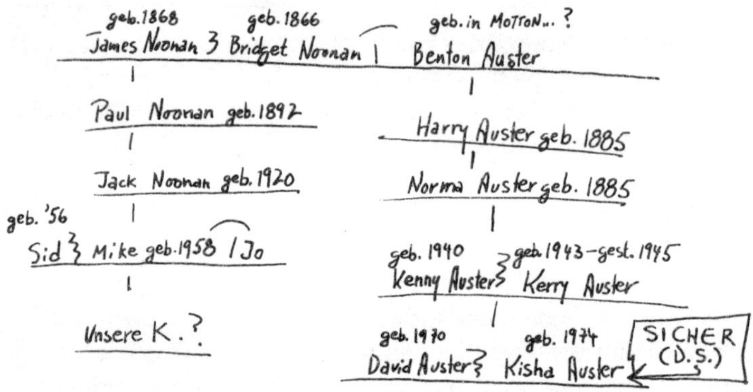

Einen Augenblick lang trat ich aus jenem seltsam gesteigerten Bewußtseinszustand heraus, in dem ich gelebt hatte; die Welt fiel in ihre gewohnten Dimensionen zurück. Aber alle Farben waren irgendwie zu kräftig, Gegenstände zu nachdrücklich *präsent*. Ich kam mir vor wie ein Soldat auf einem Schlachtfeld, das plötzlich von einer grellen weißen Leuchtkugel erhellt wird, die alles zeigt.

Die Vorfahren meines Vaters stammten aus The Neck, damit hatte ich recht gehabt; diesem Zettel zufolge war mein Großvater James Noonan, und der hatte nie in dieselbe Latrine wie Jared Devore geschissen. Max Devore hatte entweder gelogen, als er Mattie das gesagt hatte … oder er war falsch informiert gewesen … oder einfach nur verwirrt, wie das bei Leuten häufig vorkommt, wenn sie über achtzig sind. Selbst ein Mann wie Devore, der weitgehend klar geblieben war, konnte von einem gelegentlichen Aussetzer heimgesucht worden sein. Und so weit daneben hatte er gar nicht gelegen. Denn diesem kleinen

Stammbaum zufolge hatte mein Urgroßvater eine ältere Schwester namens Bridget gehabt. Und Bridget war verheiratet mit – Benton Auster.

Ich glitt mit dem Finger eine Zeile tiefer zu Harry Auster. Geboren als Sohn von Benton Auster und Bridget Noonan im Jahr 1885.

»Herr im Himmel«, flüsterte ich. »Kenny Austers Großvater war mein Großonkel. Und er war einer von ihnen. Was immer sie getan haben, Harry Auster war einer von ihnen. Das ist die Verbindung.«

Ich dachte mit plötzlichem Entsetzen an Kyra. Sie war fast eine Stunde allein im Haus. Wie hatte ich so dumm sein können? Jeder hätte sich hineinschleichen können, während ich im Atelier war. Sara hätte jeden benutzen können, um –

Mir wurde klar, daß das nicht stimmte. Die Mörder und die geopferten Kinder waren alle blutsverwandt gewesen, und nun war dieses Blut dünner geworden, hatte der Fluß fast das Meer erreicht. Da war Bill Dean, aber der hielt sich fern von Sara Lacht. Da war Kenny Auster, aber Kenny war mit seiner Familie nach Taxachusetts gegangen. Und Kis nächste Blutsverwandte – Mutter, Vater, Großvater – waren alle tot.

Nur ich war übrig. Nur ich war ein Blutsverwandter. Nur ich konnte es tun. Es sei denn –

Ich rannte, so schnell ich konnte, zum Haus zurück, rutschte immer wieder auf dem nassen Weg aus, wollte mich voller Verzweiflung vergewissern, daß es ihr gutging. Ich glaubte nicht, daß Sara selbst Kyra etwas antun konnte, wie sehr sie auch die Schwingungen der Oldtimer anzapfen mochte ... aber was war, wenn ich mich irrte?

Was war, wenn ich mich irrte?

Kapitel 28

Ki schlief fest, genauso wie ich sie zurückgelassen hatte, sie lag auf der Seite und hatte den dreckigen kleinen Plüschhund unter das Kinn gedrückt. Er hatte einen Schmutzfleck auf ihrem Hals hinterlassen, aber ich brachte es nicht übers Herz, ihn ihr wegzunehmen. Links hinter ihr konnte ich durch die offene Badezimmertür das konstante *plitsch-platsch-plitsch* von Wasser hören, das vom Hahn in die Wanne tropfte. Kühle Luft wehte als seidige Pirouette um mich herum, liebkoste meine Wangen, jagte mir einen nicht unangenehmen Schauer über den Rücken. Im Wohnzimmer läutete Bunters Glöckchen einmal verhalten.

Das Wasser ist noch warm, Sugar, flüsterte Sara. Sei ihr Freund, sei ihr Daddy. Los doch. Mach, was ich will. Mach, was wir beide wollen.

Und ich *wollte* es tun, was der Grund dafür sein mußte, weshalb Jo zunächst versucht hatte, mich vom TR und Sara Lacht fernzuhalten. Weshalb sie ein Geheimnis aus ihrer möglichen Schwangerschaft gemacht hatte. Es war, als hätte ich einen Vampir in mir entdeckt, eine Kreatur, die sich nicht für das interessierte, was ich als Talk-Show-Gewissen und Leserbrief-Moral betrachtete. Ein Teil von mir, der nichts anderes wollte, als Ki ins Badezimmer mitnehmen, sie in dieser Wanne mit warmem Wasser untertauchen, so festhalten und die weißen Schleifen mit den roten Rändern schimmern sehen, wie Carla Deans weißes Kleid und die roten Strümpfe geschimmert hatten, während um sie und ihren Vater herum der Wald in Flammen stand. Ein Teil von mir wäre mehr als glücklich gewesen, die letzte Rate dieser alten Rechnung zu bezahlen.

»Großer Gott«, murmelte ich und wischte mir mit einer zitternden Hand das Gesicht ab. »Sie kennt so viele Tricks. Und sie ist so verdammt *stark.*«

Die Tür zum Badezimmer versuchte, vor meiner Nase zuzuschlagen, bevor ich hineingehen konnte, aber ich stieß sie gegen nur geringen Widerstand auf. Die Tür des Arzneischränkchens schlug zurück, das Glas zerschellte an der Wand. Der Inhalt flog mir entgegen, aber es war kein besonders gefährlicher Angriff; diesmal bestanden die Geschosse fast ausschließlich aus Zahnpastatuben, Zahnbürsten, Plastikflaschen und ein paar alten Inhalatoren von Vicks. Schwach, ganz schwach konnte ich sie frustriert schreien hören, als ich den Stöpsel am Grund der Wanne zog und das Wasser gurgelnd ablaufen ließ. Im TR waren für ein Jahrhundert genügend Leute ertränkt worden, bei Gott. Und dennoch spürte ich einen Moment den fast übermächtigen Drang, den Stöpsel wieder einzustecken, solange das Wasser noch tief genug war, um seinen Zweck zu erfüllen. Statt dessen riß ich ihn von der Kette und warf ihn in den Flur. Die Tür des Medizinschränkchens schlug wieder zu und der Rest des Glases fiel heraus.

»Wie viele hast du gehabt?« fragte ich sie. »Wie viele außer Carla Dean und Kerry Auster und unserer Kia? Zwei? Drei? Fünf? Wie viele brauchst du, bis du in Frieden ruhen kannst?«

Alle, kam die Antwort wie aus der Pistole geschossen. Und es war nicht nur Saras Stimme, es war auch meine eigene. Sie war in mich eingedrungen, hatte sich wie ein Einbrecher durch den Keller geschlichen... und ich dachte schon, selbst wenn die Wanne leer und die Pumpe vorübergehend ausgefallen waren, gäbe es immer noch den See.

Alle! rief die Stimme wieder. *Alle, Sugar!*

Natürlich – mit weniger als allen würde sie sich nicht zufriedengeben. Vorher würde es keine letzte Ruhe für Sara Lacht geben.

»Ich helfe dir, deinen Frieden zu finden«, sagte ich. »Das verspreche ich dir.«

Der letzte Rest des Wassers lief ab... aber da war immer noch der See, der See war immer noch da, falls ich es mir anders überlegte. Ich ging aus dem Bad und sah wieder nach Ki. Sie hatte sich nicht bewegt, das Gefühl, daß Sara bei mir war, war verschwunden, Bunters Glöckchen schwieg... und dennoch fühlte ich mich unbehaglich und wollte sie nicht allein lassen. Aber das mußte ich, wenn ich mein Werk zu Ende führen wollte, und ich war gut beraten, nicht zu zögern. County und State Cops würden früher oder später kommen, Sturm hin oder her, umgestürzte Bäume hin oder her.

Ja, aber …

Ich ging in den Flur und sah mich nervös um. Donner hallte, aber er hatte etwas von seiner Dringlichkeit verloren. Ebenso der Wind. Nicht nachgelassen hatte dagegen das Gefühl, daß mich etwas beobachtete, etwas, das nicht Sara war. Ich blieb noch einen oder zwei Augenblicke stehen, wo ich war, und versuchte mir einzureden, daß es sich nur um das Zischeln meiner überreizten Nerven handelte, dann ging ich durch den Flur zum Eingang.

Ich machte die Tür zur Veranda auf … dann sah ich mich wieder eingehend um, als würde ich damit rechnen, daß etwas oder jemand sich hinter dem gegenüberliegenden Ende des Regals versteckte. Möglicherweise eine gespenstische Gestalt. Etwas, das immer noch seinen Staubfänger wollte. Aber ich war die einzige verbliebene gespenstische Gestalt, jedenfalls in diesem Teil der Welt, und die einzigen Bewegungen, die ich sah, waren die Schatten des Regens, der an den Fenstern hinabfloß.

Es regnete immer noch so stark, daß ich erneut durchnäßt wurde, als ich von der Veranda zur Einfahrt ging, aber ich achtete nicht darauf. Ich war gerade dabeigewesen, wie ein kleines Mädchen ertränkt worden war, wäre vor nicht allzu langer Zeit beinahe selbst ertrunken, und der Regen würde mich nicht von dem abhalten, was ich tun mußte. Ich nahm den abgebrochenen Ast, der das Dach meines Autos eingedrückt hatte, warf ihn beiseite und machte die Hintertür des Chevy auf.

Die Sachen, die ich bei Slips 'n Greens gekauft hatte, lagen noch auf dem Rücksitz, nach wie vor in der Jutetasche, die mir Lila Proulx gegeben hatte. Pflanzkelle und Gartenmesser waren zu sehen, aber das dritte befand sich in einer Plastiktüte. *Möchten Sie eine spezielle Tüte?* hatte Lila mich gefragt. *Vorsehen ist besser als nachsehen*. Und später, als ich aufbrechen wollte, hatte sie von Kennys Hund Blueberry gesprochen, der Möwen bis zum Umfallen jagte, und herzlich gelacht. Aber ihre Augen hatten nicht gelacht. Vielleicht kann man daran die Marsianer von den Erdlingen unterscheiden – die Marsianer können nie mit den Augen lachen.

Ich sah das Geschenk von Rommie und George auf dem Vordersitz liegen: die Stenomaske, die ich zuerst für Devores Sauerstoffmaske gehalten hatte. Da meldeten sich die Jungs im Keller zu Wort – zumindest murmelten sie –, und ich beugte mich über den Sitz und nahm die Maske an ihrem Gurt hoch, ohne daß ich die geringste Ahnung gehabt hätte, warum ich das tat. Ich ließ sie in die Tragetasche fallen, schlug die Autotür zu und ging die Stufen der Eisenbahnschwellen zum See hinunter. Unterwegs machte ich noch eine Pause und duckte mich unter die Veranda, wo wir immer ein paar Werkzeuge aufbewahrt hatten. Eine Spitzhacke fand ich nicht, aber ich schnappte mir einen Spaten, der ganz so aussah, als könnte man ein Grab damit ausheben. Dann folgte ich, zum letztenmal, wie ich annahm, dem Weg meines Traumes zur *Straße* hinunter. Ich brauchte Jo nicht, damit sie mir die Stelle zeigte; die Grüne Lady hatte die ganze Zeit darauf gedeutet. Selbst wenn sie es nicht getan und Sara Tidwell nicht immer noch zum Himmel gestunken hätte, glaube ich, hätte ich es gewußt. Ich glaube, mein eigenes gequältes Herz hätte mich hingeführt.

Ein Mann stand zwischen mir und der Stelle, wo die graue Stirn aus Felsgestein den Weg bewachte, und als ich auf der letzten Eisenbahnschwelle stehenblieb, sprach er mich mit einer krächzenden Stimme an, die ich nur zu gut kannte.

»Schau an, Hurenbock, wo ist Ihre Hure?«

Er stand im strömenden Regen auf der *Straße*, aber seine Holzfällerkleidung – grüne Flanellhosen, kariertes Baumwollhemd – und seine verblaßte blaue Mütze der Unionsarmee blieben trocken, weil der Regen nicht auf ihn fiel, sondern durch ihn hindurch. Er sah solide aus, war aber ebensowenig real wie Sara selbst. Daran erinnerte ich mich, als ich auf den Weg trat, um mich ihm entgegenzustellen, aber mein Herz schlug schneller und klopfte in meiner Brust wie ein gepolsterter Hammer.

Er trug Jared Devores Kleidung, aber dies war nicht Jared Devore. Dies war Jareds Urenkel Max, der seine Laufbahn mit dem Diebstahl eines Schlittens begonnen und durch Selbstmord beendet hatte… aber davor hatte er noch die Ermordung seiner Schwiegertochter in Auftrag gegeben, die die Stirn hatte, ihm zu verweigern, was er sich so sehr gewünscht hatte.

Ich ging auf ihn zu, und er stellte sich mitten auf die *Straße* und versperrte mir den Weg. Ich konnte die kochende Kälte spüren, die von ihm ausging. Ich sage exakt, was ich meine, und drücke aus, woran ich mich erinnere, so deutlich ich es vermag: Ich konnte die kochende Kälte spüren, die von ihm ausging. Ja, es war wirklich Max Devore, aber angezogen wie ein Holzfäller bei einem Kostümfest, und er sah so aus, wie er etwa zu der Zeit ausgesehen haben mußte, als sein Sohn Lance geboren wurde. Alt, aber rüstig. Die Art von Mann, zu dem jüngere Männer durchaus aufschauen mochten. Und als hätte der Gedanke sie gerufen, konnte ich nun auch die anderen erkennen, die hinter ihm schwach flimmernd auftauchten und in einer Reihe quer auf dem Weg standen. Das waren diejenigen, die mit Jared auf dem Jahrmarkt in Fryeburg gewesen waren, und jetzt kannte ich einige von ihnen. Fred Dean natürlich, 1901 erst neunzehn Jahre alt, und es sollten noch mehr als dreißig Jahre vergehen, bis er seine Tochter ertränkte. Und derjenige, der mich an mich selbst erinnert hatte, war Harry Auster, der Erstgeborene der Schwester meines Urgroßvaters. Er mußte sechzehn sein, kaum so alt, daß ihm ein Flaum wuchs, aber alt genug, um mit Jared im Wald zu arbeiten. Alt genug, um in dieselbe Latrine zu scheißen wie Jared. Um Jareds Gift für Weisheit zu halten. Einer der anderen drehte den Kopf und blinzelte gleichzeitig – ich hatte diesen Tic schon gesehen. Wo? Dann fiel es mir ein: im Lakeview General. Dieser junge Mann war der Vater des verstorbenen Royce Merrill. Die anderen kannte ich nicht. Und ich wollte sie auch nicht kennenlernen.

»An uns kommen Sie nicht vorbei«, sagte Devore. Er hielt beide Hände hoch. »Denken Sie nicht mal dran, es zu versuchen. Hab' ich recht, Jungs?«

Sie murmelten knurrend ihre Zustimmung – wie man es heutzutage von jeder beliebigen Bande von Schlägern oder Rockern hören kann, denke ich mir –, aber ihre Stimmen kamen wie aus weiter Ferne; im Grunde genommen klangen sie eher traurig als bedrohlich. Der Mann in Jared Devores Kleidung hatte ein wenig Substanz, vielleicht weil er im Leben ein Mann von enormer Vitalität gewesen war, vielleicht weil er erst jüngst das Zeitliche gesegnet hatte, aber die anderen waren wenig mehr als projizierte Bilder.

Ich ging weiter, in die kochende Kälte hinein, in seinen Geruch – denselben Geruch von Verfall, der ihn schon bei unserer ersten Begegnung umgeben hatten.

»Wo wollen Sie hin?« schrie er.

»Einen Spaziergang machen«, sagte ich. »Und dagegen gibt es kein Gesetz. Die *Straße* ist der Ort, wo gute Schoßhündchen und böse Köter nebeneinander laufen dürfen. Haben Sie selbst gesagt.«

»Sie verstehen nicht«, sagte Max-Jared. »Und das werden Sie nie. Sie sind nicht von dieser Welt. Das war unsere Welt.«

Ich blieb stehen und sah ihn neugierig an. Die Zeit war knapp, ich wollte es hinter mich bringen ... aber ich mußte alles wissen, und ich glaubte, daß Devore bereit war, es mir zu erzählen.

»Dann *erklären* Sie es mir«, sagte ich. »Überzeugen Sie mich davon, daß irgendeine Welt Ihre Welt war.« Ich sah ihn an, dann die flackernden, durchscheinenden Gestalten hinter ihm, Gazefleisch an leuchtenden Knochen. »Sagen Sie mir, was Sie getan haben.«

»Damals war alles anders«, sagte Devore. »Wenn *Sie* hierher kommen, Noonan, können Sie drei Meilen nach Norden laufen, bis Halo Bay, und nur ein Dutzend Leute auf der *Straße* sehen. Nach dem Labor Day treffen Sie vielleicht gar keinen mehr. Auf dieser Seite des Sees müssen Sie durch die Büsche gehen, die wild wachsen, um umgestürzte Bäume herum – nach diesem Sturm werden es noch mehr sein –, und möglicherweise sogar um den einen oder anderen toten Baum, weil die Leute aus der Stadt sich heutzutage nicht mehr zusammentun und den Weg sauberhalten, so wie früher. Aber zu unserer Zeit! Damals war der Wald größer, Noonan, waren größere Entfernungen zurückzulegen, und Nachbarschaft bedeutete noch etwas. Oft genug das Leben selbst. Damals war dies hier wirklich eine Straße. Können Sie es sehen?«

Ich konnte es. Wenn ich durch die Phantomgestalten von Fred Dean und Harry Auster und den anderen hindurchsah, konnte ich es sehen. Sie waren nicht nur Gespenster; sie waren Milchglasfenster in eine andere Zeit. Ich sah

einen Sommernachmittag des Jahres ... 1898? Vielleicht 1902? 1907? Spielt keine Rolle. Dies ist eine Epoche, wo immer dieselbe Zeit zu herrschen scheint, als wäre die Zeit generell stehengeblieben. Dies ist die Zeit, die die Oldtimer als eine Art von Goldenem Zeitalter im Gedächtnis haben. Es ist das Land Früher, das Königreich Als-ich-ein-Junge-war. Die Sonne taucht alles ins erhabene goldene Licht eines ewigen Juli; der See ist blau wie ein Traum und von einer Milliarde goldener Fünkchen übersät. Und erst die Straße! Gras, so ebenmäßig und glatt wie ein Rasen, wächst darauf, und sie ist breit wie ein Boulevard. Sie ist *ein Boulevard, sehe ich, ein Ort, wo die Gemeinschaft gedeiht. Sie ist das Zentrum der Kommunikation, das Hauptkabel in einer Stadt, die von Kabeln durchzogen ist. Ich hatte die Existenz dieser Kabel die ganze Zeit gespürt – auch als Jo noch lebte, hatte ich sie unter der Oberfläche gespürt, und hier ist ihr Ursprung. Leute schlendern auf der* Straße, *die ganze Ostseite des Dark Score Lake hinauf und hinab schlendern sie in kleinen Gruppen, lachen und plaudern unter einem wolkigen Sommerhimmel, und hier haben alle Kabel ihren Anfang. Ich sehe mich um und erkenne, wie sehr ich mich geirrt habe, sie alle als Marsianer zu betrachten, als grausame und berechnende Wesen von einem anderen Stern. Im Osten ihrer sonnigen Promenade ragen die dunklen Wälder auf, Sümpfe und Schluchten, wo alles mögliche Unheil lauern mag, von einem Fuß, der bei einem Holzfällerunfall abgehackt werden kann, bis zu einer Fehlgeburt, bei der die junge Mutter stirbt, bevor der Arzt mit seinem Einspänner aus Castle Rock eintrifft. Dies sind Menschen ohne Elektrizität, ohne Telefon, ohne County-Ambulanz, niemand, auf den sie sich verlassen können, außer auf sich selbst und einen Gott, dem manche allmählich schon mißtrauen. Sie leben im Wald und im Schatten des Waldes, aber an schönen Sommernachmittagen kommen sie zum Seeufer. Sie kommen zur* Straße *und sehen einander in die Gesichter und lachen miteinander, und dann sind sie wirklich im TR – in der Zone, wie ich es in Gedanken nenne. Sie sind keine Marsianer; sie sind kleine Leute, die am Rande der Dunkelheit leben, das ist alles.*

Ich sehe Sommergäste aus dem Warrington's, die Männer in weißen Flanellanzügen, zwei Frauen in langen Tenniskleidern, die noch ihre Schläger tragen. Ein Mann, der ein Dreirad mit riesigem Vorderrad fährt, bahnt sich zitternd einen Weg zwischen ihnen hindurch. Die Gruppe der Sommergäste ist stehengeblieben, um mit einer Gruppe junger Männer aus der Stadt zu reden; die Burschen von außerhalb wollen wissen, ob sie Dienstag abend beim Baseballspiel der Einheimischen im Warrington's mitmachen können. Ben Merrill, Royces zukünftiger Vater, sagt: Jau, aber wir werns euch nich leichtmachen, nur weil ihr aus Nyuork kommen tut. *Die jungen Männer lachen; die Tennisspielerinnen ebenfalls.*

Ein Stück weiter entfernt spielen zwei Jungs Fangen mit dieser Art von behelfsmäßigem selbstgemachtem Baseball, die man »horsey« *nennt. Hinter ihnen sitzt eine Gruppe junger Mütter beisammen, die ernsthaft über ihre Babys sprechen, alle sicher verpackt in ihren Kinderwagen, die in einer Gruppe zusammenstehen. Männer in Overalls diskutieren über das Wetter und die Ernte, Politik und die Ernte, Steuern und die Ernte. Ein Lehrer der Gemeinschaftsschule sitzt auf der grauen Felsstirn, die ich so gut kenne, und unterrichtet geduldig einen mürrischen Jungen, der anderswo sein und etwas anderes tun möchte. Ich glaube, der Junge wird aufwachsen und Buddy Jellisons Vater werden.* Hupe kaputt, achten Sie auf den Finger, *denke ich.*

Überall entlang der Straße *angeln Leute und fangen reichlich; im See wimmelt es nur so von Barschen und Forellen und Hechten. Ein Künstler – ein weiterer Sommergast, seinem Gehrock und dem albernen Barett nach zu urteilen – hat seine Staffelei aufgestellt und malt unter den respektvollen Blicken zweier Damen die Berge. Kichernde Mädchen gehen vorüber und tuscheln über Jungs und Kleider und die Schule. Schönheit herrscht hier, und Frieden. Devore hat recht, wenn er sagt, dies ist eine Welt, die ich nie gekannt habe. Es ist*

»Wunderschön«, sagte ich und riß mich unter Anstrengung los. »Ja, das sehe ich. Aber worauf wollen Sie hinaus?«

»Hinaus?« Devore sah auf fast komische Weise überrascht drein. »Sie hat geglaubt, sie könnte hier herumspazieren wie jeder andere auch, *darauf* will ich hinaus, verdammte Scheiße! Sie hat geglaubt, sie könnte wie eine Weiße hier rumlaufen! Sie mit ihren großen Zähnen und ihren großen Titten und ihren hochnäsigen Blicken. Sie hat sich für was Besonderes gehalten, aber wir haben ihr das Gegenteil bewiesen. Sie hat versucht, mich umzurempeln, und als sie das nicht konnte, hat sie mich mit ihren dreckigen Händen angefaßt und mich umgestoßen. Aber das war nicht weiter schlimm; wir haben ihr Manieren beigebracht. Nicht wahr, Jungs?«

Sie knurrten zustimmend, aber ich dachte, daß einige – der junge Harry Auster zum Beispiel – elend aussahen.

»Wir haben ihr gezeigt, wo ihr Platz ist«, sagte Devore. »Wir haben ihr gezeigt, daß sie nichts weiter war als ein

Nigger. Das ist das Wort, das er immer wieder benutzt, wenn sie in jenem Sommer im Wald sind, dem Sommer 1901, dem Sommer, in dem Sara and the Red-Tops *die musikalische Attraktion sind, die man in diesem Teil der Welt gesehen haben muß. Sie und ihr Bruder und die*

gesamte Niggerfamilie sind ins Warrington's eingeladen worden, um für die Sommergäste zu spielen; sie sind mit Champagner und »Oustern« abgefüttert worden … behauptet jedenfalls Jared Devore gegenüber seiner kleinen Schar von Getreuen, während sie ihre eigene bescheidene Mahlzeit aus Brot und Fleisch und Salzgurken aus Schmalzeimern essen, die ihnen ihre Mütter mitgegeben haben (keiner der jungen Männer ist verheiratet, obschon Oren Peebles verlobt ist).

Aber nicht ihre wachsende Berühmtheit ist Jared Devore ein Dorn im Auge. Nicht die Tatsache, daß sie im Warrington's gewesen ist; ihm macht nicht zu schaffen, daß sie und ihr Bruder tatsächlich mit Weißen an einem Tisch gesessen und mit ihren Schwarzniggerfingern Brot aus derselben Schüssel genommen haben. Schließlich sind die Leute im Warrington's Flachländer, und Devore erzählt seinen schweigenden, aufmerksamen jungen Männern, er habe gehört, daß in Städten wie New York oder Chicago weiße Frauen manchmal sogar mit Schwarzniggern ficken.

Nee! *sagt Harry Auster, der sich nervös umschaut, als würde er damit rechnen, daß hier draußen am Bowie Ridge ein paar weiße Frauen aus dem Wald getrippelt kommen.* Keine weiße Frau würde mit einem Nigger ficken! Scheiß die Wand an!

Devore sieht ihn nur mit einem Blick an, der sagt: Komm du erst mal in mein Alter. *Außerdem interessiert ihn nicht, was in New York und Chicago los ist; er hat im Bürgerkrieg mehr als genug vom Flachland gesehen … und, läßt er dich wissen, er hat nicht in diesem Krieg gekämpft, um die verdammten Sklaven zu befreien. Sie können da unten im Land der Baumwolle soviel Sklaven halten, wie sie wollen, soweit es Jared Lancelot Devore angeht. Nein, er hat im Krieg gekämpft, um diesen prahlerischen Hurensöhnen südlich von Mason und Dixon zu zeigen, daß man nicht einfach aus dem Spiel aussteigt, nur weil einem ein paar Regeln nicht gefallen. Er ist runtergegangen, um dem alten Johnny Reb den Schorf von der Nasenspitze zu kratzen. Haben versucht, die Vereinigten Staaten von Amerika zu verlassen, also wirklich! Herrgott!*

Nein, ihm sind die Sklaven egal, ihm ist das Land der Baumwolle egal, und ihm sind auch Schwarznigger egal, die schmutzige Lieder singen und dann als Lohn für ihren Schmutz auch noch Champagner und Oustern bekommen (Jared spricht Austern *immer auf diese sarkastische Weise aus). Ihn kümmert nichts, solange sie an ihrem Platz bleiben und ihm seinen lassen.*

Aber das macht sie nicht. Diese eingebildete Schlampe macht das nicht. Man hat sie gewarnt, daß sie sich von der Straße *fernhalten soll, aber sie will nicht hören. Sie geht trotzdem dort spazieren und trägt ein weißes Kleid, als würde eine weiße Frau darin stecken, manchmal mit ihrem Sohn, der einen afrikanischen Schwarzniggernamen und keinen Daddy hat – sein Daddy hat wahrscheinlich nur eine einzige Nacht mit seiner Mommy in einem Heuschober irgendwo drunten in Alabama verbracht, und jetzt spaziert sie stolz wie ein Pfau mit dem Bankert herum. Sie geht auf der* Straße *spazieren, als ob sie ein Recht hätte, da zu sein, obwohl niemand mit ihr reden will –*

»Aber das stimmt nicht, oder?« fragte ich Devore. »Das ist dem alten Uropa wirklich sauer aufgestoßen, was? Sie *haben* mit ihr geredet. Sie hatte etwas an sich – vielleicht dieses Lachen. Männer haben mit ihr über die Ernte gesprochen und Frauen haben ihr ihre Babys gezeigt. Sie haben ihr die Babys sogar zum Halten gegeben, und wenn sie mit ihnen gelacht hat, haben sie zurückgelacht. Die Mädchen haben sie um Rat gefragt, wenn es um Jungs ging. Die Jungs … die haben nur gekuckt. Aber *wie* sie gekuckt haben, hm? Ihre Augen sind feucht geworden, und ich wette, die meisten haben an sie gedacht, wenn sie sich auf den Abort geschlichen haben und ihre Handflächen feucht geworden sind.«

Devore funkelte mich an. Er alterte vor meinen Augen, die Linien gruben sich immer tiefer in sein Gesicht; er wurde zu dem Mann, der mich in den See gestoßen hatte, weil er es nicht ertragen konnte, wenn ihm jemand in die Quere kam. Und je älter er wurde, desto durchscheinender wurde er.

»Das hat Jared am meisten gehaßt, nicht wahr? Daß sie sich nicht abgewandt, sie nicht geschnitten haben. Sie ging auf der *Straße* spazieren, und niemand hat sie wie einen Nigger behandelt. Sie haben sie wie eine Nachbarin behandelt.«

Ich war in der Zone, tiefer, als ich je gewesen war, ganz unten, wo das Unterbewußtsein der Stadt wie ein unterirdischer Fluß zu fließen schien. Ich konnte aus diesem Fluß trinken, während ich in der Zone war, konnte Mund und Kehle und Bauch mit dem kalten Mineralgeschmack füllen.

Den ganzen Sommer über hatte Devore mit ihnen gesprochen. Sie waren mehr als sein Team, sie waren seine Jungs: Fred und Harry und Ben und Oren und George Armbruster und Draper Finney, der sich im Sommer darauf das Genick brechen und ertrinken sollte, als er betrunken einen Kopfsprung in den Steinbruch von Eades machte. Aber es war einer der Unfälle, die gewissermaßen mit Absicht geschehen. Draper Finney trank zwischen Juli 1901 und August 1902 eine Menge, weil er nur so Schlaf finden konnte. Weil er nur so die Hand vergessen konnte, die Hand, die aus dem Wasser ragte und sich zur Faust ballte und wieder öffnete, bis er schreien wollte: *Hört sie nicht auf damit, hört sie denn niemals auf damit?*

Den ganzen Sommer über redete Devore von der Niggerschlampe und der hochnäsigen Schlampe. Den ganzen Sommer über predigte er ihnen von ihrer Verantwortung als Männer, von ihrer Pflicht, die Gemeinde rein zu halten, und wie sie sehen mußten, was andere nicht sahen, und tun, was andere nicht taten.

Es war an einem Sonntagnachmittag im August, zu einer Zeit, als das Treiben auf der *Straße* sichtlich nachließ. Später, gegen fünf oder so, wurde es wieder belebter, und von sechs bis Sonnenuntergang würde der breite Weg am See entlang dicht bevölkert sein. Aber um drei Uhr nachmittags herrschte Ebbe. Die Methodisten besuchten ihren Nachmittagsgottesdienst drüben in Harlow; im Warrington's nahmen die versammelten Feriengäste aus dem Flachland zu einem schweren nachmittäglichen Sabbatmahl aus Brathuhn oder Schinken Platz; überall im Stadtgebiet machten sich Familien über ihr eigenes Sonntagsessen her. Diejenigen, die schon fertig waren, dösten während der Hitze des Tages – wenn möglich in einer Hängematte. Sara liebte diese ruhige Zeit. Liebte sie wirklich. Sie hatte einen großen Teil ihres Lebens auf den Mittelwegen von Jahrmärkten und in verrauchten Kneipen verbracht und ihre Songs hinausgeschrien, damit man sie über die Stimmen von betrunkenen Grobianen mit roten Gesichtern hören konnte, und auch wenn ein Teil von ihr die Aufregung und Unvorhersehbarkeit dieses Lebens liebte, liebte ein weiterer Teil auch den Frieden dieses anderen. Die Ruhe der Spaziergänge. Schließlich wurde sie nicht jünger; sie hatte ein Kind, das schon längst kein Baby mehr war. An diesem speziellen Sonntag muß ihr die Straße fast *zu* ruhig vorgekommen sein. Sie ging von der Wiese eine Meile nach Süden, ohne eine Menschenseele zu sehen – selbst Kito war nicht mehr da; er war zurückgeblieben, um Beeren zu pflücken. Es war, als wäre die ganze Stadt *verlassen. Sie weiß, in Kashwakamak findet ein Eastern-Star-Essen statt, sie hat sogar eine Pilzpastete dazu beigesteuert, weil sie mit einigen der Damen von Eastern Star Freundschaft geschlossen hat. Sie werden alle da unten sein und sich vorbereiten. Sie weiß allerdings nicht, daß die Baptistenkirche, die einzige richtige Kirche, die je im TR erbaut wurde, heute offiziell eingeweiht wird. Eine ganze Schar Einheimische sind hingegangen, Heiden ebenso wie Baptisten. Ganz leise kann sie die Methodisten von der anderen Seeseite singen hören. Der Gesang ist lieblich und leise und wunderschön; Entfernung und Echo haben jeden Mißton herausgefiltert.*

Sie bemerkt die Männer nicht – überwiegend sehr junge Männer, die unter normalen Umständen höchstens wagen, sie aus den Augenwinkeln anzusehen –, bis der älteste von ihnen den Mund aufmacht. »Da schau her, eine schwarze Hure in weißem Kleid mit rotem Gürtel! Verdammt will ich sein, wenn das nicht ein bißchen zuviel Farbe für das Seeufer ist. Was ist los mit dir, Hure? Verstehst du einen Wink mit dem Zaunpfahl nicht?«

Sie dreht sich zu ihnen um, hat Angst, zeigt es aber nicht. Sie lebt seit sechsunddreißig Jahren auf dieser Erde, seit sie elf ist, weiß sie, was ein Mann hat und wo er es reinstecken will, und sie weiß, wenn Männer sich wie hier zusammenrotten und voller Fusel sind (sie kann es riechen), hören sie auf zu denken und verwandeln sich in ein Rudel Hunde. Wenn du Angst zeigst, fallen sie über dich her wie Hunde und reißen dich womöglich in Stücke wie Hunde.

Außerdem haben sie ihr aufgelauert. Eine andere Erklärung kann es nicht für ihr plötzliches Auftauchen geben.

»Was soll das für ein Wink sein, Sugar?« fragt sie und behauptet ihre Position. Wo sind all die Leute? Wo können sie sein? Gottverdammt! Auf der anderen Seeseite haben die Methodisten »Trust and Obey« angestimmt, eine Schnulze sondergleichen.

»Daß du hier nichts zu suchen hast, wo weiße Leute spazierengehen«, sagt Harry Auster. Das letzte Wort verwandelt sein Stimmbruch in ein Mäusepiepsen, und sie lacht. Sie weiß, wie unklug das ist, aber sie kann nicht anders – sie konnte nie etwas gegen ihr Lachen tun, ebensowenig wie sie etwas dafür konnte, wie solche Männer ihre Brüste und ihren Hintern anstarren. Da war Gott dran schuld.

»Nun, ich gehe spazieren, wo ich will«, sagt sie. »Man hat mir gesagt, dies ist öffentliches Gelände, niemand hat das Recht, es mir zu verbieten. Und das hat auch niemand getan. Oder habt ihr es jemand tun sehen?«

»Du siehst uns jetzt«, sagt George Armbruster und versucht, wie ein Mann zu klingen.

Sara betrachtet ihn mit einer Art von freundlicher Geringschätzung, bei der George innerlich zusammenschrumpelt. Seine Wangen glühen heiß und rot. »Mein Sohn«, sagt sie, »ihr wagt euch nur raus, weil alle anständigen Leute woanders sind. Warum wollt ihr euch von diesem alten Kerl da vorschreiben lassen, was ihr tun sollt? Benehmt euch anständig und laßt eine Dame vorbei.«

Ich sehe alles. Während Devore immer weiter verblaßt, bis er nur noch aus Augen unter einer blauen Mütze im verregneten Nachmittag besteht (durch ihn hindurch kann ich die Trümmer meines schwimmenden Floßes sehen, die ans Ufer gespült werden), sehe ich alles deutlich. Ich sehe, wie sie

weitergeht, direkt auf Devore zu. Wenn sie hier stehenbleibt und mit ihnen herumschimpft, wird etwas Schlimmes passieren. Sie fühlt es, und ihre Gefühle stellt sie nie in Frage. Und wenn sie auf einen der anderen zugeht, wird der alte Massa hier von der Seite kommen und die anderen mit sich ziehen. Der alte Massa mit der kleinen, alten blauen Mütze ist der Leithund, den sie bezwingen muß. Und das kann sie. Er ist stark, stark genug, aus diesen Jungs eine Kreatur zu machen, seine *Kreatur, jedenfalls vorläufig, aber er besitzt nicht ihre Entschlossenheit, ihre Energie. In gewisser Weise ist sie froh über diese Konfrontation. Reg hat sie gewarnt, sie solle vorsichtig sein, nicht zu schnell handeln oder Freundschaften schließen, bis sich die Rednecks (nur nennt Reggie sie »die Alligatorenbullen«) sich zu erkennen geben – wie viele und wie fanatisch sie sind –, aber sie geht ihren eigenen Weg, vertraut ihren eigenen Instinkten. Und da sind sie, nur sieben, und in Wahrheit ist nur einer ein Alligatorenbulle.*

Ich bin stärker als du, alter Massa, *denkt sie und geht auf ihn zu. Sie sieht ihm direkt in die Augen und wendet sich nicht ab; er senkt den Blick, seine Mundwinkel zittern unsicher, seine Zunge schnellt wie die einer Eidechse heraus, um die Lippen zu befeuchten, und das ist alles gut … aber noch besser ist, daß er einen Schritt zurückweicht. Als er das tut, drängen sich die anderen in zwei Dreiergruppen zusammen, und da ist er, ihr Weg durch sie hindurch. Weit entfernt und lieblich singen die Methodisten, religiöse Musik, die über die reglose Oberfläche des Sees tönt. Eine Schnulze von einem Kirchenlied, ja, aber über die Meilen hinweg lieblich.*

When we walk with the Lord
in the Light of His word,
what a glory He sheds on our way ...

Ich bin stärker als du, Sugar, *sendet sie,* ich bin gemeiner als du, du magst der Alligatorenbulle sein, aber ich bin die Bienenkönigin, und wenn du nicht willst, daß ich dich steche, gibst du besser den restlichen Weg frei.

»Du Schlampe«, sagt er, aber seine Stimme ist schwach; er denkt bereits, dies ist nicht der Tag, sie hat etwas an sich, das er erst aus der Nähe sieht, eine Schwarznigger-Ausstrahlung, die er bis jetzt nicht gespürt hat, es ist besser, einen anderen Tag abzuwarten –

Dann stolpert er über eine Wurzel oder einen Stein (vielleicht ist es der Stein, hinter dem sie ihre letzte Ruhe finden wird) und fällt. Seine Mütze fällt herunter und entblößt die große, alte kahle Stelle auf dem Kopf. Die Naht seiner Hose platzt von oben bis unten. Und Sara macht einen entscheidenden Fehler. Vielleicht unterschätzt sie Jared Devores nicht unerhebliche persönliche Kraft, vielleicht kann sie auch einfach nicht anders – das Geräusch seiner Hose, die aufreißt, klingt wie ein lauter Furz. Wie auch immer, sie lacht – dieses bellende, verrauchte Lachen, das ihr Markenzeichen ist. Und ihr Lachen wird ihr zum Verhängnis.

Devore denkt nicht. Er gibt ihr einfach im Liegen einen Tritt, seine großen Füße in den Holzfällerstiefeln schnellen vorwärts wie Kolben. Er trifft sie, wo sie am dünnsten und verwundbarsten ist, an den Knöcheln. Sie schreit vor Schmerz auf, als der linke bricht; sie fällt zu Boden, wobei sie den Schirm mit den Rüschen aus der Hand verliert. Sie holt Luft, um wieder zu schreien, und Jared sagt von der Stelle, wo er liegt: »Nicht schreien lassen! Laßt sie nicht schreien!«

Ben Merrill läßt sich mit seinen ganzen fünfundachtzig Kilo der Länge nach auf sie fallen. Die Luft, die sie zum Schreien geholt hat, wird statt dessen in einem heftigen, fast lautlosen Seufzen ausgestoßen. Ben, der noch nicht einmal mit einer Frau getanzt, geschweige denn so auf einer gelegen hat, fühlt, wie sie sich unter ihm windet, und wird dadurch auf der Stelle erregt. Er reibt sich lachend an ihr und spürt kaum, wie sie ihm mit den Nägeln die Wange zerkratzt. Ihm kommt es so vor, als bestünde er nur aus einem Schwanz und als sei dieser einen Meter lang. Als sie versucht, seitlich wegzurollen und sich auf diese Weise von ihm zu befreien, rollt er einfach mit ihr, läßt sie oben auf sich liegen und ist vollkommen überrascht, als sie die Stirn nach unten gegen seine rammt. Er sieht Sterne, aber er ist achtzehn Jahre alt, auf dem Höhepunkt seiner Kraft, und daher verliert er weder das Bewußtsein noch seine Erektion.

Oren reißt lachend die Rückseite ihres Kleides weg. »Schweinedreck!« ruft er in einem keuchenden Flüstern und läßt sich auf sie fallen. Nun rammelt er sie trocken von oben, während Ben Merrill sie genauso enthusiastisch von unten stößt, stößt wie ein Ziegenbock, obwohl ihm das Blut von der aufgeplatzten Stirn die Wangen hinabläuft, und sie weiß, wenn sie nicht schreien kann, ist sie verloren. Wenn sie schreien kann und Kito sie hört, wird er laufen und Hilfe holen, laufen und Reg –

Aber bevor sie es noch einmal versuchen kann, kauert der alte Massa neben ihr und zeigt ihr eine lange Messerklinge. »Einen Ton, und ich schneid dir die Nase ab«, sagt er, und da gibt sie auf. Sie haben sie überwältigt, zum Teil, weil sie im falschen Moment gelacht hat, aber zum größten Teil war es einfach nur Pech. Sie werden sich nicht aufhalten lassen, und es ist besser, wenn Kito nicht in ihre Nähe kommt – bitte, lieber Gott, laß ihn dort, wo er ist, es waren schöne Beerensträucher, die ihn mindestens eine Stunde beschäftigt halten sollten. Er pflückt gern Beeren, und diese Männer werden keine Stunde brauchen. Harry Auster zerrt sie an den Haaren nach hinten, reißt ihr das Kleid von einer Schulter und saugt an ihrem Hals.

Der alte Massa ist der einzige, der nicht über ihr ist. Der alte Massa steht auf der Seite, schaut mit zusammengekniffenen, argwöhnischen Augen in beide Richtungen die Straße *hinunter; der alte Massa sieht aus wie ein räudiger Wolf, der eine ganze Generation Hühner aus dem Hühnerhaus geholt und gefressen hat und dabei jeder Falle und Schlinge ausgewichen ist. »He, Ire, laß sie einen Moment in Ruhe«, sagt er zu Harry, dann richtet er seinen weisen Blick auf die anderen. »Schafft sie in die Büsche, ihr verdammten Narren. Schafft sie tief da rein.«*

Das tun sie nicht. Sie können nicht. Sie sind zu heiß darauf, sie zu nehmen. Sie zerren sie an den Armen hinter die Stirn aus grauem Fels und lassen es gut sein damit. Es fällt ihr nicht leicht, zu beten, aber jetzt betet sie. Sie betet, daß sie sie am Leben lassen. Sie betet, daß Kito nicht in ihre Nähe kommt, daß er den Eimer nur langsam füllt, weil er jede dritte Handvoll Beeren gleich ißt. Sie betet, falls es ihm doch in den Sinn kommen sollte, ihr zu folgen, daß er sieht, was hier geschieht, und daß er in die andere Richtung läuft, so schnell er kann, daß er lautlos wegläuft, um Reg zu holen.

»Nimm das da in den Mund«, keucht George Armbruster. »Und wag nicht, mich zu beißen, du Schlampe.«

Sie nehmen sie oben und unten, vorne und hinten, zwei und drei gleichzeitig. Sie nehmen sie dort, wo jeder, der vorbeikommen könnte, sie sehen muß, und der alte Massa steht ein Stück abseits, betrachtet die keuchenden jungen Männer, die sich um sie drängen und mit runtergelassenen Hosen und von den Büschen zerkratzten Schenkeln vor ihr knien, dann sieht er mit seinen wilden und argwöhnischen Augen den Weg hinab. Es ist unglaublich, aber einer von ihnen – es ist Fred Dean – sagt: »Tut mir leid, Ma'am«, nachdem er seine Ladung bis Gott weiß wohin geschossen hat. Als hätte er sie versehentlich gegen das Schienbein getreten, während er die Beine übereinanderschlug.

Und es hört nicht auf. Samen fließt ihre Kehle hinab, ihre Arschfalte, der junge Bursche hat ihre Brust blutig gebissen, und es hört nicht auf. Sie sind jung, und als der letzte fertig ist, oh Gott, ist der erste schon wieder bereit. Auf der anderen Seeseite singen die Methodisten jetzt »Blessed Assurance, Jesus is Mine«, und als der alte Massa sich ihr nähert, denkt sie: Es ist fast vorbei, Weib, er ist der letzte, halt durch, und es ist vorbei. *Er sieht den mageren Rotschopf und denjenigen an, der immer das Auge zukneift und den Kopf schüttelt, und sagt ihnen, daß sie den Weg im Auge behalten sollen, weil er jetzt an die Reihe kommt, nachdem sie zugeritten ist.*

Er löst den Gürtel, knöpft den Hosenschlitz auf und schiebt die Unterhose nach unten – schmutzig schwarz an den Knien, schmutzig gelb im Schritt –, und als er die Knie auf beiden Seiten von ihr auf den Boden stemmt, kann sie sehen, daß der kleine Massa des alten Massa schlaff wie eine Schlange mit gebrochenem Genick ist, und ehe sie es verhindern kann, platzt dieses rauchige Lachen völlig unerwartet wieder aus ihr heraus – obwohl sie über und über mit dem heißen Gelee ihrer Vergewaltiger bedeckt ist, kann sie nicht anders, als die komische Seite sehen.

»Sei still!« knurrt Devore, schlägt ihr mit seinem harten Handrücken ins Gesicht und bricht ihr den Wangenknochen und die Nase. »Hör mit diesem Geheul auf!«

»Schätze, er würde steifer werden, wenn einer deiner Jungs hier liegen und den rosigen Arsch in die Luft strecken würde, was, Sugar?« fragt sie, und Sara lacht zum letztenmal.

Devore hebt die Hand, um sie wieder zu schlagen, sein nackter Unterleib berührt ihren nackten Unterleib, sein Penis ist ein schlapper Wurm zwischen ihnen. Aber bevor er zuschlagen kann, ruft die Stimme eines Kindes: »Ma! Was machen die mit dir, Ma? Geht von meiner Mama weg, ihr Drecksäcke!«

Sie richtet sich trotz Devores Gewicht auf, ihr Gelächter verstummt, sie sucht mit großen Augen nach Kito und sieht ihn, ein schlanker, achtjähriger Junge, der im Overall und Strohhut und mit nagelneuen Segeltuchschuhen auf der Straße *steht und einen Blecheimer in einer Hand hält. Seine Lippen sind blau vom Beerensaft. Seine Augen sind groß vor Angst und Verwirrung.*

»Lauf, Kito!« *schreit sie.* »Lauf nach H –«

Rotes Feuer explodiert in ihrem Kopf; sie kippt in die Büsche zurück und hört den alten Massa aus weiter Ferne: »Schnappt ihn euch. Laßt ihn jetzt bloß nicht entkommen!«

Dann saust sie einen langen, dunklen Hang hinunter, sie ist im Korridor einer Geisterbahn gefangen, der nur tiefer und tiefer in seine eigenen verschlungenen Eingeweide führt; und von jenem tiefen Ort des Fallens hört sie ihn, hört ihn, ihren kleinen Liebling, er

schreit. Ich hörte ihn schreien, als ich mit meiner Tragetasche in der Hand vor dem grauen Stein kniete und keine Ahnung hatte, wie ich hierher gelangt war – daß ich hergelaufen war, daran konnte ich mich jedenfalls nicht erinnern. Ich weinte vor Schock und Grauen und Mitleid. War sie verrückt? Nun, kein Wunder. Überhaupt kein Wunder. Der Regen fiel konstant, aber nicht mehr apokalyptisch. Ich betrachtete ein paar Sekunden meine fischweißen Hände auf dem grauen Felsen, dann sah ich mich um. Devore und die anderen waren verschwunden.

Der überreife Gasgeruch von Verwesung stieg mir in die Nase – es war wie eine physische Attacke. Ich suchte in der Tragetasche, fand die Stenomaske, die Rommie und George mir aus Jux geschenkt hatten, und streifte sie mir mit tauben Fingern über Mund und Nase. Ich atmete flach und vorsichtig ein. Besser. Nicht viel, aber genug, daß ich nicht davonlief, was zweifellos genau das war, was sie wollte.

»Nein!« schrie sie irgendwo hinter mir, als ich den Spaten nahm und zu graben anfing. Mit dem ersten Stich riß ich ein großes Loch in den Boden, das mit jedem nachfolgenden tiefer und breiter wurde. Die Erde war weich und locker, von dünnen

Würzelchen durchzogen, die kein Hindernis für den Spaten bildeten.

»Nein! Wag das ja nicht!«

Ich wollte mich nicht umsehen, ihr keine Chance geben, mich wegzustoßen. Hier unten war sie stärker, vielleicht deshalb, weil es hier passiert war. War das möglich? Ich wußte es nicht, und es kümmerte mich nicht. Ich wollte es nur hinter mich bringen. Wo die Wurzeln dicker waren, schnitt ich sie mit dem Messer durch.

»Laß mich in Ruhe!«

Jetzt drehte ich mich doch um, riskierte einen Blick wegen der unnatürlichen krächzenden Laute, die ihre Stimme begleiteten – die inzwischen ihre Stimme zu *sein* schienen. Die Grüne Lady war fort. Die Birke war irgendwie zu Sara Tidwell geworden: Saras Gesicht wuchs aus dem Geflecht der Zweige und glänzenden Blätter. Das regennasse Gesicht schwankte, zerfloß, fügte sich zusammen, schmolz dahin, fügte sich wieder zusammen. Einen Augenblick wurde das ganze Geheimnis, das ich hier unten gespürt hatte, offenbar. Ihre feuchten, unsteten Augen waren durch und durch menschlich. Sie sahen mich haßerfüllt und flehentlich zugleich an.

»Ich bin noch nicht fertig!« schrie sie mit brüchiger, brechender Stimme. »Er war der Schlimmste, begreifst du nicht? Er war der Schlimmste, und sein Blut fließt in ihr, und ich werde nicht ruhen, bis ich es *ausgetilgt habe!«*

Ein gräßlicher reißender Laut ertönte. Sie hatte von der Birke Besitz ergriffen, hatte sie zu einer Art stofflichem Körper gemacht und wollte sie aus der Erde reißen. Wenn sie es schaffte, würde sie kommen und mich damit zur Strecke bringen; mich töten, wenn sie konnte. Mich mit Astgabeln erwürgen. Mich mit Laub vollstopfen, bis ich aussah wie ein Stück Weihnachtsdekoration.

»Was für ein Monster er auch gewesen sein mag, Kyra hat nichts damit zu tun, was er getan hat«, sagte ich. »Und du wirst sie nicht bekommen.«

»Doch, das *werd'* ich!« schrie die Grüne Lady. Die reißenden, berstenden Geräusche waren jetzt lauter. Ein zischendes, bebendes Knistern gesellte sich dazu. Ich drehte mich nicht noch einmal um. Ich *wagte* nicht, mich noch einmal umzudrehen. Statt dessen grub ich schneller. »Doch, ich *werde* sie bekommen!« schrie sie, und nun war die Stimme näher. Sie kam, um mich zu holen, aber ich sah nicht hin; wenn es um wandelnde Bäume und Büsche geht, halte ich es wie Macbeth, schönen Dank. »Ich *werde* sie bekommen! Er hat mir meinen genommen, und *ich werde mir seine holen!*«

»Geh weg«, sagte eine neue Stimme.

Der Spaten glitt mir ein Stück aus den Händen, fiel beinahe zu Boden. Ich drehte mich um und sah Jo rechts unter mir stehen. Sie sah Sara an, die sich als Halluzination eines Wahnsinnigen materialisiert hatte – ein monströses schwarz-grünes Ding, das bei jedem Schritt rutschte, den es auf der *Straße* machen wollte. Sie hatte die Birke zurückgelassen, aber sich irgendwie ihre Lebenskraft angeeignet – der eigentliche Baum hing schwarz und verschrumpelt und abgestorben hinter ihr. Die daraus entstandene Kreatur sah aus wie Frankensteins Braut als Skulptur von Picasso. Saras Gesicht erschien darin und verging wieder, erschien und verging.

Die gespenstische Gestalt, dachte ich gelassen. *Sie war immer real … und wenn immer ich es war, dann war es auch immer sie.*

Jo trug das weiße Hemd und die blaue Hose, die sie an ihrem Todestag angehabt hatte. Ich konnte den See nicht durch sie hindurch sehen, wie bei Devore und Devores jungen Freunden; sie hatte sich vollständig materialisiert. Ich spürte ein seltsames Gefühl im Nacken, als würde ich *leerlaufen,* und wußte, wie sie es bewerkstelligt hatte.

»Aus dem Weg, du Schlampe!« fauchte das Sara-Ding. Es streckte die Arme nach Jo aus, wie es sie in meinen schlimmsten Alpträumen nach mir ausgestreckt hatte.

»Auf keinen Fall.« Jos Stimme blieb ruhig. Sie drehte sich zu mir um. »Beeil dich, Mike. Du mußt schnell sein. Das ist nicht mehr sie. Sie hat einen der Außenseiter reingelassen, und die sind sehr gefährlich.«

»Jo, ich liebe dich.«

»Ich liebe dich au –«

Sara kreischte und fing an, sich zu drehen. Blätter und Zweige verschwammen und verloren den Zusammenhalt; es war, als würde man sehen, wie etwas in einem Mixgerät verflüssigt wurde. Die Wesenheit, die schon anfangs nur ein wenig Ähnlichkeit mit einer Frau gehabt hatte, ließ die Maske nun völlig fallen. Etwas Elementares und grotesk Nichtmenschliches formte sich aus dem Mahlstrom. Es sprang meine Frau an. Als es sie traf, wichen Farbe und Festigkeit aus Jo, als hätte eine riesige Hand sie herausgeschlagen. Sie wurde zu einem Phantom, das mit dem Ding rang, das tobte und kreischte und mit Klauen nach ihr schlug.

»Beeil dich, Mike!« schrie sie. *»Beeil dich!«*

Ich machte mich an die Arbeit.

Der Spaten traf auf etwas, das keine Erde war, kein Stein, kein Holz. Ich kratzte darüber hinweg und förderte ein schmutziges, schimmelverkrustetes Stück Segeltuch zu Tage. Nun grub ich wie ein Irrer, wollte soviel von dem vergrabenen Objekt freilegen, wie ich konnte, wollte meine Erfolgschancen, so gut ich konnte, vergrößern. Hinter mir schrie die Gestalt vor Wut und meine Frau vor Schmerzen. Sara hatte einen Teil ihres körperlosen Selbst aufgegeben, um ihre Rache zu bekommen, hatte etwas hereingelassen, das Jo einen Außenseiter nannte. Ich hatte keine Ahnung, was das sein könnte, und *wollte* es auch nicht wissen. Sara war sein Träger, soviel begriff ich. Und wenn ich ihrer rechtzeitig habhaft werden konnte –

Ich streckte die Hände in das triefende Loch und schlug feuchte Erde von dem uralten Segeltuch. Dabei legte ich verblaßte Schablonenbuchstaben frei: J. M. MCCURDIE SÄGEMÜHLE. Die Sägemühle war bei dem Feuer von 1933 niedergebrannt, wie ich wußte. Ich hatte irgendwo ein Bild gesehen, wie sie in Flammen stand. Als ich das Segeltuch packte, stießen meine Finger hindurch und setzten frische Schwaden des grünen Gasgeruchs frei, und ich konnte ein Grunzen hören. Ich hörte

Devore. Er liegt auf ihr und grunzt wie ein Schwein. Sara ist halb bewußtlos und murmelt Unverständliches mit geschwollenen, blutverschmierten Lippen. Devore sieht über die Schulter zu Draper Finney und Fred Dean. Sie sind dem Jungen hinterhergerannt und haben ihn zurückgeholt, aber er hört nicht auf zu schreien, er schreit, als wolle er die Kapelle übertönen, als wolle er die Toten aufwecken, und wenn sie auf dieser Seite die Methodisten »How I Love to Tell the Story« singen hören können, dann können diese *vielleicht auch dort drüben den kreischenden Nigger hören. Devore sagt: »Schleppt ihn ins Wasser, bringt ihn zum Schweigen.« In dem Moment, als er es sagt, wird sein Schwanz steif, als handele es sich um einen Zauberspruch.*

»Was meinst du damit?« fragt Ben Merrill.

»Das weißt du verdammt gut«, sagt Jared. Er spricht die Worte keuchend aus und stößt dabei mit den Hüften. Sein schmaler Arsch schimmert im Nachmittagslicht. »Er hat uns gesehen! Willst du ihm die Kehle durchschneiden und dich mit seinem Blut besudeln? Soll mir recht sein. Hier. Nimm mein Messer, bedien dich!«

»N-nein, Jared!« ruft Ben entsetzt aus und scheint sich tatsächlich zu krümmen, als er das Messer sieht.

Endlich ist er bereit. Er braucht eben etwas länger, das ist alles, er ist kein Kind wie die anderen. Aber jetzt –! Vergiß ihr loses Mundwerk, vergiß ihr beleidigendes Lachen, vergiß die ganze Stadt. Sollen sie alle herkommen und zusehen, wenn sie wollen. Er besorgt es ihr, was sie die ganze Zeit gewollt hat, was alle ihresgleichen wollen. Er schiebt ihn rein, tief rein. Und er erteilt weiter Befehle, während er sie vergewaltigt. Auf und ab geht sein Arsch, tick-tack, wie der Schwanz einer Katze. »Jemand muß sich um ihn kümmern! Oder wollt ihr vierzig Jahre im Shawshank verfaulen, nur weil ein Niggerjunge geredet hat?«

Ben packt einen von Kito Tidwells Armen, Oren Peebles den anderen, aber als sie ihn bis zum Ufer geschleppt haben, verlieren sie den Mut. Eine hochnäsige Niggerfrau zu vergewaltigen, die die Frechheit besaß, über Jared zu lachen, als er hinfiel und sich die Hose aufriß, ist eine Sache. Ein verängstigtes Kind wie eine junge Katze in einem Schlammloch zu ertränken … das ist eine ganz andere.

Sie lockern ihre Umklammerung, sehen einander in die gequälten Augen, und Kito reißt sich los.

»Lauf, Schatz!« ruft Sara. »Lauf weg und hol –« Jared legt ihr die Hände um den Hals und drückt zu.

Der Junge stolpert über seinen Beereneimer und fällt ungeschickt zu Boden. Harry und Draper fangen ihn mühelos wieder ein. »Was willst du tun?« fragt Draper in einem verzweifelten Winseln, und Harry antwortet

»Was ich tun muß.« Das hat er gesagt, und nun würde ich tun, was ich tun mußte – trotz des Gestanks, trotz Sara, trotz der Schreie meiner toten Frau. Ich zerrte das Segeltuchbündel aus dem Erdreich. Die Seile, mit denen es an beiden Enden zugebunden waren, hielten stand, aber der Stoff selbst riß mit einem gräßlichen Rülpslaut in der Mitte entzwei.

»Beeil dich!« schrie Jo. *»Ich kann es nicht mehr lange aufhalten!«*

Es fauchte; es bellte wie ein Hund. Das laute Knirschen von

Holz ertönte, als wäre eine Tür so fest zugeworfen worden, daß sie splitterte, und Jo wimmerte. Ich griff nach der Tragetasche mit der Aufschrift Slips 'n Greens und riß sie auf, als

Harry – die anderen nennen ihn Ire wegen seines karottenroten Haars – den zappelnden Jungen in einen linkischen Würgegriff nimmt und mit ihm in den See springt. Der Junge wehrt sich mehr denn je; sein Strohhut fällt ihm vom Kopf und schwimmt auf dem Wasser. »Hol ihn!« keucht Harry. Fred Dean kniet sich hin und fischt den tropfenden Hut heraus. Freds Augen sind glasig, er sieht aus wie ein Boxer etwa eine Runde, bevor er zu Boden geht. Hinter ihm stößt Sara Tidwell ein tiefes Rasseln aus Brust und Kehle aus – das Geräusch wird Draper Finney verfolgen, genau wie die Hand, die sich öffnet und schließt, bis er seinen letzten Kopfsprung in den Steinbruch von Eades macht. Jared schließt die Finger noch fester, stößt und würgt gleichzeitig, während ihm der Schweiß aus allen Poren dringt. Kein noch so gründliches Waschen kann diesen Schweißgeruch aus den Kleidungsstücken entfernen, und als er ihn schließlich als »Mörderschweiß« betrachtet, verbrennt er die Sachen, um ihn loszuwerden.

Harry Auster möchte alles abschütteln – abschütteln und keinen dieser Männer je wiedersehen, am allerwenigsten Jared Devore, den er inzwischen für den Satan persönlich hält. Harry kann nicht nach Hause gehen und seinem Vater gegenübertreten, solange dieser Alptraum nicht vorbei und begraben ist. Und seiner Mutter! Wie kann er je wieder seiner Mutter unter die Augen treten, Bridget Auster mit dem hübschen, rundlichen Irengesicht, dem graumelierten Haar und dem tröstlichen Busen; Bridget, die immer ein liebes Wort oder eine tröstende Hand für ihn hatte; Bridget Auster, die erlöst worden ist, im Blut des Lammes gewaschen; Bridget Auster, die in diesem Augenblick Kuchen beim Picknick vor der neuen Kirche serviert; Bridget Auster, die seine Mama ist; wie kann er sie je wieder ansehen – oder sie ihn –, wenn er vor Gericht steht, weil er eine Frau vergewaltigt und geschlagen hat, auch wenn es nur eine schwarze Frau ist?

Darum zerrt er den Jungen, der sich festklammert, mit sich – Kito kratzt ihn, nur eine kleine Wunde seitlich am Hals, und am Abend wird Harry seiner Mama erzählen, daß ihn in einem Augenblick der Unachtsamkeit der Zweig eines Dornbuschs getroffen hat, und er wird zulassen, daß sie ihm einen Kuß auf die Stelle gibt –, und dann stößt er das Kind in den See. Kito schaut zu ihm auf, sein Gesicht flimmert, und Harry sieht einen kleinen Fisch vorbeischwimmen. Ein Fluß-

barsch, denkt er. Einen Augenblick fragt er sich, was der Junge sehen muß, wie er durch den silbernen Schirm der Oberfläche zum Gesicht des Mannes aufschaut, der ihn hinunterdrückt, der ihn ertränkt, aber dann verdrängt Harry den Gedanken. Nur ein Nigger, *sagt er sich verzweifelt.* Mehr ist er nicht, nur ein Nigger. Keiner von unserem Schlag.

Kitos Arm schnellt aus dem Wasser – sein tropfender dunkelbrauner Arm. Harry weicht zurück, weil er nicht gekratzt werden will, aber die Hand greift nicht nach ihm, wird nur senkrecht hochgestreckt. Die Finger krümmen sich zur Faust. Öffnen sich. Krümmen sich zur Faust. Öffnen sich. Die Zuckungen des Jungen werden schwächer, die strampelnden Füße langsamer, die Augen, die in Harrys Augen aufschauen, bekommen einen seltsam verträumten Ausdruck, und immer noch ragt der braune Arm senkrecht hoch, immer noch öffnet und schließt sich die Hand, öffnet und schließt sie sich. Draper Finney steht weinend am Ufer und ist überzeugt, daß jetzt *jemand kommen wird,* jetzt *wird jemand die schreckliche Tat sehen, die sie begangen haben – die schreckliche Tat, die sie immer noch begehen.* Seid gewiß, daß eure Sünden euch heimsuchen werden, *heißt es in dem Guten Buch.* Seid gewiß. *Er macht den Mund auf, um Harry zu sagen, daß er aufhören soll, vielleicht ist es noch nicht zu spät, es zurückzunehmen, ihn auftauchen zu lassen, ihn am Leben zu lassen, aber er bringt keinen Laut heraus. Hinter ihm haucht Sara ihren letzten Atemzug aus. Vor ihm öffnet und schließt ihr sterbender Sohn die Hand, öffnet sie und schließt sie, ihr Spiegelbild schimmert auf dem Wasser, und Draper denkt:* Hört sie nicht auf damit, hört sie denn niemals auf damit? *Und als wäre es ein Gebet gewesen, das nun jemand erhört, knickt der durchgedrückte Ellbogen des Jungen ein, sackt sein Arm nach unten; die Finger schließen sich noch einmal zur Faust und halten inne. Einen Moment schwankt die Hand, und dann* schlug ich mir mit dem Handballen mitten auf die Stirn, um diese Phantome zu vertreiben. Hinter mir ertönte ein wildes Schnappen und Krachen nasser Büsche, während Jo und das, was immer sie zurückhielt, ihren Kampf fortsetzten. Ich streckte die Hände in den Riß der Segeltuchplane wie ein Chirurg, der eine Wunde spreizt. Ich zog. Ein leises Ratschen ertönte, als der Stoff gänzlich aufriß, von einem Ende zum anderen.

Im Inneren sah ich, was von ihnen übriggeblieben war – zwei gelbliche Schädel, Stirn an Stirn wie in einem intimen Gespräch, der verblaßte rote Ledergürtel einer Frau, verschimmelte Kleidungsstücke … und ein Haufen Knochen. Zwei Brustkörbe, ein kleiner und ein großer. Zwei Beinpaare, eines kurz, eines lang. Die irdischen Überreste von Sara und Kito Tidwell, die seit fast hundert Jahren hier am See begraben lagen.

Der größere der beiden Schädel drehte sich um. Er starrte mich mit seinen leeren Augenhöhlen an. Seine Zähne klapperten, als wollte er mich beißen, dann fingen die Knochen darunter mühsam zappelnd an, sich zu bewegen. Einige brachen auf der Stelle auseinander; alle waren weich und brüchig. Der rote Gürtel regte sich rastlos, die rostige Schnalle erhob sich wie der Kopf einer Schlange.

»*Mike!*« schrie Jo. »*Schnell, schnell!*«

Ich zog den Sack aus der Tragetasche und griff nach der Plastikflasche, die darin war. Ausgelaugt in Frieden ruhen, hatten die Magnabet-Buchstaben gesagt; noch ein kleines Wortspiel. Eine weitere kleine Botschaft, die hinter dem Rücken der ahnungslosen Wächterin durchgeschmuggelt worden war. Sara Tidwell war ein furchteinflößendes Geschöpf, aber sie hatte Jo unterschätzt … und sie hatte auch die telepathische Kraft einer lang andauernden Verbindung unterschätzt. Ich war ins Slips 'n Greens gegangen, ich hatte eine Flasche Ätzlauge gekauft, und nun machte ich sie auf und goß die rauchende Flüssigkeit über die Knochen Saras und ihres Sohnes.

Ein Zischen ertönte, wie man es hört, wenn man ein Bier oder eine Limoflasche aufmacht. Die Gürtelschnalle schmolz. Die Knochen wurden weiß und zerfielen, als wären sie aus Zucker – ich sah wie in einem Alptraum das Bild mexikanischer Kinder vor mir, die am Totensonntag Zuckerleichen an langen Stielen aßen. Die Augenhöhlen von Saras Schädel wurden größer, als die Lauge die dunkle Höhlung füllte, wo einst ihr Verstand, ihr außerordentliches Talent und ihre lachende Seele gewohnt hatten. es war ein Ausdruck, der zuerst wie Überraschung, dann wie Traurigkeit aussah.

Der Kiefer fiel herab; die Zahnstummel verschwanden zischelnd.

Die Schädeldecke brach ein.

Gespreizte Fingerknochen zuckten und schmolzen.

»*Ohhhhhh …*«

Ein Flüstern ging durch die tropfnassen Bäume wie anschwellender Wind ... aber der Wind hatte aufgehört, die nasse Luft hielt vor dem nächsten Angriff den Atem an. Es war ein Laut von unaussprechlicher Traurigkeit, Sehnsucht und Unterwerfung. Ich spürte keinen Haß darin; ihr Haß war dahin, von der ätzenden Flüssigkeit weggebrannt, die ich in Helen Austers Geschäft gekauft hatte. Dem Geräusch von Saras Dahinscheiden folgte der klagende, fast menschliche Ruf eines Vogels, und das weckte mich, holte mich von dem Ort zurück, wo ich gewesen war, und brachte mich endgültig und vollständig aus der Zone heraus. Ich stand mit zitternden Beinen auf und sah auf die *Straße*.

Jo war noch da, eine verschwommene Gestalt, durch die ich jetzt den See und die dunklen Wolken des nächsten Gewitters sehen konnte, das über die Berge gezogen kam. Etwas flackerte hinter ihr – möglicherweise der Vogel, der aus seiner sicheren Deckung kam, um einen Blick auf seine veränderte Umgebung zu werfen –, aber ich registrierte es kaum. Jo wollte ich sehen; Jo, die von Gott weiß wie weit hergekommen war und Gott weiß was erduldet hatte, um mir zu helfen. Sie sah erschöpft aus, verletzt, auf eine ganz grundlegende Art verblaßt. Aber dieses andere Ding – der Außenseiter – war fort. Jo, die in einem Kreis aus Birkenblättern stand, so verdorrt, daß sie fast verkohlt wirkten, drehte sich lächelnd zu mir um.

»Jo! Wir haben es geschafft!«

Sie bewegte den Mund. Ich hörte die Laute, aber die Worte waren zu fern, um identifiziert zu werden. Jo stand direkt vor mir, aber sie hätte ebensogut über eine breite Schlucht hinweg rufen können. Trotzdem verstand ich sie. Ich las ihr die Worte von den Lippen ab, wenn Sie die rationale Erklärung vorziehen, oder direkt aus ihrem Verstand, wenn Ihnen die romantische lieber ist. Ich ziehe die letztere vor. Auch die Ehe ist eine Zone, wissen Sie. Die Ehe ist eine Zone.

– Nun, dann geht das *ja in Ordnung, richtig?*

Ich schaute in die klaffende Segeltuchrolle hinunter und sah nichts als Stummel und Splitter aus einer breiigen Masse ragen. Ich bekam einen Hauch davon mit und mußte trotz der Stenomaske husten und zurückweichen. Keine Verwesung; Ätzlauge. Als ich mich wieder zu Jo umdrehte, war sie kaum noch da.

»Jo! Warte!«

– Kann nicht helfen. Kann nicht bleiben.

Worte aus einem anderen Sonnensystem, auf verblassenden Lippen kaum zu sehen. Nun war sie wenig mehr als Augen, die im dunklen Nachmittag schwebten, Augen, die aus dem See dahinter zu bestehen schienen.

– Beeil dich …

Sie war fort. Ich rutschte und stolperte zu der Stelle, wo sie gewesen war, trampelte verdorrte Birkenblätter nieder und griff ins Leere. Ich muß wie ein Narr ausgesehen haben, naß bis auf die Haut, die Stenomaske schief über der unteren Gesichtshälfte, und versuchte, die feuchte graue Luft zu umarmen.

Ich nahm einen schwachen Hauch Parfum wahr, Red … und dann nur feuchte Erde, Seewasser und den widerlichen Gestank der Lauge über allem. Wenigstens war der Verwesungsgeruch nicht mehr da; der war ebensowenig real gewesen wie …

Wie was? Wie *was?* Entweder war alles real oder nichts davon. Wenn nichts davon real war, dann hatte ich den Verstand verloren und war bereit für den Blauen Flügel von Juniper Hill. Ich sah zu dem grauen Fels und erblickte den Sack voll Knochen, den ich wie einen faulen Zahn aus dem nassen Boden gezogen hatte. Immer noch stiegen träge Rauchwölkchen aus dem aufgerissenen Stoff empor. *Das* war real, ebenso die Grüne Lady, die nun eine rußfarbene Schwarze Lady war – so tot wie der abgestorbene Ast hinter ihr, der wie ein Arm auf etwas zu zeigen schien.

– Kann nicht helfen … Kann nicht bleiben … Beeil dich.

Wobei konnte sie mir nicht helfen? Was für Hilfe brauchte ich noch? Es war vorbei, oder nicht? Sara existierte nicht mehr; Seele folgt Gebeinen, gute Nacht, meine reizenden Damen, Gott gebe der Ausgelaugten die ewige Ruhe.

Und dennoch schien eine Art stinkendes Entsetzen, nicht viel anders als der Verwesungsgeruch aus dem Boden, aus der Luft zu schwitzen; Kyras Name hämmerte in meinem Kopf, *Ki-Ki, Ki-Ki, Ki-Ki,* wie der Ruf eines exotischen Tropenvogels. Ich ging die Stufen der Eisenbahnschwellen hinauf, und obwohl ich erschöpft war, rannte ich, als ich die Hälfte der Strecke zurückgelegt hatte.

Ich kletterte die Treppe zur Veranda hinauf und betrat das Haus auf diesem Weg. Es sah unverändert aus … abgesehen von dem umgestürzten Baum, der das Küchenfenster eingeschlagen hatte, hatte Sara Lacht dem Sturm ausgezeichnet standgehalten – aber etwas stimmte nicht. Da war etwas, das ich fast riechen konnte ... und vielleicht roch ich es tatsächlich, bitter und unterschwellig. Der Wahnsinn mag sein eigenes ekliges Aroma haben. Das ist nichts, was ich je genauer ergründen möchte.

In der Diele blieb ich stehen und betrachtete einen Haufen Taschenbücher, Romane Elmore Leonards und Ed McBains, die auf dem Boden lagen. Als wären sie von einer Hand vom Regal gefegt worden. Vielleicht von einer um sich schlagenden Hand. Ich konnte auch meine Spuren sehen, als ich gekommen und gegangen war. Sie trockneten bereits. Sie hätten die einzigen sein sollen. Ich hatte Ki getragen, als wir hereingekommen waren. Sie hätten die einzigen Spuren sein sollen, waren es aber nicht. Die anderen waren kleiner, aber nicht so klein, daß ich sie für die eines Kindes halten konnte.

Ich rannte durch den Flur zum Schlafzimmer im Nordflügel und rief ihren Namen, aber ich hätte ebensogut *Mattie* oder *Jo* oder *Sara* rufen können. Aus meinem Mund hörte sich Kyras Name wie der einer Toten an. Die Decke lag auf dem Boden. Abgesehen von dem Plüschhund, der an derselben Stelle lag wie in meinem Traum, war das Bett leer. Und Ki war fort.

Kapitel 29

Ich streckte die Fühler des Teils meines Verstands nach Ki aus, der in den letzten paar Wochen gewußt hatte, was sie trug, in welchem Zimmer des Wohnwagens sie sich aufhielt und was sie dort machte. Natürlich fand ich nichts – auch diese Verbindung war unterbrochen.

Ich rief nach Jo – ich glaube, daß ich das getan habe –, aber auch Jo war fort. Ich war allein. Mochte Gott mir beistehen. Mochte Gott uns beiden beistehen. Ich spürte, wie mich Panik überkam, und kämpfte dagegen an. Ich brauchte einen klaren Kopf. Wenn ich nicht denken konnte, war jede Chance dahin, die Ki noch hatte. Ich ging rasch durch den Flur zurück zur Diele und versuchte, die niederschmetternde Stimme in meinem Hinterkopf nicht zu hören, die sagte, daß Ki schon verloren, schon tot war. Das wußte ich nicht, konnte es nicht wissen, nachdem die Verbindung zwischen uns unterbrochen war.

Ich sah auf den Haufen Bücher hinunter, dann zur Tür. Die neuen Spuren führten ebenfalls hier hinein und wieder hinaus. Blitze erhellten den Himmel, Donner grollte. Der Wind nahm wieder zu. Ich ging zur Tür, streckte die Hand nach dem Knauf aus, verharrte. Etwas hatte sich in dem Spalt zwischen Tür und Rahmen verfangen, etwas Feines und Schwebendes, wie eine Spinnwebe.

Ein einzelnes weißes Haar.

Ich sah es an, ohne wirklich überrascht zu sein. Ich hätte es wissen müssen, natürlich, und wenn ich nach den aufeinanderfolgenden schockierenden Ereignissen dieses schrecklichen Tages nicht so sehr unter Druck gestanden hätte, dann *hätte* ich es gewußt. Es war alles auf dem Band, das John mir an diesem Vormittag vorgespielt hatte… zu einer Zeit, die bereits zum Leben eines anderen Mannes zu gehören schien.

Zunächst einmal war da die Zeitansage, als John aufgelegt hatte. *Neun Uhr vierzig, Ostküstensommerzeit,* hatte die Tonbandstimme gesagt, was bedeutete, daß Rogette um sechs Uhr vierzig am Morgen angerufen hatte ... das heißt, wenn sie wirklich aus Palm Springs angerufen hatte. Das war zumindest möglich; wäre mir dieser sonderbare Umstand aufgefallen, als wir vom Flugplatz zu Matties Wohnwagen gefahren waren, hätte ich mir gesagt, daß es zweifellos in ganz Kalifornien Nachtschwärmer gab, die ihre Ostküstengeschäfte erledigten, bevor die Sonne ganz über dem Horizont aufgegangen war, schön für sie. Aber da war noch etwas, das man nicht so leicht wegerklären konnte.

John hatte das Band einmal ausgeworfen. Weil ich, wie er sagte, weiß wie ein Laken geworden war, statt amüsiert zu sein. Ich hatte ihn gebeten, mir auch den Rest vorzuspielen; es hätte mich nur überrascht, sie wieder zu hören. *Der Klang ihrer Stimme. Herrgott, die Aufnahme ist gut*. Aber in Wahrheit waren es die Jungs im Keller gewesen, die auf Johns Tonband reagiert hatten; meine Mitverschwörer im Unterbewußtsein. Und nicht ihre *Stimme* hatte sie dermaßen erschreckt, daß mein Gesicht kalkweiß geworden war. Das Summen hatte es getan. Das typische Summen, das man bei Telefonaten im TR immer zu hören bekam, ob man nun selbst anrief oder angerufen wurde.

Rogette Whitmore hatte das TR-90 nie verlassen. Wenn es Ki Devore das Leben kosten würde, weil mir das nicht schon heute morgen klargeworden war, würde ich nicht damit weiterleben können. Das sagte ich Gott immer und immer wieder, während ich die Eisenbahnschwellen hinunterrannte, direkt dem wiedererwachten Sturm entgegen.

Es ist ein wahres Wunder, daß ich nicht einfach von der Uferböschung stürzte. Mein halbes schwimmendes Floß war dort gestrandet, und ich hätte mich auf den zersplitterten Brettern pfählen und wie ein Vampir sterben können, der sich auf einem Pflock windet. Was für ein angenehmer Gedanke *das* nur war.

Laufen ist nicht gut für Leute, die der Panik nahe sind; es ist, als würde man sich an Giftsumach reiben. Als ich die Arme um eine der Kiefern am Ende der Stufen geschlungen hatte, um abzubremsen, war ich im Begriff, jeden zusammenhängenden Gedanken zu verlieren. Kis Name hämmerte wieder in meinem Kopf – so laut, daß kaum Platz für etwas anderes blieb.

Dann zuckte ein Blitz rechts von mir vom Himmel und schlug den untersten Meter aus dem Stamm einer riesigen alten Fichte, die wahrscheinlich schon hier gestanden hatte, als Sara und Kito noch lebten. Wenn ich direkt hingesehen hätte, wäre ich blind geworden; obwohl ich den Kopf zu drei Vierteln abgewandt hatte, schwebte nach dem Einschlag ein riesiger blauer Fleck wie das Nachglühen eines gigantischen Kamerablitzes vor meinen Augen. Ein knirschendes, berstendes Geräusch ertönte, als die sechzig Meter hohe Fichte in den See fiel und einen langen Gischtvorhang aufwirbelte, der zwischen dem grauen Himmel und dem grauen Wasser zu schweben schien. Der Stumpf fing trotz des Regens Feuer und brannte wie der Hut einer Hexe.

Das hatte dieselbe Wirkung wie eine Ohrfeige, klärte meinen Kopf und gab mir eine letzte Chance, mein Gehirn zu benutzen. Ich holte tief Luft und zwang mich, genau das zu tun. Warum war ich eigentlich hier heruntergekommen? Warum glaubte ich, Rogette hätte Kyra mit zum See genommen, wo ich gerade gewesen war, statt sie von mir weg zu schaffen, die Einfahrt hinauf zum Weg zweiundvierzig?

Sei nicht dumm. Sie ist hierhergekommen, weil die Straße *der Weg zum Warrington's ist, und im Warrington's ist sie gewesen, ganz allein, seit sie den Leichnam vom Boß in seinem Privatjet nach Kalifornien zurückgeschickt hat.*

Sie hatte sich ins Haus geschlichen, während ich unter Jos Atelier gewesen war, das Blechkästchen im Bauch der Eule gefunden und den Zettel mit den genealogischen Notizen studiert hatte. Sie hätte Ki schon zu diesem Zeitpunkt mitgenommen, wenn ich ihr die Möglichkeit dazu gegeben hätte, aber das tat ich nicht. Ich kam zurückgelaufen, weil ich fürchtete, daß etwas nicht stimmte, daß jemand versuchen könnte, sich des Kindes zu bemächtigen –

Hatte Rogette sie geweckt? Hatte Ki sie gesehen und versucht, mich zu warnen, bevor sie wieder eindöste? War ich darum so überstürzt zurückgekehrt? Vielleicht. Da war ich noch in der Zone, die Verbindung zwischen uns war noch intakt gewesen. Rogette war ganz sicher im Haus gewesen, als ich zurückgekehrt war. Vielleicht sogar im Schlafzimmer im Nordflügel und hatte mich durch den Spalt der Tür beobachtet. Und ein Teil von mir hatte es gewußt. Ein Teil von mir hatte sie gespürt, hatte etwas gespürt, das nicht Sara war.

Dann war ich wieder gegangen. Hatte mir die Tragetasche von Slips 'n Greens geholt und war hierher gekommen. Nach rechts abgebogen, nach Norden. Zu der Birke, dem Fels, dem Sack voll Knochen. Ich hatte getan, was ich tun mußte, und währenddessen hatte Rogette Kyra hinter mir die Eisenbahnschwellen hinuntergetragen und war nach links auf die *Straße* abgebogen. Nach Süden, Richtung Warrington's. Mit einem Gefühl der Niedergeschlagenheit tief unten im Bauch wurde mir klar, daß ich Ki wahrscheinlich gehört hatte … möglicherweise sogar gesehen. Der Vogel, der während der Flaute so zaghaft aus seinem Versteck geschaut hatte, war kein Vogel gewesen. Da war Ki schon wach gewesen, Ki hatte mich gesehen – hatte vielleicht auch Jo gesehen – und versucht, nach mir zu rufen. Sie hatte nur diesen kleinen Pieps herausgebracht, ehe Rogette ihr den Mund zuhalten konnte.

Wie lange war das her? Es kam mir zwar wie eine Ewigkeit vor, aber ich vermutete, daß es gar nicht lange war – wahrscheinlich weniger als fünf Minuten. Aber man braucht nicht lange, um ein Kind zu ertränken. Das Bild von Kitos bloßem Arm, der senkrecht aus dem Wasser ragte, versuchte sich wieder einzustellen – die Hand an seinem Ende, die sich öffnete und schloß, öffnete und schloß, als wolle sie versuchen, anstelle von Lungen zu atmen, die es nicht konnten –, aber ich verdrängte es. Außerdem unterdrückte ich den Wunsch, einfach in Richtung Warrington's zu sprinten. Wenn ich das machte, würde mich die Panik ganz bestimmt überwältigen.

In all den Jahren seit ihrem Tod hatte ich mich nicht mit einem derart bitteren Verlangen nach Jo gesehnt, wie ich es in diesem Moment empfand. Aber sie war fort; nicht einmal ein Flüstern von ihr war übriggeblieben. Da ich ganz auf mich allein gestellt war, ging ich auf der von Bäumen fast unpassierbar gemachten *Straße* nach Süden, wich den umgestürzten Stämmen aus, wo ich konnte, kroch unter ihnen durch, wenn sie den Weg völlig versperrten, und entschied mich nur, wenn es gar nicht anders ging, für die geräuschvolle Methode, über sie hinwegzuklettern und dabei Äste abzubrechen. Unterwegs sprach ich sämtliche Gebete, die in so einer Situation vermutlich zum Standardrepertoire gehören, aber keines schien am Bild von Rogette Whitmores Gesicht vorbeizukommen, das mir durch den Kopf ging. Ihrem schreienden, gnadenlosen Gesicht.

Ich erinnere mich, daß ich dachte: *Das ist die Freiluftversion der Geisterbahn.* Mir kam es auf jeden Fall so vor, als würde es im Wald spuken, während ich mich vorwärts kämpfte: Bäume, die bei der ersten Etappe des gewaltigen Orkans nur gelockert worden waren, fielen im neuerlichen Ansturm von Wind und Regen zu Dutzenden um. Das Geräusch glich gewaltigen, knirschenden Schritten, ich mußte mir keine Gedanken wegen meiner eigenen machen. Als ich am Haus der Batchelders vorbeikam, einer runden Fertigbaukonstruktion, die auf einem Felsvorsprung ruhte wie ein Hut auf einem Fußschemel, sah ich, daß das gesamte Dach von einer Schierlingstanne eingedrückt worden war.

Eine halbe Meile südlich von Sara sah ich eines von Kis weißen Haarbändern auf dem Weg liegen. Ich hob es auf und dachte, wie sehr der rote Rand doch an Blut erinnerte. Dann steckte ich es in die Tasche und ging weiter.

Fünf Minuten später kam ich zu einer alten, moosbewachsenen Kiefer, die über den Weg gefallen war; sie war noch durch ein überdehntes und verbogenes Netzwerk von Splittern mit dem Stumpf verbunden und ächzte wie eine ganze Reihe rostiger Scharniere, wenn die Wellen im Wasser die ehemals oberen acht oder neun Meter hoben und senkten, die jetzt im See trieben. Es war Platz genug, um darunter durchkriechen zu können, und als ich auf die Knie ging, sah ich die Spuren anderer Knie, die sich gerade mit Wasser füllten. Und ich sah noch etwas: ein zweites Haarband. Ich steckte es zu dem ersten in die Tasche.

Ich war halb unter der Kiefer, als ich einen weiteren Baum umfallen hörte, diesmal viel näher. Dem Geräusch folgte ein Schrei – nicht Schmerz oder Angst, sondern Überraschung und Wut. Dann konnte ich selbst über das Rauschen von Regen und Wind Rogettes Stimme hören: »*Komm zurück! Geh nicht da raus, das ist gefährlich!*«

Ich zwängte mich das restliche Stück unter dem Baum durch, spürte kaum, wie mir ein Aststumpf den Rücken aufriß, stand auf und sprintete den Weg entlang. Wenn die umgestürzten Bäume klein waren, sprang ich, ohne langsamer zu werden, darüber hinweg. Waren sie größer, kletterte ich darüber, ohne mich darum zu kümmern, wo sie mich kratzen oder stechen konnten. Donner knallte. Ein gleißend heller Blitzschlag folgte, und in seinem Licht sah ich graue Scheunenbretter zwischen den Bäumen. An dem Tag, als ich Rogette zum erstenmal gesehen hatte, hatte ich nur einen flüchtigen Blick auf das Blockhaus von Warrington's werfen können, aber jetzt war der Wald aufgerissen worden wie ein altes Gewand – es würde Jahre dauern, bis sich diese Gegend regeneriert hatte. Zwei riesige Bäume, die gegeneinander gefallen zu sein schienen, hatten den hinteren Teil des Gebäudes weitgehend zerstört. Sie lagen über Kreuz wie Messer und Gabel auf einem Teller und bildeten ein ungleichmäßiges *X* auf den Ruinen.

Kis Stimme konnte man nur über das Tosen des Sturms hören, weil sie schrill vor Angst war: »*Geh weg! Ich mag dich nicht, weiße Nana! Geh weg!*« Es war grauenhaft, das Entsetzen in ihrer Stimme zu hören, aber es war wunderbar, ihre Stimme überhaupt zu hören.

Etwa zwölf Meter von der Stelle entfernt, wo ich beim Klang von Rogettes Stimme erstarrt war, lag noch ein Baum über dem Weg. Rogette selbst stand auf der anderen Seite und streckte eine Hand nach Ki aus. Blut tropfte von der Hand, aber das bemerkte ich kaum. Ich hatte nur Augen für Kyra.

Der Steg, der zwischen der *Straße* und der Sunset Bar verlief, war lang – mindestens zwanzig Meter, vielleicht dreißig. Lang genug, um an einem hübschen Sommerabend Hand in Hand mit seiner Herzallerliebsten darüber zu schlendern und sich eine denkwürdige Erinnerung zu verschaffen. Der Sturm hatte den Steg nicht abgerissen – noch nicht –, aber es hatte ihn wie ein Band verdreht. Ich erinnere mich an einen Wochenschaubericht während einer Samstagsmatinee in meiner Kindheit, Filmmaterial von einer Hängebrücke, die in einem Hurrikan tanzte, und so sah jetzt der Steg zwischen Warrington's und der Sunset Bar aus. Er wogte auf dem aufgewühlten Wasser auf und ab und ächzte in sämtlichen Gelenken wie ein Akkordeon aus Holz. Der Steg hatte ein Geländer gehabt – vermutlich, damit alle, die eine lange Nacht hinter sich hatten, wohlbehalten zum Ufer zurückkehren konnten –, aber das war nun verschwunden. Kyra befand sich auf halber Länge des schwankenden, tanzenden Holzstegs. Ich konnte mindestens drei schwarze Rechtecke zwischen dem Ufer und der Stelle sehen, wo sie stand; Stellen, wo Bretter herausgebrochen waren. Unter dem Steg ertönte das unruhige *Klong-klong-klong* der leeren Stahlfässer, die ihn trugen. Mehrere dieser Fässer waren abgerissen und trieben davon. Ki hatte die Arme ausgestreckt wie ein Seiltänzer im Zirkus, um das Gleichgewicht nicht zu verlieren. Das schwarze Harley-Davidson-T-Shirt flatterte um ihre Knie und die sonnengebräunten Schultern.

»*Komm zurück!*« kreischte Rogette. Ihr dünnes Haar wehte ihr um den Kopf; der glänzende schwarze Regenmantel, den sie trug, flatterte. Jetzt streckte sie beide Hände aus, eine blutig, eine nicht. Mir kam der Verdacht, daß Ki sie gebissen haben könnte.

»*Nein, weiße Nana!*« Ki schüttelte wild verneinend den Kopf, und ich wollte ihr sagen: Mach das nicht, Ki-bird, nicht so den Kopf schütteln, ganz schlechte Idee. Sie schwankte, ein Arm zeigte zum Himmel, der andere zum Wasser, so daß sie einen Moment aussah wie ein Flugzeug bei einem steilen Wendemanöver. Wenn der Steg in diesem Moment eine ruckartige Bewegung unter ihr gemacht hätte, wäre Ki seitlich heruntergefallen. Statt dessen erlangte sie ein prekäres Gleichgewicht wieder, aber ich glaubte zu sehen, wie ihre bloßen Füße ein kurzes Stück auf den schlüpfrigen Brettern rutschten. »*Geh weg, weiße Nana, ich will nicht zu dir! Geh ... geh ein Schläfchen machen, du siehst müde aus!*«

Ki sah mich nicht; ihre ganze Aufmerksamkeit galt der weißen Nana. Die weiße Nana sah mich auch nicht. Ich ließ mich auf den Bauch nieder und zwängte mich unter dem Baum durch, indem ich mich mit den Fingern ins Erdreich eingrub und vorwärts zog. Donner rollte über den See wie ein großer Mahagoniball, das Geräusch hallte von den Bergen wider. Als ich mich wieder auf die Knie aufrichtete, sah ich, daß sich Rogette langsam am Ufer aufliegenden Ende des Stegs näherte. Für jeden Schritt vorwärts, den sie machte, ging Kyra unsicher einen gefährlichen Schritt zurück. Rogette streckte die unversehrte Hand aus, aber einen Augenblick dachte ich, die hätte auch angefangen zu bluten. Aber die Flüssigkeit, die zwischen ihren verkrümmten Fingern herausfloß, war zu dunkel für Blut, und als sie zu sprechen anfing, mit einer tückischen, lockenden Stimme, bei der ich eine Gänsehaut bekam, wurde mir klar, daß es schmelzende Schokolade war.

»Laß uns das Spiel spielen, Ki-bird«, gurrte Rogette. »Möchtest du anfangen?« Sie machte einen Schritt. Ki machte einen kompensatorischen Schritt rückwärts, taumelte, erlangte das Gleichgewicht wieder. Mein Herz blieb stehen und schlug danach um so schneller. Ich überbrückte die Entfernung zwischen mir und der Frau, so schnell ich konnte, ohne direkt zu rennen; ich wollte nicht, daß sie etwas hörte, bis sie wieder wach wurde. *Falls* sie wieder wach wurde. Mir war es gleichgültig, ob sie wach wurde oder nicht. Verdammt, wenn ich George Footmans Schädel mit einem Hammer einschlagen konnte, dann konnte ich ganz gewiß auch diesem Horrorweib Schaden zufügen. Beim Gehen verschränkte ich beide Hände zu einer großen Faust.

»Nein? Du möchtest nicht anfangen? Zu schüchtern?« Rogette sprach mit einer zuckersüßen *Romper-Room*-Stimme, bei der ich mit den Zähnen knirschen wollte. »Na gut, dann fange *ich* eben an. Schaf! Was reimt sich auf Schaf, Ki-Bird? Schlaf ... du hast geschlafen, richtig, als ich gekommen bin und dich geweckt habe. Und brav ... bist du ein braves Mädchen und setzt dich auf meinen Schoß, Ki-Bird? Wir füttern uns gegenseitig mit Schokolade, wie früher ... ich erzähle dir einen neuen Klopfklopf-Witz ...«

Noch ein Schritt. Sie kam zum Rand des Stegs. Wenn sie daran gedacht hätte, hätte sie einfach Steine nach Kyra werfen können wie nach mir, hätte werfen können, bis sie einen Treffer landete und Ki in den See fiel. Aber ich glaube, darauf wäre sie nie gekommen. Wenn der Wahnsinn erst einmal einen bestimmten Punkt überschritten hat, ist man auf einer Schnellstraße ohne Ausfahrten. Rogette hatte andere Pläne mit Kyra.

»Komm schon, Ki-Ki, spiel das Spiel mit der weißen Nana.« Sie hielt ihr wieder die Schokolade hin, klebrige Pralinen, die durch zerknüllte Folie tropften. Kyra ließ den Blick schweifen und sah mich endlich. Ich schüttelte den Kopf, um ihr klarzumachen, daß sie still sein sollte, aber es nützte nichts – ihr Gesicht nahm einen Ausdruck freudiger Erleichterung an. Sie rief meinen Namen, und ich sah, wie Rogette überrascht die Schultern hob.

Ich rannte die letzten paar Meter und hob die gefalteten Hände wie eine Keule, aber ich rutschte im entscheidenden Moment auf dem nassen Boden aus, und Rogette fuhr sich duckend zusammen. Statt sie im Nacken zu treffen, wie ich beabsichtigt hatte, glitten meine verschränkten Hände nur von ihrer Schulter ab. Sie taumelte, sank auf ein Knie und richtete sich fast sofort wieder auf. Ihre Augen waren wie kleine blaue Lichtbogenlampen, die Wut statt Elektrizität verströmten. »*Sie!*« sagte sie, zischte das Wort über die Zungenspitze und verwandelte es in den Laut eines uralten Fluchs: *Sssssssie!* Hinter uns rief Kyra meinen Namen, tanzte stolpernd auf dem nassen Holz und ruderte mit den Armen, um nicht in den See zu fallen. Wasser spülte über die Planken und lief über ihre kleinen bloßen Füße.

»Halt durch, Ki!« rief ich zurück. Rogette sah, daß sich meine Aufmerksamkeit verlagerte, und nutzte ihre Chance – sie wirbelte herum und rannte auf den Steg hinaus. Ich sprang hinter ihr her, packte sie am Haar und hielt es auf einmal in der Hand. Alles. Ich stand am Ufer des wogenden Sees, und die Matte ihres weißen Haars baumelte von meiner Hand herab wie ein Skalp.

Rogette sah fauchend über die Schulter, ein uralter kahler Gnom im Regen, und ich dachte: *Er ist es, Devore, er ist gar nicht gestorben, irgendwie haben er und die Frau die Plätze getauscht,* sie *war es, die Selbstmord begangen hat,* ihr *Körper war es, der mit dem Jet nach Kalifornien gebracht worden ist –*

Aber schon als sie sich wieder in die andere Richtung drehte, um auf Ki zuzulaufen, wußte ich, daß das nicht stimmte. Es war Rogette, korrekt, aber sie war auf ehrliche Art und Weise zu dieser gräßlichen Ähnlichkeit gekommen. Was immer mit ihr nicht in Ordnung war, es hatte mehr als nur den Haarausfall bewirkt; sie war auch gealtert. Siebzig, hatte ich gedacht, aber sie mußte mindestens zehn Jahre jünger sein.

Ich kenne eine Menge Leute, die ihren Kindern ähnliche Namen geben, hatte Mrs. M. mir gesagt. *Weil sie es niedlich finden.* Der Meinung mußte auch Max Devore gewesen sein, denn er hatte einen Sohn Roger und seine Tochter Rogette genannt. Vielleicht hatte sie den Namen Whitmore rechtmäßig bekommen – in jüngeren

Jahren hätte sie verheiratet gewesen sein können –, aber nachdem die Perücke weg war, konnte an ihrer Herkunft kein Zweifel mehr bestehen. Die Frau, die über den nassen Steg stolperte, um ihre Aufgabe zu vollenden, war Kyras Tante.

Ki wich hastig zurück und gab sich keine Mühe mehr, vorsichtig zu sein und aufzupassen, wo sie hintrat. Sie würde ins Wasser fallen; es war unmöglich, daß sie oben bleiben würde. Aber bevor sie fallen konnte, schwappte eine Welle zwischen ihnen über den Steg, an einer Stelle, wo sich einige Fässer gelöst hatten und der Plankenweg ohnehin teilweise untergetaucht war. Schaumiges Wasser spritzte auf und drehte sich zu einem dieser Spiralwirbel, die ich schon gesehen hatte. Rogette stand bis zu den Knöcheln im Wasser, das über den Steg spülte, und ich blieb etwa vier Meter hinter ihr stehen.

Der Umriß verfestigte sich, und noch bevor ich das Gesicht erkennen konnte, erkannte ich die ausgebeulten Shorts mit den verblassenden Farbschnörkeln und das Top. Nur Woolworth verkauft Tops von derart vollendeter Formlosigkeit; ich glaube, das könnte ein Bundesgesetz sein.

Es war Mattie. Eine ernste graue Mattie, die Rogette mit ernsten grauen Augen ansah. Rogette hob die Hände, taumelte und versuchte sich umzudrehen. In diesem Augenblick strömte eine Welle unter den Steg, hob ihn hoch und ließ ihn wieder fallen wie eine Achterbahn auf dem Jahrmarkt. Rogette kippte über den Rand. Hinter ihr, hinter der Wassergestalt im Regen, konnte ich Ki der Länge nach auf der Veranda der Sunset Bar sehen. Die letzte Woge hatte sie vorübergehend in Sicherheit geschlenzt, wie beim Flohhüpfen.

Mattie sah mich an, ihre Lippen bewegten sich, ihre Augen ruhten auf meinen. Ich hatte erraten können, was Jo gesagt hatte, aber diesmal hatte ich keine Ahnung. Ich versuchte es mit aller Macht, kam aber nicht dahinter.

»Mommy! Mommy!«

Die Gestalt drehte sich nicht, sie wirbelte herum; unter dem Saum der langen Shorts schien sie nicht da zu sein. Sie bewegte sich auf dem Steg zur Bar, wo Ki jetzt stand und die Arme ausstreckte.

Etwas packte mich am Fuß.

Ich schaute nach unten und sah ein ertrinkendes Gespenst in dem tosenden Wasser. Dunkle Augen starrten mich aus dem kahlen Schädel an. Rogette hustete Wasser zwischen Lippen hervor, die so lila wie Pflaumen waren. Mit der freien Hand winkte sie kläglich nach mir. Die Finger öffneten sich… und schlossen sich. Öffneten sich … und schlossen sich. Ich ließ mich auf ein Knie nieder und ergriff die Hand. Sie umklammerte meine wie eine Schraubzwinge, und sie riß daran, um mich mit sich zu ziehen. Die purpurnen Lippen entblößten gelbe Zahnstummel wie die in Saras Schädel. Und ja – ich dachte, daß Rogette diesmal diejenige war, die lachte.

Ich wippte auf den Hacken und riß sie hoch. Ich dachte nicht weiter nach; es geschah rein instinktiv. Ich war mindestens neunzig Pfund schwerer als sie, und drei Viertel von ihr schnellten aus dem Wasser wie eine gigantische, mißgebildete Forelle. Sie schrie, stieß den Kopf nach vorne und grub die Zähne in mein Handgelenk. Der Schmerz folgte sofort und war ungeheuer. Ich zog den Arm noch höher und ließ ihn wieder nach unten sausen; ich wollte ihr nicht weh tun, wollte nur dieses Wieselmaul loswerden. In dem Moment wurde der Steg von einer weiteren Welle erfaßt. Die aufsteigende, zersplitterte Kante pfählte Rogettes Gesicht in der Abwärtsbewegung. Ein Auge platzte aus dem Kopf; ein tropfender gelber Splitter bohrte sich wie ein Dolch ihre Nase hinauf; die dünne Haut über ihrer Stirn platzte auf und rollte vom Schädelknochen weg wie zwei Jalousien, die man plötzlich losgelassen hat. Dann riß der See sie fort. Ich sah die zerfetzte Topographie ihres Gesichts noch einen Moment, dem sintflutartigen Regen zugewandt, naß und fahl wie das Licht einer Neonröhre. Dann wurde sie umgedreht; der schwarze Vinylregenmantel bauschte sich um sie herum wie ein Leichentuch.

Als ich mich wieder zur Sunset Bar umwandte, konnte ich erneut einen Blick unter die Haut der Welt erhaschen, aber einen völlig anderen als das Gesicht von Sara in der Grünen Lady oder die fauchende, halb sichtbare Gestalt des Außenseiters. Kyra stand in einem Durcheinander umgestürzter Korbmöbel auf der breiten Veranda vor der Bar. Vor ihr befand sich die Wasserhose, in der ich immer noch – ganz schwach – den verblassenden Umriß einer Frau erkennen konnte. Sie war auf den Knien und streckte die Arme aus.

Sie versuchten sich zu umarmen. Kis Arme gingen durch Mattie hindurch und kamen tropfend wieder heraus. »Mommy, ich kann dich nicht halten!«

Die Frau im Wasser sagte etwas – ich konnte sehen, wie sie die Lippen bewegte. Ki sah sie verzückt an. Dann drehte sich Mattie nur einen Moment zu mir um. Unsere Blicke begegneten sich; ihre Augen bestanden aus dem See. Sie waren Dark Score, der lange, bevor ich hierherkam, da war und noch dasein wird, wenn ich längst nicht mehr bin. Ich hielt die Hände an den Mund, küßte die Handflächen und hielt sie ihr hin. Schimmernde Hände wurden gehoben, wie um die Küsse zu fangen.

»*Mommy, geh nicht!*« schrie Kyra und schlang die Arme um die Gestalt. Sie war auf der Stelle tropfnaß und wich hustend und mit zusammengekniffenen Augen zurück. Es war keine Frau mehr bei ihr; nur Wasser floß über die Bretter und tropfte durch die Risse in den See zurück, der tiefen unterirdischen Quellen entspringt, Spalten im Fels, der unter dem TR und diesem ganzen Teil unserer Welt liegt.

Vorsichtig ging ich, nun selbst balancierend, auf dem schwankenden Steg zur Sunset Bar. Als ich dort ankam, nahm ich Kyra in die Arme. Sie umarmte mich fest und drückte sich zitternd an mich. Ich konnte das leise Klappern ihrer Zähne hören, wie Würfel im Würfelbecher, und den See in ihren Haaren riechen.

»Mattie war da«, sagte sie.

»Ich weiß. Ich hab' sie gesehen.«

»Mattie hat gemacht, daß die weiße Nana fortgeht.«

»Das hab' ich auch gesehen. Sei jetzt ganz ruhig, Ki. Wir gehen ans Ufer zurück, aber du darfst dich nicht bewegen. Wenn du das doch tust, landen wir beide im Wasser.«

Sie verhielt sich mustergültig. Als wir wieder auf der *Straße* standen und ich versuchte, sie abzusetzen, klammerte sie sich verbissen an mich. Das machte mir nichts aus. Ich überlegte, ob ich sie ins Warrington's bringen sollte, entschied mich aber dagegen. Es gab Handtücher da drinnen, und wahrscheinlich auch trockene Kleidung, aber ich hatte den Verdacht, als würde auch eine Badewanne voll mit warmem Wasser auf uns warten. Außerdem ließ der Regen wieder nach, und diesmal sah der Himmel im Westen heller aus.

»Was hat Mattie dir gesagt, Schatz?« fragte ich, als wir auf der

Straße nach Norden gingen. Ki ließ sich absetzen, damit wir unter den umgestürzten Bäumen durchkriechen konnten, hob aber auf der anderen Seite jedesmal die Arme, damit ich sie wieder hochnahm.

»Daß ich ein braves Mädchen sein soll und nicht traurig sein. Aber ich bin traurig. Ich bin *sehr* traurig.« Sie fing an zu weinen, und ich streichelte ihr nasses Haar.

Als wir die Stufen aus Eisenbahnschwellen erreicht hatten, hatte sie sich ausgeweint... und über den Bergen im Westen konnte ich einen schmalen, aber leuchtenden blauen Streifen sehen.

»Der ganze Wald ist umgefallen«, sagte Ki und sah sich um. Ihre Augen waren sehr groß.

»Nun... nicht der ganze, aber eine Menge davon, schätze ich.«

Auf halbem Weg die Stufen hinauf machte ich eine Pause und schnaufte ernsthaft erschöpft. Aber ich fragte Ki nicht, ob ich sie absetzen konnte. Ich *wollte* sie nicht absetzen. Ich wollte nur wieder zu Atem kommen.

»Mike?«

»Was, Püppchen?«

»Mattie hat mir noch etwas gesagt.«

»Was?«

»Kann ich flüstern?«

»Klar, wenn du willst.«

Ki beugte sich zu mir, hielt die Lippen an mein Ohr und flüsterte.

Ich hörte zu. Als sie fertig war, nickte ich, gab ihr einen Kuß auf die Wange, setzte sie auf die andere Hüfte und trug sie den Rest des Wegs zum Haus hoch.

's war nich der Sturm des Jahrhunnerts, Kumpel, bild dir das ja bloß nich ein. Nein, Sir.

Das sagten die Oldtimer, die vor dem Lazarettzelt der Armee saßen, das in diesem Spätsommer und Herbst als Lakeview General diente. Eine riesige Ulme war über die Route 68 gefallen und hatte das Geschäft zerquetscht wie eine Pappschachtel. Um dem ganzen die Krone aufzusetzen, hatte die Ulme einige funkensprühende Stromkabel mitgerissen. Sie entzündeten Propangas aus einem aufgeplatzten Tank, und das ganze Ding ging hoch. Das Zelt war aber bei warmem Wetter ein ziemlich guter Ersatz, und die Leute im TR gewöhnten sich an zu sagen, daß sie ins MASH gingen, um Brot und Bier zu kaufen – weil man immer noch ein verblaßtes rotes Kreuz auf beiden Seiten des Zeltdachs sehen konnte.

Die Oldtimer saßen auf Klappstühlen an einer Zeltwand, winkten anderen Oldtimern zu, wenn sie in ihren rostigen Oldtimern vorbeifuhren (alle beglaubigten Oldtimer fahren entweder Ford oder Chevy, also bin ich auf dem besten Weg dorthin), tauschten ihre Unterhemden gegen Flanellhemden, als die Tage zur Apfelwein-Zeit und Kartoffelernte hin kürzer wurden und verfolgten mit, wie die Stadt neu aufgebaut wurde. Und während sie das beobachteten, sprachen sie über den Eissturm des vergangenen Winters, der die Lichter ausblies und eine Million Bäume zwischen Kittery und Fort Kent zersplittern ließ; sie redeten über die Wirbelstürme im August 1985; sie redeten über den Graupelhurrikan von 1927. Nun, *das* waren Stürme gewesen, sagten sie. *Das* waren Stürme gewesen, mein lieber Mann.

Ich bin sicher, sie haben recht, und ich widerspreche ihnen nicht – man geht selten aus einer Debatte mit einem echten Yankee-Oldtimer als Sieger hervor, schon gar nicht, wenn es ums Wetter geht –, aber für mich wird der Sturm vom 21. Juli 1998 immer *der* Sturm sein. Und ich kenne ein kleines Mädchen, das genauso empfindet. Bei den Vorzügen der modernen Medizin könnte sie bis 2100 leben, aber ich glaube, auch für Kyra Elizabeth Devore wird es immer *der* Sturm sein. Der Sturm, in dem ihre tote Mutter in den See gekleidet zu ihr kam.

Das erste Fahrzeug, das meine Einfahrt herunterkam, traf erst kurz vor sechs Uhr abends ein. Es war kein Streifenwagen der Polizei von Castle County, sondern eine gelbe Planierraupe mit gelbem Blinklicht auf dem Dach der Fahrerkabine und einem Mann im Overall der Elektrizitätsgesellschaft Central Maine am Steuer. Der Mann auf dem Beifahrersitz dagegen war ein Cop – genauer gesagt, Norris Ridgewick, der County-Sheriff persönlich. Und er kam mit der Waffe in der Hand zu meiner Tür.

Der Wetterumschwung, den der Fernsehmoderator versprochen hatte, war schon da, ein kalter Wind gerade unterhalb von

Sturmstärke hatte Wolken und Sturmzentren nach Osten geweht. Mindestens eine Stunde, nachdem der Regen aufgehört hatte, fielen im Wald noch Bäume um. Gegen fünf Uhr machte ich uns getoastete Käsesandwiches und Tomatensuppe … Nervenfutter, wie Jo gesagt hätte. Kyra aß lustlos, aber sie aß, und sie trank eine Menge Milch. Ich hatte ihr ein anderes T-Shirt von mir angezogen und ihr Haar zu einem Pferdeschwanz gebunden. Ich bot ihr die weißen Haarbänder an, aber sie schüttelte nachdrücklich den Kopf und entschied sich statt dessen für ein Haargummi. »Ich mag diese Bänder nicht mehr«, sagte sie. Ich beschloß, daß ich sie auch nicht mehr mochte, und warf sie weg. Ki sah mir zu und machte keine Einwände. Dann ging ich durch das Wohnzimmer zum Holzofen.

»Was machst du da?« Sie trank ihr zweites Glas Milch leer, wand sich von ihrem Stuhl herunter und kam zu mir.

»Feuer. Vielleicht haben die vielen heißen Tage mein Blut dünn gemacht. Das hätte jedenfalls meine Mom gesagt.«

Sie sah mir stumm zu, wie ich ein Blatt nach dem anderen von dem Stapel nahm, den ich vom Tisch geholt und auf den Holzofen gelegt hatte, jedes zusammenknüllte und zur Ofentür hineinwarf. Als ich dachte, daß es genug war, legte ich Anfeuerholz darauf.

»Was steht auf diesem Papier?« fragte Ki.

»Nichts Wichtiges.«

»Ist es eine Geschichte?«

»Eigentlich nicht. Es war mehr wie … oh, ich weiß auch nicht. Ein Kreuzworträtsel. Oder ein Brief.«

»Ziemlich langer Brief«, sagte sie, und dann legte sie den Kopf auf mein Bein, als wäre sie müde.

»Ja«, sagte ich. »Das sind Liebesbriefe für gewöhnlich, aber es ist nicht gut, sie aufzubewahren.«

»Warum?«

»Weil sie …« *Zurückkommen und dich quälen können*, kam mir in den Sinn, aber ich sagte es nicht. »Weil sie einem im späteren Leben peinlich sein können.«

»Oh.«

»Außerdem«, sagte ich, »in gewisser Weise sind diese Blätter wie deine Haarbänder.«

»Du magst sie nicht mehr.«

»Richtig.«

Dann sah sie das Kästchen – das Blechkästchen, auf dem JOS KLEINIGKEITEN stand. Es befand sich auf dem Tresen zwischen Wohnzimmer und Spüle, nicht weit von der Stelle entfernt, wo die alte Krazy Kat an der Wand gehangen hatte. Ich konnte mich nicht erinnern, daß ich das Kästchen aus dem Atelier mitgebracht hatte, aber das wunderte mich nicht; ich war ziemlich durcheinander gewesen. Ich halte auch für möglich, daß es ... irgendwie von selbst dorthin gekommen sein könnte. Ich glaube inzwischen an so etwas; ich habe meine Gründe.

Kyras Augen strahlten so, wie sie es nicht mehr getan hatten, seitdem sie aus ihrem kurzen Nickerchen erwacht war und festgestellt hatte, daß ihre Mutter tot war. Sie stellte sich auf Zehenspitzen, damit sie an das Kästchen herankam, dann strich sie mit ihren kleinen Fingern über die Goldbuchstaben. Ich dachte daran, wie wichtig es für ein Kind war, eine Blechdose zu besitzen. Man brauchte eine für seine heimlichen Sachen – das beste Spielzeug, das hübscheste Stück Spitze, den ersten Schmuck. Oder vielleicht ein Bild seiner Mutter.

»Das ist so ... *schön*«, sagte sie mit leiser, ehrfürchtiger Stimme.

»Du kannst es haben, wenn dich nicht stört, daß JOS KLEINIGKEITEN draufsteht, und nicht KIS KLEINIGKEITEN. Es sind einige Papiere darin, die ich lesen möchte, aber die könnte ich anderswo unterbringen.«

Sie sah mich an, um sich zu vergewissern, daß ich keinen Spaß machte, und stellte fest, daß ich es ernst meinte.

»Das würde mir gefallen«, sagte sie mit derselben leisen, ehrfürchtigen Stimme.

Ich nahm ihr das Kästchen ab, nahm die Stenoblocks, Zettel und Zeitungsausschnitte heraus und gab es Ki zurück. Sie übte, wie man den Deckel abnahm und wieder aufsetzte. »Rat mal, was ich da reintue«, sagte sie.

»Geheime Schätze?«

»Ja!« sagte sie und lächelte tatsächlich einen Augenblick. »Wer war Jo, Mike? Kennst du sie? Kenne ich sie? Ich kenne sie, richtig? Sie war eine von den Kühnschwankleuten.«

»Sie –« Mir kam ein Gedanke. Ich blätterte die vergilbten Ausschnitte durch. Nichts. Ich dachte, ich hätte es irgendwo unterwegs verloren, dann sah ich eine Ecke von dem, was ich suchte, aus einem der Stenoblocks ragen. Ich zog es heraus und gab es Ki.

»Was ist das?«

»Ein verkehrtes Foto. Halt es ans Licht.«

Sie gehorchte und betrachtete es lange Zeit gebannt. Undeutlich wie in einem Traum konnte ich meine Frau in ihrer Hand sehen, die in ihrem Bikini auf dem schwimmenden Floß stand.

»Das ist Jo«, sagte ich.

»Sie ist hübsch. Ich bin froh, daß ich ihr Kästchen für meine Sachen habe.«

»Ich auch, Ki.« Ich gab ihr einen Kuß auf den Kopf.

Als Sheriff Ridgewick gegen die Tür hämmerte, hielt ich es für klug, mit erhobenen Händen aufzumachen. Er sah nervös aus. Was die Situation zu entspannen schien, war eine einfache, keineswegs berechnende Frage.

»Wo ist Alan Pangborn dieser Tage, Sheriff?«

»Drüben in New Hampshire«, sagte Ridgewick und ließ die Pistole ein wenig sinken (eine oder zwei Minuten später steckte er sie ins Holster, ohne daß er es richtig mitzubekommen schien). »Ihm und Polly geht es richtig gut. Abgesehen von ihrer Arthritis. Das ist unangenehm, denke ich, aber sie hat noch ihre guten Tage. Man kann es noch eine ganze Weile gut aushalten, wenn man ab und zu einen guten Tag hat, das ist meine Meinung. Mr. Noonan, ich habe eine Menge Fragen an Sie. Das ist Ihnen klar, nicht wahr?«

»Ja.«

»Als erste und wichtigste, haben Sie das Kind? Kyra Devore?«

»Ja.«

»Wo ist sie?«

»Ich zeige sie Ihnen gern.«

Wir gingen durch den Flur zum Nordflügel, blieben vor der Schlafzimmertür stehen und sahen hinein. Sie hatte die Decke bis zum Kinn hochgezogen und schlief fest. Den Plüschhund hielt sie in einer Hand – wir konnten gerade noch den schmutzigen Schwanz an einem Ende ihrer Faust und die Schnauze am anderen herausragen sehen. Wir standen lange da, keiner von uns sagte ein Wort, und betrachteten das schlafende Kind im Licht eines Sommerabends. Im Wald fielen keine Bäume mehr um, aber der Wind blies noch. Um die Dachrinnen von Sara Lacht herum machte er ein Geräusch wie Musik aus alten Zeiten.

EPILOG

Es schneite an Weihnachten – nette zwölf Zentimeter Pulverschnee, in dem die Weihnachtssinger, die durch die Straßen von Sanford zogen, aussahen, als stammten sie aus dem Film *Ist das Leben nicht wunderbar*. Als ich zum drittenmal nach Kyra gesehen hatte und zurückkam, war es Viertel nach eins am frühen Morgen des sechsundzwanzigsten, und es hatte aufgehört zu schneien. Der dicke, aber blasse Mond spähte durch die in Auflösung begriffene Wolkendecke.

Ich verbrachte Weihnachten wieder bei Frank, und wir waren die letzten beiden, die noch auf waren. Die Kinder, Ki eingeschlossen, waren völlig erschöpft und schliefen nach dem alljährlichen Freudenfest mit Essen und Geschenken. Frank war bei seinem dritten Scotch – ich nehme an, es war eine geradezu klassische Drei-Scotch-Geschichte –, aber ich hatte meinen ersten kaum angetrunken. Ich glaube, wenn Ki nicht gewesen wäre, hätte ich häufiger zur Flasche gegriffen. An Tagen, wenn ich sie habe, trinke ich für gewöhnlich nicht einmal ein Glas Bier. Und sie drei Tage nacheinander zu haben ... aber, Scheiße, *kemo sabe*, wenn man Weihnachten nicht mit seinem Kind verbringen kann, wozu ist Weihnachten dann überhaupt da?

»Ist mit dir alles in Ordnung?« fragte Frank, als ich mich wieder gesetzt und einen kleinen Schluck aus meinem Glas getrunken hatte.

Darüber mußte ich grinsen. Nicht ist mit *ihr* alles in Ordnung, sondern ist mit *dir* alles in Ordnung. Nun, keiner hat je gesagt, daß Frank dumm ist.

»Du hättest mich sehen sollen, als das Jugendamt sie mir ein ganzes Wochenende im Oktober gegeben hat. Ich muß ein dutzendmal nach ihr gesehen haben, bevor ich ins Bett gegangen bin ... und danach habe ich *weiter* nach ihr gesehen. Bin aufgestanden und hab' bei ihr reingeschaut, sie atmen hören. Ich habe Freitag nacht nicht eine Sekunde geschlafen, Samstag vielleicht drei Stunden. Also hab' ich eigentlich gewaltige Fortschritte gemacht. Aber wenn du je etwas von dem weitersagst, was ich dir erzählt habe, Frank – wenn sie je hören, daß ich die Wanne gefüllt hatte, bevor der Generator durch den Sturm ausgefallen war –, kann ich die Chance, sie zu adoptieren, in den Wind schreiben. Wahrscheinlich müßte ich ein Formular in dreifacher Ausfertigung ausfüllen, bevor sie mich auch nur zur Abschlußfeier ihrer High School ließen.«

Ich hatte nicht vorgehabt, Frank von der Wanne zu erzählen, aber als ich angefangen hatte, sprudelte fast alles aus mir heraus. Ich nehme an, ich mußte es jemandem erzählen, wenn ich mit meinem Leben weitermachen wollte. Ich hatte gedacht, daß John Storrow derjenige sein würde, der auf der anderen Seite des Beichtstuhls sitzen würde, wenn es soweit war, aber John wollte nicht über die Ereignisse sprechen, soweit sie nichts mit unserem andauernden Rechtsstreit zu tun hatten, bei dem es heutzutage einzig und allein um Kyra Elizabeth Devore ging.

»Ich werde den Mund halten, keine Bange. Wie steht es an der Adoptionsfront?«

»Es bewegt sich langsam was. Ich hasse die Justizverwaltung des Staates Maine allmählich, und das Jugendamt ebenso. Nimmt man sich die Leute, die in diesen Bürokratien arbeiten, einzeln vor, sind sie ganz okay, aber im Rudel ...«

»Schlimm, hm?«

»Manchmal komme ich mir vor wie eine Figur in *Bleakhaus*. Darin sagt Dickens, daß vor Gericht niemand gewinnt, außer den Anwälten. John sagt mir, daß ich Geduld haben und meine Aktivposten zählen soll, daß wir erstaunliche Fortschritte machen, wenn man bedenkt, daß ich der am wenigsten vertrauenswürdigen Gattung der Welt angehöre, ein unverheirateter weißer Mann mittleren Alters, aber Ki ist in zwei Pflegeheimen gewesen, seit Mattie gestorben ist, und –«

»Hat sie keine Verwandten in den angrenzenden Städten?«

»Matties Tante. Sie wollte mit Ki nichts zu tun haben, als Mattie noch lebte, und jetzt hat sie noch weniger Interesse. Besonders weil –«

»– weil Ki nicht reich sein wird.«

»Ja.«

»Diese Whitmore hat gelogen, was Devores Testament angeht.«

»Voll und ganz. Er hat alles einer Stiftung vermacht, die die weltweite Computerforschung unterstützen soll. Bei allem Respekt vor den Zahlenfetischisten dieser Welt, ich kann mir keine kaltherzigere Wohltat vorstellen.«

»Wie geht es John?«

»Seine Genesung macht ziemlich gute Fortschritte, aber er wird den rechten Arm nie wieder richtig benutzen können. Er wäre um ein Haar verblutet.«

Frank hatte mich für einen Mann, der seinen dritten Scotch fast intus hatte, ziemlich geschickt vom Thema Ki und Sorgerecht abgelenkt, und ich war mehr als bereit, es dabei zu belassen. Ich konnte es kaum ertragen, an ihre langen Tage und noch längeren Nächte in diesen Heimen zu denken, wo das Jugendamt Kinder wie Sachen unterbringt, die niemand mehr haben will. Ki lebte nicht an diesen Orten, sondern existierte nur, blaß und lustlos, wie ein wohlgenährtes Kaninchen im Käfig. Jedesmal, wenn sie mein Auto einbiegen oder vorfahren sah, erwachte sie zum Leben, winkte mit den Armen und tanzte wie Snoopy auf seiner Hundehütte. Unser Wochenende im Oktober war wunderbar gewesen (trotz meines zwanghaften Bedürfnisses, alle halbe Stunde nach ihr zu sehen, während sie schlief), und die Weihnachtstage waren noch besser. Ihr nachdrücklicher Wunsch, bei mir zu sein, war vor Gericht hilfreicher als alles andere ... aber die Mühlen mahlten langsam.

Vielleicht im Frühjahr, Mike, hatte John zu mir gesagt. Er war heutzutage ein neuer John, blaß und ernst. Von dem etwas arroganten fleißigen Bienchen, das nichts lieber wollte als eine Konfrontation mit Mr. Maxwell »Dicke Knete« Devore, war nichts mehr übrig. John hatte am einundzwanzigsten Juni etwas über die Sterblichkeit gelernt, und auch etwas über die hirnlose Grausamkeit der Welt. Der Mann, der gelernt hatte, einem die linke Hand zu geben, statt der rechten, wollte nicht mehr feiern bis zum Kotzen. Er ging mit einem Mädchen aus Philly, der Tochter einer Freundin seiner Mutter. Ich hatte keine Ahnung, ob es etwas Ernstes war oder nicht, Kis »Onkel John« ist verschlossen, was diesen Teil seines Lebens angeht, aber wenn sich ein junger Mann aus freien Stücken mit der Tochter einer Freundin seiner Mutter trifft, ist es für gewöhnlich etwas Ernstes.

Vielleicht im Frühjahr: Das war sein Mantra in jenem Spätherbst und Winter. *Was mache ich falsch?* hatte ich ihn einmal gefragt – das war kurz nach Thanksgiving und einem weiteren Rückschlag gewesen.

Nichts, hatte er geantwortet. *Adoptionen durch einen Elternteil dauern immer lang, und wenn es sich um einen potentiellen Adoptiv*vater *handelt, ist es noch schlimmer.* An diesem Punkt der Unterhaltung hatte John eine häßliche Geste gemacht und war mit dem Zeigefinger der linken Hand in die gekrümmte rechte rein und wieder aus ihr raus gefahren.

Das ist unverhohlene Geschlechterdiskriminierung, John.

Ja, aber für gewöhnlich ist sie gerechtfertigt. Wenn Sie wollen, können Sie jedem verkorksten Arschloch die Schuld geben, das sich je eingebildet hat, es hätte das Recht, einem kleinen Mädchen das Höschen auszuziehen; wenn Sie wollen, geben Sie der Bürokratie die Schuld; verdammt, geben Sie dem Bossa Nova die Schuld, dem Tanz der Liebe. Es ist ein langwieriger Vorgang, aber am Ende werden Sie gewinnen. Sie haben ein einwandfreies Führungszeugnis, Sie haben Kyra, die jedem Richter und Mitarbeiter des Jugendamts sagt: »Ich will bei Mike sein«, und Sie haben genügend Geld, es mit ihnen aufzunehmen, so sehr sie sich auch winden und so viele Formulare sie Ihnen auch in den Weg legen … aber am wichtigsten, mein Freund, Sie haben mich.

Und ich hatte noch etwas – was Ki mir ins Ohr geflüstert hatte, als ich auf den Stufen stehengeblieben war, um wieder zu Atem zu kommen. Davon hatte ich John nie erzählt, und es war eines der wenigen Dinge, die ich auch Frank nicht erzählt hatte.

Mattie sagt, daß ich jetzt deine Kleine bin, hatte sie geflüstert. *Mattie sagt, daß du dich um mich kümmern wirst.*

Ich versuchte es – soweit mich die verdammten lahmen Enten vom Jugendamt ließen –, aber das Warten fiel mir schwer.

Frank hob seinen Scotch und neigte ihn in meine Richtung. Ich schüttelte den Kopf. Ki hatte sich in den Kopf gesetzt, einen Schneemann zu bauen, und ich wollte das Sonnenlicht auf frischem Schnee ohne Kopfschmerzen genießen können.

»Frank, wieviel davon glaubst du wirklich?«

Er schenkte sich noch einen Scotch ein, dann saß er eine ganze Zeitlang stumm da, sah auf den Tisch und dachte nach. Als er den Kopf wieder hob, erhellte ein Lächeln sein Gesicht. Es hatte solche Ähnlichkeit mit dem Lächeln Jos, daß mir das Herz brach. Und als er sprach, betonte er seinen sonst schwachen Bostoner Akzent.

»Na klar, und ich bin 'n halb betrunkener Ire, der sich am Weihnachtsabend gerade die wildeste aller Gepenstergeschichten angehört hat«, sagte er. »Ich glaube dir alles, du alberner Kerl.«

Ich lachte, und er lachte auch. Wir lachten vorwiegend durch die Nase, wie es Männer gern tun, wenn sie spät auf sind, vielleicht einen kleinen in der Krone haben und nicht das ganze Haus aufwecken wollen.

»Komm schon – wieviel glaubst du wirklich?«

»Alles«, wiederholte er und ließ den Akzent fallen. »Weil Jo es geglaubt hat. Und wegen ihr.« Er nickte in Richtung der Treppe, damit ich wußte, wen er meinte. »Sie ist anders als alle Mädchen, die ich bisher kennengelernt habe. Sie ist süß, keine Frage, aber in ihren Augen ist etwas. Zuerst dachte ich, es läge daran, daß sie ihre Mutter auf diese Weise verloren hat, aber das ist es nicht. Es ist mehr dran, richtig?«

»Ja«, sagte ich.

»Und es ist auch in dir. Es hat euch beide berührt.«

Ich dachte an das bellende Ding, dem sich Jo in den Weg gestellt hatte, während ich die Lauge in den verrotteten Segeltuchsack schüttete. Ein Außenseiter, hatte sie es genannt. Ich hatte es nicht deutlich sehen können, und das war wahrscheinlich gut so. Das war wahrscheinlich sehr gut so.

»Mike?« Frank sah besorgt aus. »Du zitterst ja.«

»Mir geht es gut«, sagte ich. »Wirklich.«

»Wie ist es jetzt in dem Haus?« fragte er. Ich lebte immer noch in Sara Lacht. Ich hatte bis Anfang November gezögert und dann das Haus in Derry zum Verkauf angeboten.

»Ruhig.«

»Völlig ruhig?«

Ich nickte, aber das stimmte nicht ganz. Zweimal war ich mit dem Gefühl aufgewacht, das Mattie einmal erwähnt hatte – daß jemand bei mir im Bett war. Aber niemand Gefährliches. Mehrmals habe ich Parfum gerochen, Red (oder es mir eingebildet). Und manchmal gibt Bunters Glöckchen ein paar Töne von sich, auch wenn es vollkommen windstill ist. Es ist, als wollte etwas, das einsam ist, hallo sagen.

Frank sah auf die Uhr, dann zu mir, als wollte er sich entschuldigen. »Ich hab' noch ein paar Fragen – okay?«

»Ich schätze, wenn man an Weihnachten nicht bis in die Puppen aufbleiben kann«, sagte ich, »dann kann man es nie. Schieß los.«

»Was hast du der Polizei erzählt?«

»Ich mußte ihnen nicht viel erzählen. Footman hat soviel geredet, daß es ihnen gereicht hat – mehr als Norris Ridgewick lieb war. Footman sagte, daß er und Osgood – Osgood hat das Auto gefahren, Devores Lieblingsmakler – den Anschlag verübt hätten, weil Devore ihnen damit gedroht hatte, was ihnen zustoßen würde, wenn sie sich weigerten. Die State Cops fanden auch die Kopie einer Überweisung in Devores Unterlagen im Warrington's. Zwei Millionen Dollar auf ein Konto auf den Kaiman-Inseln. Der Name auf dem Überweisungsträger ist Randolph Footman. Randolph ist Georges zweiter Vorname. Mr. Footman wohnt inzwischen im Staatsgefängnis von Shawshank.«

»Was ist mit Rogette?«

»Nun, Whitmore war der Mädchenname ihrer Mutter, aber man kann mit ziemlicher Sicherheit sagen, daß Rogettes Herz Daddy gehört hat. Sie hatte Leukämie, wurde 1996 festgestellt. Bei Leuten ihres Alters – sie war übrigens erst siebenundfünfzig, als sie starb – ist das in zwei von drei Fällen tödlich, aber sie hat eine Chemotherapie gemacht. Darum die Perücke.«

»Warum hat sie versucht, Kyra zu töten? Das verstehe ich nicht. Wenn du Sara Tidwells Einfluß auf unsere irdische Existenzebene gebrochen hast, als ihre Knochen aufgelöst waren, hätte der Fluch eigentlich ... Warum siehst du mich so an?«

»Du würdest es verstehen, wenn du Devore je kennengelernt hättest«, sagte ich. »Das ist der Mann, der das gesamte verdammte TR in Brand gesteckt hat, um sich zu verabschieden, als er nach Westen ins sonnige Kalifornien gegangen ist. Ich dachte in dem Moment an ihn, als ich ihr die Perücke runtergerissen hatte, dachte mir, daß sie irgendwie die Identität getauscht haben mußten. Dann dachte ich: *O nein, sie ist es allerdings, es ist Rogette, sie hat nur irgendwie ihre Haare verloren.*«

»Und du hattest recht. Die Chemo.«

»Ich hatte mich auch geirrt. Ich weiß heute mehr über Gespenster als früher, Frank. Das wichtigste ist vielleicht, was man als erstes sieht, was man als erstes denkt ... das ist das, was für gewöhnlich wahr ist. Er war es an jenem Tag. Devore. Am Ende ist er doch zurückgekehrt. Ich bin ganz sicher. Am Ende ging es nicht mehr um Sara, nicht für ihn. Am Ende ging es nicht einmal mehr um Kyra. Am Ende ging es nur noch um Scooter Larribees Schlitten.«

Schweigen herrschte zwischen uns. Einige Augenblicke war es so tief, daß ich sogar das Haus atmen hören konnte. Das kann man hören, wissen Sie. Wenn man genau hinhört. Auch das ist etwas, das ich jetzt weiß.

»Herrgott«, sagte er schließlich.

»Ich glaube nicht, daß Devore von Kalifornien nach Osten gekommen ist, um sie zu töten«, sagte ich. »Das war ursprünglich nicht der Plan.«

»Was dann? Um seine Enkeltochter kennenzulernen? Um seine Zäune auszubessern?«

»O Gott, nein. Du verstehst immer noch nicht, was er war.«

»Dann sag es mir.«

»Er war ein Monster in Menschengestalt. Er ist zurückgekommen, um sie zu *kaufen*, aber Mattie wollte nicht verkaufen. Und als Sara Macht über ihn bekam, plante er Kis Tod. Ich könnte mir denken, daß Sara nie ein willigeres Werkzeug gefunden hat.«

»Wie viele hat sie insgesamt getötet?« fragte Frank.

»Ich weiß es nicht mit Sicherheit. Und ich glaube, das will ich auch nicht. Basierend auf Jos Notizen und den Zeitungsausschnitten würde ich sagen, daß es in den Jahren zwischen 1901 und 1998 vier andere gewesen sein müssen ... sollen wir sie Auftragsmorde nennen? Alles Kinder, alles Namen mit *K*, alle in direkter Linie mit den Männern verwandt, die sie getötet haben.«

»Mein Gott.«

»Ich glaube nicht, daß Gott viel damit zu tun hatte ... aber sie hat sie dafür bezahlen lassen.«

»Sie tut dir leid, richtig?«

»Ja. Ich hätte sie in Stücke gerissen, ehe ich zugelassen hätte, daß sie Ki auch nur ein Haar krümmt, aber natürlich tut sie mir leid. Sie wurde vergewaltigt und ermordet. Ihr Kind wurde ertränkt, während sie selbst im Sterben lag. Mein Gott, tut sie dir *nicht* leid?«

»Ich denke schon. Mike, weißt du, wer der andere Junge war?

Der weinende Junge? War er derjenige, der an Blutvergiftung gestorben ist?«

»Jos Notizen kreisen überwiegend um diesen Punkt – damit hatte sie angefangen. Royce Merrill kannte die Geschichte genau. Der weinende Junge war Reg Tidwell junior. Du mußt wissen, im September 1901, als die Red-Tops ihre letzte Vorstellung in Castle County gaben, wußte fast jeder im TR, daß Sara und ihr Junge ermordet worden waren, und fast alle hatten eine Vorstellung davon, wer es getan hatte.

Red Tidwell hat fast den ganzen August hindurch Nehemiah Bannerman zugesetzt, dem County-Sheriff. Zuerst ging es ihm darum, sie lebend zu finden – Tidwell wollte, daß ein Suchtrupp zusammengestellt wurde –, dann ging es darum, ihre Leichen zu finden, und dann darum, ihre Mörder zu finden… denn als er akzeptiert hatte, daß sie tot waren, bestand für ihn kein Zweifel mehr, daß sie ermordet worden waren.

Zuerst hatte Bannerman Verständnis. Zuerst schienen *alle* Verständnis zu haben. Während der Zeit im TR waren die Red-Tops wunderbar behandelt worden – das hatte Jared so wütend gemacht –, und ich glaube, man kann Son Tidwell verzeihen, daß er einen entscheidenden Fehler gemacht hat.«

»Was war das für ein Fehler?«

Nun, er kam auf die Idee, daß der Mars der Himmel war, dachte ich. *Das TR muß ihm wie der Himmel vorgekommen sein, bis zu dem Tag, an dem Sara und Kito einen Spaziergang machten, der Junge mit seinem Beereneimer, und nie zurückgekehrt sind. Ihnen muß es vorgekommen sein, als hätten sie endlich ein Plätzchen gefunden, wo sie Schwarze sein konnten und trotzdem frei atmen durften.*

»Daß er glaubte, sie würden wie normale Leute behandelt werden, als die Dinge im argen lagen, nur weil sie so behandelt worden waren, als alles noch zum besten stand. Statt dessen hat sich das TR gegen sie zusammengeschlossen. Niemand mit einer ungefähren Vorstellung davon, was Jared und seine Schützlinge getan hatten, konnte es *gutheißen,* aber als die Karten auf dem Tisch lagen…«

»Man stellt sich vor seine eigenen Leute, man wäscht seine schmutzige Wäsche hinter verschlossenen Türen«, murmelte Frank und trank sein Glas leer.

»Ja. Als die Red-Tops auf dem Jahrmarkt von Castle County

spielten, war ihre kleine Gemeinde unten am See schon in Auflösung begriffen – du mußt wissen, das weiß ich alles aus Jos Notizen; in der Geschichte der Gegend findet sich nicht einmal ein Flüstern davon.

Am Labor Day hatten die ersten Schikanen angefangen – das erzählte Royce Jo. Es wurde jeden Tag ein bißchen häßlicher – ein bißchen beängstigender –, aber Son Tidwell wollte einfach nicht gehen, bevor er herausgefunden hatte, was aus seiner Schwester und seinem Neffen geworden war. Offenbar blieben er und seine Blutsverwandten auf der Wiese, obwohl die anderen schon zu freundlicheren Gefilden aufgebrochen waren.

Dann stellte jemand die Falle auf. Etwa eine Meile östlich der heutigen Tidwell's Meadow ist eine Lichtung im Wald; in der Mitte stand eine große Birke. Jo hatte ein Bild davon in ihrem Atelier hängen. Dort hielt die schwarze Gemeinde ihre Gottesdienste ab, nachdem ihnen der Zutritt zur Kirche im Ort verwehrt wurde. Der Junge – Junior – ging öfter dorthin, um zu beten oder sich einfach hinzusetzen und nachzudenken. Viele Leute in der Stadt wußten von dieser Angewohnheit. Jemand stellte die Bärenfalle auf den schmalen Pfad durch den Wald, den der Junge nahm. Und deckte sie mit Laub und Nadeln zu.«

»Großer Gott«, sagte Frank. Er hörte sich elend an.

»Und wahrscheinlich waren es nicht mal Jared Devore und seine Holzfällerjungs, die sie aufgestellt haben – nach den Morden wollten sie nichts mehr mit Saras und Sons Leuten zu tun haben und gingen ihnen aus dem Weg. Vielleicht war es nicht einmal ein Freund dieser Jungs. Da *hatten* sie schon nicht mehr so viele Freunde. Aber das änderte nichts an der Tatsache, daß diese Leute unten am See ihren angestammten Platz verließen, an Dinge rührten, die man besser ruhen ließ, und kein Nein als Antwort akzeptierten. Also hat jemand die Falle aufgestellt. Ich glaube nicht, daß tatsächlich beabsichtigt war, den Jungen zu töten – aber ihn zu verstümmeln? Vielleicht dafür sorgen, daß er den Fuß verliert, damit er sein Leben lang an Krücken gehen mußte? Ich glaube, so weit sind sie in ihrer Phantasie gegangen.

Wie auch immer, es hat funktioniert. Der Junge trat in die Falle … und sie fanden ihn eine ganze Weile nicht. Die Schmerzen müssen gräßlich gewesen sein. Dann die Blutvergiftung. Der Junge starb. Son gab auf. Er mußte an andere Kinder denken, ganz zu schweigen von den Leuten, die bei ihm geblieben waren. Sie packten ihre Kleidung und die Gitarren zusammen und zogen ab. Jo konnte die Spuren von einigen bis North Carolina verfolgen, wo einige der Nachfahren heute noch leben. Und bei dem Brand von 1933, den der junge Max Devore gelegt hatte, brannten die Hütten nieder.«

»Ich verstehe nicht, warum die Leichen von Sara und ihrem Sohn nicht gefunden wurden«, sagte Frank. »Mir ist klar, was du gerochen hast – die Verwesung –, war nicht im eigentlichen Sinne da. Aber zu der Zeit … wenn der Pfad, den du die *Straße* nennst, wirklich so beliebt war …«

»Devore und die anderen haben sie nicht *dort* begraben, wo ich sie gefunden habe, jedenfalls nicht sofort. Anfangs hatten sie die Leichen tiefer in den Wald geschleift – vielleicht bis dorthin, wo heute der Nordflügel von Sara Lacht steht. Sie haben sie mit Zweigen zugedeckt und sind in der Nacht zurückgekommen. Muß in derselben Nacht gewesen sein; sie länger liegenzulassen, hätte jeden Fleischfresser im Wald angelockt. Sie haben sie anderswo hingebracht und in dieser Segeltuchrolle begraben. Jo wußte nicht, wo, aber ich vermute am Bowie Ridge, wo sie fast den ganzen Sommer Holz gefällt haben. Verdammt, Bowie Ridge ist heute noch ziemlich abgelegen. Sie haben die Leichen irgendwo versteckt; wir können genausogut davon ausgehen, daß es dort war.«

»Aber wie … warum …«

»Draper Finney war nicht der einzige, den der Fluch ihrer bösen Tat verfolgte, Frank – das galt für alle. Der *buchstäbliche* Fluch. Mit der möglichen Ausnahme von Jared Devore, glaube ich. Er lebte noch zehn Jahre und hat offenbar keine Mahlzeit versäumt. Aber die Jungs hatten Alpträume, sie tranken zuviel, sie prügelten sich zu oft, sie waren streitsüchtig … rasteten aus, wenn jemand die Red-Tops auch nur erwähnte …«

»Sie hätten auch rumlaufen und Schilder mit der Aufschrift TRETET UNS, WIR SIND SCHULDIG tragen können«, bemerkte Frank.

»Ja. Wahrscheinlich hob es ihre Stimmung auch nicht gerade, daß die meisten Bewohner des TR kein Wort mehr mit ihnen redeten. Dann starb Finney im Steinbruch – beging Selbstmord im Steinbruch, glaube ich –, und Jareds Holzfällerjungs bekamen eine Idee. Befiel sie wie eine ansteckende Krankheit. Aber es war mehr wie ein Zwang. Sie bekamen die Idee, wenn sie die Leichen ausgruben und dort beisetzten, wo es passiert war, würde alles wieder normal werden.«

»Hat Jared dabei mitgemacht?«

»Laut Jos Aufzeichnungen hatten sie zu diesem Zeitpunkt nichts mehr mit ihm zu tun. Sie haben den Sack voll Knochen – ohne Jared Devores Hilfe – dort wieder vergraben, wo ich ihn schließlich fand. Ich glaube, das war im Spätherbst oder zu Beginn des Winters 1902.«

»Sie *wollte* zurück, richtig? Sara. Dorthin zurück, wo sie sie wirklich in die Mangel nehmen konnte.«

»Und die gesamte Gemeinde. Ja. Das glaubte Jo auch. Und sie wollte nicht mehr nach Sara Lacht zurück, als sie es herausgefunden hatte. Besonders als sie vermutete, daß sie schwanger war. Als wir versuchten, ein Baby zu bekommen, und ich den Namen Kia vorschlug, muß sie eine Heidenangst bekommen haben! Und ich habe es nicht gemerkt.«

»Sara hat geglaubt, sie könnte dich benutzen, um Kyra zu töten, wenn Devore den Abgang machte, bevor er die Aufgabe erledigen konnte – schließlich war er alt und nicht gerade gesund. Jo hat darauf gesetzt, daß du sie statt dessen retten würdest. Das glaubst du, richtig?«

»Ja.«

»Und sie hatte recht.«

»Allein hätte ich es nicht geschafft. Von der Nacht an, in der ich träumte, wie Sara sang, war Jo bei jedem Schritt in meiner Nähe. Sara konnte sie nicht abschrecken.«

»Nein, sie ließ sich nicht so leicht abschrecken«, stimmte Frank zu und wischte sich eine Träne aus dem Auge. »Was weißt du über deine Urgroßtante? Die Auster geheiratet hat?«

»Bridget Noonan Auster«, sagte ich. »Für ihre Freunde Bridey. Ich habe meine Mutter gefragt, und sie schwört jeden Eid, daß sie nichts weiß, daß Jo nie mit ihr über Bridey gesprochen hat, aber ich könnte mir vorstellen, daß sie lügt. Die junge Frau war eindeutig das schwarze Schaf der Familie – das höre ich schon am Klang von Moms Stimme, wenn der Name fällt. Ich habe keine Ahnung, wie sie Benton Auster kennengelernt hat. Sagen wir, er war in Prout's Neck, hat Freunde besucht und in einer Austernbar angefangen, ihr den Hof zu machen. Das ist so wahrscheinlich wie alles andere. Das war 1884. Sie war achtzehn, er dreiundzwanzig. Sie haben eine dieser Schnellhochzeiten durchgezogen. Harry, der Kito Tidwell tatsächlich ertränkt hat, kam sechs Monate später.«

»Also war er kaum siebzehn, als es passiert ist«, sagte Frank. »Großer Gott.«

»Und da hatte seine Mutter zur Religion gefunden. Seine Angst davor, was sie denken würde, wenn sie es herausfand, war mit ein Grund dafür, warum er es getan hat. Noch Fragen, Frank? Allmählich werde ich wirklich müde.«

Einige Augenblicke schwieg er – ich dachte schon, er wäre fertig, als er sagte: »Noch zwei. Was dagegen?«

»Ich schätze, jetzt ist es zu spät für einen Rückzieher. Was sind das für Fragen?«

»Das Gespenst, von dem du gesprochen hast. Der Außenseiter. Der beunruhigt mich.«

Ich sagte nichts. Mich beunruhigte er auch.

»Glaubst du, es besteht die Möglichkeit, daß er zurückkehren wird?«

»Das tut er immer«, sagte ich. »Auf die Gefahr hin, anmaßend zu klingen, der Außenseiter kehrt immer wieder zu allen von uns zurück. Weil wir alle Säcke voll Knochen sind. Und der Außenseiter … Frank, der Außenseiter will das, was in dem Sack ist.«

Er dachte darüber nach, dann trank er den Rest seines Scotchs mit einem Schluck.

»Du hattest noch eine Frage?«

»Ja«, sagte er. »Hast du wieder angefangen zu schreiben?«

Ein paar Minuten später ging ich hinauf, sah nach Ki, putzte mir die Zähne, sah wieder nach Ki und ging ins Bett. Von dort, wo ich lag, konnte ich zum Fenster hinaus schauen und den fahlen Mond sehen, der auf den Schnee schien.

Hast du wieder angefangen zu schreiben?

Nein. Abgesehen von einem langen Aufsatz darüber, wie ich meine Sommerferien verbracht habe, den ich Kyra irgendwann in den kommenden Jahren vielleicht zeigen werde, kein Wort. Ich weiß, Harold ist nervös, und früher oder später werde ich ihn anrufen und ihm sagen müssen, was er schon vermutet: Die Maschine, die so lange reibungslos gelaufen ist, ist zum Stillstand gekommen. Sie ist nicht kaputt – meine Erinnerungen konnte ich ohne Atemnot und Schmerzen in der Herzgegend zu Papier bringen –, aber die Maschine ist trotzdem zum Stillstand gekommen. Es ist Benzin im Tank, die Zündkerzen schlagen Funken, und die Batterie ist voll, aber die Schreibescheibe mitten in meinem Kopf steht still. Ich habe eine Plane darüber gelegt. Sie hat mir gute Dienste geleistet, wissen Sie, und ich möchte nicht, daß sie Staub ansetzt.

Teilweise hat es etwas damit zu tun, wie Mattie gestorben ist. Mir ist in diesem Herbst eingefallen, daß ich in mindestens zwei meiner Bücher ähnliche Todesarten beschrieben habe, und in der Unterhaltungsliteratur wimmelt es von ähnlichen Schilderungen. Hat man ein moralisches Dilemma aufgebaut und weiß nicht, wie man es lösen soll? Fühlt sich der Protagonist zu einer Frau hingezogen, die, sagen wir, viel zu jung für ihn ist? Braucht man eine schnelle Lösung? Nichts leichter als das. »Wenn die Geschichte in eine Sackgasse gerät, laß den Mann mit der Knarre auftreten.« Raymond Chandler hat das gesagt, oder etwas Ähnliches – ungefähr kommt es hin, *kemo sabe*.

Mord ist die schlimmste Form von Pornographie, Mord ist »laß mich machen, was ich will« ins Extreme gesteigert. Ich glaube, man sollte selbst erfundene Morde ernst nehmen; das ist vielleicht auch eine Idee, die ich letzten Sommer gehabt habe. Vielleicht kam sie mir, während Mattie in meinen Armen lag, Blut aus ihrem zerschmetterten Schädel strömte und sie blind starb und noch nach ihrer Tochter schrie, als sie diese Welt verließ. Der Gedanke, daß ich *jemals* einen Mord in einem meiner Bücher geschildert haben könnte, der so teuflisch gut zupaß kam, macht mich krank.

Vielleicht wünsche ich mir auch nur, ich hätte ein bißchen mehr Zeit gehabt.

Ich erinnere mich, wie ich Ki sagte, daß man Liebesbriefe am besten nicht aufbewahrt; gemeint, aber nicht gesagt habe ich, daß sie wiederkehren und einen heimsuchen können. Ich bin so oder so heimgesucht... aber ich werde mich nicht freiwillig selbst damit quälen, und als ich mein Buch der Träume zugeschlagen habe, habe ich es absichtlich getan. Ich glaube, ich hätte auch über diese Träume Lauge schütten können, aber davon ließ ich die Finger.

Ich habe Dinge gesehen, die ich nie zu sehen erwartet hätte, und ich habe Dinge gefühlt, die ich niemals zu fühlen erwartet hätte – nicht zuletzt das, was ich für das Kind gefühlt habe und noch fühle, das auf demselben Flur schläft wie ich. Sie ist jetzt meine Kleine, ich bin ihr Großer, und das ist das, was zählt. Nichts anderes scheint auch nur eine halb so große Rolle zu spielen.

Thomas Hardy, der angeblich gesagt haben soll, daß jede noch so brillant charakterisierte Figur in einem Roman nichts weiter als ein Sack voll Knochen ist, hat aufgehört, Romane zu schreiben, als er *Juda der Unberühmte* vollendet hatte, auf der Höhe seines erzählerischen Genies. Er hat noch rund zwanzig Jahre Gedichte geschrieben, und als ihn jemand fragte, warum er keine Belletristik mehr schrieb, antwortete er, er könne nicht begreifen, warum er sich überhaupt so lange damit herumgeschlagen hätte. Im Rückblick käme es ihm albern vor, sagte er. Sinnlos. Ich weiß genau, was er gemeint hat. In der Zeit zwischen jetzt und dem Moment, wenn der Außenseiter sich an mich erinnert und beschließt, zu mir zurückzukehren, muß es wichtigere Dinge zu tun geben, Dinge, die mehr bedeuten als jene Schatten. Ich glaube, ich könnte wieder damit anfangen, hinter der Wand der Geisterbahn mit Ketten zu rasseln, aber ich habe keine Lust dazu. Ich habe den Geschmack an Spukgeschichten verloren. Ich stelle mir gern vor, Mattie würde an Bartleby in Melvilles Geschichte denken

Ich habe meinen Federkiel aus der Hand gelegt. Dieser Tage ziehe ich vor, es nicht zu tun.

Center Lovell, Maine:
25. Mai 1997–6. Februar 1998

ANMERKUNG DES AUTORS

Bis zu einem gewissen Grad befaßt sich dieser Roman mit den juristischen Aspekten des Sorgerechts im Staate Maine. Um dieses Thema zu verstehen, bat ich meinen Freund Warren Silver um Hilfe, einen ausgezeichneten Anwalt. Warren beriet mich sorgfältig und berichtete mir dabei von einer kuriosen alten Einrichtung namens Stenomaske, die ich sofort für meine eigenen mörderischen Zwecke einsetzte. Wenn ich protokollarische Fehler in der nachfolgenden Geschichte gemacht habe, geben Sie mir die Schuld, nicht meinem Berater in Rechtsfragen. Warren bat mich auch – ziemlich zaghaft –, ob ich nicht vielleicht einen »guten« Anwalt in meinem Buch unterbringen könnte. Ich kann nur sagen, ich habe in dieser Hinsicht mein Bestes getan.

Dank gebührt meinem Sohn Owen für technische Unterstützung in Woodstock, New York, und meinem Freund (und Mitstreiter bei den Rock Bottom Remainders) Ridley Pearson für technische Unterstützung in Ketchum, Idaho. Danke an Pam Dorman für ihre wohlmeinende und verständige Lektüre der ersten Fassung. Dank an Chuck Verrill für die monumentale Arbeit beim Lektorat – deine bisherige Bestleistung, Chuck. Und Dank an Susan Muldow, Nan Graham, Jack Romanos und Carolyn Reidy bei Scribner's für Fürsorge und Nahrung.

S. K.